HEYNE <

JEFFREY ARCHER

SÖHNE DES GLÜCKS

ROMAN

Aus dem Englischen
von Tatjana Kruse

WILHELM HEYNE VERLAG
MÜNCHEN

Die Originalausgabe SONS OF FORTUNE
erschien erstmals 2002 bei Pan Macmillan, London.

Dieses Buch erschien bereits 2004 unter dem Titel
DIE KANDIDATEN.

MIX
Papier aus verantwortungsvollen Quellen
FSC® C014496

Penguin Random House Verlagsgruppe FSC® N001967

Überarbeitete Taschenbuchausgabe 02/2021

Redaktion: Barbara Häusler
Printed in Germany
Umschlaggestaltung: DAS ILLUSTRAT, München,
unter Verwendung von Motiven von
© Shutterstock (Bildagentur Zoonar GmbH, Aliii)
Satz: KompetenzCenter, Mönchengladbach
Druck und Bindung: GGP Media GmbH, Pößneck
ISBN: 978-3-453-42505-7

www.heyne.de

Für Alison

Inhalt

SIEBTES BUCH
NUMERI
683

Erstes Buch

Genesis

1

Mit Schwung warf Susan die Eiscreme an Michael Cartwrights Kopf. Dies war die erste Begegnung zwischen den beiden – zumindest behauptete das Michaels Trauzeuge, als Susan und Michael einundzwanzig Jahre später heirateten.

Seinerzeit waren Susan und Michael drei Jahre alt, und als Michael in Tränen ausbrach, eilte Susans Mutter herbei, um nachzusehen, was los sei. Susan gab zu dem Vorfall nicht mehr als eine kurze Erklärung von sich, die sie mehrmals wiederholte: »Das hat er doch so gewollt.« Woraufhin Susan eine Tracht Prügel bekam. Nicht gerade der ideale Beginn einer Liebesgeschichte.

Die nächste überlieferte Begegnung fand, laut Aussage des Trauzeugen, mit ihrem Eintritt in die Grundschule statt. Dort erklärte Susan, Michael sei eine Heulsuse und dazu noch eine Petze. Und Michael sagte zu den anderen Jungs, dass er seine Cracker mit jedem teilen würde, der bereit wäre, Susan Illingworth am Pferdeschwanz zu ziehen. Nur wenige Jungen versuchten das ein zweites Mal.

Gegen Ende des ersten Schuljahres wurden Susan und Michael gemeinsam zu den Klassenbesten gekürt. Ihre Lehrerin hielt das für die beste Lösung, um einem weiteren Eiscremevorfall vorzubeugen. Susan erzählte ihren Freundinnen, dass Michaels Mutter seine Hausaufgaben für ihn machen würde, was Michael dahin gehend kommentierte, dass sie wenigstens in seiner eigenen Handschrift verfasst seien.

Ihre Feindschaft bestand ungebrochen die gesamte Schulzeit über, bis sie auf verschiedene Universitäten gingen, Michael an die Connecticut State und Susan nach Georgetown. In den nächsten vier Jahren taten beide alles, um einander nicht zu begegnen. Ihre Wege kreuzten sich ironischerweise erst wieder in Susans Elternhaus, wo die Illingworths für ihre Tochter eine Überraschungsabschlussparty veranstalteten. Die größte Überraschung war, dass Michael die Einladung nicht nur annahm, sondern sogar auf der Party erschien.

Susan erkannte ihren alten Widersacher nicht gleich wieder, unter anderem, weil er zehn Zentimeter gewachsen und somit zum ersten Mal größer war als sie. Erst als sie ihm ein Glas Wein anbot und Michael erwiderte: »Wenigstens hast du diesmal nicht alles über mich geschüttet«, wurde ihr klar, wer der große, gut aussehende Mann war.

»Mein Gott, ich hab mich wirklich grässlich aufgeführt«, sagte Susan in der Erwartung, dass er es abstritt.

»Allerdings«, meinte er. »Aber vermutlich hab ich's verdient.«

»Allerdings«, gab sie zurück und biss sich auf die Unterlippe.

Sie plauderten wie alte Freunde, und Susan wunderte sich, wie enttäuscht sie war, als sich eine Kommilitonin aus Georgetown zu ihnen gesellte und mit Michael flirtete. An diesem Abend sprachen sie nicht mehr miteinander.

Am nächsten Tag rief Michael an und lud sie ins Kino ein: *Ehekrieg* mit Spencer Tracy und Katharine Hepburn. Susan kannte den Film bereits, hörte sich aber zusagen und konnte kaum glauben, wie viel Zeit sie damit zubrachte, verschiedene Kleider anzuprobieren, bevor Michael zu ihrer ersten Verabredung eintraf.

Susan gefiel der Film auch noch beim zweiten Mal. Sie fragte sich, ob Michael den Arm um ihre Schultern legen würde, wenn Spencer Tracy Katharine Hepburn küsste. Er tat es nicht. Doch als sie das Kino verließen, nahm er sie beim Überqueren der Straße an der Hand und ließ sie erst los, als sie das Café erreichten. Das war auch der Moment, in dem sie ihren ersten Streit hatten. Nun ja, ihre erste Meinungsverschiedenheit. Michael erklärte, dass er im November für Thomas Dewey stimmen würde, woraufhin Susan klarstellte, dass sie sich weiterhin Harry Truman im Weißen Haus wünschte. Der Kellner stellte eine Eiscreme vor Susan ab. Sie starrte das Eis an.

»Denk nicht mal dran«, warnte Michael.

Susan war nicht überrascht, als er sie am nächsten Tag anrief, obwohl sie über eine Stunde neben dem Telefon gesessen und so getan hatte, als würde sie lesen.

Michael hatte seiner Mutter beim Frühstück gestanden, dass es Liebe auf den ersten Blick sei.

»Du kennst Susan doch schon seit Jahren«, meinte seine Mutter.

»Stimmt nicht, Mom«, erwiderte er. »Ich habe sie gestern zum ersten Mal kennengelernt.«

Beide Elternpaare waren entzückt und kein bisschen überrascht, als sich Susan und Michael ein Jahr später verlobten, nachdem sie sich seit Susans Abschlussfeier so gut wie jeden Tag gesehen hatten. Beide hatten innerhalb weniger Tage nach ihrem Abschluss am College eine Anstellung gefunden, Michael als Trainee bei der Hartford-Lebensversicherungsgesellschaft und Susan als Geschichtslehrerin an der Jefferson High School. Sie beschlossen, in den Sommerferien zu heiraten.

Es war allerdings nicht geplant, dass Susan schon in den Flitterwochen schwanger wurde. Michael konnte seine Freude angesichts der Vorstellung, Vater zu werden, nicht verhehlen, und als ihnen Dr. Greenwood im sechsten Monat mitteilte, dass es Zwillinge würden, war er doppelt begeistert.

»Das löst zumindest ein Problem«, war Michaels erste Reaktion.

»Als da wäre?«, wollte Susan wissen.

»Einer kann Republikaner werden und der andere Demokrat.«

»Nicht, solange ich noch ein Wörtchen mitzureden habe«, erklärte Susan und rieb sich den Bauch.

Sie unterrichtete bis in den achten Monat, der zufällig mit den Osterferien zusammenfiel. Am achtundzwanzigsten Tag ihres neunten Monats ging sie mit einem kleinen Köfferchen ins Krankenhaus. Michael verließ vorzeitig seine Arbeit und stieß wenige Minuten später mit der guten Nachricht zu ihr, dass er zum Policen-Manager befördert worden war.

»Was bedeutet das?«, fragte Susan.

»Das ist ein hochtrabender Titel für einen Versicherungsvertreter«, erklärte Michael. »Aber es gibt eine kleine Gehaltserhöhung, und das kommt gerade recht, wo wir doch jetzt zwei Mäuler mehr zu stopfen haben.«

Sobald Susan auf ihrem Zimmer lag, schlug Dr. Greenwood Michael vor, während der Geburt draußen zu warten, da es bei Zwillingen leicht zu Komplikationen kommen könne.

Michael lief den langen Flur auf und ab. Vor dem Porträt von Josiah Preston, das an dessen anderem Ende hing, drehte er sich jedes Mal um und ging wieder zurück. Während der ersten Runden dieser Gewaltmärsche blieb Michael nicht stehen, um die ausführliche Biografie zu lesen, die unter dem Porträt des Krankenhausgründers angebracht war. Doch als der Arzt schließlich durch die Doppeltüren trat, kannte Michael Prestons gesamte Lebensgeschichte auswendig.

Die grün gekleidete Gestalt kam langsam auf ihn zu, bevor sie ihre Maske vom Gesicht nahm. Michael versuchte, den Gesichtsausdruck zu deuten. In seinem Beruf war es von Vorteil, wenn man Gesichtsausdrücke entschlüsseln und mögliche Vorbehalte erkennen konnte, denn beim Verkauf von Lebensversicherungen musste man sämtliche Ängste eines potenziellen Kunde voraussehen. Doch die Miene des Arztes verriet absolut nichts. Als sie einander gegenüberstanden, lächelte er plötzlich und sagte: »Ich gratuliere, Mr. Cartwright, Sie haben zwei gesunde Söhne.«

Susan war mit zwei Jungen niedergekommen – um 16.37 Uhr mit Nathaniel und um 16.43 Uhr mit Peter. In der folgenden Stunde herzten die Eltern ihre Söhne abwechselnd, bis Dr. Greenwood vorschlug, Mutter und Kinder sollten sich etwas ausruhen. »Zwei Kinder stillen zu müssen wird mehr als anstrengend für Sie. Ich gebe die beiden Kleinen über Nacht auf unsere Säuglingsstation«, fügte er hinzu. »Sie müssen sich keine Sorgen machen. Das tun wir bei Zwillingen immer.«

Michael begleitete seine Söhne auf die Säuglingsstation, wo man ihn erneut bat, auf dem Flur zu warten. Der stolze Vater presste die Nase gegen die Glasscheibe, die den Flur von den aufgereihten Kinderbettchen trennte. Er starrte die schlummernden Jungen an und wollte jedem, der vorüberging, zurufen: »Das sind meine zwei!« Er lächelte die Krankenschwester an, die neben den Bettchen der Neuankömmlinge stand und ein wachsames Auge auf sie hatte. Sie band Namensschilder um ihre winzigen Handgelenke.

Michael konnte sich nicht erinnern, wie lange er dort stand, bis er schließlich wieder an das Bett seiner Frau zurückkehrte. Als er die Türen öffnete, stellte er zu seiner großen Freude fest, dass Susan tief schlief. Er küsste sie sanft auf die Stirn. »Ich sehe dich dann morgen früh, mein Schatz, bevor ich zur Arbeit gehe«, flüsterte er, die Tatsache ignorierend, dass sie kein Wort hörte. Er verließ das Zimmer, marschierte den Flur entlang und trat in den Aufzug, wo er auf Dr. Greenwood traf, der seinen grünen OP-Kittel gegen eine Freizeitjacke und eine graue Flanellhosen getauscht hatte.

»Ich wünschte, es wäre immer so einfach«, sagte er zu dem stolzen Vater, als der Aufzug im Erdgeschoss hielt. »Trotzdem komme ich heute Abend noch einmal vorbei, Mr. Cartwright, um nach Ihrer Frau und Ihren Zwillingen zu schauen. Obwohl ich nicht mit Problemen rechne.«

»Danke, Doktor«, sagte Michael. »Vielen Dank.«

Dr. Greenwood lächelte. Er hätte das Krankenhaus verlassen, um nach Hause zu fahren, hätte er nicht in diesem Augenblick eine elegante Dame entdeckt, die durch die Schwingtüren trat. Rasch ging er zu Ruth Davenport hinüber.

Michael Cartwright sah sich noch einmal um. Der Arzt hielt gerade die Aufzugstüren für zwei Frauen auf, von denen eine hochschwanger war. Ein ängstlicher Gesichtsausdruck hatte das warme Lächeln von Dr. Greenwood abgelöst. Michael hoffte, dass der Neuzugang eine ebenso unkomplizierte Geburt haben würde, wie Susan sie zuwege gebracht hatte. Er schlenderte zu seinem Wagen und versuchte sich klarzumachen, was als Nächstes zu tun war, immer noch unfähig, das breite Grinsen aus seinem Gesicht zu bekommen.

Als Erstes musste er seine Eltern anrufen ... die Großeltern.

2

Ruth Davenport hatte sich bereits damit abgefunden, dass dies ihre letzte Chance sein würde. Dr. Greenwood hätte dies aus professionellen Gründen nicht in dieser Deutlichkeit gesagt, obwohl er nach zwei Fehlgeburten innerhalb von zwei Jahren seiner Patientin nicht raten konnte, noch einmal schwanger zu werden.

Robert Davenport kannte eine solche Berufsetikette dagegen nicht, und als er erfuhr, dass seine Frau zum dritten Mal schwanger war, äußerte er sich auf seine typisch ungehobelte Art dazu. Er stellte ihr schlicht und einfach ein Ultimatum: »Dieses Mal gehst du es gefälligst locker an« – eine beschönigende Umschreibung für den Befehl: Tu nichts, was der Geburt unseres Sohnes schaden könnte. Robert Davenport ging selbstredend davon aus, dass sein Erstgeborenes ein Junge sein würde. Er wusste allerdings, dass es seiner Frau schwerfallen würde, wenn nicht gar unmöglich war, es locker anzugehen. Schließlich war sie die Tochter von Josiah Preston, und man hörte oft, dass Ruth und nicht ihr Ehemann Präsident von Preston Pharmaceuticals geworden wäre, wäre sie als Junge zur Welt gekommen. So jedoch musste sich Ruth mit dem Trostpreis begnügen und konnte ihrem Vater lediglich als Vorsitzende der St.-Patrick-Krankenhausstiftung nachfolgen, der die Familie Preston seit vier Generationen eng verbunden war.

Obwohl einige der älteren Ärzte von St. Patrick erst davon überzeugt werden mussten, dass Ruth Davenport aus demselben Holz geschnitzt war wie ihr Vater, dauerte es nur wenige Wochen, bis sie zugeben mussten, dass Ruth nicht nur die Energie und den Elan des alten Mannes geerbt hatte, sondern dass er auch sein beträchtliches Wissen und seine Weisheit an sie weitergegeben hatte, wie es bei einem Einzelkind häufig der Fall ist.

Ruth hatte erst mit dreiunddreißig Jahren geheiratet. Das lag keineswegs an einem Mangel an Verehrern, von denen sich viele buchstäblich überschlugen, um die Erbin der Preston-Millionen von ihrer unsterblichen Hingabe zu überzeugen. Josiah Preston hatte seiner Tochter nicht erst erklären müssen, was Glücksritter sind, denn sie verliebte sich in keinen von ihnen. Ruth zweifelte sogar schon daran, ob sie sich überhaupt jemals verlieben würde. Bis sie Robert traf.

Robert Davenport war über die Johns-Hopkins-Universität und die Harvard Business School zum Preston-Pharmakonzern gekommen, was Ruths Vater als eine »Karriere auf der Überholspur« bezeichnete. Soweit Ruth sich erinnerte, war dies das einzige Mal, dass der alte Herr einen modernen Ausdruck verwendet hatte. Schon mit siebenundzwanzig Jahren wurde Robert zum Vizepräsidenten und mit dreiunddreißig zum jüngsten stellvertretenden Vorsitzenden in der Geschichte des Unternehmens, womit er einen Rekord brach, den Josiah selbst aufgestellt hatte. Diesmal verliebte sich Ruth – und das in einen Mann, der weder vom Namen Preston noch von den Preston-Millionen beeindruckt oder gar eingeschüchtert war. Als Ruth vorschlug, sie könne doch möglicherweise Mrs. Preston-Davenport werden, hatte sich Robert nur erkundigt: »Und wann treffe ich diesen Kerl namens Preston-Davenport, der glaubt, mich davon abhalten zu können, dein Ehemann zu werden?«

Wenige Wochen nach ihrer Hochzeit verkündete Ruth, dass sie schwanger sei, und die Fehlgeburt war beinahe der einzige Schönheitsfehler in einem ansonsten glücklichen und geborgenen Leben. Doch selbst dieser wirkte schnell wie eine vorüberziehende Wolke an einem blauen und klaren Himmel, als Ruth elf Monate später erneut schwanger wurde.

Sie führte gerade den Vorsitz einer Sitzung des Stiftungskuratoriums, als Wehen einsetzten, weshalb sie mit dem Aufzug lediglich zwei Stockwerke höher fahren musste, damit Dr. Greenwood die notwendigen Untersuchungen durchführen konnte. Doch nicht einmal sein Fachwissen, die Hingabe seines Personals oder die neueste medizinische Ausrüstung konnten die Frühgeburt retten. Kenneth Greenwood erinnerte sich, wie er als junger Arzt einem ähnlichen Problem gegenübergestanden war, als er Ruth auf die Welt geholfen hatte. Eine Woche lang hatte die Krankenhausbelegschaft nicht geglaubt, dass das kleine Mädchen überleben würde. Und nun erlitt die Familie fünfunddreißig Jahre später das gleiche Trauma noch einmal.

Dr. Greenwood beschloss, mit Mr. Davenport unter vier Augen zu reden. Er schlug ihm vor, dass womöglich die Zeit gekommen war, über eine Adoption nachzudenken. Widerstrebend stimmte Robert zu und meinte, er würde das Thema bei seiner Frau anschneiden, sobald sie seiner Meinung nach stark genug dafür war.

Es verging ein Jahr, bevor sich Ruth damit einverstanden erklärte, eine Adoptionsagentur aufzusuchen. Prompt trat einer jener Zufälle ein, mit denen das Schicksal gern spielt, über die Romanschreiber aber nicht einmal nachdenken dürfen: Ruth wurde just an dem Tag schwanger, als der Besuch im örtlichen Waisenhaus anstand. Dieses Mal war Robert fest entschlossen, dass sein Kind nicht aufgrund menschlichen Versagens daran gehindert würde, diese Welt zu betreten.

Ruth folgte dem Rat ihres Gatten und legte ihr Amt als Vorsitzende der Krankenhausstiftung nieder. Sie war sogar damit einverstanden, dass eine Vollzeitkrankenschwester eingestellt wurde, die – so drückte Robert es aus – ein wachsames Auge auf sie haben sollte. Mr. Davenport sprach mit mehreren Bewerberinnen und traf eine Vorauswahl von Frauen, die seiner Ansicht nach die nötige Qualifikation mitbrachten. Seine endgültige Entscheidung würde letztlich davon abhängen, ob er davon überzeugt war, dass die Anwärterin willensstark genug war, um sicherzustellen, dass Ruth ihr Versprechen, es locker anzugehen, auch hielt, und die dafür sorgte, dass Ruth nicht in alte Gewohnheiten verfiel und alles organisieren wollte, worüber sie zufällig stolperte.

Nach der dritten Runde an Vorstellungsgesprächen entschied sich Robert für eine Miss Heather Nichol, leitende Krankenschwester der Entbindungsstation von St. Patrick. Ihm gefielen ihre nüchterne Art und die Tatsache, dass sie weder verheiratet noch mit einem Aussehen gesegnet war, durch das sich dieser Umstand in absehbarer Zukunft ändern würde. Den endgültigen Ausschlag gab jedoch die Tatsache, dass Miss Nichol bereits über eintausend Kindern in diese Welt geholfen hatte.

Robert war begeistert, wie schnell sich Miss Nichol in den Haushalt einfügte, und mit jedem Monat, der verstrich, wurde er zuversichtlicher, dass sie nicht zum dritten Mal das gleiche Problem haben würden. Als Ruth die ersten fünf, sechs und dann sieben Monate ohne Vorfälle überstand, kam Robert sogar auf mögliche Vornamen zu sprechen: Fletcher Andrew, wenn es ein Junge wurde, Victoria Grace bei einem Mädchen. Ruth hatte nur einen Wunsch: Wenn es ein Junge würde, sollte er Andrew gerufen werden, aber im Grunde erhoffte sie nichts mehr als die Geburt eines gesunden Kindes.

Robert nahm in New York an einem Ärztekongress teil, als ihn Miss Nichol telefonisch aus einem Seminar rief, um ihm mitzuteilen, dass bei seiner Frau die Wehen eingesetzt hätten. Er versicherte ihr, unverzüglich mit dem Zug zurückzufahren und mit dem Taxi direkt ins St. Patrick zu kommen.

Dr. Greenwood verließ gerade das Gebäude, nachdem er erfolgreich die Cartwright-Zwillinge zur Welt gebracht hatte, als er Ruth Davenport erkannte, die in Begleitung von Miss Nichol durch die Schwingtüren trat. Er drehte sich um und holte die beiden Damen ein, bevor sich die Aufzugstüren schlossen.

Sobald er seine Patientin in einem Privatzimmer untergebracht hatte, trommelte Dr. Greenwood eilig die besten Gynäkologen zusammen, die das Krankenhaus zu bieten hatte. Wäre Mrs. Davenport eine gewöhnliche Patientin gewesen, hätten er und Miss Nichol die Entbindung ohne zusätzliche Hilfe vornehmen können. Doch nach seiner Untersuchung wurde ihm klar, dass Ruth einen Kaiserschnitt benötigen würde, wenn das Kind zur Welt kommen sollte. Er sah zur Decke und sprach ein stummes Gebet, denn ihm war absolut bewusst, dass dies ihre letzte Chance sein würde.

Die Entbindung dauerte nur etwas über vierzig Minuten. Beim ersten Blick auf den Kopf des Babys seufzte Miss

Nichol erlöst auf, aber erst als der Arzt die Nabelschnur durchtrennte, fügte sie auch noch ein Halleluja hinzu. Ruth, die immer noch narkotisiert war, konnte das erleichterte Lächeln auf Dr. Greenwoods Gesicht natürlich nicht sehen. Rasch verließ er den Operationssaal, um dem erwartungsvollen Vater mitzuteilen: »Es ist ein Junge.«

Während Ruth friedlich schlummerte, blieb es Miss Nichol überlassen, Fletcher Andrew auf die Säuglingsstation zu bringen, wo er seine ersten Lebensstunden in Gesellschaft mehrerer anderer Neugeborener verbringen würde. Sobald sie das Kind in sein kleines Bettchen gelegt hatte, überließ sie seine Überwachung der Krankenschwester und kehrte in Ruths Zimmer zurück. Miss Nichol setzte sich in den bequemen Sessel in der Ecke und versuchte wach zu bleiben.

Gerade als die Nacht sich anschickte, in den Morgen überzugehen, schreckte Miss Nichol aus dem Schlaf auf. Sie hörte die Worte: »Kann ich meinen Sohn sehen?«

»Natürlich, Mrs. Davenport«, erwiderte Miss Nichol und erhob sich schnell aus dem Sessel. »Ich gehe und hole den kleinen Andrew.« Bevor sie die Tür hinter sich schloss, fügte sie noch hinzu: »Ich bin sofort zurück.«

Ruth richtete sich auf, schüttelte ihr Kissen aus, schaltete die Lampe auf dem Nachttisch ein und wartete voller Vorfreude.

Im Flur sah Miss Nichol auf ihre Armbanduhr. Es war 4.31 Uhr Sie ging die Treppe in den fünften Stock hinunter und eilte zur Säuglingsstation. Leise öffnete Miss Nichol die Tür, um keines der schlafenden Babys aufzuwecken. Sie trat in einen Raum, der von einer schwachen Neonröhre an der Decke beleuchtet wurde, und ihr Blick fiel auf die Nachtschwester, die in der Ecke ein Nickerchen machte. Sie störte die junge Frau nicht, da dies wahrscheinlich die einzigen paar Minuten während ihrer achtstündigen Schicht waren, in denen sie sich einen Moment ausruhen konnte.

Auf Zehenspitzen schlich Miss Nichol durch die beiden Bettenreihen, blieb nur kurz stehen, um auf die Zwillinge in dem Doppelbettchen zu schauen, die neben Fletcher Andrew Davenport lagen.

Dann sah sie auf das Kind hinunter, das den Rest seines Lebens jeden Wunsch erfüllt bekommen würde. Doch als sie sich über den kleinen Jungen beugte, erstarrte sie. Nach eintausend Geburten ist man befähigt, den Tod zu erkennen. Die Blässe der Haut und die Reglosigkeit der Augen machten es überflüssig, nach dem Puls zu fühlen.

Es sind oft Entscheidungen, die im Bruchteil einer Sekunde gefällt werden – manchmal von anderen, nicht von uns selbst –, die den Verlauf unseres ganzen Lebens verändern können.

3

Als Dr. Greenwood mitten in der Nacht geweckt wurde und man ihm mitteilte, dass einer seiner neuen Schützlinge gestorben war, wusste er genau, um welches Neugeborene es sich handelte. Ihm war auch klar, dass er umgehend ins Krankenhaus musste.

Kenneth Greenwood hatte immer schon Arzt werden wollen. Bereits nach wenigen Wochen an der medizinischen Fakultät hatte er auch gewusst, auf welches Fachgebiet er sich spezialisieren würde. Er dankte Gott jeden Tag, dass er ihm erlaubte, seiner Berufung zu folgen. Doch von Zeit zu Zeit musste er einer Mutter eröffnen, dass sie ihr Kind verloren hatte, als hielte der Allmächtige es irgendwie für notwendig, für einen Ausgleich zu sorgen. Es war niemals einfach, aber es Ruth Davenport zum nunmehr dritten Mal sagen zu müssen …

Um fünf Uhr morgens waren so wenige Autos unterwegs, dass Dr. Greenwood schon nach zwanzig Minuten auf den für ihn reservierten Krankenhausparkplatz bog. Er stieß die Schwingtüren auf, schritt an der Anmeldetheke vorbei und trat in den Aufzug, noch bevor ihn einer seiner Mitarbeiter ansprechen konnte.

»Wer soll es ihr sagen?«, fragte die Schwester, die im fünften Stock schon auf ihn wartete, als sich die Türen des Aufzugs öffneten.

»Das werde ich selbst erledigen«, sagte Dr. Greenwood. »Ich bin mit der Familie seit Jahren befreundet.«

Die Schwester wirkte überrascht. »Vermutlich müssen wir dankbar sein, dass das zweite Baby überlebt hat«, unterbrach sie seinen Gedankengang.

Dr. Greenwood blieb abrupt stehen. »Das zweite Baby?«

»Aber ja, Nathaniel geht es prächtig. Nur Peter ist gestorben.«

Dr. Greenwood schwieg einen Augenblick und versuchte, diese Information zu verdauen. »Was ist mit dem Jungen der Davenports?«, erkundigte er sich.

»Dem geht es gut, soweit ich weiß«, erwiderte die Schwester. »Warum fragen Sie?«

»Ich habe ihn zur Welt gebracht, bevor ich nach Hause fuhr.« Hoffentlich bemerkte die Schwester das Zögern in seiner Stimme nicht.

Langsam schritt Dr. Greenwood durch die Reihen der Kinderbettchen, vorbei an Neugeborenen, die tief und fest schliefen, und anderen, die brüllten, als ob sie beweisen wollten, dass sie über Lungen verfügten. Am Doppelbettchen, in dem er vor wenigen Stunden die Zwillinge verlassen hatte, blieb er stehen. Nathaniel schlief friedlich, während sein Bruder reglos dalag. Dr. Greenwood sah zur Namenstafel des benachbarten Kinderbetts, um sich zu vergewissern: Davenport, Fletcher Andrew. Der kleine Junge schlief ebenfalls tief und fest, sein Atem ging regelmäßig.

»Natürlich konnte ich das Kind nicht wegbringen, bevor nicht der Arzt, der bei der Geburt zugegen war …«

»Sie müssen mich nicht an das Krankenhausprozedere erinnern«, fuhr Dr. Greenwood sie ungewohnt barsch an. »Wann hat Ihr Dienst begonnen?«, erkundigte er sich.

»Kurz nach Mitternacht.«

»Und seitdem sind Sie hier?«

»Ja, Sir.«

»Hat in dieser Zeit noch jemand die Säuglingsstation betreten?«

»Nein, Herr Doktor«, erwiderte die Schwester. Sie beschloss, nicht zu erwähnen, dass sie vor ungefähr einer Stunde zu hören geglaubt hatte, wie sich eine Tür schloss. Wenigstens nicht, solange er so schlecht gelaunt war. Dr. Greenwood starrte auf die beiden Kinderbettchen mit der Aufschrift Cartwright, Nathaniel und Peter Er wusste, was jetzt seine Pflicht war.

»Bringen Sie das Baby in die Leichenkammer«, erklärte er mit ruhiger Stimme. »Ich schreibe sofort einen Bericht, aber ich werde die Mutter erst später am Morgen informieren. Es hat keinen Sinn, sie um diese Uhrzeit zu wecken.«

»Ja, Sir«, entgegnete die Schwester beflissen.

Dr. Greenwood verließ die Säuglingsstation, ging langsam den Flur entlang und blieb vor Mrs. Cartwrights Tür stehen. Lautlos öffnete er sie und war erleichtert, als er sah, dass seine Patientin in tiefem Schlummer lag. Nachdem er die Treppe in den sechsten Stock hinaufgestiegen war, wiederholte er den Vorgang an der Tür zu Mrs. Davenports Privatzimmer. Ruth schlief ebenfalls. Er sah sich im Zimmer um und entdeckte Miss Nichol, die zusammengesackt in ihrem Sessel ruhte. Er hätte schwören können, dass sie kurz die Augen öffnete, beschloss aber, sie nicht zu stören. Er zog die Tür zu, ging zum anderen Ende des Flurs und trat auf die Feuertreppe, die zum Parkplatz führte. Er wollte nicht, dass die Diensthabenden an der Empfangstheke ihn gehen sahen. Er brauchte etwas Zeit zum Nachdenken.

Zwanzig Minuten später lag Dr. Greenwood wieder in seinem Bett, aber an Schlaf war nicht zu denken.

Als sein Wecker um sieben Uhr losging, war er immer noch wach. Er wusste genau, was er als Erstes zu tun hatte, obwohl er fürchtete, dass die Auswirkungen noch viele Jahre nachhallen würden.

Dr. Greenwood brauchte beträchtlich länger, als er zum zweiten Mal an diesem Morgen ins St. Patrick fuhr, und das lag nicht nur am zunehmenden Verkehr. Es graute ihm davor, Ruth Davenport mitteilen zu müssen, dass ihr Kind in der Nacht gestorben war, und er hoffte nur, dass es ohne Skandal über die Bühne ging. Er wusste, dass er sich unverzüglich auf Ruths Zimmer begeben und ihr erklären musste, was geschehen war, ansonsten wäre er niemals fähig, es durchzuziehen.

»Guten Morgen, Dr. Greenwood«, sagte die Schwester am Empfang, aber er erwiderte ihren Gruß nicht.

Als er in den sechsten Stock trat und auf Mrs. Davenports Zimmer zuschritt, merkte er, wie er immer langsamer wurde. Vor der Tür blieb er stehen, hoffte, sie würde immer noch schlafen. Leise machte er sie auf und wurde von dem Anblick Robert Davenports begrüßt, der neben seiner Frau saß. Ruth hielt ein Baby in ihren Armen. Miss Nichol war nirgends zu sehen.

Robert sprang von seiner Seite des Bettes auf.

»Kenneth«, rief er und schüttelte Greenwood die Hand. »Wir stehen auf ewig in deiner Schuld.«

»Ihr schuldet mir gar nichts«, erwiderte der Arzt leise.

»Natürlich tun wir das«, widersprach Robert und drehte sich zu seiner Frau. »Sollen wir ihm sagen, welchen Entschluss wir gefasst haben, Ruth?«

»Warum nicht, dann haben wir alle etwas zu feiern.« Sie küsste die Stirn des Jungen.

»Aber zuerst muss ich euch etwas mitteilen …«, fing der Arzt an.

»Kein Aber«, erklärte Robert, »ich will, dass du der Erste bist, der erfährt, dass ich beschlossen habe, den Vorstand von Preston zu bitten, die neue Entbindungsstation zu finanzieren. Du hast ja immer gehofft, dass sie vor deinem Ruhestand noch fertig wird.«

»Aber …«, setzte Dr. Greenwood erneut an.

»Ich dachte, wir hätten uns darauf geeinigt, dass es kein Aber gibt. Schließlich stehen die Pläne schon seit Jahren.« Robert blickte auf seinen Sohn hinunter. »Ich wüsste keinen Grund, warum wir nicht sofort mit dem Bau beginnen sollten.« Er sah den leitenden Gynäkologen der Klinik an. »Es sei denn, dir fiele einer ein?«

Dr. Greenwood schwieg.

Als Miss Nichol sah, wie Dr. Greenwood Mrs. Davenports Privatzimmer verließ, sank ihr der Mut. Er trug den kleinen Jungen im Arm und ging auf den Aufzug zu, der ihn zur Säuglingsstation bringen würde. Als sie im Flur aneinander vorbeikamen, trafen sich ihre Blicke, und obwohl Dr. Greenwood nichts sagte, zweifelte sie nicht daran, dass er genau wusste, was sie getan hatte.

Miss Nichol war klar, wenn sie weglaufen wollte, dann musste es jetzt sein. Nachdem sie in der Nacht von der Säuglingsstation zurückgekommen war, hatte sie bis zum Morgen schlaflos in der Ecke von Mrs. Davenports Zimmer ausgeharrt und sich gefragt, ob man ihr wohl auf die Schliche kommen würde. Sie hatte versucht, sich nicht zu rühren, als

Dr. Greenwood kurz vorbeischaute. Sie hatte keine Ahnung gehabt, wie spät es war, denn sie hatte nicht gewagt, auf ihre Uhr zu schauen. Eigentlich hatte sie erwartet, dass er sie aus dem Zimmer rufen und ihr sagen würde, dass er die Wahrheit kannte, er war jedoch ebenso leise gegangen, wie er gekommen war. Darum war sie jetzt so klug wie zuvor.

Heather Nichol ging weiter auf das Privatzimmer zu, den Blick fest auf die Feuertreppe am anderen Ende des Flurs gerichtet. Nachdem sie Mrs. Davenports Tür passiert hatte, versuchte sie ihren Schritt nicht zu beschleunigen. Sie hatte nur noch wenige Meter vor sich, als sie eine Stimme hörte, die sie sofort erkannte. »Miss Nichol?« Sie erstarrte, den Blick immer noch auf die Feuertreppe gerichtet, und ging ihre Optionen durch. Dann drehte sie sich zu Mr. Davenport um.

»Ich glaube, wir sollten uns unter vier Augen unterhalten.« Er trat in eine Nische auf der anderen Seite des Flurs in der Annahme, dass sie ihm folgen würde. Miss Nichol dachte, ihre Beine würden versagen, lange bevor sie ihm gegenüber auf einen Stuhl sank. Aus seiner Miene war nicht abzulesen, ob ihm klar war, dass sie die Schuldige war. Aber Mr. Davenports Gesichtszüge ließen sich ja nie entschlüsseln. Es lag nicht in seiner Natur, etwas preiszugeben, und das vermochte er auch im Privaten nicht zu ändern. Miss Nichol konnte ihm nicht in die Augen sehen, also starrte sie über seine linke Schulter und beobachtete Dr. Greenwood, hinter dem sich in diesem Moment die Aufzugstüren schlossen.

»Vermutlich wissen Sie, was ich Sie fragen will«, sagte Mr. Davenport.

»Ja, das tue ich«, gab Miss Nichol zu und fragte sich, ob

sie je wieder eine Anstellung finden und vielleicht sogar im Gefängnis landen würde.

Als Dr. Greenwood zehn Minuten später wieder auftauchte, wusste Miss Nichol genau, was mit ihr geschehen und wohin es sie verschlagen würde.

»Wenn Sie darüber nachgedacht haben, Miss Nichol, dann rufen Sie mich doch in meinem Büro an. Falls Ihre Antwort Ja lautet, muss ich mit meinen Anwälten reden.«

»Ich habe bereits darüber nachgedacht«, erwiderte Miss Nichol. Diesmal sah sie Mr. Davenport direkt in die Augen. »Die Antwort lautet Ja. Ich wäre entzückt, wenn ich für Ihre Familie als Kindermädchen arbeiten dürfte.«

4

Susan hielt Nat im Arm, unfähig ihren Schmerz auszublenden. Sie war es leid, dass sämtliche Freunde und Verwandten ihr rieten, Gott dankbar zu sein, dass wenigstens ein Kind überlebt hatte. Konnten sie denn nicht verstehen, dass Peter tot war und sie einen Sohn verloren hatte? Michael hoffte, seine Frau würde den Verlust überwinden, sobald sie das Krankenhaus verlassen hatte und nach Hause zurückgekehrt war. Aber so kam es nicht. Susan sprach unaufhörlich von ihrem anderen Sohn und bewahrte ein Foto von den beiden Jungen neben dem Bett auf.

Miss Nichol besah sich das Foto sehr genau, als es im *Hartford Courant* veröffentlicht wurde. Zu ihrer Erleichterung stellte sie fest, dass zwar beide Jungs den eckigen Unterkiefer ihres Vaters geerbt hatten, Andrews Haar aber lockig und blond war, Nats hingegen glatt und bereits dunkler werdend. Josiah Preston rettete die Situation, indem er ständig erklärte, sein Enkel habe in der großen Tradition der Prestons seine Nase und seine ausgeprägte Stirn geerbt. Miss Nichol wiederholte diese Bemerkung unablässig vor kriecherischen Verwandten und unterwürfigen Angestellten, eingeleitet von den Worten: »Wie Mr. Preston stets zu sagen pflegt …«

Schon zwei Wochen nach ihrer Rückkehr übte Ruth Davenport wieder ihr Amt als Vorsitzende der Krankenhausstiftung aus und machte sich sofort daran, das Versprechen ihres Ehemannes einzulösen und eine neue Entbindungsstation für St. Patrick zu bauen.

In der Zwischenzeit übernahm Miss Nichol jede Arbeit, wie nieder auch immer, solange es Ruth nur erlaubte, ihren Aktivitäten außerhalb des Hauses nachzugehen, während sie selbst sich um Andrew kümmerte. Miss Nichol wurde die Kinderschwester des Jungen, seine Ratgeberin, Beschützerin und Erzieherin. Doch es verging kein Tag, an dem sie nicht fürchtete, dass die Wahrheit am Ende doch noch ans Licht kam.

Richtig mit der Angst bekam es Miss Nichol zum ersten Mal, als Mrs. Cartwright anrief und mitteilte, dass sie eine Geburtstagsfeier für ihren Sohn veranstaltete und sie Andrew, da er doch am selben Tag auf die Welt gekommen war, gerne dabeihätte.

»Wie freundlich von Ihnen«, erwiderte Miss Nichol, ohne mit der Wimper zu zucken, »aber Andrew feiert seine eigene Geburtstagsparty, und ich bedauere sehr, dass Nat nicht zu uns kommen kann.«

»Nun, dann grüßen Sie Mrs. Davenport bitte herzlich von mir, und richten Sie ihr aus, wie sehr wir es zu schätzen wissen, dass wir zur Eröffnung der neuen Entbindungsstation im nächsten Monat eingeladen wurden.« Eine Einladung, die Miss Nichol nicht hatte rückgängig machen können. Als Susan auflegte, war ihr einziger Gedanke, woher Miss Nichol den Namen ihres Sohnes kannte.

Als Mrs. Davenport an diesem Abend nach Hause kam, schlug Miss Nichol sofort vor, eine Party zu Andrews erstem Geburtstag zu organisieren. Ruth hielt das für eine hervorragende Idee und überließ alle Vorkehrungen, einschließlich der Gästeliste, nur zu gern der Kinderschwester. Eine

Geburtstagsparty zu veranstalten, bei der man kontrollieren konnte, wer eingeladen wurde und wer nicht, war eine Sache; zu verhindern, dass sich ihre Arbeitgeberin und Mrs. Cartwright auf der Eröffnung der neuen Preston-Entbindungsstation über den Weg liefen, hingegen etwas völlig anderes.

Tatsächlich war es dann Dr. Greenwood, der die beiden Frauen während seiner Führung durch die neue Station einander vorstellte. Er konnte nicht fassen, dass keinem auffiel, wie ähnlich sich die zwei kleinen Jungen sahen. Miss Nichol wandte sich ab, als er in ihre Richtung blickte. Sie zog Andrew rasch eine Mütze über den Kopf, wodurch er wie ein kleines Mädchen aussah. Bevor Ruth etwas dazu sagen konnte, meinte sie: »Es wird doch recht kalt, und ich will nicht, dass Andrew sich erkältet.«

»Bleiben Sie auch nach Ihrer Pensionierung in Hartford, Dr. Greenwood?«, erkundigte sich Mrs. Cartwright.

»Nein. Meine Frau und ich wollen uns auf unseren Familiensitz in Ohio zurückziehen«, erwiderte der Arzt. »Aber bestimmt statten wir Hartford gelegentlich einen Besuch ab.«

Miss Nichol hätte am liebsten vor Erleichterung aufgeseufzt, hätte der Arzt sie nicht scharf angesehen. Doch sobald Dr. Greenwood erst einmal aus dem Weg war, konnte Miss Nichol schon zuversichtlicher sein, dass ihr Geheimnis unentdeckt bliebe.

Wann immer Andrew zu irgendeiner Unternehmung eingeladen wurde – einem Verein beizutreten, an einer Sportveranstaltung teilzunehmen oder sich für die Sommerparade einzutragen –, achtete Miss Nichol stets peinlich genau darauf, dass ihr Schützling nicht in Kontakt mit einem Mitglied der Familie Cartwright kam. Das bewerkstelligte sie in den prägenden Jahren des Kindes mit beträchtlichem Erfolg, ohne dabei den Verdacht von Mr. oder Mrs. Davenport zu erregen.

Zwei Briefe, die mit der Morgenpost kamen, überzeugten Miss Nichol schließlich davon, dass sie sich keine Sorgen mehr machen musste. Der erste Brief war an Andrews Vater adressiert und bestätigte, dass der Junge in Hotchkiss, der ältesten Privatschule Connecticuts, angenommen worden war. Der zweite Brief trug einen Poststempel von Ohio und wurde von Ruth geöffnet.

»Wie traurig«, sagte sie und legte den handschriftlichen Brief zur Seite. »Er war so ein großartiger Mann.«

»Wer?«, fragte Robert und sah von seinem *New England Journal of Medicine* auf.

»Dr. Greenwood. Seine Frau hat mir geschrieben. Er ist letzten Freitag gestorben. Mit vierundsiebzig Jahren.«

»Er war wirklich ein großartiger Mann«, wiederholte Robert. »Vielleicht solltest du zu seiner Beerdigung gehen.«

»Ja, natürlich«, meinte Ruth. »Und Heather möchte mich sicher begleiten. Schließlich hat sie einmal für ihn gearbeitet.«

»Aber natürlich«, sagte Miss Nichol und hoffte nur, dass sie angemessen betroffen aussah.

Susan las den Brief ein zweites Mal. Die Nachricht betrübte sie. Sie würde nie vergessen, wie nahe Peters Tod Dr. Greenwood gegangen war, beinahe, als fühlte er sich persönlich dafür verantwortlich. Vielleicht sollte sie an seiner Beerdigung teilnehmen. Sie wollte die Nachricht von seinem Tod gerade Michael mitteilen, als ihr Mann plötzlich aufsprang und rief: »Sehr gut, Nat!«

»Was ist denn?«, wollte Susan wissen. Dieser untypische Überschwang überraschte sie.

»Nat hat ein Stipendium für Taft bekommen.« Ihr Ehemann wedelte mit dem Brief.

Susan teilte die Begeisterung ihres Mannes nicht. Nat würde in sehr jungem Alter in ein Internat mit Kindern geschickt, deren Eltern aus einer ganz anderen Welt stammten. Wie sollte ein Junge von vierzehn Jahren begreifen, dass sie sich viele der Dinge, die seine Schulfreunde für selbstverständlich hielten, nicht leisten konnten? Sie war schon lange der Ansicht, dass Nathaniel in Michaels Fußstapfen treten und an die Jefferson High School gehen sollte. Wenn die Schule gut genug war, dass sie dort unterrichtete, warum war sie dann nicht gut genug, dass ihr Kind dort unterrichtet wurde?

Nat saß auf seinem Bett und las in seinem Lieblingsbuch, als er den Ausbruch seines Vaters hörte. Er war gerade bei dem Kapitel, wo der Wal neuerlich entkam. Widerwillig sprang er vom Bett und streckte den Kopf aus der Tür, um die Ursache für den Aufruhr in Erfahrung zu bringen. Seine Eltern stritten sich heftig – dabei stritten sie sich sonst nie, trotz des häufig kolportierten Eiscremevorfalls. Es ging darum, an welche Schule er sollte. Sein Vater sagte gerade: »... Chance seines Lebens. Nat wird mit Kindern zusammenkommen, aus denen irgendwann Führungspersönlichkeiten in allen Bereichen werden. Das wird den Rest seines Lebens beeinflussen.«

»Anstatt an die Jefferson High zu gehen und auf Kinder zu treffen, die er führen und für den Rest *ihres* Lebens beeinflussen kann?«

»Aber er hat ein Stipendium bekommen. Wir werden keinen Penny dafür zahlen müssen.«

»Wir müssen auch keinen Penny zahlen, wenn er an die Jefferson High geht.«

»Aber wir müssen an Nats Zukunft denken. Wenn er Taft besucht, könnte er eines Tages in Harvard oder Yale studieren …«

»Jefferson hat mehrere Schüler hervorgebracht, die später Harvard oder Yale besuchten.«

»Wenn ich eine Versicherung darüber abschließen müsste, auf welcher der beiden Schulen es wahrscheinlicher ist …«

»Das ist ein Risiko, das ich gern eingehe.«

»Tja, ich aber nicht«, erklärte Michael. »Und ich habe jeden einzelnen Tag meines Lebens damit verbracht, Risiken wie diese abzuschätzen.« Nat hörte aufmerksam zu, während seine Mutter und sein Vater ihren Streit fortsetzten, ohne dabei ihre Stimmen zu heben oder die Geduld zu verlieren.

»Mir ist es lieber, mein Sohn macht seinen Abschluss als Vertreter des Egalitarismus, als dass er zum Patrizier wird«, erwiderte Susan leidenschaftlich.

»Warum sollte das unvereinbar sein?«, erkundigte sich Michael.

Nat zog sich in sein Zimmer zurück, ohne die Antwort seiner Mutter abzuwarten. Sie hatte ihm beigebracht, sofort jedes Wort nachzuschlagen, das er noch nie gehört hatte. Und schließlich war es ein Mann aus Connecticut gewesen, der das größte Wörterbuch der Welt zusammengetragen hatte. Nachdem er alle Begriffe in *Webster's Dictionary* nachgeschlagen hatte, entschied Nat, dass seine Mutter als eine Verfechterin der Freiheit und der Gleichheit egalitärer war als sein Vater, aber dass keiner von beiden ein Patrizier war. Er war sich nicht sicher, ob er Patrizier werden wollte.

Als Nat das Kapitel in seinem Lieblingsbuch zu Ende

gelesen hatte, schlüpfte er ein zweites Mal aus seinem Zimmer. Die Atmosphäre schien sich jetzt etwas beruhigt zu haben, und so beschloss er, nach unten zu seinen Eltern zu gehen.

»Vielleicht sollten wir Nat die Entscheidung überlassen«, meinte seine Mutter.

»Ich habe mich schon entschieden.« Nat setzte sich zwischen die beiden. »Schließlich hast du mir immer beigebracht, mir beide Seiten anzuhören, bevor ich eine Schlussfolgerung ziehe.«

Seine Eltern waren sprachlos, während Nat lässig die Abendzeitung aufschlug. Plötzlich wurde ihnen bewusst, dass er ihre Unterhaltung gehört haben musste.

»Und zu welchem Entschluss bist du gelangt?«, erkundigte sich seine Mutter ruhig.

»Ich möchte lieber an die Taft als an die Jefferson High«, erwiderte Nat ohne zu zögern.

»Und dürfen wir erfahren, wie du zu dieser Entscheidung gelangt bist?«, wollte sein Vater wissen.

Nat wusste, dass ihm sein Publikum an den Lippen hing, daher beeilte er sich nicht mit seiner Antwort. *»Moby Dick«*, verkündete er schließlich, bevor er zur Sportseite weiterblätterte.

Er wartete, wer von beiden als Erstes seine Worte wiederholen würde.

»Moby Dick?«, fragten sie im Chor.

»Ja«, meinte Nat. »Die guten Leute von Connecticut hielten den großen Wal schließlich für den Patrizier des Meers.«

5

»Ein Hotchkiss-Mann vom Scheitel bis zur Sohle«, freute sich Miss Nichol, während sie gleichzeitig Andrews Erscheinungsbild im Flurspiegel prüfte. Weißes Hemd, blauer Blazer und braune Cordhosen. Sie rückte ihm die blau-weiß gestreifte Krawatte gerade und entfernte einen Staubfussel von seinem Hemd. »Vom Scheitel bis zur Sohle«, wiederholte sie. Das wären dann ja nur ein Meter siebenundfünfzig, wollte Andrew gerade entgegnen, doch da trat sein Vater in den Flur. Andrew sah auf die Uhr, ein Geschenk seines Großvaters mütterlicherseits – ein Mann, der immer noch Leute entließ, wenn sie zu spät kamen.

»Ich habe deine Koffer in den Wagen gestellt.« Sein Vater legte ihm die Hand auf die Schulter. Andrew wurde eiskalt, als er die Worte seines Vaters hörte. Die beiläufige Bemerkung erinnerte ihn daran, dass er tatsächlich sein Zuhause verließ. »Weniger als drei Monate bis Thanksgiving«, fügte sein Vater noch hinzu. Drei Monate, ein Viertel eines Jahres – kein unbeträchtlicher Prozentsatz der eigenen Lebenszeit, wenn man erst vierzehn Jahre alt ist.

Andrew schritt forsch zur Eingangstür hinaus und dann auf die Kiesauffahrt, entschlossen, nicht zu dem Haus zurückzuschauen, das er liebte und in dem er jetzt ein Vierteljahr lang nicht sein würde. Als er zum Wagen kam, hielt er seiner Mutter die hintere Tür auf. Dann schüttelte er Miss

Nichol die Hand, als wäre sie eine alte Freundin, und sagte, er freue sich schon, sie an Thanksgiving wiederzusehen. Andrew war sich nicht ganz sicher, aber er glaubte, dass sie geweint hatte. Er wandte den Blick ab und winkte der Haushälterin und der Köchin zu, bevor er in den Wagen stieg.

Als sie durch die Straßen von Farmington fuhren, starrte Andrew auf die vertrauten Gebäude, die er bis zu diesem Augenblick für den Mittelpunkt der Welt gehalten hatte.

»Dass du auch ja jede Woche schreibst«, mahnte seine Mutter. Er ignorierte diese überflüssige Bemerkung, zumal auch Miss Nichol ihm die letzten vier Wochen mindestens zweimal täglich genau dieselbe Anweisung erteilt hatte.

»Und wenn du ein bisschen Extrageld brauchst, dann ruf mich an«, fügte sein Vater hinzu.

Noch jemand, der die Regeln nicht gelesen hatte. Andrew erinnerte seinen Vater nicht daran, dass den Jungen im ersten Jahr in Hotchkiss nur zehn Dollar pro Quartal gestattet waren. Das stand auf Seite sieben und war von Miss Nichol rot unterstrichen worden.

Während der kurzen Fahrt zum Bahnhof sprach keiner, jeder auf seine je eigene Art beklommen. Sein Vater parkte den Wagen neben dem Bahnhof und stieg aus. Andrew blieb sitzen, wollte die Sicherheit des Wagens nicht verlassen, bis seine Mutter die Tür auf seiner Seite öffnete. Rasch kletterte Andrew zu ihr hinaus, wild entschlossen, niemanden merken zu lassen, wie nervös er war. Sie wollte seine Hand nehmen, er rannte jedoch rasch zum Kofferraum, um seinem Vater mit den Koffern zu helfen.

Ein Gepäckträger mit einem Handkarren tauchte neben ihnen auf. Sobald die Koffer aufgeladen waren, führte er sie zum Bahnsteig und blieb vor Wagen acht stehen. Während der Träger die Koffer einlud, wandte sich Andrew an seinen Vater, um sich zu verabschieden. Er hatte darauf bestanden, nur von einem Elternteil auf der Zugfahrt nach Lakeville begleitet zu werden, und da sein Vater Taft besucht hatte, schien seine Mutter die logische Wahl. Andrew bedauerte seine Entscheidung bereits.

»Gute Reise«, wünschte sein Vater und schüttelte die ausgestreckte Hand seines Sohnes. Was für dumme Dinge Eltern an Bahnhöfen von sich geben, dachte Andrew. Es war doch sicher wichtiger, dass er fleißig lernte, sobald er an der Schule war. »Und vergiss nicht zu schreiben.«

Andrew bestieg mit seiner Mutter den Zug, und als die Lok aus dem Bahnhof fuhr, schaute er kein einziges Mal zu seinem Vater zurück. Er hoffte, das ließ ihn erwachsener wirken.

»Möchtest du frühstücken?«, fragte seine Mutter, während ein Schaffner Andrews Koffer im Gepäcknetz verstaute.

»Ja, bitte«, erwiderte Andrew und wurde zum ersten Mal an diesem Morgen etwas fröhlicher.

Ein weiterer Uniformierter führte sie zu einem Tisch im Speisewagen. Andrew studierte die Speisekarte und fragte sich, ob ihm seine Mutter ein großes Frühstück genehmigen würde.

»Du darfst dir aussuchen, was du möchtest«, erklärte sie, als hätte sie seine Gedanken gelesen.

Andrew lächelte, als der Kellner erschien. »Eine doppelte Portion Würstchen, zwei Spiegeleier mit Schinken und Toast.« Die Pilze ließ er weg, weil der Kellner nicht denken sollte, seine Mutter würde ihn zu Hause hungern lassen.

»Und Sie, Madam?«, erkundigte sich der Kellner und wandte seine Aufmerksamkeit der anderen Tischseite zu.

»Nur Kaffee und Toast, vielen Dank.«

»Der erste Tag für den Jungen?«, erkundigte sich der Kellner.

Mrs. Davenport lächelte und nickte.

Woher weiß der das?, fragte sich Andrew.

Nervös schlang Andrew sein Frühstück hinunter. Er war sich nicht sicher, ob er an diesem Tag noch einmal etwas zu essen bekommen würde. In dem Handbuch wurden Mahlzeiten nicht erwähnt, und sein Opa hatte ihm erzählt, zu seiner Zeit habe es in Hotchkiss nur einmal am Tag etwas zu essen gegeben. Seine Mutter bat ihn mehrmals, Messer und Gabel beim Essen abzulegen. »Messer und Gabeln sind keine Flugzeuge und sollten nie länger als notwendig in der Luft bleiben«, ermahnte sie ihn. Er hatte keine Ahnung, dass sie fast genauso nervös wie er war.

Wann immer ein anderer Junge in der gleichen adretten Uniform an ihrem Tisch vorbeikam, sah Andrew aus dem Fenster und hoffte, der Junge würde ihn nicht bemerken, denn keine dieser Uniformen war so neu wie seine. Seine Mutter trank bereits die dritte Tasse Kaffee, als der Zug im Bahnhof hielt.

»Wir sind da«, verkündete sie überflüssigerweise.

Andrew blieb sitzen und starrte das Bahnhofsschild von Lakeville an, während mehrere Jungen aus dem Zug sprangen und einander begrüßten. »Hallo, wie waren deine Ferien? Schön, dich wiederzusehen«, gefolgt von reichlich Händeschütteln. Andrew sah zu seiner Mutter hinüber und wünschte, sie würde in einer Rauchwolke verschwinden. Mütter waren einfach nur ein weiteres Indiz dafür, dass man seinen ersten Tag hier verbrachte.

Zwei große Jungen mit zweireihigen blauen Blazern und

grauen Hosen trieben die Neuankömmlinge zu einem bereitstehenden Bus. Andrew betete, dass Eltern im Bus tabu waren, ansonsten würden alle mitbekommen, dass er ein Neuer war.

»Name?«, fragte einer der jungen Männer in blauem Blazer, als Andrew aus dem Zug stieg.

»Davenport, Sir.« Andrew starrte zu ihm auf. Ob er jemals so groß werden würde?

Der junge Mann lächelte, fast war es ein Grinsen. »Du musst mich nicht Sir nennen, ich bin kein Lehrer, nur einer der älteren Schüler, die die Aufsicht haben.« Andrew senkte den Kopf. Seine allerersten Worte, und schon hatte er sich blamiert. »Ist dein Gepäck schon im Bus, Fletcher?«

Fletcher?, dachte Andrew. Aber natürlich, Fletcher Andrew Davenport. Er korrigierte den riesigen, jungen Mann nicht, aus Angst, damit noch einen Fehler zu machen.

»Ja«, erwiderte Andrew.

Der Gott wandte seine Aufmerksamkeit Andrews Mutter zu. »Danke, Mrs. Davenport«, sagte er und sah auf seine Liste. »Ich hoffe, Sie haben eine angenehme Heimreise nach Farmington. Fletcher wird es hier gut gehen«, fügte er freundlich hinzu.

Andrew streckte die Hand aus, fest entschlossen zu verhindern, dass seine Mutter ihn umarmte. Wenn Mütter doch nur auch im entscheidenden Moment Gedanken lesen könnten! Er schauderte, als sie ihn in ihre Arme schloss. Aber er konnte nicht annähernd verstehen, was sie durchmachte. Als sie ihn endlich losließ, schloss er sich rasch dem Strom von Jungen an, die in den wartenden Bus sprangen. Er entdeckte einen Jungen, der noch kleiner war als er selbst und allein am Fenster saß. Rasch setzte er sich neben ihn.

»Ich bin Fletcher«, sagte er und verwendete den Namen, den der Gott ihm verliehen hatte. »Wie heißt du?«

»James«, erwiderte der andere, »aber meine Freunde nennen mich Jimmy.«

»Bist du neu hier?«, fragte Fletcher.

»Ja«, erwiderte Jimmy leise, sah ihn aber immer noch nicht an.

»Ich auch«, meinte Fletcher.

Jimmy zog ein Taschentuch heraus und tat so, als würde er sich die Nase schnäuzen, bevor er sich schließlich doch seinem neuen Kameraden zuwandte.

»Woher kommst du?«, fragte er.

»Farmington.«

»Wo ist das?«

»Nicht weit von West Hartford.«

»Mein Dad arbeitet in Hartford«, sagte Jimmy. »Er ist bei der Regierung. Und was macht dein Dad?«

»Er verkauft Medikamente«, antwortete Fletcher.

»Magst du Football?«, wollte Jimmy wissen.

»Ja«, sagte Fletcher, aber nur, weil er wusste, dass das Team von Hotchkiss seit vier Jahren unbesiegt war. Noch so eine Sache, die Miss Nichol im Handbuch unterstrichen hatte.

Der Rest der Unterhaltung bestand aus einer Reihe unzusammenhängender Fragen, auf die sie beide kaum je die Antwort wussten. Es war ein recht seltsamer Anfang einer lebenslangen Freundschaft.

6

»Perfekt!« Sein Vater betrachtete die Uniform des Jungen im Garderobenspiegel. Michael Cartwright rückte die blaue Krawatte seines Sohnes zurecht und entfernte ein Haar von seinem Blazer. »Perfekt!«, wiederholte er.

Fünf Dollar für eine Cordhose – an etwas anderes konnte Nathaniel nicht denken, obwohl sein Vater erklärt hatte, die Hose sei jeden Cent wert.

»Beeil dich, Susan, sonst kommen wir zu spät«, rief sein Vater und sah die Treppe hinauf. Trotzdem blieb Michael Cartwright noch reichlich Zeit, das Gepäck im Kofferraum zu verstauen und den Wagen auf die Straße zu fahren, bevor Susan endlich erschien, um ihrem Sohn für seinen ersten Tag alles Gute zu wünschen. Sie umarmte Nathaniel innig und er war nur dankbar, dass kein anderer Taft-Junge in der Nähe war und diesen Vorgang beobachtete. Er hoffte, dass seine Mutter ihre Enttäuschung über seine Entscheidung gegen die Jefferson High verwunden hatte, denn ihm kamen bereits erste Zweifel. Hätte er die Jefferson High gewählt, würde er wenigstens jeden Abend nach Hause gehen können.

Nathaniel setzte sich auf den Beifahrersitz neben seinen Vater und sah auf die Uhr im Armaturenbrett. Es war beinahe sieben. »Lass uns losfahren, Dad.« Er wollte auf keinen Fall an seinem ersten Tag zu spät kommen und deswegen gleich zu Beginn in Verruf geraten.

Sobald sie auf dem Highway waren, wechselte sein Vater auf die Überholspur und ließ den Tacho auf fünfundsechzig Meilen pro Stunde hochschnellen, fünf Meilen schneller als erlaubt. Er ging davon aus, dass die Chance, zu so früher Stunde in eine Polizeikontrolle zu geraten, gering war. Obwohl Nathaniel Taft bereits beim Bewerbungsgespräch kennengelernt hatte, war es dennoch ein schrecklicher Augenblick, als sein Vater den alten Studebaker durch die gewaltigen Eisentore lenkte und langsam die eine Meile lange Auffahrt hinauffuhr. Nathaniel war erleichtert, als er sah, dass ihnen zwei oder drei Autos hinterherkamen, obwohl er bezweifelte, dass Neulinge darin saßen. Sein Vater folgte einer Schlange aus Cadillacs und Buicks zu einem Parkplatz. Er war nicht ganz sicher, wo er parken sollte, schließlich war er ein neuer Vater. Nathaniel sprang schon aus dem Wagen, noch bevor sein Vater die Handbremse angezogen hatte. Doch dann zögerte er. Sollte er dem Strom von Jungs folgen, die zur Taft Hall eilten, oder mussten sich Neue anderswo melden?

Sein Vater zögerte nicht, sich der Masse anzuschließen, und blieb erst stehen, als ein großer, selbstsicherer junger Mann mit einem Klemmbrett auf Nathaniel heruntersah und fragte: »Bist du ein Neuer?«

Nathaniel brachte kein Wort heraus, darum antwortete sein Vater. »Ja.«

Der Blick des jungen Mannes blieb fest auf Nathaniel gerichtet. »Name?«, fragte er.

»Cartwright, Sir«, erwiderte Nathaniel.

»Ah ja, untere Mittelstufe. Man hat dich Mr. Haskins zugeteilt, also musst du ziemlich schlau sein. Alle Schlauen fangen bei Mr. Haskins an.« Nathaniel senkte den Kopf, während sein Vater lächelte. »Wenn du die Taft Hall betrittst«, fuhr der junge Mann fort, »kannst du dich in eine der ersten drei Reihen auf der linken Seite setzen. Sobald du neun Glockenschläge hörst, schweigst du und redest erst wieder, wenn der Direktor und der Rest der Lehrerschaft die Halle verlassen haben.«

»Und was mache ich dann?« Nathaniel versuchte die Tatsache zu verbergen, dass er zitterte.

»Dann wirst du von deinem Klassenlehrer instruiert.« Der junge Mann wandte seine Aufmerksamkeit dem neuen Vater zu. »Nat wird es hier gut gehen, Mr. Cartwright. Ich hoffe, Sie haben eine gute Heimreise, Sir.«

Das war der Augenblick, in dem Nathaniel klar wurde, dass er in Zukunft nur noch Nat heißen würde, auch wenn das seiner Mutter zweifelsohne nicht gefallen würde.

Nat betrat die Taft Hall, senkte den Kopf und lief rasch den Gang entlang. Er hoffte, dass niemand ihn bemerkte. Am Ende der zweiten Reihe entdeckte er einen freien Platz. Nathaniel sah zu dem Jungen zu seiner Linken, der den Kopf in den Händen verborgen hielt. Betete er, oder hatte er womöglich noch mehr Angst als er selbst? »Ich heiße Nat«, stellte er sich mutig vor.

»Und ich Tom«, sagte der Junge, ohne den Kopf zu heben.

»Was passiert als Nächstes?«

»Keine Ahnung. Ich wünschte, ich wüsste es«, erwiderte Tom. Da schlug die Uhr neun Mal, und alle schwiegen.

Ein Lindwurm aus Lehrern schlängelte sich daraufhin den Gang hinunter – keine Lehrerinnen, wie Nat auffiel. Seine Mutter hätte das nicht gutgeheißen. Sie schritten zur Bühne und nahmen ihre Plätze ein. Nur zwei Stühle blieben unbesetzt. Die Lehrerschaft unterhielt sich leise, während die Jungen unten in der Halle weiterhin schwiegen.

»Worauf warten wir?«, flüsterte Nat, und einen Augenblick später wurde seine Frage beantwortet. Alle erhoben sich, einschließlich der Männer auf der Bühne. Nat wagte nicht, sich umzuschauen, als er die Schritte von zwei Männern hörte, die den Gang entlangschritten. Einen Moment später kamen der Kaplan und der Direktor der Schule auf ihrem Weg zu den beiden leeren Stühlen auf der Bühne an Nat vorbei. Alles blieb stehen, während der Kaplan einen Schritt vortrat und eine kurze Andacht hielt, zu der auch das Vaterunser gehörte und die damit endete, dass alle Anwesenden *Glory, Glory, Hallelujah!* sangen.

Dann ging der Kaplan zu seinem Stuhl, und der Direktor nahm seinen Platz am Rednerpult ein. Alexander Inglefield stand einen Augenblick stumm da, bevor er auf die versammelten Jungs blickte. Dann hob er die Hände mit den Handflächen nach unten, und alle setzten sich. Dreihundertundachtzig Augenpaare starrten auf einen Mann von einem Meter fünfundachtzig mit dicken, buschigen Augenbrauen und einem kantigen Kiefer, dessen Gestalt so eindrucksvoll war, dass Nat hoffte, er würde ihm nie begegnen.

Der Direktor packte das Revers seines langen, schwarzen Talars und setzte zu seiner fünfzehnminütigen Rede an. Er begann damit, dass er seine Schützlinge durch die lange Geschichte der Schule führte und Tafts frühere akademische und sportliche Leistungen rühmte. Dann richtete er seinen Blick auf die Neulinge und erinnerte sie an das Motto der Schule: *Non ut sibi ministretur sed ut ministret.*

»Was heißt das?«, flüsterte Tom.

»Nicht um sich dienen zu lassen, sondern um zu dienen«, murmelte Nat.

Der Direktor schloss mit der Ansage, dass es zwei Dinge

gab, die ein echter Taft-Mann niemals verpassen dürfe: eine Prüfung und ein Spiel gegen Hotchkiss. Und als ob er die Prioritäten gleich richtig zuordnen wolle, versprach er allen einen schulfreien Nachmittag, wenn Taft beim jährlichen Footballspiel das Team von Hotchkiss besiegte. Das wurde sofort mit frenetischem Jubel begrüßt, obwohl jeder Junge jenseits der dritten Reihe wusste, dass dies in den vergangenen vier Jahren nie gelungen war.

Als der Jubel verstummte, verließ der Direktor die Bühne, gefolgt vom Kaplan und dem Rest der Lehrerschaft. Sobald die Männer gegangen waren, setzte der Lärm wieder ein. Die älteren Klassen verließen die Halle. Nur die Jungen in den ersten drei Reihen blieben sitzen, weil sie nicht wussten, wohin sie gehen sollten.

Fünfundneunzig Jungen warteten ab, was als Nächstes passieren würde. Sie mussten sich nicht lange gedulden, denn ein ältlicher Lehrer – eigentlich war er erst einundfünfzig, aber Nat fand, dass er viel älter aussah als sein Dad – baute sich kurz darauf vor ihnen auf. Er war klein und untersetzt, mit einem Halbkreis aus grauen Haaren um einen ansonsten kahlen Schädel. Als er sprach, packte er das Revers seiner Tweedjacke und imitierte damit die Pose des Direktors.

»Mein Name ist Haskins«, erklärte er ihnen. »Ich bin der Lehrer der unteren Mittelstufe«, fügte er mit trockenem Lächeln hinzu. »Wir beginnen den Tag mit einer Einweisung, die Sie zur ersten Pause um halb elf beendet haben. Um elf begeben Sie sich in die Ihnen zugewiesenen Klassenräume. Ihre erste Stunde ist amerikanische Geschichte.« Nat runzelte die Stirn, da Geschichte noch nie sein Lieblingsfach gewesen war. »Danach gibt es Mittagessen. Freuen

Sie sich nicht darauf«, warnte Mr. Haskins mit einem neuerlich trockenen Lächeln. Ein paar der Jungs lachten. »Aber das ist nur eine weitere Taft-Tradition«, versicherte Mr. Haskins, »vor der diejenigen von Ihnen, die den Fußstapfen ihres Vaters folgen, sicherlich schon gewarnt worden sind.« Einige Jungs, darunter auch Tom, lächelten.

Sobald sie mit der Billigführung, wie Mr. Haskins es nannte, begonnen hatten, blieb Nat an Toms Seite. Er schien schon alles zu wissen, was Haskins zu sagen hatte. Nat fand schnell heraus, dass nicht nur Toms Vater ein ehemaliger Absolvent der Schule war, sondern auch sein Großvater.

Als die Führung endete und sie vom See bis zur Krankenstation alles gesehen hatten, waren er und Tom bereits gute Freunde, und als sie sich zwanzig Minuten später in ihrem Klassenzimmer einfanden, setzten sie sich automatisch nebeneinander.

Schlag elf Uhr kam Mr. Haskins in den Raum marschiert. Ein Junge folgte ihm dicht auf den Fersen. Dieser strahlte eine Selbstsicherheit aus, fast eine Überheblichkeit, die alle anderen Jungen aufsehen ließ. Die Augen des Lehrers folgten dem neuen Schüler, als dieser auf den einzigen noch freien Stuhl glitt.

»Name?«

»Ralph Elliot.«

»Das ist das letzte Mal, dass Sie sich zu meinem Unterricht verspäten, solange Sie an der Taft sind«, erklärte Mr. Haskins. Er machte eine Pause. »Habe ich mich klar ausgedrückt, Elliot?«

»Auf jeden Fall.« Der Junge zögerte, bevor er hinzufügte: »Sir.«

Mr. Haskins ließ seinen Blick über den Rest der Klasse

schweifen. »Unsere erste Unterrichtsstunde dreht sich um die amerikanische Geschichte, wie ich Sie bereits vorwarnte. Und das ist auch nur angemessen, wenn man bedenkt, dass diese Schule vom Bruder eines ehemaligen Präsidenten gegründet wurde.« Angesichts des Porträts von William H. Taft in der Eingangshalle und einer Statue seines Bruders im Innenhof wäre es selbst dem uninteressiertesten Schüler schwergefallen, nicht darauf zu kommen.

»Wer war der erste Präsident der Vereinigten Staaten?«, fragte Mr. Haskins. Alle Hände schossen hoch. Mr. Haskins nickte einem Jungen in der ersten Reihe zu.

»George Washington, Sir.«

»Und der zweite?«, wollte Haskins wissen. Weniger Hände gingen hoch, und dieses Mal wurde Tom ausgewählt.

»John Adams, Sir.«

»Richtig. Und der dritte?«

Nur zwei Hände blieben oben, die von Nat und von dem Jungen, der zu spät gekommen war. Haskins wies auf Nat.

»Thomas Jefferson, von 1800 bis 1808.«

Mr. Haskins nickte anerkennend, da er auch noch die korrekten Daten gewusst hatte. »Und der vierte?«

»James Madison, von 1809 bis 1817«, antwortete Elliot.

»Und der fünfte, Cartwright?«

»James Monroe, von 1817 bis 1825.«

»Und der sechste, Elliot?«

»John Quincy Adams, von 1825 bis 1829.«

»Und der siebte, Cartwright?«

Nat zermarterte sich das Hirn. »Ich kann mich nicht erinnern, Sir.«

»Können Sie sich nicht erinnern, Cartwright, oder wissen Sie es einfach nicht?« Haskins schwieg kurz. »Das ist ein himmelweiter Unterschied«, fügte er hinzu. Er wandte sich wieder an Elliot.

»William Henry Harrison, glaube ich, Sir.«

»Nein, das war der neunte Präsident, Elliot. 1841. Aber er starb nur einen Monat nach seiner Amtseinführung an Lungenentzündung, daher werden wir uns mit ihm auch nicht lange beschäftigen. Sorgen Sie dafür, dass mir morgen jeder von Ihnen den Namen des neunten Präsidenten nennen kann. Und jetzt zurück zu den Gründervätern. Sie sollten sich Notizen machen, da ich bis zur nächsten Geschichtsstunde einen dreiseitigen Aufsatz über das Thema von Ihnen erwarte.«

Noch vor Ablauf der Stunde hatte Nat drei Seiten dicht beschrieben, während Tom kaum auf eine einzige kam. Als sie das Klassenzimmer verließen, stieß Elliot sie beim Hinausgehen zur Seite.

»Der scheint mir ein würdiger Gegner zu sein«, bemerkte Tom.

Nat sagte nichts dazu.

Er konnte nicht wissen, dass Ralph Elliot und er für den Rest ihres Lebens Widersacher sein würden.

7

Das jährliche Footballspiel zwischen Hotchkiss und Taft war der sportliche Höhepunkt des Quartals. Da beide Teams in dieser Saison noch ungeschlagen waren, wurde über kaum etwas anderes gesprochen, sobald die Zwischenprüfungen vorüber waren – und bei den Sportbegeisterten auch schon lange vor diesen.

Fletcher ließ sich von der Begeisterung anstecken und führte in seinem wöchentlichen Brief an seine Mutter jedes einzelne Mitglied des Teams namentlich auf, obwohl er wusste, dass sie keine Ahnung hatte, wer diese Jungs waren.

Das Spiel sollte am letzten Samstag im Oktober stattfinden, und sofort nach dem Schlusspfiff würden alle Internatsschüler den Rest des Wochenendes freibekommen sowie einen zusätzlichen Tag, falls sie gewinnen sollten.

Am Montag vor dem Spiel hatte Fletchers Klasse die ersten Zwischenprüfungen, jedoch erst, nachdem der Direktor bei der morgendlichen Andacht verkündet hatte, dass das »Leben aus einer Reihe von Prüfungen und Bewährungsproben besteht, weshalb wir es in jedem Quartal mit Hotchkiss aufnehmen«.

Am Dienstagabend rief Fletcher seine Mutter an und berichtete ihr, er glaube, sich gut geschlagen zu haben.

Am Mittwoch sagte er zu Jimmy, er sei sich da nicht mehr so sicher.

Am Donnerstag schlug er alles nach, was er nicht gewusst hatte, und fragte sich, ob er die Prüfung überhaupt bestanden hatte.

Am Freitagmorgen wurden die Noten der Schüler am Anschlagsbrett ausgehängt, und Fletcher Davenport hatte in seiner Jahrgangsstufe als Bester abgeschnitten. Sofort lief er zum nächsten Telefon und rief seine Mutter an. Ruth konnte ihre Freude nicht verhehlen, als sie die Neuigkeit von ihrem Sohn erfuhr, sie sagte ihm allerdings nicht, dass sie das nicht überraschte. »Das musst du feiern«, riet sie ihm. Was Fletcher auch gern getan hätte, aber er brachte es einfach nicht über sich, als er sah, wer am schlechtesten abgeschnitten hatte.

Am Samstagmorgen sprach der Kaplan bei der Morgenandacht Gebete für »unser unbesiegtes Footballteam, das nur zum Ruhme unseres Herrn spielt«. Dem Herrn wurden anschließend die Namen jedes einzelnen Hotchkiss-Spielers verlesen, und man bat ihn, seinen Heiligen Geist über sie kommen zu lassen. Der Direktor hegte offensichtlich keinen Zweifel daran, welches Team Gott am Samstagnachmittag unterstützen würde.

In Hotchkiss wurde alles nach Alter entschieden, sogar der Sitzplatz eines Jungen auf den Zuschauertribünen am Spielfeld. Während ihres ersten Jahres bekamen die beiden Jungen das hintere Endes des Feldes zugeteilt, darum saßen Fletcher und Jimmy jeden zweiten Samstag in der rechten Ecke und sahen ihren Helden zu, wie sie ihre Siegesserie in dieser Saison fortsetzten, ein Rekord, den allerdings auch Taft hielt, wie sie wussten.

Da das Spiel gegen Taft auf ein Wochenende fiel, an dem die Jungen nach Hause durften, luden Jimmys Eltern Fletcher vor dem Anpfiff zu einem provisorischen Picknick aus dem Kofferraum ein. Fletcher erzählte den anderen Mitschülern seines Jahrgangs nichts davon, da er glaubte, es würde sie nur eifersüchtig machen. Es war schlimm genug, der Klassenbeste zu sein, und nun wurde er auch noch eingeladen, das Taft-Spiel mit einem Ehemaligen anzuschauen, der reservierte Plätze an der Mittellinie hatte.

»Wie ist denn dein Dad so?«, erkundigte sich Jimmy, nachdem es in der Nacht vor dem Spiel hieß: Licht aus!

»Toll«, sagte Fletcher. »Aber ich muss dich warnen: Er ist ein Taft-Mann und Republikaner. Was ist mit deinem Dad? Ich bin noch nie einem Senator begegnet.«

»Er ist mit Leib und Seele Politiker. Das schreibt zumindest die Presse«, meinte Jimmy. »Ich weiß nicht genau, was das heißen soll.«

Am Morgen des Spiels konnte sich, trotz Mr. Baileys Begeisterung angesichts der Wirkung von Säure auf Zink, keiner auf den Chemieunterricht konzentrieren, nicht zuletzt deshalb, weil Jimmy den Hauptgashahn abgedreht hatte, sodass Mr. Bailey nicht einmal den Bunsenbrenner entzünden konnte.

Um zwölf Uhr läutete die Schulglocke, und dreihundertachtzig lärmende Jungs strömten in den Schulhof. Sie rotteten sich wie ein Eingeborenenstamm, der in den Krieg ziehen will, zusammen und brüllten ihren Schlachtruf: »Hotchkiss, Hotchkiss, Hotchkiss wird gewinnen! Tod allen Taftlern!«

Fletcher rannte zu der Stelle, wo er sich mit seinen Eltern treffen wollte, während Autos und Taxis am See entlang einfuhren.

»Andrew, mein Liebling, wie geht es dir?«, waren die ersten Worte seiner Mutter, als sie aus dem Wagen stieg.

»Fletcher. In Hotchkiss heiße ich Fletcher«, flüsterte er und hoffte, dass keiner der anderen Jungen das »Liebling« gehört hatte. Er schüttelte seinem Vater die Hand und sagte: »Wir müssen sofort in Richtung Spielfeld, weil wir von Senator Gates und seiner Frau zu einem Picknick eingeladen wurden.«

Fletchers Vater hob eine Augenbraue. »Wenn ich mich recht erinnere, ist Senator Gates Demokrat«, sagte er mit gespielter Verachtung.

»Und ein ehemaliger Kapitän des Footballteams von Hotchkiss«, fügte Fletcher hinzu. »Sein Sohn Jimmy und ich sind in derselben Klasse, und er ist mein bester Freund, darum sollte Mom neben dem Senator sitzen, und wenn du dich dem nicht gewachsen fühlst, Dad, kannst du gern auf der anderen Seite des Spielfelds bei den Taft-Leuten Platz nehmen.«

»Nein, ich denke, ich werde mich schon mit dem Senator abfinden. Es wird mir eine Freude sein, neben ihm zu sitzen, wenn Taft mit einem furiosen Touchdown den Sieg erringt.«

Es war ein klarer Herbsttag, und die drei schlenderten durch einen goldenen Blätterteppich zum Spielfeld. Ruth versuchte, ihren Sohn bei der Hand zu nehmen, aber Fletcher hielt gerade so weit Distanz zu ihr, dass es ihr nicht möglich war. Lange bevor sie an das Spielfeld gelangten, hörten sie schon die typischen Anfeuerungsrufe der Menge vor einem Spiel.

Fletcher entdeckte Jimmy hinter einem geparkten Oldsmobile, auf dessen offener Kofferraumklappe weitaus üppigere Mahlzeiten standen als alles, was er in den letzten zwei Monaten zu Gesicht bekommen hatte. Ein großer, eleganter Mann trat auf sie zu. »Hallo, ich bin Harry Gates.« Der

Senator streckte seine Politikerhand aus und begrüßte Fletchers Eltern.

Fletchers Vater ergriff die ausgestreckte Hand. »Guten Tag, Senator. Ich bin Robert Davenport, und das ist meine Frau Ruth.«

»Nennen Sie mich Harry. Das ist Martha, meine erste Frau.« Mrs. Gates hieß beide willkommen. »Ich nenne sie meine erste Frau – na ja, so strengt sie sich mehr an.«

»Möchten Sie einen Drink?«, fragte Martha, die über seinen Witz, den sie schon so oft gehört hatte, nicht mehr lachen konnte.

»Dann aber fix«, meinte der Senator und sah auf seine Uhr. »Wir wollen ja vor dem Anpfiff auch noch essen. Darf ich Ihnen etwas anbieten, Ruth? Ihren Mann lassen wir für sich selbst sorgen – ich rieche einen Republikaner schon auf hundert Schritte.«

»Ich fürchte, es ist noch viel schlimmer«, seufzte Ruth.

»Sagen Sie mir nicht, dass er ein Taft-Mann ist, denn ich denke daran, das in diesem Bundesstaat zu einem Kapitalverbrechen zu erklären.«

Ruth nickte.

»Fletcher, komm du zu mir und unterhalte dich mit mir, denn ich habe vor, deinen Vater zu ignorieren.«

Fletcher fühlte sich von der Aufforderung geschmeichelt und fragte den Senator kurz darauf über die Arbeit der Legislative von Connecticut aus.

»Andrew«, mahnte Ruth.

»Fletcher, Mutter.«

»Fletcher, denkst du nicht, der Senator würde sich gern über etwas anderes als Politik unterhalten?«

»Nein, ist schon gut, Ruth«, versicherte Harry. »Die

Wähler stellen mir nur selten so aufschlussreiche Fragen, und außerdem hoffe ich, dass ein wenig davon auf Jimmy abfärbt.«

Nach dem Essen spazierte die Gruppe schweigend zu den Tribünen und nahm nur wenige Augenblicke vor Spielbeginn ihre Plätze ein. Diese waren besser, als es sich ein Erstklässler jemals erträumen konnte, aber Senator Gates hatte seit seinem Abschluss ja auch kein einziges Spiel gegen Taft verpasst. Fletcher konnte seine Aufregung kaum zügeln, als sich die Zeiger der Uhr über der Anzeigetafel auf vierzehn Uhr zubewegten. Er starrte auf die gegenüberliegende Tribüne und wurde von den Schreien der Gegner begrüßt. »Gebt mir ein T, gebt mir ein A, gebt mir ein …«

Und da verliebte er sich.

Nats Blick heftete sich auf das Gesicht über dem Buchstaben A.

»Nat ist der klügste Junge in unserer Klasse«, teilte Tom Nats Vater mit. Michael lächelte.

»Aber nur knapp«, ging Nat in die Defensive. »Vergiss nicht, dass ich Ralph Elliot nur um einen Punkt geschlagen habe.«

»Ich frage mich, ob das der Sohn von Max Elliot ist«, sagte Nats Vater leise, fast zu sich selbst.

»Wer ist Max Elliot?«

»In meinem Geschäft nennt man jemanden wie ihn ein nicht akzeptables Risiko.«

»Warum?«, wollte Nat wissen, aber sein Vater führte diese unverbindliche Äußerung nicht weiter aus und war erleichtert, als sein Sohn von den Cheerleadern abgelenkt wurde, die blaue und weiße Pompons an den Handgelenken trugen und ihren rituellen Kriegstanz aufführten. Nats Blick heftete sich auf das zweite Mädchen von links, das zu ihm hochzulächeln schien, obwohl ihm klar war, dass er für sie nur ein Fleck hinten auf der Tribüne sein musste.

»Du bist gewachsen, wenn mich nicht alles täuscht«, bemerkte Nats Vater, dem auffiel, dass die Hosenbeine seines Sohnes beinahe drei Zentimeter über dessen Schuhen endeten. Er fragte sich, wie oft er ihm wohl neue Kleidung kaufen musste.

»Na ja, am Schulessen kann's nicht liegen«, erklärte Tom, der immer noch der Kleinste in der Klasse war. Nat sagte nichts. Sein Blick klebte weiterhin auf den Cheerleadern.

»In welche von denen hast du dich verknallt?«, wollte Tom wissen und stieß seinen Freund mit dem Ellbogen an.

»Was?«

»Du hast mich schon verstanden.«

Nat drehte sich um, damit sein Vater die Antwort nicht hören konnte. »Die Zweite von links, mit dem A auf dem Sweater.«

»Diane Coulter.« Tom freute sich, dass er ausnahmsweise einmal mehr wusste als sein Freund.

»Woher kennst du ihren Namen?«

»Sie ist Dan Coulters Schwester.«

»Aber der ist der hässlichste Spieler im Team.« Nat war entsetzt. »Er hat Blumenkohlohren und eine gebrochene Nase.«

»Das hätte Diane auch, wenn sie in den letzten fünf Jahren jede Woche im Team gespielt hätte«, meinte Tom lachend.

»Was weißt du sonst noch über sie?«, fragte Nat verschwörerisch.

»Ach, ist es schon so ernst?«, spöttelte Tom. Jetzt versetzte

Nat seinem Freund einen Rippenstoß. »Soso, wir suchen also schon Zuflucht bei körperlicher Gewalt! Das entspricht wohl kaum dem Ehrenkodex von Taft«, fügte Tom hinzu. »Besiege einen Mann mit der Kraft deiner Argumente, nicht mit der Kraft deiner Arme. Oliver Wendell Holmes, wenn ich mich recht erinnere.«

»Ach, hör auf zu labern und beantworte einfach meine Frage«, pflaumte Nat ihn an.

»Ehrlich gesagt weiß ich nicht viel mehr über sie. Ich erinnere mich nur, dass sie Westover besucht und dort im Hockeyteam als Rechtsaußen spielt.«

»Was flüstert ihr zwei da eigentlich?«, wollte Nats Vater wissen.

»Wir reden über Dan Coulter«, sagte Tom, ohne mit der Wimper zu zucken. »Er ist einer unserer Runningbacks – ich habe Nat gerade erzählt, dass er jeden Morgen acht Eier zum Frühstück isst.«

»Woher weißt du das?«, wollte Nats Mutter wissen.

»Weil eins davon immer mir gehört«, meinte Tom wehmütig.

Während seine Eltern lachten, starrte Nat weiterhin das A in TAFT an. Es war das erste Mal, dass ihm überhaupt ein Mädchen auffiel. Plötzlich aufbrandendes Gebrüll riss ihn aus seiner Versunkenheit. Alle auf seiner Seite des Stadions erhoben sich, um das Taft-Team zu begrüßen, das aufs Spielfeld gerannt kam. Wenige Augenblicke später tauchten von der anderen Seite des Feldes die Hotchkiss-Spieler auf, deren Anhänger ebenso begeistert von ihren Sitzen sprangen.

Fletcher stand ebenfalls, aber sein Blick blieb auf das Cheerleader-Mädchen mit dem A auf dem Sweater geheftet. Er hatte Schuldgefühle, dass das erste Mädchen, in das er sich je verliebt hatte, Taft unterstützte.

»Du scheinst dich ja gar nicht auf unser Team zu konzentrieren«, flüsterte ihm der Senator, nach vorn gebeugt, ins Ohr.

»Oh doch, Sir, das tue ich.« Fletcher richtete seine Aufmerksamkeit umgehend auf die Hotchkiss-Spieler, die sich gerade aufwärmten.

Die Kapitäne beider Mannschaften liefen zum Schiedsrichter im schwarz-weiß gestreiften Trikot, der an der Mittellinie auf sie wartete. Das Zebra warf einen Silberdollar in die Luft, in dem sich die Nachmittagssonne spiegelte, bevor er auf dem Boden landete. Die Taft-Männer schlugen sich gegenseitig auf den Rücken, als sie das Profil von Washington sahen.

»Er hätte sich für Kopf entscheiden sollen«, seufzte Fletcher.

Nat starrte weiterhin Diane an, die an ihren Tribünenplatz zurückkehrte. Er fragte sich, wie er sie kennenlernen könnte. Es würde nicht leicht sein. Dan Coulter war ein Gott. Konnte ein Neuer wie Nat hoffen, den Olymp zu besteigen?

»Prima Lauf«, brüllte Tom.

»Von wem?«, fragte Nat.

»Coulter natürlich. Er hat gerade den ersten Versuch gelandet.«

»Coulter?«

»Sag jetzt bloß nicht, du hast seine Schwester angestarrt, während die Weicheier den Ball verloren haben!«

»Nein, hab ich nicht.«

»Dann kannst du mir ja sicher sagen, wie viele Yards wir gemacht haben.« Tom sah seinen Freund an. »Dacht' ich's mir doch: Du hast nicht mal zugesehen.« Er seufzte hörbar auf. »Ich glaube, es ist an der Zeit, dich von deinen Qualen zu erlösen.«

»Wie meinst du das?«

»Ich werde ein Treffen arrangieren müssen.«

»Kannst du das?«

»Klar. Ihr Vater ist der Autohändler bei uns daheim, und wir kaufen immer unsere Wagen bei ihm, darum musst du einfach nur die Ferien bei mir verbringen.«

Tom hörte nicht mehr, ob sein Freund die Einladung annahm, denn seine Antwort ging in einem erneuten Jubelgetöse unter, als die Taft-Spieler einen Passversuch in der Luft abfingen.

Nat jubelte am lautesten, als am Ende des ersten Spielviertels die Pfeife ertönte. Er hatte vergessen, dass sein Team im Rückstand lag. Er blieb stehen, in der Hoffnung, das Mädchen mit den blonden Locken und dem bezaubernden Lächeln könnte ihn bemerken. Aber wie sollte sie, da sie lebhaft auf und ab hüpfte, um die Taft-Anhänger zu ermuntern, noch lauter zu jubeln.

Das zweite Viertel wurde viel zu schnell angepfiffen. A kehrte auf ihren Tribünenplatz zurück und wurde von dreißig muskelbepackten Schwergewichten ersetzt. Widerwillig nahm Nat seinen Platz wieder ein und tat so, als würde er sich auf das Spiel konzentrieren.

»Darf ich mir Ihr Fernglas ausleihen, Sir?«, bat Fletcher Jimmys Vater zur Halbzeit.

»Natürlich, mein Junge.« Der Senator reichte es ihm. »Gib es mir einfach zurück, wenn das Spiel weitergeht.« Fletcher überhörte die Anspielung seines Gastgebers, während er sich auf das Mädchen mit dem A auf ihrem Sweater konzentrierte. Er wünschte, sie würde sich häufiger zu seiner Seite umdrehen.

»An welcher bist du denn interessiert?«, erkundigte sich der Senator flüsternd.

»Ich sehe mir nur die Spieler der Taft-Mannschaft an, Sir.«

»Ich glaube, die sind noch gar nicht auf das Spielfeld zurückgekehrt«, erwiderte der Senator. Fletcher lief rot an. »T, A, F oder T?«, hakte Jimmys Vater nach.

»A, Sir«, gab Fletcher zu.

Der Senator nahm ihm das Fernglas ab, betrachtete das zweite Mädchen von links und wartete, bis sie sich umdrehte. »Ich billige deine Wahl, junger Mann. Und was gedenkst du jetzt zu tun?«

»Keine Ahnung, Sir«, meinte Fletcher hilflos. »Um ehrlich zu sein, ich kenne nicht einmal ihren Namen.«

»Diane Coulter«, sagte der Senator.

»Woher wissen Sie das?« Fletcher fragte sich verwundert, ob Senatoren alles wussten.

»Recherche, mein Junge. Hat man dir das in Hotchkiss noch nicht beigebracht?« Fletcher schaute verwirrt. »Alles, was du wissen musst, steht auf Seite elf des Programms«, fügte der Senator hinzu und reichte ihm das aufgeschlagene Heft. Seite elf war den Cheerleadern beider Schulen gewidmet. »Diane Coulter«, wiederholte Fletcher und starrte das Foto an. Sie war ein Jahr jünger als Fletcher – mit 13 gaben Frauen ihr Alter noch bereitwillig zu –, und sie spielte Geige in ihrem Schulorchester. Wie sehr er sich jetzt wünschte, er hätte auf den Rat seiner Mutter gehört und Klavierspielen gelernt.

Nachdem Taft mühsam einen Yard nach dem anderen gutgemacht hatte, übernahmen sie endlich die Führung. Pflichtschuldig kehrte Diane an die Seitenlinie zurück, um ihre schwungvolle Nummer aufzuführen.

»Dich hat's ja echt schwer erwischt«, meinte Tom. »Ich schätze, ich werde dich ihr vorstellen müssen.«

»Kennst du sie wirklich?«, fragte Nat ungläubig.

»Ja klar«, erwiderte Tom. »Seit unserem zweiten Lebensjahr gehen wir schon auf dieselben Partys.«

»Ich frage mich, ob sie einen Freund hat«, sinnierte Nat.

»Woher soll ich das wissen? Warum verbringst du in den Ferien nicht eine Woche bei uns? Dann kannst du den Rest getrost mir überlassen.«

»Würdest du das für mich tun?«

»Das kostet dich natürlich was.«

»An was denkst du?«

»Sorge dafür, dass du die Ferienaufgaben gelöst hast, bevor du zu uns kommst – dann muss ich mir nicht die Mühe machen, alle Fakten nachzuprüfen.«

»Abgemacht«, versprach Nat.

Das dritte Viertel wurde angepfiffen, und nach einer Reihe brillanter Pässe schaffte es Hotchkiss bis in die Endzone, wodurch sie wieder die Führung übernahmen, die sie bis zum Ende des Viertels behielten.

»Hallo Taft, hallo Taft, ihr seid wieder da, wo ihr hingehört«, sang der Senator ziemlich falsch, während die Mannschaften eine Auszeit nahmen.

»Es wird noch ein Viertel gespielt«, rief Fletcher dem Senator in Erinnerung, als sein Gastgeber das Fernglas an ihn weiterreichte.

»Hast du schon entschieden, auf wessen Seite du stehst, junger Mann, oder hat dich diese Mata Hari von Taft bereits vollends umgarnt?« Wieder schaute Fletcher verwirrt. Er würde nachschlagen müssen, wer Mata Hari war, sobald er wieder auf seinem Zimmer war. »Wahrscheinlich wohnt sie hier in der Nähe«, fuhr der Senator fort. »Dann brauchen meine Leute keine zwei Minuten, um alles über sie herauszufinden, was du wissen musst.«

»Sogar ihre Adresse und ihre Telefonnummer?«, fragte Fletcher.

»Und auch, ob sie schon einen Freund hat«, erwiderte der Senator.

»Ist das nicht Amtsmissbrauch?«, wollte Fletcher wissen.

»Verdammt richtig, ist es«, gab Senator Gates zu. »Aber das würde jeder Politiker tun, wenn er glaubt, es könnte ihm bei künftigen Wahlen zwei Stimmen sichern.«

»Das löst aber nicht mein Problem, wie ich sie treffen soll, wo ich doch aus Farmington komme.«

»Auch das lässt sich leicht beheben, wenn du über Weihnachten ein paar Tage bei uns verbringst. Dann sorge ich dafür, dass sie und ihre Eltern zu irgendeiner Feier ins Kapitol eingeladen werden.«

»Das würden Sie für mich tun?«

»Natürlich, aber wenn du weiterhin Abmachungen mit Politikern treffen willst, solltest du wissen, dass es so etwas wie einen Gegengefallen gibt.«

»Und wie soll der aussehen? Ich würde alles tun.«

»Das darfst du niemals zugeben, mein Junge, denn dann hast du bei Verhandlungen automatisch die schwächere Position. Ich will im Gegenzug nur, dass du dafür sorgst, Jimmy irgendwie von den untersten Rängen seiner Klasse wegzubekommen. Das ist dann dein Teil unserer Übereinkunft.«

»Abgemacht, Senator«, sagte Fletcher und schüttelte ihm die Hand.

»Gut zu hören«, meinte der Senator, »denn Jimmy scheint mir bereitwillig deiner Führung zu folgen.«

Es war das erste Mal, dass jemand Fletcher gegenüber andeutete, er könne eine Führungspersönlichkeit besitzen. Bis zu diesem Augenblick war ihm dieser Gedanke nie gekommen. Er dachte über die Worte des Senators nach und verpasste dabei den Touchdown, mit dem Taft den Sieg errang. Erst als Diane von der Tribüne lief und ein Ritual aufführte, das unglücklicherweise einem Siegestanz ähnelte, wurde ihm klar, dass es in diesem Jahr keinen zusätzlichen schulfreien Tag geben würde.

Auf der anderen Seite des Stadions standen Nat und Tom vor den Umkleidekabinen mitten zwischen zahllosen Taft-Anhängern, die mit einer Ausnahme darauf warteten, ihre Helden in Empfang zu nehmen. Nat stieß seinen Freund in die Rippen, als sie herauskam. Tom trat rasch vor. »Hi, Diane«, sagte er und wartete gar nicht erst auf eine Antwort. »Ich möchte dir meinen Freund Nat vorstellen. Offen gestanden wollte er dich unbedingt kennenlernen.« Nat wurde rot, und das lag nicht nur daran, dass ihm Diane noch viel hübscher vorkam als auf ihrem Foto. »Nat wohnt in Cromwell«, fügte Tom hilfreich hinzu, »aber über Weihnachten verbringt er ein paar Tage bei uns, dann kannst du ihn besser kennenlernen.«

Nat war sich nur einer Sache sicher: Toms künftige Karriere lag ganz bestimmt nicht im diplomatischen Corps.

8

Nat saß an seinem Schreibtisch und versuchte, sich auf die Weltwirtschaftskrise zu konzentrieren. Er schaffte ungefähr eine halbe Seite, doch ständig begaben sich seine Gedanken auf Wanderschaft, und er ging immer wieder die kurze Begegnung mit Diane durch. Dazu brauchte er nicht lange, denn sie hatte ja kaum ein Wort mit ihm gewechselt, bevor sein Vater gekommen war und ihm mitgeteilt hatte, dass sie jetzt gehen müssten.

Nat hatte ihr Foto aus dem Football-Programm ausgeschnitten und trug es ständig bei sich. Er wünschte, er hätte mindestens drei Programmhefte mitgenommen, denn das kleine Foto war mittlerweile ziemlich abgegriffen. Am Morgen nach dem Spiel hatte er Tom unter dem Vorwand, über den Börsencrash an der Wall Street reden zu wollen, angerufen und sich dabei beiläufig erkundigt: »Hat Diane noch etwas über mich gesagt, nachdem ich gegangen war?«

»Sie findet dich sehr nett.«

»Sonst nichts?«

»Was sollte sie sonst noch sagen? Ihr hattet ja kaum zwei Minuten zusammen, bevor dein Vater dich weggezerrt hat.«

»Mag sie mich?«

»Sie hält dich für sehr nett, und wenn ich mich recht erinnere, sagte sie etwas von James Dean.«

»Nein, du lügst – oder?«

»Nein, du hast recht – hat sie nicht.«

»Du bist ein Ekel.«

»Stimmt, aber ein Ekel mit einer Telefonnummer.«

»Du hast ihre Telefonnummer?«, rief Nat ungläubig.

»Du bist schnell von Begriff.«

»Wie lautet sie?«

»Hast du den Aufsatz über die Weltwirtschaftskrise fertig?«

»Noch nicht ganz, aber bis zum Wochenende ist er's. Bleib dran, ich hole einen Bleistift.« Nat notierte sich die Nummer auf der Rückseite von Dianes Foto. »Glaubst du, es würde sie überraschen, wenn ich sie anrufe?«

»Ich glaube, es würde sie überraschen, wenn du es nicht tust.«

»Hi, hier ist Nat Cartwright. Wahrscheinlich erinnerst du dich nicht an mich.«

»Nein. Wer bist du?«

»Ich bin der, den du nach dem Hotchkiss-Spiel getroffen hast. Du sagtest, ich würde wie James Dean aussehen.«

Nat warf einen Blick in den Spiegel. Er hatte nie zuvor über sein Aussehen nachgedacht. Sah er wirklich wie James Dean aus?

Es hatte noch ein paar Tage und mehrere Probedurchläufe gebraucht, bevor Nat den Mut fasste, sie anzurufen. Nachdem er seinen Aufsatz über die Weltwirtschaftskrise abgeschlossen hatte, bereitete er eine Liste von Fragen vor, die sich danach richteten, wer den Hörer abnehmen würde. Falls es ihr Vater war, würde er sagen: »Guten Morgen, Sir. Mein Name ist Nat Cartwright. Könnte ich bitte mit Ihrer Tochter sprechen?« Falls es ihre Mutter war, würde er sagen: »Guten Morgen, Mrs. Coulter, mein Name ist Nat Cartwright. Könnte ich bitte mit Ihrer Tochter sprechen?« Falls Diane selbst abnahm, hatte er zehn Fragen in logischer Reihenfolge vorbereitet. Er legte die drei Blätter auf den Tisch, holte tief Luft und wählte sorgfältig die Nummer. Besetzt. Vielleicht sprach sie gerade mit einem anderen Jungen. Hatte sie bereits dessen Hand gehalten, ihn vielleicht sogar geküsst? Traf sie sich regelmäßig mit ihm? Fünfzehn Minuten später versuchte er es erneut. Immer noch besetzt. Hatte in der Zwischenzeit ein anderer Verehrer angerufen? Dieses Mal wartete er nur zehn Minuten, bevor er es wieder versuchte. Als er den Klingelton hörte, spürte er, wie sein Herz in der Brust pochte. Am liebsten hätte er den Hörer wieder auf die Gabel geworfen. Er starrte seine Liste von Fragen an. Das Klingeln hörte auf. Jemand hatte den Hörer abgenommen.

»Hallo«, meldete sich eine tiefe Stimme. Man musste Nat nicht erst sagen, dass es die Stimme von Dan Coulter war.

Nat ließ den Hörer auf den Boden fallen. Götter gingen doch zweifelsohne nicht persönlich ans Telefon? Außerdem hatte er für Dianes Bruder keine Fragen vorbereitet. Hastig hob er den Hörer auf und drückte ihn auf die Gabel.

Nat las seinen Aufsatz noch einmal durch, bevor er es ein viertes Mal versuchte. Endlich meldete sich eine Mädchenstimme.

»Diane?«

»Nein, ich bin ihre Schwester Tricia«, sagte die Stimme, die schon älter klang. »Diane ist gerade unterwegs, sollte aber in einer Stunde zurück sein. Wer spricht denn da?«

»Nat«, sagte er. »Würdest du ihr bitte sagen, dass ich in einer Stunde noch mal anrufe?«

»Klar«, sagte die ältere Stimme.

»Danke.« Nat legte auf. Auch für eine ältere Schwester hatte er weder Fragen noch Antworten vorbereitet.

In der folgenden Stunde sah Nat bestimmt sechzig Mal auf seine Uhr, er wartete aber noch weitere fünfzehn Minuten, bevor er die Nummer erneut wählte. Im Magazin *Teen* hatte er gelesen, dass man bei Mädchen, die einen interessierten, nicht zu eifrig wirken durfte, das würde sie nur verschrecken. Endlich ging jemand an den Apparat.

»Hallo«, meldete sich eine jüngere Stimme.

Nat sah auf seinen Aufschrieb. »Hallo, kann ich mit Diane sprechen?«

»Hallo Nat, ich bin's, Diane. Tricia hat mir gesagt, dass du anrufen würdest. Wie geht es dir?«

»Wie geht es dir« stand nicht in seinem Manuskript. »Gut«, brachte er schließlich hervor. »Und dir?«

»Mir geht es auch gut«, antwortete sie. Es folgte erneut langes Schweigen, während Nat nach einer passenden Frage suchte.

»Ich komme nächste Woche nach Simsbury und verbringe ein paar Tage bei Tom«, las er mit monotoner Stimme vor.

»Toll«, erwiderte Diane. »Hoffentlich laufen wir uns zufällig mal über den Weg.« In seinem Manuskript stand eindeutig nichts davon, sich zufällig über den Weg zu laufen. Er versuchte, alle zehn Fragen auf einmal zu lesen. »Bist du noch dran, Nat?«, fragte Diane.

»Ja. Hoffentlich sehe ich dich, während ich in Simsbury bin?« Frage Nummer neun.

»Aber bestimmt«, meinte Diane. »Das würde mich riesig freuen.«

»Auf Wiederhören.« Nat betrachtete Antwort Nummer zehn.

Während des restlichen Abends versuchte Nat, sich in allen Einzelheiten an das Gespräch zu erinnern. Er schrieb es sogar Wort für Wort auf und unterstrich dreimal ihre Antwort *Aber bestimmt, das würde mich riesig freuen.* Da es noch vier Tage bis zu seinem Besuch bei Tom waren, fragte er sich, ob er Diane noch einmal anrufen sollte – nur um sicherzugehen. Er las im *Teen*-Magazin nach, um dort einen Rat zu finden, denn dort schien man auch all seine früheren Probleme vorhergesehen zu haben. Es stand jedoch nichts bezüglich eines zweiten Anrufs darin, allerdings riet man ihm für das erste Date zu lässiger Kleidung; außerdem solle man entspannt sein und, wann immer sich die Gelegenheit bot, über andere Mädchen sprechen, mit denen man schon ausgegangen war. Nat war noch nie mit anderen Mädchen ausgegangen, und, noch schlimmer, er besaß keine lässige Kleidung, nur ein kariertes Hemd, das er eine halbe Stunde, nachdem er es gekauft hatte, in einer Schublade versteckte. Nat sah nach, wie viel Geld er vom Zeitungsaustragen noch gespart hatte – sieben Dollar und zwanzig Cent –, und fragte sich, ob das wohl reichte, um ein neues Hemd und ein paar Freizeithosen zu kaufen. Wenn er doch nur einen älteren Bruder hätte!

Nat verpasste seinem Aufsatz in nur wenigen Stunden den letzten Schliff, bevor ihn sein Vater nach Simsbury fuhr.

Während sie in Richtung Norden unterwegs waren, fragte sich Nat ständig, warum er Diane nicht noch einmal angerufen und Ort und Zeit ausgemacht hatte, wo sie sich treffen konnten. Womöglich war sie zwischenzeitlich weggefahren – hatte beschlossen, eine Freundin oder gar einen Freund zu besuchen. Ob es Toms Eltern etwas ausmachen würde, wenn er sie gleich bei seiner Ankunft bat, ihr Telefon benützen zu dürfen?

»Heiliger Strohsack!«, rief Nat aus, als sein Vater auf eine lange Auffahrt bog und an einer Koppel voller Pferde vorüberkam. Nats Vater hätte ihn wegen Gotteslästerung gescholten, war aber selbst ein wenig perplex. Die Auffahrt zog sich über mindestens eine Meile hin, bevor sie in ein mit Kies ausgelegtes Rondell mündete, hinter dem eine herrliche Villa im Kolonialstil mit weißen Säulen stand, umgeben von Nadelbäumen.

»Heiliger Strohsack!«, rief Nat ein zweites Mal. Dieses Mal schalt ihn sein Vater.

»Tut mir leid, Dad, aber Tom hat nie erwähnt, dass er in einem Palast wohnt.«

»Warum sollte er auch?«, erwiderte sein Vater. »Etwas anderes hat er ja nie kennengelernt. Übrigens ist er nicht wegen der Größe seines Elternhauses dein bester Freund, und wenn er das Gefühl gehabt hätte, dich beeindrucken zu müssen, hätte er es schon vor langer Zeit erwähnt. Weißt du, was sein Vater von Beruf ist? Denn eines steht fest: Er verkauft keine Lebensversicherungen.«

»Ich glaube, er ist Bankier.«

»Tom Russell, natürlich. Russell's Bank«, rief sein Vater, als sie vor dem Haus vorfuhren.

Tom wartete zur Begrüßung schon am Kopf der Eingangstreppe. »Guten Tag, Sir. Wie geht es Ihnen?«, fragte er, als er die Tür auf der Fahrerseite öffnete.

»Danke, gut, Tom«, erwiderte Michael Cartwright, während sein Sohn aus dem Wagen stieg und sich dabei an einen kleinen Koffer mit den Initialen M.C. neben dem Schloss klammerte.

»Möchten Sie auf einen Drink hereinkommen, Sir?«

»Das ist sehr nett«, erwiderte Nats Vater, »aber meine Frau

erwartet mich rechtzeitig zum Abendessen zurück, darum sollte ich mich besser gleich wieder auf den Weg machen.«

Nat winkte, während sein Vater das Rondell umkreiste und die Rückfahrt nach Cromwell antrat.

Nat sah zum Haus auf und entdeckte am Treppenkopf einen Butler. Dieser bot an, den Koffer zu nehmen, aber Nat klammerte sich fest an ihn. Man führte ihn über eine herrliche, breite Rundtreppe in den ersten Stock und in das Gästezimmer. In Nats Elternhaus gab es nur ein einziges Gästezimmer, das in diesem Haus wohl als Besenkammer durchgegangen wäre. Sobald der Butler sie verlassen hatte, sagte Tom: »Wenn du ausgepackt hast, komm nach unten. Dann lernst du meine Mutter kennen. Wir sind in der Küche.«

Nat setzte sich ans Fußende eines der beiden Betten. Ihm war schmerzlich bewusst, dass er Tom niemals zu sich nach Hause einladen konnte.

Er brauchte zum Auspacken nicht mehr als drei Minuten, da er nur zwei Hemden, eine Ersatzhose und eine Krawatte mitgebracht hatte. Anschließend verbrachte er beträchtliche Zeit mit der Begutachtung des Badezimmers, bevor er schließlich aufs Bett und wieder hinuntersprang. Es federte prächtig. Er wartete noch zwei Minuten, erst dann verließ er das Zimmer, stieg die breite Treppe hinunter und fragte sich, ob er jemals die Küche finden würde. Doch der Butler wartete am Fußende der Treppe und begleitete ihn durch den Flur. Verstohlen blickte Nat in jedes Zimmer, an dem sie vorbeikamen.

»Hallo«, begrüßte ihn Tom. »Ist dein Zimmer in Ordnung?«

»Ja, es ist toll.« Nat war klar, dass sein Freund nicht sarkastisch sein wollte.

»Mom, das ist Nat. Er ist der klügste Junge in der Klasse, Gott sei's geklagt.«

»Bitte fluche nicht, Tom«, mahnte Mrs. Russell. »Hallo Nat, schön, dich kennenzulernen.«

»Guten Abend, Mrs. Russell. Es ist auch schön, Sie kennenzulernen. Sie haben ein wunderschönes Haus.«

»Danke, Nat. Wir freuen uns sehr, dass du ein paar Tage zu uns kommen konntest. Darf ich dir eine Cola anbieten?«

»Ja bitte.«

Sofort lief ein Dienstmädchen in Dienstkleidung zum Kühlschrank, nahm eine Cola heraus und gab etwas Eis dazu.

»Danke«, sagte Nat. Er sah zu, wie das Mädchen zur Spüle zurückkehrte und Kartoffeln klein schnitt. Er musste an seine Mutter in Cromwell denken. Sie würde jetzt auch gerade Kartoffeln klein schneiden, hatte allerdings schon einen ganzen Tag Unterricht hinter sich.

»Soll ich dich herumführen?«, fragte Tom.

»Klingt toll«, meinte Nat, »aber darf ich zuerst telefonieren?«

»Brauchst du nicht, Diane hat schon angerufen.«

»Sie hat schon angerufen?«

»Ja, heute Morgen. Sie wollte wissen, wann du ankommst. Sie hat mich angefleht, es dir nicht zu sagen, darum dürfen wir davon ausgehen, dass sie an dir interessiert ist.«

»Dann sollte ich sie besser gleich zurückrufen.«

»Nein, das solltest du auf gar keinen Fall«, meinte Tom.

»Aber ich habe ihr gesagt, dass ich es tun würde.«

»Ja, ich weiß, aber ich denke, wir machen erst einen kleinen Rundgang übers Gelände.«

Als Fletchers Mutter ihn vor dem Haus von Senator Gates und seiner Frau in East Hartford absetzte, öffnete Jimmy die Tür.

»Vergiss nicht, Mr. Gates mit Senator oder Sir anzusprechen.«

»Ja, Mom.«

»Und nerve ihn nicht mit allzu vielen Fragen.«

»Nein, Mom.«

»Denke daran, dass eine Unterhaltung von zwei Personen aus fünfzig Prozent Reden und fünfzig Prozent Zuhören bestehen sollte.«

»Ja, Mom.«

»Hallo, Mrs. Davenport. Wie geht es Ihnen?«, fragte Jimmy zur Begrüßung.

»Gut, danke schön, Jimmy. Und dir?«

»Einfach großartig. Es tut mir leid, Mom und Dad sind bei irgendeinem gesellschaftlichen Anlass, aber ich könnte Ihnen einen Tee machen.«

»Danke, nein. Ich muss zu einer Sitzung der Krankenhausstiftung. Bitte richte deinen Eltern meine besten Grüße aus.«

Jimmy trug einen von Fletchers Koffern in das Gästezimmer. »Ich habe dich direkt neben mir untergebracht«, sagte er. »Das bedeutet, dass wir uns ein Badezimmer teilen müssen.«

Fletcher stellte den anderen Koffer aufs Bett, dann sah er sich die Bilder an den Wänden an – Drucke mit Motiven aus dem Bürgerkrieg, nur für den Fall, dass ein Südstaatler vorbeikommen und vergessen haben sollte, wer seinerzeit gewonnen hatte. Sie erinnerten Jimmy daran, Fletcher zu fragen, ob er den Aufsatz über Lincoln fertig hatte.

»Ja. Hast du Dianes Telefonnummer für mich?«

»Ich habe noch was Besseres. Ich habe herausgefunden, in welchen Coffeeshop sie nachmittags meistens geht. Also dachte ich mir, wir schauen da einfach mal vorbei. So gegen fünf. Und wenn das nicht funktioniert, hat mein Vater ihre Eltern für morgen Abend zu einem Empfang ins Kapitol eingeladen.«

»Und wenn sie nicht kommen?«

»Ich habe die Gästeliste überprüft, und sie haben zugesagt.«

Plötzlich fiel Fletcher seine Abmachung mit dem Senator ein. »Wie weit bist du mit deinen Hausaufgaben?«

»Ich habe noch nicht mal angefangen«, gab Jimmy zu.

»Jimmy, wenn du im nächsten Quartal durchfällst, wird Mr. Haskins dir eine Bewährungsfrist setzen, und dann kann ich dir nicht helfen.«

»Ich weiß, aber ich kenne auch den Deal, den du mit meinem Vater abgeschlossen hast.«

»Und wenn ich den einhalten soll, müssen wir gleich morgen früh mit der Arbeit anfangen. Wir werden jeden Morgen zwei Stunden lernen.«

»Ja, Sir.« Jimmy salutierte. »Aber bevor wir uns über morgen Sorgen machen, solltest du dich besser umziehen.«

Fletcher hatte ein halbes Dutzend Hemden und zwei Paar Hosen eingepackt, aber keine Ahnung, was er zu seinem ersten Date anziehen sollte. Er wollte gerade seinen Freund um Rat fragen, als Jimmy sagte: »Wenn du ausgepackt hast, kannst du zu uns nach unten ins Wohnzimmer kommen. Das Badezimmer liegt am Ende des Flurs.«

Fletcher zog rasch das Hemd und die Hose an, die er am Tag zuvor bei einem örtlichen Schneider, den sein Vater empfohlen hatte, gekauft hatte. Er betrachtete sich in dem großen Spiegel. Fletcher hatte keine Ahnung, wie er aussah, weil er sich noch nie zuvor für Kleidung interessiert hatte. »Lässige Umgangsformen, scharfes Aussehen«, hatte er einen Radiosprecher raten hören, aber was sollte das heißen? Doch darüber würde er sich später Gedanken machen. Als Fletcher nach unten ging, hörte er Stimmen aus dem vorderen Zimmer, von denen er eine nicht erkannte.

»Mutter, du erinnerst dich doch an Fletcher«, sagte Jimmy, als sein Freund in den Raum geschlendert kam.

»Ja natürlich. Mein Mann schwärmt allen Leuten von der faszinierenden Unterhaltung vor, die ihr beide während des Taft-Spiels geführt habt.«

»Wie freundlich von ihm, sich daran zu erinnern«, sagte Fletcher, ohne sie anzusehen.

»Und ich weiß, dass er sich darauf freut, dich wiederzusehen.«

»Wie freundlich von ihm«, wiederholte Fletcher.

»Und das ist meine Babyschwester Annie«, sagte Jimmy.

Annie wurde rot, und nicht nur, weil sie es hasste, von Jimmy als Babyschwester tituliert zu werden: Sein Freund hatte von dem Augenblick, als er den Raum betrat, den Blick nicht von ihr abgewendet.

9

»Guten Abend, Mrs. Coulter, wie schön, Sie und Ihren Gatten kennenzulernen. Das muss Ihre Tochter Diane sein, wenn ich mich recht erinnere.« Mr. und Mrs. Coulter waren beeindruckt, weil sie den Senator noch nie zuvor getroffen hatten. Ihr Sohn hatte nicht nur den Sieges-Touchdown gegen Hotchkiss bewerkstelligt, sie waren auch eingetragene Republikaner.

»Hallo, Diane«, fuhr der Senator fort. »Ich möchte dich jemandem vorstellen.« Harry Gates' Blick wanderte auf der Suche nach Fletcher, der noch einen Augenblick zuvor neben ihm gestanden hatte, durch den Raum. »Merkwürdig«, sagte er, »du darfst nicht gehen, ohne ihn kennenzulernen. Sonst habe ich meinen Teil der Abmachung nicht gehalten«, fügte er ohne Erklärung hinzu.

»Wohin ist Fletcher denn verschwunden?«, wollte Gates von seinem Sohn wissen, sobald sich die Coulters zu den anderen Gästen gesellt hatten.

»Wenn du Annie siehst, kann Fletcher nicht weit sein; er ist seit seiner Ankunft in Hartford nicht von ihrer Seite gewichen. Ich überlege mir schon, ob ich ihm eine Hundeleine kaufen und ihn Fletch nennen soll.«

»Ach ja?«, sagte der Senator. »Ich hoffe, er glaubt nicht, dass ihn das von unserer Abmachung entbindet.«

»Nein, das glaubt er nicht«, meinte Jimmy. »Wir haben

heute Morgen zwei Stunden *Romeo und Julia* gebüffelt. Rate, für wen er sich hält.«

Der Senator lächelte. »Und welche Rolle passt deiner Meinung nach zu dir?«, fragte er.

»Ich denke, ich bin Mercutio.«

»Nein«, widersprach Harry Gates, »du kannst nur Mercutio sein, wenn er anfängt, Diane nachzulaufen.«

»Das verstehe ich nicht.«

»Frag Fletcher. Er wird es dir erklären.«

Tricia öffnete die Tür. Sie hatte sich zum Tennisspielen umgezogen.

»Ist Diane zu Hause?«, fragte Nat.

»Nein, sie ist mit meinen Eltern zu irgendeiner Party ins Kapitol. In einer Stunde müsste sie wieder da sein. Ich bin übrigens Tricia. Wir haben uns am Telefon unterhalten. Ich wollte gerade eine Cola trinken. Willst du auch eine?«

»Ist dein Bruder zu Hause?«

»Nein, er trainiert im Sportstudio.«

»Ja, bitte.«

Tricia führte Nat in die Küche und wies auf einen Stuhl am Tisch. Nat setzte sich. Er blieb stumm, während Tricia die Kühlschranktür öffnete. Als sie sich nach unten beugte, um zwei Colaflaschen herauszuholen, rutschte ihr kurzes Röckchen hoch. Nat konnte nicht anders, als auf ihr weißes Tennishöschen zu starren.

»Wann erwartest du sie zurück?«, fragte er, als sie Eiswürfel in sein Glas gab.

»Keine Ahnung. Jedenfalls musst du dich bis dahin mit mir begnügen.«

Nat nippte an seiner Cola. Er wusste nicht genau, was er

sagen sollte, weil er eigentlich geglaubt hatte, er und Diane hätten ausgemacht, *Wer die Nachtigall stört* anzuschauen.

»Ich weiß wirklich nicht, was du an ihr findest«, erklärte Jimmy.

»Sie hat alles, was du nicht hast.« Fletcher lächelte. »Sie ist klug, hübsch, lustig …«

»Bist du sicher, dass wir hier von meiner Schwester reden?«

»Allerdings. Jetzt ist auch klar, warum du eine Brille tragen musst.«

»Übrigens ist Diane Coulter gerade mit ihren Eltern gekommen. Dad will wissen, ob du sie immer noch kennenlernen möchtest.«

»Eigentlich nicht. Sie ist von Platz A auf Platz Z gerutscht, also passt sie jetzt viel besser zu dir.«

»Nein, danke«, meinte Jimmy. »Ich brauche deine abgelegten Schönheiten nicht. Übrigens habe ich Dad von *Romeo und Julia* erzählt und gesagt, dass ich mich als Mercutio sehe.«

»Nur, wenn ich mich mit Dan Coulters Schwester verabrede, aber an einer Tochter jenes Hauses bin ich nicht länger interessiert.«

»Das kapiere ich nicht.«

»Ich erklär's dir morgen«, sagte Fletcher. Jimmys Schwester war mit zwei Flaschen Dr Pepper aufgetaucht. Annie sah ihren Bruder finster an, und der zog sich rasch zurück.

Eine Zeit lang sprach keiner von beiden, dann sagte sie: »Möchtest du, dass ich dir den Sitzungssaal der Senatoren zeige?«

»Klar, das wäre toll«, meinte Fletcher. Annie drehte sich um und ging zur Tür. Fletcher folgte einen Schritt hinter ihr.

»Siehst du, was ich sehe?«, sagte Harry Gates zu seiner Frau, als Fletcher und seine Tochter den Raum verließen.

»Natürlich«, erwiderte Martha Gates, »aber ich würde mir keine allzu großen Sorgen machen. Ich bezweifle, dass die beiden schon fähig sind, sich gegenseitig zu verführen.«

»Mich hat das in diesem Alter nicht abgehalten, wie du dich sicher erinnern wirst.«

»Typisch Politiker. Noch so eine Geschichte, die du im Laufe der Jahre ausgeschmückt hast. Denn wenn ich mich recht erinnere, habe damals ich dich verführt.«

Nat nippte gerade an seiner Cola, als er die Hand auf seinem Schenkel spürte. Er errötete, machte aber keine Anstalten, sie wegzuschieben. Tricia lächelte ihn über den Tisch hinweg an. »Du darfst deine Hand auf mein Bein legen, wenn du möchtest.« Nat dachte, sie würde ihn für unhöflich halten, wenn er ihr nicht entgegenkam, also legte er seine Hand unter dem Tisch auf ihren Schenkel. »Gut«, sagte sie und nahm einen Schluck Cola. »Schon besser.« Nat sagte nichts, als ihre Hand an seiner frisch gebügelten Hose hinaufglitt. »Tu einfach, was ich tue«, sagte sie. Er ließ seine Hand etwas weiter nach oben gleiten, machte jedoch halt, als er an ihren Rocksaum gelangte. Sie hörte erst auf, als ihre Hand auf seinem Schritt lag.

»Du hinkst mir ein ganzes Stück hinterher«, sagte Tricia und knöpfte den obersten Knopf seiner Hose auf. »Unter den Rock, nicht darüber«, fügte sie ohne jeden Hauch von Spott hinzu. Er ließ seine Hand unter ihren Rock gleiten, während sie seine Hose weiter aufknöpfte. Er zögerte erneut, als er an ihr Höschen kam. Nat konnte sich nicht erinnern, in *Teen* jemals gelesen zu haben, was er als Nächstes zu tun hatte.

»Das ist der Sitzungssaal der Senatoren«, sagte Annie, während sie von der Galerie auf einen Halbkreis aus blauen Ledersesseln blickten.

»Sehr beeindruckend«, meinte Fletcher.

»Daddy sagt, du würdest eines Tages hier enden. Oder es vielleicht sogar noch weiter schaffen.« Fletcher erwiderte nichts, denn er hatte keine Ahnung, welche Prüfungen man bestehen musste, um Politiker zu werden. »Ich habe gehört, wie er zu meiner Mutter sagte, er hätte noch nie einen so intelligenten Jungen getroffen.«

»Tja, du weißt ja, was man über Politiker sagt«, entgegnete Fletcher.

»Ja, weiß ich, aber ich merke es immer, wenn Daddy nicht meint, was er sagt, denn dann lächelt er gleichzeitig, und diesmal hat er nicht gelächelt.«

»Wo sitzt dein Vater?« Fletcher wollte das Thema wechseln.

»Der Führer der Mehrheit sitzt als Dritter von links in der ersten Reihe.« Sie wies nach unten. »Aber ich verrate dir besser nicht zu viel, denn er freut sich schon darauf, dich persönlich durchs Kapitol zu führen.« Fletcher spürte, wie sie seine Hand berührte.

»Tut mir leid«, sagte er und zog rasch seine Hand fort, weil er glaubte, es handele sich um ein Versehen.

»Sei nicht albern.« Sie nahm wieder seine Hand und hielt sie dieses Mal fest.

»Denkst du nicht, wir sollten zurück auf die Party? Die wundern sich sonst, wo wir bleiben.«

»Vermutlich«, sagte Annie, rührte sich jedoch nicht vom Fleck. »Fletcher, hast du schon mal ein Mädchen geküsst?«, fragte sie leise.

»Nein«, gestand er und wurde feuerrot.

»Möchtest du es denn?«

»Ja, sehr gern«, sagte er.

»Möchtest du mich küssen?«

Er nickte, drehte sich zur Seite und sah zu, wie Annie die Augen schloss und die Lippen schürzte. Er schaute sich um, ob auch alle Türen geschlossen waren, bevor er sich nach vorn beugte und sie sanft auf den Mund küsste. Als er aufhörte, öffnete sie die Augen.

»Weißt du, was man unter einem Zungenkuss versteht?«, fragte sie.

»Nein«, meinte Fletcher.

»Ich auch nicht«, gab Annie zu. »Aber wenn du es rausfindest, dann sagst du es mir, ja?«

»Ja«, versprach Fletcher.

Zweites Buch

Exodus

10

»Wirst du für das Präsidentschaftsamt kandidieren?«, wollte Jimmy wissen.

»Hab mich noch nicht entschieden«, erwiderte Fletcher.

»Alle gehen aber davon aus.«

»Das ist eins der Probleme.«

»Mein Vater wünscht es sich auch von dir.«

»Aber meine Mutter nicht«, meinte Fletcher.

»Warum nicht?«, erkundigte sich Jimmy.

»Sie denkt, ich sollte mich in meinem Abschlussjahr darauf konzentrieren, mich für Yale zu qualifizieren.«

»Aber wenn du Präsident der Schülermitverwaltung wirst, hilft dir das bei deiner Bewerbung. Für mich wird es dagegen ein Kampf werden.«

»Ich bin sicher, dein Vater kann noch ein paar Gefälligkeiten einfordern.« Fletcher grinste.

Jimmy ignorierte diesen Kommentar. »Und was denkt Annie?«

»Sie ist mit allem einverstanden, wofür ich mich entscheide.«

»Dann sollte ich womöglich das Zünglein an der Waage spielen.«

»Was hast du vor?«

»Wenn du gewinnen willst, musst du mich zu deinem Wahlkampfmanager machen.«

»Das gibt zweifellos den Ausschlag für meine Gegner«, scherzte Fletcher. Jimmy nahm ein Kissen vom Sofa und warf es nach seinem Freund. »Wenn du meinen Sieg wirklich garantieren willst«, fügte Fletcher hinzu und fing das Kissen auf, »dann solltest du deine Dienste als Wahlkampfmanager meinem größten Gegner antragen.«

Ihr Gefrotzel wurde unterbrochen, als Jimmys Vater den Raum betrat. »Fletcher, hast du einen Moment Zeit für mich?«

»Natürlich, Sir.«

»Am besten unterhalten wir uns in meinem Büro.«

Fletcher erhob sich rasch und folgte dem Senator aus dem Raum. Er sah zu Jimmy zurück, aber sein Freund zuckte nur mit den Schultern. Fletcher fragte sich, ob er etwas angestellt hatte.

»Setz dich«, sagte Harry Gates und nahm hinter seinem Schreibtisch Platz. Er schwieg kurz und fuhr dann fort: »Fletcher, ich muss dich um einen Gefallen bitten.«

»Alles, was Sie wollen, Sir. Ich kann Ihnen nie zurückzahlen, was Sie schon alles für mich getan haben.«

»Du hast deinen Teil unserer Abmachung mehr als eingehalten«, erklärte der Senator. »In den vergangenen drei Jahren konnte sich Jimmy irgendwie im oberen Drittel halten. Ohne deine ständige Wachsamkeit hätte er keinen Finger gerührt.«

»Wie freundlich von Ihnen, aber …«

»Das entspricht nur der Wahrheit. Aber jetzt wünsche ich mir für meinen Jungen, dass er eine Chance hat, Yale zu besuchen.«

»Wie kann ich ihm helfen, wenn ich mir nicht einmal sicher bin, ob ich selbst dort einen Platz bekomme?«

Der Senator ignorierte diese Bemerkung. »Begünstigungspolitik, mein Junge.«

»Ich bin nicht sicher, ob ich das verstehe, Sir.«

»Wenn du Präsident der Schülermitverwaltung wirst, woran ich keinen Zweifel hege, dann musst du als Erstes einen Vizepräsidenten ernennen.« Fletcher nickte. »Und das könnte den Ausschlag für Jimmy geben, wenn die Zulassungsstelle von Yale entscheidet, wer einen der letzten freien Plätze erhält.«

»Und das hat soeben den Ausschlag für mich gegeben, Sir.«

»Danke, Fletcher. Ich weiß das zu schätzen. Und bitte erzähle Jimmy nichts von dieser Unterhaltung.«

Als Fletcher am nächsten Morgen aufwachte, ging er sofort nach nebenan und setzte sich ans Fußende von Jimmys Bett.

»Das sollte jetzt aber wirklich wichtig sein«, maulte Jimmy. »Ich habe gerade von Daisy Hollingsworth geträumt.«

»Träum weiter«, meinte Fletcher. »Das halbe Footballteam ist in sie verliebt.«

»Warum weckst du mich denn?«

»Ich habe beschlossen, für das Präsidentschaftsamt zu kandidieren, und ich kann keinen Wahlkampfmanager gebrauchen, der den ganzen Morgen faul im Bett liegt.«

»Hat das mit etwas zu tun, was mein Vater zu dir gesagt hat?«

»Indirekt.« Fletcher schwieg kurz. »Wer wird deiner Meinung nach mein schärfster Konkurrent?«

»Steve Rodgers«, sagte Jimmy ohne zu zögern.

»Warum Steve?«

»Er ist ein Sport-Ass, darum werden sie versuchen, ihn als

den beliebten Kumpeltyp gegen den ernsten Akademiker auszuspielen. Du weißt schon, Kennedy gegen Stevenson.«

»Ich hatte keine Ahnung, dass dir die Bedeutung des Wortes ›ernst‹ geläufig ist.«

»Keine Witze mehr, Fletcher.« Jimmy rollte sich vom Bett. »Wenn du Rodgers schlagen willst, musst du auf alles und jedes vorbereitet sein. Ich denke, wir sollten mit einer Frühstückskonferenz mit Dad anfangen. Er hält immer Frühstückskonferenzen ab, bevor er in einen Wahlkampf zieht.«

»Wird irgendjemand gegen dich antreten?«, fragte Diane Coulter.

»Niemand, den ich nicht schlagen könnte.«

»Was ist mit Nat Cartwright?«

»Nichts, solange alle wissen, dass er der Liebling des Direktors ist und nur dessen Wünsche umsetzen wird, falls man ihn wählt. Das werden zumindest meine Anhänger jedem auf die Nase binden.«

»Wir sollten auch nicht vergessen, wie er meine Schwester behandelt hat.«

»Ich dachte, du hast ihn abserviert? Ich wusste gar nicht, dass er Tricia kannte.«

»Hat er auch nicht, aber das hat ihn nicht davon abgehalten, sie anzumachen, als er bei uns vorbeikam, um mich zu sehen.«

»Weiß sonst noch jemand davon?«

»Ja, mein Bruder Dan. Er hat ihn in der Küche erwischt, mit seiner Hand unter ihrem Rock. Meine Schwester hat sich bitterlich beklagt, dass sie ihn einfach nicht davon abhalten konnte.«

»Hat sie das?« Er schwieg kurz. »Glaubst du, dein Bruder würde mich bei der Präsidentschaftswahl unterstützen?«

»Ja, aber er kann nicht viel tun, solange er in Princeton ist.«

»Oh doch«, sagte Elliot. »Da wäre zuerst einmal …«

»Wer ist mein größter Rivale?«, fragte Nat.

»Ralph Elliot, wer sonst?«, erwiderte Tom. »Er arbeitet schon seit Beginn des letzten Quartals an seinem Wahlkampf.«

»Das verstößt gegen die Regeln.«

»Ich glaube nicht, dass sich Elliot jemals groß um Regeln geschert hat, und da er weiß, dass du viel beliebter bist als er, dürfen wir uns auf eine schmutzige Kampagne freuen.«

»Darauf lasse ich mich nicht ein …«

»Dann müssen wir den Weg Kennedys einschlagen.«

»Was schwebt dir vor?«

»Du solltest deinen Wahlkampf damit eröffnen, dass du Elliot zu einem Redegefecht herausforderst.«

»Darauf geht er nie und nimmer ein.«

»Du gewinnst so oder so. Wenn er akzeptiert, sackst du ihn mühelos ein. Wenn er es nicht tut, spielen wir die Er-hat-gekniffen-Karte aus.«

»Und wie willst du diese Herausforderung gestalten?«

»Schick ihm einen Brief, von dem ich gleichzeitig eine Kopie am Anschlagbrett aushänge.«

»Man darf ohne Erlaubnis des Direktors nichts aushängen.«

»Bis sie ihn abnehmen, werden ihn die meisten schon gelesen haben. Und die, die es nicht haben, werden wissen wollen, was darin stand.«

»Und dann werde ich disqualifiziert.«

»Nicht solange der Direktor glaubt, dass Elliot gewinnen könnte.«

»Meine erste Kampagne habe ich seinerzeit verloren«, erinnerte sich Senator Gates, als er die Neuigkeit von Fletcher hörte. »Wir wollen also dafür sorgen, dass du nicht dieselben Fehler machst. Erste Frage: Wer ist dein Wahlkampfmanager?«

»Jimmy natürlich.«

»Es gibt kein Natürlich. Wähle immer jemand, der den Job deiner Ansicht nach auch machen kann, selbst wenn ihr keine engen Freunde seid.«

»Ich bin davon überzeugt, dass Jimmy der Sache gewachsen ist«, erklärte Fletcher.

»Gut. Also Jimmy, du bist für den Kandidaten nur von Wert« – es war das erste Mal, dass sich Fletcher als Kandidat sah –, »wenn du immer offen und ehrlich zu Fletcher bist, wie unangenehm das auch sein mag.« Jimmy nickte. »Wer ist euer größter Rivale?«

»Steve Rodgers.«

»Was wissen wir über ihn?«

»Ein ganz netter Kerl, aber mit nichts als Stroh im Kopf«, sagte Jimmy.

»Und einem verdammt hübschen Gesicht«, meinte Fletcher.

»Außerdem mit mehreren Touchdowns in der letzten Saison, wenn ich mich recht erinnere«, fügte der Senator hinzu. »Da wir jetzt also wissen, wer der Feind ist, nehmen wir uns unsere Freunde vor. Als Erstes musst du einen inneren Kreis wählen – sechs, höchstens acht Leute. Sie brauchen nur zwei Eigenschaften: Energie und Loyalität. Wenn sie auch noch Verstand haben, gut. Das ist ein Bonus. Wie lange dauert der Wahlkampf?«

»Nur etwas über eine Woche. Die Schule fängt am Montag um neun Uhr an, und die Abstimmung findet am Dienstagmorgen der Folgewoche statt.«

»Sprich nicht von einer Woche«, riet der Senator. »Sprich von Stunden. Genau einhundertzweiundneunzig. Und jede einzelne zählt.«

Jimmy machte sich Notizen.

»Wer darf alles wählen?«, lautete die nächste Frage des Senators.

»Jeder Schüler.«

»Dann sorge dafür, dass du ebenso viel Zeit mit den Jungs aus den unteren Klassenstufen verbringst wie mit denen in deinem Alter. Es wird ihnen schmeicheln, dass du dich so für sie interessierst. Und Jimmy, besorge eine aktuelle Liste der Wähler, damit du vor der Wahl mit jedem Einzelnen Kontakt aufnehmen kannst. Und vergesst nicht: Neue Jungs wählen immer den Letzten, der mit ihnen gesprochen hat.«

»Es gibt dreihundertachtzig Schüler«, erläuterte Jimmy und faltete auf dem Boden ein großes Blatt Papier auseinander. »Diejenigen, die wir schon kennen, hab ich rot markiert. Alle, die Fletcher auf jeden Fall unterstützen werden, sind blau markiert. Die neuen Jungs sind gelb, und der Rest ist nicht markiert.«

»Solange du zweifelst, lass sie unmarkiert«, empfahl der Senator. »Und vergesst die jüngeren Brüder nicht.«

»Jüngere Brüder?«, meinte Fletcher.

»Die habe ich grün markiert«, erklärte Jimmy. »Jeder jüngere Bruder von einem unserer Anhänger, der eine der unteren Klassen besucht, wird zum Repräsentanten ernannt. Ihre einzige Aufgabe besteht darin, Anhänger in ihrer Klasse zu gewinnen und das ihren Brüdern zu melden.«

Fletcher war beeindruckt. »Ich bin mir nicht sicher, ob nicht besser du als Präsident kandidieren solltest«, sagte er. »Du bist ein Naturtalent.«

»Nein, ich bin nur der geborene Wahlkampfmanager«, widersprach Jimmy. »Du solltest Präsident werden.«

Obwohl der Senator die Einschätzung seines Sohnes teilte, äußerte er sich nicht dazu.

Um sechs Uhr morgens am ersten Schultag standen Nat und Tom allein auf dem Parkplatz. Der erste Wagen, der durch die Tore fuhr, gehörte dem Direktor.

»Guten Morgen, Cartwright«, bellte er beim Aussteigen. »Aus diesem überbordenden Eifer zu dieser frühen Stunde schließe ich, dass du für das Amt des Schülerpräsidenten kandidieren willst.«

»Ja, Sir.«

»Hervorragend. Wer ist dein schärfster Rivale?«

»Ralph Elliot.«

Der Direktor runzelte die Stirn. »Dann wird es ein gnadenloser Wahlkampf, denn Elliot wird nicht ohne Gegenwehr das Feld räumen.«

»Das stimmt«, räumte Tom ein, während der Direktor in Richtung seines Büros schritt. Die beiden blieben zurück und begrüßten das nächste Auto. Ihm entstieg ein verschreckter Neuling, der davonlief, als Nat auf ihn zuging. Es kam noch schlimmer: Der dritte Wagen war voller Elliot-Anhänger, die sofort über den gesamten Parkplatz ausschwärmten, da sie offensichtlich bereits instruiert worden waren.

»Verdammt«, schimpfte Tom. »Unsere erste Gruppenbesprechung findet erst in der Pause um zehn Uhr statt. Offenbar hat Elliot sein Team schon in den Ferien gebrieft.«

»Keine Sorge«, meinte Nat. »Schnapp dir einfach unsere Leute, wenn sie aus den Autos steigen, und teil sie für die Arbeit ein.«

Als der letzte Wagen seinen Inhalt ausgespuckt hatte, hatte Nat fast einhundert Fragen beantwortet und über dreihundert Jungen die Hand geschüttelt. Ein Punkt war sonnenklar: Elliot hatte ihnen für ihre Stimme nur zu gern alles versprochen.

»Sollten wir nicht jeden darüber informieren, was für ein Dreckskerl Elliot in Wirklichkeit ist?«

»An was denkst du da?«, fragte Nat.

»Wie er Neulinge dazu bringt, ihr Taschengeld mit ihm zu teilen?«

»Dafür gab es nie einen Beweis.«

»Nur endlose Beschwerden.«

»Wenn es so viele Opfer gibt, dann wissen sie ja, wo sie ihr Kreuz machen müssen, oder?«, entgegnete Nat. »Jedenfalls will ich meinen Wahlkampf nicht auf diese Art führen«, fügte er hinzu. »Ich ziehe es vor, davon auszugehen, dass die Wähler sich selbst ein Urteil darüber bilden können, wem von uns zu trauen ist.«

»Was für eine originelle Vorstellung«, meinte Tom

»Wenigstens hat der Direktor durchblicken lassen, dass er Elliot nicht als Präsidenten will«, sagte Nat.

»Das sollten wir aber keinem erzählen«, riet Tom. »Das könnte Elliot durchaus eine Menge Stimmen einbringen.«

»Was denkst du? Wie läuft es?«, fragte Fletcher, während sie um den See liefen.

»Ich bin mir nicht sicher«, erwiderte Jimmy. »Eine Menge

Jungs aus der Mittelstufe erzählen beiden Seiten, sie würden ihren Kandidaten unterstützen, einfach weil sie hinterher so tun wollen, als hätten sie von Anfang an auf den Gewinner gesetzt. Sei einfach nur dankbar, dass die Wahl nicht am Samstagabend stattfindet.«

»Wieso das?«, wollte Fletcher wissen.

»Weil wir am Samstagnachmittag gegen Kent spielen, und wenn Steve Rodgers uns mit einem Touchdown zum Sieg verhilft, könnten wir jede Hoffnung fahren lassen, dass du Präsident wirst. Echt schade, dass es ein Heimspiel ist. Wenn du ein Jahr früher oder später auf die Welt gekommen wärst, wäre es ein Auswärtsspiel gewesen, und die Auswirkung wäre zu vernachlässigen. Aber wie die Dinge liegen, wird jeder Wähler bei der Begegnung im Stadion sein. Lass uns also beten, dass wir verlieren. Oder dass Rodgers wenigstens ein schlechtes Spiel hinlegt.«

Samstag um 14 Uhr saß Fletcher auf der Tribüne, bereit für vier Mal fünfzehn Minuten, die zur längsten Stunde seines Lebens werden sollten. Doch nicht einmal er hätte das Ergebnis vorhersehen können.

»Verdammt, wie hat er das nur hingekriegt?«, brummte Nat.

»Bestechung, möchte ich wetten«, sagte Tom. »Elliot war immer ein guter Spieler, aber nie gut genug, um es ins Schulteam zu schaffen.«

»Glaubst du, sie werden es riskieren, ihn für das Spiel aufzustellen?«

»Warum nicht? Die vorderste Angriffslinie von St. George ist oft schwach, also könnten sie ihn für ein paar Minuten einsetzen, sobald sie sicher sind, dass es keinen Einfluss mehr auf das Ergebnis haben wird. Dann kann Elliot den

Rest des Spiels an den Seiten auf und ab laufen und seinen Wählern zuwinken, während wir nur von der Tribüne aus zusehen können.«

»Dann lass uns dafür sorgen, dass sich all unsere Unterstützer ein paar Minuten vor Spielende vor dem Stadion aufstellen. Und niemand darf vor Samstagnachmittag unsere neuen Transparente sehen. Auf diese Weise hat Elliot keine Zeit, sich eigene auszudenken.«

»Du lernst schnell«, lobte Tom.

»Wenn der Gegner Elliot heißt, bleibt einem keine andere Wahl.«

»Ich bin mir nicht sicher, inwieweit das die Wahl beeinflussen wird«, sagte Jimmy, als die beiden zum Ausgang rannten, um sich dem Rest ihres Teams anzuschließen. »Wenigstens kann Steve Rodgers jetzt nicht jedem, der das Stadion verlässt, die Hand schütteln.«

»Ich frage mich, wie lange er ins Krankenhaus muss«, sagte Fletcher.

»Wir brauchen nur drei Tage«, erklärte Jimmy. Fletcher lachte.

Fletcher war entzückt, als er feststellte, dass sein Team bereits ausgeschwärmt war. Mehrere Jungen versicherten ihm, sie würden ihn unterstützen. Aber es blieb immer noch knapp. Er bewegte sich nicht vom Hauptausgang fort und schüttelte jedem über vierzehn und unter neunzehn die Hand, einschließlich, so vermutete er, ein paar Anhängern des gegnerischen Teams. Fletcher und Jimmy blieben, bis sie sicher waren, dass sich außer den Platzwarten niemand mehr im Stadion befand.

Als sie auf ihre Zimmer gingen, gab Jimmy zu, dass niemand ein Unentschieden hatte vorhersehen können – oder dass Rodgers noch vor dem Ende des ersten Viertels auf dem Weg ins Krankenhaus sein würde.

»Wenn die Wahl heute Abend stattfände, würde er durch die Mitleidswähler haushoch gewinnen. Doch wenn ihn vor Dienstag früh um neun niemand mehr sieht, bist du der neue Präsident.«

»Spielt es eigentlich irgendeine Rolle, ob man für den Job geeignet ist?«

»Natürlich nicht, du Dummkopf«, spottete Jimmy. »Das hier ist Politik.«

Als Nat zum Spiel kam, waren überall seine Transparente zu sehen. Die Anhänger von Elliot konnten nichts weiter tun, als »Schiebung!« zu schreien. Nat und Tom grinsten breit, als sie ihre Plätze auf der Tribüne einnahmen. Ihr Grinsen wurde noch breiter, als St. George schon gleich zu Beginn des ersten Viertels in Führung ging. Nat wollte nicht, dass Taft verlor, aber kein Coach würde es wagen, Elliot aufs Spielfeld zu lassen, solange St. George in Führung lag. Und das änderte sich erst im letzten Viertel.

Anschließend schüttelte Nat jedem die Hand, der das Stadion verließ, aber er wusste, dass der Sieg von Taft über St. George in letzter Minute seiner Sache nicht geholfen hatte, auch wenn Elliot nur am Spielfeldrand herumlaufen konnte, bis auch der Letzte die Tribüne verlassen hatte.

»Sei einfach dankbar, dass er nicht aufgestellt wurde«, meinte Tom.

Man bat Fletcher, am Sonntagmorgen bei der Andacht den Bibeltext zu lesen, wodurch mehr als deutlich wurde, für wen der Direktor stimmen würde. Während des Mittagessens suchten Fletcher und Jimmy jeden einzelnen Schlafsaal auf und fragten die Jungen, was sie vom Essen an der Schule hielten. »Damit gewinnt man die Wahl immer«, hatte der Senator ihnen versichert, »auch wenn ihr am Essen nichts ändern könnt.« An diesem Abend fielen sie erschöpft in ihre Betten. Jimmy stellte den Wecker auf fünf Uhr dreißig. Fletcher stöhnte.

»Ein Geniestreich«, sagte Jimmy, als sie am nächsten Morgen nach der Andacht vor der Aula standen und darauf warteten, dass die Jungen in ihre Klassenzimmer gingen.

»Brillant«, gab Fletcher zu.

»Das fürchte ich auch«, meinte Jimmy. »Nicht, dass ich mich beschweren könnte, denn genau das hätte ich dir unter diesen Umständen auch empfohlen.«

Die beiden starrten zu Steve Rodgers hinüber, der auf Krücken vor dem Ausgang der Aula stand und den Jungen erlaubte, sein Gipsbein zu signieren.

»Ein Geniestreich«, wiederholte Jimmy. »Es verleiht dem Begriff Mitleidswahl eine völlig neue Bedeutung. Vielleicht sollten wir die Frage aufwerfen, wer schon einen Krüppel zum Präsidenten will?«

»Einer der großartigsten Präsidenten in der Geschichte dieses Landes war ein Krüppel«, rief Fletcher seinem Wahlkampfmanager ins Gedächtnis.

»Dann gibt's nur noch eins«, sagte Jimmy. »Du musst die nächsten vierundzwanzig Stunden in einem Rollstuhl verbringen.«

Am Entscheidungswochenende versuchten Nats Helfer, eine Atmosphäre der Zuversicht zu verbreiten, obwohl ihnen klar war, dass es knapp werden würde. Beide Kandidaten lächelten unaufhörlich bis Montagabend, als die Schuluhr sechs Mal schlug.

»Lass uns auf mein Zimmer gehen«, schlug Tom vor. »Wir können uns gegenseitig Königsmordgeschichten erzählen.«

»Traurige Geschichten«, sagte Nat.

Sein Team drängte sich vollzählig in Toms kleines Zimmer und tauschte Anekdoten aus über die Rollen, die sie im Wahlkampf gespielt hatten. Sie lachten über Witze, die nicht lustig waren, während sie ungeduldig auf das Ergebnis der Wahl warteten.

Ein lautes Klopfen an der Tür unterbrach ihren ausgelassenen Lärm. »Herein«, rief Tom.

Sie standen alle auf, als sie sahen, wer in der Tür stand.

»Guten Abend, Mr. Anderson«, sagte Nat.

»Guten Abend, Cartwright,«, erwiderte der Dekan förmlich. »Als Wahlleiter muss ich Ihnen mitteilen, dass ich aufgrund der Knappheit des Ergebnisses eine neuerliche Auszählung der Stimmen veranlasst habe. Die Schülerversammlung wird daher auf zwanzig Uhr verschoben.«

»Danke, Sir.« Mehr brachte Nat nicht heraus.

Um acht Uhr saß jeder Junge auf seinem Platz. Sie erhoben sich pflichtschuldig, als der Dekan die Aula betrat. Nat versuchte, das Ergebnis an seinem Gesichtsausdruck abzulesen, aber selbst die Japaner wären stolz auf die Unergründlichkeit von Mr. Andersons Miene gewesen.

Der Dekan ging zur Mitte der Bühne und bat die Anwesenden sich zu setzen. Es herrschte eine Stille, wie es sie bei gewöhnlichen Zusammenkünften selten gab.

»Ich muss Ihnen sagen«, begann der Dekan, »das dieses Ergebnis das knappste in der fünfundsiebzigjährigen Geschichte dieser Schule ist.« Nat spürte, wie seine Handflächen feucht wurden, während er versuchte äußerlich ruhig zu bleiben. »Die Wahl zum Schülerpräsidenten fiel wie folgt aus: Nat Cartwright 178 Stimmen, Ralph Elliot 181 Stimmen.«

Die halbe Versammlung sprang auf die Beine und jubelte, während die andere Hälfte sitzen blieb und schwieg. Nat erhob sich, ging zu Elliot und bot ihm die Hand an.

Der neue Präsident ignorierte sie.

Obwohl alle wussten, dass das Ergebnis erst um neun Uhr bekannt gegeben würde, war die Aula schon lange vor dem Eintreffen des Direktors voll.

Fletcher saß in der hintersten Reihe, den Kopf gesenkt, während Jimmy vor sich hin starrte. »Ich hätte heute Morgen früher aufstehen sollen«, meinte Fletcher.

»Ich hätte dir das Bein brechen sollen«, erwiderte Jimmy.

Der Direktor marschierte in Begleitung des Kaplans durch den Mittelgang, als ob er zeigen wolle, dass Gott irgendwie daran beteiligt war, wer Schülerpräsident in Hotchkiss wurde. Dann trat der Direktor an den Bühnenrand und räusperte sich.

»Hier das Ergebnis der Wahl zum Schülerpräsidenten«, verkündete Mr. Fleming. »Fletcher Davenport 207 Stimmen, Steve Rodgers 173 Stimmen. Ich erkläre hiermit Fletcher Davenport zum Präsidenten.«

Fletcher ging sofort zu Steve und schüttelte ihm die Hand. Steve lächelte herzlich und wirkte fast erleichtert. Fletcher drehte sich um und entdeckte Harry Gates neben der Tür. Der Senator verbeugte sich respektvoll vor dem neuen Präsidenten.

»Deinen ersten Wahlsieg wirst du nie vergessen«, sagte er nur.

Sie ignorierten beide Jimmy, der auf und ab sprang und sich einfach nicht bremsen konnte.

»Ich glaube, Sie kennen bereits meinen Vizepräsidenten, Sir«, sagte Fletcher.

11

Nats Mutter schien eine der wenigen zu sein, die nicht enttäuscht darüber war, dass man ihren Sohn nicht zum Schülerpräsidenten gewählt hatte. Ihrer Meinung nach hatte er auf diese Weise mehr Zeit, sich auf seine Arbeit zu konzentrieren. Hätte Susan Cartwright gewusst, wie viele Stunden Nathaniel mit Lernen verbrachte, hätte sie aufgehört, sich Sorgen zu machen. Selbst für Tom war es schwer, Nat seinen Büchern mehr als nur ein paar Minuten zu entreißen, eine Ausnahme machte er nur für seinen täglichen Querfeldeinlauf über fünf Meilen. Und selbst als Nat den Schulrekord im Querfeldeinrennen aufstellte, gestattete er sich nur zwei Stunden, um das zu feiern.

Heiligabend, die Weihnachtsfeiertage, Silvester – ganz egal. Nat blieb auf seinem Zimmer, den Kopf in den Büchern vergraben. Seine Mutter hoffte, er würde sich wenigstens während des verlängerten Wochenendes bei Tom in Simsbury eine echte Pause gönnen. Und das tat er auch. Nat beschränkte sein Studium auf zwei Stunden am Morgen und zwei weitere Stunden am Nachmittag. Tom war dankbar, dass sein Freund ihn zu derselben Routine zwang, auch wenn er dessen Einladung ablehnte, sich ihm auf seiner täglichen Laufrunde anzuschließen. Es amüsierte Nat, dass er die kompletten fünf Meilen laufen konnte, ohne dabei den Besitz von Toms Familie zu verlassen.

»Von einer deiner vielen Freundinnen?«, fragte Nat am nächsten Morgen beim Frühstück, als Tom einen Brief aufriss.

»Wenn's nur so wäre«, erwiderte Tom. »Nein, er ist von Mr. Thompson. Er fragt an, ob ich eine Rolle in *Was ihr wollt* übernehmen möchte.«

»Und, möchtest du?«, erkundigte sich Nat.

»Nein. Das ist eher deine Welt als meine. Ich bin von Natur aus Produzent, nicht Darsteller.«

»Wenn ich mir sicher wäre, von Yale genommen zu werden, hätte ich mich für eine Rolle eingetragen, aber ich habe meinen freien Aufsatz noch nicht fertig.«

»Ich hab mit meinem noch nicht mal angefangen«, gab Tom zu.

»Für welches der fünf Themen hast du dich entschieden?«, fragte Nat.

»Die Kontrolle über den unteren Mississippi während des Bürgerkrieges«, antwortete Tom. »Und du?«

»Clarence Darrow und sein Einfluss auf die Gewerkschaftsbewegung.«

»Ja, Mr. Darrow habe ich auch in Betracht gezogen, aber ich war mir nicht sicher, ob ich tatsächlich fünftausend Wörter zu diesem Thema zusammenbringe. Garantiert hast du schon zehntausend.«

»Nein, aber mein erster Entwurf ist so gut wie fertig, und bis zu unserer Rückkehr im Januar sollte ich die endgültige Version fertig haben.«

»Der Abgabetermin für Yale ist erst im Februar; du solltest dir wirklich überlegen, ob du nicht eine Rolle im Schulstück übernehmen willst. Nimm wenigstens am Vorsprechen teil. Schließlich muss es ja nicht gleich eine Hauptrolle sein.«

Nat dachte über den Vorschlag seines Freundes nach, während er seinen Toast mit Butter bestrich. Tom hatte natürlich recht, aber Nat hielt das Ganze nur für eine Ablenkung, wo er doch auf ein Stipendium für Yale hoffte. Er sah aus dem Fenster auf die Landschaft und fragte sich, wie es war, Eltern zu haben, die nicht über Studiengebühren nachdenken mussten, über Taschengeld und ob er während der Sommerferien einen Ferienjob ergattern könnte.

»Möchten Sie für eine bestimmte Rolle vorsprechen, Nat?«, fragte Mr. Thompson und sah zu dem einen Meter achtzig großen Jungen mit der schwarzen Haarmähne auf, dessen Hosenbeine anscheinend immer ein paar Zentimeter zu kurz waren.

»Für Antonio. Vielleicht auch Orsino«, erwiderte Nat.

»Sie sind der geborene Orsino«, meinte Mr. Thompson, »aber für diese Rolle habe ich schon Ihren Freund Tom Russell vorgesehen.«

»Malvolio bin ich ganz sicher nicht«, entgegnete Nat lachend.

»Nein, meine erste Wahl für den Malvolio wäre Elliot.« Mr. Thompson lächelte bitter. Wie so viele andere in Taft wünschte sich Mr. Thompson, Nat wäre Präsident der Schülermitverwaltung geworden. »Leider steht er nicht zur Verfügung. Sie hingegen eignen sich am besten für die Rolle des Sebastian.«

Nat wollte protestieren, musste aber zugeben, dass er beim ersten Durchlesen des Stückes gerade diese Rolle für eine echte Herausforderung gehalten hatte. Doch allein die Länge des Textes würde viele Stunden des Auswendiglernens erfordern, ganz zu schweigen von der Zeit für die Proben.

Mr. Thompson spürte Nats Vorbehalte. »Ich glaube, es wird Zeit für eine kleine Bestechung, Nat.«

»Bestechung, Sir?«

»Ja, mein Junge. Wissen Sie, der Zulassungsleiter von Yale ist einer meiner ältesten Freunde. Wir haben zusammen in Princeton klassische Literatur studiert, und er verbringt jedes Jahr ein Wochenende bei mir. Ich denke, ich werde ihn für das Wochenende unserer Schulaufführung einladen.« Er schwieg kurz. »Aha, ich sehe, eine kleine Bestechung reicht bei jemandem mit Ihren hohen moralischen Ansprüchen nicht aus. So werde ich mich also zu einer veritablen Korruption herablassen müssen.«

»Korruption, Sir?«

»Ja, Nat, Korruption. Ihnen ist doch sicher aufgefallen, dass es im Stück drei weibliche Rollen gibt – die hübsche Olivia, Sebastians Zwillingsschwester Viola und die lebhafte Maria. Ganz zu schweigen von den Zweitbesetzungen und den Dienerinnen. Wir wollen auch nicht vergessen, dass sie sich alle in Sebastian verlieben.«

Nat sagte immer noch nichts.

»Mein Pendant an Miss Porters Schule für Höhere Töchter«, fuhr Mr. Thompson fort und deckte seine Trumpfkarte auf, »hat vorgeschlagen, dass ich am Samstag zum dortigen Vorsprechen einen Jungen mitbringe, der die männlichen Rollen liest, während wir entscheiden, wen wir für die weiblichen Rollen besetzen.« Erneut legte er eine Pause ein. »Aha, ich sehe, es ist mir endlich gelungen, Ihre Aufmerksamkeit zu erregen.«

»Glaubst du, dass es möglich ist, sein ganzes Leben lang nur einen einzigen Menschen zu lieben?«, fragte Annie.

»Wenn man das Glück hat, den richtigen Menschen zu finden, warum nicht?«, erwiderte Fletcher.

»Wenn du im Herbst in Yale bist, wirst du vermutlich von so vielen klugen und schönen Frauen umgeben sein, dass ich im Vergleich dazu verblasse.«

»Keine Chance«, meinte Fletcher. Er setzte sich neben sie auf das Sofa und legte einen Arm um ihre Schulter. »Überhaupt werden sie rasch entdecken, dass ich bereits in eine andere verliebt bin, und sobald du in Vassar bist, werden sie auch wissen, wieso.«

»Das dauert aber noch ein Jahr«, sagte Annie. »Und bis dahin …«

»Pst … ist dir noch nicht aufgefallen, dass jeder Mann, der dir begegnet, sofort eifersüchtig auf mich ist?«

»Nein«, erwiderte sie absolut ehrlich.

Fletcher sah das Mädchen an, in das er sich verliebt hatte, als sie noch eine flache Brust hatte und eine Zahnspange trug. Schon damals konnte er diesem Lächeln, ihren schwarzen Haaren, die sie von ihrer irischen Großmutter geerbt hatte, und den stahlblauen Augen von der schwedischen Seite der Familie nicht widerstehen. Und jetzt, vier Jahre später, hatte die Zeit ihr auch noch eine schlanke, anmutige Figur und Beine geschenkt, die Fletcher für die neue Mode des Minirocks dankbar sein ließen.

Annie legte ihre Hand auf Fletchers Schenkel. »Ist dir klar, dass die Hälfte der Mädchen in meiner Klasse keine Jungfrauen mehr sind?«, fragte sie.

»Jimmy hat es mir erzählt«, sagte Fletcher.

»Und der muss es ja wissen.« Annie schwieg kurz. »Nächsten Monat werde ich siebzehn, und du hast noch nie vorgeschlagen …«

»Ich habe oft darüber nachgedacht, na klar«, sagte Fletcher. Annie verlagerte ihre Position auf eine Weise, dass seine Hand auf ihre Brust glitt. »Aber wenn es passiert, dann will ich, dass es für uns beide richtig ist und dass es keinem von uns hinterher leidtun muss.«

Annie schmiegte den Kopf an seine Schulter. »Ich würde es nicht bedauern.« Sie legte eine Hand auf sein Bein.

Er nahm sie in die Arme. »Wann erwartest du deine Eltern zurück?«

»Gegen Mitternacht. Sie sind bei einem dieser endlosen gesellschaftlichen Anlässe, bei denen Politiker so richtig aufzublühen scheinen.«

Fletcher saß reglos da, während Annie ihre Bluse aufknöpfte. Als sie zum letzten Knopf kam, ließ sie die Bluse von ihren Schultern gleiten und zu Boden fallen. »Jetzt bist du dran«, sagte sie. Fletcher knöpfte rasch sein Hemd auf und warf es beiseite. Annie stand auf und sah ihn an. Die plötzliche Macht, die sie über ihn zu haben schien, amüsierte sie. Langsam zog sie den Reißverschluss ihres Rockes auf, wie sie es Julie Christie in dem Film *Darling* hatte tun sehen. Genau wie Miss Christie hatte sie sich nicht die Mühe gemacht, einen Unterrock anzuziehen. »Du bist dran«, sagte sie erneut.

Oh mein Gott, dachte Fletcher, ich trau mich nicht, meine Hosen auszuziehen. Schnell zog er Schuhe und Socken aus.

»Du mogelst«, sagte Annie, die ihre Schuhe schon ausgezogen hatte, bevor Fletcher auch nur geahnt hatte, was sie plante. Zögernd zog er seine Hosen nach unten, und sie brach in Gelächter aus. Fletcher wurde rot, als er nach unten sah.

»Schön zu wissen, dass ich das bei dir bewirke«, sagte Annie.

»Wäre es dir eventuell möglich, dich auf die Worte zu konzentrieren, Nat?«, bat Mr. Thompson und versuchte erst gar nicht, seinen Sarkasmus zu verbergen. »Noch mal von der Stelle an: *Doch da kommt das Fräulein*.«

Sogar in ihrer Schuluniform stach Rebecca vom Rest der Mädchen heraus, die Mr. Thompson vorsprechen ließ. Das große, schlanke Mädchen mit den blonden Haaren, die ihr bis auf die Schulter fielen, besaß eine Aura der Selbstsicherheit, die Nat bezauberte. Und ein Lächeln, auf das er unwillkürlich reagierte. Als sie sein Lächeln erwiderte, wandte er sich ab, verlegen, dass er sie in Verlegenheit gebracht hatte. Er wusste nicht mehr von ihr als ihren Namen. »*Was ist ein Name?«,* deklamierte er.

»Falsches Stück, Nat. Versuchen Sie es noch einmal.«

Rebecca Armitage wartete, während Nat durch seinen Text stolperte. »*Doch da kommt das Fräulein* ...« Rebecca war überrascht. Als sie vorhin im hinteren Teil der Aula gestanden und ihm zugehört hatte, da hatte er so absolut selbstsicher gewirkt. Sie sah auf ihren Text und las:

»Verzeiht mir diese Eile: Meint Ihr's gut.
So geht mit mir und diesem heil'gen Mann
In die Kapelle nebenan und dort,
Vor ihm und unter dem geweihten Dach,
Verbürget feierlich mir eure Treu,
Dass mein ungläub'ges, allzu banges Herz
Zur Ruh' gelangen mag. Er soll's verbergen,
Bis Ihr gesonnen seid, es kundzumachen,
Und um die Zeit soll meinem Stand gemäß
Die Feier unserer Hochzeit sein.
Was sagt Ihr?«

Nat sagte nichts.

»Nat, hast du vor mitzumachen?«, erkundigte sich Mr. Thompson. »Damit Rebecca noch ein paar Zeilen vortragen kann? Ich gebe zu, dieser anbetende Blick ist überaus wirkungsvoll und könnte bei manchen als Schauspielerei durchgehen, aber wir haben nicht vor, eine Pantomime aufzuführen. Ein oder zwei Leute im Publikum möchten möglicherweise sogar die vertrauten Worte von Mr. Shakespeare hören.«

»Ja, Sir. Tut mir leid, Sir«, sagte Nat und sah wieder auf seinen Text. *»Ich geh mit Euch und diesem guten Alten, will Treue schwören und sie ewig halten.«*

»So führ uns, Vater! – Mag des Himmels Schein zu dieser Tat uns freundlich Segen leih'n!«

»Danke, Miss Armitage. Ich denke, mehr müssen wir von Ihnen nicht hören.«

»Aber sie war wunderbar«, rief Nat.

»Aha, Sie können ja doch eine ganze Zeile ohne Pause vortragen«, spottete Mr. Thompson. »Welch eine Erleichterung in dieser späten Phase, aber ich hatte ja keine Ahnung, dass Sie nicht nur die Hauptrolle spielen, sondern auch als Regisseur agieren wollen. Jedoch, Nat, habe ich mich bereits entschieden, wer die Rolle der schönen Olivia spielen wird.«

Nat beobachtete Rebecca, die rasch die Bühne verließ. »Und was ist mit Viola?«, insistierte er.

»Nein. Wenn ich das Stück richtig interpretiere, Nat, so ist Viola Ihre Zwillingsschwester. Und leider – oder glücklicherweise – weist Rebecca absolut keine Ähnlichkeit mit Ihnen auf.«

»Dann Maria. Sie würde eine wunderbare Maria abgeben.«

»Ich bin sicher, das würde sie, aber Rebecca ist viel zu groß, um die Maria zu spielen.«

»Haben Sie sich schon einmal überlegt, den Narren von einer Frau spielen zu lassen?«, schlug Nat vor.

»Nein, um ehrlich zu sein, Nat, das habe ich nicht. Schon deswegen nicht, weil ich keine Zeit habe, das gesamte Stück umzuschreiben.«

Nat merkte nicht, wie Rebecca hinter eine Säule glitt und versuchte, ihre Verlegenheit zu verbergen, während er sich weiter um Kopf und Kragen plapperte. »Was ist mit der Dienerin in Olivias Haushalt?«

»Was ist mit ihr?«

»Rebecca würde eine wunderbare Dienerin abgeben.«

»Ganz sicher würde sie das, aber sie kann nicht gleichzeitig Olivia und ihre Dienerin spielen. Das könnte irgendjemandem im Publikum auffallen.« Nat öffnete den Mund, sagte aber nichts. »Ah, endlich Stille. Aber ich bin sicher, dass Sie das Stück über Nacht umschreiben, um sicherzustellen, dass Olivia einige neue Szenen mit Sebastian bekommt, an die Mr. Shakespeare nicht gedacht hat.« Nat hörte ein Kichern hinter der Säule. »Gibt es noch jemanden, den Sie gern in der Rolle der Dienerin sehen würden, Nat, oder darf ich jetzt mit der Besetzung des Stückes fortfahren?«

»Es tut mir leid, Sir«, sagte Nat. »Wirklich leid.«

Mr. Thompson sprang auf die Bühne, lächelte Nat an und flüsterte: »Falls Sie geplant haben sollten, den Unberührbaren zu spielen, Nat, dann muss ich Ihnen leider sagen, dass Sie es verbockt haben. Sie haben sich williger gezeigt als ein Flittchen in einem Casino in Las Vegas. Es wird Sie sicher interessieren, dass wir im nächsten Jahr *Der Widerspenstigen Zähmung* aufführen wollen, was meiner Meinung nach passender gewesen wäre. Wenn Sie nur ein Jahr später zur Welt gekommen wären, dann würde Ihr Leben völlig anders aussehen. Dennoch viel Glück mit Miss Armitage.«

»Der Junge muss von der Schule verwiesen werden«, erklärte Mr. Fleming. »Keine andere Bestrafung wäre angemessen.«

»Aber Sir«, wandte Fletcher ein, »Pearson ist erst fünfzehn, und er hat sich sofort bei Mrs. Appleyard entschuldigt.«

»Etwas anderes hätte ich auch nicht erwartet«, meinte der Kaplan, der sich bis zu diesem Augenblick jedweder Meinungsäußerung enthalten hatte.

»Jedenfalls«, sagte der Direktor und erhob sich von seinem Schreibtischstuhl, »können Sie sich wohl vorstellen, welche Wirkung es auf die Disziplin an dieser Schule hätte, wenn bekannt würde, dass man damit durchkommt, die Frau eines Lehrers zu beleidigen?«

»Und wegen der Worte ›verdammtes Weibsstück‹ soll die ganze Zukunft des Jungen auf dem Spiel stehen?«

»Das ist nun mal die Folge derart schlechter Manieren«, meinte der Direktor, »und auf diese Weise können wir wenigstens sicher sein, dass er etwas daraus lernt.«

»Was wird er denn lernen? Dass man im Leben niemals einen Fehler machen darf? Oder dass man keine Schimpfwörter sagen darf?«

»Warum verteidigen Sie diesen Jungen nur so vehement?«

»In Ihrem ersten Vortrag, den Sie uns gehalten haben, Sir, haben Sie uns gesagt, man wäre ein Feigling, wenn man nicht aufsteht und Stellung bezieht, sobald eine Ungerechtigkeit geschieht.«

Mr. Fleming sah den Kaplan an, der keinen Kommentar abgab. Er erinnerte sich gut an diesen Vortrag, schließlich hielt er ihn vor jeder neuen Klasse.

»Darf ich Ihnen eine unverschämte Frage stellen?«, bat Fletcher und sah den Kaplan an.

»Nur zu«, gestattete Dr. Wade leicht misstrauisch.

»Waren Sie nie in Versuchung, Mrs. Appleyard ein Schimpfwort an den Kopf zu werfen? Denn ich war es schon mehrmals.«

»Das ist doch genau der Punkt, Fletcher. Sie haben sich in Zurückhaltung geübt. Pearson nicht, und deshalb muss er bestraft werden.«

»Wenn diese Bestrafung in einem Verweis von der Schule besteht, Sir, dann muss ich mein Amt als Präsident der Schülermitverwaltung leider niederlegen, denn die Bibel sagt uns, dass der Gedanke ebenso verdammungswürdig ist wie die Tat.«

Beide Männer starrten ihn ungläubig an. »Aber warum, Fletcher? Ihnen ist doch sicher klar, dass Ihr Rücktritt die Chancen auf einen Platz in Yale beeinflussen könnte?«

»Jemand, der sich davon beeinflussen lassen würde, ist es nicht wert, Yale zu besuchen.«

Beide Männer waren über diese Bemerkung so verblüfft, dass eine Zeit lang keiner etwas sagte. »Ist das nicht ein wenig extrem, Fletcher?«, brachte der Kaplan schließlich hervor.

»Nicht für den fraglichen Jungen, oder, Dr. Wade? Und ich bin nicht bereit, tatenlos zuzusehen, wie dieser Schüler auf dem Altar einer Frau geopfert wird, die sich ein Vergnügen daraus macht, pubertierende Jungen aufzustacheln.«

»Und für diese Einstellung würden Sie als Präsident zurücktreten?«

»Es nicht zu tun, Sir, würde das wiederaufleben lassen, was Ihre Generation zur Zeit von McCarthy hinnehmen musste.«

Es folgte ein erneutes langes Schweigen, bevor der Kaplan

leise fragte: »Hat sich der Junge persönlich bei Mrs. Appleyard entschuldigt?«

»Ja, Sir«, antwortete Fletcher. »Und anschließend hat er sie auch noch schriftlich um Verzeihung gebeten.«

»Dann wäre es vielleicht angemessen, für den Rest des Quartals eine Bewährung zu verhängen«, schlug der Direktor vor und sah den Kaplan an.

»Einschließlich des Verlustes sämtlicher Privilegien, inklusive freier Wochenenden«, fügte Dr. Wade hinzu. »Bis auf Weiteres.«

»Ist das für Sie ein fairer Kompromiss, Fletcher?«, fragte der Direktor und hob eine Augenbraue. Nun blieb Fletcher stumm. »Kompromisse, Fletcher«, warf der Kaplan ein, »sind etwas, mit dem Sie zu leben lernen müssen, wenn Sie hoffen, jemals ein erfolgreicher Politiker zu werden.«

Fletcher antwortete nicht sofort. »Ich akzeptiere Ihr Urteil, Dr. Wade«, sagte er schließlich und fuhr, an den Direktor gewandt, fort: »Ich danke Ihnen für Ihre Nachsicht, Sir.«

»Ich danke Ihnen, Fletcher«, sagte Mr. Fleming. Der Schülerpräsident erhob sich und verließ das Büro des Direktors.

»Weisheit, Courage und Überzeugung sind schon bei einem Erwachsenen selten genug«, bemerkte der Direktor leise, nachdem die Tür sich geschlossen hatte, »aber bei einem Kind …«

»Welche Erklärung haben Sie dann dafür, Mr. Cartwright?«, fragte der Vorsitzende des Prüfungsausschusses von Yale.

»Ich habe keine, Sir«, räumte Nat ein. »Es muss ein Zufall sein.«

»Und was für ein Zufall!«, meinte der Vorsitzende für

Universitätsangelegenheiten. »Große Teile Ihres Aufsatzes über Clarence Darrow sind Wort für Wort identisch mit dem Aufsatz eines anderen Schülers aus Ihrer Klasse.«

»Wie lautet seine Erklärung?«

»Da er seinen freien Aufsatz eine Woche vor Ihnen eingereicht hat – und zwar handgeschrieben, während Sie den Ihren getippt haben –, sahen wir uns nicht veranlasst, ihn um eine Erklärung zu bitten.«

»Handelt es sich dabei zufällig um Ralph Elliot?«, fragte Nat.

Kein Mitglied des Ausschusses antwortete darauf.

»Wie hat er das nur geschafft?«, fragte Tom, als Nat später an diesem Abend nach Taft zurückkehrte.

»Er muss meinen Aufsatz Wort für Wort abgeschrieben haben, während ich bei Miss Porter für *Was ihr wollt* probte.«

»Aber dafür musste er ihn doch aus deinem Zimmer stehlen.«

»Das wäre nicht weiter schwer gewesen«, meinte Nat. »Wenn er nicht auf meinem Schreibtisch lag, dann eingeordnet unter Yale.«

»Trotzdem war das doch ein verdammt hohes Risiko für ihn, dein Zimmer in deiner Abwesenheit zu betreten.«

»Nicht als Schülerpräsident. Vergiss nicht: Er leitet die Chose hier – niemand stellt Fragen zu seinem Kommen und Gehen. Er hatte genug Zeit, den Aufsatz abzuschreiben und das Original noch am gleichen Abend wieder in mein Zimmer zurückzubringen, ohne dass irgendwer es mitbekam.«

»Wie hat sich der Ausschuss entschieden?«

»Da sich der Direktor vehement für mich eingesetzt hat, ist Yale damit einverstanden, meine Bewerbung ein Jahr zurückzustellen.«

»Dann kommt Elliot also wieder damit durch.«

»Nein, tut er nicht«, erklärte Nat mit fester Stimme. »Der Direktor konnte sich denken, was passiert sein musste, denn Yale hat auch Elliots Zusage zurückgenommen.«

»Dann ist das Problem also nur um ein Jahr verschoben worden«, sagte Tom.

»Gott sei Dank nicht.« Jetzt lächelte Nat zum ersten Mal. »Mr. Thompson hat auch beschlossen einzugreifen und den Zulassungsleiter angerufen. Mit dem Ergebnis, dass Yale Elliot nicht die Möglichkeit angeboten hat, sich noch einmal zu bewerben.«

»Guter, alter Thomo«, sagte Tom. »Was machst du in deinem freien Jahr? Dich dem Friedenscorps anschließen?«

»Nein. Ich verbringe das Jahr an der Universität von Connecticut.«

»Warum um alles in der Welt die UConn?«, wollte Tom wissen. »Wo du doch …«

»Es war Rebeccas erste Wahl.«

12

Der Rektor von Yale blickte auf eintausend erwartungsvolle Erstsemester hinunter. In einem Jahr würden einige von ihnen das Tempo als zu hart empfunden haben und an andere Universitäten ausgewichen sein, andere hingegen würden einfach aufgegeben haben. Fletcher Davenport und Jimmy Gates saßen in der Aula und lauschten aufmerksam jedem Wort, das Rektor Waterman zu sagen hatte.

»Verschwenden Sie auch nicht einen Augenblick Ihrer Zeit in Yale, sonst werden Sie es den Rest Ihres Lebens bedauern, nicht alle Vorteile genutzt zu haben, die diese Universität zu bieten hat. Ein Dummkopf verlässt Yale nur mit einem Abschluss, ein Weiser mit genügend Wissen, um sich allen Herausforderungen des Lebens zu stellen. Ergreifen Sie jede Gelegenheit, die sich Ihnen bietet. Fürchten Sie sich nicht vor neuen Herausforderungen. Falls Sie scheitern, ist das kein Grund, sich zu schämen. Sie lernen weitaus mehr aus Ihren Fehlern als aus Ihren Triumphen. Fürchten Sie sich nicht vor Ihrem Schicksal. Fürchten Sie sich vor gar nichts. Hinterfragen Sie alles, und lassen Sie nie zu, dass man von Ihnen sagt, Sie seien Ihren Weg gegangen, ohne eine Spur zu hinterlassen.«

Nach beinahe einer Stunde auf den Beinen nahm der Rektor von Yale wieder seinen Platz ein und erhielt lang anhaltende stehende Ovationen. Trent Waterman, der solche

Demonstrationen nicht schätzte, erhob sich und verließ die Bühne.

»Ich dachte, du wolltest dich den stehenden Ovationen nicht anschließen?«, sagte Fletcher zu seinem Freund, als sie den Saal verließen. »›Nur weil es alle anderen in den letzten zehn Jahren getan haben, heißt das noch lange nicht, dass ich diesem Ritual folge‹, lauteten deine Worte, wenn ich mich recht erinnere.«

»Ich gebe zu, ich habe mich geirrt«, räumte Jimmy ein. »Es war noch beeindruckender, als mein Vater es beschrieben hat.«

»Ich bin sicher, dein Applaus war eine Erleichterung für Mr. Waterman«, sagte Fletcher, während Jimmy eine junge Frau mit zahlreichen Büchern im Arm entdeckte, die nur wenige Schritte vor ihnen ging.

»Jede Gelegenheit ergreifen«, flüsterte er Fletcher ins Ohr. Fletcher fragte sich, ob er Jimmy davon abhalten sollte, sich komplett zum Narren zu machen, oder ob er es ihn auf die harte Tour herausfinden lassen sollte.

»Hi, ich bin Jimmy Gates. Darf ich Ihnen mit Ihren Büchern helfen?«

»An was denken Sie da, Mr. Gates? Wollen Sie sie tragen oder sie für mich lesen?«, erwiderte die Frau, ohne langsamer zu werden.

»Ich dachte, ich fange damit an, sie zu tragen, und dann schauen wir einfach, wie es sich entwickelt.«

»Mr. Gates, ich habe zwei Regeln, an die ich mich strikt halte: Ich gehe nicht mit einem Erstsemester aus, und ich gehe nicht mit einem Rothaarigen aus.«

»Finden Sie nicht, es wird Zeit, sie beide auf einmal zu brechen?«, schlug Jimmy vor. »Schließlich hat der Rektor uns gerade gesagt, wir sollten uns niemals vor neuen Herausforderungen fürchten.«

»Jimmy«, warf Fletcher ein, »ich denke …«

»Ach ja, das hier ist mein Freund Fletcher Davenport. Er ist sehr schlau. Er könnte Ihnen also beim Lesen helfen.«

»Ich denke nicht, Jimmy.«

»Und er ist auch sehr zurückhaltend, wie Sie sehen.«

»Etwas, woran Sie anscheinend nicht leiden, Mr. Gates.«

»Ganz bestimmt nicht«, bestätigte Jimmy. »Wie heißen Sie übrigens?«

»Joanna Palmer.«

»Dann sind Sie offenbar nicht im ersten Semester, Joanna?«, mutmaßte Jimmy.

»Nein.«

»Demnach sind Sie die ideale Person, um mir beizustehen.«

»An was denken Sie da?«, fragte Miss Palmer, während sie die Treppe zur Sudler Hall hinaufstiegen.

»Warum laden Sie mich heute Abend nicht zum Essen ein, dann können Sie mir alles erzählen, was ich über Yale wissen sollte«, schlug Jimmy vor, als sie vor dem Vorlesungssaal zum Stehen kamen. »He«, sagte er zu Fletcher gewandt, »sollten wir nicht sowieso hierher?«

»Ja, sollten wir. Und ich habe versucht, dich zu warnen.«

»Mich warnen? Wovor?«, fragte Jimmy, als er die Tür für Miss Palmer öffnete und ihr rasch in den Saal folgte, in der Hoffnung, sich neben sie setzen zu können. Die Studenten brachen abrupt ihre Gespräche ab, was Jimmy überraschte.

»Ich muss mich für meinen Freund entschuldigen, Miss Palmer«, flüsterte Fletcher, »aber ich darf Ihnen versichern, dass er ein Herz aus Gold besitzt.«

»Und allem Anschein nach auch die dazugehörigen Nerven«, erwiderte Joanna. »Verraten Sie es ihm nicht, aber es hat mir ungeheuer geschmeichelt, dass er mich für ein Erstsemester hielt.«

Joanna Palmer legte ihre Bücher auf das große Pult und drehte sich zu dem brechend vollen Vorlesungssaal um. »Die Französische Revolution ist der Wendepunkt in der modernen europäischen Geschichte«, begann sie vor einer hingerissenen Zuhörerschaft. »Obwohl Amerika bereits einen Monarchen entthront hatte«, sie hielt kurz inne, »ohne ihn gleich zu köpfen …« Ihr Blick schwenkte über die Sitzreihen, während ihre Studenten lachten, und blieb bei Jimmy Gates hängen. Er zwinkerte ihr zu.

Händchen haltend liefen sie zu ihrer ersten Vorlesung über den Campus. Während der Proben zum Stück waren sie ein Paar geworden, in der Aufführungswoche bereits unzertrennlich und hatten alle beide in den Frühlingsferien zusammen ihre Unschuld verloren. Als Nat seiner Geliebten mitteilte, dass er nicht nach Yale, sondern mit ihr an die University of Connecticut gehen würde, hatte Rebecca ein schlechtes Gewissen, weil sie diese Nachricht so glücklich machte.

Susan und Michael Cartwright mochten Rebecca vom ersten Augenblick an, und ihre Enttäuschung, dass Nat nicht sofort einen Platz in Yale bekommen hatte, wurde dadurch abgemildert, dass sie ihren Sohn zum ersten Mal in seinem Leben so entspannt sahen.

Die Eröffnungsvorlesung in der Buckley Hall befasste sich mit amerikanischer Literatur und wurde von Professor Hayman gehalten. Während der Sommerferien hatten Nat und Rebecca sämtliche Autoren auf der Lektüreliste gelesen –

James, Faulkner, Hemingway, Fitzgerald und Bellow – und dann ausführlich über *Washington Square, Die Früchte des Zorns, Wem die Stunde schlägt, Der große Gatsby* und *Herzog* diskutiert. Als sie nun an diesem Dienstagmorgen ihre Plätze im Vorlesungssaal einnahmen, waren beide zuversichtlich, gut vorbereitet zu sein. Doch schon nach den wenigen Minuten, in denen Professor Hayman seine Eröffnungssalve auf sie abfeuerte, wurde ihnen klar, dass sie kaum mehr getan hatten, als die Bücher zu lesen. Weder hatten sie die unterschiedlichen Einflüsse auf die Autoren wie Geburt, Aufwachsen, Ausbildung, Religion oder reine Lebensumstände berücksichtigt, noch der Tatsache, dass dieses Talent für Erzählkunst auf keine bestimmte Gesellschaftsklasse, Hautfarbe oder Religionszugehörigkeit beschränkt war, einen Gedanken gewidmet.

»Nehmen Sie beispielsweise Scott Fitzgerald«, fuhr der Professor fort. »In seiner Kurzgeschichte *Bernices Bubikopf* …«

Nat sah von seinen Notizen auf und entdeckte den Hinterkopf. Ihm wurde übel. Er lauschte nicht länger Professor Haymans Ansichten über Fitzgerald, sondern starrte eine Weile auf den betreffenden Studenten, bevor der sich zur Seite drehte und mit seinem Nebensitzer redete. Nats schlimmste Befürchtungen bewahrheiteten sich. Ralph Elliot war nicht nur an derselben Universität, er hatte auch noch dieselbe Vorlesung belegt. Fast als könnte er spüren, dass er angestarrt wurde, drehte sich Elliot urplötzlich um. Er achtete nicht weiter auf Nat, denn seine Aufmerksamkeit galt Rebecca. Nat warf ihr einen Blick zu, aber sie war zu sehr damit beschäftigt, sich Notizen über Fitzgeralds Alkoholprobleme während seiner Zeit in Hollywood zu machen, um Elliots plumpes Interesse zu bemerken.

»Wer war denn das, der sich da ständig umgedreht und dich angestarrt hat?«, fragte Rebecca, als sie zur Mensa schlenderten.

»Er heißt Ralph Elliot«, erwiderte Nat. »Wir waren beide in Taft, und ich glaube, er hat dich angestarrt, nicht mich.«

»Er sieht sehr gut aus.« Rebecca grinste. »Er erinnert mich ein bisschen an Jay Gatsby. Ist er derjenige, der laut Mr. Thompson einen guten Malvolio abgegeben hätte?«

»Einen geborenen Malvolio, waren wohl Thomos genaue Worte.«

Beim Mittagessen drängte Rebecca, Nat solle ihr mehr über Elliot erzählen, aber er meinte, da gebe es nicht viel zu erzählen, und versuchte ständig, das Thema zu wechseln. Wenn die Gesellschaft von Rebecca bedeutete, dass er an derselben Uni studieren musste wie Ralph Elliot, dann musste er eben lernen, damit zu leben.

An der Nachmittagsvorlesung über den spanischen Einfluss auf die Kolonien nahm Elliot nicht teil, und als Nat Rebecca an diesem Abend auf ihr Zimmer begleitete, hatte er die unliebsame Anwesenheit seines alten Widersachers schon fast vergessen. Die Wohnheime der Frauen lagen im südlichen Campus, und Nats Studienberater hatte ihn gewarnt, dass es gegen die Regeln verstieß, wenn sich dort nach Einbruch der Dunkelheit noch Männer aufhielten.

»Wer immer diese Regeln aufgestellt hat«, sagte Nat, als er neben Rebecca auf deren Bett lag, »muss geglaubt haben, dass sich Studenten nur bei Dunkelheit lieben können.« Rebecca lachte und zog ihren Pulli wieder an.

»Das heißt, dass du im Frühjahrssemester erst nach 21 Uhr auf dein Zimmer zurückmusst«, sagte sie.

»Vielleicht gestatten es die Regeln, dass ich nach dem

Sommersemester ganz bei dir bleiben darf«, führte Nat ohne Erklärung aus.

Zu seiner Erleichterung fand Nat im ersten Quartal heraus, dass er selten in Kontakt mit Ralph Elliot kam. Sein Gegner zeigte kein Interesse an Querfeldeinlauf, Schauspielerei oder Musik, daher überraschte es Nat, als er ihn am letzten Sonntag des Quartals vor der Kapelle mit Rebecca plaudern sah. Elliot ging rasch davon, als Nat auf sie zukam.

»Was wollte er?«, fragte Nat misstrauisch.

»Er hat mir nur ein paar seiner Ideen zur Verbesserung des Studentenrates erläutert. Er möchte Vertreter der Erstsemester werden und wollte wissen, ob du dich auch zur Wahl stellen wirst.«

»Nein«, erklärte Nat entschieden. »Ich habe genug von Wahlen.«

»Ich finde, das ist echt schade«, meinte Rebecca und drückte Nats Hand. »Ich weiß, dass eine Menge Leute aus unserem Jahrgang auf deine Kandidatur hoffen.«

»Nicht, solange er im Rennen ist«, wehrte Nat ab.

»Warum hasst du ihn eigentlich so?«, wollte Rebecca wissen. »Nur weil er dich bei dieser albernen Schülerwahl geschlagen hat?« Nat starrte zu Elliot hinüber, der gerade mit einer Gruppe Studenten sprach – dasselbe falsche Lächeln und garantiert dieselben geschickten Versprechungen. »Hältst du es denn nicht für möglich, dass er sich geändert haben könnte?«, fragte Rebecca.

Nat machte sich nicht die Mühe, darauf zu antworten.

»Also«, sagte Jimmy. »Das erste Amt, für das du kandidieren kannst, ist das des Repräsentanten der Erstsemester im Studentenausschuss von Yale.«

»Eigentlich hatte ich vor, im ersten Semester kein Amt zu übernehmen, sondern mich einfach auf die Arbeit zu konzentrieren«, erwiderte Fletcher.

»Das kannst du nicht riskieren«, erklärte Jimmy.

»Und warum nicht?«, wollte Fletcher wissen.

»Weil es eine statistische Tatsache ist, dass derjenige, der im ersten Jahr in den Studentenausschuss gewählt wird, so gut wie sicher drei Jahre später zu dessen Präsidenten wird.«

»Vielleicht will ich gar nicht Präsident des Studentenausschusses werden.« Fletcher grinste.

»Und vielleicht will Marilyn Monroe gar keinen Oscar gewinnen.« Jimmy zog eine Broschüre aus seinem Aktenkoffer.

»Was ist das?«

»Das Jahrbuch des ersten Semesters – eintausendeinundzwanzig Gesichter.«

»Ich sehe, dass du wieder einmal den Wahlkampf eröffnet hast, ohne den Kandidaten zu fragen.«

»Das musste ich, denn ich kann es mir nicht leisten zu warten, bis du dich endlich aufgerafft hast. Ich habe recherchiert und herausgefunden, dass du nur wenig beziehungsweise gar keine Chance hast, überhaupt für den Studentenausschuss in Betracht zu kommen, wenn du nicht in der sechsten Woche am Debattierwettstreit der Erstsemester teilnimmst.«

»Wieso?«

»Weil das die einzige Gelegenheit ist, bei der sich die komplette Frischlingsmeute in einem Raum zusammenrottet und die Chance hat, den künftigen Kandidaten zuzuhören.«

»Und wie wird man zum Redner gekürt?«

»Das hängt davon ab, welche Seite des Antrags du unterstützen willst.«

»Um was für einen Antrag handelt es sich denn?«

»Ich freue mich, dass du dich allmählich für diese Herausforderung erwärmst, denn das ist das nächste Problem.« Jimmy zog ein Flugblatt aus einer Innentasche. *Es ist beschlossen: Amerika sollte sich aus dem Vietnamkrieg zurückziehen.*«

»Da sehe ich kein Problem«, meinte Fletcher. »Ich würde mich freuen, gegen einen solchen Antrag einzutreten.«

»Das ist ja das Problem«, sagte Jimmy, »denn jeder, der dagegen ist, ist Geschichte, auch wenn er das Aussehen von Kennedy hat und über das Redetalent eines Churchill verfügt.«

»Aber wenn ich gute Gründe anführe, bekommen sie vielleicht das Gefühl, ich könnte der richtige Mann sein, um sie im Studentenausschuss zu vertreten.«

»Wie überzeugend du auch sein magst, Fletcher, wäre es dennoch Selbstmord. So gut wie jeder auf dem Campus ist gegen den Krieg. Überlass das doch lieber einem Verrückten, der sowieso nicht gewählt werden will.«

»Das klingt nach mir«, sagte Fletcher. »Jedenfalls glaube ich …«

»Ist mir egal, was du glaubst«, fiel ihm Jimmy ins Wort. »Mein einziges Interesse besteht darin, dich die Wahl gewinnen zu lassen.«

»Jimmy, hast du denn überhaupt keine Moral?«

»Wie denn?«, erwiderte Jimmy. »Mein Vater ist Politiker, und meine Mutter verkauft Immobilien.«

»Trotz deiner pragmatischen Einstellung könnte ich mich nie dazu überwinden, einen solchen Antrag zu unterstützen.«

»Dann bist du zu einem Leben endlosen Studierens und Händchenhaltens mit meiner Schwester verdammt.«

»Klingt wie Musik für mich«, meinte Fletcher. »Vor allem, weil du völlig unfähig zu sein scheinst, länger als vierundzwanzig Stunden eine ernsthafte Beziehung mit einer Frau zu haben.«

»Da ist Joanna Palmer aber ganz anderer Meinung«, widersprach Jimmy.

Fletcher lachte. »Und was ist mit deiner anderen Freundin, Audrey Hepburn? Die habe ich in letzter Zeit gar nicht auf dem Campus gesehen.«

»Ich auch nicht«, entgegnete Jimmy, »aber es ist nur eine Frage der Zeit, bevor ich Miss Palmers Herz erobere.«

»In deinen Träumen vielleicht, Jimmy.«

»Der Tag kommt, an dem du dich dafür entschuldigen wirst, oh du Kleingläubiger, und ich prophezeie, dass dies noch vor deinem unseligen Beitrag zum Redewettstreit der Erstsemester der Fall sein wird.«

»Du änderst meine Meinung nicht mehr, Jimmy, denn sollte ich an diesem Redewettstreit teilnehmen, dann spreche ich mich auf jeden Fall gegen den Antrag aus.«

»Es gefällt dir wirklich, mir das Leben schwer zu machen, Fletcher. Na ja, eine Sache ist sicher: Die Organisatoren werden über deine Teilnahme beglückt sein.«

»Warum das?«, fragte Fletcher.

»Weil sie keinen halbwegs Wählbaren finden konnten, der bereit wäre, sich gegen den Rückzug auszusprechen.«

»Bist du sicher«, fragte Nat leise.

»Ja«, erwiderte Rebecca.

»Dann müssen wir so bald wie möglich heiraten«, erklärte Nat.

»Warum? Wir leben in den Sechzigern, dem Zeitalter von

Beatles, Hasch und freier Liebe. Warum sollte ich nicht einfach abtreiben?«

»Willst du das etwa?«, fragte Nat ungläubig.

»Ich weiß noch nicht, was ich will«, erwiderte Rebecca. »Ich habe es erst heute Morgen herausgefunden. Ich brauche mehr Zeit, um darüber nachzudenken.«

Nat nahm sie bei der Hand. »Ich würde dich sofort heiraten, wenn du mich haben willst.«

»Das weiß ich doch«, sagte Rebecca und drückte seine Hand, »aber wir müssen den Tatsachen ins Auge sehen. Diese Entscheidung wird Auswirkungen auf den Rest unseres Lebens haben. Wir sollten nichts überstürzen.«

»Aber ich trage die moralische Verantwortung für dich und das Kind.«

»Und ich muss an meine Zukunft denken«, erwiderte Rebecca.

»Vielleicht sollten wir es unseren Eltern sagen und schauen, wie sie reagieren.«

»Das ist wirklich das Letzte, was ich will«, erklärte Rebecca. »Deine Mutter würde erwarten, dass wir noch heute Nachmittag heiraten, und mein Vater würde mit einer Schrotflinte unterm Arm auf dem Campus auftauchen. Nein, du musst mir versprechen, dass du keinem etwas von meiner Schwangerschaft erzählst, vor allem nicht unseren Eltern!«

»Warum denn nicht?«, drängte Nat.

»Weil es da noch ein anderes Problem gibt …«

»Wie geht es mit der Rede voran?«

»Ich habe gerade den dritten Entwurf beendet«, meinte Fletcher fröhlich. »Es wird dich freuen zu hören, dass mich diese Rede wahrscheinlich zum unbeliebtesten Studenten auf dem Campus machen wird.«

»Du liebst es, mir meine Aufgabe noch schwerer zu machen …«

»Mein Ziel ist es, sie dir unmöglich zu machen«, gab Fletcher zu. »Gegen wen muss ich übrigens antreten?«

»Gegen einen Typ namens Tom Russell.«

»Was hast du über ihn rausgefunden?«

»Hat Taft besucht.«

»Das bedeutet, dass wir ihm gegenüber im Vorteil sind.« Fletcher grinste.

»Nein, leider nicht. Ich traf ihn gestern Abend im *Mory* und muss dir sagen, er ist klug und beliebt. Ich konnte niemand finden, der ihn nicht mag.«

»Spricht denn gar nichts für uns?«

»Doch. Er hat zugegeben, dass er sich nicht auf den Redewettstreit freut. Er würde lieber einen anderen Kandidaten unterstützen, wenn sich nur ein geeigneter melden würde. Er sieht sich eher als Wahlkampfmanager denn als Führungspersönlichkeit.«

»Dann sollten wir Tom vielleicht bitten, sich unserem Team anzuschließen«, schlug Fletcher vor. »Ich suche immer noch nach einem Wahlkampfmanager.«

»Witzigerweise hat er *mir* diesen Job angeboten«, sagte Jimmy.

Fletcher starrte seinen Freund an. »Echt?«

»Ja«, erwiderte Jimmy.«

»Dann muss ich ihn wohl ernst nehmen, oder?« Fletcher schwieg kurz. »Vielleicht sollten wir damit anfangen, dass wir heute Abend meine Rede durchgehen, dann kannst du mir sagen, ob …«

»Heute Abend geht nicht«, unterbrach Jimmy. »Joanna hat mich zum Abendessen zu sich nach Hause eingeladen,«

»Ach ja, da fällt mir ein, ich kann ja auch nicht. Jackie Kennedy hat mich gebeten, sie in die Met zu begleiten.«

»Jetzt, wo du es erwähnst, Joanna lässt fragen, ob du und Annie nächsten Donnerstag nicht einen Drink mit uns nehmen wollt. Ich habe ihr erzählt, dass meine Schwester extra für den Redewettstreit nach New Haven fährt.«

»Meinst du das im Ernst?«, fragte Fletcher.

»Und wenn ihr kommt, dann sag Annie bitte, nicht zu lange herumzuhängen, denn Joanna und ich liegen um zehn gern brav im Bett.«

Als Nat Rebeccas handschriftliche Notiz erhielt, rannte er quer über den Campus auf sein Zimmer und fragte sich, was um alles in der Welt so dringend sein konnte.

Als er sein Zimmer betrat, wandte sie sich bei seinem Versuch, sie zu küssen, ab und schloss ohne Erklärung die Tür. Nat setzte sich ans Fenster, während Rebecca sich am Fußende des Bettes niederließ. »Nat, ich muss dir etwas sagen, dem ich die letzten Tage aus dem Weg gegangen bin.« Nat nickte nur, denn er sah, wie schwer es Rebecca fiel, es auszusprechen. Das darauffolgende Schweigen kam ihm unendlich vor.

»Nat, ich weiß, du wirst mich dafür hassen.«

»Ich bin nicht fähig, dich zu hassen«, sagte Nat und sah ihr direkt in die Augen.

Sie hielt seinem Blick stand, senkte dann jedoch den Kopf. »Ich bin nicht sicher, ob du der Vater bist.«

Nat hielt sich am Stuhl fest. »Wie kann das sein?«, fragte er schließlich.

»An dem Wochenende, als du für den Querfeldeinlauf zur Penn gefahren bist, ging ich auf eine Party, und ich fürchte, ich habe etwas zu viel getrunken.« Sie schwieg erneut. »Ralph Elliot schloss sich uns an, und danach kann ich mich nicht mehr an viel erinnern, außer dass ich am nächsten Morgen aufwachte und er neben mir schlief.«

Jetzt schwieg Nat für lange Zeit. »Hast du ihm gesagt, dass du schwanger bist?«

»Nein«, erwiderte sie. »Wozu auch? Er hat seitdem kaum ein Wort mit mir gewechselt.«

»Ich bringe diesen Schweinehund um.« Nat stand auf.

»Das wird auch nicht helfen«, meinte Rebecca ruhig.

»Es ändert nichts.« Nat ging auf sie zu und nahm sie in den Arm. »Ich will dich immer noch heiraten. Es ist doch viel wahrscheinlicher, dass es mein Kind ist.«

»Aber du könntest niemals sicher sein«, warf Rebecca ein.

»Das ist kein Problem für mich.«

»Aber für mich ist es ein Problem«, erwiderte Rebecca. »Es gibt nämlich noch etwas, das ich dir nicht gesagt habe …«

In dem Augenblick, als Fletcher die bis auf den letzten Platz gefüllte Woolsey Hall betrat, bedauerte er, nicht auf Jimmys Rat gehört zu haben. Er setzte sich neben Tom Russell auf die Bank, der ihn mit einem freundlichen Lächeln begrüßte, während eintausend Studenten anfingen zu skandieren: »Hey, hey, LBJ, wie viele Kinder hast du heute schon gekillt?«

Fletcher sah zu seinem Gegner auf, der sich erhob, um das Rededuell zu eröffnen. Tom wurde von den Versammelten mit Hochrufen begrüßt, noch bevor er den Mund geöffnet hatte. Zu Fletchers Überraschung wirkte Tom genauso nervös wie er. Schweißperlen tauchten auf seiner Stirn auf.

Die Menge verstummte, als Tom zu reden begann, aber schon nach zwei Wörtern erklangen Buhrufe. »Lyndon Johnson.« Er wartete. »Lyndon Johnson hat uns erklärt, es wäre Amerikas Pflicht, die Nordvietnamesen zu vernichten und die Welt vor dem schleichenden Kommunismus zu retten. Ich sage, es ist die Pflicht des Präsidenten, das Leben keines einzigen Amerikaners auf dem Altar einer Doktrin zu opfern, die sich im Lauf der Zeit selbst zunichtemachen wird.«

Wieder tobte die Menge, diesmal vor Jubel, und es dauerte fast eine Minute, bevor Tom fortfahren konnte. Der Rest seiner Rede wurde von so vielen Beifallsbekundungen unterbrochen, dass er kaum die Hälfte davon halten konnte, bevor die ihm zustehende Zeit abgelaufen war.

Die Jubelrufe verwandelten sich in dem Moment in Buhrufe, als Fletcher sich von seinem Platz erhob. Er hatte bereits beschlossen, dass dies seine letzte öffentliche Rede sein würde. Er wartete auf eine Stille, die nicht eintreten wollte, und als jemand rief »Fang schon an«, sprach er seine ersten stammelnden Worte.

»Die Griechen, die Römer und die Briten haben sich, alle zu ihrer Zeit, den Mantel der Weltführerschaft übergestreift«, fing Fletcher an.

»Das ist kein Grund, warum wir das auch tun sollten!«, brüllte jemand aus den hinteren Reihen.

»Nach dem Zusammenbruch des britischen Empire infolge des Zweiten Weltkrieges«, fuhr Fletcher fort, »wurde diese Verantwortung an die Vereinigten Staaten weitergereicht. An die größte Nation auf Erden.« Schwacher Applaus kam auf. »Wir können uns natürlich zurücklehnen und erklären, dass wir dieser Verantwortung nicht gewachsen sind. Wir können den Millionen Menschen in aller Welt, die unsere Vorstellung von Freiheit bewundern und unsere Lebensweise übernehmen möchten, unsere Führung anbieten – oder wir wenden uns einfach ab und lassen zu, dass ebendiese Millionen von Menschen unter dem Joch des Kommunismus leiden, der die freie Welt zu verschlingen droht. Oder aber wir gewähren diesen Menschen unsere Hilfe, während sie versuchen, unsere demokratischen Konzepte zu übernehmen. Es bleibt der Geschichte überlassen, die Entscheidung, die wir treffen, aufzuzeichnen, aber die Geschichte sollte nicht feststellen müssen, dass auf uns kein Verlass war.«

Jimmy war erstaunt, dass die Menge bislang mit nur gelegentlichen Unterbrechungen zugehört hatte, und ebenso überrascht angesichts des respektvollen Beifalls, den Fletcher erhielt, als er zwanzig Minuten später an seinen Platz zurückkehrte. Am Ende des Rededuells war allen im Saal klar, dass Fletcher es gewonnen hatte, auch wenn Tom den Antrag mit über zweihundert Stimmen Vorsprung für sich entschied.

Jimmy brachte es irgendwie fertig, fröhlich zu wirken, nachdem der jubelnden Meute das Ergebnis mitgeteilt worden war. »Das ist ein verdammtes Wunder«, erklärte er.

»Und was für eins«, meinte Fletcher. »Ist dir nicht aufgefallen, dass wir mit zweihundertachtundzwanzig Stimmen verloren haben?«

»Ich hatte eine überwältigende Niederlage erwartet, darum sind zweihundertachtundzwanzig Stimmen für mich ein wahres Wunder. Jetzt haben wir fünf Tage, um die Meinung von einhundertvierzehn Wählern zu ändern, denn die meisten Frischlinge akzeptieren, dass du eindeutig der Beste bist, um sie im Studentenausschuss zu vertreten«, sagte Jimmy, als sie die Woolsey Hall verließen. Mehrere Leute riefen Fletcher »Prima gemacht« und »Viel Glück« zu.

»Ich fand, Tom Russell hat eine gute Rede gehalten«, sagte Fletcher. »Außerdem vertritt er ihre Ansichten.«

»Nein, er wird nur den Platz für dich warmhalten.«

»Sei dir da mal nicht so sicher«, hielt Fletcher dagegen. »Vielleicht erwärmt sich Tom für den Gedanken, Präsident zu werden.«

»Keine Chance. Nicht angesichts dessen, was ich für ihn geplant habe.«

»Darf ich wagen zu fragen, was dir für ihn vorschwebt?«, erkundigte sich Fletcher.

»Ich habe zu jeder Rede, die er gehalten hat, jemanden aus unserem Team geschickt. Während der Kampagne hat er dreiundvierzig Wahlversprechen abgegeben, von denen er die meisten unmöglich halten kann. Wenn er daran täglich zwanzig Mal erinnert wird, denke ich nicht, dass sein Name auf der Wahlliste auftaucht.«

»Jimmy, hast du jemals *Der Fürst* von Machiavelli gelesen?«, fragte Fletcher.

»Nein. Hätte ich?«

»Nicht nötig, du kannst daraus nichts mehr lernen. Was hast du heute Abend vor?«, fragte er gerade, als Annie auf sie zukam. Sie umarmte Fletcher fest. »Gut gemacht«, lobte sie, »deine Rede war brillant.«

»Zu schade, dass zweihundert andere das nicht so gesehen haben«, sagte Fletcher.

»Das haben sie durchaus, aber die meisten hatten schon entschieden, wen sie wählen wollten, noch bevor sie die Aula betreten haben.«

»Genau das versuche ich ihm die ganze Zeit klarzumachen.« Jimmy wandte sich an Fletcher. »Meine Babyschwester hat recht, und darüber hinaus ...«

»Jimmy, ich werde in ein paar Wochen achtzehn«, fauchte Annie ihren Bruder an, »nur für den Fall, dass du das noch nicht mitbekommen haben solltest.«

»Habe ich sehr wohl, und einige meiner Freunde behaupten sogar, du wärst ziemlich hübsch, auch wenn ich das nicht so sehe.«

Fletcher lachte. »Kommst du mit uns zu Dino's?«

»Nein. Du hast offenbar vergessen, dass Joanna und ich euch beide zum Abendessen zu ihr eingeladen haben.«

»Ich habe es nicht vergessen«, sagte Annie, »und ich kann es kaum erwarten, die Frau zu treffen, die meinen Bruder länger als eine Woche an sich fesseln konnte.«

»Ich habe seit dem Tag, an dem ich sie traf, keine andere Frau mehr angesehen«, sagte Jimmy leise.

»Ich will dich immer noch heiraten«, erklärte Nat und hielt sie fest.

»Auch wenn du nicht sicher sein kannst, wer der Vater ist?«

»Erst recht ein Grund dafür, dass wir heiraten, dann kannst du nie an meiner Hingabe zweifeln.«

»Daran habe ich nie auch nur eine Sekunde gezweifelt«, sagte Rebecca, »auch nicht daran, dass du ein guter und anständiger Mensch bist. Aber hast du nie daran gedacht, dass ich dich nicht genug lieben könnte, um den Rest meines Lebens mit dir zu verbringen?« Nat ließ sie los und sah ihr in die Augen. »Ich habe Ralph gefragt, was er tun würde, wenn sich herausstellt, dass es sein Kind ist, und er stimmte mir zu, dass ich eine Abtreibung vornehmen lassen sollte.« Rebecca legte ihre Hand auf Nats Wange. »Nicht viele von uns sind gut genug, um mit Sebastian zu leben, und ich bin ganz sicher keine Olivia!« Sie nahm rasch die Hand von seiner Wange und verließ wortlos den Raum.

Nat legte sich aufs Bett. Er merkte nicht, wie die Dunkelheit einsetzte. Ständig musste er an seine Liebe zu Rebecca denken und an seinen Hass auf Elliot. Irgendwann schlief er ein und erwachte erst, als das Telefon klingelte.

Nat hörte die vertraute Stimme und gratulierte seinem alten Freund zu der Neuigkeit.

13

Als Nat seine Post aus dem Gebäude der Studentenschaft holte, konnte er sich gleich über drei Briefe freuen: ein neuer Rekord. Einer davon trug die unverwechselbare Handschrift seiner Mutter. Der zweite hatte einen Poststempel aus New Haven, also stammte er wohl von Tom. Der dritte Umschlag war braun und enthielt seinen monatlichen Stipendiumsscheck, den er sofort einlösen würde, da ihm allmählich das Geld ausging.

Anschließend ging Nat zu McConaughy und genehmigte sich eine Schale Cornflakes und zwei Scheiben Toast. Die trockenen Rühreier rührte er nicht an. Er fand einen freien Platz in einer der Ecken und öffnete den Brief seiner Mutter. Seit fast zwei Wochen hatte er ihr nicht geschrieben, weswegen er ein schlechtes Gewissen hatte. Es waren nur noch wenige Tage bis zu den Weihnachtsferien, darum hoffte er, sie würde es verstehen, wenn er nicht sofort antwortete. Nach seiner Trennung von Rebecca hatte er lange mit ihr am Telefon gesprochen. Er hatte nicht erwähnt, dass Rebecca schwanger war, und auch keinen besonderen Grund für ihre Trennung genannt.

Mein lieber Nathaniel – sie nannte ihn niemals Nat. Sollte irgendwer einmal einen Brief von seiner Mutter zu lesen bekommen, würde er rasch alles über sie erfahren, was er wissen musste: Sie war ordentlich, korrekt, auskunftsfreudig und fürsorglich, vermittelte aber immer irgendwie den Eindruck, sie komme zu spät zu ihrem nächsten Termin. Ihre Briefe endeten stets mit den Worten *In Eile. Alles Liebe, Mutter.* Die einzig echte Neuigkeit, die sie ihm mitteilte, war Dads Beförderung zum Regionalmanager. Das bedeutete, dass er künftig deutlich weniger Zeit unterwegs sein und häufiger in Hartford arbeiten würde.

Dad freut sich über die Beförderung und die Gehaltserhöhung, denn jetzt können wir uns ganz knapp einen Zweitwagen leisten. Allerdings vermisst er schon jetzt den persönlichen Kontakt zu den Kunden.

Nat schaufelte noch einen Löffel Cornflakes in sich hinein, bevor er den Brief aus New Haven öffnete. Toms Bericht war maschinengeschrieben und enthielt vereinzelte Tippfehler, wahrscheinlich wegen der Aufregung über seinen Wahlsieg. In seiner üblichen entwaffnenden Art berichtete Tom, dass er nur deshalb gewonnen habe, weil sein Gegner eine leidenschaftliche Rede zur Verteidigung von Amerikas Beteiligung am Vietnamkrieg gehalten hatte, was seiner Sache nicht dienlich war, als es an die Wahlurnen ging. Nat gefiel der Name Fletcher Davenport. Wahrscheinlich wäre er gegen ihn angetreten, wenn er Yale besucht hätte. Er biss in seinen Toast und las den Rest von Toms Brief: *Tut mir leid, dass du dich von Rebecca getrennt hast. Ist keine Versöhnung möglich?* Nat sah von dem Schreiben auf. Er hatte keine eindeutige Antwort auf diese Frage, obwohl ihm klar war, dass es seinen alten Freund nicht überraschen würde, wenn er erfuhr, dass Ralph Elliot in die Sache verwickelt war.

Nat bestrich seine zweite Scheibe Toast mit Butter und beschloss, seinen Monatsscheck noch vor der ersten Vorlesung bei der Bank einzulösen – im Gegensatz zu einigen seiner Kommilitonen konnte er es sich nicht erlauben, die Aufstockung seiner mageren Finanzen bis zum letzten Moment aufzuschieben. Er öffnete den Umschlag und war überrascht, als er darin keinen Scheck, sondern nur einen Brief fand. Er entfaltete ihn und starrte ungläubig auf dessen Inhalt.

EINBERUFUNGSBESCHEID
AUFFORDERUNG ZUR MELDUNG BEI DER MUSTERUNGSSTELLE DER ARMEE

An:

Nathaniel Cartwright
University of Connecticut
North Eagleville Road
Storrs, Connecticut

Einberufungsstelle 21
Musterungsamt
205 Walter Street
Rockville, CT

4. Dezember 1966

Einberufungsbescheid
6 21 48 270

Hiermit werden Sie angewiesen,
sich bei der Musterungsstelle der Armee einzufinden:

Routes 195 &44 (Mansfield Corners), Storrs, Connecticut
(Meldestelle)

Uhrzeit: 7 Uhr 58

Datum: 5. Januar 1967

gezeichnet

(Angehöriger der örtlichen Wehrdienstkommission)

Nat legte den Brief vor sich auf den Tisch und dachte über die Konsequenzen nach. Er sah ein, dass eine Einberufung einem Lottospiel glich – nun waren eben seine Zahlen gezogen worden. War es moralisch in Ordnung, eine Freistellung vom Wehrdienst zu beantragen, nur weil er Student war, oder sollte er sich melden und seinem Land dienen, wie es sein alter Herr 1942 getan hatte? Sein Vater hatte zwei Jahre mit der 80. Division in Europa verbracht, bevor er mit der Verwundetenauszeichnung Purple Heart nach Hause zurückgekehrt war. Über fünfundzwanzig Jahre später vertrat sein Vater ebenso überzeugt die Ansicht, dass Amerika eine Rolle in Vietnam spielen müsse. Sollte eine solche Einstellung nur für jene ungebildeten Amerikaner gelten, die keine andere Wahl hatten?

Nat rief sofort zu Hause an und war nicht besonders überrascht, als seine Eltern über diese Frage eine ihrer seltenen Auseinandersetzungen hatten. Seine Mutter hegte keinerlei Zweifel daran, dass er erst seinen Abschluss machen und dann noch einmal darüber nachdenken sollte; bis dahin war der Krieg vielleicht auch schon vorbei. Hatte Präsident Johnson das in seinem Wahlkampf nicht versprochen? Sein Vater vertrat dagegen die Auffassung, es stelle zwar eine etwas unglückliche Unterbrechung dar, aber es sei Nats Pflicht, der Einberufung Folge zu leisten. Wenn jeder auf die Idee käme, seinen Einberufungsbescheid zu verbrennen, würde Anarchie herrschen. Das war das letzte Wort seines Vaters zu diesem Thema.

Als Nächstes rief Nat Tom in Yale an und fragte, ob er ebenfalls einen Einberufungsbescheid erhalten hatte.

»Ja, habe ich«, bestätigte Tom.

»Hast du ihn verbrannt?«, wollte Nat wissen.

»Nein, so weit bin ich nicht gegangen, auch wenn ich ein paar Studenten kenne, die das gemacht haben.«

»Soll das heißen, dass du dich gemeldet hast?«

»Nein, ich besitze nämlich nicht dein moralisches Rückgrat, Nat. Ich werde den Rechtsweg beschreiten. Mein Vater hat einen Anwalt in Washington gefunden, der sich auf Freistellungen spezialisiert hat, und der ist sich ziemlich sicher, dass er die Zurückstellung meiner Einberufung erreichen kann, zumindest bis nach meinem Abschluss.«

»Was ist mit diesem Kerl, der bei der Wahl zum Erstsemestervertreter gegen dich angetreten ist und so eindringlich für Amerikas Verantwortung gegenüber denjenigen eingetreten ist, die an der Demokratie teilhaben wollen – wie hat er sich entschieden?«

»Keine Ahnung«, sagte Tom, »aber wenn sein Name ebenfalls gezogen wurde, dann triffst du ihn wahrscheinlich ganz vorne an der Front.«

Monat um Monat verging, aber kein brauner Umschlag tauchte in seinem Brieffach auf. Fletcher glaubte allmählich, dass er wohl zu jenen Glücklichen gehörte, deren Name nicht gezogen worden war. Dennoch stand sein Entschluss bereits fest, wie er reagieren würde, sollte der schmale, braune Umschlag doch noch eintreffen.

Als Jimmy seinen Einberufungsbescheid erhielt, besprach er sich umgehend mit seinem Vater, der ihm riet, eine Freistellung zu beantragen, solange er noch studierte, aber deutlich zu machen, dass er willens sei, seine Meinung in drei Jahren zu überdenken. Er erinnerte Jimmy daran, dass es bis dahin sehr wohl einen neuen Präsidenten geben konnte, eine neue Gesetzgebung und die Möglichkeit, dass Amerika nicht länger in Vietnam mitmischte. Jimmy folgte dem Rat seines Vaters und nahm kein Blatt vor den Mund, als er die moralische Seite dieser Angelegenheit mit Fletcher diskutierte.

»Ich habe nicht die Absicht, mein Leben gegen eine Horde von Vietcong aufs Spiel zu setzen, die am Ende ja doch dem Kapitalismus erliegen werden, auch wenn sie auf kurze Sicht damit scheitern, militärischer Überlegenheit etwas entgegenzusetzen.«

Annie teilte die Ansichten ihres Bruders und war erleichtert, dass Fletcher keinen Einberufungsbefehl erhalten hatte. Sie zweifelte nämlich keine Sekunde daran, wie er darauf reagieren würde.

Am 5. Januar 1968 meldete sich Nat bei seiner örtlichen Wehrpflichtkommission.

Nach einer umfassenden medizinischen Untersuchung wurde er von einem Major Willis befragt. Der Major hatte den ganzen Vormittag mit jungen Männern zugebracht, die einhundert verschiedene Gründe angeführt hatten, warum sie zum Wehrdienst körperlich nicht in der Lage seien; nun war er beeindruckt: Cartwrights Tauglichkeit lag bei zweiundneunzig Prozent. Am Nachmittag unterzog sich Nat dem allgemeinen Einstufungstest und erzielte siebenundneunzig Punkte.

Am folgenden Abend stieg Nat mit fünfzig anderen Wehrpflichtigen in einen Bus mit Ziel New Jersey. Während der gemächlichen, endlosen Fahrt durch mehrere Bundesstaaten spielte Nat mit den kleinen Plastiktabletts herum, auf denen sie ihre Essensrationen bekamen, bevor er in einen unruhigen Schlaf fiel.

In den frühen Morgenstunden erreichte der Bus Fort Dix. Die angehenden – oder nicht angehenden – Soldaten stiegen aus und wurden von dem Gebrüll der Mannschaftsbetreuer empfangen. Zügig wurden sie in Fertigbaubaracken einquartiert, dann durften sie ein paar Stunden schlafen.

Am folgenden Morgen stand Nat um fünf auf – nicht, dass er eine Wahl gehabt hätte –, und nachdem man ihm einen militärischen Haarschnitt verpasst hatte, erhielt er seine Uniform. Dann erhielten alle fünfzig neuen Rekruten den Befehl, ihren Eltern einen Brief zu schreiben und mit sämtlichen Besitzstücken zivilen Ursprungs an ihre Heimatadresse zu schicken.

Im Laufe des Tages wurde Nat von Specialist Fourth Class Jackson befragt, der sich Nats Papiere ansah und danach nur eine Frage hatte: »Ist Ihnen klar, Cartwright, dass Sie eine Freistellung hätten beantragen können?«

»Ja, Sir.«

Jackson hob eine Augenbraue. »Aber Sie bekamen den guten Rat, sich dagegen zu entscheiden?«

»Das musste man mir nicht erst raten, Sir.«

»Gut. Sobald Sie die Grundausbildung beendet haben, Cartwright, werden Sie sich sicher zur Offiziersschule anmelden wollen.« Er schwieg kurz. »Nur etwa zwei von fünfzig schaffen es, also schrauben Sie Ihre Hoffnungen nicht zu hoch. Und nennen Sie mich nicht Sir«, fuhr er fort. »Specialist 4th Class genügt völlig.«

Nach jahrelangem Querfeldeinlauf ging Nat davon aus, in guter körperlicher Verfassung zu sein, stellte jedoch schnell fest, dass die Armee darunter etwas völlig anderes verstand. Außerdem war im Rahmen der Grundausbildung alles höchst einfach: das Essen, die Kleidung, die Heizung und vor allem das Bett, in dem er schlafen sollte. Nat mutmaßte, dass die Armee die Matratzen direkt aus Nordvietnam importierte, sodass sie am eigenen Leib die gleichen Härten wie der Feind erfahren konnten.

In den nächsten acht Wochen stand Nat jeden Morgen um fünf Uhr auf, duschte kalt – das Wort Heizung existierte in der Armeesprache schlicht und einfach nicht –, zog sich an, frühstückte und legte seine Sachen ordentlich ans Fußende des Bettes, bevor er um sechs zusammen mit allen anderen Angehörigen des zweiten Zuges der Alpha-Kompanie auf dem Truppenübungsplatz antrat.

Der Erste, der ihn Morgen für Morgen ansprach, war Drill Sergeant Al Quamo, der immer so adrett aussah, dass Nat vermutete, er stehe schon um vier auf, um seine Uniform zu bügeln. Falls Nat versuchte, in den nächsten vierzehn Stunden mit irgendjemand anderem zu reden, wollte Quamo wissen, mit wem und warum. Der Drill Sergeant war genauso groß wie Nat, da endete ihre Ähnlichkeit aber auch schon. Nat stand nie lange genug still, um alle Orden des Sergeants zählen zu können. »Ich bin Ihre Mutter, Ihr Vater und Ihr bester Freund«, bellte Quamo aus voller Kehle. »Haben Sie verstanden?«

»Ja, Sir«, brüllten die sechsunddreißig frisch gebackenen Rekruten des zweiten Zuges zurück. »Sie sind unsere Mutter, unser Vater und unser bester Freund.«

Die meisten aus dem Zug hatten eine Freistellung beantragt, die abgelehnt worden war. Viele hielten Nat für verrückt, weil er der Einberufung bereitwillig nachgekommen war, und es dauerte einige Wochen, bevor sie ihre Meinung über den Jungen aus Cromwell änderten. Lange vor dem Ende der Grundausbildung war Nat zum Berater des ganzen

Zuges geworden, zum Briefschreiber, Ratgeber und Vertrauten. Er hatte sogar einigen der Rekruten das Lesen beigebracht. Nat schrieb seiner Mutter besser nicht, was ihm die anderen im Gegenzug beigebracht hatten. Nach der Hälfte der Grundausbildung ernannte Quamo ihn zum Führer seiner Gruppe.

Am Ende der zwei Monate war Nat in jedem Bereich der Beste, in dem es um Buchstaben ging. Er überraschte seine Mitrekruten auch dadurch, dass er sie beim Querfeldeinlauf schlug, und obwohl er vor der Grundausbildung noch nie eine Waffe abgefeuert hatte, schoss er sogar besser als die Jungs aus Queens, wenn es darum ging, das M60-Maschinengewehr oder den M70-Granatwerfer zu bedienen. Sie kannten sich einfach besser mit kleineren Waffen aus.

Quamo brauchte keine sechs Wochen, um seine Meinung hinsichtlich Nats Chancen für die Kadettenschule zu ändern. Anders als die meisten anderen armen Schweine, die nach Vietnam geschickt wurden, war Nat ein geborener Anführer.

»Aber Vorsicht«, warnte Quamo Nat, »einem wachsweichen Lieutenant ballern sie den Hintern genauso weg wie einem stinknormalen Soldaten, denn so viel steht fest: Der Vietcong macht da keinen Unterschied.« Sergeant Quamo sollte recht behalten, denn nur zwei Rekruten wurden für Fort Benning ausgewählt. Der andere war ein Collegejunge aus dem dritten Zug namens Dick Tyler.

In den ersten drei Wochen in Fort Benning fand die wichtigste Aktivität im Freien unter Anleitung der Black Hats statt. Die Fallschirmspringerlehrer brachten ihren neuen Rekruten das Landen bei, zunächst von einer dreieinhalb

Meter hohen Wand, anschließend von dem gefürchteten dreißig Meter hohen Turm. Von den zweihundert Soldaten, die den Kurs begannen, schafften es weniger als einhundert in die nächste Phase. Nat gehörte zu den zehn, die bei ihrem ersten Sprung einen weißen Helm tragen durften. Fünfzehn Sprünge später durfte er sich das silberne Sprungabzeichen an die Brust heften.

Als Nat für einen einwöchigen Heimaturlaub nach Hause kam, erkannte seine Mutter das Kind, das sie vor drei Monaten verlassen hatte, kaum wieder. Es war ein Mann geworden, fast drei Zentimeter größer und drei Kilo leichter, mit einem Kurzhaarschnitt, der seinen Vater an dessen Zeit in Italien erinnerte.

Nach dieser kurzen Auszeit kehrte Nat nach Fort Benning zurück, hängte seine auf Hochglanz polierten Springerstiefel an den Nagel, warf sich seinen Kleidersack über die Schulter und marschierte das kurze Stück von den Fallschirmtruppen auf die andere Straßenseite.

Hier begann seine Ausbildung zum Infanterieoffizier. Obwohl er immer noch jeden Morgen so früh aufstand, verbrachte er nun weit mehr Zeit im Klassenzimmer, studierte Militärgeschichte, Kartenlesen, Taktik und Kommandostrategie – zusammen mit siebzig weiteren Offiziersanwärtern, die sich ebenfalls darauf vorbereiteten, nach Vietnam geschickt zu werden. Die einzige Statistik, über die niemand reden wollte, besagte, dass über fünfzig Prozent von ihnen höchstwahrscheinlich im Leichensack nach Hause zurückkehren würden.

»Joanna muss sich einem Disziplinarausschuss stellen«, lamentierte Jimmy. Sie saßen am Fußende von Fletchers Bett.

»Dabei sollte ich es sein, der den Zorn des Ethikkomitees über sich ergehen lassen muss.«

Fletcher versuchte, seinen Freund zu beruhigen, hatte ihn jedoch noch nie so aufgebracht gesehen.

»Warum begreifen die nicht, dass es kein Verbrechen ist, sich zu verlieben?«

»Ich denke, sie machen sich eher Sorgen über die Folgen, wenn es andersherum abläuft«, sagte Fletcher.

»Wie meinst du das?« Jimmy sah auf.

»Die Verwaltung macht sich echte Sorgen, wenn männliche Lehrkräfte junge, leicht zu beeindruckende Studentinnen ausnutzen.«

»Aber merken sie denn nicht, wenn es echt ist?«, fragte Jimmy. »Jeder sieht doch, dass ich Joanna anbete, und ihr geht es mit mir genauso.«

»Vielleicht hätten sie in eurem Fall sogar ein Auge zugedrückt, wenn ihr beide es nicht so an die Öffentlichkeit getragen hättet.«

»Gerade du solltest doch respektieren, dass Joanna sich weigert, in dieser Sache unaufrichtig zu sein«, erklärte Jimmy.

»Das tue ich ja auch«, meinte Fletcher, »aber angesichts der Universitätsregeln hat sie den Verantwortlichen keine andere Wahl gelassen, als auf diese Ehrlichkeit zu reagieren.«

»Dann müssen eben die Regeln geändert werden«, erklärte Jimmy. »Joanna findet, dass man als Lehrer seine wahren Gefühle nicht verheimlichen müssen sollte. Sie will dafür sorgen, dass die nächste Generation sich nicht mit derselben Zwangslage konfrontiert sieht.«

»Jimmy, ich bin ja deiner Meinung, aber ich kenne Joanna. Sie wird sich eingehend mit diesen Regeln beschäftigt haben und hat sicher auch eine eindeutige Meinung zu Regel 17b.«

»Natürlich hat sie das, aber Joanna wird sich nicht verloben, nur um es dem Ausschuss leicht zu machen.«

»Was für eine Frau! Und du hast sie gefragt, ob du ihre Bücher tragen darfst«, scherzte Fletcher.

»Erinnere mich nicht daran«, erwiderte Jimmy. »Du weißt, dass man ihr jetzt zu Beginn und zum Ende jeder Vorlesung zujubelt.«

»Wann wird dieses Ethikkomitee seine Entscheidung fällen?«

»Nächsten Mittwoch um zehn. Das wird ein großer Tag für die Medien. Ich wünschte nur, mein Vater würde sich im Herbst nicht zur Wiederwahl stellen.«

»Ich würde mir keine Sorgen um deinen Vater machen«, wiegelte Fletcher ab. »Ich wette, er hat schon eine Möglichkeit gefunden, dieses Problem zu seinem Vorteil zu nutzen.«

Nat hätte nie erwartet, mit seinem Kommandeur persönlich in Kontakt zu kommen, und es wäre auch nie dazu gekommen, hätte seine Mutter nicht auf dem für den Colonel reservierten Stellplatz geparkt. Als Nats Vater das Schild mit der Aufschrift KOMMANDANT entdeckte, empfahl er, schleunigst wieder wegzufahren. Susan setzte etwas zu schnell rückwärts aus der Parklücke und stieß mit dem Jeep von Colonel Tremlett zusammen, der gerade einparken wollte.

»Oh mein Gott«, rief Nat und sprang aus dem Wagen.

»So weit würde ich nicht gehen«, sagte Tremlett. »Colonel reicht völlig.«

Nat stand stramm und salutierte, während sein Vater verstohlen die Orden des Kommandanten musterte. »Wir müssen zusammen gedient haben«, erklärte er und starrte auf den rot-grünen Orden inmitten all der Auszeichnungen auf Tremletts Brust. Der Colonel sah von der Delle in seiner Stoßstange auf. »Ich war mit der Achtzigsten in Italien«, führte Nats Vater aus.

»Ich hoffe, Sie haben die Sherman-Panzer besser manövriert, als Sie Auto fahren«, scherzte der Colonel, als die beiden Männer sich die Hand schüttelten. Michael erwähnte nicht, dass seine Frau am Steuer gesessen hatte. Tremlett sah Nat an. »Cartwright, nicht wahr?«

»Ja, Sir.« Nat war überrascht, dass der Kommandant seinen Namen kannte.

»Es sieht so aus, als ob Ihr Sohn nächste Woche seinen Abschluss als Klassenbester machen wird«, sagte Tremlett und wandte sich wieder an Nats Vater. Er schwieg kurz. »Ich habe möglicherweise einen Auftrag für ihn«, fügte er, ohne genauer zu werden, hinzu. »Melden Sie sich morgen früh um acht in meinem Büro, Cartwright.« Der Colonel lächelte Nats Mutter zu, schüttelte Nats Vater noch einmal die Hand und wandte sich dann an Nat. »Wenn ich heute Abend noch eine Delle in dieser Stoßstange vorfinde, Cartwright, dann können Sie Ihren nächsten Heimaturlaub vergessen.« Der Colonel zwinkerte Nats Mutter zu, während der Junge erneut strammstand und salutierte.

Den Nachmittag verbrachte Nat auf Händen und Knien, mit einem Hammer und einem Eimer Tarnfarbe.

Am nächsten Morgen traf Nat um sieben Uhr fünfundvierzig im Büro des Colonels ein und war überrascht, dass man ihn sofort zum Kommandanten führte. Tremlett wies auf einen Stuhl vor seinem Schreibtisch.

»Sie haben die Ausbildung mit Bravour hinter sich gebracht, Nat«, waren die ersten Worte des Colonels, während er auf Nats Personalakte sah. »Was wollen Sie als Nächstes tun?«

Nat sah Colonel Tremlett an, einen Mann mit fünf Reihen Orden auf der Brust. Er hatte in Italien und Korea gekämpft und war erst vor Kurzem von einem Einsatz in Vietnam zurückgekehrt. Sein Spitzname lautete Terrier, weil er dem Feind gerne so nahe kam, dass er ihm in die Waden beißen konnte. Nat beantwortete die Frage ohne zu zögern. »Ich erwarte, dass ich nach Vietnam geschickt werde, Sir.«

»Es ist nicht nötig, dass Sie in Asien dienen«, sagte der Kommandant. »Sie haben Ihre Einstellung unter Beweis gestellt, und ich kann einige andere Einsatzorte empfehlen, von Berlin bis Washington, sodass Sie nach Ablauf Ihrer zwei Jahre an die Universität zurückkehren können.«

»Aber das widerspräche dem Sinn der ganzen Sache, oder etwa nicht, Sir?«

»Es kommt so gut wie nie vor, dass ein Unteroffizier nach Nam geschickt wird«, erklärte der Kommandant. »Vor allem nicht einer Ihres Kalibers.«

»Dann ist es vielleicht an der Zeit, dass jemand mit dieser Gepflogenheit bricht. Das zeichnet gute Führungspersönlichkeiten schließlich aus, wie man uns stets in Erinnerung ruft.«

»Was wäre, wenn ich Sie bitten würde, den Rest Ihrer Dienstzeit als mein Stabsoffizier zu verbringen, dann könnten Sie mir hier an der Akademie beim nächsten Schwung Rekruten zur Hand gehen.«

»Damit sie alle nach Vietnam können, um sich dort töten zu lassen?« Nat starrte über den Tisch hin seinen Kommandanten an. Sofort bedauerte er es, zu weit gegangen zu sein.

»Wissen Sie, wer als Letzter auf diesem Stuhl saß und mir mitteilte, er sei fest entschlossen, nach Nam zu gehen, und nichts, was ich sage, würde seine Meinung ändern?«

»Nein, Sir.«

»Mein Sohn Daniel«, erwiderte Tremlett. »Und damals hatte ich keine andere Wahl, als seine Entscheidung zu akzeptieren.« Der Colonel schwieg und blickte auf ein Foto auf seinem Schreibtisch, das Nat nicht einsehen konnte. »Er hat genau elf Tage überlebt.«

»Dozentin verführt Senatorensohn« verkündete die schreierische Schlagzeile des *New Haven Register*.

»Das ist eine verdammte Beleidigung!«, rief Jimmy.

»Wie meinst du das?«, wollte Fletcher wissen.

»Ich habe *sie* verführt!«

Nachdem Fletcher aufgehört hatte zu lachen, setzte er seine Lektüre der Titelstory fort.

Joanna Palmer, Dozentin für Europäische Geschichte in Yale, wurde vom dortigen Ethikkomitee gekündigt, nachdem sie zugab, eine Affäre mit James Gates zu haben, den sie seit sechs Monaten unterrichtet. Mr. Gates ist der Sohn von Senator Harry Gates, der gestern Abend in seinem Haus in East Hartford erklärte, dass …

Fletcher sah auf. »Wie hat es dein Vater aufgenommen?«

»Er meint, jetzt wird er einen erdrutschartigen Wahlsieg erringen«, antwortete Jimmy. »Sämtliche Frauenrechtsgruppen unterstützen Joanna, und alle Männer denken, ich wäre der coolste Typ seit Dustin Hoffman in *Reifeprüfung*. Dad ist der Meinung, dass das Komitee keine andere Wahl haben wird, als seine Entscheidung noch vor Quartalsende zu widerrufen.«

»Und wenn nicht?«, fragte Fletcher. »Besteht eine Chance, dass Joanna einen anderen Job angeboten bekommt?«

»Das ist ihr geringstes Problem«, erwiderte Jimmy. »Seit das Komitee seine Entscheidung bekannt gegeben hat, hört das Telefon gar nicht auf zu klingeln. Sowohl Radcliffe, wo Joanna ihren Abschluss gemacht hat, als auch Columbia, wo sie promoviert hat, haben ihr eine Stelle angeboten. Und das war noch vor der Meinungsumfrage in der *Today Show,* bei der zweiundachtzig Prozent der Zuschauer die Ansicht vertraten, sie sollte ihren Job zurückbekommen.«

»Was hat sie jetzt vor?«

»Sie will in Berufung gehen. Und ich wette, das Komitee wird die öffentliche Meinung nicht ignorieren können.«

»Und was bedeutet das für dich?«

»Ich will Joanna immer noch heiraten, aber davon will sie nichts wissen. Sie will erst mal das Ergebnis ihrer Berufung abwarten. Und sie lehnt es strikt ab, sich mit mir zu verloben, denn das könnte das Komitee zu ihren Gunsten beeinflussen. Sie ist fest entschlossen, den Fall der Sache nach zu gewinnen und nicht aufgrund der öffentlichen Meinung.«

»Was für eine bemerkenswerte Frau, mit der du dich da eingelassen hast.«

»Dem kann ich nur zustimmen«, strahlte Jimmy. »Und dabei kennst du ja bloß diese eine Seite von ihr.«

14

Der Namenszug »Lt Nat Cartwright« stand bereits auf der Tür zu seinem kleinen Büro im MACV-Hauptsitz, noch bevor er selbst in Saigon eintraf. Schnell wurde Nat klar, dass er seine gesamte Dienstzeit an seinem Schreibtisch verbringen würde und nicht einmal herausfinden durfte, wo sich die Frontlinie befand. Bei seiner Ankunft schloss er sich nicht seinem Regiment im Feld an, sondern wurde dem Combat Service Support zugeteilt. Colonel Tremletts Anweisungen waren offenbar lange vor Nat in Saigon eingetroffen.

Nat erhielt den Titel eines Quartiermeisters, was allen Ranghöheren erlaubte, ihren Papierkram bei ihm abzuladen, und allen Rangniedrigeren, sich bei der Ausführung seiner Befehle Zeit zu lassen. Alle schienen an dem Komplott beteiligt zu sein, einem Komplott, das Nat dazu verdammte, in jeder einzelnen Arbeitsstunde Anforderungsformulare zu bearbeiten – von Baked Beans bis zu Chinook-Helikoptern. Siebenhundertundzweiundzwanzig Tonnen Vorräte wurden Woche für Woche in die Stadt geflogen, und es war Nats Aufgabe, dafür zu sorgen, dass sie an die Front gelangten. Jeden Monat liefen über neuntausend Bedarfsmitteilungen durch seine Hände. Alles kam an die Front, außer ihm. Er schlief sogar mit der Sekretärin des Kommandanten, musste aber schnell erkennen, dass Mollie keinen echten Einfluss auf ihren Chef hatte, obwohl Nat alles über ihre beträchtliche Erfahrung in unbewaffnetem Zweikampf herausfand.

Nat verließ sein Büro Abend für Abend immer später und fragte sich allmählich, ob er sich überhaupt im Ausland befand. Wenn man mittags einen Big Mac und eine Cola zu sich nimmt, zum Abendessen ein Kentucky Fried Chicken und ein Budweiser und anschließend in die Offiziersquartiere zurückkehrt, um die *ABC News* und Wiederholungen von 77 – *Sunset Strip* zu schauen, welchen Beweis hat man dann, dass man sein Heimatland jemals verlassen hat?

Nat unternahm mehrere klammheimliche Versuche, zu seinem Regiment an der Front zu kommen, gelangte aber irgendwann zu der Einsicht, dass Colonel Tremletts Einfluss flächendeckend war: Alle seine Anträge landeten einen Monat später zuverlässig wieder auf seinem Schreibtisch mit dem Stempelvermerk *Abgelehnt – Bewerben Sie sich in einem Monat erneut*.

Wann immer Nat um eine Unterredung mit einem Stabsoffizier bat, um dieses Problem zu besprechen, gelang es ihm nie, zu jemandem Ranghöheren als einem Staff Major vorzudringen. Jedes Mal verbrachte ein anderer Offizier eine halbe Stunde mit dem Versuch, Nat davon zu überzeugen, dass er als Quartiermeister einen wertvollen und lohnenden Beitrag leistete. Seine Einsatzakte war mit Abstand die dünnste in ganz Saigon.

Allmählich dämmerte Nat, dass sein Beharren auf »einer Sache des Prinzips« sinnlos gewesen war. In einem Monat begann Tom sein zweites Jahr in Yale, und er selbst hatte für all seine Bemühungen nicht mehr vorzuweisen als einen militärischen Kurzhaarschnitt und das Wissen, wie viele Büroklammern die Armee jeden Monat in Vietnam verbrauchte.

Nat bereitete in seinem Büro die Ankunft neuer Rekruten vor, die am darauffolgenden Montag eintreffen sollten, als sich all das änderte.

Unterbringung, Kleidung und Reisedokumente hatten ihn den ganzen Tag bis in den Abend hinein beschäftigt. Einige Unterlagen trugen den Stempel »Dringend«, da der Kommandant über den Hintergrund aller neuen Soldaten immer voll informiert werden wollte, bevor sie in Saigon landeten. Nat war gar nicht aufgefallen, wie lange er gearbeitet hatte. Als er das letzte Formular bearbeitet hatte, beschloss er, den ganzen Stapel im Büro des Adjutanten abzuliefern, bevor er sich in der Offiziersmesse etwas zu essen besorgte. Auf seinem Weg vorbei an der Einsatzzentrale stieg Wut in ihm auf. Die monatelange Ausbildung, die er in Fort Dix und Fort Benning durchlaufen hatte, war reine Zeitverschwendung gewesen.

Obwohl es fast zwanzig Uhr war, arbeiteten in der Einsatzzentrale noch etwa ein Dutzend Leute, von denen er einige kannte. Sie schoben Telefondienst und brachten eine große Einsatzlandkarte von Nordvietnam auf den neuesten Stand.

Auf seinem Rückweg vom Büro des Adjutanten betrat Nat die Einsatzzentrale. Er wollte fragen, ob jemand mit ihm zum Essen käme, und platzte mitten in die Durchgabe der Truppenbewegungen des zweiten Bataillons, genauer: des 503. Fallschirmjägerregiments. Er wäre wieder verschwunden und allein zur Messe gegangen, hätte es sich dabei nicht um sein eigenes Regiment gehandelt. Das zweite Bataillon war einem Mörserbombardement des Vietcong ausgesetzt und saß auf der falschen Seite des Dyng River fest, wo es sich gegen weitere Angriffe verteidigte. Das rote Telefon auf dem Schreibtisch vor Nat klingelte beharrlich. Nat rührte keinen Finger.

»Stehen Sie nicht einfach rum, Lieutenant, nehmen Sie den Hörer ab, und finden Sie heraus, was sie wollen«, befahl der diensthabende Offizier. Nat gehorchte unverzüglich.

»Mayday, Mayday, hier spricht Captain Tyler, können Sie mich hören?«

»Klar und deutlich, Captain. Hier spricht Lieutenant Cartwright. Wie kann ich Ihnen helfen, Sir?«

»Mein Zug wurde von Victor Charlie in einen Hinterhalt gelockt. Direkt am Dyng River, Planquadrat SE42 NNE71. Ich brauche ein paar Hubschrauber mit medizinischer Versorgung. Ich habe sechsundneunzig Männer, elf Ausfälle, davon drei tot, acht verletzt.«

Ein Staff Sergeant, der an einem anderen Telefon gesprochen hatte, legte den Hörer auf. »Wie erreiche ich die Notfallrettung?«, fragte Nat.

»Kontaktieren Sie die Blackbird-Basis auf dem Eisenhower-Luftlandeplatz. Nehmen Sie das weiße Telefon und geben Sie dem diensthabenden Offizier die Koordinaten durch.«

Nat griff sich das weiße Telefon, und eine verschlafene Stimme meldete sich.

»Hier spricht Lieutenant Cartwright. Wir haben eine Mayday-Situation. Zwei Züge auf der Nordseite des Dyng, Planquadrat SE42 NNE71. Sie sind in einen Hinterhalt geraten und brauchen sofortige Unterstützung.«

»Sagen Sie ihnen, wir sind in fünf Minuten in der Luft.« Die Stimme klang jetzt hellwach.

»Kann ich mitkommen?«, fragte Nat, wobei er die Hand über die Sprechmuschel hielt. Er erwartete schon die unvermeidliche Ablehnung.

»Sind Sie autorisiert, mit einer UHI mitzufliegen?«

»Ja«, log Nat.

»Fallschirmspringererfahrung?«

»Ausbildung in Fort Benning«, sagte Nat. »Sechzehn Sprünge aus 300 Metern aus einer S-113 und außerdem ist das mein Regiment da draußen.«

»Meinetwegen, wenn Sie pünktlich hier sind, Lieutenant.«

Nat legte das weiße Telefon auf und kehrte zu dem roten zurück. »Sie sind auf dem Weg, Captain«, sagte er nur.

Er rannte aus der Einsatzzentrale und zum Parkplatz. Ein diensthabender Corporal machte hinter dem Steuer eines Jeeps ein Nickerchen. Nat sprang auf den Beifahrersitz, schlug mit der flachen Hand auf die Hupe und rief: »Blackbird Basis, in fünf Minuten!«

»Das sind fast vier Meilen, Sir«, protestierte der Fahrer.

»Dann sollten Sie sich besser sputen, nicht wahr, Corporal?«, bellte Nat.

Der Corporal warf den Motor an, legte den Gang ein und beschleunigte. Mit vollem Scheinwerferlicht bretterte er vom Parkplatz, eine Hand auf der Hupe, die andere am Steuer. »Schneller, schneller«, rief Nat mehrmals, während sich alle, die nach der Sperrstunde noch auf den Straßen Saigons unterwegs waren, mit einem Sprung in Sicherheit brachten, darunter auch einige entsetzte Hühner. Drei Minuten später entdeckte Nat ein Dutzend Helikopter auf dem vor ihnen liegenden Flugplatz. Bei einigen hatten sich die Rotorblätter bereits in Bewegung gesetzt.

»Drück aufs Gas«, wiederholte Nat.

»Ich tret ja schon fast unten durch, Sir«, erwiderte der Corporal, als die Tore des Flugplatzes in Sicht kamen. Nat zählte erneut: Jetzt rotierten bei sieben Helikoptern die Rotorblätter.

»Scheiße«, fluchte er, als der erste abhob.

Quietschend kam der Jeep vor den Toren des Flugplatzes zum Stehen, wo ein Militärpolizist ihre Ausweise zu sehen verlangte.

»Ich muss in weniger als einer Minute in einem dieser Helis sein«, brüllte Nat und reichte ihm seine Papiere. »Können Sie sich nicht beeilen?«

»Ich mache nur meinen Job, Sir«, sagte der Militärpolizist, während er die Papiere der beiden Männer prüfte.

Sobald sie ihre Ausweise wiederhatten, wies Nat auf den einzigen Helikopter, dessen Rotorblätter noch stillstanden. Der Corporal raste darauf zu und kam genau in dem Moment schlitternd vor der offenen Seitentür zum Stehen, als sie sich in Bewegung setzten.

Der Pilot sah heraus und grinste. »Sie haben es in letzter Sekunde geschafft, Lieutenant«, sagte er. »Kommen Sie an Bord.« Noch bevor Nat die Chance hatte, seinen Sicherheitsgurt anzulegen, hob der Helikopter ab. »Wollen Sie erst die schlechte Nachricht hören oder lieber erst die schlechte?«, fragte der Pilot.

»Überraschen Sie mich«, meinte Nat.

»Die Regel in einem Notfall ist immer dieselbe: Der Letzte, der vom Boden abhebt, ist der Erste, der auf feindlichem Gebiet landet.«

»Und die schlechte Nachricht?«

»Willst du mich heiraten?«, fragte Jimmy.

Joanna drehte sich um und sah den Mann an, der ihr im vergangenen Jahr mehr Glück geschenkt hatte, als sie es je für möglich gehalten hätte. »Wenn du mir an dem Tag deines Uni-Abschlusses dieselbe Frage stellst, junger Mann, wird meine Antwort Ja lauten, aber heute ist sie immer noch Nein.«

»Aber warum denn? Was sollte sich in einem oder zwei Jahren denn ändern?«

»Du wirst etwas älter sein und hoffentlich auch etwas weiser«, erwiderte Joanna lächelnd. »Ich bin schon fünfundzwanzig, und du bist noch nicht mal zwanzig.«

»Was soll das ausmachen, wenn wir doch den Rest unseres Lebens zusammenbleiben wollen?«

»Dass du vielleicht nicht mehr so empfindest, wenn ich mal fünfzig bin und du fünfundvierzig.«

»Das siehst du völlig falsch«, erklärte Jimmy. »Mit fünfzig wirst du in der Blüte deiner Jahre stehen, während ich ein abgelebter Sack bin, greif also lieber zu, solange ich noch einen Funken Energie besitze.«

Joanna lachte. »Vergiss eines nicht, junger Mann: Was wir in den letzten Wochen durchgemacht haben, könnte deine Urteilsfähigkeit beeinflusst haben.«

»Das sehe ich anders. Ich glaube, diese Erfahrung hat unsere Beziehung nur noch stärker gemacht.«

»Möglich«, räumte Joanna ein. »Aber auf lange Sicht solltest du niemals eine unumkehrbare Entscheidung aufgrund guter oder schlechter Nachrichten fällen, denn es kann durchaus sein, dass einer von uns anders empfindet, sobald der Sturm sich gelegt hat.«

»Empfindest du denn anders?«, fragte Jimmy leise.

»Nein«, erklärte Joanna bestimmt und strich ihm sanft über die Wange. »Aber meine Eltern sind seit fast dreißig Jahren verheiratet, und meine Großeltern konnten sogar noch ihre Goldene Hochzeit feiern. Wenn ich einmal heirate, dann soll es für den Rest meines Lebens sein.«

»Ein Grund mehr, warum wir so schnell wie möglich heiraten sollten«, argumentierte Jimmy. »Schließlich muss ich mindestens siebzig werden, wenn wir unsere Goldene Hochzeit feiern wollen.«

Joanna lachte. »Ich wette, dein Freund Fletcher würde mir recht geben.«

»Kann sein, aber Fletcher wirst du ja nicht heiraten. Jedenfalls wette ich, dass er und meine Schwester mindestens fünfzig Jahre zusammenbleiben.«

»Junger Mann, ich könnte dich unter keinen Umständen mehr lieben, als ich es ohnehin schon tue, aber denk daran, dass ich im nächsten Herbst an der Columbia unterrichte, während du nach wie vor in Yale sein wirst.«

»Du kannst deine Meinung, was die Stelle an der Columbia angeht, immer noch ändern.«

»Nein, der Ausschuss hat seine Entscheidung nur gezwungenermaßen unter dem Druck der allgemeinen Empörung zurückgenommen. Wenn du den Ausdruck auf ihren Gesichtern gesehen hättest, als sie ihr Urteil verkündet haben, dann wäre dir klar, dass sie es kaum erwarten können, mich von hinten zu sehen. Wir haben unseren Standpunkt deutlich gemacht, darum halte ich es jetzt für alle Betroffenen für besser, wenn ich gehe.«

»Nicht für alle«, entgegnete Jimmy leise.

»Wenn ich nicht mehr da bin und sie mit meinem Anblick heimsuche, fällt es ihnen bestimmt leichter, die Regeln nachzubessern.« Joanna ignorierte seinen Einwurf. »In zwanzig Jahren werden die Studenten nicht glauben können, dass es irgendwann einmal eine so lächerliche Vorschrift gegeben hat.«

»Dann muss ich mir also ein Pendlerticket nach New York

besorgen, weil ich dich nämlich nicht aus den Augen lassen werde.«

»Ich werde dich am Bahnhof erwarten, junger Mann, aber solange ich weg bin, hoffe ich, dass du andere Frauen ausführst. Wenn du dann am Tag deines Abschlusses immer noch dieselben Gefühle für mich hegst, werde ich sehr gern Ja sagen«, fügte sie hinzu. In diesem Moment rasselte der Wecker los.

»Verdammt«, fluchte Jimmy und sprang aus dem Bett. »Darf ich heute als Erster ins Bad? Ich hab um neun eine Vorlesung und weiß noch nicht einmal, zu welchem Thema.«

»Napoleon und sein Einfluss auf die Entwicklung der amerikanischen Gesetzgebung«, sagte Joanna.

»Hast du uns nicht erzählt, die amerikanische Gesetzgebung wäre stärker von den Römern und Engländern beeinflusst worden als von jeder anderen Nation?«

»Das gibt einen Pluspunkt, junger Mann, aber du musst trotzdem an meiner Neun-Uhr-Vorlesung teilnehmen, wenn du rausfinden willst, warum das so war. Glaubst du übrigens, du könntest mir zwei kleine Gefallen tun?«

»Nur zwei?«, sagte Jimmy und drehte die Dusche auf.

»Könntest du mich bitte nicht wie ein verlassener Welpe anstarren, während ich eine Vorlesung halte?«

Jimmy steckte den Kopf aus der Tür. »Nein«, sagte er und sah zu, wie Joanna aus ihrem kurzen Nachthemd schlüpfte. »Und der zweite Gefallen?«

»Tja, könntest du wenigstens so tun, als würde dich interessieren, was ich sage, und dir vielleicht sogar hin und wieder Notizen machen?«

»Warum sollte ich mir die Mühe machen und mitschreiben, wo du doch meine Arbeiten bewertest?«

»Weil dir die letzte Note, die ich dir gegeben habe, nicht gefallen wird.« Joanna stellte sich zu ihm unter die Dusche.

»Ach, und ich hatte so auf eine Eins für dieses Meisterwerk gehofft«, sagte Jimmy und seifte ihre Brüste ein.

»Erinnerst du dich zufällig noch, wen du als größten Einfluss auf Napoleon bezeichnet hast?«

»Josephine«, antwortete Jimmy ohne zu zögern.

»Das wäre vielleicht sogar die korrekte Antwort gewesen, aber das hast du in deinem Aufsatz nicht geschrieben.«

Jimmy trat aus der Dusche und schnappte sich ein Handtuch. »Was habe ich denn geschrieben?«, fragte er und drehte sich zu ihr, um sie anzusehen.

»Joanna.«

Innerhalb weniger Minuten flogen alle zwölf Helikopter in V-Formation. Nat sah hinter sich zu den beiden Heckschützen, die angespannt in die schwarze, wolkenlose Nacht starrten. Er setzte die Kopfhörer auf und lauschte dem Flight Lieutenant.

»Blackbird One an alle. Wir verlassen den alliierten Luftraum in vier Minuten. Erwartete Ankunftszeit ist 21 Uhr.«

Nat saß kerzengerade, während er dem jungen Piloten zuhörte. Er sah aus einem Seitenfenster auf Sterne, die man vom amerikanischen Kontinent aus nie sehen würde. Nat spürte, wie das Adrenalin durch seinen Körper pulsierte, als sie sich den feindlichen Linien näherten. Endlich hatte er das Gefühl, Teil dieses verdammten Krieges zu sein. Es überraschte ihn nur, dass er keine Furcht empfand. Vielleicht kam das ja später.

»Wir fliegen jetzt über feindliches Gebiet«, verkündete der Flight Lieutenant, als ob sie lediglich eine verkehrsreiche

Straße überquerten. »Können Sie mich hören, Ground Leader?«

Es knackte in der Leitung, dann meldete sich eine Stimme: »Ich höre Sie, Blackbird One. Wie lautet Ihre Position?« Nat erkannte den schleppenden Südstaatentonfall von Captain Dick Tyler.

»Wir sind ungefähr fünfzig Meilen südlich von Ihnen.«

»Verstanden. Erwarte Rendezvous in fünfzehn Minuten.«

»Roger. Sie werden uns erst im letzten Moment sehen, weil wir alle Außenlichter ausgeschaltet haben.«

»Verstanden«, antwortete dieselbe schleppende Stimme.

»Haben Sie einen möglichen Landeplatz ausfindig gemacht?«

»Es gibt eine kleine, geschützte Stelle auf einem Kamm etwas unterhalb von uns«, erwiderte Tyler. »Dort kann allerdings immer nur ein Helikopter auf einmal landen. Und wegen des Regens, ganz zu schweigen vom Schlamm, könnte sich die Landung als verdammt schwierig erweisen.«

»Wie lautet Ihre gegenwärtige Position?«

»Ich befinde mich immer noch im selben Planquadrat, etwas nördlich des Dyng River.« Tyler schwieg kurz. »Und ich bin mir ziemlich sicher, dass der VC gerade den Fluss überquert.«

»Wie viele Männer sind bei Ihnen?«

»Achtundsiebzig.« Nat wusste, dass die volle Anzahl von zwei Zügen aus sechsundneunzig Männern bestand. »Wie viele Leichen?«, fragte der Flight Lieutenant, als ob er sich erkundigte, wie viele Eier der Captain zum Frühstück wünsche.

»Achtzehn.«

»Okay. Halten Sie sich bereit, sechs Männer und zwei

Leichen in jeden Helikopter zu laden. Und sorgen Sie dafür, dass sie in dem Moment an Bord steigen können, in dem Sie mich sehen.«

»Wir sind bereit«, erklärte der Captain. »Wie spät haben Sie es?«

»Zwanzig Uhr dreiunddreißig«, antwortete der Flight Lieutenant.

»Dann werde ich um zwanzig Uhr achtundvierzig eine rote Leuchtrakete abschießen.«

»Eine rote Leuchtrakete um zwanzig Uhr achtundvierzig«, wiederholte der Flight Lieutenant. »Roger and out.«

Nat war beeindruckt, wie ruhig der Flight Lieutenant zu sein schien, wo er und sein Co-Pilot sowie die beiden Heckschützen doch in zwanzig Minuten tot sein konnten. Aber wie Colonel Tremlett immer wieder gesagt hatte, wurden mehr Leben durch ruhige Männer gerettet als durch mutige. In den nächsten fünfzehn Minuten sprach keiner ein Wort. Dadurch hatte Nat Zeit, um über die Entscheidung, die er gefällt hatte, nachzudenken: Würde er in zwanzig Minuten ebenfalls tot sein?

Anschließend verbrachte Nat die längste Viertelstunde seines Lebens, indem er hinaus auf den dichten, nur vom Halbmond beleuchteten Dschungel starrte. Es herrschte absolute Funkstille. Er sah wieder nach hinten zu den Heckschützen, während der Helikopter knapp über die Baumwipfel flog. Sie hatten bereits ihre Waffen im Anschlag, die Daumen am Abzug, für alle Eventualitäten bereit. Nat sah aus einem Seitenfenster, wie plötzlich eine rote Leuchtrakete in den Himmel schoss. Unwillkürlich kam ihm der Gedanke, dass er um diese Zeit eigentlich Kaffee in der Offiziersmesse getrunken hätte.

»Hier Blackbird One an alle«, brach der Pilot die Funkstille. »Die Bodenlichter erst bei dreißig Sekunden vor dem Rendezvous einschalten. Und denkt daran, ich gehe als Erster runter.«

Grün flammten Kugelsalven vor dem Cockpit auf. Sofort erwiderten die Heckschützen das Feuer.

»Der VC hat uns entdeckt«, stellte der Flight Leader lapidar fest. Er tauchte seinen Helikopter in die Nacht, und zum ersten Mal sah Nat den Feind. Der VC rückte auf einen Hügel vor, der nur wenige Hundert Meter von der Stelle entfernt lag, an der ihr Helikopter landen sollte.

Fletcher las den Artikel in der *Washington Post.* Er handelte von einer heldenhaften Episode, die in einem Krieg, von dem niemand etwas wissen wollte, die Fantasie der amerikanischen Öffentlichkeit beflügelt hatte. Eine Gruppe von achtundsiebzig Infanteristen, die im nordvietnamesischen Dschungel von einem zahlenmäßig überlegenen Vietcong eingekesselt worden war, konnte von einer Helikopterflotte gerettet werden, die unter feindlichem Beschuss über gefährliches Terrain geflogen war und nicht hatte landen können. Fletcher betrachtete die Detailzeichnung auf der gegenüberliegenden Seite. Flight Lieutenant Chuck Philips war der Erste gewesen, der mit seinem Helikopter abtauchte und ein halbes Dutzend Männer rettete. Er hatte während dieser Rettungsaktion nur wenige Zentimeter über dem Boden geschwebt. Ihm war nicht aufgefallen, dass ein anderer Offizier, Lieutenant Cartwright, in dem Moment aus dem Helikopter sprang, als er abhob und davonflog, damit ein zweiter Helikopter seinen Platz einnehmen konnte.

Zu den Toten im dritten Helikopter gehörte der kommandierende Offizier, Captain Dick Tyler. Lieutenant Cartwright hatte sofort das Kommando übernommen und den Gegenangriff geleitet, während er gleichzeitig die Rettung der restlichen Männer koordinierte. Er war der Letzte, der das Schlachtfeld verließ und an Bord des zwölften Rettungshubschraubers kletterte. Alle Helikopter flogen zurück nach Saigon, aber nur elf landeten auf dem Eisenhower-Flugfeld.

Brigadegeneral Hayward entsandte sofort Rettungsteams, und dieselben elf Piloten und ihre Mannschaften meldeten sich freiwillig, um nach dem vermissten Hubschrauber zu suchen, doch trotz wiederholter Flüge über Feindesland fand sich keine Spur von Blackbird Twelve. Hayward beschrieb Nat Cartwright – einen Freiwilligen, der die University of Connecticut in seinem ersten Semester verlassen hatte, um sich zum Wehrdienst zu melden – später als Vorbild für alle Amerikaner. Er habe, Lincoln zitierend, das ganze Maß an Hingabe gezeigt. »Lebend oder tot, wir finden ihn«, schwor Hayward.

Fletcher durchforstete sämtliche Zeitungen nach Artikeln, in denen Nat Cartwright erwähnt wurde, nachdem er gelesen hatte, dass dieser am selben Tag, in derselben Stadt und im selben Krankenhaus wie er zur Welt gekommen war.

Nat sprang aus dem ersten Helikopter, als dieser einige Zentimeter über dem Boden in der Luft schwebte. Er half Captain Tyler, die erste Gruppe in den Hubschrauber zu verfrachten, während Kugeln und Mörsergranaten an der Nase des Helis abprallten.

»Übernehmen Sie hier«, befahl Tyler, »ich gehe zurück und koordiniere meine Männer. Ich schicke jeweils sechs auf einmal.«

»Los«, brüllte Nat, als der erste Helikopter nach links schwenkte und dann in den Himmel entschwand. Als trotz des Dauerbeschusses der zweite Helikopter einflog, sorgte Nat in aller Ruhe dafür, dass die nächste Gruppe an Bord kam. Er sah den Hügel hinunter und entdeckte, dass Dick Tyler seine Männer in den Rückzugsgefechten immer noch anführte, während er gleichzeitig Befehle an die nächste Gruppe erteilte und sie zu Nat hinaufschickte. Als Nat sich umdrehte, nahm gerade der dritte Hubschrauber den Platz über dem kleinen Schlammviereck ein. Ein Staff Sergeant und fünf Soldaten rannten zum Helikopter und kletterten an Bord.

»Scheiße«, rief der Staff Sergeant und sah nach hinten. »Es hat den Captain erwischt.«

Nat drehte sich um. Er sah, wie Tyler mit dem Gesicht nach unten im Schlamm lag. Zwei Soldaten hoben ihn auf. Rasch trugen sie seine Leiche zu dem wartenden Helikopter.

»Übernehmen Sie hier, Sergeant«, befahl Nat und rannte zum Kamm. Er griff sich die M60 des Captains, suchte Deckung und feuerte auf den sich nähernden Feind. Irgendwie wählte er sechs weitere Männer aus, die den Hügel hinauf zum vierten Helikopter rannten. Zwanzig Minuten lang versuchte er auf dem Kamm, die Wellen vorrückender Vietcong in Schach zu halten, während seine eigene Unterstützung immer mehr ausdünnte, weil er die Männer ununterbrochen den Hügel hinauf in die Sicherheit des nächsten Helikopters schickte.

Die letzten sechs Männer auf diesem Kamm zogen sich erst zurück, als sie sahen, dass Blackbird Twelve einflog. Als Nat sich endlich umdrehte und den Hügel hinaufhastete, riss eine Kugel sein Bein auf. Er wusste, er sollte Schmerz verspüren, aber das hielt ihn nicht davon ab, so schnell zu laufen wie noch nie zuvor. Als er die offene Tür des Hubschraubers erreichte, im Rennen feuernd, hörte er den Staff Sergeant rufen: »Himmel, Arsch und Zwirn, Sir, hieven Sie Ihren Hintern an Bord!«

Noch während der Staff Sergeant ihn hochzog, kippte der Hubschrauber zur Seite, wobei er Nat zu Fall brachte, bevor er schlingernd abhob und rasch davonschwebte.

»Alles okay?, fragte der Pilot.

»Ich denke schon«, keuchte Nat, der feststellen musste, dass er quer über der Leiche eines Soldaten lag.

»Typisch für die Armee – man weiß nicht mal, ob sie noch leben. Mit Glück und Rückenwind«, fügte der Pilot hinzu, »sollten wir pünktlich zum Frühstück wieder zurück sein.«

Nat starrte auf die Leiche des Soldaten, der nur wenige Augenblicke zuvor noch neben ihm gestanden hatte. Immerhin würde seine Familie an seinem Begräbnis teilnehmen können und nicht einfach nur darüber informiert werden, dass er in einem gnadenlosen Land einen gnadenlosen Tod gefunden hatte.

»Allmächtiger!«, hörte er den Flight Lieutenant rufen.

»Probleme?«, stieß Nat hervor.

»Kann man so sagen. Wir verlieren massenhaft Benzin. Diese Schweinehunde müssen den Tank getroffen haben.«

»Ich dachte, diese Dinger hätten zwei Benzintanks«, sagte Nat.

»Was glauben Sie denn, womit ich auf dem Hinweg geflogen bin, Soldat?«

Der Pilot klopfte gegen die Tankanzeige und prüfte dann den Entfernungsmesser. Ein flackerndes, rotes Licht zeigte an, dass er in weniger als dreißig Meilen zu einer Notlandung gezwungen sein würde. Er drehte sich um und sah Nat an, der immer noch auf dem toten Soldaten lag und sich am Boden festhielt. »Ich muss eine Stelle suchen, wo wir landen können.«

Nat starrte aus der offenen Tür, sah meilenweit jedoch nur dichten Dschungel.

Der Pilot schaltete die Suchscheinwerfer ein und hielt Ausschau nach einer Lichtung zwischen den Bäumen. Plötzlich spürte Nat, wie der Helikopter ins Ruckeln geriet. »Ich gehe jetzt runter«, erklärte der Pilot und klang genauso ruhig wie während des ganzen Einsatzes. »Schätze, wir müssen das Frühstück verschieben.«

»Rechts von Ihnen«, brüllte Nat, der eine Lichtung erspäht hatte.

»Ich sehe es.« Der Pilot versuchte den Hubschrauber auf die Lichtung zuzusteuern, aber der drei Tonnen schwere Koloss wollte einfach nicht reagieren. »Wir gehen runter, ob es uns gefällt oder nicht.«

Das Surren der Rotorblätter wurde immer langsamer, bis Nat das Gefühl hatte, sie glitten nur noch durch die Luft. Er musste an seine Mutter denken und bekam Schuldgefühle, weil er auf ihren letzten Brief nicht geantwortet hatte; dann an seinen Vater, der zweifelsohne stolz auf ihn sein würde; und an Tom und seinen Triumph bei der Wahl zum Studentenvertreter in Yale – würde er auch noch Präsident des Studentenausschusses werden? Und an Rebecca, die er immer noch liebte, vermutlich bis ans Ende seines Lebens. Er klammerte sich an den Boden. Plötzlich fühlte sich Nat sehr jung, schließlich war er erst neunzehn. Etwas später fand er heraus, dass der Flight Lieutenant, den er als Blackbird Twelve kannte, nur ein Jahr älter war.

Die Rotorblätter hörten ganz auf zu surren, und der Hubschrauber glitt stumm auf die Bäume zu. Der Staff Sergeant sagte: »Falls wir uns nicht mehr wiedersehen, Sir, mein Name ist Speck Foreman. War mir eine Ehre, Sie kennenzulernen.«

Sie schüttelten sich die Hände, wie man es am Ende jedes Spiels tut.

Fletcher starrte das Foto von Nat auf der Titelseite der *New York Times* an. Darunter die Schlagzeile EIN AMERIKANISCHER HELD. Ein Mann, der sich bereitwillig in dem Moment gemeldet hatte, als er den Einberufungsbefehl erhielt, obwohl er mindestens drei verschiedene Gründe für eine Freistellung hätte anführen können. Er war zum Lieutenant befördert worden und hatte als Versorgungsoffizier das Kommando über einen Rettungseinsatz eines auf der falschen Seite des Dyng River gestrandeten Zuges übernommen. Niemand schien erklären zu können, was ein Versorgungsoffizier bei einem Fronteinsatz an Bord eines Helikopters zu suchen hatte.

Fletcher wusste, er würde sich den Rest seines Lebens fragen, welche Entscheidung er getroffen hätte, wenn dieser braune Umschlag in seinem Postfach aufgetaucht wäre. Eine Frage, die nur von denjenigen wirklich beantwortet werden konnte, die sich dieser Entscheidung stellen mussten. Doch selbst Jimmy räumte ein, dass Lieutenant Cartwright ein bemerkenswerter Mann gewesen sein musste. »Wäre diese Geschichte eine Woche vor der Wahl passiert«, sagte er zu Fletcher, »hättest du vielleicht sogar Tom Russell geschlagen – alles eine Frage des Timings.«

»Nein, hätte ich nicht.«

»Wieso nicht?«, fragte Jimmy.

»Das ist ja das Unheimliche«, sagte Fletcher. »Anscheinend ist er Toms bester Freund.«

Eine Flotte von elf Helikoptern flog los, um nach den vermissten Männern zu suchen, aber eine Woche später kehrten sie mit nichts weiter als den Überresten eines Hubschraubers zurück, der in dem Augenblick explodiert sein musste, als er auf die Bäume traf. Drei Leichen konnten identifiziert werden, eine davon die von Flight Lieutenant Carl Mould, doch trotz intensiver Durchsuchung des Geländes fand man keine Spur von Lieutenant Cartwright oder Staff Sergeant Speck Foreman.

Henry Kissinger, der Sicherheitsberater des Landes, bat die Nation, um die Männer zu trauern, die beispielhaft den Mut jedes Soldaten an der Front verkörperten, und ihnen ein ehrendes Andenken zu bewahren.

»Er hätte nicht von Trauer sprechen sollen«, meinte Fletcher.

»Warum nicht?«, fragte Jimmy.

»Weil Cartwright noch lebt.«

»Wie kannst du dir da so sicher sein?«

»Ich weiß nicht, wieso«, erwiderte Fletcher. »Aber ich verspreche dir, dass er noch lebt.«

Nat erinnerte sich nicht daran, wie sie auf die Bäume aufgetroffen waren oder wie es ihn aus dem Hubschrauber geschleudert hatte. Als er irgendwann zu sich kam, brannte ihm die Sonne stechend auf sein ausgetrocknetes Gesicht. Da lag er nun und fragte sich, wo er war, als die Erinnerung an diese dramatische Stunde auf ihn einstürmte.

Einen Augenblick lang betete ein Mann, der sich nicht

einmal sicher war, ob es einen Gott gab. Dann hob er den rechten Arm. Er bewegte sich, wie sich ein Arm bewegen sollte, also wackelte Nat mit den Fingern, mit allen fünfen. Er hob den linken Arm, und auch der gehorchte den vom Gehirn übermittelten Befehlen, also wackelte er wieder mit den Fingern, und auch die reagierten alle fünf. Er ließ die Arme sinken und wartete. Langsam hob er das rechte Bein und vollführte dieselbe Übung mit seinen Zehen. Er senkte es wieder und wollte das andere anheben, und in diesem Moment spürte er den Schmerz.

Nat drehte den Kopf von einer Seite zur anderen, dann legte er die Handflächen auf die Erde. Er betete erneut und drückte sich mit den Händen unsicher vom Boden ab. Er wartete einige Augenblicke und hoffte, die Bäume würden aufhören, sich zu drehen. Dann versuchte er aufzustehen. Sobald er auf den Beinen war, setzte er zaghaft einen Fuß vor den anderen, wie es ein Kind tun würde, und als er nicht umfiel, versuchte er, den anderen in dieselbe Richtung zu bewegen. Ja, ja, ja, danke, ja – und dann spürte er wieder den Schmerz, als hätte er bis zu diesem Augenblick unter Narkose gestanden.

Nat fiel auf die Knie und untersuchte seine linke Wade, durch die die Kugel einfach glatt hindurchgeflogen war. Ameisen krabbelten in die Wunde, gänzlich unbeeindruckt davon, dass der dazugehörige Mensch glaubte, noch am Leben zu sein. Nat brauchte einige Zeit, bis er eine Ameise nach der anderen entfernt hatte und sein Bein mit dem Ärmel seines Hemdes verbinden konnte. Als er aufsah, senkte sich die Sonne schon langsam auf die Hügel hinunter. Ihm blieb nicht mehr viel Zeit, um herauszufinden, ob einer seiner Kameraden überlebt hatte.

Nat stand auf und drehte sich einmal langsam im Kreis. Er blieb erst stehen, als er aus dem Dschungel Rauch aufsteigen sah. Er hinkte darauf zu und musste sich übergeben, als er über die verkohlte Leiche des jungen Piloten stolperte, dessen Namen er nicht kannte. Seine Uniformjacke hing über einem Ast. Nur die Lieutenantstreifen am Schulterstück verrieten, wer der Mann gewesen war. Nat würde ihn später begraben, doch momentan lieferte er sich einen Wettlauf mit der Sonne. In diesem Augenblick hörte er das Stöhnen.

»Wo sind Sie?«, rief Nat. Das Stöhnen stieg ein paar Dezibel an. Nat sah sich um und entdeckte die massige Gestalt von Staff Sergeant Foreman in den Bäumen, nur wenige Zentimeter über dem Wrack. Als er ihn erreichte, wurde das Stöhnen noch lauter. »Können Sie mich hören?«, fragte Nat. Der Mann öffnete und schloss die Augen, während Nat ihn herunterließ. Er hörte sich sagen: »Keine Sorge, ich bringe Sie nach Hause.« Wie ein heldenhafter Schuljunge aus einem Comicheft. Nat entfernte den Kompass vom Gürtel des Sergeants, sah zur Sonne hoch und erspähte dabei einen Gegenstand in den Bäumen. Er hätte gejubelt, wenn er ihn nur irgendwie hätte erreichen können. Nat schleppte sich zu dem Stamm des Baumes. Irgendwie gelang es ihm, auf einem Bein auf und ab zu hüpfen, dabei den Ast zu packen und ihn kräftig zu schütteln – in der Hoffnung, er würde seine Last freigeben. Er wollte gerade aufgeben, als er sich bewegte. Nat zerrte noch heftiger an dem Ast, der Gegenstand bewegte sich erneut und krachte plötzlich ohne Vorwarnung herunter. Er hätte auf seinem Kopf landen können, wenn Nat sich nicht rasch zur Seite hätte fallen lassen. Wegspringen konnte er ja nicht.

Er blieb einen Augenblick liegen, dann hievte er den Staff

Sergeant vorsichtig auf die Trage. Anschließend setzte er sich auf die Erde und sah zu, wie die Sonne endgültig hinter den Baumwipfeln verschwand, nachdem sie an diesem Tag ihre Pflicht in diesem Land erfüllt hatte.

Nat hatte einmal irgendwo von einer Mutter gelesen, die ihr Kind nach einem Autounfall am Leben gehalten hatte, indem sie die ganze Nacht mit ihm redete. Und Nat redete die ganze Nacht mit dem Staff Sergeant.

Ungläubig las Fletcher, wie Lieutenant Nat Cartwright mit Hilfe einheimischer Bauern die Trage von einem Dorf zum anderen geschleppt hatte, zweihundertelf Meilen weit, und die Sonne dabei siebzehn Mal auf- und wieder untergehen sah, bevor er die Vororte von Saigon erreichte, wo die beiden Männer ins nächste Feldlazarett gebracht wurden.

Staff Sergeant Speck Foreman starb drei Tage später und erfuhr nie den Namen des Lieutenants, der ihn gerettet hatte und nun um sein eigenes Leben kämpfte.

Fletcher verfolgte jede noch so kleine Notiz, die er über Lieutenant Cartwright fand. Er zweifelte nie daran, dass Cartwright überleben würde.

Eine Woche später flog man Nat nach Camp Zama in Japan, wo er operiert wurde. Sein Bein konnte gerettet werden. Im Monat darauf durfte er heim ins Walter Reed Army Medical Center in Washington, um dort endgültig zu genesen.

Das nächste Mal sah Fletcher Nat Cartwright auf der Titelseite der *New York Times*, wie er im Rose Garden des Weißen Hauses die Hand von Präsident Johnson schüttelte.

Er erhielt die Tapferkeitsmedaille.

15

Michael und Susan Cartwright verschlug es förmlich die Sprache, als sie im Weißen Haus Zeugen wurden, wie ihr einziger Sohn im Rose Garden die Tapferkeitsmedaille erhielt. Nach der Zeremonie hörte Präsident Johnson Nats Vater aufmerksam zu, als dieser ihm die Probleme erläuterte, denen Amerika ins Auge sah, sollten alle Bewohner neunzig Jahre alt werden, ohne eine ausreichende Lebensversicherung abgeschlossen zu haben. »Im nächsten Jahrhundert werden Amerikaner genauso lange in Rente leben wie als Berufstätige«, waren die Worte, die LBJ am folgenden Morgen vor seinem Kabinett wiederholte.

Auf der Heimreise nach Cromwell wurde Nat von seiner Mutter zu seinen Zukunftsplänen befragt.

»Da bin ich mir nicht sicher, das liegt nämlich nicht in meinen Händen«, erwiderte er. »Ich habe den Befehl erhalten, mich am Montag in Fort Benning zu melden, dann werde ich herausfinden, was Colonel Tremlett mit mir vorhat.«

»Noch ein verschwendetes Jahr«, sagte seine Mutter.

»Das formt den Charakter«, erklärte sein Vater, der aufgrund seines langen Gespräches mit dem Präsidenten immer noch innerlich zu glühen schien.

»Ich denke nicht, dass Nats Charakter das noch nötig hat«, entgegnete seine Mutter.

Nat lächelte, sah aus dem Fenster und nahm die Landschaft von Connecticut in sich auf. In den siebzehn Tagen und siebzehn Nächten, in denen er immer nur kurz hatte schlafen und kaum etwas essen können, hatte er sich oft gefragt, ob er seine Heimat jemals wiedersehen würde. Er dachte an die Worte seiner Mutter und musste ihr recht geben. Die Vorstellung eines verschwendeten Jahres, in dem er Anträge bearbeitete, salutierte und Salutieren erwiderte und irgendwann jemand anderen in seine Arbeit einwies, machte ihn wütend. Die hohen Offiziere hatten deutlich zu verstehen gegeben, ihn keinesfalls wieder nach Vietnam zurückkehren zu lassen, um nicht zu riskieren, dass das Leben eines der wenigen anerkannten Helden Amerikas in Gefahr geriet.

An diesem Abend wiederholte sein Vater beim Essen mehrmals die Unterhaltung, die er mit dem Präsidenten geführt hatte. Anschließend bat er Nat, ihm mehr über Nam zu erzählen.

Über eine Stunde lang beschrieb Nat die Stadt Saigon, die Landschaft und die Menschen, sprach aber nur wenig über seine Arbeit als Versorgungsoffizier. »Die Vietnamesen arbeiten schwer und sind freundlich«, berichtete er seinen Eltern, »und sie scheinen wirklich froh zu sein, dass wir da sind. Aber auf keiner der beiden Seiten gibt es jemanden, der glaubt, dass wir für immer bleiben können. Ich fürchte, die Geschichte wird diese ganze Episode als sinnlos einstufen, und sobald sie vorüber ist, wird sie schnell aus dem nationalen Gedächtnis gestrichen.« Er wandte sich an seinen Vater. »Wenigstens hatte dein Krieg einen Sinn.« Seine Mutter nickte zustimmend, und Nat war überrascht, dass sein Vater nicht sofort Widerspruch einlegte.

»Hat sich dir irgendeine Erinnerung dauerhaft eingebrannt?«, erkundigte sich seine Mutter und hoffte, ihr Sohn würde über seine Erfahrungen an der Front reden.

»Ja, allerdings. Die Ungleichheit der Menschen.«

»Aber wir tun doch alles, was wir können, um den Bewohnern von Südvietnam zu helfen«, sagte sein Vater.

»Ich spreche nicht von den Vietnamesen, Vater«, erwiderte Nat. »Ich spreche von denen, die Kennedy als ›meine amerikanischen Mitbürger‹ bezeichnete.«

»Amerikanische Mitbürger?«, wiederholte seine Mutter.

»Ja, mir hat sich dauerhaft ins Gedächtnis eingebrannt, wie wir die armen Minderheiten behandeln, insbesondere die Schwarzen. Sie sind zuhauf auf dem Schlachtfeld, und das aus keinem anderen Grund, als dass sie sich keinen cleveren Anwalt leisten konnten, der ihnen zeigt, wie sie eine Freistellung erwirken können.«

»Aber dein bester Freund ...«

»Ich weiß. Und ich bin froh, dass Tom sich nicht gemeldet hat, denn ihn hätte dasselbe Schicksal treffen können wie Dick Tyler.«

»Dann bedauerst du also deine Entscheidung?«, fragte seine Mutter leise.

Nat nahm sich Zeit, bevor er darauf antwortete. »Nein, aber ich muss oft an Speck Foreman, seine Frau und seine drei Kinder in Alabama denken, und ich frage mich, welchen Sinn sein Tod hatte.«

Am nächsten Tag stand Nat früh auf, um den ersten Zug nach Fort Benning zu erreichen. Als die Lok im Columbus-Bahnhof einfuhr, sah er auf seine Uhr. Noch eine Stunde bis zu seinem Termin beim Colonel. Er beschloss, die zwei Meilen zur Akademie zu Fuß zu gehen. Unterwegs wurde er ständig daran erinnert, dass er sich in einer Garnisonsstadt befand. Ständig musste er den Gruß von allen erwidern, die rangniedriger als ein Captain waren. Einige lächelten ihn sogar an, als sie die Tapferkeitsmedaille entdeckten, wie sie es bei einem Footballhelden vom College getan hätten.

Ganze fünfzehn Minuten vor dem Termin stand er schon vor Colonel Tremletts Büro.

»Guten Morgen, Captain Cartwright. Der Colonel hat mich gebeten, Sie direkt zu ihm zu bringen, sobald Sie eintreffen«, begrüßte ihn ein blutjunger Adjutant.

Nat marschierte in das Büro des Colonels, nahm Haltung an und salutierte. Tremlett kam hinter seinem Schreibtisch hervor und umarmte Nat. Der Adjutant konnte seine Überraschung nicht verbergen, denn er hatte geglaubt, nur die Franzosen würden ihre Kameraden auf diese Weise begrüßen. Der Colonel wies Nat einen Stuhl vor seinem Schreibtisch an und kehrte zu seinem Platz zurück. Er schlug eine dicke Akte auf und blätterte darin herum. »Haben Sie eine Vorstellung, was Sie im nächsten Jahr tun wollen, Nat?«

»Nein, Sir, aber da ich nicht nach Vietnam zurückdarf, würde ich gerne Ihr Angebot annehmen und an der Akademie bleiben, um Ihnen bei den Neuzugängen zu helfen.«

»Diese Stelle ist schon vergeben«, sagte Tremlett, »und ich bin mir auch nicht mehr sicher, ob das langfristig gesehen das Beste für Sie ist.«

»Denken Sie an etwas anderes?«, fragte Nat.

»Da Sie es schon erwähnen, ja, das tue ich«, gab der Colonel zu. »Sobald ich erfuhr, dass Sie nach Hause kommen, habe ich die besten Anwälte der Akademie konsultiert und um ihren Rat gebeten. Normalerweise verachte ich Anwälte – eine Brut, die ihre Schlachten ausschließlich im Gerichtssaal schlägt –, aber ich muss zugeben, bei dieser Gelegenheit hatte einer von ihnen eine glänzende Idee.« Dazu sagte Nat nichts, da er gespannt war zu erfahren, was der Colonel vorhatte. »Man kann Regeln und Vorschriften auf unterschiedliche Weise interpretieren. Wie sonst könnten sich Anwälte in Lohn und Brot halten?«, führte der Colonel weiter aus. »Vor einem Jahr haben Sie sich ohne zu zögern zum Wehrdienst gemeldet, haben Ihr Offizierspatent erworben und wurden nach Vietnam geschickt, wo Sie mir bewiesen haben, dass ich mich geirrt habe, Gott sei Dank.«

Am liebsten hätte Nat gesagt: »Kommen Sie endlich zur Sache, Colonel«, beherrschte sich aber.

»Übrigens Nat, hätten Sie gern einen Kaffee?«

»Nein danke, Sir«. Nat versuchte, nicht allzu ungeduldig zu klingen.

Der Colonel lächelte. »Ich denke, ich genehmige mir eine Tasse.« Er griff zum Telefon. »Machen Sie mir bitte einen Kaffee, Dan«, bat er. »Und dazu vielleicht ein paar Donuts.« Er sah zu Nat hinüber. »Sie wollen wirklich keinen Kaffee?«

»Das macht Ihnen Spaß, nicht wahr, Sir?«, sagte Nat mit einem Lächeln.

»Um ehrlich zu sein, ja«, antwortete der Colonel. »Sehen Sie, es hat mehrere Wochen gedauert, bis ich Washington dazu bringen konnte, meinen Vorschlag abzusegnen, darum werden Sie es mir hoffentlich nachsehen, wenn ich noch ein paar Minuten lang darin schwelge.«

Nat lächelte gequält und lehnte sich zurück.

»Es hat den Anschein, dass Ihnen mehrere Möglichkeiten offenstehen, aber die meisten sind meiner Ansicht nach absolute Zeitverschwendung. Sie könnten beispielsweise aufgrund einer im Kampfeinsatz erlittenen Verletzung Ihre

Entlassung beantragen. Wenn wir diesen Weg weiterverfolgen, enden Sie mit einer winzigen Rente und sind in etwa sechs Monaten draußen – nach Ihrem Einsatz als Versorgungsoffizier muss ich Ihnen ja nicht sagen, wie lange der Papierkram dauern würde. Sie könnten natürlich auch, wie angedacht, hier in der Akademie eingesetzt werden, aber will ich wirklich einen Krüppel in meinem Team?« Der Colonel grinste. Sein Adjutant betrat den Raum mit einem Tablett mit dampfend heißem Kaffee und zwei Tassen. »Andererseits könnten Sie auch einen Posten in einer erfreulicheren Umgebung antreten, beispielsweise in Honolulu, aber ich nehme nicht an, dass Sie so weit gehen würden, nur um sich eine Tänzerin zu angeln. Bei allem, was ich bisher angeboten habe«, Tremlett sah wieder in Nats Akte, »müssten Sie noch ein weiteres Jahr die Hacken zusammenschlagen. Deshalb möchte ich Ihnen jetzt eine Frage stellen, Nat. Was hatten Sie nach Beendigung Ihrer beiden Jahre eigentlich vor?«

»Ich wollte an die Universität zurück, Sir, und mein Studium wieder aufnehmen.«

»Das habe ich mir gedacht«, sagte der Colonel. »Und deshalb werden Sie auch genau das tun.«

»Aber das neue Semester fängt schon in der nächsten Woche an«, warf Nat ein, »und wie Sie bereits erwähnten, würde allein der Papierkram …«

»Nicht, wenn Sie sich für weitere sechs Jahre verpflichten, dann könnte sich der Papierkram überraschend schnell erledigen lassen.«

»Mich für weitere sechs Jahre verpflichten?«, wiederholte Nat ungläubig. »Ich hoffte, die Armee verlassen zu können, nicht, in ihr alt zu werden.«

»Sie werden die Armee ja verlassen«, bestätigte der Colonel, »aber erst, wenn Sie sich auf sechs Jahre verpflichtet haben. Sehen Sie, Nat, mit Ihren Qualifikationen können Sie sich sofort für jeden Studiengang bewerben« – er stand auf und tigerte durch den Raum – »und außerdem würde die Armee es zahlen.«

»Aber ich habe bereits ein Stipendium«, rief Nat seinem kommandierenden Offizier in Erinnerung.

»Dessen bin ich mir bewusst, das steht ja alles hier drin.« Der Colonel warf einen Blick auf die aufgeschlagene Akte. »Aber die Universität bietet Ihnen nicht zusätzlich das Gehalt eines Captains.«

»Ich würde dafür bezahlt, an die Uni zu gehen?«, fragte Nat.

»Ja, Sie würden das volle Gehalt eines Captains erhalten, zuzüglich einer Vergütung für Ihre Entsendung ins Ausland.«

»Entsendung ins Ausland? Aber ich bewerbe mich nicht um einen Studienplatz an der Universität von Vietnam – ich will zurück zur UConn und dann nach Yale.«

»Das sollen Sie ja auch, weil die Vorschriften besagen, dass Ihre Einschreibung für einen Studienplatz, wenn Sie im Ausland in einem Kriegsgebiet gedient haben – und auch nur dann – ich zitiere« – der Colonel blätterte eine Seite in der Akte um –, *»den gleichen Status erhält wie Ihr letzter Posten.* Ich habe beschlossen, Anwälte ab sofort zu lieben.« Der Colonel sah auf. »Ob Sie es glauben oder nicht, denen ist noch was Besseres eingefallen.« Tremlett nippte an seinem Kaffee, während Nat stumm blieb. »Sie werden nicht nur Ihr volles Gehalt als Captain und dazu eine Auslandszulage bekommen«, fuhr der Colonel fort, »aufgrund Ihrer Verletzung werden Sie am Ende der sechs Jahre automatisch entlassen und dann die Rente eines Captains erhalten.«

»Wie haben sie das nur durch den Kongress gebracht?«, fragte Nat.

»Vermutlich konnte sich kein Mensch vorstellen, dass sich jemals irgendwer in allen vier Kategorien gleichzeitig qualifizieren würde«, meinte der Colonel.

»Es muss einen Haken geben«, meinte Nat.

»Ja, den gibt es«, bestätigte der Colonel ernst, »denn sogar der Kongress muss an seine Rückendeckung denken.« Wieder machte sich Nat nicht die Mühe, ihn mit einer Zwischenfrage aufzuhalten. »Zum einen müssen Sie jedes Jahr zwei Wochen Intensivtraining in Fort Benning absolvieren, um sich wieder auf Zack zu bringen.«

»Das würde mir sogar gefallen«, sagte Nat.

»Nach Ablauf der sechs Jahre«, fuhr der Colonel fort und ignorierte die Unterbrechung, »werden Sie bis zu Ihrem fünfundvierzigsten Geburtstag auf der Liste der aktiven Reservisten geführt, weshalb Sie im Falle eines weiteren Krieges erneut eingezogen werden könnten.«

»Das ist alles?«, fragte Nat ungläubig.

»Das ist alles«, wiederholte der Colonel.

»Was muss ich als Nächstes tun?«

»Alle sechs Dokumente unterschreiben, die die Anwälte vorbereitet haben, und schon haben wir Sie nächste Woche um diese Zeit wieder an der University of Connecticut. Übrigens habe ich bereits mit dem Rektor gesprochen, und er hat mir gesagt, er freue sich schon darauf, Sie nächsten Montag zu sehen. Er bat mich, Ihnen auszurichten, dass die erste Vorlesung um neun Uhr beginnt. Kommt mir reichlich spät vor«, fügte er hinzu.

»Sie wussten, wie ich darauf reagieren würde, nicht wahr?«, fragte Nat.

»Tja, ich gebe es zu. Ich dachte mir, Sie würden es für die bessere Alternative halten, als mir in den nächsten zwölf Monaten meinen Kaffee aufzubrühen. Sind Sie übrigens sicher, dass Sie nicht doch eine Tasse wollen?«, fragte der Colonel und goss sich eine zweite Tasse ein.

»Wollen Sie diese Frau zu Ihrer rechtlich angetrauten Ehefrau nehmen?«, deklamierte der Bischof von Connecticut.

»Ja, ich will«, sagte Jimmy.

»Wollen Sie diesen Mann zu Ihrem rechtlich angetrauten Ehemann nehmen?«

»Ja, ich will«, sagte Joanna.

»Wollen Sie diese Frau zu Ihrer rechtlich angetrauten Gattin nehmen?«, wiederholte der Bischof.

»Ja, ich will«, sagte Fletcher.

»Wollen Sie diesen Mann zu Ihrem rechtlich angetrauten Ehemann nehmen?«

»Ja, ich will«, sagte Annie.

Doppelhochzeiten kamen in Hartford nur selten vor und der Bischof musste gestehen, dass es die erste war, die er selbst jemals durchgeführt hatte.

Senator Gates hatte eine endlose Reihe von Gratulanten vor sich und lächelte jedem neuen Gast zu. Er kannte sie fast alle. Schließlich waren es seine beiden Kinder, die am selben Tag heirateten.

»Wer hätte gedacht, dass Jimmy einmal das klügste Mädchen der Klasse ehelichen würde?«, meinte Harry stolz.

»Warum auch nicht?«, sagte Martha. »Das hast du ja auch getan. Und vergiss nicht, dank Joanna hat er *cum laude* abgeschlossen.«

»Wir schneiden den Kuchen an, sobald alle an den

Tischen sitzen«, verkündete der Oberkellner. »Ich brauche die Bräute und ihre Gatten vor dem Kuchen und die Eltern dahinter, wenn die Fotos geschossen werden.«

»Sie müssen meinen Mann nicht erst in Position stellen«, sagte Martha Gates. »Sobald ein Blitzlicht aufflammt, baut er sich binnen Sekunden vor der Kamera auf – das ist eine Berufskrankheit.«

»Wie recht sie doch hat«, gab der Senator zu. Er wandte seine Aufmerksamkeit Ruth Davenport zu, die versonnen auf ihre Schwiegertochter blickte.

»Ich frage mich manchmal, ob sie nicht ein wenig zu jung sind.«

»Sie ist zwanzig«, sagte der Senator. »Martha und ich haben auch geheiratet, als sie zwanzig war.«

»Aber Annie hat noch nicht einmal ihren Abschluss.«

»Ist das denn wichtig? Sie sind seit sechs Jahren zusammen.« Der Senator begrüßte einen weiteren Gast.

»Manchmal wünschte ich …«, fing Ruth an.

»Was wünschst du dir manchmal?«, wollte Robert wissen, der neben seiner Frau stand.

Ruth drehte sich zur Seite, damit der Senator sie nicht hören konnte. »Niemand könnte Annie mehr lieben als ich, aber manchmal wünschte ich … na ja«, sie zögerte, »ich wünschte, sie hätten sich beide öfter mit anderen getroffen.«

»Fletcher trifft viele andere Mädchen. Er will nur nicht mit ihnen ausgehen. Und davon abgesehen«, sagte Robert und ließ sich sein Champagnerglas neu auffüllen, »wie oft bin ich mit dir schon zum Einkaufen gegangen, und dann hast du am Ende doch das Kleid gekauft, das du als Erstes gesehen hast.«

»Das hat mich nicht davon abgehalten, mir mehrere andere Männer anzuschauen, bevor ich mich für dich entschieden habe«, widersprach Ruth.

»Ja, aber das war etwas anderes, weil dich keiner der anderen haben wollte.«

»Robert Davenport, ich möchte dir hiermit mitteilen …«

»Ruth, hast du vergessen, wie oft ich dich gebeten habe, mich zu heiraten, bevor du endlich Ja gesagt hast? Ich habe sogar versucht, dich zu schwängern.«

»Das hast du mir nie gesagt.« Ruth sah ihren Mann an.

»Offenbar hast du vergessen, wie lange es dauerte, bevor Fletcher endlich auf die Welt kam.«

Ruth sah wieder auf ihre Schwiegertochter. »Lass uns hoffen, dass sie nicht dasselbe Problem haben wird.«

»Es gibt keinerlei Grund für eine solche Annahme«, versicherte Robert. »Es ist ja nicht Fletcher, der ein Kind zur Welt bringen muss. Und ich wette«, fuhr er fort, »dass Fletcher ebenso wie ich den Rest seines Lebens keine andere Frau ansehen wird.«

»Du hast keine andere Frau angesehen, seit wir verheiratet sind?«, fragte Ruth, nachdem sie zwei weiteren Gästen die Hand geschüttelt hatte.

»Nein.« Robert nahm noch einen Schluck Champagner. »Ich habe mit ein paar von ihnen geschlafen, aber angesehen habe ich sie nie.«

»Robert, wie viel hast du getrunken?«

»Ich habe nicht mitgezählt«, gab Robert zu, als Jimmy sich zu ihnen gesellte.

»Worüber lachen Sie beide, Mr. Davenport?«

»Ich habe Ruth gerade von meinen vielen Eroberungen erzählt, aber sie weigert sich, mir zu glauben. Sag mir, Jimmy, was möchtest du gern tun, nachdem du jetzt deinen Abschluss hast?«

»Ich möchte mit Fletcher zusammen Jura studieren. Es wird wahrscheinlich anstrengend, aber mit Ihrem Sohn bei Tag und Joanna bei Nacht könnte ich es vielleicht gerade so schaffen. Sie müssen sehr stolz auf ihn sein«, meinte Jimmy.

»*Magna cum laude* und Präsident der Studentenschaft«, sagte Robert. »Und wie stolz wir sind!« Er streckte sein leeres Glas einem vorübereilenden Kellner entgegen.

»Du bist betrunken.« Ruth versuchte nicht zu lächeln.

»Du hast wie immer recht, mein Liebling, aber das wird mich nicht davon abhalten, ungeheuer stolz auf meinen einzigen Sohn zu sein.«

»Ohne Jimmys Hilfe wäre er niemals Präsident geworden«, erklärte Ruth überzeugt.

»Das ist sehr nett von Ihnen, Mrs. Davenport, aber vergessen Sie nicht, dass Fletcher einen überwältigenden Wahlsieg errungen hat.«

»Erst nachdem du Tom ... wie immer er heißen mag ... davon überzeugt hast, zurückzutreten und Fletchers Kandidatur zu unterstützen.«

»Das mag geholfen haben, aber Fletcher hat die Veränderungen in Gang gesetzt, die eine ganze Generation von Yalies beeinflussen wird«, hielt Jimmy dagegen, als Annie zu ihnen trat. »Hallo, Babyschwester.«

»Wenn ich die Vorstandsvorsitzende von General Motors bin, wirst du mich dann immer noch mit diesem dämlichen Spitznamen anreden?«

»Na klar. Und darüber hinaus werde ich dann auch keine Cadillacs mehr fahren.«

Annie wollte ihm gerade einen Hieb versetzen, als der

Oberkellner verkündete, es sei an der Zeit, den Kuchen anzuschneiden.

Ruth legte einen Arm um ihre Schwiegertochter. »Achte gar nicht auf deinen Bruder. Sobald du deinen Abschluss hast, wird ihn das schon auf den ihm gebührenden Platz verweisen.«

»Ich will meinem Bruder ja gar nichts beweisen«, sagte Annie. »Es war immer Ihr Sohn, der das Tempo vorgegeben hat.«

»Dann müssen Sie ihn ebenfalls schlagen«, riet Ruth.

»Ich bin mir nicht sicher, ob ich das will«, meinte Annie. »Wissen Sie, er redet davon, in die Politik zu gehen, sobald er sein Jurastudium abgeschlossen hat.«

»Das sollte dich nicht von einer eigenen Karriere abhalten.«

»Das wird es auch nicht, aber ich bin nicht zu stolz, um ein paar Opfer zu bringen, wenn ihm das hilft, seine ehrgeizigen Ziele zu erreichen.«

»Aber du hast das Recht auf eine eigene Karriere«, beharrte Ruth.

»Warum?«, wollte Annie wissen. »Weil es plötzlich Mode ist? Vielleicht bin ich nicht wie Joanna«, sie warf einen Blick auf ihre Schwägerin, »aber ich weiß, was ich will, Ruth, und ich tue alles, was nötig ist, um es zu bekommen.«

»Und was willst du?«, fragte Ruth leise.

»Den Mann unterstützen, den ich für den Rest meines Lebens lieben werde, seine Kinder großziehen und mich an seinem Erfolg freuen. All das könnte sich angesichts des Drucks der Siebziger als viel schwieriger erweisen als ein *magna cum laude* von Vassar.« Annie nahm ein silbernes Messer mit Elfenbeingriff. »Wissen Sie, vermutlich wird es im 21. Jahrhundert sehr viel weniger Goldene Hochzeiten geben als im 20.«

»Du bist ein Glückspilz, Fletcher«, sagte seine Mutter, als Annie das Messer am Kuchen ansetzte.

»Das wusste ich schon, bevor die Spange von ihren Zähnen kam«, meinte Fletcher.

Annie reichte Joanna das Messer. »Wünsch dir was«, flüsterte Jimmy.

»Das habe ich bereits, junger Mann«, erwiderte sie. »Und darüber hinaus ist der Wunsch auch längst schon erfüllt worden.«

»Ah, du sprichst von dem Privileg, mit mir verheiratet zu sein?«

»Gütiger Himmel, nein. Es ist etwas viel Bedeutsameres.«

»Was könnte bedeutsamer sein als das?«

»Die Tatsache, dass wir ein Baby bekommen.«

Jimmy riss seine Frau in die Arme. »Wann ist das passiert?«

»Der genaue Zeitpunkt ist mir nicht bekannt, aber ich habe die Pille abgesetzt, sobald ich davon überzeugt war, dass du den Abschluss machst.«

»Das ist wunderbar. Komm schon, wir teilen unseren Gästen diese Neuigkeit mit.«

»Wenn du auch nur ein Wort sagst, ramme ich dieses Messer in dich anstatt in den Kuchen. Denk daran, ich wusste immer, es ist ein Fehler, ein Erstsemester mit roten Haaren zu heiraten.«

»Ich wette, das Baby wird auch rothaarig.«

»Sei dir da mal nicht zu sicher, junger Mann, denn wenn du das jemand erzählst, werde ich das Gerücht verbreiten, dass ich mir nicht sicher bin, wer der Vater ist.«

»Meine Damen und Herren«, rief Jimmy und seine Frau hob das Messer. »Ich muss Ihnen etwas mitteilen.« Es wurde still im Raum. »Joanna und ich bekommen ein Kind.« Die Stille dauerte einen Moment an, dann brachen fünfhundert Gäste spontan in Applaus aus.

»Du bist tot, junger Mann.« Joanna stieß das Messer in den Kuchen.

»Das war mir in dem Moment klar, als ich dich traf, Mrs. Gates, aber ich denke, wir sollten mindestens erst drei Kinder haben, bevor du mich umbringst.«

»Nun, Senator, Sie werden also Großvater«, sagte Ruth. »Ich gratuliere. Ich kann es kaum erwarten, Großmutter zu werden, obwohl es vermutlich noch etwas dauern wird, bis Annie ihr erstes Kind bekommt.«

»Sie denkt frühestens nach ihrem Abschluss darüber nach, möchte ich wetten«, stimmte Harry Gates ihr zu, »vor allem wenn sie herausfindet, was ich für Fletcher geplant habe.«

»Wäre es nicht denkbar, dass Fletcher Ihren Plänen nicht folgen möchte?«, deutete Ruth an.

»Nicht solange Jimmy und ich ihm weiterhin das Gefühl vermitteln, es sei ursprünglich seine Idee gewesen.«

»Meinen Sie nicht, dass er mittlerweile herausgefunden hat, wie Sie vorzugehen pflegen?«

»Das hat er schon an dem Tag, als ich ihn vor beinahe einem Jahrzehnt bei dem Spiel Hotchkiss gegen Taft zum ersten Mal traf. Ich wusste damals schon, dass er es einmal sehr viel weiterbringen würde als ich.«

Der Senator legte einen Arm um Ruth. »Es gibt allerdings eine Sache, bei der ich Ihre Hilfe brauchen könnte.«

»Und das wäre?«, fragte Ruth.

»Ich glaube, Fletcher hat sich noch nicht entschieden, ob

er Republikaner oder Demokrat sein möchte, und da ich weiß, wie nachdrücklich Ihr Ehemann …«

»Sind das nicht tolle Nachrichten von Joanna?«, sagte unterdessen Fletcher zu seiner Schwiegermutter.

»Oh ja«, antwortete Martha. »Harry zählt schon die zusätzlichen Stimmen, die er bekommen wird, sobald er Großvater ist.«

»Was macht ihn da so sicher?«, fragte Fletcher.

»Ältere Mitbürger sind die am schnellsten wachsende Wählergruppe, also muss es mindestens einen Prozentpunkt wert sein, wenn die Wähler sehen, wie Harry überall einen Kinderwagen herumschiebt.«

»Und wenn Annie und ich ein Kind bekommen, ist das einen weiteren Prozentpunkt wert?«

»Aber nein«, wehrte Martha ab. »Es kommt immer auf das richtige Timing an. Vergiss also einfach nicht, dass Harry sich wieder in zwei Jahren der Wiederwahl stellen wird.«

»Glaubst du, wir sollten die Geburt unseres ersten Kindes so planen, dass sie mit dem Datum von Harrys nächster Wahl zusammenfällt?«

»Du wärst überrascht, wie viele Politiker das tun«, erwiderte Martha.

»Gratuliere, Joanna«, sagte der Senator und umarmte seine Schwiegertochter.

»Ob dein Sohn wohl jemals lernen wird, ein Geheimnis zu bewahren?«, zischte Joanna und zog das Messer aus dem Kuchen.

»Nein, nicht wenn es ein Geheimnis ist, das seine Freunde glücklich macht«, gab der Senator zu. »Wenn er jedoch annehmen müsste, damit jemandem zu schaden, den er liebt, würde er das Geheimnis mit ins Grab nehmen.«

16

Professor Karl Abrahams betrat den Vorlesungssaal Punkt neun Uhr. Der Professor hielt acht Vorlesungen pro Semester, und es ging das Gerücht, dass er in seinen siebenunddreißig Lehrjahren noch keine einzige verpasst hatte. Viele der zahlreichen anderen Gerüchte um Karl Abrahams ließen sich nie beweisen, weshalb er sie als Hörensagen abgetan und somit als unzulässig zurückgewiesen hätte.

Dennoch hielten sich diese Gerüchte hartnäckig und wurden zur Legende. Kein Zweifel konnte allerdings an seinem sarkastischen Witz bestehen, falls ein Student dumm genug sein sollte, ihn herauszufordern: Das ließ sich Woche für Woche belegen. Ob es dagegen stimmte, dass drei Präsidenten ihn gebeten hatten, dem Obersten Bundesgerichtshof beizutreten, wussten nur jene drei Präsidenten. Allerdings konnte man nachlesen, dass Abrahams, als er danach gefragt worden war, erwidert hatte, den besten Dienst würde er seinem Land erweisen, wenn er die nächste Generation an Anwälten ausbildete und möglichst viele anständige, ehrliche Rechtsberater wie möglich ins Berufsleben entließ, statt das Chaos aufzuräumen, das die vielen schlechten verursachten.

Die *Washington Post* schrieb in einem nicht autorisierten Artikel über ihn, Abrahams habe zwei Mitglieder des derzeitigen Obersten Bundesgerichtes, zweiundzwanzig Bundesrichter und mehrere der Rektoren führender Jurafakultäten ausgebildet.

Als Fletcher und Jimmy die erste der acht Vorlesungen von Abrahams besuchten, gaben sie sich keinerlei Illusionen bezüglich des immensen Arbeitspensums hin, das vor ihnen lag. Fletcher gab sich allerdings der trügerischen Hoffnung hin, im letzten Jahr mehr als genug gearbeitet zu haben, als er oft erst nach Mitternacht ins Bett gekommen war. Doch binnen einer Woche hatte Professor Abrahams ihn mit Uhrzeiten bekannt gemacht, zu denen er normalerweise geschlafen hatte.

Professor Abrahams wies seine Studenten im ersten Semester unablässig darauf hin, dass längst nicht alle von ihnen seine Abschlussrede am Ende der Lehrveranstaltung miterleben würden. Jimmy senkte den Kopf. Fletcher fing an, dermaßen viel zu lernen, dass Annie ihn meistens erst zu sehen bekam, wenn die Türen der Bibliothek geschlossen wurden. Jimmy ging zwar manchmal schon etwas früher, um mit Joanna zusammen sein zu können, verließ die Bibliothek aber trotzdem nur selten ohne mehrere Bücher unter dem Arm. Fletcher erzählte Annie, dass er ihren Bruder noch nie so arbeitsam erlebt hätte.

»Und es wird noch schwerer für ihn, wenn das Baby erst mal da ist«, sagte Annie zu ihrem Ehemann, als sie ihn eines Abends von der Bibliothek abholte.

»Joanna wird es sicher so einrichten, dass das Kind in den Semesterferien auf die Welt kommt, damit sie am ersten Tag des neuen Semesters gleich wieder zur Arbeit kann.«

»Ich will nicht, dass unser erstes Kind so aufwächst«, erklärte Annie. »Ich habe vor, meine Kinder als Vollzeitmutter großzuziehen. Und mit einem Vater, der früh genug nach

Hause kommt, damit er ihnen noch eine Gutenachtgeschichte vorlesen kann.«

»Soll mir recht sein«, sagte Fletcher. »Aber solltest du deine Meinung ändern und beschließen, Vorstandsvorsitzende von *General Motors* zu werden, übernehme ich gern das Wickeln.«

Das Erste, was Nat bei seiner Rückkehr an die Universität überraschte, war der Umstand, wie unreif ihm seine früheren Kommilitonen im Vergleich zu früher vorkamen. Er hatte genügend Anrechnungspunkte, sodass er gleich ins zweite Studienjahr einsteigen konnte, aber die Studenten, mit denen er verkehrt hatte, bevor er zur Armee gegangen war, diskutierten immer noch über die neueste Popgruppe oder den angesagtesten Filmstar, und Nat hatte noch nie etwas von den Doors gehört. Erst als er an seiner ersten Vorlesung teilnahm, wurde ihm klar, wie sehr die Erfahrungen in Vietnam sein Leben verändert hatten.

Nat war sich auch bewusst, dass ihn seine Kommilitonen nicht als einen der Ihren betrachteten, nicht zuletzt deswegen, weil einige der Professoren ihm ein wenig mit Ehrfurcht begegneten. Nat genoss den Respekt, entdeckte jedoch schnell, dass diese Medaille zwei Seiten hatte. In den Weihnachtsferien sprach er mit Tom über dieses Problem, der meinte, er könne verstehen, warum sich manche ein bisschen vor ihm in Acht nahmen, schließlich glaubten sie, er habe mindestens hundert Vietcong getötet. »Mindestens hundert?«, hakte Nat nach.

»Andere haben gelesen, was unsere Soldaten mit den vietnamesischen Frauen alles anstellen durften«, legte Tom nach.

»So viel Glück hätte ich haben sollen. Wenn Mollie nicht gewesen wäre, hätte ich in Enthaltsamkeit leben müssen.«

»Tja, mein Rat wäre, sie nicht zu desillusionieren«, meinte Tom. »Ich wette, die Männer sind neidisch und die Frauen fasziniert. Du willst doch nicht, dass sie herausfinden, was für ein stinknormaler, gesetzestreuer Bürger du bist.«

»Manchmal wünschte ich, sie würden daran denken, dass ich auch erst neunzehn bin«, klagte Nat.

»Das Problem ist«, diagnostizierte Tom, »dass Captain Cartwright, Träger der Tapferkeitsmedaille, nicht nach einem Neunzehnjährigen klingt, und ich fürchte, dein Hinken ruft ihnen das eben immer wieder ins Gedächtnis.«

Nat befolgte den Rat seines Freundes und beschloss, seine Energie in den Vorlesungssaal, die Sporthalle und die Querfeldeinstrecke zu stecken. Die Ärzte hatten ihn gewarnt, es würde mindestens ein Jahr dauern, bevor er wieder rennen könnte – wenn überhaupt. Nach ihrer pessimistischen Prognose verbrachte Nat deshalb mindestens eine Stunde am Tag in der Sporthalle, kletterte Seile hoch, hob Gewichte und spielte sogar gelegentlich Tischtennis. Am Ende des Semesters war er schon wieder in der Lage, langsam den kompletten Rundkurs zu laufen – auch wenn er für die sechs Meilen eine Stunde und zwanzig Minuten brauchte. Er sah in seinem alten Trainingsplan nach und stellte fest, dass sein Rekord als Erstsemester bei vierunddreißig Minuten und achtzehn Sekunden gelegen hatte. Er schwor sich, diesen Rekord am Ende des nächsten Semesters gebrochen zu haben.

Das nächste Problem, dem sich Nat gegenübersah, waren die Antworten, die er bekam, wann immer er eine Frau fragte, ob sie mit ihm ausgehen wolle. Entweder wollten sie sofort mit ihm ins Bett, oder sie ließen ihn kurzerhand abblitzen. Tom hatte ihn gewarnt, dass sein Skalp im Bett wahrscheinlich ein Preis war, den viele jüngere Studentinnen ergattern wollten, und Nat fand rasch heraus, dass einige, denen er noch nie begegnet war, diesen bereits für sich reklamierten.

»So ein Ruf hat seine Nachteile«, beschwerte sich Nat.

»Ich tausche mit dir, wenn du magst«, meinte Tom.

Die einzige Ausnahme war ausgerechnet Rebecca, die gleich am ersten Tag, als Nat auf den Campus zurückgekehrt war, klargestellt hatte, dass sie sich eine zweite Chance wünschte. Nat war zurückhaltend, was das neuerliche Entfachen gerade dieser alten Flamme anging, und kam zu dem Schluss, wenn sie überhaupt wieder eine Beziehung aufbauen wollten, dies langsam vonstattengehen müsse. Rebecca hatte jedoch andere Pläne.

Nach ihrer zweiten Verabredung lud sie ihn zum Kaffee auf ihr Zimmer ein und machte nur Augenblicke, nachdem sie die Tür geschlossen hatte, den Versuch, ihn auszuziehen. Nat riss sich los und brachte die lahme Ausrede vor, dass er am nächsten Tag einen Zeitlauf habe. Sie ließ sich nicht so leicht abwimmeln, und als sie ein paar Minuten später mit zwei Tassen Kaffee zurückkehrte, war sie in ein Seidenkleid geschlüpft, das zeigte, wie wenig, wenn überhaupt etwas, sie darunter trug. Unvermittelt wurde Nat klar, dass er nichts mehr für sie empfand. Schnell trank er seinen Kaffee und wiederholte, dass er früh ins Bett müsse.

»So ein Zeitlauf hat dich früher nie abgehalten«, neckte Rebecca.

»Damals hatte ich auch noch zwei gute Beine«, erwiderte Nat.

»Vielleicht bin ich dir ja nicht mehr gut genug, wo doch jetzt jeder denkt, du wärst so was wie ein Held.«

»Damit hat es überhaupt nichts zu tun. Es ist nur …«

»Es ist nur, dass Ralph von Anfang an recht hatte, was dich betrifft.«

»Wie meinst du das?«, fragte Nat scharf.

»Du hast einfach nicht seine Klasse.« Sie zögerte kurz. »Weder im Bett noch sonst wo.«

Nat wollte etwas erwidern, beschloss aber, dass es das nicht wert war. Er ging wortlos. In dieser Nacht lag er wach und erkannte, dass Rebecca wie so vieles andere der Vergangenheit angehörte.

Eine von Nats überraschenderen Entdeckungen bei seiner Rückkehr an die Universität war, wie viele Studenten ihn drängten, gegen Elliot um das Amt des Präsidenten des Studentenausschusses anzutreten. Nat machte jedoch deutlich, dass er kein Interesse daran hatte, einen Wahlkampf zu führen, während er immer noch die verlorene Zeit aufholen musste.

Als Nat am Ende des zweiten Jahres nach Hause zurückkehrte, teilte er seinem Vater mit, dass er sich ebenso sehr darüber freute, im Querfeldeinlauf jetzt unter einer Stunde zu liegen, wie darüber, dass er zu den besten sechs seines Jahrgangs gehörte.

Im Sommer reisten Nat und Tom nach Europa. Einer der vielen Vorteile, die die Besoldung eines Captains mit sich brachte, war die Tatsache, dass Nat seinen besten Freund jetzt begleiten konnte, ohne das Gefühl zu haben, es sich eigentlich gar nicht leisten zu können.

Ihre erste Station war London, wo sie die britische Leibgarde Whitehall entlangmarschieren sahen. Nat hegte keinen Zweifel daran, dass sie in Vietnam eine beeindruckende Einheit abgeben würden. In Paris schlenderten sie über die Champs-Élysées und bedauerten, dass sie jedes Mal, wenn sie eine hübsche junge Frau ansprechen wollten, erst im Wörterbuch blättern mussten. Dann fuhren sie weiter nach Rom, wo sie in winzigen Cafés in dunklen Nebenstraßen zum ersten Mal entdeckten, wie Pasta wirklich schmecken sollte. Sie schworen sich, nie wieder bei McDonald's zu essen.

Doch erst als sie nach Venedig kamen, verliebte sich Nat und wurde über Nacht promisk, wobei sein Geschmack von nackten Frauen bis zu Jungfrauen reichte. Es begann mit einem Quickie – da Vinci, gefolgt von Bellini und dann Luini. Die Intensität dieser Affären war so heftig, dass Tom sich einverstanden erklärte, ein paar Tage länger in Italien zu bleiben und auch noch Florenz auf ihren Reiseplan zu setzen. Neue Liebesobjekte fanden sich an jeder Straßenecke – Michelangelo, Caravaggio, Canaletto, Tintoretto. Fast jedes mit einem o am Namensende war für Nats Harem geeignet.

Während seiner fünften Vorlesung in diesem Semester stand Professor Karl Abrahams an seinem Pult und starrte auf den Halbkreis der Bankreihen, die sich vor ihm erhoben.

Ohne ein Buch, ohne Aktenordner, nicht einmal mit einem Blatt Papier vor sich, eröffnete er die Vorlesung und führte sie durch einen berühmten Fall: Carter gegen Amalgamated Steel.

»Mr. Carter verlor 1923 bei einem Arbeitsunfall einen Arm«, fing der Professor an. »Er wurde ohne einen Cent Abfindung entlassen. Es war ihm nicht möglich, eine neue

Anstellung zu finden, da keine andere Stahlfirma einem Einarmigen eine Stelle geben wollte. Als ihm sogar ein örtliches Hotel den Job als Türsteher verweigerte, wurde ihm klar, dass er nie wieder Arbeit finden würde. Vor 1927 gab es kein Gesetz zur Kompensation bei Arbeitsunfällen, daher entschloss sich Mr. Carter zu dem seltenen und zu jener Zeit geradezu unerhörten Schritt, seinen Arbeitgeber zu verklagen. Er konnte sich keinen Anwalt leisten – etwas, das sich im Laufe der Jahre nicht geändert hat –, doch ein junger Jurastudent, der das Gefühl hatte, Mr. Carter habe keine faire Entschädigung erhalten, bot sich an, ihn vor Gericht zu vertreten. Er gewann den Fall, und Carter erhielt eine Entschädigung von einhundert Dollar – keine große Summe für einen solchen Verlust, könnten Sie nun denken. Doch ist es überhaupt nur diesen beiden Männern zu verdanken, dass es eine entsprechende Gesetzesänderung gab. Lassen Sie uns hoffen, dass einer von Ihnen irgendwann in der Zukunft einmal das Gesetz zu ändern vermag, wenn er auf eine solche Ungerechtigkeit stößt. Nachbemerkung: Der Name des jungen Anwalts lautete Theo Rampleiri. Es gelang ihm nur mit Mühe, nicht von der Uni zu fliegen, die argumentierte, er habe zu viel Zeit mit dem Carter-Fall verbracht. Später, sehr viel später wurde er an den Obersten Gerichtshof berufen.«

Der Professor runzelte die Stirn. »Letztes Jahr zahlte General Motors einem Mr. Cameron fünf Millionen Dollar für den Verlust eines Beines. Und das, obwohl General Motors nachweisen konnte, dass Mr. Camerons eigene Fahrlässigkeit zu dem Unfall geführt hatte.« Abrahams erläuterte diesen Fall ausführlich und fügte dann hinzu: »Wie Charles Dickens uns wissen ließ, ist das Gesetz häufig ein Esel – und vor allem ist es von unterschiedsloser Unvollkommenheit. Ich habe keine Tipps für Anwälte, die nur nach einem Weg suchen, das Gesetz zu umgehen, schon gar nicht, wenn sie genau wissen, was der Senat und der Kongress mit dem Gesetz ursprünglich erreichen wollten. Es wird unter Ihnen einige geben, die diese Worte vergessen, sobald sie in irgendeine renommierte Kanzlei eingetreten sind, deren einziges Interesse darin besteht, unter allen Umständen zu gewinnen. Aber es wird andere geben, wenn auch nicht viele, die sich an Lincolns Satz erinnern werden: Möge der Gerechtigkeit Genüge getan werden.« Fletcher sah von seinen Notizen auf und starrte auf seinen Mentor hinunter. »Wenn wir uns das nächste Mal sehen, erwarte ich, dass Sie fünf Fälle recherchiert haben, die nach Carter gegen Amalgamated Steel kamen, bis hin zu Demetri gegen Demetri. Sie müssen alle zu Gesetzesänderungen geführt haben. Sie dürfen zu zweit arbeiten, jedoch kein anderes Team konsultieren. Ich hoffe, ich habe mich diesbezüglich klar ausgedrückt.« Die Uhr schlug elf. »Schönen Tag, meine Damen und Herren.«

Fletcher und Jimmy teilten sich die Arbeit auf und kämpften sich mühsam von einem Fall zum anderen. Am Ende der Woche hatten sie drei Fälle ausfindig gemacht, die in Betracht kamen. Joanna kramte aus einer dunklen Ecke ihrer Erinnerung einen vierten hervor, der in ihrer Kindheit in Ohio verhandelt worden war. Sie weigerte sich, ihnen mehr Hinweise zu geben.

»Sagen dir die Worte ›lieben, ehren und gehorchen‹ etwas?«, verlangte Jimmy zu wissen.

»Ich habe nie gelobt, dir zu gehorchen, junger Mann«, entgegnete sie nur, »und falls Elizabeth heute mitten in der Nacht aufwacht, bist du mit Windelwechseln dran.«

»Sumner gegen Sumner«, flüsterte Jimmy ihr triumphierend zu, als er kurz nach Mitternacht ins Bett kam.

»Nicht schlecht, junger Mann, aber ihr müsst bis Montagmorgen um zehn immer noch den fünften Fall finden, wenn ihr Professor Abrahams ein Lächeln entlocken wollt.«

»Ich denke, wir müssen sehr viel mehr tun als das, um diese Lippen aus Granit in Bewegung zu versetzen «, entgegnete Jimmy.

Als Nat auf den Hügel lief, sah er sie vor sich rennen. Er ging davon aus, dass er sie hügelabwärts überholen würde. An der Markierung, die die Hälfte der Strecke anzeigte, sah er auf seine Uhr. Siebzehn Minuten und neun Sekunden. Er war zuversichtlich, dass er seine persönliche Bestzeit brechen würde und pünktlich zum ersten Wettlauf in der Saison wieder zum Team gehören konnte.

Er fühlte sich voller Energie, als er über den Kamm stieß, fluchte dann aber laut. Diese dumme Person hatte den falschen Weg genommen. Sie musste neu an der Uni sein. Er rief ihrem Rücken zu, aber sie reagierte nicht. Nat fluchte erneut, änderte die Richtung und lief hinter ihr den Abhang hinunter. Plötzlich drehte sie sich um und wirkte bestürzt.

»Sie sind auf dem falschen Weg«, rief Nat, bereit, sich umzudrehen und zurückzulaufen, doch selbst noch aus zwanzig Meter Entfernung wollte er sie gern aus der Nähe sehen. Er rannte zu ihr und lief neben ihr auf der Stelle weiter.

»Danke«, sagte sie. »Ich laufe diese Strecke erst zum zweiten Mal auf und konnte mich nicht erinnern, welchen Weg ich oben auf dem Hügel nehmen muss.«

Nat lächelte. »Den schmaleren Weg, der breite führt in den Wald.«

»Danke«, wiederholte sie und lief ohne ein weiteres Wort den Hügel wieder hinauf.

Nat hechtete ihr hinterher, und als er sie eingeholt hatte, lief er neben ihr, bis sie zur Hügelspitze kamen. Er winkte ihr zum Abschied zu, sobald er sicher war, dass sie nun den richtigen Weg nahm. »Wir sehen uns später«, rief er, aber falls sie etwas darauf erwiderte, hörte er es nicht.

Nat sah auf die Uhr, als er über die Ziellinie lief. Dreiundvierzig Minuten und einundfünfzig Sekunden. Er fluchte und fragte sich, wie viel Zeit er verloren hatte, um dieser Frau den richtigen Weg zu zeigen. Aber es machte ihm nichts aus. Er nahm sich mehr Zeit für seine Stretchübungen, als er es normalerweise getan hätte, während er auf die Ankunft der jungen Frau wartete.

Plötzlich tauchte sie auf und kam langsam zur Ziellinie heruntergelaufen. Nat ging ihr entgegen. »Du hast es geschafft«, sagte er lächelnd. Sie erwiderte sein Lächeln nicht. »Ich bin Nat Cartwright«, stellte er sich vor.

»Ich weiß, wer Sie sind«, erwiderte sie kurz angebunden.

»Kennen wir uns?«

»Nein«, sagte sie. »Aber Ihr Ruf eilt Ihnen voraus.« Ohne weitere Erklärung lief sie in Richtung der Frauenumkleideräume davon.

»Alle, die sämtliche fünf Fälle gefunden haben, bitte aufstehen.«

Fletcher und Jimmy erhoben sich triumphierend, doch ihr Stolz erhielt einen Dämpfer, als sie sahen, dass mindestens siebzig Prozent ihrer Kommilitonen ebenfalls aufgestanden waren. »Wer hat vier Fälle?«, fragte der Professor und versuchte, nicht allzu verächtlich zu klingen. Die meisten von denen, die noch saßen, erhoben sich jetzt ebenfalls. Etwa zehn Prozent saßen immer noch. Fletcher fragte sich, wie viele von ihnen die Lehrveranstaltung erfolgreich beenden würden. »Setzen«, sagte der Professor.« Wir fangen an mit Maxwell River Gas gegen Pennstone. Welche Gesetzesveränderung ergab sich aus diesem Fall?« Er wies auf einen Studenten in der dritten Reihe.

»Ab 1932 mussten Firmen dafür sorgen, dass sämtliche Betriebsmittel den Sicherheitsbestimmungen entsprachen und alle Beschäftigten die Notfallmaßnahmen kannten.« Der Finger des Professors wanderte weiter.

»Alle schriftlichen Anweisungen mussten so aufgehängt werden, dass jeder Beschäftigte sie lesen konnte.«

»Wann wurde das gegenstandslos?«

Der Finger wanderte weiter, und eine andere Stimme erwiderte: »Reynolds gegen McDermond Timber.«

»Korrekt.« Wieder setzte sich der Finger in Bewegung. »Und warum?«

»Reynolds verlor drei Finger beim Sägen eines Holzscheits, aber sein Verteidiger konnte nachweisen, dass Reynolds nicht lesen konnte und keine mündliche Anweisung zur Bedienung der Maschine erhalten hatte.«

»Worauf basierte das neue Gesetz?« Wieder ging der Finger auf Wanderschaft.

»Auf dem Industry Act von 1934, der die Arbeitgeber verpflichtete, die gesamte Belegschaft schriftlich und mündlich davon in Kenntnis zu setzen, wie die einzelnen Arbeitsgeräte zu bedienen sind.«

»Wann erforderte dieses Gesetz weitere Ergänzungen?« Ein anderer wurde ausgewählt.

»Rush gegen die Regierung.«

»Korrekt, doch warum hat die Regierung den Fall gewonnen, obwohl sie nicht im Recht war?«

Der Nächste kam an die Reihe. »Ich weiß es nicht, Sir.« Abschätzig machte sich der Finger auf die Suche nach jemandem, der es wusste.

»Die Regierung war in der Lage, ihre Position zu verteidigen, als nachgewiesen werden konnte, dass Rush eine Vereinbarung unterschrieben hatte, in der es hieß …« Der Finger wanderte weiter.

»… dass er alle gesetzlich vorgeschriebenen Instruktionen erhalten hatte.« Wieder wanderte der Finger.

»Dass er außerdem über die vorgeschriebenen drei Jahre hinaus bei der Regierung angestellt war.« Der Finger wanderte immer weiter …

»Doch die Regierung wies nach, dass sie keine Firma im eigentlichen Sinne darstellte. Das Gesetz war in dieser Hinsicht von den Politikern sehr unsauber formuliert worden.«

»Geben Sie nicht den Politikern die Schuld«, forderte Abrahams. »Anwälte fassen Gesetze ab, demnach müssen sie auch die Verantwortung übernehmen. Die Politiker machten sich in diesem Fall nicht strafbar. Als daher die Gerichte akzeptierten, dass die Regierung ihrer eigenen Gesetzgebung nicht unterworfen war, welcher Fall änderte daraufhin das Gesetz erneut?« Er wies mit dem Finger auf das nächste erschreckte Gesicht. »Demetri gegen Demetri«, kam die Antwort.

»Inwiefern unterscheidet sich dieser Fall von früheren Gesetzen?« Der Finger kam bei Fletcher zum Stillstand.

»Es war das erste Mal, dass ein Mitglied einer Familie ein anderes Familienmitglied wegen Fahrlässigkeit verklagte, während die Betroffenen noch miteinander verheiratet waren.

Gleichzeitig waren sie zu je fünfzig Prozent Anteilseigner an der fraglichen Firma.«

»Warum scheiterte die Klage?« Er starrte weiterhin Fletcher an.

»Weil Mrs. Demetri sich weigerte, gegen ihren Ehemann auszusagen.«

Der Finger wanderte zu Jimmy. »Warum hat sie sich geweigert?«, verlangte Abrahams zu wissen.

»Weil sie dumm war.«

»Warum war sie dumm?«, wollte der Professor wissen.

»Weil ihr Ehemann in der Nacht vor ihrer Aussage wahrscheinlich mit ihr geschlafen hat. Oder er hat sie geschlagen. Möglicherweise beides. Darum hat sie klein beigegeben.« Jemand lachte.

»Waren Sie beim Liebesspiel oder beim Angriff auf Mrs. Demetri zugegen, Mr. Gates?«, fragte Abrahams, und noch mehr Leute lachten.

»Nein, Sir«, entgegnete Jimmy, »aber ich wette, genau so ist es gewesen.«

»Sie mögen recht haben, Mr. Gates, aber Sie hätten nie beweisen können, was in jener Nacht im Schlafzimmer geschehen ist, außer Sie hätten einen zuverlässigen Zeugen beibringen können. Hätten Sie eine derartig übereilte Bemerkung vor Gericht gemacht, hätte der Anwalt der Gegenseite Einspruch erhoben, der Richter hätte dem Einspruch stattgegeben, und die Geschworenen hätten Sie für einen Dummkopf gehalten, Mr. Gates. Außerdem hätten Sie Ihren Mandanten enttäuscht. Verlassen Sie sich nie auf das, was passiert sein könnte, wie wahrscheinlich es auch sein mag, außer Sie können es beweisen. Wenn nicht, schweigen Sie.«

»Aber …«, fing Fletcher an. Mehrere Studenten senkten rasch den Kopf, andere hielten den Atem an, während der Rest Fletcher nur ungläubig anstarrte.

»Name?«

»Davenport, Sir.«

»Sie fühlen sich doch sicher in der Lage, Ihren Einwurf näher zu erläutern, Mr. Davenport?«

»Mrs. Demetri wurde von ihrem Anwalt mitgeteilt, dass die Firma den Handel einstellen müsste, wenn sie den Fall gewinnt, da keiner von beiden die Mehrheitsanteile besaß. Der Kendall Act von 1941. Mrs. Demetri bot ihre Aktien daraufhin auf dem Markt an, und sie wurden vom größten Rivalen ihres Mannes, einem Mr. Canelli, für 10 000 Dollar erworben. Ich kann nicht beweisen, ob Mr. Canelli mit Mrs. Demetri geschlafen hat oder nicht, aber ich weiß, dass die Firma ein Jahr später Insolvenz anmeldete. Mrs. Demetri kaufte ihre Aktien für zehn Cent pro Aktie zurück, zu einem Gesamtpreis von 7300 Dollar, und unterschrieb anschließend sofort einen neuen Partnerschaftsvertrag mit ihrem Ehemann.«

»Konnte Mr. Canelli beweisen, dass die Demetris in geheimem Einverständnis gehandelt hatten?« Fletcher dachte sorgfältig nach. Stellte Abrahams ihm eine Falle? »Warum zögern Sie?«, verlangte Abrahams zu wissen.

»Es würde keinen Beweis darstellen, Herr Professor.«

»Sagen Sie uns trotzdem, woran Sie denken?«

»Mrs. Demetri brachte ein Jahr später ihr zweites Kind zur Welt, und auf der Geburtsurkunde wurde als Vater Mr. Demetri angegeben.«

»Sie haben recht, das ist kein Beweis. Welche Klage wurde gegen die beiden erhoben?«

»Keine. Die neue Firma arbeitete sogar überaus gewinnträchtig.«

»Warum wurde dann das Gesetz geändert?«

»Der Richter brachte diesen Fall vor den Generalstaatsanwalt des betreffenden Bundesstaates.«

»Welcher Bundesstaat?«

»Ohio. Infolgedessen wurde der Marriage Partnership Act erlassen.«

»Jahr?«

»1949.«

»Relevante Änderung?«

»Ehepaare durften Aktien an einer früheren Firma, an der sie beide Teilhaber waren, nicht mehr erneut erwerben, sofern einer von ihnen dadurch profitierte.«

»Danke, Mr. Davenport«, sagte der Professor, als die Uhr elf schlug. »Ihr Aber war begründet.« Applaus kam auf. »Allerdings nicht besonders gut begründet«, fügte Abrahams hinzu und verließ den Hörsaal.

Nat saß an der Mauer gegenüber der Mensa und wartete geduldig. Nachdem ungefähr fünfhundert Frauen das Gebäude verlassen hatten, kam er zu dem Schluss, dass sie so dünn war, weil sie einfach nichts aß. Doch plötzlich kam sie durch die Schwingtüren geeilt. Nat hatte mehr als genug Zeit gehabt, seinen Text zu proben, trotzdem war er nervös, als er sie einholte. »Hi, ich bin Nat.« Sie sah auf, lächelte jedoch nicht. »Wir haben uns vor Kurzem getroffen.« Sie reagierte immer noch nicht.

»Auf dem Hügel.«

»Ja, ich erinnere mich«, sagte sie.

»Du hast mir deinen Namen nicht gesagt.«

»Nein.«

»Habe ich dich irgendwie verärgert?«

»Nein.«

»Darf ich dann fragen, was Sie mit meinem Ruf meinten?«

»Mr. Cartwright, es mag Sie überraschen, dass es ein paar Frauen auf diesem Campus gibt, die nicht der Ansicht sind, Sie hätten automatisch das Recht auf deren Jungfräulichkeit erworben, nur weil Sie die Tapferkeitsmedaille bekommen haben.«

»Das habe ich nie angenommen.«

»Ihnen muss doch bewusst sein, dass die Hälfte aller Frauen auf dem Campus behauptet, mit Ihnen geschlafen zu haben?«

»Das können sie ja gern behaupten«, sagte Nat, »aber die Wahrheit ist, dass nur zwei von ihnen es beweisen können.«

»Jeder weiß doch, wie viele Mädchen hinter Ihnen her sind.«

»Und die meisten können mich nicht einholen, wie du dich sicher erinnern wirst.« Er lachte, aber sie fiel nicht mit ein. »Warum darf ich mich nicht wie jeder andere auch verlieben?«

»Weil Sie nicht sind wie jeder andere «, erwiderte sie ruhig. »Sie sind ein Kriegsheld mit dem Sold eines Captains, und als solcher erwarten Sie, dass jeder sich Ihnen fügt.«

»Wer hat dir das gesagt?«

»Jemand, der Sie seit Ihrer Schulzeit kennt.«

»Bestimmt Ralph Elliot?«

»Ja, der Mann, den Sie durch Betrug aus der Taft-Schülermitverwaltung gedrängt haben …«

»Was soll ich?«, fragte Nat entgeistert.

»… und dann haben Sie seinen Aufsatz als den Ihren ausgegeben, als Sie sich für Yale bewarben.« Sie ignorierte seinen Einwurf.

»Das hat er gesagt?«

»Ja«, erwiderte die junge Frau ruhig.

»Dann solltest du ihn vielleicht fragen, warum Yale ihn ebenfalls abgelehnt hat.«

»Er meint, Sie hätten ihm die Schuld in die Schuhe geschoben, woraufhin auch er seinen Studienplatz verlor.« Nat wollte schon explodieren, als sie hinzufügte: »Und nun wollen Sie Präsident des Studentenausschusses werden, und Ihre einzige Strategie scheint darin zu bestehen, sich auf Ihrem Weg zum Sieg durch sämtliche Betten zu schlafen.«

Nat versuchte, sich zu beherrschen. »Zum einen kandidiere ich nicht für die Präsidentschaft, zum anderen habe ich in meinem ganzen Leben nur mit drei Frauen geschlafen: Einer Studentin, die ich seit meiner Schulzeit kenne, einer Sekretärin in Vietnam und einem One-Night-Stand, den ich schon bereue. Wenn du darüber hinaus auch nur eine einzige Frau findest, stell mich ihr bitte vor, denn ich würde sie gern kennenlernen.« Sie blieb stehen und sah Nat zum ersten Mal an. »Eine Einzige«, wiederholte er. »Darf ich jetzt wenigstens deinen Namen erfahren?«

»Su Ling«, sagte sie leise.

»Su Ling, wenn ich verspreche, dich erst dann zu verführen, nachdem ich um deine Hand angehalten, die Erlaubnis deines Vaters eingeholt, den Ring gekauft, die Kirche reserviert und das Aufgebot bestellt habe, wirst du dann mit mir zum Essen ausgehen?«

Su Ling lachte. »Ich denke darüber nach. Tut mir leid, aber ich bin in Eile. Ich komme zu spät zu meiner Nachmittagsvorlesung.«

»Wie soll ich dich finden?«, fragte Nat verzweifelt.

»Sie haben den Vietcong gefunden, Captain Cartwright, da sollte es doch sicher nicht so schwer sein, auch mich zu finden?«

17

»Erheben Sie sich. Der Staat gegen Mrs. Anita Kirsten. Den Vorsitz führt seine Ehren, Richter Abernathy.«

Der Richter nahm seinen Platz ein und sah zum Tisch der Verteidigung. »Bekennen Sie sich schuldig, Mrs. Kirsten?«

Fletcher stand auf. »Meine Mandantin bekennt sich nicht schuldig, Euer Ehren.«

Der Richter sah auf. »Vertreten Sie die Angeklagte?«

»Ja, Euer Ehren.«

Richter Abernathy studierte die Anklageschrift. »Ich glaube, wir sind uns noch nie begegnet, Mr. Davenport?«

»Nein, Euer Ehren. Ich verhandle zum ersten Mal in Ihrem Gericht.«

»Würden Sie bitte kurz vortreten, Mr. Davenport?«

»Ja, Sir.« Fletcher trat vor und ging zum Richter, wo sich der Vertreter der Anklage zu ihnen gesellte.

»Guten Morgen, meine Herren«, sagte Richter Abernathy. »Darf ich erfahren, welche juristischen Qualifikationen Sie besitzen, die von meinem Gericht anerkannt werden, Mr. Davenport?«

»Keine, Sir.«

»Aha. Ist das Ihrer Mandantin bekannt?«

»Ja, Sir, das ist es.«

»Dennoch wünscht sie von Ihnen vertreten zu werden? Obwohl es sich um ein Kapitalverbrechen handelt?«

»Ja, Sir.«

Der Richter sah den Staatsanwalt von Connecticut an. »Haben Sie irgendwelche Einwände dagegen, dass Mr. Davenport Mrs. Kirsten vertritt?«

»Keinerlei Einwände, Euer Ehren. Im Gegenteil, der Staat begrüßt es sogar.«

»Da bin ich mir sicher«, sagte der Richter. »Ich muss Sie dennoch fragen, Mr. Davenport, ob Sie überhaupt juristische Erfahrung haben?«

»Nicht sehr viel, Euer Ehren«, räumte Fletcher ein. »Ich studiere seit zwei Jahren Jura in Yale, und das hier ist mein erster Fall.« Der Richter und der Staatsanwalt lächelten.

»Darf ich fragen, bei wem Sie studieren?«

»Bei Professor Karl Abrahams.«

»Dann bin ich stolz, den Vorsitz bei Ihrem ersten Fall führen zu dürfen, Mr. Davenport, denn das ist etwas, das Sie und ich gemeinsam haben. Wie steht es mit Ihnen, Mr. Stamp?«

»Leider nein, Sir. Ich habe in South Carolina studiert.«

»Nun, Mr. Davenport, es ist zwar höchst ungewöhnlich, aber letzten Endes ist es die Entscheidung Ihrer Mandantin. Also lassen Sie uns mit der Verhandlung beginnen.« Der Staatsanwalt und Fletcher kehrten an ihre Plätze zurück.

Der Richter sah zu Fletcher. »Möchten Sie Haftverschonung gegen Kaution beantragen, Mr. Davenport?«

Fletcher erhob sich. »Ja, Sir.«

»Mit welcher Begründung?«

»Mrs. Kirsten ist nicht vorbestraft und stellt keine Gefahr für die Öffentlichkeit dar. Sie ist Mutter zweier Kinder, des siebenjährigen Alan und der fünfjährigen Deila. Beide leben derzeit bei ihrer Großmutter in Hartford.«

Der Richter wandte seine Aufmerksamkeit dem Staatsanwalt zu. »Hat der Staatsanwalt Einwände gegen die Kaution, Mr. Stamp?«

»Allerdings, Euer Ehren. Wir sind gegen eine Kaution, nicht nur, weil es sich um ein Kapitalverbrechen handelt, sondern weil der Mord selbst vorsätzlich begangen wurde. Deshalb gehen wir davon aus, dass Mrs. Kirsten eine Gefahr für die Gesellschaft darstellt und möglicherweise versuchen wird, sich der Gerichtsbarkeit dieses Bundesstaates zu entziehen.«

Fletcher sprang auf. »Einspruch, Euer Ehren.«

»Begründung, Mr. Davenport?«

»Es handelt sich in der Tat um ein Kapitalverbrechen, weshalb das Verlassen des Bundesstaates kaum relevant ist, Euer Ehren. Außerdem wohnt Mrs. Kirsten in Hartford, wo sie ihren Lebensunterhalt als Reinigungsfrau in St. Mary verdient. Und ihre Kinder besuchen beide die örtliche Schule.«

»Noch weitere Einwände, Mr. Davenport?«

»Nein, Sir.«

»Kaution abgelehnt.« Der Richter ließ den Hammer niedersausen. »Das Gericht vertagt sich auf Montag, den siebzehnten.«

»Erheben Sie sich.«

Beim Verlassen des Gerichtssaals zwinkerte Richter Abernathy Fletcher zu.

Vierunddreißig Minuten und zehn Sekunden. Nat konnte seine Freude kaum verbergen. Er hatte nicht nur seine persönliche Bestzeit unterboten, sondern im Zeitlauf der Universität auch noch den sechsten Platz belegt. Daher würde er zweifelsohne für die Eröffnungsbegegnung gegen die Boston University ausgewählt werden.

Nat machte gerade seine Stretchübungen, wie er es nach

einem Lauf immer tat, als Tom auf ihn zukam. »Gratuliere«, sagte er. »Ich wette, zum Ende der Saison bist du noch eine Minute schneller.«

Nat starrte auf die rote Narbe an seinem Bein, als er seine Trainingshosen anzog. »Lass uns heute Abend essen gehen und feiern«, fuhr Tom fort, »ich muss unbedingt etwas mit dir besprechen, bevor ich nach Yale zurückkehre.«

»Heute Abend geht nicht.« Nat schlenderte auf die Umkleideräume zu. »Ich habe eine Verabredung.«

»Jemand, den ich kenne?«

»Nein«, sagte Nat. »Und da es mein erstes Rendezvous seit Monaten ist, bin ich zugegebenermaßen ziemlich nervös.«

»Captain Cartwright ist nervös? Was passiert als Nächstes?«, scherzte Tom.

»Das ist ja das Problem«, gab Nat zu. »Sie hält mich für eine Mischung aus Don Juan und Al Capone.«

»Klingt, als wäre sie eine gute Menschenkennerin«, meinte Tom. »Ich will alles über sie wissen.«

»Da gibt's nicht viel zu erzählen. Wir sind uns auf einem Hügel begegnet. Sie ist klug, streitbar, ziemlich hübsch, und sie hält mich für einen Mistkerl.« Nat berichtete von ihrer Unterhaltung vor der Mensa.

»Ralph Elliot hat seine Version offensichtlich als Erster vortragen können«, konstatierte Tom.

»Zum Teufel mit Elliot. Was denkst du, soll ich Jackett und Krawatte anziehen?«

»Um so einen Rat hast du mich seit unserer Zeit in Taft nicht mehr gebeten.«

»Und damals musste ich mir das Jackett und die Krawatte von dir ausleihen. Also, was meinst du?«

»Uniform, komplett mit allen Auszeichnungen.«

»Nein, im Ernst.«

»Tja, das würde auf jeden Fall ihre Meinung von dir bestätigen.«

»Genau das ist es ja – ich will sie davon abbringen.«

»Na, dann solltest du es von ihrer Warte aus sehen.«

»Ich höre?«

»Was wird sie deiner Meinung nach anziehen?«

»Keine Ahnung. Ich bin ihr erst zweimal im Leben begegnet, und bei der ersten Begegnung trug sie schlammverspritzte Laufklamotten.«

»Himmel, das sah sicher sexy aus. Ich nehme jedoch nicht an, dass sie heute Abend im Trainingsanzug aufkreuzt. Was hatte sie bei der zweiten Begegnung an?«

»Schickes Understatement.«

»Dann richte dich nach ihr, was nicht leicht wird, da an dir nichts schick ist, und nach dem, was du erzählt hast, glaubt sie auch nicht, dass du zu Understatement fähig bist.«

»Beantworte endlich meine Frage«, verlangte Nat.

»Ich würde etwas Lässiges wählen«, meinte Tom. »Hemd, kein T-Shirt, Stoffhose und ein Pulli. Als dein Eleganzberater in Kleidungsfragen könnte ich natürlich mit euch beiden zum Essen kommen.«

»Ich wünsche nicht, dass du auch nur in die Nähe des Restaurants kommst. Du würdest dich sonst nur in sie verlieben.«

»An diesem Mädchen liegt dir wirklich was, oder?«, fragte Tom leise.

»Ich finde sie göttlich, aber das hält sie nicht davon ab, an mir zu zweifeln.«

»Sie hat sich einverstanden erklärt, mit dir essen zu gehen, also kann sie dich nicht für absolut übel halten.«

»Schon, aber die Bedingungen für unser Treffen sind irgendwie ungewöhnlich.« Nat erzählte Tom, was er versprochen hatte, bevor sie sich mit dem Rendezvous einverstanden erklärt hatte.

»Wie ich schon sagte, dich hat's schwer erwischt, aber das ändert nichts an der Tatsache, dass ich unbedingt mit dir reden muss. Wie wäre es mit Frühstück? Oder gedenkst du, mit dieser geheimnisvollen asiatischen Dame auch Rührei mit Schinken einzunehmen?«

»Es würde mich sehr wundern, wenn sie sich auch dazu bereit erklären würde«, meinte Nat sehnsüchtig. »Und enttäuschen.«

»Was meinst du, wie lange der Prozess dauern wird?«, fragte Annie.

»Wenn wir bei Mord auf nicht schuldig, aber bei Totschlag auf schuldig plädieren, könnte es an einem einzigen Vormittag über die Bühne gehen. Vielleicht noch ein weiterer Gerichtstermin zur Strafmaßverkündung.«

»Wäre das machbar?«

»Ja, die Staatsanwaltschaft hat mir einen Deal vorgeschlagen.«

»Was für einen Deal?«, fragte Annie.

»Wenn ich der Anklage auf Totschlag zustimme, wird Stamp nur drei Jahre fordern, was bedeutet, dass Anita Kirsten bei guter Führung nach achtzehn Monaten wieder auf Bewährung freikommen könnte. Andernfalls will er auf Mord klagen und die Todesstrafe fordern.«

»In diesem Bundesstaat wird eine Frau nie und nimmer auf den elektrischen Stuhl geschickt, weil sie ihren Mann ermordet hat.«

»Das sehe ich genauso«, meinte Fletcher, »aber harte Geschworene könnten auf neunundneunzig Jahre befinden, und da die Angeklagte erst fünfundzwanzig ist, kann ich mich der Einsicht nicht verschließen, dass sie mit achtzehn Monaten möglicherweise besser dran ist. So könnte sie den Rest ihres Lebens wenigstens im Kreise ihrer Familie verbringen.«

»Stimmt«, gab Jimmy ihm recht, »aber ich frage mich, warum der Staatsanwalt bereit ist, drei Jahren zuzustimmen, wenn er glaubt, einen wasserdichten Fall zu haben? Vergiss nicht, es ist eine schwarze Frau, die angeklagt ist, einen weißen Mann ermordet zu haben, und mindestens zwei Geschworene werden schwarz sein. Wenn du deine Karten richtig ausspielst, könnten es drei sein, und dann kannst du sicher sein, dass sich die Geschworenen nie einig werden.«

»Außerdem hat meine Mandantin einen guten Ruf, sie geht einer geregelten Tätigkeit nach und ist nicht vorbestraft. Das beeinflusst jede Geschworenenjury, egal welcher Hautfarbe.«

»Da wäre ich mir nicht so sicher«, warf Annie ein. »Deine Mandantin hat ihren Ehemann mit einer Überdosis Curare ermordet, was zu einer Lähmung führte. Dann setzte sie sich auf die Treppe und wartete, bis er tot war.«

»Aber er hat sie über Jahre hinweg geschlagen – und auch die gemeinsamen Kinder misshandelt«, entgegnete Fletcher.

»Haben Sie dafür Beweise, Herr Anwalt?«, fragte Jimmy.

»Nicht viele, aber an dem Tag, als sie meine Mandantin wurde, habe ich mehrere Fotos von den Blutergüssen an ihrem Körper gemacht. Und die Brandnarbe auf ihrer Handfläche wird sie den Rest ihres Lebens nicht mehr los.«

»Wie ist es dazu gekommen?«, wollte Annie wissen.

»Dieser Mistkerl von einem Ehemann hat ihre Hand auf

die heiße Herdplatte gedrückt und erst losgelassen, als sie ohnmächtig wurde.«

»Klingt nach einem entzückenden Kerl«, sagte Annie. »Was hält dich dann davon ab, Totschlag zu akzeptieren und mildernde Umstände zu fordern?«

»Nur die Angst, dass ich verlieren könnte und Mrs. Kirsten dann den Rest ihres Lebens im Gefängnis verbringen muss.«

»Warum hat sie dich überhaupt gebeten, sie zu verteidigen?«, fragte Jimmy.

»Außer mir wollte keiner den Fall übernehmen«, erwiderte Fletcher. »Außerdem fand sie meine Honorarforderung unwiderstehlich.«

»Aber du hast es mit dem Staatsanwalt persönlich zu tun.«

»Das ist ja das Merkwürdige. Ich kann mir einfach nicht erklären, warum er sich die Mühe macht, den Staat in einem solchen Fall zu vertreten.«

»Die Frage lässt sich leicht beantworten«, sagte Jimmy. »Schwarze Frau tötet weißen Mann in einem Bundesstaat, in dem nur zwanzig Prozent der Bevölkerung schwarz sind, von denen über die Hälfte sich nie die Mühe macht, zur Wahl zu gehen. Und jetzt: Überraschung! Im Mai finden Wahlen statt!«

»Wie viel Zeit hat Stamp dir für deine Entscheidung gegeben?«, fragte Annie.

»Wir sind nächsten Montag wieder im Gericht.«

»Hast du überhaupt die Zeit, dich auf einen langen Prozess einzulassen?«, hakte sie nach.

»Nein, aber das darf keine Entschuldigung dafür sein, einen faulen Kompromiss einzugehen.«

»Dann verbringen wir unsere Ferien also in Gerichtssaal drei, richtig?« Annie grinste.

»Es könnte durchaus auch Gerichtssaal vier werden.« Fletcher legte einen Arm um seine Frau.

»Hast du mal daran gedacht, Professor Abrahams um Rat zu fragen, worauf du plädieren sollst?«

Ungläubig starrten Jimmy und Fletcher sie an. »Er berät Präsidenten und Staatsmänner«, sagte Fletcher.

»Und gelegentlich auch mal einen Gouverneur«, ergänzte Jimmy.

»Dann ist es jetzt vielleicht an der Zeit, dass er einmal einem Jurastudenten im zweiten Jahr einen Rat erteilt. Dafür wird er schließlich bezahlt.«

»Ich wüsste nicht, wo ich anfangen soll«, wehrte Fletcher ab.

»Wie wäre es, wenn du den Hörer abnimmst und ihn fragst, ob du ihn kurz sprechen kannst«, schlug Annie vor. »Ich wette, er fühlt sich geschmeichelt.«

Nat traf fünfzehn Minuten zu früh im Mario's ein. Er hatte sich für das Restaurant entschieden, weil es so schlicht war – rot-weiß karierte Decken und ein kleines Blumenarrangement auf den Tischen und an den Wänden Schwarz-Weiß-Fotos von Florenz. Tom hatte ihm erzählt, dass die Pasta von der Frau des Padrone selbst zubereitet wurde, was Erinnerungen an ihre Romreise geweckt hatte. Nat war Toms Rat gefolgt und trug ein legeres, blaues Hemd, graue Hosen, einen marineblauen Pulli und weder Krawatte noch Jackett – Tom wäre zufrieden gewesen.

Nat stellte sich Mario vor, der ihm einen ruhigen Tisch in der Ecke anbot. Nachdem Nat die Karte mehrmals gelesen hatte, sah er auf die Uhr und wurde immer nervöser. Bestimmt ein Dutzend Mal überprüfte er, ob er auch genug

Bargeld eingesteckt hatte, da in diesem Restaurant keine Kreditkarten akzeptiert wurden. Vielleicht wäre es vernünftiger gewesen, lieber noch ein paar Mal um den Block zu laufen.

In dem Augenblick, als er sie sah, wurde ihm klar, dass er es vermasselt hatte. Su Ling trug ein elegantes, sehr gut geschnittenes, blaues Kostüm, eine cremefarbene Bluse und marineblaue Pumps. Nat stand auf und winkte. Sie lächelte – eine Erfahrung, die er bis dahin noch nicht gemacht hatte – und dieses Lächeln ließ sie noch bezaubernder aussehen. Sie ging auf ihn zu.

»Ich entschuldige mich«, sagte er und wartete, bis sie sich gesetzt hatte.

»Wofür denn?«, fragte sie und wirkte verblüfft.

»Meine Garderobe. Ich gebe zu, ich habe lange darüber nachgedacht, was ich anziehen soll, und mich prompt falsch entschieden.«

»Ich doch auch«, gab Su Ling zu. »Ich hatte erwartet, du würdest in Uniform mit allen Orden auftauchen.« Sie zog ihren Blazer aus und hängte ihn über die Stuhllehne.

Nat brach in Gelächter aus, und in den nächsten beiden Stunden schienen sie ständig zu lachen. Irgendwann fragte Nat, ob sie Kaffee wollte. »Ja, bitte«, sagte Su Ling.

»Ich habe dir von meiner Familie erzählt, jetzt musst du mir von deiner erzählen«, bat Nat. »Bist du ein Einzelkind, so wie ich?«

»Ja. Mein Vater war Master Sergeant in Korea, als er meine Mutter traf. Sie waren nur wenige Monate verheiratet, als er in der Schlacht von Yudam-ni getötet wurde.«

Nat hätte sich am liebsten vorgebeugt und ihre Hand genommen. »Das tut mir leid«, sagte er.

»Danke«, erwiderte sie nur. »Mom beschloss, nach Amerika auszuwandern, damit wir meine Großeltern kennenlernen konnten. Aber es gelang uns nie, sie ausfindig zu machen.« Diesmal nahm er ihre Hand. »Ich war zu jung, um es zu begreifen, aber meine Mutter gab nicht so einfach auf. Sie nahm eine Stelle in der Wäscherei von Storrs an, gleich neben der Buchhandlung, und der Besitzer erlaubte uns, über der Wäscherei zu wohnen.«

»Ich kenne die Wäscherei«, sagte Nat. »Mein Vater lässt dort seine Hemden waschen. Sehr effizient und …«

»… das ist es schon, seit meine Mutter das Geschäft übernommen hat. Aber sie musste alles opfern, nur um mir eine gute Ausbildung zu ermöglichen.«

»Deine Mutter scheint meiner sehr ähnlich zu sein«, sagte Nat, als Mario an ihren Tisch trat.

»Alles zu Ihrer Zufriedenheit, Mr. Cartwright?«

»Hervorragendes Essen. Danke, Mario«, lobte Nat. »Jetzt hätte ich nur noch gern die Rechnung.«

»Selbstverständlich, Mr. Cartwright. Darf ich noch anmerken, welche Ehre es ist, dass Sie bei uns waren!«

»Danke.« Nat versuchte, seine Verlegenheit zu verbergen.

»Wie viel Trinkgeld hast du ihm gegeben, dass er das gesagt hat?«, wollte Su Ling wissen, nachdem Mario gegangen war.

»Zehn Dollar, und er beherrscht seinen Text jedes Mal.«

»Zahlt es sich denn immer aus?«

»Oh ja. Die meisten Frauen fangen schon an, sich ihrer Kleider zu entledigen, noch bevor wir zum Auto kommen.«

»Dann bringst du sie also alle hierher?«

»Nein. Wenn ich denke, dass es nur ein One-Night-Stand wird, dann führe ich sie zu McDonald's aus, gefolgt von einem billigen Motel. Und wenn es etwas Ernstes ist, gehen wir ins Altnaveigh Inn.«

»Und welche Gruppe wird für Mario's auserkoren?«

»Das kann ich nicht beantworten. Bis jetzt hab ich nämlich noch nie eine zu Mario's mitgenommen.«

»Ich fühle mich geschmeichelt«, sagte Su Ling, während Nat ihr in den Blazer half. Als sie das Restaurant verließen, nahm Su Ling seine Hand. »Du bist in Wirklichkeit ziemlich schüchtern, nicht?«

»Ja, vermutlich.« Sie gingen in Richtung Campus.

»Ganz und gar nicht wie dein Erzrivale, Ralph Elliot. Der hat mich schon nach wenigen Minuten um ein Date gebeten.«

»Um ehrlich zu sein«, räumte Nat ein, »hätte ich das auch getan, wenn du nicht einfach weggelaufen wärst.«

»Und ich dachte, ich wäre gerannt«, sagte sie. Er lächelte ihr zu. »Interessant ist auch, wie lange du tatsächlich an Kampfhandlungen in Vietnam beteiligt warst, die dich zu so einem Helden gemacht haben.« Nat wollte gerade protestieren, als sie fortfuhr: »Antwort: ungefähr eine halbe Stunde.«

»Woher weißt du das?«, fragte Nat.

»Weil ich Nachforschungen über dich angestellt habe, Captain Cartwright. Um Steinbeck zu zitieren: ›Du segelst unter falscher Flagge.‹ Auf dieses Zitat bin ich übrigens erst heute gestoßen, nur für den Fall, dass du mich für belesen halten solltest. Als du aus dem Helikopter gesprungen bist, warst du nicht einmal bewaffnet. Du warst ein Versorgungsoffizier, der überhaupt nicht in dem Hubschrauber sein sollte. Schlimm genug, dass du ohne Erlaubnis da reingesprungen bist, du bist aber auch ohne Erlaubnis aus ihm rausgesprungen. Wenn du das nicht gemacht hättest, wärst du wohl vor dem Kriegsgericht gelandet.«

»Stimmt«, sagte Nat. »Aber erzähl es nicht weiter, sonst kriege ich nicht mehr meine gewohnten drei Frauen pro Nacht ins Bett.«

Su Ling legte die Hand vor den Mund und lachte. »Ich habe noch mehr herausgefunden. Was du getan hast, als der Hubschrauber im Dschungel abstürzte, war enorm tapfer. Diesen armen Soldaten in Sicherheit zu bringen, wo man dir das halbe Bein weggeschossen hatte, muss ungeheuren Mut erfordert haben. Und als er dann starb, hat das sicher eine unheilbare Narbe hinterlassen.« Nat erwiderte nichts darauf. »Tut mir leid«, entschuldigte sich Su Ling, als sie das Südende des Campus erreichten, »diese letzte Bemerkung war unüberlegt.«

»Es war sehr nett von dir, nach der Wahrheit zu suchen«, sagte Nat und sah in ihre braunen Augen. »Nicht viele haben sich diese Mühe gemacht.«

18

»Meine Damen und Herren Geschworenen, bei den meisten Mordprozessen ist es, völlig zu Recht, die Aufgabe des Staates, dem Angeklagten den Mord nachzuweisen. In diesem Fall ist das jedoch nicht nötig. Warum nicht? Weil Mrs. Kirsten binnen einer Stunde nach dem brutalen Mord an ihrem Ehemann ein Geständnis unterzeichnete. Und selbst jetzt, acht Monate später, ist Ihnen zweifellos aufgefallen, dass Mrs. Kirstens Rechtsbeistand zu keiner Zeit während dieses Prozesses andeutete, dass seine Mandantin das Verbrechen nicht begangen haben könnte. Er hat auch den Tathergang nicht bestritten.

Wenden wir uns also den Fakten in diesem Fall zu. Man kann hier nicht von einer Tat im Affekt sprechen, bei der sich eine Frau einfach mit der nächstbesten Waffe verteidigte. Nein, Mrs. Kirsten interessierte sich nicht für nächstgelegene Waffen, weil sie diesen kaltblütigen Mord wochenlang im Voraus plante. Sie wusste sehr wohl, dass ihr Opfer keine Chance haben würde, sich zu verteidigen.

Wie ging Mrs. Kirsten vor? Im Laufe von fast drei Monaten erwarb sie mehrere Ampullen Curare von verschiedenen Drogendealern, die in den dunklen Ecken von Hartford hausen. Die Verteidigung wollte uns einreden, man dürfe den Aussagen dieser Dealer keinen Glauben schenken, was Sie möglicherweise beeinflusst haben könnte, hätte Mrs. Kirsten im Zeugenstand nicht selbst erklärt, dass sie alle die Wahrheit sagten.

Mrs. Kirsten trug also im Laufe mehrerer Wochen die Ampullen mit Curare zusammen. Was tut sie als Nächstes? Sie wartet auf einen Samstagabend, denn sie weiß, dass ihr Mann an diesem Abend immer mit seinen Freunden trinken geht. Heimlich gibt sie das Gift in sechs Bierflaschen und verschließt diese anschließend wieder. Dann stellt sie die Flaschen auf den Küchentisch, lässt das Licht brennen und geht ins Bett. Sie legt sogar einen Flaschenöffner bereit und stellt ein Glas daneben. Sie tut all dies, außer auch noch selbst einzugießen.

Meine Damen und Herren Geschworenen, das war ein lange geplanter und ausgeklügelt ausgeführter Mord. Doch ob Sie es glauben oder nicht, es kommt noch schlimmer.

Als ihr Mann in dieser Nacht nach Hause kommt, geht er ihr tatsächlich in die Falle. Zuerst betritt er die Küche, wahrscheinlich um das Licht auszuschalten. Dort sieht er die Flaschen auf dem Tisch. Alex Kirsten lässt sich verlocken, vor dem Schlafengehen noch ein Bier zu trinken. Noch bevor er die zweite Flasche an die Lippen heben kann, setzt bereits die Wirkung des Giftes ein. Als er um Hilfe ruft, verlässt seine Frau das Schlafzimmer und steigt langsam die Treppe hinunter. Unten angekommen, hört sie ihren Mann vor Schmerzen schreien. Ruft sie einen Notarzt an? Nein. Holt sie Hilfe? Nein. Sie setzt sich auf die Treppenstufen und wartet geduldig ab, bis seine qualvollen Schreie verstummen und sie sicher sein kann, dass er tot ist. Dann, erst dann, schlägt sie Alarm.

Wie können wir sicher sein, dass es sich genauso abgespielt hat? Nicht nur, weil die Nachbarn von den entsetzlichen Hilferufen ihres Ehemannes geweckt wurden und einer dieser Nachbarn daraufhin zu ihr eilte und fragte, ob er helfen könne. In ihrer Panik vergaß Mrs. Kirsten auch noch, den Inhalt der restlichen vier Flaschen zu entsorgen.« Der Staatsanwalt schwieg einige Sekunden. »Als man diesen im Labor untersuchte, fand sich darin genug Curare, um ein ganzes Footballteam zu töten. Meine Damen und Herren Geschworenen, die einzige Verteidigung, die Mr. Davenport für dieses Verbrechen vorzubringen geruhte, lautet, dass Mrs. Kirsten von ihrem Ehemann regelmäßig verprügelt worden sei. Wenn das wirklich der Fall war, warum hat sie nicht die Polizei informiert? Wenn es stimmte, warum zog sie nicht zu ihrer Mutter, die auf der anderen Seite der Stadt wohnte? Wenn wir ihrer Geschichte wirklich glauben sollen, warum hat sie ihn dann nicht verlassen? Ich sage Ihnen, warum nicht. Sobald ihr Ehemann aus dem Weg geräumt war, würde ihr das Haus gehören, in dem sie lebten. Sie würde seine Betriebsrente kassieren, wodurch sie für den Rest ihres Lebens relativ angenehm würde leben können.

Unter gewöhnlichen Umständen würde der Staat für ein derart abscheuliches Verbrechen ohne zu zögern die Todesstrafe fordern, in diesem Fall halten wir dies jedoch nicht für angemessen. Nichtsdestotrotz ist es Ihre Pflicht, jedem, der glaubt, er könne mit Mord davonkommen, eine deutliche Botschaft zu senden. In einigen anderen Bundesstaaten mag man ein derartiges Verbrechen auf die leichte Schulter nehmen, nicht aber hier in Connecticut. Wollen wir etwa als der Bundesstaat bekannt sein, der Mord gutheißt?«

Der Staatsanwalt senkte seine Stimme zu einem Flüstern und sah die Geschworenen direkt an. »Wenn Sie sich einen Moment des Mitleids mit Mrs. Kirsten erlauben wollen – was Sie tun sollten, und sei es nur, weil Sie mitfühlende menschliche Wesen sind –, dann legen Sie dieses Gefühl auf die eine Seite der Waage, die Seite der Gerechtigkeit. In die andere Waagschale legen Sie alle Fakten: den kaltblütigen Mord an einem zweiundvierzigjährigen Mann, der heute noch leben könnte, wenn diese verabscheuungswürdige Frau« – er drehte sich um und wies mit dem Finger auf die Angeklagte – »nicht vorsätzlich und gerissen ein abscheuliches Verbrechen begangen hätte. Der Staat fordert Sie auf, Mrs. Kirsten schuldig zu sprechen und sie im Sinne des Gesetzes zu verurteilen.« Mr. Stamp kehrte an seinen Platz zurück, den Hauch eines Lächelns im Gesicht.

»Mr. Davenport«, sagte der Richter, »ich unterbreche jetzt für die Mittagspause. Sie können Ihr Schlussplädoyer dann im Anschluss halten.«

»Du siehst aus, als wärst du sehr zufrieden mit dir«, sagte Tom, als sie sich zum Frühstück an den Küchentisch setzten.

»Es war ein unvergesslicher Abend.«

»Darf ich daraus schließen, dass es zum Vollzug kam?«

»Nein, in dieser Richtung kannst du gar nichts schließen«, erwiderte Nat. »Aber ich kann dir verraten, dass ich ihre Hand gehalten habe.«

»Du hast *was*?«

»Ihre Hand gehalten«, wiederholte Nat.

»Das wird deinem Ruf nicht gerade zuträglich sein.«

»Ich hoffe sogar, dass es meinen Ruf ruinieren wird.« Nat goss Milch über seine Wheaties. »Und was ist mit dir?«

»Falls du auf mein Sexualleben anspielst, das existiert momentan nicht. Wenn auch nicht aufgrund mangelnder Angebote, eins davon sogar recht hartnäckig. Ich hab aber kein Interesse.« Nat starrte seinen Freund an und hob eine

Augenbraue. »Rebecca Thornton hat mir deutlich zu verstehen gegeben, dass sie verfügbar wäre.«

»Aber ich dachte …«

»Dass sie wieder mit Elliot zusammen ist?«

»Ja.«

»Möglich, aber immer wenn ich sie sehe, spricht sie nur von dir – in überaus schmeichelhaften Worten, möchte ich hinzufügen, obwohl man mir erzählt hat, dass sie in Gegenwart von Elliot anders daherredet.«

»Wenn das der Fall ist, warum macht sie sich dann die Mühe, dir nachzusteigen?«, fragte Nat.

Tom schob seine leere Schüssel zur Seite und nahm sich die beiden gekochten Eier vor. Er köpfte eins und betrachtete das Eigelb, bevor er fortfuhr. »Wenn bekannt ist, dass du das einzige Kind eines millionenschweren Vaters bist, dann sehen dich die meisten Frauen in einem völlig anderen Licht. Ich kann also nie sicher sein, ob sie an mir oder an meinem Geld interessiert sind. Sei einfach dankbar, dass du dieses Problem nicht hast.«

»Du wirst die Richtige schon erkennen«, tröstete Nat.

»Ja? Da bin ich mir nicht so sicher. Du gehörst zu den wenigen Menschen, die nie auch nur das geringste Interesse an meinem Reichtum gezeigt haben – und bist fast der Einzige, der immer darauf besteht, für sich selbst zu zahlen. Du wärst überrascht, wie viele Leute davon ausgehen, dass ich die Rechnung übernehme, nur weil ich es mir leisten kann. Solche Leute verachte ich, was bedeutet, dass mein Freundeskreis ziemlich klein ist.«

»Meine neue Freundin ist auch sehr klein.« Nat hoffte, Tom aus seiner Verdrossenheit zu locken. »Ich bin sicher, dass sie dir gefallen wird.«

»Das Mädchen, dessen Hand du gehalten hast?«

»Ja. Su Ling ist ungefähr eins sechzig groß, und jetzt, wo dünn sein in Mode ist, wird sie bald die begehrteste Frau auf dem Campus sein.«

»Su Ling?«, fragte Tom.

»Kennst du sie?«, wollte Nat wissen.

»Nein, aber mein Vater hat mir erzählt, dass sie das neue Computerlabor leitet, das seine Firma gesponsert hat. Und die Tutoren haben praktisch damit aufgehört, ihr noch etwas beibringen zu wollen.«

»Sie hat gestern Abend gar nichts von Computern gesagt.«

»Tja, du solltest zügig vorgehen, denn Dad hat auch erwähnt, dass MIT und Harvard versuchen, sie von der UConn wegzulocken. Sei also gewarnt: Dieser zierliche Körper wird von einem großen Gehirn gekrönt.«

»Da hab ich mich mal wieder zum Narren gemacht«, stöhnte Nat. »Ich habe sie mit ihrem Englisch aufgezogen, dabei beherrscht sie offenbar eine neue Sprache, die jetzt jeder lernen will. Hast du mich übrigens deswegen sprechen wollen?«, fragte Nat.

»Nein, ich hatte keine Ahnung, dass du mit einem Genie ausgehst.«

»Tue ich gar nicht«, widersprach Nat. »Sie ist eine sanfte, nachdenkliche, schöne Frau, die Händchenhalten für eine Vorstufe der Promiskuität hält.« Er schwieg kurz. »Wenn du nicht über mein Sexleben reden wolltest, warum hast du dann dieses Hochleistungsfrühstück angesetzt?«

»Bevor ich nach Yale zurückkehre, wollte ich wissen, ob du für das Präsidentschaftsamt kandidierst.« Er wartete auf den üblichen Wortschwall: »Ohne mich«, »Kein Interesse« und so weiter, aber Nat blieb eine ganze Weile stumm.

»Ich habe gestern Abend mit Su Ling darüber gesprochen«, meinte er schließlich. »Auf ihre übliche entwaffnende Art und Weise hat sie mich wissen lassen, es gehe nicht darum, dass die Leute mich wollen, sie wollen nur einfach Elliot nicht. Ich wäre das kleinere von zwei Übeln, waren ihre exakten Worte, wenn ich mich recht erinnere.«

»Ich bin sicher, dass sie damit den Nagel auf den Kopf getroffen hat«, meinte Tom, »aber das könnte sich ändern, wenn du den Leuten die Chance geben würdest, dich kennenzulernen. Seit du wieder hier bist, lebst du fast wie ein Einsiedler.«

»Ich musste eine Menge aufholen«, verteidigte sich Nat.

»Tja, das hast du geschafft, wie dein Punktedurchschnitt beweist«, erwiderte Tom. »Und man hat dich sogar ins Laufteam der Uni berufen …«

»Wenn du an der UConn wärst, Tom, dann würde ich sofort für die Präsidentschaft kandidieren, aber da du an der Yale bist …«

Fletcher erhob sich von seinem Platz und sah die Geschworenen an – neunundneunzig Jahre stand auf jedem einzelnen ihrer Gesichter geschrieben. Wenn er die Zeit hätte zurückdrehen und das Angebot von drei Jahren annehmen können, hätte er es jetzt ohne zu zögern getan. Jetzt aber hatte er nur noch einen letzten Versuch und musste dabei versuchen, Mrs. Kirsten den Rest ihres Lebens zurückzugeben. Er berührte seine Mandantin an der Schulter und drehte sich um, wo er das ermutigende Lächeln von Annie sah, die so sehr dafür eingetreten war, dass er diese Frau verteidigte. Sein Erwiderungslächeln löste sich in nichts auf, als er entdeckte, wer zwei Reihen hinter ihr saß. Professor Karl Abrahams nickte ihm kurz zu. Wenigstens wusste Jimmy jetzt, was nötig war, um Homer ein Nicken zu entlocken.

»Meine Damen und Herren Geschworenen«, fing Fletcher mit leichtem Zittern in der Stimme an, »Sie haben die überzeugungskräftige Rede des Staatsanwaltes gehört, der meine Mandantin mit purer Gehässigkeit überzogen hat, deshalb ist es jetzt an der Zeit, Ihnen zu zeigen, gegen wen diese Gehässigkeit wirklich gerichtet sein sollte. Doch lassen Sie mich zuerst einen Augenblick über Sie sprechen. Die Presse hat viel Wind darum gemacht, dass ich nicht gegen jeden weißen Geschworenen Einwand einlegte. Folglich sind zehn von Ihnen weiß. Die Presse ging sogar noch weiter und meinte, hätte ich eine rein schwarze Jury zusammengestellt, die zudem mehrheitlich aus Frauen besteht, würde Mrs. Kirsten zweifellos als freier Mensch aus dem Gericht spazieren. Aber das wollte ich nicht. Ich habe jeden von Ihnen aus einem guten Grund ausgewählt.« Die Geschworenen wirkten erstaunt.

»Selbst der Staatsanwalt konnte sich nicht zusammenreimen, warum ich gegen einige von Ihnen keinen Einspruch einlegte«, fügte Fletcher hinzu und sah zu Mr. Stamp hinüber. »Auch niemand aus seinem enorm großen Team begriff, warum ich gerade Sie ausgewählt habe. Also, was haben Sie nun alle gemeinsam?« Der Staatsanwalt sah mittlerweile genauso verblüfft aus wie die Geschworenen. Fletcher drehte sich um und wies auf Mrs. Kirsten. »Genau wie die Angeklagte ist jeder Einzelne von Ihnen seit über neun Jahren verheiratet.« Fletcher wandte sich wieder den Geschworenen zu. »Keine ewigen Junggesellen oder alte Jungfern, die das Eheleben nie kennengelernt haben, die nicht wissen, was hinter verschlossenen Türen zwischen zwei Menschen vor sich gehen kann.« Fletcher entdeckte eine Frau in der hinteren Reihe, die erschauerte. Er erinnerte sich an Abrahams Worte, bei zwölf Geschworenen bestehe durchaus die Möglichkeit, dass einer von ihnen die gleichen Erfahrungen gemacht hatte wie die Angeklagte. Diese Geschworene hatte er soeben entdeckt.

»Wer von Ihnen fürchtet sich vor dem Moment, in dem der Ehepartner nach Mitternacht heimkommt, betrunken und mit nichts als gewalttätigen Absichten? In den vergangenen neun Jahren erlebte Mrs. Kirsten das in sechs von sieben Nächten. Sehen Sie sich diese zierliche und zarte Frau an, und fragen Sie sich, welche Chance sie gegen einen Mann gehabt hätte, der einen Meter fünfundachtzig groß war und einhundertzehn Kilo wog.«

Er richtete seine Aufmerksamkeit auf die Geschworene, die geschaudert hatte. »Wer von Ihnen kommt nachts nach Hause und muss fest damit rechnen, dass der Ehemann das Brotbrett packt, eine Käsereibe oder gar ein Steakmesser, nicht um in der Küche eine Mahlzeit zu bereiten, sondern um im Schlafzimmer die eigene Frau zu entstellen? Und was hätte Mrs. Kirsten einem solchen Mann schon entgegensetzen können – eine Frau, die einen Meter sechzig groß ist und fünfzig Kilo wiegt? Ein Kissen? Ein Handtuch? Eine Fliegenklatsche vielleicht?« Fletcher machte eine kurze Pause. »Dieser Gedanke ist Ihnen nie gekommen, oder?«, fügte er hinzu und sah die anderen Geschworenen an. »Warum nicht? Weil Ihre Ehemänner und Ehefrauen nicht verabscheuungswürdig sind. Meine Damen und Herren, wie können Sie auch nur ansatzweise begreifen, was diese Frau ausgesetzt war, tagein und tagaus?

Doch solche Demütigungen reichen diesem Schläger

eines Nachts nicht mehr, als er wieder einmal betrunken nach Hause kommt. Er geht nach oben, zerrt seine Frau an den Haaren aus dem Bett, schleift sie die Treppe hinunter in die Küche. Es langweilt ihn, sie nur grün und blau zu schlagen. Er braucht einen neuen Kick, um neue Höhen der Erregung zu erreichen. Und was sieht Anita Kirsten, als sie in die Küche gezerrt wird? Die Kochplatte auf dem Herd ist bereits glühend rot und wartet auf ihr Opfer.« Fletcher drehte sich schwungvoll zu den Geschworenen um. »Können Sie sich vorstellen, was ihr durch den Kopf gegangen sein muss, als sie diese Herdplatte sah? Ihr Mann packt ihre Hand wie ein rohes Steak und presst sie fünfzehn Sekunden lang auf den Herd.«

Fletcher nahm Mrs. Kirstens vernarbte Hand und hielt sie so, dass die Geschworenen sie deutlich sehen konnten. Dann sah er auf seine Armbanduhr und zählte bis fünfzehn, bevor er hinzufügte: »Dann verlor Mrs. Kirsten das Bewusstsein. Wer von Ihnen kann sich eine solch entsetzliche Tat vorstellen, geschweige denn, sie selbst erdulden zu müssen?

Warum hat der Staatsanwalt neunundneunzig Jahre gefordert? Er hat uns wissen lassen, dass die Tat vorsätzlich geschehen sei. Es sei, hat er uns versichert, ganz sicher keine Tat im Affekt gewesen, keine Tat, die ein Mensch in einem Moment der Wut zur Verteidigung seines Lebens begeht.« Fletcher wirbelte herum, sah den Staatsanwalt an und sagte: »Natürlich war es vorsätzlich, und natürlich wusste sie genau, was sie tat. Wenn Sie einen Meter sechzig groß wären und von einem Mann angegriffen würden, der einen Meter fünfundachtzig misst, würden Sie dann auf Messer, Waffen oder stumpfe Gegenstände vertrauen, die dieser Schläger mühelos gegen Sie selbst richten könnte?« Fletcher drehte sich wieder um und ging langsam auf die Geschworenen zu. »Wer von Ihnen wäre denn so dumm? Wer von Ihnen würde nach all dem, was diese Frau durchgemacht hat, nicht auch die Tat planen? Denken Sie an diese arme Frau, wenn Sie das nächste Mal einen Streit mit Ihrem Ehepartner haben. Werden Sie, nachdem Sie sich wütende Worte an den Kopf geworfen haben, zum Herd gehen und ihn auf 220 Grad aufheizen, nur um zu beweisen, dass Sie den Streit gewonnen haben?« Er sah die sieben männlichen Geschworenen einen nach dem anderen an. »Verdient ein solcher Mann Ihr Mitgefühl? Sollte diese Frau wirklich des Mordes schuldig gesprochen werden, dann frage ich Sie, wer von Ihnen nicht das Gleiche getan hätte, wenn ihm das Pech widerfahren wäre, Alex Kirsten geheiratet zu haben?«

Dieses Mal wandte Fletcher seine Aufmerksamkeit den fünf weiblichen Geschworenen zu, bevor er weitersprach. »›Das habe ich aber nicht‹«, höre ich Sie sagen. ›Ich habe einen guten und anständigen Mann geheiratet‹.« Dann sind wir uns also alle einig, worin das Verbrechen von Mrs. Kirsten bestand. Sie hat einen verabscheuungswürdigen Mann geheiratet!«

Fletcher lehnte sich gegen das Geländer der Geschworenenbank. »Ich muss die Geschworenen um Nachsicht für meine jugendliche Leidenschaft bitten, aber hier geht es um Leidenschaft. Ich habe mich entschlossen, diesen Fall zu übernehmen, weil ich fürchtete, Mrs. Kirsten würde keine Gerechtigkeit widerfahren. Aufgrund meiner Jugend hoffte ich darüber hinaus, dass zwölf gerecht denkende Bürger und Bürgerinnen sehen würden, was ich sah, und fähig wären, diese Frau nicht dazu zu verurteilen, den Rest ihres Lebens im Gefängnis zu verbringen.

Ich beende mein Schlussplädoyer, indem ich Ihnen mitteile, was Mrs. Kirsten zu mir sagte, als wir heute Morgen allein in ihrer Zelle saßen. ›Mr. Davenport, ich bin zwar erst fünfundzwanzig, aber ich würde lieber den Rest meines Lebens im Gefängnis verbringen als noch eine weitere Nacht unter einem Dach mit diesem verabscheuungswürdigen Mann.‹«

Gott sei Dank muss sie heute Nacht nicht zu ihm zurückkehren. Es liegt in Ihrer Macht, meine Damen und Herren Geschworenen, diese Frau heute Nacht nach Hause zu ihren Kindern zu schicken, in der Hoffnung, dass sie gemeinsam ein neues Leben aufbauen können, weil zwölf anständige Menschen den Unterschied zwischen Gut und Böse verstanden haben.« Fletcher senkte seine Stimme zu einem Flüstern. »Wenn Sie heute Abend zu Ihren Ehemännern und Ehefrauen zurückkehren, sagen Sie ihnen, was Sie heute im Namen der Gerechtigkeit getan haben, denn ich weiß, dass Sie auf ›nicht schuldig‹ befinden werden. Und Ihre Ehepartner werden den Herd nicht auf 220 Grad erhitzen, weil sie mit Ihnen nicht einer Meinung sind. Mrs. Kirsten hat bereits eine neunjährige Strafe hinter sich. Glauben Sie wirklich, dass sie noch weitere neunzig Jahre verdient?«

Fletcher kehrte zu seinem Platz zurück. Er sah nicht zu Annie hinüber, weil er Angst hatte, Karl Abrahams würde bemerken, dass er mit den Tränen kämpfte.

19

»Hi, mein Name ist Nat Cartwright.«

»Doch nicht etwa *der* Captain Cartwright?«

»Höchstpersönlich. Der Held, der all diese Vietcong mit bloßen Händen getötet hat, weil er vergessen hatte, Büroklammern mitzunehmen.«

»Nein«, rief Su Ling in gespielter Bewunderung. »Nicht *der* Captain Cartwright, der im Hubschrauber allein über einen von Feinden wimmelnden Dschungel flog, obwohl er keinen Pilotenschein hatte?«

»Und der dann so viele Feinde tötete, dass er aufgehört hat, sie zu zählen, während er gleichzeitig einen ganzen Zug festsitzender Kameraden rettete.«

»Und die Leute daheim glaubten ihm, darum wurde er mit Orden behängt und erhielt gewaltige Geldsummen sowie einhundert keusche Jungfrauen.«

»Ich bekomme nur vierhundert Dollar im Monat, und ich bin noch nie einer keuschen Jungfrau begegnet.«

»Jetzt schon«, erwiderte Su Ling lächelnd.

»Tja, dann richte ihr bitte aus, dass man mich für den Lauf gegen die Boston University ausgewählt hat.«

»Zweifellos erwartest du von ihr, dass sie im Regen herumsteht und wartet, bis du irgendwann vorübergezottelt kommst, wie all deine anderen ergebenen Fans?«

»Aber nein. Mein Trainingsanzug muss gereinigt werden,

und man hat mir gesagt, dass ihre Mutter Wäschereiarbeiten erledigt.« Su Ling brach in Gelächter aus. »Natürlich möchte ich, dass du mich nach Boston begleitest.« Nat nahm sie in die Arme.

»Ich habe bereits einen Sitz im Fanbus gebucht.«

»Aber Tom und ich fahren schon am Vorabend. Warum kommst du nicht mit uns?«

»Wo soll ich denn wohnen?«

»Eine von Toms unzähligen Tanten hat ein Haus in Boston und hat uns angeboten, dass wir alle bei ihr schlafen können.« Su Ling zögerte. »Ich habe gehört, sie hat neun Gästezimmer und sogar einen eigenen Gästeflügel, aber wenn dir das noch nicht reicht, kann ich meinetwegen auch im Auto schlafen.« Su Ling erwiderte nichts, da Mario mit zwei Cappuccino an den Tisch trat.

»Das ist mein Freund Mario«, sagte Su Ling. »Sehr freundlich von ihm, mir meinen üblichen Tisch zu reservieren«, fügte sie hinzu.

»Bringst du all deine Männer hierher?«

»Nein. Ich wähle jedes Mal ein anderes Restaurant aus, damit niemand etwas von meiner keuschen Jungfräulichkeit erfährt.«

»Und auch nicht, dass du ein Computer-Crack bist?«

Su Ling errötete. »Wie hast du das herausgefunden?«

»Wie meinst du das, wie ich das herausgefunden habe? Anscheinend wusste das jeder an der Uni außer mir. Mein bester Freund hat es mir erzählt, und der studiert in Yale.«

»Ich wollte es dir ja sagen, aber du hast nie die richtige Frage gestellt.«

»Su Ling, du kannst mir auch Sachen sagen, ohne dass man dir die richtige Frage gestellt hat.«

»Dann muss ich dich fragen, ob du auch gehört hast, dass mir sowohl die Computerabteilung von Harvard als auch die von MIT einen Platz angeboten haben?«

»Ja, aber ich weiß nicht, was du ihnen geantwortet hast.«

»Sag mir, Captain, darf ich vorher dich etwas fragen?«

»Du versuchst schon wieder, das Thema zu wechseln, Su Ling.«

»Ja, Nat, weil ich eine Antwort auf meine Frage brauche, bevor ich dir deine Frage beantworten kann.«

»Na gut, wie lautet deine Frage?«

Su Ling senkte den Kopf, wie sie es immer tat, wenn ihr etwas ein bisschen peinlich war. »Wie können sich zwei so unterschiedliche Menschen so sehr mögen?«, fragte sie schließlich.

»Ich glaube, du meinst, wie sie sich ineinander verlieben können. Wenn ich die Antwort auf diese Frage wüsste, kleine Blume, wäre ich Philosophieprofessor und müsste mir keine Sorgen über mein Abschneiden in den Abschlussprüfungen machen.«

»In meinem Land«, fuhr Su Ling fort, »spricht man erst über die Liebe, wenn man sich viele Jahre kennt.«

»Dann verspreche ich dir, viele Jahre lang nicht über dieses Thema zu sprechen – unter einer Bedingung.«

»Und die wäre?«

»Dass du mit uns am Freitag nach Boston kommst.«

»Also gut, wenn du mir die Telefonnummer von Toms Tante gibst.«

»Gern, aber wozu?«

»Meine Mutter wird mit ihr sprechen wollen.« Su Ling hob den rechten Fuß und stellte ihn unter dem Tisch auf Nats linken Fuß.

»Ich bin sicher, diese Geste hat in deinem Land eine besondere Bedeutung.«

»Stimmt. Es bedeutet, dass ich mit dir spazieren gehen möchte, aber nicht in einer Menschenmenge.«

Nat stellte seinen rechten Fuß auf ihren linken. »Und was bedeutet das?«

»Dass du meiner Bitte entsprechen willst.« Sie zögerte. »Aber ich hätte das nicht als Erste tun sollen, denn nun gelte ich als ein lockeres Frauenzimmer.« Nat nahm seinen Fuß herunter und stellte ihn gleich darauf wieder auf ihren Fuß. »Meine Ehre wurde wiederhergestellt«, lachte Su Ling.

»Wenn wir unseren abgeschiedenen Spaziergang hinter uns haben, was passiert dann als Nächstes?«

»Du musst warten, bis meine Familie dich zum Tee einlädt.«

»Wie lange wird das dauern?«

»Normalerweise gilt ein Jahr als angemessen.«

»Könnten wir das nicht ein wenig beschleunigen?«, schlug Nat vor. »Wie wäre es mit nächster Woche?«

»Na gut, dann wirst du nächsten Sonntagnachmittag zum Tee zu uns kommen. Sonntag ist traditionell der Tag, an dem ein Mann das erste Mal unter den wachsamen Augen der Familie mit einer Frau speist.«

»Aber wir haben bereits mehrmals miteinander gespeist.«

»Ich weiß, darum musst du zum Tee kommen, bevor meine Mutter dahinterkommt, sonst werde ich verstoßen und enterbt.«

»Dann werde ich deine Einladung zum Tee nicht annehmen«, erklärte Nat.

»Warum nicht?«

»Ich werde vor eurem Haus Stellung beziehen und dich auffangen, wenn deine Mutter dich hinauswirft. Dann muss ich keine zwei Jahre mehr warten.« Nat stellte beide Füße auf die ihren. Sie entzog sie ihm sofort. »Was habe ich denn falsch gemacht?«

»Zwei Füße bedeuten etwas völlig anderes.«

»Und was?«, wollte Nat wissen.

»Das kann ich dir nicht sagen, aber da du schlau genug warst, die korrekte Übersetzung von Su Ling herauszufinden, wirst du ganz sicher auch hinter die Bedeutung der zwei Füße kommen und es niemals tun – es sei denn …«

Am Freitagnachmittag fuhr Tom, Nat und Su Ling zum Haus seiner Tante in den grünen Vororten von Boston. Miss Russell hatte offensichtlich mit Su Lings Mutter telefoniert, denn sie brachte Su Ling in einem Gästezimmer im Hauptflügel unter, direkt neben ihrem Schlafzimmer, während Nat und Tom in den Ostflügel verbannt wurden.

Am nächsten Morgen hatte Su Ling nach dem Frühstück einen Termin bei dem Statistikprofessor von Harvard, Nat und Tom schritten derweil langsam den Querfeldeinkurs ab. Das tat Nat immer, wenn er über unvertrautes Gelände laufen musste. Er inspizierte alle ausgetretenen Pfade, und wann immer er an einen Fluss, ein Gatter oder eine plötzliche Erhebung kam, übte er mehrmals, das Hindernis zu überqueren.

Der Rückweg führte sie über eine Wiese. Tom fragte Nat, was er tun würde, wenn Su Ling nach Harvard wechselte.

»Ich würde ebenfalls wechseln und mich an der Business School einschreiben.«

»So stark sind deine Gefühle für sie?«

»Ja. Und ich kann nicht riskieren, dass ein anderer beide Füße auf ihre Füße stellt.«

»Wovon redest du da?«

»Das erkläre ich dir ein anderes Mal.« Sie blieben vor einem Bach stehen. »Wo wird der Gegner den Bach wohl überqueren?«

»Keine Ahnung«, sagte Tom. »Aber er ist zu breit, um einfach drüberzuspringen.«

»Stimmt. Ich nehme an, sie haben dafür die großen, flachen Kiesel in der Mitte vorgesehen.«

»Was machst du, wenn du dir nicht sicher bist?«, wollte Tom wissen.

»Ich halte mich dicht hinter einem Läufer aus deren Team, denn der macht automatisch das Richtige.«

»Was willst du so früh in der Saison denn erreichen?«

»Ich wäre schon zufrieden, wenn ich in die Wertung käme.«

»Das verstehe ich nicht. Zählt denn nicht jeder?«

»Nein. Es sind zwar acht Läufer in jedem Team, aber für das Endergebnis zählen nur die ersten sechs. Wenn ich als Zwölfter oder noch weiter vorne einlaufe, bringe ich Punkte.«

»Wie funktioniert das mit dem Zählen?«

»Der Erste, der über die Ziellinie läuft, bekommt einen Punkt, der Zweite zwei Punkte und so weiter. Nach dem Rennen werden die ersten sechs aus jedem Team addiert, und das Team mit der niedrigsten Gesamtpunktzahl gewinnt. Daher können der Siebte und der Achte nur einen Beitrag leisten, wenn sie noch vor den ersten sechs Läufern des gegnerischen Teams einlaufen. Alles klar?«

»Ja, ich denke schon.« Tom sah auf seine Uhr. »Ich gehe

jetzt besser zurück, weil ich Tante Abigail versprochen habe, mit ihr zu Mittag zu essen. Kommst du mit?«

»Nein, ich esse mit dem Rest vom Team. Eine Banane, ein Salatblatt und ein Glas Wasser. Könntest du Su Ling abholen und dafür sorgen, dass sie pünktlich zum Rennen kommt?«

»Daran muss ich sie bestimmt nicht erinnern«, meinte Tom.

Als Tom ins Haus geschlendert kam, fand er seine Tante und Su Ling vor einer Schüssel Muschelsuppe ins Gespräch vertieft. Tom spürte, dass seine Tante in dem Moment, als er das Zimmer betrat, das Thema gewechselt hatte. »Nimm dir jetzt besser etwas zu essen«, sagte sie zu Su Ling, »sonst wirst du nicht rechtzeitig zum Start fertig.«

Nach einem zweiten Teller Muschelsuppe begleitete Tom Su Ling zum Querfeldeinkurs. Er erklärte ihr, dass Nat eine Stelle ungefähr an der Hälfte des Weges ausgesucht hatte, wo sie alle Läufer für mindestens eine Meile sehen konnten, und wenn sie dann die Abkürzung nahmen, wären sie rechtzeitig an der Ziellinie, um den Einlauf des Siegers mitzuerleben.

»Weißt du, wie beim Querfeldeinlauf gezählt wird?«, fragte Tom.

»Ja, Nat hat es mir erklärt. Ein geniales System, gegen das der Abakus unglaublich modern wirkt. Möchtest du, dass ich es dir erkläre?«, fragte sie.

»Ja, gern«, erwiderte Tom.

Als sie den Aussichtspunkt erreichten, den Nat ausgewählt hatte, mussten sie nicht lange warten, bevor der erste Läufer auf dem Hügelkamm auftauchte. Der Kapitän des Bostoner Teams schoss an ihnen vorbei, anschließend tauchten zehn andere Läufer auf und verschwanden wieder, bevor Nat an ihnen vorbeilief. Er winkte ihnen zu und rannte weiter den Hügel hinunter.

»Er ist der Letzte, der noch Punkte bringt«, sagte Su Ling, als sie sich auf den Weg zur Ziellinie machten.

»Ich wette, er wird sich noch zwei oder drei Plätze vorkämpfen, wo er jetzt weiß, dass du hier bist und ihm zusiehst«, meinte Tom.

»Wie schmeichelhaft«, erwiderte Su Ling.

»Nimmst du das Angebot von Harvard an?«, fragte Tom leise.

»Hat Nat dich gebeten, das für ihn herauszukriegen?«, wollte sie wissen.

»Nein. Auch wenn er von kaum etwas anderem spricht.«

»Ich habe zugesagt, allerdings nur unter einer Bedingung.« Tom blieb stumm. Su Ling erzählte ihm nicht, unter welcher Bedingung, also fragte er nicht nach.

Die letzten zweihundert Meter mussten sie fast im Laufschritt zurücklegen, um rechtzeitig mitzuerleben, wie der Bostoner Kapitän beim Überqueren der Ziellinie seine Arme triumphierend nach oben riss. Tom sollte recht behalten, denn Nat lief als Neunter ein und erzielte vier Punkte für sein Team. Sie eilten zu ihm und gratulierten ihm, als hätte er gewonnen. Nat lag erschöpft auf dem Boden, und als er erfuhr, dass Boston mit 31 zu 24 Punkten gewonnen hatte, war er enttäuscht, nicht besser gelaufen zu sein.

Nach dem Abendessen bei Tante Abigail machten sie sich auf den langen Rückweg nach Storrs. Nat legte seinen Kopf in Su Lings Schoß und schlief sofort ein.

»Ich weiß wirklich nicht, was meine Mutter zu unserer ersten gemeinsamen Nacht sagen würde«, flüsterte sie Tom zu, der sie durch die Nacht chauffierte.

»Warum gehst du nicht aufs Ganze und erzählst ihr, dass es eine Ménage-à-trois war?«

»Mutter findet dich großartig«, sagte Su Ling, als sie am folgenden Nachmittag nach dem Tee zum Campus schlenderten.

»Was für eine Frau«, staunte Nat. »Sie kann kochen und den Haushalt führen und ist außerdem auch noch eine erfolgreiche Geschäftsfrau.«

»Und vergiss nicht«, rief Su Ling ihm ins Gedächtnis, »dass sie in ihrem eigenen Land mit Verachtung gestraft wurde, weil sie ein Kind von einem Ausländer erwartete. Und bei ihrer Ankunft in diesem Land war sie ebenfalls nicht willkommen. Das ist der Grund, warum ich so streng erzogen wurde. Wie so viele Einwandererkinder bin ich nicht klüger als meine Mutter, aber indem sie alles opferte, um mir eine erstklassige Ausbildung zu finanzieren, hat sie mir eine bessere Chance im Leben ermöglicht, als sie sie je hatte. Vielleicht verstehst du jetzt, warum ich immer versuche, ihre Wünsche zu respektieren.«

»Ja, das verstehe ich«, sagte Nat, »und jetzt, da ich deine Mutter getroffen habe, möchte ich, dass du auch meine triffst, weil ich mindestens ebenso stolz auf sie bin.«

Su Ling lachte.

»Warum lachst du, kleine Blume?«, fragte Nat.

»Wenn ein Mann in meinem Land die Mutter eines Mädchens trifft, heißt das, dass er eine Beziehung wünscht. Wenn der Mann das Mädchen anschließend bittet, seine Mutter kennenzulernen, ist das gleichbedeutend mit einer Verlobung. Wenn er die Frau dann jedoch nicht heiratet, muss sie den Rest ihres Lebens als Blaustrumpf verbringen.

Aber ich werde dieses Risiko eingehen, denn als du gestern gelaufen bist, hat Tom mich gebeten, ihn zu heiraten.«

Nat beugte sich nach unten und küsste sie auf die Lippen, dann stellte er sachte seine beiden Füße auf die ihren. Su Ling lächelte. »Ich liebe dich auch«, sagte sie.

20

»Was hast du für ein Gefühl?«, fragte Jimmy.

»Keine Ahnung.« Fletcher sah zum Tisch des Staatsanwalts hinüber, doch in dessen Team zeigte keiner eine Gefühlsregung, weder ängstlich noch zuversichtlich.

»Du könntest immer noch Professor Abrahams nach seiner Meinung fragen«, meinte Annie.

»Ist er etwa noch da?«

»Ich habe ihn vor wenigen Augenblicken im Flur auf und ab tigern sehen.«

Fletcher verließ den Tisch, öffnete die niedrige Holzpforte, die den Gerichtssaal vom Publikumsbereich trennte, und ging rasch hinaus in den Flur. Er ließ den Blick über die breite Marmorflucht schweifen, entdeckte den Professor jedoch erst, als sich die Menge vor der Treppe in der Rundhalle teilte und ein vornehm wirkender Mann zum Vorschein kam, der mit gesenktem Kopf in der Ecke saß und sich auf einem Block Notizen machte. Gerichtsbedienstete und Zuschauer eilten an ihm vorüber, ohne ihn zu beachten. Zögernd ging Fletcher auf ihn zu und sah dem alten Mann beim Schreiben zu. Er hatte das Gefühl, ihn nicht stören zu dürfen, also wartete er, bis der Professor irgendwann aufsah.

»Ah, Davenport.« Abrahams klopfte neben sich auf die Bank. »Setzen Sie sich. Sie schauen so fragend. Wie kann ich Ihnen helfen?«

Fletcher setzte sich neben ihn. »Ich wollte Sie nur fragen, warum die Geschworenen Ihrer Meinung nach so lange tagen. Sollte ich da etwas hineindeuten?«

Der Professor sah auf die Uhr. »Etwas mehr als fünf Stunden. Nein, das ist für ein Kapitalverbrechen nicht besonders lange. Die Geschworenen wollen einem immer das Gefühl vermitteln, dass sie ihre Aufgabe ernst nehmen, außer es wäre ein Routinefall, was hier ja ganz und gar nicht zutrifft.«

»Haben Sie eine Vermutung, wie es ausgehen wird?«, erkundigte sich Fletcher besorgt.

»Geschworene kann man niemals durchschauen, Mr. Davenport. Zwölf Menschen, die zufällig ausgewählt wurden und kaum etwas gemeinsam haben. Obwohl ich sagen muss, dass sie mir mit wenigen Ausnahmen als ein recht fairer Haufen vorkamen. Wie lautet nun Ihre nächste Frage?«

»Keine Ahnung, Sir. Wie lautet sie?«

»Was soll ich tun, wenn das Urteil gegen mich ausfällt?« Abrahams schwieg kurz. »Eine Eventualität, auf die Sie stets vorbereitet sein müssen.« Fletcher nickte. »Die Antwort? Sie bitten den Richter unverzüglich, Berufung einlegen zu dürfen.« Der Professor riss ein Blatt von dem gelben Schreibblock ab und reichte es seinem Schüler. »Ich hoffe, Sie halten mich nicht für anmaßend, aber ich habe für jede Eventualität ein paar einfache Stichworte vorbereitet.«

»Auch für einen Schuldspruch?«, fragte Fletcher.

»Es besteht kein Grund, jetzt schon so pessimistisch zu sein. Zuerst müssen wir die Möglichkeit bedenken, dass sich die Geschworenen nicht einig werden. Ich habe in der Mitte der zweiten Reihe eine Geschworene entdeckt, die unsere Mandantin kein einziges Mal ansah, während diese im Zeugenstand saß. Und ich habe bemerkt, dass auch Ihnen die

Dame am Ende der ersten Reihe auffiel, die ihre Augen senkte, als Sie die verbrannte Handfläche von Mrs. Kirsten hochhoben.«

»Was soll ich tun, wenn die Geschworenen sich nicht einig geworden sind?«

»Nichts. Der Richter ist zwar nicht einer der hellsten Köpfe, aber er ist gewissenhaft und sehr genau, wenn es um die Buchstaben des Gesetzes geht, deshalb wird er die Geschworenen fragen, ob sie ein Mehrheitsvotum fällen können.«

»Das in diesem Staat bei zehn zu zwei liegt.«

»Genau wie in dreiundvierzig anderen Bundesstaaten auch«, rief ihm der Professor in Erinnerung.

»Und wenn sie sich auf kein Mehrheitsvotum einigen können?«

»Dann hat der Richter keine andere Wahl, als die Geschworenen zu entlassen und den Staatsanwalt zu fragen, ob er eine neue Verhandlung einberufen möchte. Und nein, ich habe keine Ahnung, wie Mr. Stamp auf diese Eventualität reagieren wird.«

»Sie scheinen sich eine Menge Notizen gemacht zu haben.« Fletcher sah auf das in sauberer Handschrift eng beschriebene Blatt Papier.

»Ja, ich beabsichtige, im nächsten Semester auf diesen Fall Bezug zu nehmen, wenn ich meine Vorlesung über die juristischen Unterschiede zwischen Totschlag und Mord halte. Die Vorlesung ist für die Studenten im dritten Jahr, darum sollte es Ihnen nicht allzu peinlich sein.«

»Hätte ich das Angebot des Staatsanwalts auf Totschlag annehmen und mich mit drei Jahren einverstanden erklären sollen?«

»Vermutlich werden wir die Antwort auf diese Frage in nicht allzu ferner Zukunft erfahren.«

»Habe ich viele Fehler gemacht?«, fragte Fletcher.

»Ein paar.« Der Professor schlug eine Seite in seinem Notizblock um.

»Was war der größte Fehler?«

»Ihr einziger eklatanter Fehler war meiner Meinung nach, dass Sie keinen Arzt gebeten haben, in allen Einzelheiten zu beschreiben, wie es zu den Blutergüssen an Mrs. Kirstens Armen und Beinen gekommen sein muss – so etwas genießen Ärzte immer sehr. Geschworene bewundern Ärzte. Sie gehen davon aus, dass es ehrliche Menschen sind, und meistenteils sind sie das auch. Aber wie bei jeder anderen Berufsgruppe neigen sie zu Übertreibungen, wenn man die richtigen Fragen stellt – und es sind schließlich die Anwälte, die die Fragen auswählen.« Fletcher fühlte sich schuldig, weil er einen so offensichtlichen Schachzug übersehen hatte, und wünschte, er hätte Annies Rat befolgt und den Professor früher um Rat gebeten.

»Keine Sorge, der Staat muss immer noch ein oder zwei Hürden überspringen. Der Richter wird uns ganz bestimmt einen Vollstreckungsaufschub gewähren.«

»Uns?«, wiederholte Fletcher.

»Ja«, bestätigte der Professor leise, »obwohl ich seit vielen Jahren nicht mehr vor Gericht stand und ein wenig eingerostet sein mag, hoffe ich, dass Sie mir erlauben, Ihnen bei dieser Gelegenheit zu assistieren.«

»Sie wollen als mein Mitanwalt fungieren?«, fragte Fletcher ungläubig.

»Ja, Davenport, das will ich«, erwiderte der Professor. »Sie haben mich nämlich von einer Sache überzeugt: Ihre Mandantin sollte nicht den Rest ihres Lebens im Gefängnis verbringen.«

»Die Geschworenen kommen zurück«, hallte eine Stimme durch den Flur.

»Viel Glück, Davenport«, sagte der Professor. »Und bevor ich das Ergebnis höre, möchte ich noch anmerken, dass Ihre Verteidigung für einen Studenten im zweiten Jahr eine bemerkenswerte Tour de Force war.«

Nat spürte, wie Su Ling immer nervöser wurde, je näher sie Cromwell kamen. »Bist du sicher, dass deine Mutter es gutheißt, wie ich angezogen bin?«, fragte sie und zog ihren Rock noch weiter herunter.

Bewundernd sah Nat auf das schlichte, gelbe Kostüm, das Su Ling ausgewählt hatte und das nur andeutungsweise verriet, wie anmutig ihre Figur war. »Meine Mutter wird es gutheißen, und mein Vater wird den Blick nicht von dir wenden können.«

Su Ling drückte sein Bein. »Wie wird dein Vater reagieren, wenn er herausfindet, dass ich Koreanerin bin?«

»Ich werde ihn an deinen irischen Vater erinnern«, beruhigte sie Nat. »Außerdem hatte er sein ganzes Leben lang Umgang mit Zahlen, daher wird er schon nach wenigen Minuten merken, wie klug du bist.«

»Noch können wir umkehren«, schlug Su Ling vor. »Wir könnten sie doch nächsten Sonntag besuchen.«

»Dazu ist es jetzt zu spät«, erwiderte Nat. »Und hast du nie darüber nachgedacht, wie nervös meine Eltern sein könnten? Schließlich habe ich ihnen erzählt, dass ich dich über alles liebe.«

»Mag sein, aber meine Mutter betet dich an.«

»Und meine wird dich anbeten.« Su Ling schwieg, bis Nat ihr mitteilte, dass sie sich nun den Außenbezirken von Cromwell näherten.

»Ich weiß gar nicht, was ich sagen soll.«

»Su Ling, es ist keine Prüfung, die du bestehen musst.«

»Doch, das ist es. Genau das ist es.«

»Das ist die Stadt, in der ich geboren wurde.« Nat versuchte, sie während der Fahrt durch die Hauptstraße abzulenken. »Als Kind hielt ich Cromwell für eine Metropole. Aber mir kam ja auch Hartford wie der Nabel der Welt vor.«

»Wie lange brauchen wir noch?«, fragte Su Ling.

Nat sah aus dem Fenster. »Ungefähr zehn Minuten. Erwarte bloß nicht irgendwas Großartiges, wir wohnen in einem kleinen Haus.«

»Meine Mutter und ich wohnen über dem Laden«, sagte Su Ling.

Nat lachte. »Das tat Harry Truman auch.«

»Und du siehst ja, wohin ihn das gebracht hat«, erwiderte sie.

Nat bog mit dem Wagen auf die Cedar Avenue. »Wir sind das dritte Haus auf der rechten Seite.«

»Könnten wir nicht ein paarmal um den Block fahren?«, bat Su Ling. »Ich muss darüber nachdenken, was ich sagen werde.«

»Nein«, erklärte Nat bestimmt, »versuch dich zu erinnern, wie der Statistikprofessor in Harvard reagierte, als er dich kennenlernte.«

»Schon, aber dessen Sohn will ich ja auch nicht heiraten.«

»Ich bin sicher, der Professor hätte eingewilligt, wenn er geglaubt hätte, dass du dann in sein Team kommst.« Seit über einer Stunde lachte Su Ling zum ersten Mal. Nat parkte den Wagen vor dem Haus. Rasch ging er auf Su Lings Seite und öffnete die Tür. Sie stieg aus und verlor prompt einen Schuh im Rinnstein.

»Es tut mir leid, es tut mir leid.« Sie schlüpfte wieder in den Schuh. »Es tut mir leid.«

Nat lachte und nahm sie in die Arme.

»Nein, nein«, wehrte sich Su Ling. »Deine Mutter könnte uns sehen.«

»Na hoffentlich.« Nat lächelte und führte sie an der Hand die kurze Auffahrt hinauf.

Die Tür wurde weit geöffnet, bevor sie sie erreicht hatten. Susan begrüßte sie. Sie nahm Su Ling sofort in die Arme: »Nat hat nicht übertrieben. Du bist wirklich wunderschön.«

Fletcher schritt langsam durch den Flur zum Gerichtssaal. Überrascht bemerkte er, dass der Professor neben ihm ging. Als sie die Schwingtüren erreichten, nahm der junge Anwalt an, sein Mentor würde an seinen Platz im Zuschauerbereich zurückkehren, direkt hinter Annie und Jimmy, aber Abrahams begleitete ihn bis nach vorn und setzte sich auf den freien Stuhl hinter dem Tisch der Verteidigung. Annie und Jimmy konnten ihre Überraschung nicht verhehlen. Der Gerichtsdiener verkündete: »Bitte erheben Sie sich. Den Vorsitz führt der Ehrenwerte Richter Abernathy.«

Der Richter setzte sich, nickte dem Staatsanwalt zu und wandte dann seine Aufmerksamkeit dem Team der Verteidigung zu. Zum zweiten Mal während der Verhandlung zeigte sich Überraschung in seinem Gesicht.

»Ich sehe, Sie haben einen Assistenten, Mr. Davenport. Soll sein Name ins Verhandlungsregister eingetragen werden, bevor ich die Geschworenen hereinrufe?«

Fletcher drehte sich zum Professor um. Der stand auf und sagte: »Das käme mir sehr entgegen, Euer Ehren.«

»Name?«, fragte der Richter, als ob er ihn noch nie gesehen hätte.

»Karl Abrahams, Euer Ehren.«

»Sind Sie an diesem Gericht zugelassen?«, fragte der Richter ernst.

»Ich denke schon, Sir«, antwortete Abrahams. »Ich gehöre der Anwaltskammer von Connecticut seit dem Jahr 1937 an, obwohl ich noch nie die Ehre hatte, vor diesem Gericht zu erscheinen.«

»Danke, Mr. Abrahams. Wenn der Staatsanwalt keine Einwände hat, werde ich Ihren Namen als Mitanwalt von Mr. Davenport eintragen lassen.«

Der Staatsanwalt erhob sich, verneigte sich leicht vor dem Professor und sagte: »Es ist mir eine Ehre, vor demselben Gericht zu erscheinen wie der Assistent von Mr. Davenport.«

»Dann sollten wir keine Zeit mehr verschwenden und die Geschworenen zurückrufen«, erklärte der Richter.

Fletcher betrachtete die Gesichter der sieben Männer und fünf Frauen, die an ihre Plätze zurückkehrten. Der Professor hatte Fletcher aufgefordert, sich die Gesichter der Geschworenen anzusehen. Wenn sie seiner Mandantin direkt in die Augen sahen, könnte das Urteil womöglich auf »nicht schuldig« lauten. Fletcher glaubte, dass zwei oder drei von ihnen es taten, aber sicher war er sich da nicht.

Der Sprecher der Geschworenen erhob sich.

»Sind Sie zu einem Urteil in diesem Fall gelangt?«, fragte der Richter.

»Nein, Euer Ehren, dazu waren wir nicht in der Lage«, antwortete der Sprecher.

Fletcher spürte, wie seine Handflächen feucht wurden, noch stärker als in dem Augenblick, wo er zum ersten Mal vor den Geschworenen gesprochen hatte. Der Richter versuchte es ein zweites Mal. »Können Sie ein Mehrheitsvotum fällen?«

»Nein, das können wir nicht, euer Ehren«, erwiderte der Sprecher.

»Denken Sie, dass Sie ein Mehrheitsvotum fällen könnten, wenn Sie sich mehr Zeit nehmen?«

»Das glaube ich nicht, Euer Ehren. Wir waren in den letzten drei Stunden exakt in zwei Lager gespalten.«

»Dann habe ich keine andere Wahl als den Prozess für gescheitert zu erklären und die Geschworenen zu entlassen. Im Namen des Bundesstaates danke ich Ihnen für Ihre Dienste.« Er richtete seine Aufmerksamkeit auf den Staatsanwalt, und in diesem Augenblick stand Mr. Abrahams auf.

»Ich frage mich, Euer Ehren, ob ich Ihre Hilfe in einer kleinen Protokollfrage erbitten dürfte.«

Der Richter schaute verblüfft, ebenso wie der Staatsanwalt. »Ich kann Ihre kleine Protokollfrage kaum erwarten, Mr. Abrahams.«

»Darf ich Euer Ehren als Erstes fragen, ob ich zu Recht davon ausgehe, dass die Verteidigung innerhalb von vierzehn Tagen benannt werden muss, sollte es einen erneuten Prozess geben?«

»Das ist so Usus, Mr. Abrahams.«

»Dann möchte ich dem Gericht helfen, indem ich hiermit erkläre, dass in einem solchen Fall Mr. Davenport und ich weiterhin die Angeklagte verteidigen werden.«

»Ich danke Ihnen für diese kleine Protokollfrage«, erwiderte der Richter, der sich nun nicht mehr wunderte.

»Ich frage Sie also, Mr. Stamp«, fuhr der Richter fort und

wandte seine Aufmerksamkeit wieder dem Staatsanwalt zu, »ob Sie die Absicht haben, diesen Fall erneut zu verhandeln?«

Sämtliche Anwesenden konzentrierten sich nun auf das Team des Staatsanwalts. Die fünf Männer steckten die Köpfe zusammen und diskutierten lebhaft. Richter Abernathy unternahm keinen Versuch, sie zur Eile anzutreiben, und so dauerte es eine Weile, bevor sich Mr. Stamp erhob. »Euer Ehren, wir denken nicht, dass es im Interesse des Staates liegt, diesen Fall erneut aufzurollen.«

Im Gerichtssaal brach Jubel aus. Der Professor riss ein Blatt von seinem Notizblock und schob es seinem Schüler zu. Fletcher warf einen Blick darauf, stand auf und las den Text Wort für Wort vor. »Euer Ehren, unter diesen Umständen bitte ich um die sofortige Freilassung meiner Mandantin.« Er sah auf den nächsten Satz des Professors und las weiter: »Ich möchte noch anfügen, wie dankbar ich dem Staatsanwalt und seinem Team für die Freundlichkeit und Professionalität bin, mit der sie diesen Fall vonseiten der Anklage geführt haben.«

Der Richter nickte, und Mr. Stamp erhob sich. »Darf ich meinerseits dem Verteidiger und seinem Assistenten zu ihrem ersten Fall vor diesem Gericht gratulieren und Mr. Davenport viel Erfolg für seine zweifelsfrei vielversprechende Karriere wünschen.«

Fletcher strahlte Annie an, während Professor Abrahams sich von seinem Platz erhob. »Einspruch, Euer Ehren.«

Alle drehten sich dem Professor zu. »Ich halte das keineswegs für zweifelsfrei«, erklärte er. »Ich glaube vielmehr, dass es noch sehr viel Arbeit bedarf, bevor das Versprechen dieser Karriere eingelöst werden kann.«

»Einspruch stattgegeben«, sagte Richter Abernathy.

»Meine Mutter hat mich zweisprachig erzogen, bis ich neun war. Dann war ich so weit, in das Schulsystem von Storrs eingegliedert zu werden.«

»Ich habe meine akademische Laufbahn ebenfalls dort begonnen«, sagte Susan.

»Ich habe mich eigentlich immer schon mit Zahlen wohler gefühlt als mit Worten«, fuhr Su Ling fort, und Michael Cartwright nickte verständnisvoll. »Außerdem hatte ich das Riesenglück, einen Mathelehrer zu haben, dessen Hobby Statistik war und den die künftige Rolle des Computers faszinierte.«

»Im Versicherungswesen verlassen wir uns allmählich immer mehr auf sie«, erklärte Michael und stopfte seine Pfeife erneut.

»Wie groß ist der Computer Ihrer Firma, Mr. Cartwright?«, erkundigte sich Su Ling.

»Ungefähr so groß wie dieses Zimmer.«

»Die nächste Generation von Studenten wird mit Computern arbeiten, die nicht größer sind als ihre Pultdeckel, und die übernächste Generation wird sie in der Handfläche halten können.«

»Hältst du das wirklich für möglich?«, fragte Susan gebannt.

»Die Technologie schreitet rasant voran, und die Nachfrage wird so groß sein, dass die Preise schnell fallen werden. Dann werden die Computer das sein, was Telefon und Fernsehgerät in den Vierziger- und Fünfzigerjahren waren. Je mehr Leute sie kaufen, desto billiger und kleiner werden sie.«

»Aber einige Computer werden doch sicher groß bleiben müssen?«, widersprach Michael. »Schließlich hat meine Firma über vierzigtausend Kunden.«

»Nicht unbedingt«, meinte Su Ling. »Der Computer, der den ersten Mann zum Mond schickte, war größer als dieses Haus, aber wir werden noch erleben, wie eine Raumkapsel auf dem Mars landet, die von einem Computer kontrolliert wird, der nicht größer ist als dieser Küchentisch.«

»Nicht größer als dieser Küchentisch?«, wiederholte Susan und versuchte sich das vorzustellen.

»Das Silicon Valley in Kalifornien hat sich zum neuen Dreh- und Angelpunkt dieser Technologie gemausert. IBM und Hewlett Packard mussten feststellen, dass ihre neuesten Modelle schon innerhalb weniger Monate veraltet sein können, und sobald die Japaner erst richtig Gas geben, könnte es sich irgendwann nur um Wochen handeln.«

»Wie sollen Firmen wie die meine da noch mithalten können?«, fragte Michael.

»Sie müssen einfach Ihren Computer ebenso oft ersetzen wie Ihr Auto. Und in nicht allzu ferner Zukunft werden Sie sämtliche Informationen zu Ihren Kunden in der Innentasche Ihres Jacketts dabeihaben können.«

»Ich sage es noch einmal, meine Firma hat derzeit vierzigtausend Kunden«, sagte Michael.

»Es wäre auch egal, wenn Sie vierhunderttausend Kunden hätten, Mr. Cartwright. Ein handtellergroßer Computer wird das Gleiche dennoch erledigen können.«

»Man denke nur an die Konsequenzen«, warf Susan ein.

»Die sind äußerst spannend, Mrs. Cartwright«, sagte Su Ling. Sie schwieg und errötete. »Ich muss mich entschuldigen, ich rede viel zu viel.«

»Nein, überhaupt nicht«, entgegnete Susan. »Es ist faszinierend. Allerdings hatte ich gehofft, dir einige Fragen über Korea stellen zu können. Ich wollte immer schon einmal in dieses Land reisen. Falls es keine allzu dumme Frage ist: Sind die Koreaner mehr wie die Chinesen oder wie die Japaner?«

»Weder noch«, erwiderte Su Ling. »Wir unterscheiden uns genauso wie die Russen von den Italienern. Das koreanische Volk war ursprünglich eine Stammeskultur und existierte vermutlich schon im zweiten Jahrhundert …«

»Und ich habe ihnen noch erzählt, du wärst furchtbar schüchtern«, bemerkte Nat, als er in dieser Nacht neben ihr ins Bett schlüpfte.

»Es tut mir wirklich leid«, meinte Su Ling. »Ich habe die goldene Regel meiner Mutter gebrochen.«

»Die da wäre?«, fragte Nat.

»Wenn zwei Menschen sich begegnen, sollte das Gespräch je zur Hälfte bestritten werden, bei drei Menschen zu je dreißig Prozent, bei vieren zu je fünfundzwanzig Prozent. Ich dagegen«, sie überlegte kurz, »habe ungefähr neunzig Prozent der Zeit geredet. Ich schäme mich, weil ich mich so schlecht benommen habe. Ich weiß gar nicht, was über mich gekommen ist. Ich war nur so nervös. Bestimmt bereuen sie es schon, mich jemals als Schwiegertochter ins Kalkül gezogen zu haben.«

Nat lachte. »Sie beten dich an. Mein Vater war wie hypnotisiert von deinem Wissen über Computer, und meine Mutter ist fasziniert von den Sitten in Korea, obwohl du nicht erwähnt hast, was stattfinden muss, sobald ein koreanisches Mädchen Tee mit den Eltern ihres Verehrers trinkt.«

»Das trifft auf die erste Generation von Amerikanern wie ich auch nicht mehr zu.«

»Die rosa Lippenstift und Miniröcke trägt.« Nat hielt einen rosa Lippenstift hoch.

»Ich wusste gar nicht, dass du Lippenstift verwendest, Nat. Noch so eine Angewohnheit, die du dir in Vietnam zugelegt hast?«

»Nur bei Nachteinsätzen. Und jetzt dreh dich um.«

»Umdrehen?«

»Ja«, sagte Nat bestimmt. »Ich dachte, koreanische Frauen sollen unterwürfig sein, also tu, was ich dir sage, und dreh dich um.«

Su Ling drehte sich um und legte sich mit dem Gesicht nach unten auf das Kissen. »Und wie lautet dein nächster Befehl, Captain Cartwright?«

»Zieh dein Nachthemd aus, kleine Blume.«

»Passiert das allen amerikanischen Mädchen in der zweiten Nacht?«

»Zieh dein Nachthemd aus.«

»Zu Befehl, Captain.« Langsam zog sie das weiße Seidennachthemd über den Kopf und ließ es zu Boden gleiten. »Und jetzt?«, fragte sie. »Verhaust du mich jetzt?«

»Nein, das kommt erst beim dritten Date. Ich werde dir eine Frage stellen.« Nat nahm den rosa Lippenstift und schrieb vier Worte auf ihre olivfarbene Haut, gefolgt von einem Fragezeichen.

»Was hast du da geschrieben, Captain Cartwright?«

»Warum findest du es nicht selbst raus?«

Su Ling stieg aus dem Bett und schaute über ihre Schulter in den Ankleidespiegel. Es dauerte eine Weile, bevor ein Lächeln ihr Gesicht überzog. Sie drehte sich zu Nat um, der mit ausgestreckten Armen und Beinen bäuchlings auf dem Bett lag und den Lippenstift hochhielt. Langsam ging sie zu ihm, nahm den Lippenstift, sah auf seine breiten Schultern hinunter und schrieb schließlich: JA, ICH WILL.

21

»Annie ist schwanger.«

»Das ist ja großartig«, freute sich Jimmy. Sie verließen gerade die Mensa und schlenderten zur ersten Vorlesung des Morgens über den Campus. »Im wievielten Monat ist sie denn?«

»Erst im zweiten, darum brauche ich deinen Rat.«

»Wie meinst du das?«

»Ganz einfach, du hast schon Erfahrung. Du bist Vater einer sechs Monate alten Tochter. Also, wie kann ich Annie in den nächsten sieben Monaten helfen?«

»Versuch einfach, für sie da zu sein. Und sag ihr oft, wie wunderbar sie aussieht, auch wenn sie einem gestrandeten Wal ähnelt. Und falls sie auf irgendwelche verrückte Ideen kommt, dann spiel einfach mit.«

»Zum Beispiel?«

»Joanna hat mit Vorliebe jeden Abend vor dem Schlafengehen ein Pfund Schokoladeneis verspeist, also habe ich eben auch ein Eis gegessen. Und wenn sie mitten in der Nacht aufwachte, wollte sie oft noch mehr Eis.«

»Das muss ein echtes Opfer gewesen sein«, spottete Fletcher.

»Allerdings, denn dem Eis folgte unweigerlich ein Löffel Lebertran.«

Fletcher lachte. »Erzähl weiter«, bat er, während sie sich dem Andersen-Gebäude näherten.

»Annie wird bald Schwangerschaftskurse besuchen, und die Dozentinnen empfehlen für gewöhnlich, dass auch die Ehemänner teilnehmen, um verstehen zu lernen, was ihre Frauen durchmachen.«

»Das würde mir alles nichts ausmachen«, meinte Fletcher. »Schon gar nicht die Eiscreme.« Sie stiegen die Stufen hoch und gingen durch die Schwingtüren.

»Bei Annie könnten es gut Zwiebeln oder saure Gurken sein«, warnte Jimmy.

»Dann wäre ich wahrscheinlich nicht so begeistert.«

»Und dann noch die Geburtsvorbereitung. Wer wird Annie dabei helfen?«

»Mom schlug vor, sie könne doch Miss Nichol, meine alte Nanny, aus dem Ruhestand zurückholen, aber Annie wollte davon nichts hören. Außerdem ist sie fest entschlossen, das Kind später ohne fremde Hilfe großzuziehen.«

»Joanna hätte bei Miss Nichol sofort zugegriffen. Soweit ich mich an die alte Dame erinnere, hätte sie nicht nur die Windeln gewechselt, sondern auch noch das Kinderzimmer gestrichen.«

»Wir haben kein Kinderzimmer«, sagte Fletcher. »Nur ein Gästezimmer.«

»Dann wird das von heute an das Kinderzimmer, und Annie wird erwarten, dass du es neu streichst, während sie loszieht und sich eine neue Garderobe kauft.«

»Sie hat schon mehr als genug Klamotten«, erklärte Fletcher.

»Keine Frau hat mehr als genug Klamotten«, korrigierte Jimmy. »Und in ein paar Monaten passt sie ohnehin in nichts mehr. Und dann wird sie anfangen darüber nachzudenken, was das Baby alles braucht.«

»Da sehe ich mich wohl besser gleich nach einer Stelle als Kellner oder Barkeeper um«, seufzte Fletcher, während sie den Korridor entlanggingen.

»Aber dein Vater wird doch sicher …«

»Ich habe nicht vor, mein ganzes Leben lang meinem alten Herrn auf der Tasche zu liegen.«

»Wenn mein Vater so viel Geld hätte«, meinte Jimmy, »würde ich nie arbeiten.«

»Doch, das würdest du«, widersprach Fletcher, »sonst hätte Joanna sich nie damit einverstanden erklärt, dich zu heiraten.«

»Ich denke nicht, dass du irgendwann als Barkeeper enden wirst, Fletcher, denn nach deinem Triumph im Karsten-Fall kannst du dir die Ferienjobs aussuchen. Und wenn ich eines über meine Babyschwester weiß – sie wird nichts zwischen dich und dein Abschneiden als Jahrgangsbester kommen lassen.« Jimmy schwieg kurz. »Ich sollte mal mit meiner Mutter reden. Sie hat Joanna bei vielem geholfen, ganz diskret.« Er schwieg erneut. »Aber im Gegenzug habe ich eine Bitte.«

»Und welche?«, fragte Fletcher.

»Tja, wie wär's fürs Erste mit dem Geld deines Vaters?« Jimmy grinste.

Fletcher lachte. »Du willst das Geld meines Vaters im Gegenzug für die Bitte an deine Mutter, ihrer Tochter bei der Geburt ihres Enkelkindes zu helfen? Weißt du, Jimmy, ich hab so das Gefühl, dass du einmal ein sehr erfolgreicher Scheidungsanwalt wirst.«

»Ich habe beschlossen, für das Amt des Präsidenten zu kandidieren«, sagte er ohne Einleitung.

»Eine gute Nachricht«, meinte Tom. »Wie denkt Su Ling darüber?«

»Ich hätte nie auch nur den ersten Schritt getan, wenn sie es nicht selbst vorgeschlagen hätte. Und sie will auch an meinem Wahlkampf mitarbeiten. Als Verantwortliche für die Wählerlisten und alles, was mit Zahlen oder Statistiken zu tun hat.«

»Dann ist ja bereits eines deiner Probleme gelöst«, stellte Tom fest. »Hast du eigentlich schon einen Wahlkampfleiter bestimmt?«

»Ja, gleich nachdem du nach Yale zurück bist. Ich habe mich für einen Typen namens Joe Stein entschieden. Er hat bereits zwei Wahlkämpfe geleitet und sichert mir außerdem die jüdischen Stimmen«, sagte Nat.

»Es gibt jüdische Stimmen in Connecticut?«, wunderte sich Tom.

»Überall in Amerika gibt es jüdische Stimmen. An dieser Uni sind vierhundertachtzehn Juden eingeschrieben, und ich brauche die Unterstützung jedes einzelnen.«

»Okay, wie stehst du denn zur Zukunft der Golanhöhen?«

»Ich weiß nicht mal, wo die Golanhöhen liegen«, erwiderte Nat.

»Das solltest du aber bist spätestens morgen um diese Zeit.«

»Ich frage mich, welche Einstellung Elliot bezüglich der Golanhöhen vertritt.«

»Ich wette, dass sie grundsätzlich zu Israel gehören und den Palästinensern niemals auch nur ein Millimeter davon abgetreten werden sollte«, meinte Tom.

»Und welchen Standpunkt vertritt er gegenüber den Palästinensern?«

»Von denen gibt es an der Uni wahrscheinlich so wenige, dass er dazu keinen hat.«

»Das macht ihm die Entscheidung natürlich einfach.«

»Als Nächstes musst du dir deine Eröffnungsrede überlegen, und wo du sie halten willst«, sagte Tom.

»Ich dachte an Russell Hall.«

»Aber da passen nur vierhundert Leute rein. Gibt es nichts Größeres?«

»Schon«, erwiderte Nat, »in die Aula passen über tausend, aber als Elliot seine Eröffnungsrede dort hielt, wirkte der Saal halb leer. Nein, ich reserviere lieber Russell Hall und lass die Leute auf den Fensterbänken sitzen, von den Dachbalken hängen oder sogar auf den Treppen vor der Tür stehen und nicht mehr reinkommen. Das wird bei den Wählern einen viel stärkeren Eindruck hinterlassen.«

»Dann solltest du schleunigst einen Termin festlegen und Russell Hall reservieren. Und gleichzeitig dein restliches Team aufstellen.«

»Worüber muss ich mir noch Gedanken machen?«, fragte Nat.

»Über deine Argumente für deine Kandidatur. Und vergiss nicht, mit jedem Studenten zu reden, der dir über den Weg läuft – ›Hallo, ich bin Nat Cartwright und kandidiere für das Amt des Präsidenten. Ich hoffe, ich kann auf deine Unterstützung bauen.‹ Dann hör dir an, was sie zu sagen haben, denn wenn sie glauben, dass dir etwas an ihren Ansichten liegt, ist die Chance, dass sie dich unterstützen, gleich viel größer.«

»Sonst noch was?«

»Scheu dich nicht, Su Ling vor den Karren zu spannen. Bitte sie, alle Studentinnen anzusprechen, denn nach ihrer

Entscheidung, an der Uni zu bleiben, gehört sie zu den am meisten bewunderten Frauen auf dem Campus. Es gibt nicht viele, die Harvard eine Abfuhr erteilen.«

»Erinnere mich bloß nicht daran«, bat Nat. »Ist das jetzt alles? Mir scheint, du hast wirklich an alles gedacht.«

»Das ist alles. Die letzten zehn Tage des Semesters komme ich vorbei und helfe dir, werde aber offiziell nicht zu deinem Team gehören.«

»Warum nicht?«

»Weil Elliot sonst jedem erzählen wird, deine Kampagne würde von einem Auswärtigen geführt – schlimmer noch, von einem Yale-Studenten mit einem millionenschweren Bankier als Vater. Vergiss nicht, dass du deine letzte Wahl gewonnen hättest, wenn Elliot nicht übel getrickst hätte, sei also darauf gefasst, dass er sich auch dieses Mal irgendeine Gemeinheit gegen dich ausdenkt.«

»Zum Beispiel?«

»Wenn ich das wüsste, wäre ich Nixons Stabschef.«

»Wie sehe ich aus?«, fragte Annie auf dem Beifahrersitz, den Sicherheitsgurt fest umklammert.

»Fantastisch, Schatz.« Fletcher warf ihr nicht einmal einen Blick zu.

»Nein, ich sehe scheußlich aus. Und dabei ist es ein so wichtiger Termin.«

»Nein, wahrscheinlich nur eins seiner zwanglosen Treffen für ein Dutzend Studenten.«

»Das wage ich zu bezweifeln«, widersprach Annie. »Die Einladung war von Hand geschrieben, und nicht mal ich konnte die Worte ›Bitte kommen Sie unbedingt, ich möchte Sie jemandem vorstellen‹ überlesen.«

»Tja, wir werden gleich herausfinden, um wen es sich handelt.« Fletcher parkte seinen alten Ford hinter einer Limousine, die von einem Dutzend Geheimdienstagenten umstellt war.

»Wer kann das nur sein?«, flüsterte Annie, als Fletcher ihr aus dem Wagen half.

»Keine Ahnung, aber …«

»Wie schön, Sie zu sehen, Fletcher«, rief der Professor, der in der Eingangstür stand. »Gut, dass Sie es einrichten konnten«, fügte er noch hinzu. Es wäre verdammt dämlich von mir gewesen, nicht zu kommen, hätte Fletcher am liebsten erwidert. »Auch von Ihnen, Mrs. Davenport. Natürlich erinnere ich mich an Sie. Ich saß bei Gericht schließlich ein paar Wochen lang nur zwei Reihen hinter Ihnen.«

Annie lächelte. »Damals war ich etwas schlanker.«

»Aber nicht schöner«, meinte Abrahams. »Darf ich fragen, wann das Baby kommen soll?«

»In zehn Wochen, Sir.«

»Nennen Sie mich bitte Karl«, bat der Professor. »Ich fühle mich gleich viel jünger, wenn eine Studentin von Vassar mich beim Vornamen nennt. Ein Privileg, das ich Ihrem Ehemann – wie ich hinzufügen möchte – frühestens in einem Jahr gewähren werde.« Er zwinkerte Annie zu und legte einen Arm um ihre Schulter. »Kommen Sie bitte herein. Ich möchte Ihnen beiden jemanden vorstellen.«

Fletcher und Annie folgten dem Professor ins Wohnzimmer, wo ein Dutzend Gäste bereits in Gespräche vertieft war. Es sah so aus, als wären sie die Letzten.

»Herr Vizepräsident, ich möchte Ihnen Annie Cartwright vorstellen.«

»Guten Abend, Herr Vizepräsident.«

»Hallo, Annie.« Spiro Agnew streckte die Hand aus. »Ich habe gehört, Sie hätten einen ziemlich schlauen Kerl geheiratet.«

Karl flüsterte laut: »Vergessen Sie niemals, Annie, dass Politiker zu Übertreibungen neigen, weil sie stets auf Ihre Stimme hoffen.«

»Ich weiß, Karl. Mein Vater ist auch Politiker.«

»Recht so«, sagte Agnew.

»Nein, Sir, links«, erwiderte Annie mit einem Lächeln. »Er ist der demokratische Fraktionsführer im Senat von Connecticut.«

»Gibt es denn heute Abend gar keine Republikaner hier?«

»Und das, Herr Vizepräsident, ist Annies Mann, Fletcher Davenport.«

»Hallo, Fletcher. Ist Ihr Vater ebenfalls Demokrat?«

»Nein, Sir, er ist eingetragenes Mitglied der republikanischen Partei.«

»Großartig, dann gibt es in Ihrem Haus wenigstens zwei Stimmen für uns.«

»Nein, Sir, meine Mutter würde Sie niemals über ihre Schwelle lassen.«

Der Vizepräsident lachte schallend. »Ich weiß nicht, welche Auswirkungen das auf Ihren Ruf haben wird, Karl.«

»Ich bleibe weiterhin neutral, Spiro. Politik ist nicht meine Sache. Darf ich Ihnen Annie anvertrauen, Sir? Ich möchte Fletcher noch jemand vorstellen.«

Fletcher war erstaunt, da er angenommen hatte, der Professor habe sich in seiner Einladung auf den Vizepräsidenten bezogen, folgte seinem Gastgeber jedoch pflichtschuldig zu einer Gruppe von Männern, die auf der anderen Seite des Raumes vor dem flackernden Kamin standen.

»Bill, das ist Fletcher Davenport. Fletcher, das ist Bill Alexander von Alexander …«

»… Dupont & Bell«, vervollständigte Fletcher und schüttelte die Hand des Seniorpartners einer der angesehensten Anwaltskanzleien von New York.

»Ich wollte Sie schon seit Langem kennenlernen, Fletcher«, sagte Bill Alexander. »Sie haben etwas zuwege gebracht, was mir in dreißig Jahren nicht gelungen ist.«

»Was denn, Sir?«

»Karl dazu zu bringen, in einem meiner Fälle zu assistieren. Wie haben Sie das nur geschafft?«

Beide Männer waren gespannt auf seine Antwort.

»Ich hatte keine andere Wahl, Sir. Er hat sich mir auf höchst unprofessionelle Weise aufgedrängt, aber Sie dürfen nicht vergessen, wie verzweifelt er war. Seit 1938 hat ihm niemand mehr eine richtige Arbeit angeboten.«

Beide Männer lachten.

»Ich sehe mich zu der Frage veranlasst, ob Karl sein Honorar wert war«, fuhr Alexander fort, »das ziemlich üppig gewesen sein muss, wenn man bedenkt, dass der Frau das Gefängnis erspart blieb.«

»Das war es in der Tat«, bestätigte Abrahams, bevor sein junger Gast antworten konnte. Er griff auf das Bücherregal hinter Bill Alexander und zog ein gebundenes Buch mit dem Titel *Die Fälle des Clarence Darrow* heraus. Mr. Alexander betrachtete das Buch. »Ich besitze dieses Buch natürlich auch«, sagte er.

»Ich hatte es ebenfalls schon«, sagte Abrahams. Fletcher blickte enttäuscht. »Aber keine signierte Erstausgabe mit einem perfekt erhaltenen Schutzumschlag. Das hier ist ein echtes Sammlerstück.«

Fletcher musste an seine Mutter und ihren unschätzbaren Rat denken: »Wähle etwas aus, das ihm etwas bedeutet. Es muss auch nicht viel Geld kosten.«

Nat machte die Runde in dem Kreis aus acht Männern und sechs Frauen, die sein Team bildeten, bat jeden von ihnen, sich vorzustellen. Dann erklärte er die einzelnen Verantwortungsbereiche im anstehenden Wahlkampf. Nat bewunderte Su Lings Hingabe, denn auf der Basis von Toms inoffiziellem Ratschlag hatte sie eine bemerkenswerte Auswahl an Studenten und Studentinnen getroffen, von denen die meisten sich Nats Kandidatur offenbar schon seit einiger Zeit gewünscht hatten.

»Okay, fangen wir damit an, uns gegenseitig auf den neuesten Stand zu bringen«, schlug Nat vor.

Joe Stein stand auf. »Da der Kandidat klargestellt hat, dass keine Spende höher als einen Dollar ausfallen darf, habe ich die Anzahl der Mitglieder im Team Fundraising erhöht, damit wir so viele Studenten wie möglich ansprechen können. Diese Gruppe trifft sich derzeit einmal wöchentlich, für gewöhnlich am Montag. Es wäre hilfreich, wenn der Kandidat irgendwann zu ihnen sprechen könnte.«

»Wie wäre es mit nächstem Montag?«, bot Nat an.

»Passt gut«, sagte Joe. »Bislang haben wir dreihundertundsieben Dollar an Spendengeldern eingenommen, den Großteil nach deiner Rede in der Russell Hall. Weil der Saal so proppenvoll war, schienen offenbar viele von ihnen überzeugt, auf der Seite des Gewinners zu stehen.«

»Danke, Joe«, sagte Nat. »Nächster Punkt: Was plant unser Gegner? Tim?«

»Mein Name ist Tim Ulrich, und meine Aufgabe ist es,

den Wahlkampf der Opposition zu beobachten und dafür zu sorgen, dass wir genau wissen, was sie vorhaben. Mindestens zwei Leute machen sich jedes Mal Notizen, wenn Elliot den Mund aufmacht. Er hat in den letzten Tagen so viele Wahlversprechen abgegeben, dass die Universität nächstes Jahr um diese Zeit bankrott wäre, wenn er alle einhalten wollte.«

»Was ist mit den Wählergruppen, Ray?«

»Es gibt drei Kategorien: ethnisch, religiös und die Studentenverbindungen, deshalb habe ich drei Bereichsleiter berufen, die jede einzelne Gruppe abdecken. Es gibt natürlich beträchtliche Überschneidungen, beispielsweise bei Italienern und Katholiken.«

»Was ist mit Geschlecht?«, fragte jemand.

»Nein. Wir fanden, Geschlecht sei etwas Universelles, und haben daher keine Unterkategorien daraus gemacht. Aber Oper, Essen und Mode sind Beispiele, wo es zu Überlappungen mit den Italienern kommt – das haben wir aber im Griff. Bei Mario gibt's sogar kostenlosen Kaffee für alle Kunden, die versprechen, für Cartwright zu stimmen.«

»Seid vorsichtig. Elliot wird das als Wahlausgaben auslegen«, warnte Joe. »Wir wollen nicht an einem Formfehler scheitern.«

»Einverstanden«, sagte Nat. »Sport?«

Jack Roberts, der Kapitän des Basketballteams, musste sich nicht erst vorstellen. »Laufsportarten und Leichtathletik werden durch Nats persönlichen Einsatz abgedeckt, vor allem nach seinem Sieg im letzten Querfeldeinlauf gegen Cornell. Ich decke das Baseball- und das Basketballteam ab. Elliot hat bereits die Footballmannschaft in der Tasche. Noch völlig offen ist das Lacrosseteam der Frauen – der Klub hat über dreihundert Mitglieder.«

»Ich habe eine Freundin in der zweiten Mannschaft«, warf Tim ein.

»Ich dachte, du bist schwul?«, scherzte Chris. Einige lachten.

»Wer deckt die schwulen Wähler ab?«, hakte Nat nach.

Niemand sagte etwas. »Wenn jemand offen zugibt, schwul zu sein, holt ihn ins Team. Und keine spitzen oder abfälligen Bemerkungen mehr.«

Chris nickte zustimmend. »Tut mir leid, Nat.«

»Zu guter Letzt Umfrageergebnisse und Statistik. Su Ling?«

»Registriert sind 9628 Studierende – 5517 Männer und 4111 Frauen. Eine ziemlich amateurhafte Umfrage, die am Samstagmorgen auf dem Campus durchgeführt wurde, erbrachte, dass Elliot 611 Stimmen bekam und Nat 541. Wir sollten aber nicht vergessen, dass Elliot uns eine Nasenlänge voraus ist, weil er praktisch seit über einem Jahr Wahlkampf führt und seine Plakate bereits überall hängen. Unsere werden erst am Freitag aufgehängt.«

»Und bis Samstag wieder abgerissen sein.«

»Dann ersetzen wir sie sofort«, entgegnete Joe. »Ohne auf dieselbe Taktik zurückzugreifen. Sorry, Su Ling.«

»Nein, schon in Ordnung. Jedes Mitglied des Teams muss mindestens zwanzig Wähler pro Tag ansprechen«, erklärte Su Ling. »Wir haben noch sechzig Tage und müssen in dieser Zeit versuchen, jeden Studenten und jede Studentin vor der Wahl mehrmals anzusprechen. An der Wand hinter euch findet ihr ein Anschlagbrett mit den Namen aller Studierenden, alphabetisch geordnet. Auf dem Tisch davor seht ihr siebzehn Buntstifte. Ich habe jedem Mitglied des Teams eine Farbe zugeordnet. Ihr werdet jeden Abend ein Kreuz hinter diejenigen machen, mit denen ihr gesprochen habt.

Auf diese Weise finden wir heraus, wer nur viel quatscht und wer wirklich arbeitet.«

»Hast du nicht eben gesagt, es lägen siebzehn Stifte auf dem Tisch?«, erkundigte sich Joe. »Wir sind doch nur vierzehn Leute im Team.«

»Stimmt, aber es gibt auch einen schwarzen, einen gelben und einen roten Stift. Wenn der Betreffende sagt, er wolle für Elliot stimmen, streicht ihr seinen Namen schwarz durch. Wenn ihr unsicher seid, macht einen gelben Haken neben dem Namen, und wenn ihr sicher seid, dass er für Nat stimmt, dann nehmt Rot. Jeden Abend werde ich die neuen Daten in meinen Computer eingeben und euch am nächsten Morgen einen Ausdruck aushändigen. Noch Fragen?« Su Ling sah sich um.

»Willst du mich heiraten?«, fragte Chris.

Alle lachten. »Ja, ich will.« Su Ling machte eine Pause. »Und denkt immer daran, nicht alles zu glauben, was man euch sagt, denn Elliot hat mich auch schon gefragt, und zu ihm habe ich ebenfalls Ja gesagt.«

»Und was ist mit mir?«, wollte Nat wissen.

Su Ling lächelte. »Vergiss nicht, du hast es schriftlich von mir.«

»Gute Nacht, Sir. Vielen Dank für diesen denkwürdigen Abend.«

»Gute Nacht, Fletcher. Freut mich, dass es Ihnen gefallen hat.«

»Das hat es wirklich«, bekräftigte Annie. »Es war faszinierend, dem Vizepräsidenten zu begegnen. Jetzt werde ich meinen Vater nämlich wochenlang damit ärgern können«, fügte sie hinzu, als Fletcher ihr in den Wagen half.

Bevor er die Tür auf seiner Seite schloss, sagte Fletcher: »Annie, du warst fantastisch.«

»Ich habe nur ums nackte Überleben gekämpft«, erwiderte Annie. »Ich hatte nicht erwartet, dass Karl mich beim Essen zwischen den Vizepräsidenten und Mr. Alexander setzen würde. Ich habe mich sogar gefragt, ob es ein Versehen war.«

»Solche Versehen gibt es beim Professor nicht«, sagte Fletcher. »Vermutlich hat Bill Alexander darum gebeten.«

»Warum sollte er das tun?«, fragte Annie.

»Weil er der Seniorpartner einer alteingesessenen, traditionsbewussten Kanzlei ist, deshalb weiß er, dass er eine Menge über mich herausfindet, wenn er meine Frau kennenlernt. Wenn man aufgefordert wird, bei Alexander Dupont & Bell einzutreten, kommt das einem Bund fürs Leben gleich.«

»Dann lass uns hoffen, dass ich der Verlobung nicht im Wege stand.«

»Im Gegenteil. Du hast dafür gesorgt, dass jetzt um mich geworben wird. Glaub ja nicht, es sei ein Zufall gewesen, dass sich Mrs. Alexander neben dich gesetzt hat, als der Kaffee im Salon serviert wurde.«

Annie stöhnte auf, und Fletcher sah besorgt zu ihr hinüber. »Oh mein Gott«, rief sie. »Die Wehen haben eingesetzt.«

»Es sind doch noch zehn Wochen«, widersprach Fletcher. »Entspann dich einfach. Ich habe dich im Nu zu Hause im Bett.«

Annie stöhnte erneut, diesmal etwas lauter. »Vergiss es, nach Hause zu fahren. Bring mich in ein Krankenhaus.«

Fletcher raste durch Westville, warf prüfende Blicke auf die Straßenschilder und versuchte herauszufinden, wie er am schnellsten zum Yale New Haven Hospital käme. Da entdeckte er am anderen Ende der Straße einen Taxistand. Er riss das Steuer herum, wendete und fuhr neben das vorderste Taxi. Er kurbelte das Fenster herunter und rief: »Meine Frau bekommt ein Baby. Wie komme ich am schnellsten nach Yale – New Haven?«

»Folgen Sie mir«, rief der Fahrer und düste los.

Fletcher versuchte, an dem Taxi dranzubleiben, das mit ständigen Spurwechseln durch den Verkehr raste. Eine Hand hatte er auf die Hupe gepresst, mit der anderen betätigte er die Blinker. Das Taxi nahm eine Strecke, die Fletcher absolut unbekannt war. Annie umklammerte derweil ihren Bauch, ihr Stöhnen wurde immer lauter.

»Keine Sorge, mein Liebling. Wir sind fast da!« Erneut überfuhr er eine rote Ampel, um den Anschluss an das Taxi nicht zu verlieren.

Als die beiden Autos schließlich vor dem Krankenhaus ankamen, standen zu Fletchers Überraschung bereits ein Arzt und eine Schwester neben einer Trage vor der geöffneten Tür. Offensichtlich wurden sie bereits erwartet. Der Taxifahrer sprang aus seinem Wagen und hob den Daumen in Richtung der Schwester. Fletcher vermutete, dass er die Zentrale gebeten hatte, im Krankenhaus Bescheid zu geben. Er hoffte, dass er genug Geld bei sich hatte, um ihn zu bezahlen, ganz zu schweigen von einem großzügigen Trinkgeld für die Initiative des Mannes.

Fletcher sprang ebenfalls aus dem Auto und rannte auf die andere Seite, um Annie zu helfen, aber der Taxifahrer war schneller. Sie nahmen Annie an den Ellbogen und halfen ihr vorsichtig aus dem Wagen und auf die Trage.

Die Schwester knöpfte Annies Kleid auf, noch bevor sie durch die Tür gerollt worden war. Fletcher zog seine Geldbörse und drehte sich zu dem Taxifahrer. »Vielen Dank, Sie haben uns wirklich sehr geholfen! Wie viel schulde ich Ihnen?«

»Keinen Cent, das geht auf mich«, erwiderte der Taxifahrer.

»Aber …«, fing Fletcher an.

»Wenn ich meiner Frau erzähle, dass ich Ihnen dafür Geld abgenommen habe, bringt sie mich um. Alles Gute!«, rief er und ging ohne ein weiteres Wort zu seinem Taxi zurück.

»Danke«, wiederholte Fletcher, bevor er ins Krankenhaus rannte. Schnell holte er seine Frau ein und nahm ihre Hand. »Alles wird gut, mein Schatz«, versicherte er ihr.

Ein Krankenpfleger stellte Annie eine Reihe von Fragen, auf die sie einsilbig antwortete. Anschließend rief er im Operationssaal an, um Dr. Redpath und seinem Team durchzugeben, dass sie in einer Minute bei ihnen sein würden. Der riesige, langsam zuckelnde Aufzug kam im fünften Stock zum Stehen. Annie wurde zügig den Flur entlanggeschoben. Fletcher trabte neben ihr her und klammerte sich an ihre ausgestreckte Hand. In der Ferne sah er zwei Krankenschwestern, die eine Doppeltür aufhielten, damit die Trage ungebremst hindurchgeschoben werden konnte.

Annie hielt sich auch dann noch an Fletchers Hand fest, als sie auf den Operationstisch gehievt wurde. Drei weitere Personen kamen in den Raum, die Gesichter hinter Operationsmasken verborgen. Die erste überprüfte die Instrumente, die auf dem Tisch lagen, die zweite bereitete eine Sauerstoffmaske vor, und die dritte versuchte, Annie weitere Fragen zu stellen, obwohl sie bereits vor Schmerzen schrie. Fletcher ließ die Hand seiner Frau nicht los. Ein älterer Mann kam herein. Er zog sterile Handschuhe an und fragte: »Alles bereit?« Dann erst begutachtete er die Patientin.

»Ja, Dr. Redpath«, erwiderte die Schwester.

»Gut«, sagte er und fügte, zu Fletcher gewandt, hinzu: »Ich fürchte, Sie müssen jetzt gehen, Mr. Davenport. Sobald das Baby auf der Welt ist, rufen wir Sie.«

Fletcher küsste seine Frau auf die Stirn. »Ich bin so stolz auf dich«, flüsterte er.

22

Nat wachte am Wahltag um fünf Uhr früh auf und stellte fest, dass Su Ling bereits unter der Dusche stand. Er sah auf den Terminplan auf dem Nachttisch. Um sieben fand eine Sitzung des gesamten Teams statt, gefolgt von eineinhalb Stunden vor der Mensa, wo er die Wähler auf dem Weg zum und vom Frühstück begrüßen würde.

»Komm zu mir«, rief Su Ling. »Wir dürfen keine Zeit verlieren.« Sie hatte recht, und sie schafften es gerade noch rechtzeitig zum Teamtreffen. Alle anderen waren schon da, und Tom, der extra aus Yale angereist war, gab die Erfahrungen seiner eigenen Wahl unlängst weiter. Su Ling und Nat setzten sich auf die beiden leeren Stühle neben ihrem inoffiziellen Stabschef, der seine Instruktionen fortsetzte, als wären sie gar nicht da.

»Keiner macht Pause, nicht mal um Luft zu schnappen, bis eine Minute nach achtzehn Uhr, wenn die letzte Stimme abgegeben wurde. Und jetzt schlage ich vor, dass der Kandidat und Su Ling bis halb neun vor der Mensa Posten beziehen, während der Rest von euch zum Frühstück in die Mensa geht.«

»Wir sollen auf diesem Mist eine Stunde lang herumkauen?«, fragte Joe.

»Nein, ich will nicht, dass ihr etwas esst, Joe, ich will, dass ihr von Tisch zu Tisch geht. Nie zwei von euch an denselben

Tisch, und denkt daran, dass Elliots Team wahrscheinlich das Gleiche macht, verschwendet also keine Zeit damit, seine Leute um ihre Stimme zu bitten. Okay, los geht's.«

Vierzehn Leute rannten aus dem Raum und über den Rasen, zwölf verschwanden durch die Schwingtüren in der Mensa, Nat und Su Ling blieben vor der Eingangstür zurück.

»Hallo, ich bin Nat Cartwright, und ich bewerbe mich um das Amt des Präsidenten des Studentenausschusses. Ich hoffe, ihr gebt mir bei der heutigen Wahl eure Stimme.«

Zwei verschlafene Studenten murmelten: »Schon gut, Mann, du hast dir die schwulen Stimmen doch schon gesichert.«

»Hallo, ich bin Nat Cartwright, und ich bewerbe mich um das Amt des Studentenpräsidenten. Ich hoffe, du wirst mich …«

»Ja, ich weiß, wer du bist, aber wie willst du verstehen, wie es ist, von einem Studentendarlehen leben zu müssen, wenn du jeden Monat vierhundert Dollar extra kriegst?«, lautete die bissige Antwort.

»Hallo, ich bin Nat Cartwright. Ich bewerbe mich um das Amt des Studentenpräsidenten und …«

»Ich wähle keinen von euch beiden«, schnauzte ein anderer Student und stieß die Schwingtüren auf.

»Hallo, ich bin Nat Cartwright, und ich bewerbe mich …«

»Tut mir leid, ich bin nur zu Besuch von einer anderen Uni hier, darf also nicht wählen.«

»Hallo, ich bin Nat Cartwright, und ich …«

»Viel Glück, aber ich stimme nur wegen deiner Freundin für dich. Die finde ich umwerfend.«

»Hallo, ich bin Nat Cartwright …«

»Und ich bin ein Mitglied von Ralph Elliots Team. Wir werden dir gehörig in den Arsch treten.«

»Hallo, ich bin Nat …«

Neun Stunden später konnte Nat nur raten, wie oft er seinen Spruch aufgesagt und wie viele Hände er geschüttelt hatte. Er wusste nur eins mit Sicherheit: Er war heiser, und demnächst würden ihm seine Finger abfallen. Eine Minute nach 18 Uhr wandte er sich an Tom und sagte: »Hallo, ich bin Nat Cartwright und …«

»Lass gut sein«, erwiderte Tom lachend. »Ich bin der Studentenpräsident von Yale, und ich weiß, wenn Ralph Elliot nicht gewesen wäre, hättest du jetzt meinen Job.«

»Was hast du dir als Nächstes für mich ausgedacht?«, wollte Nat wissen. »Mein Terminplan endete um 18 Uhr, und ich habe keine Ahnung, was ich jetzt tun soll.«

»Typisch für einen Kandidaten«, sagte Tom. »Ich dachte, wir drei könnten entspannt bei Mario zu Abend essen.«

»Was ist mit dem Rest des Teams?«, fragte Su Ling.

»Joe, Chris, Sue und Tim sind als Beobachter bei der Auszählung drüben in der Aula. Die anderen legen eine wohlverdiente Pause ein. Die Auszählung fängt um 19 Uhr an und dauert mindestens zwei Stunden. Ich habe vorgeschlagen, dass sich alle um 20.30 Uhr dort einfinden.«

»Klingt gut«, sagte Nat. »Ich könnte ein Pferd verspeisen.«

Mario führte die drei an ihren Tisch in der Ecke und sprach Nat mit »Mr. President« an. Während sie noch an ihren Drinks nippten und versuchten, sich zu entspannen, tauchte Mario schon mit einer riesigen Schüssel Spaghetti auf, die er mit Sauce bolognese zukleisterte, bevor er kräftig Parmesan darüber rieb. Wie oft Nat auch seine Gabel in diesen Berg Pasta versenkte, er schien nie kleiner zu werden.

Tom fiel auf, dass sein Freund immer nervöser wurde und immer weniger aß.

»Ich frage mich, was Elliot ausheckt«, sinnierte Su Ling.

»Er wird mit dem Rest seiner jämmerlichen Truppe bei McDonald's sitzen, Burger und Pommes essen und so tun, als ob es ihm schmeckt«, antwortete Tom und nahm einen Schluck vom Hauswein.

»Tja, wenigstens kann er uns jetzt nicht mehr mit schmutzigen Tricks kommen«, sagte Nat.

»Da wäre ich mir nicht so sicher«, erwiderte Su Ling in dem Moment, als Joe Stein durch die Tür gerannt kam.

»Was kann Joe nur wollen?« Tom stand auf und winkte ihm zu. Nat lächelte, als sein Stabschef an ihren Tisch eilte, aber Joe erwiderte das Lächeln nicht.

»Wir haben ein Problem«, sagte Joe. »Ihr kommt besser sofort in die Aula.«

Fletcher tigerte im Flur auf und ab, genau wie sein Vater an einem Abend vor über zwanzig Jahren, den ihm Miss Nichol häufig beschrieben hatte. Es war, als spielte man einen alten Schwarz-Weiß-Film ab, mit immer demselben Happy End. Fletcher stellte fest, dass er sich nie mehr als ein paar Schritte von der Tür zum Operationssaal entfernte, während er darauf wartete, dass jemand – irgendwer – herauskam.

Schließlich schwangen die Gummitüren auf, und eine Schwester kam herausgeeilt, huschte jedoch wortlos an ihm vorbei. Es dauerte mehrere Minuten, bis endlich Dr. Redpath auftauchte. Er nahm die Operationsmaske ab, aber seine Lippen lächelten nicht. »Man bringt Ihre Frau gerade auf ihr Zimmer«, sagte er. »Es geht ihr gut. Sie ist erschöpft, aber wohlauf. Sie dürfen in wenigen Minuten zu ihr.«

»Was ist mit dem Baby?«

»Ihr Sohn wurde auf die Neugeborenenstation verlegt. Ich bringe Sie hin.« Er nahm Fletcher am Ellbogen, führte ihn den Flur entlang und blieb vor einer großen Glasscheibe stehen. Auf der anderen Seite standen drei Brutkästen. Zwei von ihnen waren bereits belegt. Fletcher sah zu, wie man seinen Sohn vorsichtig in den dritten bettete. Ein mageres, hilfloses kleines Etwas, rot und faltig. Die Schwester schob einen Gummischlauch in seine Nase. Dann brachte sie einen Sensor an seiner Brust an und stöpselte das andere Ende in einen Monitor. Zuletzt befestigte sie ein winziges Band um das linke Handgelenk des Babys, auf dem der Name *Davenport* stand. Der Bildschirm flackerte sofort auf, aber selbst mit seinen geringen medizinischen Kenntnissen konnte Fletcher sehen, wie schwach der Herzschlag seines Sohnes war. Besorgt sah er zu Dr. Redpath.

»Wie stehen seine Chancen?«

»Er ist zehn Wochen zu früh gekommen, aber wenn er die Nacht übersteht, sind die Aussichten gut, dass er überlebt.«

»Wie stehen seine Chancen?«, bedrängte ihn Fletcher.

»Da gibt es keine Richtlinien, Prozentzahlen oder Gesetze. Jedes Kind ist ein Einzelfall, das gilt auch für Ihren Sohn«. Eine Schwester trat zu ihnen.

»Sie können jetzt zu Ihrer Frau, Mr. Davenport«, sagte sie. »Kommen Sie bitte mit.«

Fletcher dankte Dr. Redpath und folgte der Schwester eine Treppe hinunter in das darunterliegende Stockwerk, wo sie ihn zu seiner Frau führte. Annie lag, gestützt von mehreren Kissen, halb aufgerichtet in ihrem Bett.

»Wie geht es unserem Sohn?«, waren ihre ersten Worte.

»Er sieht umwerfend aus, Mrs. Davenport, und er hat

Glück, dass er sein Leben mit einer so erstaunlichen Mutter beginnen darf.«

»Sie lassen ihn mich nicht sehen«, erwiderte Annie leise. »Dabei würde ich ihn doch so gern im Arm halten.«

»Sie haben ihn vorübergehend in einen Brutkasten gelegt«, sagte er sanft, »aber es ist ständig eine Schwester bei ihm.«

»Es kommt mir vor, als läge das Abendessen bei Professor Abrahams Jahre zurück.«

»Ja, ein ziemlich verrückter Abend«, stimmte Fletcher zu. »Und ein doppelter Triumph für dich. Erst beeindruckst du den Seniorpartner einer Kanzlei, der ich beitreten möchte, und dann bringst du noch einen Sohn zur Welt, alles an einem einzigen Abend. Was kommt als Nächstes?«

»Das ist jetzt alles so unwichtig. Wir müssen uns um ein Kind kümmern.« Sie schwieg kurz. »Harry Robert Davenport.«

»Klingt doch prima«, meinte Fletcher, »und unsere Väter werden beide begeistert sein.«

»Wie sollen wir ihn rufen?«, fragte Annie. »Harry oder Robert?«

»Ich weiß genau, wie ich ihn rufen werde«, sagte Fletcher, als die Schwester ins Zimmer zurückkam.

»Ich denke, Sie sollten jetzt etwas schlafen, Mrs. Davenport. Es war sehr anstrengend für Sie.«

»Dem kann ich nur zustimmen.« Annie lächelte. Als Fletcher ging, schaltete die Schwester das Licht aus.

Fletcher rannte wieder die Treppe hinauf. Er wollte nachsehen, ob der Herzschlag seines Sohnes inzwischen ein wenig kräftiger war. Durch die Scheibe starrte er auf den Monitor, versuchte ihn mit purer Willenskraft dazu zu bringen, etwas stärker zu flackern, und redete sich ein, dass er es täte. Fletcher presste die Nase gegen das Glas. »Kämpf weiter, Harry«, flüsterte er und zählte die Herzschläge pro Minute. Mit einem Mal fühlte er sich erschöpft. »Halt durch, du schaffst es.«

Er trat ein paar Schritte zurück und sackte auf einen Stuhl auf der gegenüberliegenden Seite des Flurs. Innerhalb von Minuten war er fest eingeschlafen.

Fletcher schreckte hoch, als er eine Hand auf seiner Schulter spürte, und versuchte die Augen zu öffnen. Er hatte keine Ahnung, wie lange er geschlafen hatte. Das Erste, was er sah, war eine Schwester mit ernstem Gesichtsausdruck. Dr. Redpath stand einen Schritt hinter ihr. Man musste ihm nicht sagen, dass Harry Robert Davenport nicht mehr am Leben war.

»Wo liegt das Problem?«, fragte Nat, während sie zur Aula rannten, in der die Stimmen ausgezählt wurden.

»Wir lagen sicher in Führung. Bis vor wenigen Minuten«, berichtete Joe, mittlerweile völlig außer Atem, weil er die Strecke ja schon einmal hinter sich hatte und zudem außerstande war, mit Nats Tempo mitzuhalten, das dieser wohl als »zügiges Gehen« bezeichnet hätte. Nat wurde etwas langsamer. »Und dann sind urplötzlich zwei neue Urnen aufgetaucht, randvoll mit Stimmzetteln – zu fast neunzig Prozent zugunsten von Elliot«, fügte Joe hinzu, als sie die unterste Stufe erreichten.

Nat und Tom warteten nicht auf Joe. Sie stürmten die Treppen hoch und durch die Schwingtüren. Die erste Person, die sie sahen, war Ralph Elliot – mit einem selbstgefälligen Grinsen im Gesicht. Nat sah Tom an, der bereits von Sue und Chris informiert wurde. Rasch ging er zu den dreien.

»Wir haben mit knapp über vierhundert Stimmen geführt«, erläuterte Chris, »und gingen davon aus, alles wäre schon gelaufen, als plötzlich aus dem Nichts zwei neue Urnen auftauchten.«

»Was meinst du mit aus dem Nichts?«, fragte Tom

»Tja, sie wurden unter einem Tisch entdeckt, gehörten aber nicht zu denen, die wir bei der ursprünglichen Zählung registriert hatten. In einer dieser beiden Urnen«, Chris sah auf sein Klemmbrett, »erzielte Elliot 319 Stimmen und Nat 48 Stimmen, in der anderen stand es 322 für Elliot zu 41 für Nat, was das ursprüngliche Ergebnis umgedreht hat und Elliot mit einer Handvoll Stimmen in Führung brachte.«

»Gib mir mal ein paar Zahlenbeispiele aus den übrigen Urnen«, bat Su Ling.

»Die waren alle ziemlich ausgeglichen.« Chris sah wieder auf seine Liste. »Die größte Differenz lag bei 209 Stimmen für Nat und 176 für Elliot. Der brachte es nur in einer Urne auf mehr Stimmen, 201 zu 196.«

»Die Stimmen in diesen letzten beiden Urnen sind statistisch gesehen unmöglich«, erklärte Su Ling, »wenn man sie mit den anderen zehn Urnen vergleicht, die bereits ausgezählt wurden. Jemand muss diese Urnen buchstäblich mit Stimmzetteln vollgestopft haben, um das ursprüngliche Ergebnis umzukehren.«

»Aber wie haben sie das hingekriegt?«, fragte Tom.

»Das ist ganz leicht, solange man sich genügend unbenutzte Stimmzettel beschaffen kann«, meinte Su Ling.

»Und das ist ja nun wirklich nicht so schwer«, warf Joe ein.

»Was macht dich da so sicher?«, wollte Nat wissen.

»Als ich in der Mittagspause in meinem Wohnheim meine

Stimme abgegeben habe, hatte nur eine einzige Studentin Aufsicht, und sie schrieb an einem Aufsatz. Ich hätte problemlos unbemerkt eine Handvoll Stimmzettel mitnehmen können.«

»Das erklärt aber nicht das plötzliche Auftauchen von zwei fehlenden Urnen«, entgegnete Tom.

»Man muss nicht promoviert haben, um sich das auszurechnen«, mischte sich Chris ein. »Sobald die Wahllokale geschlossen werden, muss man nur zwei der Urnen zurückhalten und sie mit Stimmzetteln vollstopfen.«

»Das können wir unmöglich beweisen«, sagte Nat.

»Die Statistik beweist es«, behauptete Su Ling. »Die Statistik lügt nie, obwohl ich zugeben muss, dass wir keine direkten Beweise haben.«

»Was machen wir jetzt?«, fragte Joe und starrte zu Elliot hinüber, der immer noch selbstgefällig wirkte.

»Wir können nicht viel mehr tun, als Chester Davies unsere Beobachtungen mitzuteilen. Er ist schließlich der Wahlleiter.«

»Okay. Joe, übernimm das. Wir anderen warten, was Davies dazu zu sagen hat.«

Joe zog los, um den Dekan über die Sache zu informieren. Sie konnten sehen, wie die Miene des betagten Akademikers dabei immer grimmiger wurde. Sobald Joe geendet hatte, rief der Dekan den Stabschef von Elliot zu sich, der nur mit den Schultern zuckte und darauf hinwies, dass alle Urnen gültig seien.

Beklommen sah Nat zu, wie Mr. Davies die beiden befragte. Joe nickte zustimmend, bevor sie auseinandergingen und zu ihrem jeweiligen Team zurückkehrten.

»Der Dekan hat ein Treffen des Wahlkomitees in seinem

Büro einberufen. Er meldet sich wieder, sobald sie über die Angelegenheit gesprochen haben. Das wird so in etwa dreißig Minuten sein.«

Su Ling nahm Nats Hand. »Mr. Davies ist ein guter und gerechter Mann«, sagte sie, »er wird zu der richtigen Schlussfolgerung gelangen.«

»Das mag ja sein«, erwiderte Nat, »aber am Ende kann er nur die Wahlregeln befolgen.«

»Dem kann ich nur zustimmen«, sagte eine Stimme hinter ihnen. Nat wirbelte herum und sah Elliot, der ihn angrinste. »Sie müssen gar nicht erst ins Regelwerk schauen, um herauszufinden, dass derjenige mit den meisten Stimmen der Gewinner ist«, fügte Elliot verächtlich hinzu.

»Außer sie stellen fest, dass es mehr Stimmen als Wählende gibt«, hielt Nat dagegen.

»Beschuldigst du mich des Wahlbetrugs?«, fauchte Elliot. Eine Gruppe seiner Anhänger kam herbeigeschlendert und baute sich hinter ihm auf.

»Tja, lass es mich mal so ausdrücken: Wenn du diese Wahl gewinnst, könntest du dich auch für eine Stelle als Stimmenzähler in Chicago bewerben, denn selbst Bürgermeister Daly kann dir nichts mehr beibringen.«

Elliot trat einen Schritt vor und hob die Faust. In diesem Moment kehrte der Dekan mit einem Blatt Papier in der Hand zurück. Er trat auf die Bühne.

»Das hat dir in letzter Sekunde eine Tracht Prügel erspart«, flüsterte Elliot.

»Ich denke eher, dass gleich du eine Tracht Prügel beziehst«, antwortete Nat. Beide drehten sich zur Bühne.

Die Gespräche im Saal verstummten, als Mr. Davies die Höhe des Mikrofons korrigierte und sich an alle wandte, die sich zur Verkündung des Wahlergebnisses eingefunden hatten. Langsam las er seinen vorbereiteten Text vor.

»Im Zuge der Wahl zum Präsidenten des Studentenausschusses wurde ich darauf aufmerksam gemacht, dass zwei Urnen erst nach Abschluss der Auszählung entdeckt worden sind. Als man sie öffnete, unterschieden sich die darin enthaltenen Stimmen beträchtlich von allen anderen Urnen. Als bevollmächtigtes Wahlkomitee sahen wir uns veranlasst, das Regelwerk bezüglich studentischer Wahlen zu konsultieren. Doch sosehr wir auch gesucht haben, wir konnten keine Erwähnung fehlender Urnen entdecken oder herausfinden, welche Maßnahmen bei unverhältnismäßigen Stimmenzahlen in einer Urne ergriffen werden sollten.«

»Weil in der Vergangenheit niemand jemals einen Wahlbetrug begangen hat«, rief Joe aus dem hinteren Teil des Saales.

»Und das hat auch diesmal keiner«, wurde sofort erwidert, »ihr seid einfach schlechte Verlierer.«

»Wie viele Urnen habt ihr noch versteckt? Nur für den Fall der Fälle?«

»Wir brauchen keine mehr.«

»Ruhe«, befahl der Dekan. Er wartete, bis alle schwiegen, bevor er weiter von seinem Blatt ablas. »Wir wissen jedoch um unsere Verantwortung als Wahlkomitee und sind zu dem Schluss gekommen, dass das Ergebnis der Wahl steht.« Die Anhänger von Elliot sprangen in die Luft und jubelten.

Elliot drehte sich zu Nat um und sagte: »Ich denke, da hast wohl du gerade eine ordentliche Abreibung bekommen.«

»Noch ist es nicht vorbei.« Nat hatte Mr. Davies immer noch fest im Visier.

Es dauerte eine Weile, bevor der Dekan fortfahren konnte,

da nur wenigen Anwesenden klar war, dass er seine Erklärung noch nicht beendet hatte.

»Da es bei dieser Wahl mehrere Unregelmäßigkeiten gab, von denen unserer Meinung nach eine ungelöst bleibt, habe ich beschlossen, dass gemäß Paragraph 7B des Studentenausschussregelwerkes der unterlegene Kandidat die Chance erhält, das Ergebnis anzufechten. Sollte er dies tun, stehen dem Komitee drei Alternativen offen.« Er schlug das Regelbuch auf und las laut vor: »Das Komitee kann a) das ursprüngliche Ergebnis bestätigen, b) das ursprüngliche Ergebnis umkehren oder c) eine Neuwahl ausrufen, die in der ersten Woche des folgenden Quartals abgehalten wird. Wir schlagen daher vor, Mr. Cartwright vierundzwanzig Stunden zu gewähren, in denen er Berufung einlegen kann.«

»Dafür brauchen wir keine vierundzwanzig Stunden«, rief Joe. »Wir legen Berufung ein.«

»Das muss der Kandidat schriftlich tun«, erklärte der Dekan.

Tom warf Nat einen Blick zu, der zu Su Ling hinunterschaute.

»Weißt du noch, was wir vereinbart haben für den Fall, dass ich nicht gewinne?«

Drittes Buch

Chroniken

23

Nat drehte sich um und sah zu, wie Su Ling langsam auf ihn zukam. Das erinnerte ihn an den Tag ihrer ersten Begegnung. Er war ihr einen Hügel hinunter nachgejagt, und als sie sich damals zu ihm umdrehte, hatte es ihm den Atem verschlagen.

»Hast du eine Ahnung, wie viel Glück du hast?«, flüsterte Tom.

»Könntest du dich bitte auf deine Aufgabe konzentrieren? Wo ist der Ring?«

»Der Ring? Was für ein Ring?« Nat starrte seinen Trauzeugen an. »Zur Hölle, ich wusste doch, dass ich etwas vergessen habe«, flüsterte Tom hektisch. »Könntest du die ganze Sache einen Moment verzögern, während ich nach Hause laufe und ihn suche?«

»Willst du, dass ich dich erwürge?«, grinste Nat.

»Ja, bitte.« Tom blickte auf Su Ling, die sich ihnen näherte. »Sie soll meine letzte Erinnerung an diese Welt sein.«

Nat wandte seine Aufmerksamkeit wieder seiner Braut zu, und sie schenkte ihm jenes Lächeln, an das er sich von ihrer ersten Verabredung vor dem Eingang des Cafés erinnerte. Sie nahm ihren Platz neben ihm ein, den Kopf leicht gesenkt, und wartete, dass der Priester mit dem Gottesdienst begann. Nat dachte an die Entscheidung, die sie nach der Wahl getroffen hatten, und er wusste, er würde sie niemals bereuen. Warum sollte er Su Lings Karriere behindern, nur wegen der winzigen Möglichkeit, dass er die Präsidentschaft gewann? Die Vorstellung, in der ersten Woche des nächsten Quartals erneut eine Wahl durchzustehen und Su Ling zu bitten, noch ein weiteres Jahr herumzuhängen, falls er scheiterte, bestärkten ihn in der Überzeugung, was er zu tun hatte. Der Priester wandte sich an die Anwesenden. »Liebe Gemeinde …«

Als Su Ling Professor Mullden erläutert hatte, dass sie heiraten und ihr künftiger Ehemann an der University of Connecticut studieren würde, wurde Nat sofort die Möglichkeit angeboten, seine Zwischenprüfungen in Harvard abzulegen. Man wusste dort bereits um Nats Verdienste in Vietnam und seine Erfolge im Querfeldeinteam, aber den Ausschlag gaben seine Noten. Es erstaunte die Zulassungskommission, warum er nicht seinen Studienplatz in Yale angenommen hatte. Schließlich war den Mitgliedern der Kommission klar, dass sie nicht einfach nur Su Lings Ehemann bekamen.

»Willst du diese Frau zu deiner dir rechtmäßig angetrauten Ehefrau nehmen?«

Nat hätte am liebsten »Ja, ich will« gebrüllt. Stattdessen erwiderte er nur ruhig: »Ja, ich will.«

»Willst du diesen Mann zu deinem dir rechtmäßig angetrauten Ehemann nehmen?«

»Ja, ich will«, sagte Su Ling mit gesenktem Kopf.

»Sie dürfen die Braut nun küssen«, sagte der Priester.

»Ich glaube, damit meint er mich.« Tom trat einen Schritt vor.

Nat nahm Su Ling in die Arme und küsste sie, während er Tom kräftig gegen das Schienbein trat.

»Das bekomme ich nun für all das, was ich im Laufe der Jahre geopfert habe? Na ja, wenigstens bin ich jetzt an der Reihe.« Nat wirbelte herum und nahm Tom fest in die Arme, während die versammelte Gemeinde in Gelächter ausbrach.

Tom hat recht, dachte Nat. Er hatte nicht einmal Einwände erhoben, als Nat sich weigerte, Berufung beim Wahlkomitee einzulegen, obwohl Nat wusste, dass Tom überzeugt war, dass Nat bei einer Neuwahl erfolgreich gewesen wäre. Und am folgenden Morgen hatte Mr. Russell angerufen und Nat angeboten, ihr Haus für den Hochzeitsempfang zu nutzen. Wie sollte er ihm das jemals vergelten?

»Aber Vorsicht«, warnte Tom, »Dad wird erwarten, dass du als Trainee zu ihm in die Bank kommst, sobald du deinen Abschluss an der Harvard Business School hast.«

»Das könnte das beste Angebot sein, das ich bekomme«, meinte Nat.

Braut und Bräutigam drehten sich zu ihren Familien und Freunden um. Susan versuchte erst gar nicht, ihre Tränen zurückzuhalten, und Michael strahlte vor Stolz. Su Lings Mutter trat einen Schritt vor und machte ein Foto der beiden in ihrem ersten Augenblick als Mann und Frau.

Nat erinnerte sich nicht genau an den Empfang, er hatte einfach nur das Gefühl, dass Mr. und Mrs. Russell nicht mehr hätten tun können, wenn er ihr eigener Sohn gewesen wäre. Er ging von Tisch zu Tisch, dankte vor allem denen, die eine lange Anreise auf sich genommen hatten. Erst als er den Klang von Silber auf Kristall hörte, prüfte er schnell, ob die Rede, die er vorbereitet hatte, immer noch in der Innentasche seines Jacketts steckte.

Rasch eilte er zu seinem Platz am Kopfende des Tisches, gerade als sich Tom für seine Rede erhob. Der Trauzeuge erklärte, warum der Empfang in seinem Elternhaus abgehalten wurde. »Und vergessen Sie nicht, dass ich Su Ling lange vor dem Bräutigam einen Heiratsantrag gemacht habe, wobei sie allerdings aus unerfindlichen Gründen bereit war, sich mit der zweiten Wahl zu begnügen.« Nat lächelte Toms Tante Abigail aus Boston zu, während die Gäste klatschten.

Manchmal fragte sich Nat, ob Toms Scherze über seine Liebe zu Su Ling nicht eine unterschwellige Wahrheit über seine wahren Gefühle preisgaben. Er sah zu seinem Trauzeugen auf, erinnerte sich, wie er sich damals an ihrem ersten Tag in Taft neben den verheulten, kleinen Jungen ans Ende der Reihe gesetzt hatte, weil er zu spät gekommen war – danke, Mutter! Er musste daran denken, wie viel Glück er hatte, so einen Freund zu haben, und hoffte, ihm bald den gleichen Dienst erweisen zu können.

Tom erhielt herzlichen Zuspruch, als er sich setzte und an den Bräutigam übergab.

Nat begann seine Rede mit einem Dank an Mr. und Mrs. Russell für ihre Großzügigkeit und die Erlaubnis, ihr herrliches Heim für den Empfang zu nutzen. Er dankte seiner Mutter für ihre Klugheit und seinem Vater für sein Aussehen, was ihm Applaus und Gelächter einbrachte. »Am meisten aber danke ich Su Ling, weil sie den falschen Weg eingeschlagen hat, und meinen Eltern für eine Erziehung, die mich veranlasste, ihr zu folgen und sie zu warnen, dass sie einen Fehler begeht.«

»Es war ein weitaus größerer Fehler, dass sie dir den Hügel hinauf hinterherjagte«, warf Tom ein.

Nat wartete, bis das Gelächter abgeklungen war, bevor er fortfuhr: »Ich habe mich in dem Augenblick in Su Ling verliebt, als ich sie sah, ein Gefühl, das eindeutig nicht erwidert wurde, aber wie ich bereits erklärte, bin ich mit dem Aussehen meines Vaters gesegnet. Lasst mich damit schließen, dass ich hiermit alle Anwesenden zu unserer Goldenen Hochzeit am 11. Juli 2024 einlade.« Er machte eine kleine Pause. »Nur Weicheier und die, die es wagen sollten, vorher zu sterben, sind entschuldigt.« Er hob sein Glas. »Auf meine Frau Su Ling.«

Als Su Ling nach oben verschwand, um sich umzuziehen, fragte Tom Nat endlich, wo sie die Flitterwochen verbringen wollten.

»Korea«, flüsterte Nat. »Wir haben vor, das Dorf zu suchen, in dem Su Ling geboren wurde. Vielleicht können wir Angehörige aufspüren. Allerdings haben wir das Su Lings Mutter noch nicht erzählt – wir wollen sie bei unserer Rückkehr damit überraschen.«

Dreihundert Gäste strömten ins Freie, um in der Auffahrt zu applaudieren, als der Wagen mit Braut und Bräutigam auf der Fahrt zum Flughafen in der Ferne verschwand.

»Ich frage mich ja, wo sie ihre Flitterwochen verbringen«, sagte Su Lings Mutter.

»Ich habe keine Ahnung«, erwiderte Tom.

Fletcher hielt Annie im Arm. Ein Monat war seit der Beerdigung von Harry Robert vergangen, und immer noch gab sie sich die Schuld daran.

»Das ist nicht fair«, widersprach Fletcher. »Wenn jemand Schuld hat, dann ich. Sieh dir den Stress an, unter dem Joanna bei der Geburt stand, bei ihr hat das nicht das Geringste ausgemacht.« Aber Annie ließ sich nicht trösten. Der Arzt erklärte Fletcher, wie das Problem am schnellsten zu lösen sei, und Fletcher folgte seinen Anweisungen freudig.

Mit jedem Tag, der verging, wurde Annie etwas stärker, aber ihr einziges Interesse galt der Unterstützung ihres Mannes und seinem Vorsatz, Jahrgangsbester zu werden. »Das schuldest du Karl Abrahams«, rief sie ihm in Erinnerung. »Er hat viel in dich investiert, und es gibt nur eine Möglichkeit, wie du das wiedergutmachen kannst.«

Annie brachte ihren Mann dazu, während der Semesterferien im Sommer vor seinem Abschlussjahr Tag und Nacht zu arbeiten. Sie wurde seine Assistentin und Quellenforscherin, blieb jedoch gleichzeitig seine Geliebte und Freundin. Und sie ignorierte seinen Rat nur, sobald er sie drängte, ihr Studium wieder aufzunehmen.

»Nein«, erklärte Annie, »ich will nur deine Frau sein und, so Gott will, eines Tages …«

Sobald Fletcher nach Yale zurückgekehrt war, sah er ein, dass es nun nicht mehr allzu lange dauern würde, bevor er sich der Fleischbeschau stellen musste. Obwohl ihn bereits mehrere Kanzleien zu einem Bewerbungsgespräch eingeladen und ihm ein oder zwei sogar unbesehen eine Stelle angeboten hatten, wollte Fletcher nicht in Dallas oder Denver, Phoenix oder Pittsburgh arbeiten. Doch die Wochen verstrichen, und er hörte nichts von Alexander Dupont & Bell. Seine Hoffnungen schwanden, und er kam zu dem Schluss, dass er allmählich auf das Bewerberkarussell aufspringen musste, wenn er in eine der großen Kanzleien eintreten wollte.

Jimmy hatte bereits über fünfzig Briefe verschickt und bislang erst drei Antworten erhalten; in keiner davon wurde ihm eine Stelle angeboten. Er hätte sich, mit Dallas oder Denver, Phoenix oder Pittsburgh begnügt, wäre da nicht Joanna gewesen. Annie und Fletcher einigten sich auf die Städte, in denen sie gern leben würden, anschließend stellten sie fest, welches die führenden Kanzleien in den betreffenden Bundesstaaten waren. Gemeinsam entwarfen sie ein Bewerbungsschreiben, das sie vierundfünfzig Mal kopierten und am ersten Semestertag verschickten.

Als Fletcher später an diesem Morgen ans College zurückkehrte, fand er ein Schreiben in seinem Brieffach.

»Das ging aber schnell«, scherzte Annie. »Wir haben die Briefe doch erst vor einer Stunde aufgegeben.«

Fletcher lachte, bis er den Poststempel auf dem Brief sah. Er riss ihn auf. Der schlichte, schwarze Briefkopf lautete Alexander Dupont & Bell. Natürlich begann die distinguierte New Yorker Kanzlei mit ihrer Kandidatenauswahl immer erst im März, warum also hätten sie für Fletcher Davenport eine Ausnahme machen sollen?

In den langen Wintermonaten vor seinem Bewerbungsgespräch arbeitete Fletcher ununterbrochen, dennoch hatte er allen Grund zur Besorgnis, als er sich schließlich auf die Reise nach New York machte. Kaum war er in der Grand Central Station aus dem Zug gestiegen, fühlte sich Fletcher von dem Gewirr aus hundert verschiedenen Sprachen buchstäblich betäubt und merkte, dass er zügiger ausschritt, als er es je in einer anderen Stadt getan hatte. Während der Taxifahrt zur 54th Street sah er aus dem offenen Fenster und sog den unverwechselbaren Geruch dieser Stadt ein.

Der Taxifahrer hielt vor einem gläsernen Wolkenkratzer mit zweiundsiebzig Stockwerken, und Fletcher wusste sofort, dass er nirgendwo anders arbeiten wollte. Er trieb sich ein paar Minuten im Erdgeschoss herum, weil er nicht mit zahllosen anderen Mitbewerbern in irgendeinem Wartezimmer festsitzen wollte. Als er schließlich im sechsunddreißigsten Stock ausstieg, machte die Empfangsdame einen Haken hinter seinen Namen. Sie reichte ihm ein Blatt Papier, das einen Ablaufplan von Gesprächen auflistete, die den Rest des Tages in Anspruch nehmen würden.

Sein erstes Gespräch, das in Fletchers Augen gut verlief, hatte er mit dem Seniorpartner Bill Alexander, auch wenn dieser nicht die gleiche Herzlichkeit versprühte wie auf Karl Abrahams Party. Allerdings erkundigte sich Alexander nach Annie und brachte seine Hoffnung zum Ausdruck, dass sie sich von dem traurigen Verlust von Harry erholt hatte. Bei dieser Unterhaltung wurde auch klar, dass Fletcher nicht der Einzige war, mit dem ein Bewerbungsgespräch geführt wurde – auf der Liste vor Mr. Alexander tauchten, auf dem Kopf stehend, sechs Namen auf.

Anschließend verbrachte Fletcher eine Stunde mit drei weiteren Partnern, die sich auf sein Fachgebiet Strafrecht spezialisiert hatten. Nach dem letzten Interview wurde er eingeladen, sich dem Rest des Vorstands zum Mittagessen anzuschließen. Zum ersten Mal kam er dabei in Kontakt mit den anderen fünf Bewerbern, und die Tischgespräche ließen in ihm keine Zweifel aufkommen, mit wem er es zu tun hatte. Insgeheim fragte er sich, wie viele weitere Tage für Gespräche mit anderen Bewerbern die Kanzlei noch reserviert hatte.

Was er nicht wissen konnte, war, dass Alexander Dupont & Bell, schon Monate bevor einer der Kandidaten zum Gespräch eingeladen wurde, eine rigorose Aussiebung durchgeführt hatten. Fletcher hatte es in die Gruppe der letzten sechs geschafft, durch Empfehlung und durch seinen Ruf. Ihm war auch nicht klar, dass nur einem von ihnen, vielleicht zweien, eine Position in der Kanzlei angeboten würde. Wie bei gutem Wein gab es sogar Jahre, in denen gar niemand ausgewählt wurde, einfach weil die Auslese nicht erstklassig genug war.

Am Nachmittag folgten weitere Gespräche. Mittlerweile war Fletcher davon überzeugt, es nicht zu schaffen und sich bald auf den langen Weg durch all jene Kanzleien machen zu müssen, die auf seinen Brief geantwortet und ihm ein Bewerbungsgespräch angeboten hatten.

»Sie lassen mich bis Ende des Monats wissen, ob ich es in die nächste Runde geschafft habe«, erzählte er Annie, die ihn am Bahnhof abholte. »Verschick ruhig weiter Bewerbungen. Obwohl ich zugeben muss, dass ich eigentlich nicht mehr irgendwo anders arbeiten will als in New York.«

Auf dem Heimweg stellte Annie ihm unzählige Fragen und wollte in allen Einzelheiten wissen, was sich ereignet hatte. Sie war gerührt, dass Bill Alexander sich an sie erinnert hatte.

»Vielleicht hättest du es ihm sagen sollen«, meinte Annie, als sie den Wagen vor ihrem Haus zum Stehen brachte.

»Ihm was sagen?«, fragte Fletcher.

»Dass ich wieder schwanger bin.«

Nat liebte das Gedränge und den Betrieb in Seoul, einer Stadt, die fest entschlossen war, alle Erinnerungen an den Krieg hinter sich zu lassen. An jeder Ecke erhoben sich Wolkenkratzer, und Alt und Neu versuchten miteinander zu harmonieren. Nat war beeindruckt von dem Potenzial an gebildeten, intelligenten Arbeitskräften, die von einem Viertel dessen lebten, was man bei ihm zu Hause als Gehalt für akzeptabel halten würde. Su Ling dagegen fiel die unterwürfige Rolle auf, die Frauen in der koreanischen Gesellschaft immer noch einnahmen, und dankte insgeheim ihrer Mutter, dass sie den Mut und den Weitblick besessen hatte, sich nach Amerika aufzumachen.

Nat mietete einen Wagen, damit sie von Dorf zu Dorf fahren konnten. Kaum waren sie ein paar Meilen außerhalb der Hauptstadt, fiel ihnen als Erstes auf, wie rasant sich der Lebensstil der Menschen änderte. Nach weiteren hundert Meilen hatten sie auch hundert Jahre in der Zeit zurückgelegt. Die modernen Wolkenkratzer waren kleinen Holzhütten gewichen, und das hektische Gewusel einem langsameren, bedächtigeren Tempo.

Obwohl ihre Mutter nur selten über ihre Kindheit in Korea gesprochen hatte, kannte Su Ling das Dorf, in dem sie geboren worden war – und auch ihren Familiennamen. Darüber hinaus wusste sie, dass zwei ihrer Onkel im Krieg gefallen waren. Als sie in Kaping eintrafen – das laut ihrem Reiseführer 7303 Einwohner zählte –, hatte sie daher nicht viel Hoffnung, jemanden zu finden, der sich an ihre Mutter erinnerte.

Su Ling Cartwright begann ihre Suche im Gemeindehaus, wo ein Register aller Bewohner des Ortes aufbewahrt wurde. Wenig hilfreich war, dass von den siebentausend Bewohnern über tausend denselben Namen trugen: Peng – der Mädchenname von Su Lings Mutter. Doch auf dem Namensschild auf dem Schreibtisch der zuständigen Amtsleiterin stand ebenfalls Peng. Sie erzählte Su Ling, dass ihre Großtante, die inzwischen über neunzig war, behauptete, jeden Zweig der Familie zu kennen. Wenn sie sie treffen wolle, lasse sich das arrangieren. Su Ling nickte zustimmend und wurde gebeten, im Laufe des Tages noch einmal vorbeizuschauen.

Als Su Ling am Nachmittag wiederkam, sagte man ihr,

dass Ku Sei Peng sie für den nächsten Tag zu sich zum Tee einlud. Die Amtsleiterin entschuldigte sich, bevor sie höflich erklärte, dass Su Lings amerikanischer Ehemann nicht willkommen wäre.

Am nächsten Abend kehrte Su Ling in ihr kleines Hotel zurück, mit einem Zettel und einem glücklichen Lächeln. »Jetzt sind wir den ganzen Weg hier rausgefahren, nur um zu erfahren, dass wir wieder nach Seoul zurückmüssen«, sagte sie.

»Wieso das?«, wollte Nat wissen.«

»Ganz einfach. Ku Sei Peng erinnerte sich, dass meine Mutter das Dorf verlassen hat, um sich in der Hauptstadt Arbeit zu suchen; sie kehrte jedoch nie zurück. Aber ihre jüngere Schwester Kai Pai Peng wohnt immer noch in Seoul, und Ku Sei hat mir ihre letzte bekannte Adresse gegeben.«

»Also auf in die Hauptstadt.« Nat rief an der Rezeption an und teilte mit, dass sie sofort auschecken wollten. Kurz vor Mitternacht trafen sie in Seoul ein.

»Ich glaube, es wäre klüger, wenn ich sie allein besuche«, sagte Su Ling am nächsten Morgen beim Frühstück. »Möglicherweise sagt sie nicht mehr viel, wenn sie rausfindet, dass ich mit einem Amerikaner verheiratet bin.«

»Meinetwegen«, erwiderte Nat. »Ich wollte ohnehin den Markt in Kiray besuchen. Ich suche nämlich etwas ganz Bestimmtes.«

»Was denn?«, wollte Su Ling wissen.

»Wart's ab.«

Nat nahm ein Taxi in das auf der anderen Seite der Stadt liegende Stadtviertel und verbrachte den Tag damit, über einen der größten Freiluftmärkte der Welt zu schlendern – eine Reihe an der anderen mit unzähligen überbordenden

Ständen mit allem und jedem, von Rolex-Uhren bis zu Zuchtperlen, von Gucci-Taschen bis zu Chanel-Parfüm, von Cartier-Armbändern bis zu Tiffany-Herzen. Er ignorierte Rufe wie »Hier herüber, Amerikaner, schau dir meine Waren an, viel billiger«, da er sich nie sicher sein konnte, was davon, wenn überhaupt, echt und kein Imitat war.

Als Nat an diesem Abend ins Hotel kam, war er erschöpft und beladen mit sechs Einkaufstüten, in erster Linie voll mit Geschenken für seine Frau. Er fuhr mit dem Aufzug in den dritten Stock, und als er die Tür zu ihrem Zimmer öffnete, hoffte er, dass Su Ling von ihrem Besuch bei der Tante schon zurück war. Als er die Tür schloss, war ihm, als ob jemand schluchzte. Er blieb stehen. Das Geräusch kam aus dem Schlafzimmer.

Nat ließ die Tüten zu Boden fallen, lief durch den Raum und stieß die Tür zum Schlafzimmer auf. Su Ling lag eingerollt und weinend auf dem Bett. Er schlüpfte aus seinen Schuhen, zog sein Jackett aus, kletterte neben ihr aufs Bett und nahm sie in die Arme.

»Was ist denn los, kleine Blume?«, fragte er und streichelte sie sanft.

Sie antwortete nicht. Nat hielt sie eng an sich gepresst, wissend, dass sie es ihm erzählen würde, sobald sie dazu bereit war.

Als es dunkel wurde und flackernd die Straßenlaternen angingen, zog Nat die Vorhänge zu. Dann setzte er sich neben Su Ling und nahm ihre Hand.

»Ich werde dich immer lieben«, sagte Su Ling, ohne ihn anzusehen.

»Und ich werde dich immer lieben«, erwiderte Nat und nahm sie wieder in den Arm.

»Erinnerst du dich an unsere Hochzeitsnacht? Da haben wir uns versprochen, keine Geheimnisse voreinander zu haben, also muss ich dir jetzt sagen, was ich heute Nachmittag …«

Noch nie hatte Nat ein so trauriges Gesicht gesehen. »Nichts, was du herausgefunden hast, könnte mich dazu bringen, dich weniger zu lieben«, versicherte er ihr.

Su Ling zog ihren Ehemann an sich und ließ ihren Kopf an seine Brust sinken, als wollte sie ihm nicht in die Augen sehen. »Ich war heute Morgen pünktlich bei meiner Tante«, fing sie an. »Sie erinnerte sich gut an meine Mutter und erklärte mir, warum sie das Dorf verlassen hat und zu ihr nach Seoul gekommen ist.« Su Ling klammerte sich an Nat und wiederholte jedes Wort, das Kai Pai ihr gesagt hatte. Als sie mit ihrer Geschichte fertig war, löste sie sich von ihm und sah ihn an.

»Kannst du mich immer noch lieben, jetzt, wo du die Wahrheit kennst?«, fragte sie.

»Ich hätte nicht gedacht, dass ich dich jemals noch mehr lieben könnte. Und ich kann mir kaum vorstellen, welchen Mut es dich gekostet haben muss, mir das mitzuteilen.« Er schwieg. »Es wird das Band zwischen uns nur stärken, und niemand wird es jemals zerreißen können.«

»Ich halte es nicht für klug, wenn ich dich begleite«, sagte Annie.

»Aber du bist mein Glücksbringer und …«

»… und Dr. Redpath hält es auch nicht für klug.« Widerstrebend akzeptierte Fletcher, dass er die Reise nach New York allein antreten musste. Annie war im siebten Monat, und obwohl es keine Komplikationen gab, wollte er dem Arzt nicht widersprechen.

Fletcher war hocherfreut gewesen, als man ihn zu einem zweiten Gespräch zu Alexander Dupont & Bell eingeladen hatte. Er fragte sich, wie viele der anderen Kandidaten es unter die Finalisten geschafft hatten. Fletcher glaubte, dass Karl Abrahams es wusste, auch wenn sich der Professor zu keinerlei Vertraulichkeiten hinreißen ließ.

Nachdem sein Zug in die Penn Station eingefahren war, nahm sich Fletcher ein Taxi zur 54th Street und traf zwanzig Minuten zu früh vor der gewaltigen Eingangshalle ein. Man hatte ihm erzählt, dass ein Kandidat einmal drei Minuten zu spät gekommen war, woraufhin man sich erst gar nicht mehr die Mühe gemacht hatte, ein Bewerbungsgespräch mit ihm zu führen.

Er fuhr mit dem Aufzug in den sechsunddreißigsten Stock und wurde von der Empfangsdame in ein geräumiges Büro geführt, das fast so elegant wirkte wie das Büro des Seniorpartners. Fletcher wartete allein und fragte sich, ob das ein gutes Zeichen war, bis kurz vor neun Uhr ein weiterer Kandidat zu ihm stieß. Er lächelte Fletcher an.

»Logan Fitzgerald«, stellte er sich mit ausgestreckter Hand vor. »Ich habe dich in Yale bei derErstsemesterdebatte gehört. Deine Rede über Vietnam war brillant, auch wenn ich mit keinem Wort davon einverstanden war.«

»Du warst in Yale?«

»Nein, ich habe dort nur meinen Bruder besucht. Ich habe in Princeton studiert, und ich nehme an, wir wissen beide, warum wir hier sind.«

»Wie viele andere gibt es wohl noch, was glaubst du?«, erkundigte sich Fletcher.

»Ein Blick auf die Uhr sagt mir, dass wir beide die Letzten sind. Da kann ich dir jetzt also nur viel Glück wünschen.«

»Ich bin sicher, das meinst du absolut ehrlich.« Fletcher grinste.

Die Tür ging auf, und eine Frau, in der Fletcher Mr. Alexanders Sekretärin erkannte, begrüßte sie. »Meine Herren, wenn Sie mir bitte folgen wollen.«

»Danke, Mrs. Townsend«, sagte Fletcher, dessen Vater ihm beigebracht hatte, nie den Namen einer Sekretärin zu vergessen – schließlich verbrachten sie mehr Zeit mit dem Boss als dessen Ehefrau. Die beiden Kandidaten folgten ihr aus dem Büro, und Fletcher fragte sich, ob Logan genauso nervös war wie er. Zu beiden Seiten des langen, mit Teppichen ausgelegten Flurs, den sie entlanggeführt wurden, standen neben den Eichentüren in goldenen Lettern die Namen der Partner. William Alexanders Büro war das letzte vor dem Konferenzraum.

Sachte klopfte Mrs. Townsend an die Tür des Sitzungssaales, öffnete sie und trat zur Seite. Fünfundzwanzig Männer und drei Frauen standen auf und begannen zu applaudieren.

»Bitte nehmen Sie Platz«, sagte Bill Alexander, sobald der Applaus verklungen war. »Ich möchte der Erste sein, der Ihnen beiden dazu gratuliert, dass Sie sich Alexander Dupont & Bell anschließen dürfen. Aber seien Sie gewarnt: Wenn Sie das nächste Mal solchen Beifall von Ihren Kollegen hören, dann, weil man Sie als Partner aufgenommen hat, und das wird frühestens in sieben Jahren der Fall sein. Im Laufe des Vormittags treffen Sie sich mit verschiedenen Vertretern unserer Verwaltung, die all Ihre Fragen beantworten werden. Fletcher, Sie wurden Matthew Cunliffe zugeteilt, der unserer Strafrechtsabteilung vorsteht. Sie, Logan, berichten an Graham Simpson von Übernahmen und Fusionen.

Um 12.30 Uhr kommen Sie beide wieder hierher zum gemeinsamen Mittagessen mit den Partnern.«

Dieses erwies sich als eine nette Abwechslung nach den strapaziösen Gesprächen. Denn die Partner verhielten sich nun nicht mehr wie Mr. Hyde, sondern verwandelten sich wieder in Dr. Jekyll – ein Rollenwechsel, der tagtäglich gegenüber Mandanten beziehungsweise gegnerischen Anwälten zur Anwendung kam.

»Ich habe gehört, Sie beide werden vermutlich als Jahrgangsbeste abschließen«, sagte Bill Alexander, als der Hauptgang aufgetragen wurde – es gab keine Vorspeise und auch keinen Alkohol, nur Mineralwasser. »Das kann ich nur hoffen, weil ich noch nicht entschieden habe, welche Büros ich Ihnen zuweisen soll.«

»Und falls einer von uns das vermasselt?«, fragte Fletcher nervös.

»Dann werden Sie Ihr erstes Jahr im Postraum verbringen und anderen Kanzleien Schriftstücke zustellen.« Mr. Alexander schwieg. »Zu Fuß.« Niemand lachte, und Fletcher war sich keineswegs sicher, ob er es nicht tatsächlich so meinte. Der Seniorpartner wollte gerade weiterreden, als es an der Tür klopfte und seine Sekretärin eintrat.

»Ein Anruf für Sie auf Leitung drei, Mr. Alexander.«

»Ich wollte doch nicht gestört werden, Mrs. Townsend.«

»Es ist ein Notfall, Sir.«

Bill Alexander nahm den Hörer ab. Sein grimmiger Gesichtsausdruck verschwand, während er aufmerksam zuhörte. »Ich werde es ihm ausrichten.« Er legte auf.

»Darf ich Ihnen als Erster gratulieren, Fletcher«, sagte der Seniorpartner. Fletcher war verwundert, denn er wusste, dass die Abschlussnoten erst in einer Woche bekannt gegeben wurden. »Sie sind stolzer Vater eines kleinen Mädchens. Mutter und Tochter geht es gut. Ich wusste vom ersten Moment an, dass Annie genau die Art Frau ist, die wir bei Alexander Dupont & Bell zu schätzen wissen.«

24

»Lucy.«

»Was ist mit Ruth oder Martha?«

»Wir können ihr alle drei Namen geben, das wird unsere Mütter glücklich machen«, lenkte Fletcher ein. »Aber ihr Rufname wird Lucy.« Er lächelte und legte seine Tochter vorsichtig zurück in ihre Wiege.

»Hast du dir überlegt, wo wir wohnen werden?«, fragte Annie. »Ich möchte nicht, dass Lucy in New York aufwächst.«

»Das sehe ich auch so«, sagte Fletcher und kitzelte seine Tochter unterm Kinn. »Ich habe mit Matt Cunliffe gesprochen, und der hat mir erzählt, dass er bei seinem Eintritt in die Kanzlei vor dem gleichen Problem stand.«

»Und?«

»Er hat drei oder vier Kleinstädte in New Jersey vorgeschlagen, die weniger als eine Stunde von Grand Central Station entfernt liegen. Ich dachte, wir fahren nächsten Freitag mal da hoch und verbringen ein verlängertes Wochenende dort. Vielleicht finden wir eine Gegend, die uns besonders gut gefällt.«

»Wahrscheinlich müssen wir anfangs etwas mieten, bis wir genug Geld gespart haben, um ein Haus zu kaufen«, meinte Annie.

»Anscheinend nicht. Die Kanzlei zieht es vor, dass wir etwas Eigenes erwerben.«

»Gut und schön, wenn die Kanzlei das vorzieht, aber was ist, wenn wir uns das einfach nicht leisten können?«

»Das scheint kein Problem zu sein. Alexander Dupont & Bell wird die Kosten durch ein zinsloses Darlehen abdecken.«

»Wie großzügig«, sagte Annie. »Aber wie ich Bill Alexander kenne, hat er dabei Hintergedanken.«

»Natürlich«, bestätigte Fletcher. »Es bindet uns an die Kanzlei, und Alexander Dupont & Bell sind höchst stolz darauf, die niedrigste Fluktuationsrate aller Kanzleien in New York zu haben. Mir ist klar geworden, dass sie nach all dem Aufwand, den sie mit der Auswahl und Ausbildung ihres Nachwuchses betreiben, anschließend verdammt sichergehen wollen, sie nicht an eine Konkurrenzkanzlei zu verlieren.«

»Klingt für mich nach einer Mussehe.« Annie schwieg kurz. »Hast du Mr. Alexander von deinen politischen Ambitionen erzählt?«

»Nein. Andernfalls hätte ich nie auch nur die erste Runde überstanden, und wer weiß schon, wie ich in zwei oder drei Jahren darüber denke.«

»Ich weiß genau, was du denken wirst«, widersprach Annie. »In zwei Jahren, in zehn Jahren, in zwanzig Jahren. Du bist am glücklichsten, wenn du für irgendetwas kandidierst. Ich werde nie vergessen, wie Dad wieder in den Senat gewählt wurde. Du warst der einzige Mensch, der sich über das Ergebnis noch mehr gefreut hat als er selbst.«

»Lass das bloß nicht Matt Cunliffe hören«, riet Fletcher lächelnd. »Denn dann würde es keine zehn Minuten später Bill Alexander wissen, und die Kanzlei ist an keinem interessiert, der nicht hundert Prozent gibt. Denk immer an ihr Motto: *Jeder Tag hat fünfundzwanzig Stunden, die man in Rechnung stellen kann.*«

Als Su Ling aufwachte, hörte sie Nat im Nebenraum telefonieren. Sie fragte sich, mit wem er so früh am Morgen redete. Dann bekam sie mit, wie aufgelegt wurde, und einen Augenblick später kam ihr Mann ins Schlafzimmer zurück.

»Ich möchte, dass du aufstehst und packst, kleine Blume. Wir müssen in weniger als einer Stunde hier weg.«

»Wie bitte …?«

»In weniger als einer Stunde.«

Su Ling sprang aus dem Bett und rannte ins Badezimmer. »Captain Cartwright, darf ich erfahren, wohin Sie mich bringen?«, rief sie über das Rauschen der Dusche hinweg.

»Sobald wir im Flugzeug sitzen, werden die Karten auf den Tisch gelegt, Mrs. Cartwright.«

»In welche Richtung geht's?«, fragte sie, nachdem sie das Wasser abgedreht hatte.

»Das sage ich dir, sobald wir in der Luft sind, keine Sekunde früher.«

»Fliegen wir nach Hause?«

»Nein.« Nat führte das nicht weiter aus.

Als Su Ling sich abgetrocknet hatte, konzentrierte sie sich darauf, was sie anziehen sollte, während Nat wieder zum Telefon ging.

»Eine Stunde ist für eine Frau nicht viel Zeit«, beschwerte sich Su Ling.

»Darum geht es ja gerade.« Nat bat die Rezeption, ihnen ein Taxi zu rufen.

»Verdammt«, fluchte Su Ling und sah sich die Geschenke an. »Wir haben nicht genug Platz, um alles unterzubringen.«

Nat legte auf, ging zum Schrank und zog einen Koffer heraus, den sie noch nie gesehen hatte. »Gucci?«, fragte sie, überrascht über Nats ungewöhnliche Verschwendungssucht.

»Das wage ich zu bezweifeln«, meinte Nat. »Nicht für zehn Dollar.«

Su Ling lachte, während ihr Mann erneut zum Hörer griff. »Ich brauche einen Gepäckträger. Und machen Sie bitte die Rechnung fertig, wir checken aus.« Er schwieg, hörte zu und sagte dann: »In zehn Minuten.«

Als Nat sich umdrehte, knöpfte sich Su Ling gerade die Bluse zu. Er musste daran denken, wie sie letzte Nacht endlich eingeschlafen war und wie er beschlossen hatte, Seoul so schnell wie möglich zu verlassen. Jeder Augenblick, den sie in dieser Stadt verbrachten, würde nur Erinnerungen in ihr wachrufen …

Am Flughafen stellte sich Nat in die Schlange, um die Tickets abzuholen, und dankte der Frau hinter dem Schalter, dass sie seine frühmorgendliche Bitte so zügig erledigte. Während Nat die Koffer aufgab, zog Su Ling los, um ein Frühstück zu ordern. Nat fuhr mit dem Aufzug ins Restaurant im ersten Stock, wo seine Frau in einer Ecke saß und mit der Kellnerin plauderte.

»Ich habe für dich nicht mitbestellt«, sagte sie zu Nat, als er sich neben sie setzte. »Sondern der Kellnerin erzählt, dass ich nach einer Woche Ehe nicht sicher wäre, ob du wieder auftauchst.«

Nat sah zu der Kellnerin auf. »Ja, Sir?«, fragte sie.

»Zwei Rühreier, Schinken, Bratkartoffeln und schwarzen Kaffee.«

Die Kellnerin sah auf ihren Block. »Das hat Ihre Frau schon für Sie bestellt.«

Nat wandte sich zu Su Ling. »Wohin geht unsere Reise?«, fragte sie ihn.

»Das wirst du am Check-in-Schalter schon sehen. Aber

wenn du mich weiterhin so nervst, erfährst du es erst bei der Landung.«

»Aber …«, setzte sie an.

»Notfalls lege ich dir eine Augenbinde um«, drohte Nat, als die Kellnerin mit einer Kanne dampfend heißem Kaffee zurückkehrte. »Und jetzt muss ich dir ein paar ernste Fragen stellen.« Nat sah, wie sich Su Ling sofort verkrampfte. Er tat so, als merkte er es nicht. In den nächsten Tagen würde er sich zusammenreißen müssen und durfte sie nicht allzu sehr foppen, da sie ganz offensichtlich nur an eine Sache denken konnte. »Ich erinnere mich, wie du meiner Mutter erzählt hast, dass die gesamte technologische Entwicklung sich beschleunigen würde, sobald Japan Anschluss an die Computerrevolution findet.«

»Wir fliegen nach Japan?«

»Nein, tun wir nicht«, sagte Nat, während ihm seine Bestellung serviert wurde. »Konzentrier dich jetzt bitte. Möglicherweise brauche ich dein Fachwissen.«

»Die gesamte Branche befindet sich derzeit im Überflug«, erklärte Su Ling. »Canon, Sony, Fujitsu haben die Amerikaner bereits überholt. Warum fragst du? Willst du neue IT-Firmen besichtigen? In dem Fall solltest du …«

»Ja und nein.« Nat wandte den Kopf und lauschte aufmerksam der Durchsage über die Lautsprecheranlage. Er blickte auf die Rechnung und bezahlte sie mit seinem letzten koreanischen Geld. Dann stand er auf.

»Gehen Sie irgendwo hin, Captain Cartwright?«, fragte Su Ling.

»Allerdings«, sagte Nat. »Das war mein letzter Aufruf, und solltest du andere Pläne haben, möchte ich dich daran erinnern, dass ich die Tickets und die Travellerschecks habe.«

»Dann bin ich wohl auf dich angewiesen, wie?« Su Ling trank rasch ihren Kaffee aus und sah auf die Abflugtafel, um die Schalter der letzten Aufrufe auszumachen..

Es gab mindestens ein Dutzend. »Honolulu?«, fragte sie, als sie ihn einholte.

»Warum sollte ich mit dir nach Honolulu fliegen?«, entgegnete er.

»Um den ganzen Tag mit mir am Strand zu liegen und Liebe zu machen.«

»Nein, wir fliegen an einen Ort, wo wir tagsüber meine früheren Herzensdamen treffen und uns trotzdem die ganze Nacht lieben können.«

»Saigon?«, bohrte Su Ling nach, als ratternd eine weitere Stadt auf der Abflugtafel erschien. »Fahren wir dorthin, wo Captain Cartwright einst seine Triumphe feierte?«

»Falsche Richtung.« Zielstrebig ging Nat auf die internationale Abflughalle zu. Sobald ihre Pässe und Tickets überprüft worden waren, marschierte Nat am Duty-free-Shop vorbei in Richtung der Check-in-Schalter.

»Bombay?«, riet Su Ling, als sie an den ersten kamen.

»Ich glaube kaum, dass sich viele meiner alten Lieben in Indien finden werden«, versicherte ihr Nat, während sie an den Flugsteigen zwei, drei und vier vorbeikamen.

Su Ling studierte die dort jeweils angezeigten Namen. »Singapur, Manila, Hongkong?«

»Nein, nein und nein«, wiederholte er, als sie Gate elf, zwölf und dreizehn passierten.

Su Ling verfiel in Schweigen – Bangkok, Zürich, Paris, London. Vor Gate einundzwanzig blieb Nat stehen.

»Fliegen Sie mit uns nach Rom und Venedig, Sir?«, fragte die Dame hinter dem Pan-Am-Schalter.

»Ja«, erwiderte Nat. »Die Tickets sind auf Mr. und Mrs. Cartwright reserviert.« Er drehte sich um und sah seine Frau an.

»Weißt du, Mr. Cartwright«, sagte Su Ling, »du bist schon ein ganz besonderer Mann.«

An den nächsten vier Wochenenden verlor Annie die Übersicht über all die potenziellen Häuser, die sie besichtigten. Einige waren zu groß, andere zu klein, wieder andere lagen in einer Gegend, in der sie nicht wohnen wollten, und wenn sie dann in ein Viertel kamen, das ihnen gefiel, konnten sie sich die Häuser nicht leisten, nicht einmal mithilfe von Alexander Dupont & Bell. Doch eines Sonntagnachmittages fanden sie in Ridgewood genau das, was sie gesucht hatten, und schon nach zehn Minuten im Haus nickten sie sich hinter dem Rücken des Maklers zu. Annie rief sofort ihre Mutter an. »Es ist einfach ideal«, erzählte sie begeistert. »Es liegt in einer ruhigen Gegend mit mehr Kirchen als Kneipen, mehr Schulen als Kinos, und es gibt sogar einen Fluss, der sich durch die Stadtmitte schlängelt.«

»Und was kostet das Haus?«, wollte Martha wissen.

»Etwas mehr, als wir ausgeben wollten, aber der Makler erwartet einen Anruf von meiner Agentin Martha Gates. Wenn *du* ihn nicht runterhandeln kannst, dann kann es niemand.«

»Hast du meine Anweisungen befolgt?«, fragte Martha.

»Bis aufs letzte i-Tüpfelchen. Ich habe dem Makler erzählt, wir wären alle beide Lehrer, weil du meintest, dass sie bei Anwälten, Bankern und Ärzten den Preis immer hochschrauben. Er wirkte angemessen enttäuscht.«

Fletcher und Annie verbrachten den Nachmittag mit

einem Stadtbummel und beteten, dass Martha ihnen einen vernünftigen Preis aushandeln konnte, denn sogar der Bahnhof lag nur eine kurze Autofahrt von ihrer Haustür entfernt.

Am 1. Oktober 1974 – nach vier langen Wochen, in denen der Hausverkauf über die Bühne ging – verbrachten Fletcher, Annie und Lucy Davenport die erste Nacht in ihrem eigenen Heim in Ridgewood, New Jersey. Kaum hatten sie die Haustür geschlossen, fragte Fletcher: »Glaubst du, du könntest Lucy zwei Wochen bei deiner Mutter lassen?«

»Es macht mir nichts aus, sie hierzuhaben, während wir das Haus in Schuss bringen«, sagte Annie.

»Das meinte ich nicht«, meinte Fletcher. »Ich dachte nur, es würde mal Zeit, dass wir uns einen Urlaub gönnen. Die zweiten Flitterwochen sozusagen.«

»Aber ...«

»Kein Aber ... wir machen etwas, wovon du schon immer geredet hast. Wir fahren nach Schottland. Zu unseren Vorfahren, den Davenports und den Gates.«

»Wann hast du vor loszufliegen?«, fragte Annie.

»Unser Flugzeug hebt morgen Vormittag um 11 Uhr ab.«

»Mr. Davenport, du lässt einem Mädchen wirklich gern Zeit, oder?«

»Was machst du da?«, wollte Su Ling wissen und beugte sich zu Nat hinüber, der sich gerade mit einer Zahlenkolonne auf den Finanzseiten der *Asian Business News* beschäftigte.

»Ich beobachte seit einem Jahr die Devisenbewegungen«, erwiderte Nat.

»Kommt hier Japan ins Spiel?«, erkundigte sich Su Ling.

»Ganz genau«, bestätigte Nat. »Der Yen ist die einzige Währung, die in den letzten zehn Jahren gegenüber dem Dollar konstant an Wert gewonnen hat, und einige Wirtschaftswissenschaftler sagen voraus, dass sich dieser Trend in nächster Zukunft fortsetzen wird. Sollten die Experten recht behalten und wenn auch du damit recht behältst, dass Japan in den neuen Technologien eine immer größere Rolle spielen wird, haben wir meiner Meinung nach eine sichere Investitionsmöglichkeit in einer ansonsten unsicheren Welt entdeckt.«

»Ist das das Thema deiner Doktorarbeit an der Harvard Business School?«

»Nein, auch wenn das gar keine schlechte Idee wäre«, erwiderte Nat. »Ich hab mir überlegt, ein wenig in Devisen zu investieren. Wenn ich damit richtigliege, könnte ich jeden Monat ein paar Dollar einstecken.«

»Klingt ein bisschen riskant, oder?«

»Wenn man Gewinn machen will, ist immer ein gewisses Risiko dabei. Das Geheimnis besteht darin, alles zu eliminieren, was dieses Risiko erhöht.« Su Ling wirkte nicht überzeugt. »Ich erklär dir, was ich vorhabe«, erläuterte Nat. »Momentan bekomme ich als Captain der Armee 400 Dollar im Monat. Wenn ich dieses Geld zum heutigen Kurs ein Jahr fest in Yen anlege und es in zwölf Monaten wieder zurücktausche, mache ich einen Gewinn von vierhundert bis fünfhundert Dollar pro Jahr – jedenfalls wenn sich die Entwicklung des Wechselkurses in derselben Weise fortsetzt wie in den letzten sieben Jahren.«

»Und wenn sie sich in die andere Richtung bewegt?«, fragte Su Ling.

»Das war in den letzten sieben Jahren aber nicht der Fall.«

»Wenn aber doch?«

»Dann verliere ich vierhundert Dollar beziehungsweise ein Monatsgehalt.«

»Ich hätte lieber jeden Monat einen sicheren Gehaltsscheck.«

»Mit seinem Einkommen kann man sich niemals Kapital aufbauen«, dozierte Nat. »Die meisten Menschen leben weit über ihre Verhältnisse und legen ihr Geld höchstens in Lebensversicherungen oder Staatsanleihen an, die aber beide durch die Inflation im Wert sinken können. Frag meinen Vater.«

»Wozu brauchen wir denn all das Geld?«, fragte Su Ling.

»Für meine Herzensdamen«, erwiderte Nat.

»Und wo sind diese Herzensdamen?«

»Die meisten in Italien, aber ein paar andere hängen verstreut in den Hauptstädten dieser Welt.«

»Deshalb fahren wir also nach Venedig?«

»Und nach Florenz, Mailand und Rom. Als ich sie verließ, waren viele von ihnen nackt. Am meisten liebte ich an ihnen, dass sie nicht altern. Sie bekommen nur hin und wieder kleine Risse, wenn man sie zu viel Sonnenlicht aussetzt.«

»Glückliche Frauen«, meinte Su Ling. »Hast du auch eine Favoritin?«

»Nein, ich bin ziemlich promisk. Aber wenn man mich zwingen würde zu wählen, gäbe es da eine Dame in Florenz, die in einem kleinen Palast residiert, den ich anbete. Ich kann es kaum erwarten, sie wiederzusehen.«

»Ist sie zufällig noch Jungfrau?«, wollte Su Ling wissen.

»Du bist ganz schön schlau«, lobte Nat.

»Und heißt sie zufällig Maria?«

»Du hast mich ertappt. Obwohl es natürlich viele Marias in Italien gibt.«

»Die Anbetung der Könige. Tintoretto.«

»Nein.«

»Bellini, Mutter und Kind?«

»Nein, die sind immer noch im Vatikan.«

Su Ling schwieg eine Weile, während die Stewardess sie aufforderte, sich anzuschnallen. »Caravaggio?«

»Sehr gut. Ich habe sie im Palazzo Pitti in der Galerie im dritten Stock an der rechten Wand zurückgelassen. Sie hat mir versprochen, mir bis zu meiner Rückkehr treu zu sein.«

»Und dort wird sie auch bleiben, denn so eine Geliebte kostet dich mehr als vierhundert Dollar im Monat, und falls du immer noch gedenkst, in die Politik einzusteigen, wirst du dir nicht mal den Rahmen leisten können.«

»Ich gehe erst in die Politik, wenn ich mir die gesamte Galerie leisten kann«, versicherte Nat seiner Frau.

Annie verstand allmählich, warum die Briten jene amerikanischen Touristen mit Verachtung straften, die es fertigbrachten, London, Oxford, Blenheim und Stratford in drei Tagen abzuhaken. Sie erlebte mit, wie Busladungen voller Touristen ins Royal Shakespeare Theatre in Stratford strömten, ihre Plätze einnahmen, in der Pause verschwanden und gleich darauf von einer weiteren Busladung ihrer Landsleute ersetzt wurden. Annie hätte das nie für möglich gehalten, wäre sie nicht nach der Pause an ihren Platz zurückgekehrt und hätten nicht in den beiden Reihen vor ihr lauter Leute mit vertrautem Akzent gesessen, die sie noch nie gesehen hatte. Sie fragte sich, ob diejenigen, die dem zweiten Akt beiwohnten, denen, die den ersten Akt gesehen hatten, erzählten, was mit Rosencrantz und Güldenstern passierte, oder ob die erste Busladung sich bereits auf der Rückfahrt nach London befand.

Annie fühlte sich ein bisschen weniger schuldig, nachdem sie zehn Tage voller Muße in Schottland verbracht hatten.

Sie genoss das Festival in Edinburgh, wo sie zwischen Marlowe und Mozart, zwischen Pinter und Orton wählen konnten. Der Höhepunkt der Reise war jedoch für beide die lange Fahrt an der Küste entlang. Die Landschaft war dermaßen atemberaubend, dass sie sich keine schönere Gegend auf der ganzen Welt vorstellen konnten.

In Edinburgh versuchten sie, die Stammbäume der Gates und der Davenports zu erforschen, bekamen aber nur eine große, bunte Schautafel der beiden Clans sowie einen Kilt im scheußlichen Davenport-Schottenkaro. Annie zweifelte, ob sie den Schottenrock zu Hause in den Staaten je noch einmal tragen würde.

Im Flugzeug von Edinburgh nach New York schlief Fletcher sofort nach dem Abheben ein. Als er aufwachte, war die Sonne, die er auf der einen Seite der Kabine hatte untergehen sehen, auf der anderen noch nicht wieder aufgegangen. Beim Landeanflug auf den John-F.-Kennedy-Flughafen – Annie konnte sich einfach nicht daran gewöhnen, dass er nun nicht mehr Idlewild hieß – freute sich Annie auf ihr Wiedersehen mit Lucy, während Fletcher besorgt an seinen ersten Arbeitstag bei Alexander Dupont & Bell dachte.

Als Nat und Su Ling aus Rom zurückkehrten, waren sie erschöpft, aber ihre Planänderung hätte nicht erfolgreicher ausfallen können. Su Ling hatte sich von Tag zu Tag mehr entspannt; schon in der zweiten Woche erwähnte keiner von ihnen mehr Korea. Auf dem Rückflug kamen sie überein, Su Lings Mutter zu erzählen, sie hätten die Flitterwochen in Italien verbracht. Nur Tom würde sich darüber wundern.

Während Su Ling schlief, studierte Nat erneut den Devisenmarkt in der *International Herald Tribune* und in der

Londoner Ausgabe der *Financial Times.* Der Trend war unverändert, ein kleiner Kurseinbruch, eine leichte Erholung, gefolgt von einem weiteren kleinen Kurseinbruch, aber langfristig kannte der Yen nur eine Richtung, nach oben, und für den Dollar ging es stetig nach unten. Das Gleiche galt für das Verhältnis von Yen zu D-Mark, Pfund und Lira. Nat beschloss herauszufinden, welche Wechselkurse die größten Differenzen aufwiesen. Sobald sie wieder in Boston waren, würde er mit Toms Vater reden. Lieber wollte er die Devisenabteilung der Russell's Bank konsultieren, als seine Ideen jemandem zu offenbaren, den er nicht kannte.

Nat betrachtete seine schlafende Frau. Er war dankbar für ihren Vorschlag, den Wechselkurs zum Thema seiner Abschlussarbeit an der Business School zu machen. Die Zeit in Harvard würde nur allzu schnell verstreichen, und ihm war klar, dass er eine Entscheidung, die ihrer beider Zukunft betraf, nicht hinausschieben durfte. Sie hatten bereits über drei Alternativen gesprochen: Er könnte sich eine Stelle in Boston suchen, damit Su Ling in Harvard bleiben konnte, allerdings hatte sie darauf hingewiesen, wie sehr das seine Möglichkeiten einschränken würde. Er könnte aber auch Mr. Russells Angebot annehmen und sich Tom in einer großen Bank in einer Kleinstadt anschließen, was seine künftigen Aussichten aber ebenfalls schmälern würde. Oder er könnte sich um eine Stelle an der Wall Street bewerben und feststellen, ob er in der Oberliga mitspielen konnte.

Su Ling hatte keinerlei Zweifel, welche der Optionen er in die Tat umsetzen sollte, und obwohl sie noch Zeit hatten, um über ihre Zukunft nachzudenken, hatte sie bereits erste Kontakte zu Columbia aufgenommen.

25

Nat hatte wenig zu bedauern, wenn er auf sein letztes Jahr in Harvard zurückblickte.

Nur wenige Stunden nach der Landung auf dem Logan International Airport rief er Toms Vater an und setzte ihm seine Währungsideen auseinander. Mr. Russell wies darauf hin, dass die Summen, mit denen er handeln wollte, zu klein für jede Devisenabteilung seien. Nat war enttäuscht, doch dann schlug Mr. Russell vor, dass die Bank ihm ein Darlehen von eintausend Dollar gewähren könnte, und erkundigte sich, ob er und Tom ebenfalls je tausend Dollar investieren dürften. So gründete Nat seinen ersten Devisenfonds.

Als Joe Stein von dem Projekt erfuhr, tauchten am selben Tag weitere eintausend Dollar auf. Innerhalb eines Monats war der Fonds auf zehntausend Dollar angewachsen. Nat sagte zu Su Ling, er fürchte mehr, das Geld der Investoren zu verlieren, als sein eigenes. Am Ende des Quartals war der Cartwright-Fonds auf vierzehntausend Dollar angewachsen, und Nat hatte einen Gewinn von siebenhundertsechsundzwanzig Dollar gemacht.

»Du könntest immer noch alles verlieren«, rief ihm Su Ling ins Gedächtnis.

»Stimmt, aber da der Fonds jetzt umfangreicher ist, minimiert sich die Wahrscheinlichkeit eines großen Verlustes. Selbst wenn sich der Trend plötzlich umkehren sollte, könnte ich mich weitgehend schützen, indem ich vorzeitig verkaufe und damit die Verluste auf ein Mindestmaß beschränke.«

»Aber nimmt das nicht zu viel von deiner Zeit in Anspruch, wo du doch eigentlich an deiner Doktorarbeit schreiben solltest?«, fragte Su Ling.

»Ich brauche nur etwa eine Viertelstunde pro Tag«, wehrte Nat ab. »Jeden Morgen um 6 Uhr schaue ich mir den japanischen Markt an und um 18 Uhr die Schlussnotierungen in New York. Solange ich es nicht mehrere Tage in Folge mit einer Trendwende zu tun habe, muss ich nichts weiter tun, als das Kapital jeden Monat neu zu investieren.«

»Das ist obszön«, erklärte Su Ling.

»Was soll denn falsch daran sein, meine Fähigkeiten, mein Wissen und eine Prise Unternehmergeist einzusetzen?«, fragte Nat.

»Weil du in fünfzehn Minuten am Tag mehr verdienst, als ich in einem Jahr als leitende Forscherin an der Columbia University – womöglich sogar mehr als mein Chef.«

»Dein Chef wird aber heute in einem Jahr immer noch auf seinem Stuhl sitzen, egal, was mit dem Devisenmarkt passiert. Das nennt man freies Unternehmertum. Und der Haken ist, dass ich dabei alles verlieren kann.«

Nat erzählte seiner Frau nicht, dass der britische Wirtschaftswissenschaftler Maynard Keynes einmal gesagt hatte: *Ein kluger Mann sollte in der Lage sein, noch vor dem Frühstück ein Vermögen zu machen, damit er den Rest des Tages einer ordentlichen Arbeit nachgehen kann.* Er kannte die Vorbehalte seiner Frau gegenüber leicht verdientem Geld, weshalb er seine Investitionen nur erwähnte, wenn sie das Thema selbst anschnitt. Und er teilte ihr selbstverständlich nicht mit, dass Mr. Russell der Meinung war, es sei nun an der Zeit, für weitere Kapitalanlagen Darlehen aufzunehmen.

Nat hatte kein schlechtes Gewissen, wenn er fünfzehn Minuten am Tag damit zubrachte, seinen winzigen Fonds zu verwalten, denn er bezweifelte, dass irgendein anderer Student seines Jahrgangs fleißiger war als er. Die einzige Pause, die er sich vom Studium gönnte, war die Stunde, die er jeden Nachmittag trainierte, und der Höhepunkt des Jahres war gekommen, als er beim Lauf gegen die UConn in seinem Harvard-Trikot als Erster die Ziellinie überquerte.

Nach einigen Bewerbungsgesprächen in New York erhielt Nat eine Unzahl von Angeboten von Finanzinstituten, aber nur zwei davon nahm er ernst. An Ruf und Größe blieben diese einander nichts schuldig, aber kaum hatte er Arnie Freeman getroffen, den Leiter der Devisenabteilung bei Morgan, unterschrieb er auf der Stelle einen Vertrag. Arnie besaß die Gabe, vierzehnstündige Arbeitstage an der Wall Street wie ein einziges Vergnügen klingen zu lassen.

Nat fragte sich, was in diesem Jahr noch alles passieren würde.

Dann fragte ihn Su Ling, wie viel Gewinn der Cartwright-Fonds angesammelt hatte.

»Ungefähr vierzigtausend Dollar«, erwiderte Nat.

»Und dein Anteil daran?«

»Zwanzig Prozent. Wofür willst du das Geld ausgeben?«

»Für unser erstes Kind«, antwortete sie.

Fletcher bedauerte ebenfalls wenig, wenn er auf sein erstes Jahr bei Alexander Dupont & Bell zurückblickte. Er hatte keine Vorstellung gehabt, wie sein Verantwortungsbereich aussehen würde, aber man nannte die jungen Angestellten nicht umsonst »Packesel«. Schnell fand er heraus, dass seine Hauptaufgabe darin bestand sicherzustellen, dass Matt Cunliffe stets die relevanten Unterlagen für alle seine Fälle auf seinem Schreibtisch vorfand. Binnen weniger Tage hatte Fletcher durchschaut, dass die Vorstellung von ständigen glamourösen Auftritten vor Gericht, bei denen unschuldige Frauen vom Vorwurf des Mordes freigekämpft wurden, nur der Stoff waren, aus dem Fernsehfilme bestanden. Ein Großteil seiner Arbeit war mühsam und kleinteilig, und nur allzu oft einigte man sich dann noch vor dem ersten Prozesstag auf einen Vergleich.

Fletcher fand ebenfalls heraus, dass man erst als Partner das wirklich fette Geld verdiente und noch bei Tageslicht nach Hause kam. Immerhin erleichterte Matt ihm seine Arbeitsbelastung, in dem er nicht auf einer nur dreißigminütigen Mittagspause bestand. So konnte Fletcher zweimal die Woche mit Jimmy Squash spielen.

Obwohl Fletcher jeden Abend Arbeit mit nach Hause nahm, versuchte er nach Möglichkeit immer noch eine Stunde mit seiner Tochter zu verbringen. Sein Vater erinnerte ihn regelmäßig daran, dass Fletcher die entscheidenden Momente in Lucys Kindheit niemals nachholen konnte, sobald diese frühen Jahre erst einmal verstrichen waren.

Die Party zu Lucys erstem Geburtstag war das lauteste Ereignis außerhalb eines Footballstadions, an dem Fletcher jemals teilgenommen hatte. Annie hatte so viele Freundinnen in der Nachbarschaft gefunden, dass ihr Haus voller Kleinkinder war, die alle gleichzeitig lachten oder weinten. Fletcher wunderte sich, wie ruhig Annie damit umging, wenn Eiscreme verschmiert, Schokoladenkuchen in den Teppich getreten oder Milch über ihr Kleid vergossen wurde.

Nie verlor sie ihr Lächeln. Als auch die letzte Göre endlich aus dem Haus war, war Fletcher völlig erledigt, wohingegen Annie nur sagte: »Ich finde, das ist einfach großartig gelaufen.«

Fletcher traf sich auch weiterhin viel mit Jimmy, der – wie er selbst sagte – dank seines Vaters eine Stelle bei einer kleinen, aber angesehenen Kanzlei in der Lexington Avenue gefunden hatte. Seine Arbeitszeit war fast so schlimm wie die von Fletcher, seine Verantwortung als Vater motivierte ihn jedoch, und das verstärkte sich noch, als Joanna ein zweites Kind zur Welt brachte. Die beiden beteten sich an und waren das Neidobjekt zahlreicher Zeitgenossen, die bereits die Scheidung eingereicht hatten. Als Fletcher hörte, dass Joanna ein zweites Kind erwartete, hoffte er, dass auch Annie bald nachfolgen würde; er beneidete Jimmy so um seinen Sohn. Oft musste er an Harry Robert denken.

Aufgrund seines Arbeitspensums schloss Fletcher kaum neue Freundschaften, mit Ausnahme von Logan Fitzgerald, der am selben Tag wie er in die Kanzlei eingetreten war. Häufig verglichen sie beim Mittagessen ihre Notizen oder tranken noch etwas, bevor Fletcher abends mit dem Zug nach Hause fuhr. Bald schon wurde der große, blonde Ire nach Ridgewood eingeladen, um Annies unverheirateten Freundinnen vorgestellt zu werden. Obwohl Fletcher wusste, dass Logan und er Konkurrenten waren, beeinträchtigte das ihre Freundschaft nicht; es schien die Verbindung zwischen ihnen sogar noch stärker zu machen. In ihrem ersten Jahr erlebten sie beide kleinere Triumphe und Rückschläge, und niemand in der Kanzlei schien sagen zu können, wer von beiden zuerst zum Partner aufsteigen würde.

Eines Abends stellten Fletcher und Logan bei einem

Drink fest, dass sie nun voll und ganz zur Kanzlei gehörten. In wenigen Wochen würden neue Trainees auftauchen, und sie selbst würden eine Stufe höher steigen und nicht länger die Packesel spielen müssen. Alle beide hatten interessiert die Lebensläufe der Kandidaten studiert, die es in die engere Wahl geschafft hatten.

»Was hältst du von den Bewerbern?«, wollte Fletcher wissen und versuchte, dabei nicht überheblich zu klingen.

»Gar nicht so übel«, erwiderte Logan und bestellte das übliche Lightbier für Fletcher. »Mit einer Ausnahme – dieser Typ aus Stanford. Mir ist schleierhaft, wie er es in die engere Wahl geschafft hat.«

»Ich habe gehört, er sei Bill Alexanders Neffe.«

»Tja, das mag ja ein guter Grund sein, ihn in die engere Wahl zu ziehen, aber keiner, ihm auch noch eine Stelle anzubieten. Ich glaube nicht, dass wir ihn noch mal wiedersehen werden«, sagte Logan. »Im Übrigen kann ich mich nicht mal mehr an seinen Namen erinnern.«

Nat gehörte zu den drei jüngsten Mitarbeitern bei Morgan. Sein unmittelbarer Vorgesetzter war der achtundzwanzigjährige Steven Ginsberg, und dessen Stellvertreter Adrian Kenwright hatte gerade seinen sechsundzwanzigsten Geburtstag gefeiert. Die drei kontrollierten einen Fonds von über einer Million Dollar.

Da die Devisenmärkte in Tokio öffneten, wenn die meisten zivilisierten Amerikaner gerade ins Bett gingen, und in Los Angeles schlossen, wenn die Sonne nicht mehr über dem amerikanischen Kontinent erstrahlte, musste einer aus dem Team rund um die Uhr Dienst schieben. Steven gab Nat nur einmal nachmittags frei, damit er dabei sein konnte, als Su Ling ihren Doktortitel in Harvard erhielt, und selbst da musste er die anschließende Feier vorzeitig verlassen, um ein dringendes Telefonat zu führen und zu erklären, warum die italienische Lira in den Keller ging.

»Nächste Woche um diese Zeit könnten in Italien die Kommunisten regieren«, sagte Nat. »Sie sollten jetzt in Schweizer Franken umtauschen. Stoßen Sie außerdem alle Pesetas oder Pfund Sterling ab, denn dort regieren die Sozialisten, und die werden als Nächste unter Druck geraten.«

»Was ist mit der deutschen Mark?«

»Behalten Sie die Mark, diese Währung wird so lange unterschätzt werden, wie die Berliner Mauer steht.«

Obwohl die beiden älteren Mitglieder ihrer Gruppe sehr viel mehr Erfahrung in der Finanzwelt hatten als Nat und bereit waren, genauso hart zu arbeiten wie er, erkannten sie neidlos an, dass Nat aufgrund seines politischen Riechers einen Markt schneller analysieren konnte als sonst jemand, mit dem – oder gegen den – sie je gearbeitet hatten.

An dem Tag, als alle Welt Dollar verkaufte und in Pfund investierte, verkaufte Nat sofort Pfund auf dem Terminmarkt. Acht Tage lang hatte es den Anschein, als hätte er ein Vermögen verloren, und seine Kollegen huschten im Flur rasch an ihm vorbei, ohne ihm in die Augen zu schauen. Einen Monat später boten ihm sieben andere Banken eine Stelle nebst einer beträchtlichen Gehaltserhöhung an.

Zum Jahresende erhielt Nat einen Bonus von achttausend Dollar und beschloss, dass der Zeitpunkt gekommen war, sich auf die Suche nach einer Geliebten zu machen.

Er erzählte Su Ling nichts von dem Bonus oder der Geliebten, da sie vor Kurzem eine Gehaltserhöhung von neunzig Dollar pro Monat bekommen hatte. Was die Geliebte betraf, hatte er eine bestimmte Dame im Auge, an der er jeden Morgen auf dem Weg zur Arbeit vorbeikam. Und sie saß immer noch dort im Fenster an der Straßenecke, wenn er abends nach SoHo zurückkehrte. Mit jedem Tag, der verging, schenkte er der Dame, die ein Bad nahm, tiefere Blicke, und schließlich beschloss er, sich nach ihrem Preis zu erkundigen.

»Sechstausendfünfhundert Dollar«, teilte ihm der Galerist mit, »und wenn ich sagen darf, Sir, Sie haben ein gutes Auge. Es ist nicht nur ein prachtvolles Gemälde, Sie tätigen damit auch eine kluge Investition.« Nat gelangte zu der Erkenntnis, dass Kunsthändler nichts anderes waren als Gebrauchtwagenhändler in Anzügen von Brooks Brothers.

»Pierre Bonnard wird im Vergleich zu seinen Zeitgenossen Renoir, Monet und Matisse schwer unterschätzt«, fuhr der Händler fort. »Ich prophezeie jedoch, dass die Preise für ihn in naher Zukunft in die Höhe schießen werden.« Nat waren Bonnards Preise egal: Er war ein Liebhaber, kein Zuhälter.

Seine andere Liebe rief an diesem Nachmittag an und teilte ihm mit, sie befinde sich auf dem Weg ins Krankenhaus. Er bat Hongkong, in der Leitung zu bleiben.

»Wieso denn?«, fragte Nat besorgt.

»Weil ich gleich dein Baby zur Welt bringen werde«, erwiderte seine Frau.

»Aber es soll doch erst in einem Monat kommen.«

»Das hat dem Baby offenbar niemand gesagt«, meinte Su Ling.

»Ich bin schon unterwegs, kleine Blume«, rief Nat, vergaß Hongkong und legte den anderen Hörer einfach auf.

Als Nat an diesem Abend aus dem Krankenhaus zurückkam, rief er seine Mutter an und teilte ihr mit, dass sie einen Enkel hatte.

»Was für wunderbare Neuigkeiten«, schwärmte sie. »Wie wollt ihr ihn nennen?«

»Luke«, erwiderte er.

»Und was wirst du Su Ling als Erinnerung an dieses Ereignis schenken?«

Er zögerte kurz und erwiderte dann: »Eine Dame im Bad.«

Es dauerte einige Tage, bevor er und der Kunsthändler sich endlich auf fünftausendsiebenhundertfünfzig Dollar einigen konnten, dann wurde der kleine Bonnard von der Galerie in SoHo an die Schlafzimmerwand ihrer Wohnung transferiert.

»Findest du sie sexy?«, fragte Su Ling an dem Tag, als sie und Luke aus dem Krankenhaus zurückkehrten.

»Nein, obwohl es an ihr mehr zu liebkosen gäbe als an dir. Aber ich persönlich bevorzuge dünne Frauen.«

Su Ling betrachtete ihr Geschenk eine Weile, bevor sie ein Urteil abgab.

»Es ist einfach umwerfend. Danke schön.«

Nat war entzückt, dass seine Frau das Gemälde offenbar ebenso zu schätzen wusste wie er. Und es erleichterte ihn, dass sie nicht danach fragte, wie viel die Dame gekostet hatte.

Was als Marotte auf einer Reise mit Tom von Rom über Venedig nach Florenz begonnen hatte, entwickelte sich schnell zu einer Sucht, der sich Nat nicht entziehen konnte. Jedes Mal, wenn er einen Bonus erhielt, suchte er sich ein neues Gemälde aus. Nat hätte sich über den Gebrauchtwagenhändler hinwegsetzen können, doch dessen Einschätzung erwies sich als zutreffend. So entschied sich Nat auch weiterhin für Impressionisten, die er sich gerade noch leisten konnte – Vuillard, Luce, Pissarro, Camoin und Sisley –, um wenig später festzustellen, dass sie ebenso schnell an Wert gewannen wie die Investitionen, die er für seine Mandanten an der Wall Street tätigte.

Su Ling freute sich über ihre wachsende Sammlung. Sie interessierte sich nicht dafür, was Nat für seine Geliebten bezahlte, und noch weniger für deren Investitionswert. Möglicherweise deshalb, weil sie im Alter von fünfundzwanzig Jahren zur jüngsten außerordentlichen Professorin in der Geschichte von Columbia berufen wurde, wenngleich sie in einem Jahr weniger verdiente als Nat in einer Woche.

Man musste ihn nicht darauf hinweisen, wie obszön das war.

Fletcher erinnerte sich gut an den Vorfall.

Matt Cunliffe hatte ihn gebeten, einen Schriftsatz zur Unterschrift zu Higgs & Dunlop zu bringen. »Normalerweise würde ich eine Rechtsanwaltsgehilfin darum bitten«, erklärte Matt, »aber Mr. Alexander hat Wochen gebraucht, bis die Bedingungen ausgehandelt waren, und er möchte nicht, dass in letzter Sekunde irgendetwas dazwischenkommt, was der Gegenseite eine Entschuldigung liefern könnte, wieder nicht zu unterschreiben.«

Fletcher war davon ausgegangen, in weniger als einer halben Stunde wieder im Büro zu sein, schließlich benötigte er nur die Unterschriften unter vier Übernahmevereinbarungen. Allerdings kehrte er erst zwei Stunden später zurück und teilte seinem Boss mit, dass die Dokumente nicht unterzeichnet worden waren. Matt legte den Füller aus der Hand und wartete auf eine Erklärung.

Als Fletcher bei Higgs & Dunlop eingetroffen war, ließ man ihn unter dem Vorwand am Empfang warten, der Partner, dessen Unterschrift erforderlich war, sei noch nicht vom Mittagessen zurück. Das überraschte Fletcher, denn der betreffende Partner, Mr. Higgs, hatte den Termin selbst für dreizehn Uhr angesetzt, und Fletcher hatte sein eigenes Mittagessen ausfallen lassen, um keinesfalls zu spät zu kommen.

Während Fletcher im Empfangsbereich wartete, las er die Vereinbarung durch und machte sich mit deren Bedingungen vertraut. Nachdem man sich auf ein Übernahmeangebot geeinigt hatte, hatte die Frage der Ausgleichszahlung im Raum gestanden, und es hatte einige Zeit gedauert, bevor beide Seiten sich auf eine Summe hatten einigen können.

Um Viertel nach eins sah Fletcher zur Empfangsdame, die entschuldigend dreinsah und ihm eine zweite Tasse Kaffee anbot. Fletcher dankte ihr. Schließlich war es nicht ihre Schuld, dass man ihn warten ließ. Doch als er die Vereinbarung ein zweites Mal gelesen und drei Tassen Kaffee getrunken hatte, entschied er, dass Mr. Higgs entweder ausgesprochen unhöflich oder schlicht unfähig war.

Wieder sah Fletcher auf seine Uhr. Es war inzwischen fünf Minuten nach halb zwei. Er seufzte und fragte die Empfangsdame, ob er den Waschraum benützen dürfe. Sie zögerte kurz, dann zog sie einen Schlüssel aus ihrem Schreibtisch. »Der Waschraum für leitende Angestellte befindet sich einen Stock höher«, sagte sie zu ihm. »Er ist eigentlich nur für die Partner und ihre wichtigsten Mandanten bestimmt. Falls Sie jemand fragt, sagen Sie bitte, Sie seien ein Mandant.«

Der Waschraum war leer, und da er die Empfangsdame nicht in Verlegenheit bringen wollte, schloss er sich in der hintersten Kabine ein. Er zog gerade den Reißverschluss seiner Hose auf, als er draußen zwei Männer in den Waschraum kommen hörte. Einer davon klang, als käme er gerade von einem ausgedehnten Mittagessen zurück, bei dem nicht nur Wasser getrunken worden war.

Erste Stimme: »Mann, bin ich froh, dass das erledigt ist. Nichts mag ich lieber, als Alexander Dupont & Bell über den Tisch zu ziehen.«

Zweite Stimme: »Sie haben irgendeinen Botenjungen mit der Vereinbarung hergeschickt. Ich habe Millie angewiesen, ihn am Empfang warten und ein bisschen schmoren zu lassen.«

Fletcher zog einen Stift aus seiner Jackentasche und zog damit vorsichtig etwas Toilettenpapier ab.

Erste Stimme, lachend: »Worauf habt ihr euch denn geeinigt?«

Zweite Stimme: »Das ist die gute Nachricht. Auf 1 325 000 Dollar – und das ist weitaus mehr, als wir erwartet hatten.«

Erste Stimme: »Der Mandant ist sicher entzückt.«

Zweite Stimme: »Mit dem habe ich gerade zu Mittag gegessen. Er hat eine Flasche 1952er-Château Lafitte spendiert – schließlich hatten wir ihm anfangs gesagt, er könne eine halbe Million erwarten, und damit hätte er sich auch liebend gern begnügt, aus naheliegenden Gründen.«

Erste Stimme, noch mehr Gelächter: »Arbeiten wir eigentlich auf Erfolgshonorarbasis?«

Zweite Stimme: »Allerdings. Wir bekommen fünfzig Prozent von allem, was eine halbe Million übersteigt.«

Erste Stimme: »Dann streicht die Kanzlei also die hübsche Summe von 417 500 Dollar ein. Aber was meinst du mit naheliegenden Gründen?«

Ein Wasserhahn wurde aufgedreht. »Unser größtes Problem war die Bank des Mandanten – die Firma steht derzeit mit 720 000 Dollar in der Kreide, und wenn bis Geschäftsschluss am Freitag nicht die volle Summe einbezahlt wird, droht die Bank mit Zahlungsverweigerung. Das hätte bedeutet, dass wir nicht mal …« – der Wasserhahn wurde abgedreht – »… die ursprünglich ins Auge gefassten 500 000 Dollar bekommen hätten. Und das nach monatelangen zähen Verhandlungen.«

Zweite Stimme: »Nur eins ist wirklich schade.«

Erste Stimme: »Und was?«

Zweite Stimme: »Dass wir diesen Snobs von Alexander Dupont & Bell nicht sagen können, dass sie keine Ahnung vom Pokern haben.«

Erste Stimme: »Stimmt, aber ich glaube, ich erlaube mir noch einen kleinen Spaß mit …« – eine Tür öffnete sich – »… ihrem Botenjungen.« Die Tür schloss sich.

Fletcher rollte das Toilettenpapier auf und steckte es in seine Jackentasche.

Er verließ die Kabine und wusch sich eilig die Hände, bevor er hinausschlich und über die Feuertreppe ein Stockwerk tiefer ging. Am Empfang gab er den Waschraumschlüssel zurück.

»Danke«, sagte die Empfangsdame. In diesem Augenblick klingelte das Telefon. Sie lächelte Fletcher an. »Gutes Timing. Wenn Sie den Aufzug in den elften Stock nehmen, kann Mr. Higgs Sie jetzt empfangen.«

»Danke«, sagte Fletcher, verließ den Raum, trat in den Aufzug und drückte auf den Knopf fürs Erdgeschoss.

Matt Cunliffe rollte das Toilettenpapier auf, als das Telefon klingelte.

»Mr. Higgs ist in der Leitung«, meldete seine Sekretärin.

»Sagen Sie ihm, ich stehe jetzt nicht zur Verfügung.« Matt lehnte sich auf seinem Stuhl zurück und zwinkerte Fletcher zu.

»Er lässt fragen, wann Sie zur Verfügung stehen.«

»Nicht vor Geschäftsschluss am Freitag.«

26

Fletcher konnte sich nicht erinnern, dass ihm je ein Mensch vom ersten Moment an so missfallen hatte. Und die näheren Umstände trugen auch nicht gerade zur Verbesserung der Lage bei.

Der Seniorpartner hatte Fletcher und Logan gebeten, auf eine Tasse Kaffee in sein Büro zu kommen – an sich schon höchst ungewöhnlich. Als sie eintraten, wurde ihnen einer der neuen Trainees vorgestellt.

»Ich möchte Ihnen Ralph Elliot vorstellen«, waren Bill Alexanders erste Worte.

Fletcher wunderte sich, warum Alexander von den beiden erfolgreichen Bewerbern ausgerechnet Elliot besonders hervorhob. Er fand es schnell heraus.

»Ich habe beschlossen, in diesem Jahr selbst einen Trainee auszubilden. Ich möchte den Kontakt zur nächsten Generation nicht verlieren, und da Ralphs Noten in Stanford außerordentlich gut waren, schien er mir die geeignete Wahl.«

Fletcher erinnerte sich, wie ungläubig Logan darauf reagiert hatte, dass Alexanders Neffe es in die engere Wahl geschafft hatte. Sie waren sich darin einig gewesen, dass Mr. Alexander jegliche Einwände der anderen Partner verworfen haben musste.

»Ich hoffe, Sie werden Ralph mit offenen Armen willkommen heißen.«

»Natürlich«, sagte Logan. »Warum kommen Sie nicht mit uns zum Mittagessen?«

»Gern, ich denke, das kann ich einrichten«, erwiderte Elliot, als ob er ihnen einen Gefallen erweisen würde.

Beim Mittagessen ließ Elliot keine Gelegenheit aus, sie daran zu erinnern, dass er der Neffe des Seniorpartners war. Unausgesprochen lag in der Luft, dass er Fletchers und Logans Aufnahme als Partner in die Kanzlei hinauszögern konnte, sollten sie ihm jemals in die Quere kommen.

»Er erzählt gerade jedem, der ihm zuhört, dass er der Erste sein wird, der in weniger als sieben Jahren zum Partner ernannt wird«, teilte Fletcher Logan einige Tage später bei einem Drink mit.

»Weißt du, er ist ein dermaßen gerissener Mistkerl, dass es mich nicht überraschen würde, wenn er das tatsächlich durchzieht«, erwiderte Logan lapidar. »Wie ist er nur Studentenvertreter an der UConn geworden, wenn er jedem so gedroht hat wie uns?«

»Vielleicht hat es keiner gewagt, sich ihm entgegenzustellen.«

»Hast du es auf diese Weise geschafft?«, scherzte Logan.

»Woher weißt du das?« Fletcher tat empört. Der Barkeeper sammelte ihre Gläser ein.

»Ich habe mir deinen Lebenslauf genau angesehen, als ich in die Kanzlei aufgenommen wurde. Erzähl mir nicht, du hättest nicht dasselbe getan.«

»Natürlich«, erwiderte Fletcher. »Ich weiß sogar, dass du Schachmeister von Princeton warst.« Sie lachten. »Ich muss los, sonst verpasse ich den Zug. Und Annie könnte sich fragen, ob es eine andere Frau in meinem Leben gibt.«

»Ich beneide dich«, sagte Logan leise.

»Wie meinst du das?«

»Wie gut deine Ehe funktioniert. Es würde Annie keine Sekunde lang in den Sinn kommen, dass du eine andere Frau auch nur ansiehst.«

»Ich habe wirklich großes Glück«, gab Fletcher zu. »Vielleicht wirst du eines Tages ja genauso glücklich. Meg vom Empfang kann ihren Blick nicht von dir wenden.«

»Welche ist Meg?«, fragte Logan, als Fletcher schon auf dem Weg zur Garderobe war.

Nach nur wenigen Metern auf der Fifth Avenue entdeckte Fletcher Ralph Elliot, der auf ihn zukam. Hastig drückte er sich in einen Hauseingang und wartete, bis Elliot vorbei war. Dann trat er in den beißend kalten Wind hinaus, bei dem man Ohrenschützer brauchte, selbst wenn man nur einen Block weit zu gehen hatte. Er griff in die Tasche nach seinem Schal, aber der war nicht da. Fletcher fluchte. Er musste ihn in der Bar gelassen haben und ihn eben morgen holen. Dann fluchte er erneut, als ihm einfiel, dass Annie ihm den Schal zu Weihnachten geschenkt hatte. Er drehte sich um und ging zurück.

Wieder in der Bar, fragte er die Garderobiere, ob sie einen roten Wollschal gesehen hatte.

»Ja«, erwiderte sie, »er muss Ihnen aus dem Ärmel gefallen sein, als Sie den Mantel anzogen. Ich habe ihn auf dem Boden gefunden.«

»Danke«, sagte Fletcher. Er drehte sich um und wollte gerade gehen, als er unerwarteterweise Logan noch immer an der Bar stehen sah. Fletcher erstarrte, als er sah, mit wem Logan sich unterhielt.

Nat schlief tief und fest.

La Dévaluation Française – drei schlichte Wörter versetzten die Magnetstreifen von einem sanften Murmeln in schnatternde Panik. Dreißig Sekunden später klingelte das Telefon neben Nats Bett, und er erteilte Adrian unverzüglich die Anweisung: »Stoß so viele Francs ab, wie du kannst.« Er hörte zu und erwiderte dann: »Dollar.«

Nat konnte sich nicht erinnern, sich in den letzten zehn Jahren einmal nicht rasiert zu haben. An diesem Tag verzichtete er darauf.

Su Ling war aufgewacht, als er wenige Minuten später aus dem Badezimmer kam. »Gibt es ein Problem?«, fragte sie und rieb sich die Augen.

»Die Franzosen haben um sieben Prozent abgewertet.«

»Ist das gut oder schlecht?«, fragte sie.

»Hängt davon ab, wie viele Francs wir halten. Ich kann erst eine Einschätzung abgeben, wenn ich an einen Bildschirm komme.«

»In ein paar Jahren wirst du einen auf dem Nachttisch haben, dann müsstest du nicht mal ins Büro gehen.« Su Ling ließ den Kopf wieder aufs Kissen sinken, als sie sah, wie der Wecker auf 5.09 Uhr sprang.

Nat nahm den Hörer wieder auf; Adrian war immer noch in der Leitung. »Es wird schwierig, die Francs abzustoßen. Es gibt kaum Käufer, einmal abgesehen von der französischen Regierung, und die wird nicht mehr lange in der Lage sein, ihre Währung zu stützen.«

»Verkauf weiter. Erwirb dafür Yen, D-Mark oder Schweizer Franken, sonst nichts. Ich bin in fünfzehn Minuten bei dir. Ist Steven da?«

»Nein, aber er ist unterwegs. Es hat eine Weile gedauert, bis ich herausfand, in wessen Bett er gerade war.«

Nat lachte nicht, als er auflegte. Er beugte sich vor und küsste seine Frau, bevor er zur Tür eilte.

»Du trägst keine Krawatte«, mahnte Su Ling.

»Heute Abend trage ich womöglich nicht einmal mehr ein Hemd«, erwiderte Nat.

Als sie von Boston nach Manhattan gezogen waren, hatte Su Ling eine Wohnung gefunden, die nur eine Taxifahrt von der Wall Street entfernt lag. Mit jeder neuen Prämie konnte sie die vier Zimmer weiter möblieren und dekorieren, sodass sich Nat bald in der Lage sah, einmal Kollegen und sogar einige Mandanten zum Abendessen einladen zu können. Sieben Gemälde – wenige, die ein Laie erkannt hätte – schmückten nun die Wände.

Su Ling fiel wieder in Halbschlaf, nachdem ihr Mann gegangen war. Nat brach mit seiner Gewohnheit und wartete nicht auf den Aufzug, sondern sprang die Treppe hinunter, wobei er zwei, drei Stufen auf einmal nahm. An einem gewöhnlichen Tag wäre er um sechs aufgestanden und hätte vom Arbeitszimmer aus im Büro angerufen, um sich auf den neuesten Stand bringen zu lassen. Selten musste er wichtige Entscheidungen am Telefon treffen, da die meisten Anlagen auf Monate hinaus festgelegt waren. Dann duschte er, rasierte sich und war bis halb sieben angezogen. Anschließend las er das *Wall Street Journal*, während Su Ling das Frühstück machte. Er verließ die Wohnung gegen sieben, nachdem er noch einmal nach Luke gesehen hatte. Bei jedem Wetter spazierte er die fünf Häuserblocks zur Arbeit und nahm sich unterwegs an der Ecke William und John aus einer Zeitungsbox eine *New York Times*. Als Erstes schlug er die Finanzseiten auf, und wenn die Überschrift seine Aufmerksamkeit erregte, las er den Artikel im Gehen und war trotzdem um zwanzig nach sieben an seinem Schreibtisch. Die *New York Times* würde ihre Leser allerdings erst am nächsten Morgen über die französische Abwertung informieren. Bis dahin wäre sie für die meisten Banker bereits Geschichte.

Als Nat auf die Straße trat, winkte er das erste verfügbare Taxi heran, zog für die Fahrt von fünf Blocks einen Zehndollarschein hervor und sagte: »Ich sollte eigentlich schon gestern dort sein.« Sofort legte der Fahrer einen Gang zu und wechselte die Spur. Vier Minuten später fuhr das Taxi vor seinem Büro vor. Nat rannte ins Gebäude und in den ersten offenen Aufzug. Er war voll mit Händlern, die sich lautstark und aufgeregt unterhielten. Nat erfuhr nichts Neues, außer dass der französische Finanzminister die Angelegenheit um 10 Uhr mitteleuropäischer Zeit nüchtern verkündet hatte. Er fluchte, weil der Aufzug während seines ohnehin langsamen Aufstiegs in den elften Stock acht Mal haltmachte.

Steven und Adrian saßen bereits an ihren Schreibtischen.

»Erzählt mir das Neuste«, rief Nat und warf seinen Mantel in die Ecke.

»Alle gehen baden«, sagte Steven. »Die Franzosen haben offiziell um sieben Prozent abgewertet, aber den Märkten war das zu wenig und zu spät.«

Nat sah auf seinen Bildschirm. »Und die anderen Währungen?«

»Pfund, Lira und Peseta fallen ebenfalls. Der Dollar steigt, Yen und Schweizer Franken bleiben stabil, während die D-Mark auf und ab springt.«

Nat starrte weiter auf seinen Bildschirm und sah sich die Zahlen an, die sekündlich neu aufleuchteten. »Versucht, an Yen zu kommen«, riet er, als er sah, wie das Pfund einen weiteren Punkt fiel.

Steven nahm ein Telefon zur Hand, das direkt mit dem Devisenmarkt verbunden war. Nat starrte in seine Richtung. Sie verloren wertvolle Sekunden, während sie auf einen freien Händler warteten.

»Wie steht der Kurs?«, bellte Steven.

»Zehn Millionen bei 2068.«

Adrian wandte den Blick ab, als Steven die Order durchgab.

»Verkauft sämtliche Pfund oder Lire, die wir noch haben, die verlieren nämlich als Nächstes an Wert«, ordnete Nat an.

»Was ist mit dem Kurs?«

»Zum Teufel mit dem Kurs, verkauf einfach«, befahl Nat. »Und kauft Dollar. Sollte da ein echter Sturm aufziehen, werden alle in New York Zuflucht suchen.« Nat war überrascht, wie ruhig er sich inmitten dieses Geschützfeuers aus Rufen und Fluchen fühlte.

»Wir haben keine Lire mehr«, berichtete Adrian. »Und man bietet uns Yen zu 2027 an.«

»Zugreifen«, wies Nat ihn an, den Blick fest auf den Bildschirm gerichtet.

»Wir haben keine Pfund mehr«, informierte ihn Steven. »Zu 2.37.«

»Gut. Transferiert die Hälfte unserer Dollar in Yen.«

»Ich habe keine Gulden mehr«, rief Adrian.

»Tauscht alles in Schweizer Franken.«

»Willst du auch unseren D-Mark-Posten verkaufen?«, fragte Steven.

»Nein«, sagte Nat.

»Willst du D-Mark kaufen?«

»Nein«, wiederholte Nat. »Die hat sich eingependelt und scheint sich in keine Richtung zu bewegen.«

Weniger als zwanzig Minuten später hatte er alle notwendigen Entscheidungen getroffen und konnte nur noch auf die Bildschirme starren und abwarten, wie viel Schaden angerichtet worden war. Die meisten Währungen verloren weiter an Wert, und Nat wurde klar, dass andere sehr viel mehr darunter würden zu leiden haben als er. Das half aber auch nichts.

Hätten die Franzosen doch nur bis Mittag gewartet, die übliche Zeit, um eine Abwertung bekannt zu geben. Dann hätte er bereits an seinem Schreibtisch gesessen. »Verdammte Franzosen«, fluchte Adrian.

»Schlaue Franzosen«, widersprach Nat. »Einfach abzuwerten, während wir schlafen.«

Die französische Abwertung bedeutete Fletcher wenig, als er am nächsten Morgen auf dem Weg zur Arbeit in der *New York Times* davon las. Mehrere Banken waren baden gegangen, eine oder zwei mussten der staatlichen Aufsichtsbehörde sogar Liquiditätsprobleme melden. Er blätterte weiter und las ein Porträt über den Mann, der im Präsidentschaftswahlkampf mit großer Wahrscheinlichkeit gegen Gerald Ford antreten würde. Fletcher wusste wenig über Jimmy Carter, nur dass er früher Gouverneur von Georgia gewesen war und eine große Erdnussfarm besaß. Er dachte kurz über seine eigenen politischen Ambitionen nach, die er auf Halde gelegt hatte, solange er sich in der Kanzlei zu etablieren versuchte.

Fletcher beschloss, sich in seiner spärlichen Freizeit der Kampagne »Unterstützt Carter« in New York zur Verfügung zu stellen. Freizeit? Harry und Martha beschwerten sich schon, dass sie ihn nie zu Gesicht bekamen. Annie war einem weiteren Wohltätigkeitsverein beigetreten, und Lucy hatte die Windpocken. Als er seine Mutter angerufen hatte, um zu fragen, ob er jemals Windpocken gehabt hatte, waren ihre ersten Worte: »Hallo, Fremder.« Doch diese Probleme waren gleich darauf vergessen, als er die Kanzlei betrat.

Die ersten Anzeichen von Ärger zeigten sich, als er Meg vom Empfang begrüßte.

»Alle Anwälte treffen sich um 8.30 Uhr im Konferenzsaal«, teilte sie ihm mit ausdrucksloser Stimme mit.

»Wissen Sie, worum es geht?«, fragte Fletcher und realisierte im selben Augenblick, wie dumm diese Frage war. Vertraulichkeit war das Gütesiegel der Kanzlei.

Mehrere Partner saßen bereits auf ihren Plätzen und unterhielten sich gedämpft, als Fletcher um 8.20 Uhr den Konferenzsaal betrat und sich direkt hinter Matts Stuhl setzte. Konnte die Abwertung des französischen Franc in Paris sich auf eine New Yorker Kanzlei auswirken? Er bezweifelte es. Wollte der Seniorpartner über den Deal mit Higgs & Dunlop sprechen? Nein, das war nicht der Stil von Alexander. Fletcher sah sich im Konferenzsaal um. Falls einer der Anwälte wusste, worum es ging, zeigte er es nicht. Aber es mussten schlechte Nachrichten sein, denn gute Nachrichten wurden stets bei der Abendbesprechung um 18 Uhr verkündet.

Um 8.24 Uhr trat der Seniorpartner ein.

»Ich entschuldige mich, dass ich Sie von Ihren Schreibtischen fernhalte«, fing er an, »aber diese Sache lässt sich meiner Ansicht nach nicht in einem internen Memo abhandeln oder kann nicht irgendwo in meinen Monatsbericht einfließen.« Er räusperte sich. »Die Stärke dieser Kanzlei bestand stets darin, dass sie nie in persönliche oder finanzielle Skandale verwickelt war. Deshalb bin ich der Ansicht, dass bereits die bloße Andeutung eines solchen Problems schnellstens in Angriff genommen werden sollte.« Fletcher staunte immer mehr. »Mir wurde zugetragen, dass ein Mitglied dieser Kanzlei in einer Bar gesehen wurde, in der Anwälte rivalisierender Kanzleien verkehren.« Das mache ich jeden Tag, dachte Fletcher, das ist ja wohl kaum ein Verbrechen. »Und obwohl das an sich noch nicht verwerflich ist, kann es doch zu anderen Entwicklungen führen, die für Alexander Dupont & Bell nicht akzeptabel sind. Glücklicherweise hatte einer aus unseren Reihen das Interesse der Kanzlei im Sinn und sah es als seine Pflicht an, mich darüber zu informieren, was durchaus zu einer peinlichen Situation hätte führen können. Der Angestellte, auf den ich Bezug nehme, wurde gesehen, wie er in einer Bar mit einem Angehörigen einer konkurrierenden Kanzlei sprach. Gegen 22 Uhr verließ er die Bar mit dieser Person, nahm ein Taxi zu deren Wohnung auf der West Side und tauchte erst gegen 6.30 Uhr am folgenden Morgen wieder auf, als er in seine eigene Wohnung fuhr. Ich habe den betreffenden Angestellten sofort damit konfrontiert, und er machte keinen Versuch, seine Beziehung zu dem Angehörigen der konkurrierenden Kanzlei zu leugnen. Ich freue mich, Ihnen mitteilen zu können, dass er einsah, wie vernünftig es ist, wenn er sofort die Kündigung einreicht.« Alexander schwieg kurz. »Ich danke dem Mitglied unserer Belegschaft, das sich zu seiner Pflicht durchgerungen hat, mir diesen Vorfall zu melden.«

Fletcher sah zu Ralph Elliot hinüber, der versuchte, bei jedem neuen Satz Überraschung zu heucheln, aber offenbar hatte ihm noch nie jemand gesagt, dass man es mit dem Schauspielern auch übertreiben konnte. In diesem Moment erinnerte sich Fletcher daran, wie er Elliot auf der Fifth

Avenue nach seinem abendlichen Drink gesehen hatte. Ihm wurde übel, als ihm dämmerte, dass der Seniorpartner von Logan sprach.

»Darf ich Sie alle daran erinnern, dass über diese Angelegenheit weder öffentlich noch privat geredet werden darf«, betonte Bill Alexander. Er erhob sich und verließ ohne ein weiteres Wort den Konferenzsaal.

Fletcher hielt es für diplomatischer, den Raum als einer der Letzten zu verlassen. Als sich keine Partner mehr im Raum befanden, stand er auf und ging langsam auf die Tür zu. Auf dem Weg zu seinem Büro hörte er Schritte hinter sich, aber er drehte sich erst um, als Elliot ihn eingeholt hatte. »Sie waren doch mit Logan zusammen in der Bar, nicht wahr?« Er schwieg kurz. »Davon habe ich meinem Onkel nichts erzählt.« Fletcher sagte nichts, als Elliot sich entfernte, doch sobald er an seinem Schreibtisch saß, schrieb er den genauen Wortlaut auf, mit dem Elliot ihn bedroht hatte.

Der einzige Fehler, den er machte, war der, dass er Bill Alexander nicht umgehend darüber informierte.

Eines der vielen Dinge, die Nat an Su Ling bewunderte, war die Tatsache, dass sie niemals zu ihm sagte »Das habe ich dir doch gleich gesagt«, obwohl sie nach all ihren Warnungen jedes Recht dazu gehabt hätte.

»Was passiert jetzt?«, wollte sie wissen und hatte den Vorfall bereits abgehakt.

»Ich muss entscheiden, ob ich kündigen soll oder warte, bis ich entlassen werde.«

»Aber Steven ist der Leiter eurer Abteilung. Und sogar Adrian ist dir vorgesetzt.«

»Ich weiß, aber es waren allesamt meine Posten, und ich

habe die Kauf- und Verkaufsanweisungen unterschrieben, darum glaubt keiner, dass sie etwas damit zu tun hatten.«

»Wie viel hat die Bank verloren?«

»Knapp eine halbe Million.«

»Aber du hast doch in den letzten Jahren sehr viel mehr für die Bank eingenommen.«

»Stimmt, aber die anderen Abteilungsleiter werden mich ab jetzt für unzuverlässig halten und immer befürchten, dass so etwas erneut passieren könnte. Steven und Adrian distanzieren sich bereits von mir; sie wollen ihren Job nicht auch noch verlieren.«

»Du kannst aber doch immer noch gewaltige Profite für die Bank einfahren, warum sollten sie dich also gehen lassen?«

»Weil sie mich ersetzen können. Jedes Jahr spucken die Business Schools neue, brillante Akademiker aus.«

»Nicht von deinem Kaliber«, erklärte Su Ling.

Sie zögerte. »Wird dir jemand anderes einen Job anbieten?«

»Ich nehme nicht an, dass man mich so häufig anrufen wird wie noch vor einem Monat, also werde ich wohl selbst eine Rundrufaktion starten müssen.«

»Was ist mit dem Cartwright-Fonds?«, fragte sie, während Nat ihr half, den Tisch zu decken.

»Wir haben ungefähr fünfzigtausend verloren, aber aufs Jahr gesehen fährt er immer noch einen kleinen Gewinn ein. Das erinnert mich daran, dass ich Mr. Russell anrufen und mich entschuldigen muss.«

»Du hast doch in der Vergangenheit auch beim Cartwright-Fonds einige schöne Gewinne eingefahren.«

»Deshalb haben sie mir ja auch so vertraut.« Nat haute mit der Faust auf den Tisch. »Verdammt, ich hätte es vorhersehen müssen.« Er sah seine Frau über den Tisch hinweg an. »Was sollte ich deiner Meinung nach jetzt tun?«

Su Ling dachte eine Weile über seine Frage nach. »Kündigen und dir eine ordentliche Arbeit suchen.«

Fletcher wählte selbst, ohne seine Sekretärin darum zu bitten. »Bist du über Mittag frei?« Er schwieg kurz. »Nein, wir müssen uns irgendwo treffen, wo uns keiner kennt.« Pause. »Liegt das an der 57th West?« Pause. »Wir sehen uns dort um halb eins.«

Fletcher traf einige Minuten zu früh im Zemarki's ein. Sein Gast wartete schon auf ihn. Sie bestellten beide einen Salat, und Fletcher nahm ein Lightbier.

»Ich dachte, du trinkst zum Mittagessen nie etwas?«

»Heute ist eine der seltenen Ausnahmen«, erwiderte Fletcher. Nachdem er einen kräftigen Schluck genommen hatte, erzählte er seinem Freund, was an diesem Morgen vorgefallen war.

»Wir schreiben das Jahr 1976, nicht 1776«, kommentierte Jimmy.

»Ich weiß, aber anscheinend streifen immer noch ein oder zwei Dinosaurier durch die Gegend, und Gott weiß, was Elliot seinem Onkel noch an widerwärtigen Sachen erzählt hat.«

»Dein Mr. Elliot scheint ja ein reizendes Bürschchen zu sein. Du solltest besser ein Auge auf ihn haben. Wahrscheinlich stehst du als Nächster auf seiner Liste.«

»Ich kann auf mich selbst aufpassen«, meinte Fletcher. »Aber um Logan mache ich mir Sorgen.«

»Wenn er so gut ist, wie du sagst, wird er doch mir nichts, dir nichts was Neues haben.«

»Nicht, wenn jemand bei Bill Alexander anruft und fragt, warum er die Kanzlei so plötzlich verlassen hat.«

»Kein Anwalt würde es wagen, sein Schwulsein als Entlassungsgrund anzugeben.«

»Das muss er gar nicht«, erwiderte Fletcher. »Angesichts der Umstände genügt es völlig, wenn er sagt: ›Es wäre mir lieber, nicht über diese Angelegenheit zu sprechen, sie ist etwas delikat‹. Das ist weitaus tödlicher.« Fletcher nahm noch einen Schluck. »Ich muss dir sagen, Jimmy, wenn deine Kanzlei das Glück hätte, Logan einzustellen, würde sie es nie bereuen.«

»Ich rede heute Nachmittag mit unserem Seniorpartner. Mal sehen, wie er darauf reagiert. Und wie geht es meiner Babyschwester?«

»Sie übernimmt allmählich ganz Ridgewood, einschließlich des Buchclubs, des örtlichen Schwimmvereins und des Blutspenderfahrdienstes. Unser nächstes Problem ist, an welche Schule wir Lucy schicken sollen.«

»In Hotchkiss werden jetzt auch Mädchen aufgenommen«, sagte Jimmy. »Wir haben vor …«

»Ich frage mich, was der Senator davon hält«, sinnierte Fletcher und leerte sein Bier. »Wie geht es ihm eigentlich?«

»Er ist erschöpft, aber er bereitet sich schon wieder auf die nächste Wahl vor.«

»Niemand könnte Harry je aus seinem Amt drängen. Ich kenne keinen Politiker im ganzen Land, der beliebter wäre.«

»Sag ihm das mal selbst«, meinte Jimmy. »Als ich ihn zuletzt sah, hatte er fünfzehn Pfund zugelegt und wirkte ziemlich außer Form.«

Fletcher sah auf seine Uhr. »Grüß das alte Schlachtross von mir, und sag ihm, Annie und ich wollen bald mal übers

Wochenende nach Hartford kommen.« Er schwieg »Und dieses Gespräch hat nie stattgefunden.«

»Du wirst allmählich paranoid«, sagte Jimmy und nahm die Rechnung. »Und genau das erhofft sich dieser Elliot.«

Nat reichte am folgenden Morgen seine Kündigung ein, erleichtert darüber, wie ruhig Su Ling das ganze Debakel aufgenommen hatte. Aber sie hatte gut reden, wenn sie ihm empfahl, sich eine ordentliche Stelle zu suchen, wenn es doch nur einen einzigen Job gab, für den er sich qualifiziert hielt.

Als er in sein Büro ging, um seine persönlichen Sachen abzuholen, war es, als hinge eine Quarantänewarnung an seinem Schreibtisch. Ehemalige Kollegen gingen rasch vorbei, und an den angrenzenden Schreibtischen telefonierten sie ununterbrochen mit abgewandten Gesichtern.

In einem vollgestopften Taxi fuhr Nat zurück in die Wohnung und musste den winzigen Aufzug dreimal beladen, bevor er schließlich alles in seinem häuslichen Arbeitszimmer verstaut hatte.

Anschließend saß er allein an seinem Schreibtisch. Seit er nach Hause gekommen war, hatte das Telefon nicht einmal geklingelt. Ohne Su Ling und Luke kam ihm die Wohnung merkwürdig leer vor. Er hatte sich daran gewöhnt, dass sie beide da waren, um ihn zu begrüßen, wann immer er nach Hause kam. Gott sei Dank war der Junge zu klein, um zu begreifen, was die Familie gerade durchmachte.

Mittags ging Nat in die Küche, öffnete eine Dose Corned Beef, gab den Inhalt in eine Pfanne, fügte etwas Butter und zwei Eier hinzu und wartete, bis die Eier gut durchgebraten schienen.

Nach dem Mittagessen machte er eine Liste von den Finanzinstituten, die im vergangenen Jahr mit ihm Kontakt aufgenommen hatten. Er beschloss, eines nach dem anderen anzurufen, und fing mit einer Bank an, die sich erst wenige Tage zuvor bei ihm gemeldet hatte.

»Ach, hallo Nat, ja, tut mir leid, wir haben die Stelle letzten Freitag vergeben.«

»Guten Tag, Nat. Klingt sehr interessant, was Sie da vorschlagen. Lassen Sie mir ein paar Tage Zeit, um darüber nachzudenken, dann melde ich mich wieder bei Ihnen.«

»Sehr nett von Ihnen, bei uns anzurufen, Mr. Cartwright, aber …«

Als Nat am Ende der Liste angelangt war, legte er den Hörer aus der Hand. Er war gerade abgewertet worden, und ganz offensichtlich war eine Verkaufsanweisung auf ihn ausgestellt. Er prüfte sein Girokonto. Es wies ein beträchtliches Plus auf, aber wie lange noch? Er sah zu dem Ölgemälde über seinem Schreibtisch. *Ruhender Akt* von Camoin. Er fragte sich, wie lange es dauern würde, bevor er dem Galerie-Zuhälter eine seiner Geliebten zurückgeben musste.

Das Telefon klingelte. Hatte einer von der Liste darüber nachgedacht und rief ihn nun zurück? Nat nahm ab und hörte eine vertraute Stimme.

»Ich muss mich bei Ihnen entschuldigen, Mr. Russell«, sagte Nat. »Ich hätte Sie schon längst anrufen sollen.«

Nachdem Logan die Kanzlei verlassen hatte, fühlte sich Fletcher isoliert, und es verging kaum ein Tag, an dem Elliot nicht versuchte, ihn zu untergraben. Als Bill Alexander ihn um ein Gespräch am kommenden Montagmorgen bat, ahnte Fletcher, dass dies keine freundliche Begegnung werden würde.

Beim Abendessen am Sonntagabend erzählte Fletcher Annie alles, was sich in den vergangenen Tagen ereignet hatte, wobei er sich große Mühe gab, nichts zu übertreiben. Sie hörte ihm schweigend zu.

»Wenn du Mr. Alexander nicht die Wahrheit über seinen Neffen sagst, werdet ihr das beide noch bereuen.«

»Das ist nicht so einfach«, meinte Fletcher.

»Die Wahrheit ist immer einfach«, erwiderte Annie. »Mit Logan wurde schändlich umgesprungen, und wenn du nicht gewesen wärst, hätte er vielleicht nie wieder einen neuen Job bekommen.«

»Und wenn er mich auch rausschmeißt?«

»Dann ist das eine Kanzlei, in die du gar nicht erst hättest eintreten sollen, Fletcher Davenport, und du wärst ganz bestimmt auch nicht der Mann, den ich geheiratet habe.«

Als Fletcher kurz vor neun vor Mr. Alexanders Tür eintraf, führte ihn Mrs. Townsend sofort in das Büro des Seniorpartners.

»Setzen Sie sich«, sagte Bill Alexander und wies auf den Stuhl vor seinem Schreibtisch. Kein »Nett, Sie zu sehen, Fletcher« einfach nur »Setzen Sie sich«. Kein »Wie geht es Annie und Lucy?«,einfach nur »Setzen Sie sich«. Diese drei Worte bestärkten Fletcher in der Überzeugung, dass Annie recht hatte. Er durfte keine Angst davor haben, für das einzutreten, woran er glaubte.

»Fletcher, als Sie vor zwei Jahren zu Alexander Dupont & Bell stießen, hegte ich große Erwartungen an Sie, und im ersten Jahr haben Sie meine Erwartungen auch mehr als erfüllt. Wir erinnern uns alle mit erheblichem Vergnügen an die Higgs-&-Dunlop-Sache. Doch in letzter Zeit haben Sie nicht dieselbe Entschlossenheit an den Tag gelegt.« Fletcher wirkte verblüfft. Er hatte Matt Cunliffes letzte Mitarbeiterbewertung über ihn gesehen, und das Wort »beispielhaft« war ihm noch deutlich in Erinnerung. »Ich denke, wir dürfen hier ein Maß an Loyalität erwarten, wie es in keiner anderen Kanzlei der Fall ist«, fuhr Alexander fort. Fletcher blieb stumm. Er war sich immer noch nicht sicher, was ihm zur Last gelegt werden sollte. »Mir wurde zugetragen, dass Sie sich an dem Abend, an dem Fitzgerald einen Drink mit seinem *Freund* nahm, ebenfalls in der Bar aufhielten.«

»Eine Information, die zweifelsohne Ihr Neffe geliefert hat«, sagte Fletcher. »Und dessen Rolle in dieser Angelegenheit ist alles andere als objektiv gewesen.«

»Was wollen Sie damit sagen?«

»Ganz einfach, dass Mr. Elliots Version der Ereignisse ausschließlich auf Eigeninteresse beruht, was ein Mann von Ihrem Scharfblick sicherlich schon erfasst hat.«

»Scharfblick?«, wiederholte Alexander. »Haben Sie Scharfblick bewiesen, als Sie sich in Gesellschaft von Fitzgeralds *Freund* sehen ließen?« Erneut betonte er das Wort.

»Ich habe Logans Freund nie kennengelernt, wie Mr. Elliot Ihnen bestimmt mitgeteilt hat, es sei denn, er wollte Ihnen nur die halbe Wahrheit zukommen lassen. Ich fuhr nach Ridgewood …«

»Aber Ralph sagte mir, dass Sie später noch einmal zurückkehrten.«

»Das stimmt. Und wie jeder gute Spion hat Ihnen Ihr Neffe sicher berichtet, dass ich nur zurückgekommen bin, um meinen Schal abzuholen, der mir aus dem Ärmel meines Mantels gefallen war.«

»Nein, das hat er mir nicht berichtet«, sagte Alexander.

»Das meinte ich mit ›halber Wahrheit‹«, erklärte Fletcher.

»Dann haben Sie also weder mit Logan noch mit seinem Freund gesprochen?«

»Nein, das habe ich nicht«, erwiderte Fletcher. »Allerdings nur, weil ich in Eile war und nicht die Zeit dazu hatte.«

»Dann hätten Sie also mit den beiden geredet?«

»Ja, das hätte ich.«

»Auch wenn Sie gewusst hätten, dass Logan homosexuell ist?«

»Das wusste ich nicht, und es wäre mir auch egal gewesen.«

»Es wäre Ihnen egal gewesen?«

»Ja. Logans Privatleben geht mich nichts an.«

»Es geht aber die Kanzlei etwas an, und das bringt mich zu einem weitaus ernsteren Thema. Ist Ihnen bewusst, dass Logan Fitzgerald in der Zwischenzeit in die Kanzlei eingetreten ist, für die auch Ihr Schwager arbeitet?«

»Ja, ich weiß«, sagte Fletcher. »Ich habe Mr. Gates mitgeteilt, dass Logan auf der Suche nach einer neuen Anstellung ist und sie von Glück sagen könnten, einen Mann seines Formats zu bekommen.«

»Ich frage mich, ob das klug war«, meinte Bill Alexander.

»Wenn es um einen Freund geht, neige ich dazu, Anständigkeit und Fairness vor meine eigenen Interessen zu stellen.«

»Auch vor die der Kanzlei?«

»Ja, wenn es moralisch richtig ist. Das hat Professor Abrahams mir beigebracht.«

»Kommen Sie mir nicht so, Mr. Davenport.«

»Warum nicht? Sie haben damit angefangen, Mr. Alexander.«

Der Seniorpartner lief rot an. »Ihnen muss doch klar sein, dass ich Sie aus der Kanzlei werfen könnte.«

»Wenn zwei von uns in derselben Woche gehen, könnten Sie in Erklärungsnot geraten, Mr. Alexander.«

»Wollen Sie mir drohen?«

»Nein. Ich denke vielmehr, dass Sie mir drohen wollen.«

»Es mag vielleicht nicht so einfach sein, Sie loszuwerden, Mr. Davenport, aber ich kann dafür sorgen, dass Sie niemals Partner werden, solange ich dieser Kanzlei angehöre. Und jetzt gehen Sie.«

Als Fletcher aufstand, musste er an Annies Worte denken. Dann ist das nicht die Kanzlei, in die du hättest eintreten sollen.

Er kehrte in sein Büro zurück, in dem das Telefon klingelte. Rief ihn Alexander noch einmal zu sich? Er nahm ab, bereit, seine Kündigung auszusprechen. Es war jedoch Jimmy.

»Tut mir leid, dass ich dich bei der Arbeit störe, Fletcher, aber Dad hatte einen Herzinfarkt. Man hat ihn ins St. Patrick Hospital gebracht. Kannst du mit Annie so schnell wie möglich nach Hartford kommen?«

27

»Ich habe mir einen vernünftigen Job besorgt«, sagte Nat, als Su Ling durch die Tür kam.

»Du wirst Taxifahrer in New York?«

»Nein«, sagte Nat, »dafür bin ich nicht qualifiziert genug.«

»Das hat bislang noch niemanden davon abgehalten, Taxifahrer zu werden.«

»Dass wir nicht mehr in New York wohnen werden, könnte aber ein Hinderungsgrund sein.«

»Wir ziehen von New York weg? Bitte sag mir, dass wir in eine zivilisierte Gegend ziehen, wo es Bäume statt Wolkenkratzer und frische Luft statt Abgasschwaden gibt.«

»Wir kehren nach Hause zurück.«

»Nach Hartford? Dann kann es nur die Russell's Bank sein.«

»Da liegst du völlig richtig. Mr. Russell hat mir eine Stelle als Vizepräsident angeboten, an der Seite von Tom.«

»Echte, seriöse Bankarbeit? Nicht nur Spekulationen auf dem Devisenmarkt?«

»Ich werde seine Devisenabteilung leiten, aber ich kann dir versprechen, dass wir uns hauptsächlich auf Devisenhandel und nicht auf Spekulationen konzentrieren. Mr. Russell möchte, dass Tom und ich an einer vollständigen Neuorganisation der Bank arbeiten. In den letzten Jahren ist die Russell Bank …«

Su Ling stellte ihre Handtasche auf den Tisch im Flur und ging zum Telefon. »Wen rufst du an?«, fragte Nat.

»Meine Mutter natürlich. Wir müssen uns nach einem Haus umsehen, und dann müssen wir eine Schule für Luke finden, und während Mutter sich darum kümmert, muss ich mit einigen ehemaligen Kollegen über einen Job sprechen und dann …«

»Moment mal, kleine Blume.« Nat nahm seine Frau in die Arme. »Darf ich also davon ausgehen, dass du dich an diese Idee gewöhnen könntest?«

»Gewöhnen? Ich brenne darauf, New York zu verlassen. Die Vorstellung, dass Luke eine Schule besuchen muss, an der die Kinder ihre Bleistifte mit Macheten anspitzen, macht mir Angst. Ich kann es kaum erwarten …«

Das Telefon klingelte, und Su Ling nahm den Hörer ab. Sie legte die Hand über die Sprechmuschel. »Jemand namens Jason von der Chase Manhattan. Soll ich ihm sagen, dass du nicht mehr zur Verfügung stehst?«

Nat lächelte und nahm ihr den Hörer ab.

»Ich habe über deinen Anruf nachgedacht, Nat. Möglicherweise haben wir doch eine Stelle für dich bei Chase.«

»Wirklich nett von dir, Jason, aber ich habe bereits ein anderes Angebot angenommen.«

»Doch hoffentlich nicht bei einem unserer Konkurrenten?«

»Noch nicht, aber lass mir ein bisschen Zeit.« Nat lächelte.

Als Fletcher Matt Cunliffe mitteilte, dass sein Schwiegervater im Krankenhaus lag, musste er zu seiner Überraschung feststellen, dass Matt absolut mitleidlos darauf reagierte.

»Familiäre Notlagen treten des Öfteren auf«, bemerkte

Cunliffe kurz angebunden. »Wir haben alle eine Familie, um die wir uns kümmern müssen. Sind Sie sicher, dass Ihr Besuch nicht bis zum Wochenende warten kann?«

»Ganz sicher«, entgegnete Fletcher. »Ich schulde diesem Mann mehr als meinen Eltern.«

Fletcher hatte Bill Alexanders Büro erst vor wenigen Augenblicken verlassen, und schon war eine mehr als nur unterschwellige Änderung in der Atmosphäre zu spüren. Er ging davon aus, dass sich diese Veränderung bei seiner Rückkehr wie eine ansteckende Krankheit auf das gesamte Personal der Kanzlei ausgebreitet haben würde.

Von der Penn Station aus rief er Annie an. Sie klang ruhig, war aber erleichtert, als sie erfuhr, dass er sich auf dem Heimweg befand. Als Fletcher in den Zug stieg, wurde ihm plötzlich klar, dass er zum ersten Mal seit seinem Eintritt in die Kanzlei keine Arbeit mit nach Hause genommen hatte. Auf der Fahrt überlegte er sich, welche Schritte er nach seinem Gespräch mit Bill Alexander einleiten sollte, doch als der Zug in Ridgewood einfuhr, war er noch zu keinem Ergebnis gekommen.

Vom Bahnhof fuhr er mit dem Taxi nach Hause, wo er keineswegs überrascht war, dass Annie schon den Familienwagen vor dem Haus geparkt hatte. Auch zwei Koffer lagen bereits im Kofferraum, und sie selbst kam gerade mit Lucy im Arm die Auffahrt herunter. Wie anders als seine Mutter, dachte er, und doch so ähnlich. Zum ersten Mal an diesem Tag musste er lachen.

Auf der Fahrt nach Hartford erzählte ihm Annie alles, was sie von ihrer Mutter erfahren hatte. Harry hatte an diesem Morgen wenige Minuten nach dem Eintreffen im Kapitol einen Herzinfarkt erlitten und war sofort ins Krankenhaus gebracht worden. Martha war bei ihm und Jimmy, Joanna und die Kinder bereits auf dem Weg von Vassar.

»Was sagen die Ärzte?«

»Es ist noch zu früh für eine endgültige Diagnose, aber Dad ist gewarnt worden: Wenn er es nicht langsamer angehen lässt, könnte so etwas noch einmal passieren, und das nächste Mal ist es womöglich tödlich.«

»Langsamer? Harry weiß nicht mal, was dieses Wort bedeutet. Er gehört zu den großen Geschwindigkeitsübertretern des Lebens.«

»Das war einmal«, erklärte Annie. »Mom und ich werden ihm heute Nachmittag klarmachen, dass er seinen Namen als Senatskandidat für die anstehende Wahl zurückziehen muss.«

Bill Russell sah Nat und Tom über seinen Schreibtisch hinweg an. »Genau das habe ich mir immer gewünscht«, sagte er. »In zwei Jahren werde ich sechzig, und da habe ich mir wohl das Recht erworben, nicht jeden Morgen um zehn die Bank aufschließen und sie abends vor dem Heimgehen wieder abschließen zu müssen. Der Gedanke, dass ihr zwei zusammenarbeitet, erfüllt mein Herz mit Freude – um die frohe Botschaft zu zitieren.«

»Von der frohen Botschaft mal abgesehen«, sagte Tom, »uns geht es genauso, Dad. Wo sollen wir anfangen?«

»Mir ist natürlich bewusst, dass die Bank in den letzten Jahren der Konkurrenz gegenüber in Rückstand geraten ist. Vielleicht legen wir als Familienunternehmen einfach mehr Wert auf die Beziehung zu den Kunden als auf Gewinnorientierung. Etwas, was dein Vater sicher gutheißt, Nat. Vielleicht hat er aus diesem Grund seit über dreißig Jahren ein Konto bei uns.« Nat nickte zustimmend. »Ihr wisst ebenfalls, dass uns ein oder zwei Mal andere Banken schlucken wollten, aber auf diese Weise will ich meine Karriere nicht beenden – als Leiter einer anonymen Filiale irgendeiner Großbank. Ich sage euch, was mir vorschwebt. Ich möchte, dass ihr beide die Bank ein halbes Jahr lang zunächst einmal von oben bis unten durchleuchtet. Ich gebe euch eine Carte blanche – ihr dürft jede Frage stellen, alle Türen öffnen, alle Akten lesen, alle Konten einsehen. Am Ende dieser sechs Monate werdet ihr mir sagen, was getan werden muss. Und denkt auch nicht eine Sekunde darüber nach, meine Gefühle zu schonen, denn ich weiß, wenn es die Russell-Bank ins nächste Jahrhundert schaffen will, dann brauchen wir eine grundlegende Generalüberholung. Wie lautet also eure erste Frage?«

»Kann ich bitte den Schlüssel zur Eingangstür bekommen?«, bat Nat.

»Warum?«, wollte Mr. Russell wissen.

»Weil 10 Uhr als Öffnungszeit für die Belegschaft einer fortschrittlichen Bank etwas zu spät ist.«

Während Nat mit Tom am Steuer nach New York zurückfuhr, teilten sie ihre Verantwortungsbereiche untereinander auf.

»Dad war sehr gerührt, dass du Chase abgesagt hast, um zu uns zu kommen«, meinte Tom.

»Du hast genau das gleiche Opfer gebracht, als du die Bank of America verlassen hast.«

»Schon, aber der alte Herr ist immer davon ausgegangen, dass ich ihn ablöse, sobald er seinen fünfundsechzigsten Geburtstag feiert. Und ich war kurz davor, ihn zu warnen, dass ich das nicht tun werde.«

»Warum nicht?«, erkundigte sich Nat.

»Ich habe weder die erforderlichen Visionen noch die Ideen, um die Bank zu retten. Du aber schon.«

»Zu retten?«, meinte Nat.

»Ja. Machen wir uns nichts vor. Du hast die Bilanz gesehen, also weißt du so gut wie ich, dass wir gerade noch genug umsetzen, damit meine Eltern ihren Lebensstandard aufrechterhalten können. Die Gewinne allerdings sind seit Jahren nicht gestiegen. In Wahrheit braucht die Bank deine speziellen Fähigkeiten mehr als so einen Packesel wie mich. Also müssen wir unbedingt eins festlegen, bevor es überhaupt mal zum Thema wird: Was die Bank angeht, beabsichtige ich, an dich als Geschäftsführer zu berichten.«

»Aber du wirst trotzdem Vorstandsvorsitzender werden müssen, sobald dein Vater in den Ruhestand geht.«

»Warum denn?«, fragte Tom. »Du wirst doch derjenige sein, der alle strategischen Entscheidungen trifft.«

»Weil die Bank deinen Namen trägt, und in einer Stadt wie Hartford ist das immer noch wichtig. Und genauso wichtig, dass die Kunden nie herausfinden, welche Zügel der Geschäftsführer hinter den Kulissen in der Hand hält.«

»Ich mache mit, aber nur unter einer Bedingung«, sagte Tom. »Gehälter, Prämien und alle anderen Einnahmen werden zu gleichen Teilen zwischen uns aufgeteilt.«

»Das ist sehr großzügig von dir«, sagte Nat.

»Keineswegs«, widersprach Tom. »Vielleicht clever, aber nicht großzügig, denn fünfzig Prozent von dir spielen sehr viel mehr ein als hundert Prozent von mir.«

»Vergiss nicht, dass ich bei Morgan gerade ein Vermögen verloren habe«, warnte Nat.

»Und zweifellos hast du daraus etwas gelernt.«

»Genau wie damals, als wir es mit Ralph Elliot zu tun hatten.«

»Nur ein Name aus der Vergangenheit. Irgendeine Ahnung, was er gerade macht?«, fragte Tom und bog auf die Route 95 ab.

»Das Letzte, was ich von ihm gehört habe, war, dass er nach Stanford ein hochkarätiger Anwalt in New York geworden sein soll.«

»Ich möchte kein Mandant von ihm sein«, sagte Tom.

»Oder vor Gericht gegen ihn antreten müssen«, ergänzte Nat.

»Tja, wenigstens darüber müssen wir uns keine Sorgen machen.«

Nat sah aus dem schmutzigen Fenster, während sie durch Queens fuhren. »Sei dir da mal nicht zu sicher, Tom. Sollte irgendwann etwas schiefgehen, wird er nämlich ganz sicher die Gegenseite vertreten wollen.«

Sie saßen im Kreis um sein Bett, plauderten über dies und das, nur nicht über das eine Thema, das ihnen am Herzen lag. Die einzige Ausnahme war Lucy, die mitten auf dem Bett saß und ihren Opa als Schaukelpferd missbrauchte. Joannas Kinder hielten sich dagegen mehr zurück. Fletcher konnte nicht fassen, wie schnell Harry junior groß wurde.

»Bevor ich zu müde dazu bin, muss ich unter vier Augen mit Fletcher sprechen«, erklärte Harry.

Martha trieb ihre Familie aus dem Zimmer. Offenbar wusste sie, worüber ihr Mann mit seinem Schwiegersohn reden wollte.

»Ich sehe dich nachher zu Hause«, sagte Annie, während sie die widerspenstige Lucy wegzerrte.

»Und dann sollten wir auch gleich wieder nach Ridgewood zurückfahren«, rief Fletcher ihr in Erinnerung. »Ich kann es mir nicht leisten, morgen zu spät zur Arbeit zu kommen.« Annie nickte und schloss die Tür.

Fletcher zog einen Stuhl heran und setzte sich neben den Senator. Er hielt sich erst gar nicht mit Small Talk auf, da sein Schwiegervater erschöpft wirkte.

»Ich habe eingehend über das nachgedacht, was ich gleich sagen will«, begann der Senator. »Der einzige Mensch, mit dem ich darüber gesprochen habe, ist Martha, und sie ist absolut meiner Meinung. Wie bei so vielen Dingen in den letzten dreißig Jahren bin ich mir nicht sicher, ob es nicht vielleicht sogar ursprünglich ihre Idee war.« Fletcher lächelte. Wie bei Annie, dachte er und wartete, dass der Senator fortfuhr. »Ich habe Martha versprochen, nicht zur Wiederwahl anzutreten.« Der Senator schwieg.

»Annie sähe es gern, dass Sie alt und grau werden, statt während einer Rede vor dem Senat tot umzufallen, egal, wie bedeutend diese Rede auch sein mag«, sagte Fletcher. »Und da stimme ich ihr zu.«

»Ich weiß, dass die beiden recht haben, Fletcher, aber bei Gott, ich werde es vermissen.«

»Und man wird Sie vermissen, Sir.« Der Senator ignorierte das Kompliment. Offenbar wollte er sich nicht von seinem Thema ablenken lassen.

»Als Jimmy auf die Welt kam, hatte ich die verrückte Vorstellung, dass er eines Tages meinen Platz einnehmen, vielleicht sogar nach Washington gehen und dort unseren Bundesstaat vertreten könnte. Aber mir wurde schon bald klar, dass es dazu niemals kommen würde. Mein Stolz auf ihn könnte nicht größer sein, aber er ist einfach nicht aus dem Holz geschnitzt, das es für ein öffentliches Amt braucht.«

»Er hat verdammt gute Arbeit geleistet und mich zum Präsidenten gemacht«, sagte Fletcher. »Gleich zwei Mal.«

»Richtig«, räumte Harry ein, »aber Jimmy wird immer im Maschinenraum schuften, denn er ist nicht fürs Steuerruder geschaffen.« Er schwieg erneut. »Doch dann traf ich vor zwölf Jahren beim Footballspiel Hotchkiss gegen Taft einen jungen Mann, der es kaum erwarten konnte, ans Steuerruder gelassen zu werden. Eine Zufallsbegegnung, die ich niemals vergessen werde.«

»Ich auch nicht, Sir«, erwiderte Fletcher.

»Im Lauf der Jahre konnte ich beobachten, wie dieser Knabe zu einem anständigen jungen Mann heranwuchs, und ich bin stolz darauf, dass er heute mein Schwiegersohn und Vater meiner Enkeltochter ist. Und bevor ich zu rührselig werde, Fletcher, sollte ich jetzt auf den Punkt kommen, sonst schläft noch einer von uns beiden ein.« Fletcher lachte.

»Ich werde bald bekannt geben müssen, dass ich für eine Wiederwahl in den Senat nicht zur Verfügung stehe.« Er hob den Kopf und sah Fletcher direkt in die Augen. »Gleichzeitig würde ich gerne ankündigen können, wie stolz ich bin, dass sich mein Schwiegersohn, Fletcher Davenport, bereit erklärt hat, an meiner Stelle anzutreten.«

28

Nat brauchte keine sechs Monate, um herauszufinden, warum die Russell's Bank seit über zehn Jahren ihre Gewinne nicht hatte steigern können. So gut wie alle modernen Bankgrundsätze wurden ignoriert. Russell's lebte immer noch im Zeitalter handschriftlich geführter Hauptbücher, personalisierter Konten und der festen Überzeugung, dass ein Computer höchstwahrscheinlich mehr Fehler machte als ein Mensch und deshalb eine Verschwendung von Zeit und Geld darstellte. Drei bis vier Mal pro Tag ging Nat in Mr. Russells Büro hinauf und stellte jedes Mal fest, dass das, worauf sie sich morgens geeinigt hatten, am Nachmittag schon wieder über den Haufen geworfen wurde – meist kurz nachdem man ein langjähriges Belegschaftsmitglied mit einem Lächeln im Gesicht aus Mr. Russells Büro hatte kommen sehen. Häufig musste Tom dann die Scherben aufkehren. Wenn er nicht gewesen wäre, um seinem Vater zu erklären, warum die Änderungen notwendig waren, hätte es womöglich nie einen Sechsmonatsbericht gegeben.

An den meisten Abenden kam Nat erschöpft und manchmal wütend nach Hause. Er warnte Su Ling, es könnte wahrscheinlich zu einer Kraftprobe kommen, sobald er seinen Bericht vorlegte. Und er war sich keineswegs sicher, ob er immer noch Vizepräsident der Bank sein wollte, wenn der Vorstandsvorsitzende nicht in der Lage war, alle Veränderungen zu schlucken, die er empfahl. Su Ling beschwerte sich nicht, obwohl sie es erst vor Kurzem geschafft hatte, ihre kleine Familie in dem neuen Haus einzuquartieren, die Wohnung in New York zu verkaufen, eine Vorschule für Luke zu finden und ihre Vorlesungen als Statistikprofessorin an der UConn für den Herbst vorzubereiten. Die Vorstellung, wieder nach New York zu ziehen, gefiel ihr gar nicht.

Daneben beriet sie Nat, welche Computer für die Bank am kostengünstigsten waren, überwachte deren Installation und veranstaltete Abendkurse für jene Bankangestellten, die einsahen, dass es mehr zu lernen gab, als einen Computer einzuschalten. Nats größtes Problem war jedoch die chronische personelle Überbesetzung. Er hatte den Vorstandsvorsitzenden bereits darauf hingewiesen, dass Russell's derzeit einundsiebzig Angestellte hatte, während die Bennett's-Bank, die einzige andere unabhängige Bank der Stadt, die gleichen Dienstleistungen mit nur neununddreißig Beschäftigten anbot. Nat erstellte einen gesonderten Bericht über die finanziellen Folgen des Personalüberhangs und schlug ein Vorruhestandsprogramm vor, das zwar die Gewinne der nächsten drei Jahre beschneiden, sich langfristig jedoch höchst vorteilhaft auswirken würde. Das war der Dreh- und Angelpunkt, an dem Nat nicht nachgeben wollte. Wie er Tom beim Abendessen mit Su Ling erklärte, würden sie allesamt arbeitslos werden, wenn sie damit noch zwei Jahre bis zur Pensionierung von Mr. Russell warteten.

Sobald Mr. Russell Nats Bericht gelesen hatte, beraumte er für Freitagabend 18 Uhr eine Krisensitzung ein. Als Nat und Tom in das Büro des Vorstandsvorsitzenden kamen, schrieb er gerade an etwas. Bei ihrem Eintreten sah er auf.

»Es tut mir leid, dass ich nicht in der Lage bin, euren Empfehlungen zu folgen«, sagte Mr. Russell, noch bevor seine beiden Vizepräsidenten sich setzen konnten. »Ich habe nicht vor, Angestellte zu entlassen, mit denen ich teilweise seit dreißig Jahren zusammenarbeite.« Nat versuchte zu lächeln angesichts der Aussicht, zweimal innerhalb von sechs Monaten gefeuert zu werden, und fragte sich, ob Jason bei Chase immer noch eine Stelle für ihn hatte. »Deshalb bin ich zu dem Schluss gekommen«, fuhr der Vorstandsvorsitzende fort, »dass dieser Plan nur funktionieren kann« – er legte beide Hände auf den Bericht, als würde er ihn segnen –, »wenn die Person, die gehen muss, ich selbst bin.« Er unterzeichnete das Schreiben, das er aufgesetzt hatte, und reichte seinem Sohn seine Kündigung.

Bill Russell verließ das Büro an jenem Abend um 18.12 Uhr und betrat das Gebäude niemals wieder.

»Welche Qualifikationen haben Sie für ein öffentliches Amt?«

Fletcher sah von seinem Podest aus auf die kleine Gruppe von Journalisten, die vor ihm saß. Harry lächelte. Das war eine von siebzehn Fragen, deren Antworten sie am Vorabend vorbereitet hatten.

»Ich habe nicht sehr viel Erfahrung«, räumte Fletcher ein, entwaffnend, wie er hoffte, »aber ich wurde in Connecticut geboren und bin dort aufgewachsen, bevor ich nach New York ging und in eine der angesehensten Kanzleien des Landes eintrat. Ich möchte die Fähigkeiten, die ich mir dort erworben habe, für die Menschen von Hartford einsetzen.«

»Meinen Sie nicht, dass Sie mit sechsundzwanzig noch ein wenig zu jung sind, um uns zu sagen, wie wir unser

Leben führen sollten?«, wollte eine junge Dame aus der zweiten Reihe wissen.

»Ich war im selben Alter«, warf Harry ein, »und Ihr Vater hat sich nie beklagt.« Ein oder zwei der älteren Berichterstatter lächelten, aber die junge Frau ließ sich nicht so einfach abspeisen.

»Sie kamen damals aus einem Weltkrieg zurück, Senator, und hatten drei Jahre Erfahrung als Offizier an der Front. Darf ich fragen, Mr. Davenport, ob Sie Ihren Einberufungsbescheid mitten im Vietnamkrieg verbrannt haben?«

»Nein, das habe ich nicht«, sagte Fletcher. »Ich wurde nie einberufen, und wenn, hätte ich mit Freuden gedient.«

»Können Sie das beweisen?«, verlangte die Journalistin zu wissen.

»Nein«, erwiderte Fletcher. »Aber wenn Sie meine Rede im Rahmen der Erstsemesterdebatte in Yale lesen, räumt das sicher all Ihre Zweifel bezüglich meiner Gefühle zu diesem Thema aus.«

»Wird Ihr Schwiegervater die Fäden ziehen, falls Sie gewählt werden?«, erkundigte sich ein weiterer Pressevertreter.

Harry sah zu Fletcher hinüber und merkte, dass ihn diese Frage ärgerte. »Immer mit der Ruhe«, flüsterte er. »Er macht nur seine Arbeit. Halte dich an die Antwort, auf die wir uns geeinigt haben.«

»Falls ich das Glück habe, gewählt zu werden«, erklärte Fletcher, »wäre es dumm von mir, mich des reichen Erfahrungsschatzes von Senator Gates nicht zu bedienen. Ich werde erst dann aufhören, ihn zurate zu ziehen, wenn ich denke, dass er mir nichts mehr beibringen kann.«

»Was halten Sie von dem Zusatz, den Kendrick zum Finanzgesetz einbringen will und der derzeit im Senat diskutiert wird?« Die Frage kam vom linken Feld und gehörte eindeutig nicht zu den siebzehn Fragen, auf die sie sich vorbereitet hatten.

»Ist das nicht ein wenig unfair, Robin?«, meinte der Senator. »Schließlich ist Fletcher ...«

»Insofern er die älteren Mitbürger betrifft, ist der Gesetzeszusatz meiner Meinung nach diskriminierend für alle, die bereits in Rente sind und ein fixes Einkommen beziehen. Die meisten von uns werden irgendwann in Rente gehen, und das Einzige, woran ich mich bei Konfuzius erinnere, ist sein Satz, dass eine zivilisierte Gesellschaft ihre Jugend erzieht und sich um ihre Alten kümmert. Falls ich gewählt werde und Senator Kendricks Gesetzeszusatz vor den Senat kommt, werde ich mich dagegen aussprechen. Schlechte Gesetze können binnen einer Legislativperiode verabschiedet werden, aber es dauert Jahre, um sie wieder außer Kraft zu setzen. Und ich werde immer nur einem Gesetz zustimmen, das sich meiner Meinung nach realistisch umsetzen lässt.«

Harry lehnte sich auf seinem Stuhl zurück. »Nächste Frage«, rief er.

»In Ihrem Lebenslauf, der offen gesagt ziemlich beeindruckend ist, Mr. Davenport, behaupten Sie, dass Sie bei Alexander Dupont & Bell gekündigt haben, um diesen Wahlkampf zu führen.«

»Das stimmt«, erwiderte Fletcher.

»Hat nicht ein Kollege von Ihnen, ein Mr. Logan Fitzgerald, ungefähr zur gleichen Zeit gekündigt?«

»Ja.«

»Gibt es zwischen seiner und Ihrer Kündigung irgendeinen Zusammenhang?«

»Überhaupt keinen«, erklärte Fletcher mit fester Stimme.

»Worauf wollen Sie hinaus?«, hakte Harry nach.

»Nur ein Anruf bei unserem Büro in New York. Und man bat mich, dem nachzugehen«, erwiderte der Journalist.

»Zweifellos ein anonymer Anruf«, mutmaßte Harry.

»Es steht mir nicht frei, meine Quellen offenzulegen«, erklärte der Journalist und gab sich alle Mühe, nicht breit zu grinsen.

»Für den Fall, dass Ihnen Ihr Büro in New York nicht mitgeteilt haben sollte, wer dieser Informant war, kann ich Ihnen seinen Namen gerne nennen, sobald diese Pressekonferenz vorüber ist«, fauchte Fletcher.

»Tja, ich denke, das wäre alles«, rief Harry, bevor jemand eine weitere Frage dazu stellen konnte. »Danke, dass Sie kommen konnten. Auf den wöchentlichen Pressekonferenzen haben Sie regelmäßig Gelegenheit, mit dem Kandidaten zu sprechen – was mehr ist, als ich Ihnen je eingeräumt habe.«

»Das war schrecklich«, sagte Fletcher, als sie zusammen von der Bühne gingen. »Ich muss lernen, mich besser zu beherrschen.«

»Du hast dich wacker geschlagen, mein Junge«, entgegnete Harry. »Und wenn ich mit diesen Mistkerlen fertig bin, werden sie über diesen Vormittag nur in Erinnerung behalten, wie deine Antwort auf Kendricks Gesetzeszusatz lautete. Offen gesagt, die Presse ist unser geringstes Problem.« Harry legte eine unheilvolle Kunstpause ein. »Die eigentliche Schlacht beginnt, wenn wir herausfinden, wer der Kandidat der Republikaner ist.«

29

»Was weißt du über sie?«, wollte Fletcher wissen, als sie die Straße entlanggingen.

Es gab nicht viel, was Harry nicht über Barbara Hunter wusste, denn schon in den vergangenen zwei Wahlkämpfen war sie seine Gegnerin gewesen – und in den dazwischenliegenden Jahren ein ständiger Stachel in seinem Fleisch.

»Sie ist achtundvierzig, geboren in Hartford, Tochter eines Farmers. Hat die lokalen Schulen besucht und dann an der University of Connecticut studiert. Ist mit einem erfolgreichen Werbemanager verheiratet und hat drei Kinder, die alle im Bundesstaat leben. Derzeit gehört sie dem Kongress von Connecticut an.«

»Irgendwelche schlechten Nachrichten?«, fragte Fletcher.

»Ja, sie trinkt nicht und ist Vegetarierin, darum musst du jede Bar und jeden Metzger im Wahlkreis aufsuchen. Und wie alle, die ihr ganzes Leben in der Politik verbracht haben, hat sie sich unterwegs einen Haufen Feinde gemacht und da sie dieses Mal nur knapp die republikanische Vorwahl für sich entscheiden konnte, kannst du sicher sein, dass mehrere Parteiaktivisten sie überhaupt nicht wollten. Vor allem aber hat sie die letzten beiden Wahlen verloren, also können wir sie als Verliererin hinstellen.«

Harry und Fletcher betraten die Parteizentrale der Demokraten in der Park Street. Die Fensterfront war mit Postern und Fotos des Kandidaten zugepflastert, etwas, an das sich Fletcher immer noch nicht gewöhnt hatte. *Der richtige Mann für den Job.* Er hatte von diesem Slogan nicht viel gehalten, bis die Medienexperten ihm erklärten, dass es gut war, die Worte »richtig« und »Mann« in der Botschaft zu haben, wenn die Gegnerin eine republikanische Frau war. Das sei »unterschwellig«, hatten sie gemeint.

Harry stieg die Treppe zum Konferenzsaal im ersten Stock hoch und setzte sich ans Kopfende des Tisches. Fletcher gähnte, als er sich setzte, obwohl sie erst seit sieben Tagen Wahlkampf führten und immer noch sechsundzwanzig Tage vor sich hatten. Die Fehler, die du heute machst, sind morgen Geschichte, deine Triumphe werden in den Abendnachrichten schon nicht mehr erwähnt. Mach Tempo, das war eine der Maximen, die Harry häufig wiederholte.

Fletcher sah sich unter den Anwesenden um, eine Mischung aus Profis und erfahrenen Amateuren. Harry war nicht länger ihr Kandidat, sondern der Wahlkampfmanager. Das war das einzige Zugeständnis von Martha, aber sie hatte Fletcher gebeten, Harry nach Hause zu schicken, sobald er auch nur das geringste Anzeichen von Erschöpfung zeigte. Die Tage vergingen, und es fiel immer schwerer, sich an Marthas Anweisung zu halten, da es stets Harry war, der das Tempo vorgab.

»Gibt's was Neues oder gar Verheerendes?«, fragte Harry und sah sein Team an. Bei der letzten Wahl hatte er Barbara Hunter mit über fünftausend Stimmen geschlagen, nun jedoch sagten die Umfragen ein Kopf-an-Kopf-Rennen voraus, und sie würden bald herausfinden, wie viele Stimmen bei der letzten Wahl nur seiner Person gegolten hatten.

»Allerdings«, sagte eine Stimme vom anderen Tischende.

Harry lächelte Dan Mason zu, der bei sechs seiner sieben Wahlkämpfe mit von der Partie gewesen war. Dan hatte seinerzeit am Kopiergerät angefangen und leitete inzwischen die Presse- und PR-Abteilung.

»Du hast das Wort, Dan.«

»Barbara Hunter hat gerade eine Presseerklärung herausgegeben, in der sie Fletcher zu einem Rededuell herausfordert. Wahrscheinlich soll ich ihr sagen, dass sie sich das Duell an den Hut stecken kann und ihr Vorschlag ein Zeichen von Verzweiflung ist, weil sie weiß, dass sie verlieren wird. So hast du es ja immer gehalten.«

Harry schwieg einen Moment. »Du hast recht, Dan, so habe ich es immer gehalten«, sagte er schließlich, »aber nur, weil ich der Platzhirsch war und sie als Emporkömmling behandelte. Jedenfalls hatte ich bei einem Duell nie etwas zu gewinnen. Die Situation hat sich jetzt aber geändert, weil wir mit einem unbekannten Kandidaten ins Rennen gehen, daher denke ich, wir sollten erst noch ausführlicher über diese Idee sprechen, bevor wir eine Entscheidung treffen. Was sind die Vor- und Nachteile? Irgendwelche Meinungen?«, fragte er. Alle redeten gleichzeitig los.

»Dadurch erhält unser Mann mehr Öffentlichkeit.«

»Dabei rückt sie nur in den Mittelpunkt.«

»Wir könnten beweisen, dass wir einen herausragenden Redner haben, was aufgrund seiner Jugend für Überraschung sorgen wird.«

»Sie kennt die lokalen Probleme – wir könnten schlecht informiert und unerfahren wirken.«

»Wir wirken jung, dynamisch und energiegeladen.«

»Sie wirkt erfahren, schlau und kampferprobt.«

»Wir repräsentieren die Jugend von morgen.«

»Sie repräsentiert die Frau von heute.«

»Fletcher kann mit ihr den Boden wischen.«

»Wenn sie das Rededuell gewinnt, verlieren wir die Wahl.«

»Da wir nun die Meinung des Komitees gehört haben, ist es vielleicht an der Zeit, den Kandidaten nach seiner Meinung zu fragen«, schlug Harry vor.

»Ich würde sehr gern ein Rededuell mit Mrs. Hunter ausfechten«, erklärte Fletcher. »Sie wird den Leuten aufgrund ihrer früheren Verdienste und meinem Mangel an Erfahrung vermutlich eher imponieren, also muss ich versuchen, das zu unserem Vorteil umzukehren.«

»Wenn sie dich bei den lokalen Problemstellungen aussticht und es so aussehen lässt, als ob du für diesen Job noch nicht bereit bist«, hielt Dan dagegen, »dann ist unser Wahlkampf an einem einzigen Abend gelaufen. Stell dir nicht die tausend Leute in dem Saal vor. Versuch dich daran zu erinnern, dass dieses Ereignis von den lokalen Radio- und Fernsehstationen übertragen wird und mit Sicherheit am nächsten Morgen die Titelseite des *Hartford Courant* schmückt.«

»Das könnte uns alles von Vorteil sein«, meinte Harry.

»Stimmt«, sagte Dan, »aber es ist ein verdammt großes Risiko.«

»Wie lange kann ich darüber nachdenken?«, fragte Fletcher.

»Fünf Minuten«, erwiderte Harry. »Vielleicht zehn, denn wenn sie eine Presseerklärung herausgegeben hat, werden sie unsere sofortige Antwort wollen.«

»Können wir nicht sagen, dass wir darüber nachdenken wollen?«

»Auf keinen Fall«, erklärte Harry. »Das sähe so aus, als würden wir über das Duell debattieren, und wenn du am

Ende nachgibst, gewinnt sie gleich doppelt. Entweder weisen wir sie strikt ab, oder wir akzeptieren begeistert. Vielleicht sollten wir darüber abstimmen.« Er sah sich in der Runde um. »Wer ist dafür?« Elf Hände schossen hoch. »Dagegen?« Vierzehn Hände wurden gehoben. »Tja, das wär's dann.«

»Nein», sagte Fletcher. Alle am Tisch verstummten und sahen den Kandidaten an. »Ich bin dankbar für eure Meinung, aber ich habe nicht vor, meine politische Karriere von einem Komitee lenken zu lassen, schon gar nicht, wenn das Wahlergebnis so knapp zu werden droht. Dan, gib bitte eine Erklärung heraus, dass ich die Herausforderung von Mrs. Hunter mit Freuden annehme und es kaum erwarten kann, über die wahren Probleme mit ihr zu debattieren, nicht über die politischen Posen, auf die sich die Republikaner seit Beginn dieses Wahlkampfs an spezialisiert zu haben scheinen.« Einen Augenblick herrschte Stille, dann brach spontan Applaus aus.

Harry lächelte. »Wer ist für die Debatte?« Alle Hände schossen hoch. »Dagegen?« Niemand meldete sich. »Ich erkläre den Antrag hiermit für einstimmig angenommen.«

»Warum haben wir ein zweites Mal abgestimmt?«, fragte Fletcher, als er mit Harry den Raum verließ.

»Damit wir der Presse sagen können, die Entscheidung sei einhellig gefallen.«

Fletcher lächelte, als sie sich auf den Weg zum Bahnhof machten. Wieder eine Lektion gelernt.

Zwölf Leute übernahmen jeden Morgen den Bahnhof. Die meisten verteilten Flugblätter, während der Kandidat die Hände der frühen Pendler schüttelte, die die Stadt verließen. Harry hatte ihm gesagt, er solle sich auf die Menschen konzentrieren, die den Bahnhof betraten, denn die wohnten nahezu sicher in Hartford, während diejenigen, die aus den Zügen stiegen, wahrscheinlich kein Stimmrecht in seinem Wahlkreis hatten.

»Hallo, ich bin Fletcher Davenport …«

Um 8.30 Uhr ging Fletcher quer über die Straße zu Ma's und aß ein Sandwich mit Ei und Schinken. Sobald Ma ihre Meinung darüber kundgetan hatte, wie die Wahl verlaufen würde, fuhr er zum Versicherungsviertel der Stadt und schüttelte die Hände der »Anzüge«, die in ihre Büros eilten. Im Wagen hatte Fletcher seine Yale-Krawatte angelegt, mit der sich, wie er wusste, viele der leitenden Angestellten identifizieren konnten.

»Hallo, ich bin Fletcher Davenport …«

Um 9.30 Uhr kehrten alle für die morgendliche Pressekonferenz ins Wahlkampfbüro zurück. Barbara Hunter hatte ihre bereits eine Stunde früher abgehalten, daher wusste Fletcher, dass es an diesem Morgen nur um ein Thema gehen würde. Auf dem Rückweg ersetzte er die Yale-Krawatte durch etwas Neutraleres und hörte die Radionachrichten, um sicherzugehen, dass er nicht von irgendwelchen neusten Meldungen überrascht würde. Im Nahen Osten war Krieg ausgebrochen. Das würde er Präsident Ford überlassen müssen, denn der Krieg würde es nicht auf die Titelseite des *Hartford Courant* schaffen.

»Hallo, ich bin Fletcher Davenport …«

Als Harry die morgendliche Pressekonferenz eröffnete, erzählte er den anwesenden Journalisten, noch bevor sie eine Frage stellen konnten, dass sie einstimmig entschieden hätten, sich Mrs. Hunter Auge in Auge zu stellen. Harry nannte sie niemals Barbara. Als man ihm Fragen zur Debatte stellte –

Ort, Zeit, Verlauf –, sagte Harry, das müsse alles noch entschieden werden, sie hätten die Herausforderung erst an diesem Morgen erhalten, fügte jedoch hinzu: »Ich sehe keinerlei Probleme.« Dabei wusste Harry sehr wohl, dass die Debatte *nichts als* Probleme aufwerfen würde.

Fletcher war von Harrys Antwort auf die Frage überrascht, welche Chancen er dem Kandidaten einräume. Er hatte erwartet, dass der Senator über seine Fähigkeiten als Redner sprechen würde, über seine juristische Erfahrung und seinen politischen Scharfsinn. Stattdessen sagte Harry: »Nun, natürlich geht Mrs. Hunter mit einem Vorsprung ins Rennen. Wir wissen alle, dass sie eine erfahrene Rednerin ist und sich in den lokalen Problemstellungen auskennt, aber es ist typisch für Fletchers aufrichtige und offene Herangehensweise an diese Wahl, dass er bereit ist, sich ihr zu stellen.«

»Geht er damit nicht ein ungeheures Risiko ein, Senator?«, wollte ein anderer Journalist wissen.

»Aber natürlich«, räumte Harry ein. »Doch wie der Kandidat bereits sagte, wenn er nicht Manns genug ist, sich Mrs. Hunter zu stellen, wie kann die Öffentlichkeit dann erwarten, dass er die sehr viel größere Herausforderung meistert, das Volk zu repräsentieren?« Fletcher konnte sich nicht erinnern, etwas Derartiges gesagt zu haben, auch wenn er mit der Aussage konform ging.

Als nach dem Ende der Pressekonferenz auch der letzte Journalist gegangen war, fragte Fletcher: »Haben Sie mir nicht erzählt, Barbara Hunter wäre eine schlechte Rednerin und bräuchte ewig für die Beantwortung von Fragen?«

»Ja, genau das habe ich gesagt«, gab Harry zu.

»Warum haben Sie dann den Journalisten erzählt, dass …«

»Das hat alles mit Erwartungshaltungen zu tun, mein

Junge. Jetzt denken sie, du wärst ihr nicht gewachsen«, erwiderte Harry. »Sie glauben, sie würde mit dir den Boden wischen. Wenn du jetzt auch nur ein Unentschieden erreichst, werden sie dich zum Gewinner erklären.«

»Hallo, ich bin Fletcher Davenport …«, rotierte es ständig in Fletchers Kopf wie ein Ohrwurm, den er einfach nicht loswurde.

30

Nat war begeistert, als Tom den Kopf zur Tür hereinstreckte und fragte: »Kann ich heute Abend jemanden zum Essen mitbringen?«

»Natürlich. Geschäftlich oder privat?« Nat sah von seinem Schreibtisch auf.

Tom zögerte. »Ich hoffe eigentlich, es könnte beides sein.«

»Weiblich?«, fragte Nat, schon mehr interessiert.

»Entschieden weiblich.«

»Name?«

»Julia Kirkbridge.«

»Und wie …«

»Ende der Inquisition. Das kannst du sie heute Abend alles selbst fragen, denn sie kann bestens für sich selbst sprechen.«

»Danke für die Warnung«, sagte Su Ling, als Nat ihr gleich nach seinem Eintreffen von dem zusätzlichen Gast erzählte.

»Ich hätte anrufen sollen, oder?«, sagte er.

»Das hätte mir das Leben etwas leichter gemacht, aber vermutlich warst du gerade dabei, Millionen zu scheffeln.«

»So ähnlich.«

»Was wissen wir von ihr?«, erkundigte sich Su Ling.

»Nichts«, erwiderte Nat. »Du kennst doch Tom – wenn es um sein Privatleben geht, ist er zugeknöpfter als ein Schweizer Bankier, aber da er bereit ist, sie uns vorzustellen, besteht noch Hoffnung.«

»Was ist aus diesem umwerfenden Rotschopf namens Maggie geworden? Ich hatte eigentlich gedacht, dass …«

»Verschwunden, wie all die anderen. Erinnerst du dich, dass er jemals eine Frau mehr als einmal zu uns zum Essen mitgebracht hätte?«

Su Ling dachte kurz über die Frage nach und gab dann zu: »Jetzt, wo du es sagst, kann ich mich nicht daran erinnern. Vermutlich liegt es an meinen Kochkünsten.«

»Nein, es liegt nicht an deinen Kochkünsten, aber ich fürchte, es ist schon deine Schuld.«

»Meine?«, fragte Su Ling.

»Ja, deine. Der arme Mann ist seit Jahren vernarrt in dich. Jede Frau, mit der er ausgeht, wird zu uns geschleppt, damit er sie mit dir vergleichen kann …«

»Nein, nicht schon wieder diese alten Kamellen«, bat Su Ling.

»Es sind keine alten Kamellen, kleine Blume. Genau da liegt ja das Problem.«

»Aber er hat nie mehr getan, als mich auf die Wange zu küssen.«

»Und er wird auch nie mehr tun. Ich frage mich, wie viele Menschen in jemanden verliebt sind, den sie noch nicht mal auf die Wange geküsst haben.«

Nat verschwand nach oben, um Luke vorzulesen, während Su Ling ein viertes Gedeck auflegte. Sie polierte gerade ein zusätzliches Glas, als es schellte.

»Kannst du an die Tür gehen, Nat? Ich bin beschäftigt.« Es kam keine Antwort, deshalb nahm Su Ling die Schürze ab und ging selbst zur Tür.

»Hallo«, sagte Tom, beugte sich vor und küsste Su Ling auf die Wange.

»Das ist Julia«, sagte er. Su Ling sah zu einer eleganten Frau auf, die fast so groß war wie Tom und beinahe so dünn wie Su Ling, auch wenn ihre blonden Haare und die blauen Augen auf einen Stammbaum hinwiesen, der eher in Skandinavien als im Fernen Osten verwurzelt war.

»Wie schön, Sie kennenzulernen«, sagte Julia. »Ich weiß, es klingt abgedroschen, aber ich habe schon so viel von Ihnen gehört.«

Su Ling lächelte, als sie Julias Pelzmantel nahm. »Mein Mann ist gerade beschäftigt …«

»Mit schwarzen Katern«, ergänzte Nat, der an Su Lings Seite trat. »Ich habe Luke *Der Kater mit Hut* vorgelesen. Hallo, ich bin Nat. Sie müssen Julia sein.«

»Stimmt genau.« Julia schenkte Nat ein Lächeln, das Su Ling daran erinnerte, wie attraktiv andere Frauen ihren Ehemann fanden.

»Lasst uns ins Wohnzimmer gehen und etwas trinken«, schlug Nat vor. »Ich habe Champagner kaltgestellt.«

»Gibt es was zu feiern?«, erkundigte sich Tom.

»Abgesehen davon, dass du jemand gefunden hast, der bereit ist, dich zum Abendessen zu begleiten – nein. Mir fällt da nichts Bestimmtes ein, außer …« Julia lachte. »… außer dem Anruf von meinen Anwälten, die mir mitteilten, dass unsere Übernahme von Bennett's geklappt hat.«

»Wann hast du das erfahren?«, wollte Tom wissen.

»Am späten Nachmittag. Jimmy rief an und sagte mir, dass sie alle Dokumente unterschrieben haben. Jetzt müssen wir ihnen nur noch den Scheck überreichen.«

»Das hast du gar nicht erwähnt, als du nach Hause gekommen bist«, schimpfte Su Ling.

»Der Gedanke, dass Julia zum Abendessen kommen würde, hat das untergehen lassen«, sagte Nat. »Aber ich habe mit Luke über den Deal gesprochen.«

»Und was meinte er dazu?«, fragte Tom.

»Er fand, ein Dollar wäre viel zu viel Geld für eine Bank.«

»Ein Dollar?«, staunte Julia.

»Ja. Bennett's hat in den letzten fünf Jahren nur Verluste eingefahren, und die Immobilie der Bank deckt ihre Verbindlichkeiten nicht annähernd ab. Darum behält Luke womöglich recht, wenn ich das Ruder nicht noch herumreißen kann.«

»Wie alt ist Luke?«, wollte Julia wissen.

»Zwei, aber er hat bereits einen echten Riecher für finanzielle Angelegenheiten.«

Julia lachte. »Erzählen Sie mir mehr von der Bank, Nat.«

»Das ist erst der Anfang«, erklärte er und schenkte den Champagner aus. »Ich habe immer noch ein Auge auf Morgan's geworfen.«

»Und wie viel wird dich diese Bank kosten?«, fragte Su Ling.

»Heutzutage ungefähr dreihundert Millionen, aber bis ich so weit bin, ein Angebot abzugeben, könnte es über einer Milliarde sein.«

»In solchen Summen kann ich nicht denken«, sagte Julia. »Das ist nicht meine Liga.«

»Stimmt nicht, Julia«, widersprach Tom. »Vergiss nicht, dass ich mir deine Firmenkonten angesehen habe, und anders als Bennett's hast du in den letzten fünf Jahren immer Gewinn gemacht.«

»Ja, aber insgesamt nur etwas über eine Million.« Julia schenkte ihm dieses besondere Lächeln.

»Entschuldigt mich«, sagte Su Ling. »Ich sehe mal nach dem Essen.«

Nat lächelte seiner Frau zu und sah dann Toms Gast an. Er hatte bereits das Gefühl, dass Julia es zu einer zweiten Verabredung schaffen könnte. »Was machen Sie beruflich, Julia?«, erkundigte sich Nat.

»Was glauben Sie?«, gab sie ihm mit demselben koketten Lächeln wie vorhin zurück.

»Ich würde sagen, Sie sind Fotomodell, möglicherweise Schauspielerin.«

»Nicht übel. Ich habe in meiner Jugend als Model gearbeitet, aber in den letzten sechs Jahren habe ich mich mit Immobilien beschäftigt.«

Su Ling kam zurück. »Darf ich bitten? Das Essen ist sofort fertig.«

»Immobilien«, wiederholte Nat, als er seinen Gast ins Esszimmer begleitete. »Darauf wäre ich nie gekommen.«

»Es stimmt aber«, warf Tom ein. »Und Julia möchte bei uns ein Konto eröffnen. Es gibt ein Grundstück in Hartford, an dem sie interessiert ist, und sie will fünfhunderttausend Dollar bei der Bank deponieren, falls sie rasch darauf zugreifen muss.«

»Warum haben Sie gerade uns ausgewählt?«, fragte Nat, während seine Frau eine Schüssel mit Hummersuppe auf den Tisch stellte.

»Weil mein verstorbener Ehemann damals wegen der Robinson Mall mit Mr. Russell verhandelt hat. Obwohl der Deal nicht zustande kam, hat uns Mr. Russell keine Gebühren berechnet«, erzählte Julia. »Nicht einmal ein Honorar.«

»Das klingt ganz nach meinem Vater«, bestätigte Tom.

»Deshalb sagte mein verstorbener Mann, dass, wenn wir jemals wieder etwas in dieser Gegend erwerben wollten, wir das nur über die Russell's-Bank abwickeln.«

»Die Dinge haben sich seit damals geändert«, warnte Nat. »Mr. Russell ist im Ruhestand und …«

»Aber sein Sohn ist doch jetzt Vorstandsvorsitzender?«

»Und er sitzt mir immer damit im Nacken, dass wir Menschen wie Ihnen Gebühren abverlangen müssen, wenn wir unsere professionellen Dienste anbieten. Obwohl es Sie sicher interessieren wird, dass die Mall ein voller Erfolg war und das Einkaufszentrum seinen Investoren hervorragende Gewinne beschert. Was führt Sie nach Hartford?«

»Ich habe gelesen, dass auf der anderen Seite der Stadt ein weiteres Einkaufszentrum errichtet werden soll.«

»Das stimmt. Der Stadtrat hat das Grundstück zum Verkauf freigegeben und die Genehmigung zur kommerziellen Nutzung erteilt.«

»Welche Summe erwarten sie?«, fragte Julia und löffelte ihre Suppe.

»Um die drei Millionen, heißt es, ich denke aber, wegen des Erfolgs mit der Robinson Mall wird es wohl eher in Richtung drei Komma drei bis drei Komma fünf gehen.«

»Dreieinhalb Millionen ist unsere Obergrenze«, erklärte Julia. »Meine Firma agiert grundsätzlich vorsichtig, außerdem gibt es auch noch einen weiteren Deal ganz in der Nähe.«

»Vielleicht können wir Sie für einige andere Grundstücke interessieren, die wir repräsentieren«, sagte Nat.

»Danke, nein«, erwiderte Julia. »Meine Firma ist auf Einkaufszentren spezialisiert, und eins der vielen Dinge, die mein Mann mir beigebracht hat, war, niemals von dem abzuweichen, was man am besten kann.«

»Ein weiser Mann, Ihr verstorbener Gatte.«

»Das war er«, sagte Julia. »Aber ich finde, für heute haben

wir genug Geschäftliches beredet. Ob die Bank eventuell bereit wäre, mich bei der Auktion zu vertreten, sobald mein Geld hinterlegt ist? Ich verlange jedoch absolute Diskretion. Ich möchte nicht, dass irgendwer erfährt, dass Sie für mich bieten. Das ist noch etwas, was mein Ehemann mir beigebracht hat.« Sie wandte ihre Aufmerksamkeit der Gastgeberin zu. »Kann ich Ihnen beim nächsten Gang helfen?«

»Danke, nein«, sagte Su Ling. »Nat ist ein hoffnungsloser Fall, aber vier Teller in die Küche tragen kann er gerade noch, und wenn er daran denkt, schenkt er einem gelegentlich sogar ein Glas Wein nach.«

»Wie habt ihr euch kennengelernt?«, fragte Nat, während er die Weinflasche nahm und sich daranmachte, Su Lings Wink mit dem Zaunpfahl in die Tat umzusetzen.

»Das glaubst du nie«, sagte Tom, »aber wir haben uns auf einem Baugrund getroffen.«

»Ich bin sicher, es gibt noch eine romantischere Erklärung.«

»Ich habe letzten Sonntag gerade das Gelände geprüft, das der Stadtrat freigegeben hat, als mir Julia über den Weg lief, die gerade dort joggte.«

»Ich dachte, Sie bestehen auf Diskretion«, scherzte Nat lächelnd.

»Nicht viele Menschen sehen eine Frau an einem Sonntagmorgen über ein Baugrundstück joggen und denken, dass sie es kaufen will.«

»Ehrlich gesagt habe ich erst rausgefunden, was Julia vorhat, als ich sie zum Dinner ins Cascade eingeladen habe«, räumte Tom ein.

»Die Immobilienbranche muss für eine Frau ziemlich hart sein«, meinte Nat.

»Schon«, meinte Julia. »Aber ich habe es mir nicht ausgesucht, es hat sich mich ausgesucht. Wissen Sie, als ich das College in Minnesota verließ, habe ich nur kurze Zeit als Model gearbeitet, bevor ich meinen Mann traf. Es war seine Idee, dass ich mir beim Joggen die Bauplätze ansehe und ihm dann Bericht erstatte. Binnen eines Jahres wusste ich genau, wonach er suchte, und nach zwei Jahren saß ich im Vorstand.«

»Dann leiten Sie das Unternehmen jetzt?«

»Nein«, sagte Julia. »Das überlasse ich meinem Vorstandsvorsitzenden und dem Geschäftsführer, aber ich halte die Mehrheit der Aktien.«

»Sie haben also beschlossen, nach dem Tod Ihres Mannes weiterzumachen?«

»Ja, das war seine Idee. Er wusste, dass er nur noch wenige Jahre zu leben hatte, und da wir keine Kinder hatten, beschloss er, mir alles über das Geschäft beizubringen.«

Nat räumte die Teller ab.

»Möchte jemand Crème brûlée?«, fragte Su Ling.

»Ich kriege leider keinen Bissen mehr runter. Das Lamm war unglaublich zart. Aber lass du dich nicht abhalten«, sagte Julia und streichelte über Toms Bauch.

Nat sah zu Tom hinüber und meinte, ihn noch nie so selig gesehen zu haben. Er ging davon aus, dass Julia womöglich sogar ein drittes Mal zum Abendessen kommen würde.

»Oh, ist es wirklich schon so spät?«, rief Julia und sah auf ihre Uhr. »Das war ein wunderbarer Abend, Su Ling, aber jetzt müssen Sie mich bitte entschuldigen. Ich habe morgen früh um zehn eine Vorstandssitzung, darum sollte ich jetzt gehen.«

»Natürlich«, sagte Su Ling und erhob sich.

Tom sprang ebenfalls von seinem Stuhl auf und begleitete Julia in den Flur, wo er ihr in den Mantel half. Er küsste Su Ling auf die Wange und dankte ihr für einen herrlichen Abend. »Es tut mir nur leid, dass Julia nach New York zurückmuss. Nächstes Mal essen wir bei mir.«

Nat warf Su Ling einen Blick zu und lächelte, sie erwiderte es jedoch nicht.

Nat gluckste, als er die Haustür schloss. »Was für eine Frau!«, sagte er, ging zu Su Ling in die Küche und schnappte sich ein Geschirrtuch.

»Sie ist eine Schwindlerin«, verkündete Su Ling.

»Wie meinst du das?«, fragte Nat.

»Genau so, wie ich es sage: Sie ist eine Schwindlerin. Falscher Akzent, falsche Kleider und ihre falsche Geschichte, alles zusammen war viel zu nett und stimmig. Mach keine Geschäfte mit ihr.«

»Was kann schon schiefgehen, wenn sie fünfhunderttausend Dollar bei der Bank deponiert?«

»Ich wette ein Monatsgehalt, dass die fünfhunderttausend nie auftauchen.«

Obwohl Su Ling das Thema an diesem Abend nicht noch einmal anschnitt, bat Nat am nächsten Morgen seine Sekretärin, alle Finanzdaten auszugraben, die sie über Kirkbridge & Company in New York finden konnte. Eine Stunde später kam sie mit deren Jahresbilanz sowie dem neuesten Kontoauszug zurück. Nat prüfte die Bilanz sorgfältig, und sein Blick fiel schließlich auf die letzte Zeile. Sie hatten im vergangenen Jahr einen Profit von etwas über einer Million gemacht, und sämtliche Zahlen stimmten mit denen überein, die Julia beim Abendessen genannt hatte. Anschließend sah er sich den Vorstand an. Mrs. Julia Kirkbridge war als Direktorin aufgeführt, direkt unter dem Vorstandsvorsitzenden und dem Geschäftsführer. Er dachte an Su Lings Worte und beschloss, seine Überprüfung noch einen Schritt weiter zu führen. Er wählte die Telefonnummer des New Yorker Büros, ohne dabei seine Sekretärin zu bemühen.

»Kirkbridge & Company, was kann ich für Sie tun?«, meldete sich eine Stimme.

»Guten Morgen, kann ich mit Mrs. Kirkbridge sprechen?«

»Tut mir leid, Sir, sie ist in einer Vorstandssitzung.« Nat sah auf seine Armbanduhr und lächelte. Es war 10.25 Uhr. »Wenn Sie Ihre Rufnummer hinterlassen, wird sie Sie baldmöglichst zurückrufen.«

»Das ist nicht nötig.« Er legte auf, und unmittelbar darauf klingelte das Telefon. »Hier Jeb aus der Abteilung neue Konten, Mr. Cartwright. Ich dachte, Sie würden wissen wollen, dass wir soeben einen Transfer über die Summe von fünfhunderttausend Dollar von Chase erhalten haben, gutzuschreiben dem Konto einer Mrs. Julia Kirkbridge.«

Nat konnte nicht anders, als Su Ling anzurufen und ihr die Neuigkeiten zu berichten.

»Sie ist trotzdem eine Schwindlerin«, wiederholte seine Frau.

31

»Kopf oder Zahl?«, fragte der Moderator.

»Zahl«, sagte Barbara Hunter.

»Es ist Zahl.« Der Moderator sah zu Mrs. Hunter und nickte. Fletcher konnte sich nicht beschweren, weil er ohnehin Kopf genommen hätte – das tat er immer –, und so fragte er sich nun, wie sie sich entscheiden würde. Würde sie als Erste reden wollen? Denn das würde bedeuten, dass Fletcher als Letzter an diesem Abend zu Wort kam. Andererseits, wenn …

»Ich möchte anfangen«, sagte sie.

Fletcher unterdrückte ein Lächeln. Hätte er den Münzwurf gewonnen, hätte er sich entschieden, als Zweiter zu reden.

Der Moderator nahm seinen Platz hinter dem Tisch in der Bühnenmitte ein. Mrs. Hunter saß zu seiner Rechten und Fletcher zu seiner Linken, was die Ideologie der beiden Parteien widerspiegelte. Doch die Entscheidung, wo sie sitzen sollten, war das Geringste ihrer Probleme gewesen. In den vergangenen zehn Tagen hatten sie darüber gestritten, wo das Rededuell stattfinden, wann es beginnen und wer der Moderator sein sollte. Sogar über die Höhe der Rednerpulte, von denen aus sie sprechen würden, gab es Auseinandersetzungen, weil Barbara Hunter eins achtundsechzig groß war, Fletcher dagegen eins dreiundachtzig. Am Ende kam man überein, dass es zwei unterschiedlich hohe Pulte zu beiden Seiten der Bühne geben sollte.

Der Moderator, auf den sie sich geeinigt hatten, war der Leiter der Fakultät für Publizistik der UConn in Hartford. Er erhob sich von seinem Platz.

»Guten Abend, meine Damen und Herren. Ich bin Frank McKenzie und moderiere den heutigen Abend. Der Ablauf sieht vor, dass Mrs. Hunter mit einer sechsminütigen Eröffnungserklärung beginnt, gefolgt von Mr. Davenport. Ich möchte beide Kandidaten darauf hinweisen, dass ich nach fünf Minuten diese Glocke läuten werde« – er hob eine kleine Glocke auf dem Tisch an und bimmelte damit, was im Publikum zu Heiterkeit führte und die Spannung löste –, »um Sie darauf aufmerksam zu machen, dass Sie nur noch sechzig Sekunden Redezeit haben. Nach sechs Minuten klingele ich erneut, und Sie müssen Ihren Schlusssatz sprechen. Im Anschluss an die Eröffnungsreden werden beide Kandidaten vierzig Minuten lang die Fragen einiger ausgewählter Fragesteller beantworten. Schließlich werden Mrs. Hunter und danach Mr. Davenport drei Minuten lang ihre Schlusserklärung abgeben. Ich bitte nun Mrs. Hunter, den Abend zu eröffnen.«

Barbara Hunter erhob sich und ging zu ihrem Pult auf der rechten Seite der Bühne. Sie hatte sich ausgerechnet, dass neunzig Prozent des Publikums die Debatte im Fernsehen mitverfolgten und sie die größte Zahl an potenziellen Wählern erreichen würde, wenn sie als Erste sprach, vor allem, da um 20.30 Uhr ein Spiel der World Series übertragen wurde und die Mehrheit der Zuschauer automatisch den Sender wechseln würde. Da sie beide ihre Eröffnungsrede bis zu diesem Zeitpunkt bereits gehalten haben würden, fand

Fletcher, dass es darauf nicht ankam. Aber er wollte auch deswegen als Zweiter sprechen, damit er einige der Punkte herausgreifen konnte, die Mrs. Hunter in ihrer Eröffnungsrede ansprach, und wenn er am Ende des Abends das letzte Wort hatte, war dieses möglicherweise das Einzige, an das sich das Publikum später noch erinnerte.

Konzentriert hörte Fletcher der vorhersehbaren und gut einstudierten Eröffnung von Mrs. Hunter zu. Sie hielt sich beim Reden am Pult fest. »Ich bin in Hartford geboren und habe einen Mann aus Hartford geheiratet. Meine Kinder kamen im St. Patrick Hospital zur Welt und leben alle immer noch in der Hauptstadt unseres Bundesstaates. Aus diesem Grund halte ich mich für qualifiziert, die Menschen dieser großartigen Stadt zu vertreten.« Der erste Applaus brandete aus dem Zuschauerraum auf. Fletcher musterte die vollen Ränge genau, und ihm fiel auf, dass etwa die Hälfte klatschte, die andere dagegen sich nicht rührte.

Zu Jimmys Verantwortungsbereich an diesem Abend hatte die Zuweisung der Sitzplätze gehört. Man war übereingekommen, dass beide Parteien je dreihundert Karten erhielten und vierhundert der allgemeinen Öffentlichkeit vorbehalten blieben. Jimmy und eine kleine Gruppe von Helfern hatten Stunden damit verbracht, ihre Anhänger anzutreiben, sich um die verbleibenden vierhundert Karten zu bemühen, aber Jimmy war klar, dass die Republikaner dies ebenso beharrlich tun würden, weshalb es am Ende so oder so fünfzig zu fünfzig stehen würde. Fletcher fragte sich, wie viele wirklich Unparteiische im Publikum saßen.

»Mach dir keine Gedanken um den Saal«, hatte Harry ihm geraten. »Das wahre Publikum sieht dich im Fernsehen, und sie sind es, die du beeinflussen musst. Schau mitten in die Kameralinse und bleib ernst«, fügte er mit einem Grinsen hinzu.

Fletcher machte sich Notizen, während Mrs. Hunter ihr Programm umriss, und obwohl dessen Inhalte vernünftig und ehrenwert waren, hatte sie eine Art des Vortragens an sich, die die Gedanken abschweifen ließ. Als der Moderator nach fünf Minuten die Glocke betätigte, hatte Mrs. Hunter erst die Hälfte ihrer Rede geschafft. Sogar beim Umblättern hatte sie Pausen eingelegt. Fletcher war überrascht, dass eine derart erfahrene Wahlkämpferin nicht den gelegentlichen Applaus einberechnet hatte, der ihre Redezeit verkürzte. Fletchers Eröffnungsbemerkungen waren nur auf etwas über fünf Minuten angelegt. »Es ist besser, ein paar Sekunden zu früh fertig zu sein, als sich am Ende abhetzen zu müssen«, hatte ihn Harry immer wieder gewarnt. Mrs. Hunters Zusammenfassung am Ende ihrer Rede schloss wenige Sekunden nach dem zweiten Glockenschlag und ließ es so aussehen, als wäre sie mittendrin unterbrochen worden. Trotzdem erhielt sie donnernden Applaus von der Hälfte des Publikums und höfliches Nicken vom Rest.

»Ich bitte nun Mr. Davenport um seine Eröffnungsrede.«

Fletcher trat langsam an sein Pult. Er kam sich dabei vor wie ein Mann auf dem Weg zum Galgen. Er legte sein fünfseitiges Manuskript – doppelter Zeilenabstand und großes Schriftbild – auf das Pult und las den Eröffnungssatz, obwohl er die Rede so oft durchgegangen war, dass er sie auswendig konnte. Dann sah er zum Publikum und lächelte, wohl wissend, dass der Moderator die Uhr erst laufen lassen würde, wenn er zu sprechen anfing.

»Ich denke, ich habe einen großen Fehler in meinem Leben begangen«, fing er an. »Ich wurde nicht in Hartford geboren.« Das Gelächter half ihm. »Aber ich habe ihn wiedergutgemacht. Ich habe mich in eine Frau aus Hartford verliebt, als ich gerade mal vierzehn Jahre alt war.« Es folgten Gelächter und Applaus. Fletcher entspannte sich und hielt den Rest seiner Eröffnungsrede mit einem Selbstvertrauen, das seine Jugend hoffentlich vergessen ließ. Als die Glocke nach fünf Minuten läutete, fing er gerade mit seiner Zusammenfassung an. Er war zwanzig Sekunden zu früh fertig und machte die Schlussglocke überflüssig. Der Applaus, den er erhielt, war sehr viel größer als der, mit dem er bei seinem Gang zum Pult begrüßt worden war, andererseits war die Eröffnungserklärung nicht mehr als das Ende der ersten Runde.

Fletcher sah zu Harry und Jimmy hinunter, die in der zweiten Reihe saßen. Ihr Lächeln deutete darauf hin, dass er das erste Gefecht bestanden hatte.

»Jetzt ist die Zeit für die Fragerunde gekommen«, erklärte der Moderator. »Sie wird vierzig Minuten dauern. Die Kandidaten sind gehalten, kurz zu antworten. Wir beginnen mit Charles Lockhart vom *Hartford Courant*.«

»Glaubt einer der beiden Kandidaten, dass das Stipendienwesen in unserem Bildungssystem reformiert werden sollte?«, fragte der Chefredakteur kurz angebunden.

Fletcher war auf diese Frage gut vorbereitet, da sie bei örtlichen Wahlveranstaltungen immer wieder aufgekommen war und regelmäßig in den Leitartikeln von Mr. Lockharts Zeitung thematisiert wurde. Man bat ihn, als Erster zu antworten, da Mrs. Hunter schon bei den Eröffnungsreden den Anfang gemacht hatte.

»Es sollte keinerlei Diskriminierung geben, die es jemand aus armen Verhältnissen erschwert, ein College zu besuchen. Es reicht nicht aus, nur an Chancengleichheit zu glauben, wir müssen auch auf sie pochen und sie ermöglichen.« Das wurde mit vereinzeltem Applaus begrüßt, und Fletcher lächelte ins Publikum.

»Nette Worte«, erwiderte Mrs. Hunter in den Beifall hinein, »aber Sie da draußen werden auch nette Taten erwarten. Ich saß bereits im Vorstand einer Schule, deshalb müssen Sie mir keine Vorträge über Diskriminierung halten, Mr. Davenport. Und sollte ich das Glück haben, zur Senatorin gewählt zu werden, werde ich eine Gesetzgebung unterstützen, die sich für die Anrechte aller Männer«, sie pausierte, »und Frauen auf gleiche Bildungschancen einsetzt.« Sie trat vom Pult zurück, während ihre Anhänger jubelten. Dann sah sie zu Fletcher. »Vielleicht ist jemand, der das Privileg genoss, in Hotchkiss und Yale ausgebildet zu werden, nicht in der Lage, das wirklich zu begreifen.«

Verdammt, dachte Fletcher, ich habe vergessen, ihnen zu sagen, dass Annie im Vorstand einer Schule sitzt und dass wir Lucy vor Kurzem an der Hartford Elementary School, also an einer öffentlichen Schule, angemeldet haben. Solange nur zwölf Leute im Publikum gesessen hatten, hatte er immer daran gedacht.

Es folgten, wie nicht anders zu erwarten, Fragen zu den Steuergesetzen, zum Gesundheitswesen, zu den öffentlichen Verkehrsmitteln und zur Verbrechensbekämpfung. Fletcher erholte sich von den Eröffnungssalven und hatte allmählich das Gefühl, die Sitzung würde unentschieden enden, bis der Moderator zur letzten Frage aufrief.

»Halten sich die Kandidaten für wirklich unabhängig, oder wird ihre Politik von der Parteimaschinerie diktiert und ihre Stimme im Senat hängt von den Ansichten ausgeschiedener Politiker ab?« Die Fragestellerin war Jill Bernard,

Wochenendmoderatorin einer lokalen Radiotalkshow, die Barbara Hunter jede zweite Woche einzuladen schien.

Mrs. Hunter erwiderte sofort. »Alle in diesem Saal wissen, dass ich mir bei der Nominierung meiner Partei jeden Millimeter an Boden erkämpfen musste. Anders als manch anderem wurde mir die Nominierung nicht auf einem Tablett serviert. Genauer gesagt, musste ich für alles in meinem Leben kämpfen, da sich meine Eltern keine silbernen Löffel leisten konnten. Und darf ich Sie daran erinnern, dass ich nicht gezögert habe, entschieden zu meinen Überzeugungen zu stehen, wann immer ich fand, dass meine Partei sich irrte. Das hat mich nicht immer beliebt gemacht, aber niemand hat je meine Unabhängigkeit bezweifelt. Falls ich in den Senat gewählt werde, werde ich nicht jeden Tag am Telefon hängen, um mir Rat einzuholen, wie ich mich bei Abstimmungen verhalten soll. Ich werde selbst Entscheidungen treffen und zu ihnen stehen.« Sie endete unter donnerndem Applaus.

Der Knoten in seinem Magen, der Schweiß in seinen Handinnenflächen, die Schwäche in seinen Beinen kehrten zurück, während Fletcher versuchte, seine Gedanken zu sammeln. Er sah ins Publikum hinab, und jeder einzelne Blick ruhte auf ihm.

»Ich wurde in Farmington geboren, nur wenige Meilen von diesem Saal entfernt. Meine Eltern sind schon lange aktive Mitglieder der Gemeinde Hartford, durch ihren Beruf und durch ihr ehrenamtliches Engagement, insbesondere für das St. Patrick Hospital.« Er sah auf seine Eltern hinab, die in der fünften Reihe saßen. »Meine Mutter ist im Vorstand so vieler wohltätiger Organisationen, dass ich schon dachte, ich müsse eine Waise sein, aber sie sind beide hier, um mich heute Abend zu unterstützen. Ja, ich habe Hotchkiss besucht, und Mrs. Hunter hat recht: Es war ein Privileg. Ja, ich habe in Yale studiert, eine großartige Universität von Connecticut. Ja, ich wurde Präsident des Studentenausschusses, und ja, ich war Herausgeber der *Law Review*, und aus diesem Grund konnte ich mich auch einer der angesehensten Kanzleien in New York anschließen. Ich entschuldige mich nicht dafür, dass ich nie mit dem zweiten Platz zufrieden war. Aber zugleich war ich begeistert, all das aufzugeben, um nach Hartford zurückzukehren und etwas in der Gemeinde bewegen zu können, in der ich aufgewachsen bin. Übrigens werde ich mir von dem Gehalt, das der Staat mir bietet, keine Silberlöffel leisten können, und bislang hat mir noch niemand irgendetwas auf einem Tablett serviert.« Das Publikum applaudierte spontan. Er wartete, bis er sich legte, dann senkte er seine Stimme fast zu einem Flüstern. »Lassen Sie uns doch einmal darüber sprechen, was die Fragestellerin wirklich wissen möchte. Werde ich regelmäßig meinen Schwiegervater, Senator Harry Gates, anrufen? Vermutlich ja, ich bin nämlich mit seiner einzigen Tochter verheiratet.« Weiteres Gelächter. »Aber lassen Sie mich Ihnen auch etwas ins Gedächtnis rufen, das Sie über Harry Gates bereits wissen. Er hat diesem Wahlkreis achtundzwanzig Jahre ehrenvoll und integer gedient, zu einer Zeit, als diese Begriffe ihre Bedeutung schon verloren zu haben schienen. Und offen gesagt« – Fletcher drehte sich zu seiner republikanischen Rivalin um –, »keiner von uns verdient es, seinen Platz einzunehmen. Wenn ich gewählt werde, können Sie darauf wetten, dass ich mir seine Weisheit, seine Erfahrung und seine Weitsicht zunutze machen werde. Nur ein Egoist mit Scheuklappen würde das nicht tun. Aber lassen Sie mich auch eines klarstellen« –

er sah wieder das Publikum an –, »ich werde der Mann sein, der Sie im Senat repräsentiert.«

Fletcher kehrte zu seinem Platz zurück, während über die Hälfte des Publikums jubelnd aufsprang. Mrs. Hunter hatte den Fehler begangen, ihn auf einem Terrain anzugreifen, auf dem er keine Vorbereitung brauchte. Sie versuchte zwar, diesen Schnitzer in ihrer Schlussbemerkung auszubügeln, aber der Treffer hatte bereits gesessen.

Als der Moderator sagte: »Ich möchte den beiden Kandidaten danken«, tat Fletcher etwas, was Harry ihm beim Mittagessen am Sonntag zuvor empfohlen hatte. Er ging sofort zu seiner Gegnerin, schüttelte ihr die Hand und wartete, bis der Fotograf des *Courant* diesen Augenblick festgehalten hatte.

Am nächsten Tag dominierte das Foto von ihnen beiden die Titelseite und erreichte genau das, was Harry erhofft hatte – das Bild eines 183 Zentimeter großen Mannes, der eine 168 Zentimeter große Frau überragt. »Und lächle nicht, sondern schau ernst«, hatte Harry geraten. »Die Leute müssen vergessen, wie jung du bist.«

Fletcher las die Bildunterschrift – *Sie nehmen sich nichts.* Im Leitartikel stand, er habe sich in dem Rededuell gut gehalten, Barbara Hunter liege in den Meinungsumfragen jedoch immer noch mit zwei Prozent vorn und es seien nur noch neun Tage bis zur Wahl.

32

»Stört es dich, wenn ich rauche?«

»Nein. Nur Su Ling hat etwas dagegen.«

»Ich glaube, sie mag mich insgesamt nicht.« Julia Kirkbridge zündete sich mit ihrem Feuerzeug die Zigarette an.

»Du darfst nicht vergessen, dass sie von einer sehr konservativen Mutter erzogen wurde«, entgegnete Tom. »Anfangs war sie sogar gegen Nat voreingenommen, aber sie wird ihre Meinung schon noch ändern, vor allem, wenn ich ihr sage …«

»Pst«, unterbrach ihn Julia. »Das soll bis auf Weiteres unser kleines Geheimnis bleiben.« Sie nahm einen tiefen Zug. »Ich mag Nat. Ihr beide gebt ganz offensichtlich ein gutes Team ab.«

»Stimmt, aber ich würde diesen Deal gern unter Dach und Fach bringen, solange er in Urlaub ist. Vor allem nach seinem Triumph bei der Übernahme unseres größten Rivalen.«

»Das verstehe ich«, meinte Julia. »Wie schätzt du unsere Chancen ein?«

»Offenbar gibt es nur zwei oder drei ernsthafte Bieter. Die Auflagen des Stadtrats …«.

»Auflagen?«

»Der Stadtrat verlangt nicht nur, dass das Gebot auf einer öffentlichen Auktion abgegeben werden muss, sondern die volle Summe muss auch per Barscheck vor Ort bezahlt werden.«

»Warum besteht er darauf?«, wollte Julia wissen und setzte sich im Bett auf. »Früher habe ich immer zehn Prozent angezahlt und hatte anschließend mindestens achtundzwanzig Tage Zeit, um den Restbetrag zu begleichen.«

»Ja, so ist es auch üblich, aber dieser Baugrund ist zum Politikum geworden. Barbara Hunter will unbedingt Verzögerungen ausschließen. Vor Kurzem sind ein oder zwei andere Verhandlungen gescheitert, als man herausfand, dass ein Spekulant gar nicht über die notwendigen Mittel verfügte, um den Vertrag zu erfüllen. Und vergiss nicht, in ein paar Tagen ist Wahl, darum wollen sie dafür sorgen, dass später nicht irgendein Bumerang zurückkommt.«

»Soll das bedeuten, dass ich bis zum nächsten Freitag weitere drei Millionen bei euch einzahlen muss?«, fragte Julia.

»Nein, wenn wir den Zuschlag erhalten, gewährt dir die Bank ein kurzfristiges Darlehen.«

»Und wenn ich die Zahlung nicht leisten kann?«, hakte Julia nach.

»Das ist uns egal«, meinte Tom. »Wir können den Bauplatz an den Zweitbietenden weiterverkaufen und hätten immer noch deine fünfhunderttausend, um mögliche Verluste auszugleichen.«

»Banken …«, meinte Julia, drückte ihre Zigarette aus und glitt unter die Decke. »Die verlieren nie.«

»Ich möchte, dass du mir einen Gefallen tust«, sagte Su Ling, als das Flugzeug den Landeanflug auf Los Angeles begann.

»Ja, kleine Blume, ich höre?«

»Versuch doch mal, eine Woche lang nicht in der Bank anzurufen. Vergiss nicht, es ist für Luke die erste große Reise.«

»Für mich auch«, sagte Nat und nahm seinen Sohn in den Arm. »Ich wollte immer schon nach Disneyland.«

»Hör auf, mich auf den Arm zu nehmen. Ich erwarte, dass du dein Versprechen hältst.«

»Ich möchte die Verhandlungen, die Tom mit Julias Firma führt, gern im Auge behalten.«

»Meinst du nicht, dass Tom gern einen kleinen Triumph landen würde, der nicht vom großen Nat Cartwright gegengeprüft wurde? Schließlich hast du ja beschlossen, ihr zu vertrauen.«

»Ich verstehe, was du meinst«, entgegnete Nat. Luke klammerte sich an ihn, als das Flugzeug Bodenkontakt bekam. »Aber würde es dir etwas ausmachen, wenn ich Tom am Freitagnachmittag anrufe, um herauszufinden, ob unser Gebot für das Cedar-Wood-Projekt erfolgreich war?«

»Nicht, solange du wirklich bis Freitagnachmittag damit wartest.«

»Dad, fliegen wir auch in einem Sputnik?«

»Klar«, sagte Nat, »warum sonst sollten wir nach Los Angeles reisen?«

Tom holte Julia vom Zug aus New York ab und fuhr mit ihr direkt ins Rathaus. Als sie das Gebäude betraten, rückte gerade das Reinigungspersonal ab, das nach dem Rededuell vom Vorabend für Sauberkeit gesorgt hatte. Im *Hartford Courant* hatte Tom gelesen, dass über tausend Menschen an der Veranstaltung teilgenommen hatten, und im Leitartikel der Zeitung stand, dass sich die beiden Kandidaten nichts geschenkt hatten. Er hatte früher immer für die Republikaner gestimmt, aber allem Anschein nach war dieser Fletcher Davenport ein ganz anständiger Kerl.

»Warum sind wir schon so früh hier?«, unterbrach Julia seine Gedankengänge.

»Ich möchte mich mit dem Raum vertraut machen«, erklärte Tom. »Wenn die Auktion anfängt, darf uns nichts überraschen. Vergiss nicht, das Ganze könnte innerhalb von wenigen Minuten über die Bühne sein.«

»Wo sollten wir deiner Meinung nach sitzen?«

»Mitte rechts. Ich habe dem Auktionator bereits mitgeteilt, mit welchem Zeichen ich mitbieten werde.«

Tom sah nach oben zur Bühne und beobachtete, wie der Auktionator aufs Podium trat, prüfend ans Mikro klopfte und auf das höchst überschaubare Publikum sah.

»Wer sind all diese Leute?«, fragte Julia und sah sich im Saal um.

»Eine Mischung aus Stadträten, einschließlich des obersten Stadtrats, Mr. Cooke, Vertretern des Auktionshauses und ein paar Leuten, die an einem Freitagnachmittag nichts Besseres zu tun haben. Aber soweit ich es überblicke, gibt es nur drei ernsthafte Bieter.« Tom sah auf seine Uhr. »Wir sollten uns jetzt besser hinsetzen.«

Julia und Tom nahmen ihre Plätze am Rand der mittleren Reihe ein. Tom nahm sich die Verkaufsbroschüre vom Nebensitz, und als Julia seine Hand berührte, fragte er sich unwillkürlich, wie viele Menschen wussten, dass sie beide ein Liebespaar waren. Er blätterte um und sah sich die Modellzeichnung eines Architekten an, wie das geplante Einkaufszentrum einmal aussehen könnte. Tom las immer noch den klein gedruckten Text, als der Auktionator signalisierte, dass er bereit war zu beginnen. Er räusperte sich.

»Meine Damen und Herren«, sagte er, »an diesem Nachmittag kommt nur ein einziges Objekt unter den Hammer.

Ein erstklassiges Baugrundstück nördlich der Kleinstadt Cedar Wood. Der Stadtrat bietet diesen Bauplatz inklusive der Erlaubnis zur kommerziellen Nutzung an. Alle Zahlungsbedingungen und sonstigen Auflagen finden Sie in der Broschüre auf Ihren Sitzen. Ich muss Sie darauf hinweisen, dass der Stadtrat sich das Recht vorbehält, von der Transaktion zurückzutreten, sollten nicht sämtliche Auflagen erfüllt werden.« Er schwieg kurz, damit seine Worte ihre Wirkung entfalten konnten. »Das Eröffnungsgebot liegt bei zwei Millionen«, erklärte er und sah sofort in Toms Richtung.

Obwohl Tom nichts sagte und sich nicht rührte, verkündete der Auktionator: »Ich habe ein neues Gebot von zwei Millionen zweihundertfünfzigtausend.« Er tat so, als sähe er sich im Saal um, obwohl er genau wusste, wo die drei ernsthaften Bieter saßen. Sein Blick blieb auf einem stadtbekannten Anwalt in der zweiten Reihe hängen, der seine Broschüre hob. »Zwei Millionen fünfhunderttausend bei Ihnen, Sir.« Der Auktionator sah wieder zu Tom, der nicht einmal blinzelte. »Zwei Millionen siebenhundertfünfzigtausend.« Sein Blick kehrte zu dem Anwalt zurück, der kurz überlegte, bevor er erneut seine Broschüre hob. »Drei Millionen«, verkündete der Auktionator und sah sofort in Toms Richtung, bevor er ergänzte: »Drei Millionen zweihundertfünfzigtausend.« Wieder sah er zurück zu dem Anwalt, der anscheinend zögerte. Zwischen den Stühlen drückte Julia Toms Hand. »Ich glaube, wir haben es.«

»Drei Millionen fünfhunderttausend?«, schlug der Auktionator mit Blick auf den Anwalt vor.

»Noch nicht ganz«, flüsterte Tom.

»Drei Millionen fünfhunderttausend?«, wiederholte der Auktionator hoffnungsvoll. »Drei Millionen fünfhunderttausend«, wiederholte er dankbar, als die Broschüre ein drittes Mal in die Höhe ging.

»Verdammt«, fluchte Tom und nahm seine Brille ab. »Offenbar haben wir uns beide dieselbe Obergrenze gesetzt.«

»Dann lass uns auf drei sechs gehen«, sagte Julia. »Auf diese Weise finden wir es heraus«

Obwohl Tom seine Brille abgenommen hatte – das Zeichen, dass er nicht länger mitbieten wollte –, bekam der Auktionator mit, wie heftig Mr. Russell mit der Dame neben ihm diskutierte. »Bieten Sie noch mit, Sir? Oder …«

Tom zögerte und rief dann: »Drei Millionen sechshunderttausend.«

Der Auktionator wandte seine Aufmerksamkeit wieder dem Anwalt zu, der seine Broschüre auf den leeren Sitz neben sich gelegt hatte. »Höre ich drei Millionen siebenhunderttausend, Sir, oder sind wir fertig?«

Die Broschüre blieb auf dem Stuhl liegen. »Weitere Gebote aus dem Saal?«, fragte der Auktionator und überblickte das Dutzend Menschen in dem Saal, in dem sich am Abend zuvor noch über tausend befunden hatten. »Letzte Chance, ansonsten ergeht der Zuschlag bei drei Millionen sechshunderttausend.« Als er keine Reaktion erhielt, hob er den Hammer und ließ ihn donnernd niedersausen. »Verkauft für drei Millionen sechshunderttausend Dollar an den Herrn Mitte rechts.«

»Sehr gut«, sagte Julia.

»Das kostet dich weitere einhunderttausend«, meinte Tom. »Aber wir konnten ja nicht ahnen, dass sich zwei von uns dieselbe Obergrenze setzen würden. Ich erledige den Papierkram und übergebe den Scheck. Dann können wir feiern gehen.«

»Gute Idee.« Julia fuhr mit dem Finger über seinen Oberschenkel.

»Gratuliere, Mr. Russell«, sagte Mr. Cooke. »Sie haben sich ein schönes Grundstück gesichert, das auf lange Sicht zweifelsohne hervorragende Gewinne abwerfen wird.«

»Dem kann ich nur zustimmen«, erwiderte Tom, stellte einen Scheck über drei Komma sechs Millionen Dollar aus und reichte ihn dem obersten Stadtrat.

»Hat die Russell's Bank die Transaktion für sich durchgeführt?«, erkundigte sich Mr. Cooke und prüfte die Unterschrift.

»Nein, wir vertreten einen New Yorker Mandanten unserer Bank.«

»Es tut mir leid, wenn ich kleinlich erscheinen sollte, Mr. Russell, aber die Bestimmungen der Transaktion stellen klar, dass der Scheck über die Kaufsumme vom Käufer selbst unterzeichnet werden muss, nicht von seinem Repräsentanten.«

»Aber die Firma hat ein Konto bei uns.«

»Dann sollte es Ihrem Mandanten ja nicht allzu schwerfallen, einen Scheck auf seine Firma auszustellen«, erklärte Mr. Cooke.

»Aber warum ...«, fing Tom an.

»Es ist nicht meine Aufgabe, die Winkelzüge unserer gewählten Volksvertreter zu ergründen und zu hinterfragen, Mr. Russell, aber nach dem Debakel letztes Jahr in Sachen Aldwich-Vertrag und angesichts der Fragen, mit denen mich Mrs. Hunter tagtäglich bombardiert« – er seufzte auf –, »habe ich keine andere Wahl, als mich strikt an diese Auflagen zu halten.«

»Was kann ich in dieser späten Phase denn noch tun?«, fragte Tom.

»Sie haben Zeit bis siebzehn Uhr, um einen von Ihrem Mandanten unterzeichneten Scheck abzuliefern. Wenn Sie das nicht tun, wird das Grundstück dem Zweitbietenden für drei Komma fünf Millionen angeboten, und der Stadtrat wird von Ihnen die Differenz von einhunderttausend Dollar einfordern.«

Tom rannte in den hinteren Teil des Saales. »Hast du ein Scheckheft dabei?«

»Nein«, antwortete Julia. »Du hast mir gesagt, die Russell's Bank streckt die volle Summe vor, bis ich das Geld am Montag überweise.«

»Ja, das habe ich!«, stöhnte Tom und dachte fieberhaft nach. »Uns bleibt nichts anderes übrig, wir müssen schnurstracks zur Bank.« Er sah auf seine Uhr. Es war kurz vor vier. »Verdammt.« Ihm war schmerzlich bewusst, dass Nat diese Klausel bemerkt und die Folgen vorhergesehen hätte, wäre er nicht gerade im Urlaub. Auf dem kurzen Weg vom Rathaus zu Russell's erklärte Tom Julia, worauf Mr. Cooke bestand.

»Soll das heißen, der Deal ist geplatzt? Und ich habe auch noch einhunderttausend Dollar verloren?«

»Nein, ich habe mir bereits eine Lösung überlegt, aber ich brauche deine Zustimmung.«

Kaum hatten sie die Bank betreten, ging Tom direkt in sein Büro, nahm sein Telefon und bat den Chefkassierer zu sich. Während er auf Ray Jackson wartete, zog er ein Scheckheft hervor und stellte einen Scheck über drei Millionen sechshunderttausend Dollar aus. Der Chefkassierer klopfte und betrat das Büro des Vorstandsvorsitzenden.

»Ray, ich möchte, dass Sie drei Millionen einhunderttausend Dollar auf das Konto von Mrs. Kirkbridge überweisen.«

Der Chefkassierer zögerte einen Moment. »Ich brauche eine schriftliche Genehmigung, bevor ich eine solche Summe transferieren kann«, sagte er. »Das liegt über meinem Limit.«

»Ja, natürlich.« Der Vorstandsvorsitzende zog ein Formblatt aus der obersten Schublade seines Schreibtisches und fügte eilig die entsprechenden Zahlen ein. Tom erwähnte nicht, dass es die größte Summe war, die auch er jemals autorisiert hatte. Er reichte das Formblatt dem Chefkassierer, der es sorgfältig prüfte und so aussah, als ob er die Entscheidung des Vorstandsvorsitzenden hinterfragen wollte, es sich dann aber noch einmal überlegte.

»Unverzüglich«, befahl Tom.

»Ja, Sir«, sagte der Chefkassierer und ging ebenso rasch, wie er gekommen war.

»Bist du sicher, dass das vernünftig war?«, fragte Julia. »Gehst du kein unnötiges Risiko ein?«

»Wir haben das Grundstück und deine fünfhunderttausend, also können wir gar nicht verlieren. Wie Nat sagen würde: eine narrensichere Sache.« Er drehte den Scheck um und bat Julia, ihn zu unterschreiben und neben ihrer Unterschrift den Namen ihrer Firma anzugeben. Sobald Tom den Scheck bestätigt hatte, sagte er: »Jetzt gehen wir besser so schnell wie möglich wieder zum Rathaus.«

Tom versuchte ruhig zu bleiben, als er sich durch den Verkehr auf der Main Street fädelte, bevor er die Stufen zum Rathaus hinaufeilte. Dabei musste er ständig auf Julia warten, die erklärte, es sei nicht leicht, ihm auf ihren hohen Absätzen zu folgen. Als sie das Gebäude erneut betraten, fand Tom zu seiner Erleichterung Mr. Cooke immer noch hinter seinem Tisch am anderen Ende des Saals vor. Der oberste Stadtrat erhob sich, als er die beiden auf sich zukommen sah.

»Gib den Scheck dem dünnen Kahlkopf. Und lächeln!«, sagte Tom.

Julia führte Toms Anweisung aus und wurde im Gegenzug mit einem herzlichen Lächeln bedacht. Mr. Cooke prüfte den Scheck sorgfältig. »Das scheint in Ordnung zu gehen, Mrs. Kirkbridge. Wenn Sie mir nun noch einen Ausweis zeigen könnten.«

»Aber natürlich.« Julia nahm ihren Führerschein aus der Handtasche.

Mr. Cooke prüfte das Foto und die Unterschrift. »Das Foto schmeichelt Ihnen nicht«, sagte er. Julia lächelte. »Gut. Jetzt müssen Sie nur noch die nötigen Dokumente im Namen Ihrer Firma unterzeichnen.«

Julia unterschrieb die Vereinbarung in dreifacher Ausfertigung und reichte Tom eine Kopie. »Ich denke, das bewahrst besser du auf, bis das Geld überwiesen ist«, flüsterte sie.

Mr. Cooke sah auf seine Uhr. »Ich reiche diesen Scheck gleich Montag früh ein, Mr. Russell«, sagte er. »Und ich wäre Ihnen sehr verbunden, wenn er schnellstmöglich eingelöst werden könnte. Ich will Mrs. Hunter so kurz vor der Wahl nicht mehr Munition an die Hand geben, als absolut notwendig ist.«

»Er wird noch am selben Tag einlösbar sein«, versicherte ihm Tom.

»Danke, Sir«, sagte Mr. Cooke zu dem Mann, mit dem er regelmäßig im örtlichen Country Club Golf spielte.

Tom wollte Julia umarmen, hielt sich aber zurück. »Ich laufe nur eben zur Bank und teile dort mit, dass alles glattgelaufen ist. Dann können wir nach Hause.«

»Musst du wirklich?«, fragte Julia. »Sie reichen den Scheck doch erst am Montagmorgen ein.«

»Wahrscheinlich hast du recht«, sagte Tom.

»Verdammt.« Julia schlüpfte aus einem Schuh. »Ich habe mir den Absatz abgebrochen, als ich die Stufen hochgerannt bin.«

»Tut mir leid«, meinte Tom reumütig. »Das war meine Schuld. Ich hätte dich nicht so zur Eile antreiben sollen.«

»Kein Problem.« Julia lächelte. »Wenn du den Wagen holst, warte ich unten an der Treppe auf dich.«

»Natürlich«, sagte Tom und lief zum Parkplatz.

Wenige Minuten später fuhr er vor dem Rathaus vor, aber Julia war nirgends zu sehen. Ob sie zurück ins Gebäude gegangen war? Er wartete einen Moment, aber sie tauchte nicht auf. Fluchend sprang er aus dem im Halteverbot stehenden Wagen, stürmte die Treppe hoch und fand Julia in einer der Telefonzellen im Foyer. Als sie ihn sah, hängte sie sofort ein.

»Ich habe New York gerade von deinem Coup erzählt, Liebling, und sie haben unsere Bank angewiesen, die drei Millionen einhunderttausend noch vor Geschäftsschluss zu überweisen.«

»Schön zu hören.« Gemeinsam schlenderten sie zum Auto. »Sollen wir irgendwo in der Stadt zu Abend essen?«

»Nein, ich würde lieber zu dir nach Hause und gemütlich zu zweit feiern«, sagte Julia.

Als Tom die Auffahrt zu seinem Haus hinauffuhr, hatte Julia bereits ihren Mantel ausgezogen. Bis zu seinem Schlafzimmer im zweiten Stock hinterließen sie eine Spur an Kleidungsstücken. Tom war in Unterwäsche, und Julia zog gerade einen Strumpf aus, als das Telefon klingelte.

»Lass es klingeln«, bat Julia, ging in die Knie und zog seine Boxershorts herunter.

»Es nimmt keiner ab«, sagte Nat. »Wahrscheinlich sind sie zum Essen ausgegangen.«

»Kann das nicht bis Montag warten, bis wir wieder zurück sind?«, fragte Su Ling.

»Vermutlich schon«, gab Nat widerstrebend zu. »Aber ich hätte zu gern gewusst, ob Tom das Cedar-Wood-Projekt ersteigern konnte und wenn ja, zu welchem Preis.«

33

»Es wird eng«, lautete die Schlagzeile in der *Washington Post* am Wahlmorgen. Und »Kopf an Kopf« verkündete der *Hartford Courant*. Die erste Schlagzeile bezog sich auf das nationale Rennen von Ford und Carter um das Weiße Haus, die zweite auf die örtliche Schlacht zwischen Hunter und Davenport um den Sitz im Senat von Connecticut. Es ärgerte Fletcher, dass sie immer als Erste genannt wurde, genau wie Harvard vor Yale.

»Jetzt kommt es darauf an, dass wir unsere Anhänger an die Urnen kriegen«, erklärte Harry beim letzten Treffen des Wahlkomitees um sechs Uhr früh. Es war nicht länger nötig, über Taktik, Presseerklärungen oder Strategien zu diskutieren. Sobald der erste Wahlzettel in die Urne geworfen wurde, hatte jeder am Tisch einen neuen Verantwortungsbereich.

Vierzig Leute kümmerten sich um den Fahrdienst, ausgerüstet mit einer Liste von Wählern, die zum nächstgelegenen Wahllokal gefahren werden mussten – Alte, Kranke, diejenigen, die einfach nur faul waren, und sogar einige, denen es ein diebisches Vergnügen bereitete, zum Wahllokal chauffiert zu werden und dann für den politischen Gegner zu stimmen.

Das nächste Team, mit Abstand das größte, saß im Hauptquartier an den Telefonen.

»Eine Schicht dauert jeweils zwei Stunden«, erläuterte Harry. »In dieser Zeit muss Kontakt zu unseren Anhängern aufgenommen werden, um sie daran zu erinnern, dass Wahltag ist. Und später muss nachgehakt werden, ob sie auch wirklich zur Wahl gegangen sind. Einige aus dieser Gruppe müssen drei oder vier Mal angerufen werden, bevor die Wahllokale um 20 Uhr schließen«, rief Harry allen in Erinnerung.

Die nächste Gruppe bezeichnete Harry als die geschätzten Amateure, die im gesamten Wahlkreis die Stimmabgaben mitzählten. Sie würden im Minutentakt melden, wie es in ihrem Bezirk stand. Sie waren für lediglich tausend oder aber auch für dreitausend Wähler zuständig, je nachdem, ob sie in einem städtischen oder ländlichen Wahlbezirk auszählten. »Sie sind das Rückgrat unserer Partei«, rief Harry Fletcher ins Gedächtnis. »Von dem Augenblick an, in dem der erste Wahlzettel in die Urne geworfen wird, sitzen Freiwillige vor den Wahllokalen und machen Häkchen hinter die Namen der Wähler, die zur Wahl gehen. Alle dreißig Minuten werden diese Listen an Boten übergeben, die sie in die örtliche Zentrale bringen, wo eine vollständige Wählerübersicht auf den Tischen liegt oder an der Wand hängt. Diese Liste wird dann markiert – ein rotes Kreuz für den Namen jedes republikanischen Wählers, blau für die Demokraten und gelb für die, von denen wir es nicht wissen. Ein Blick auf diese Übersicht, und der Leiter jedes Wahlbezirks weiß jederzeit exakt, wie die Wahl vorangeht. Viele dieser Bezirksleiter machen diesen Job nicht zum ersten Mal und sind deshalb in der Lage, Vergleiche zu früheren Wahlergebnissen zu ziehen. Sobald die Übersichtspläne auf den neuesten Stand gebracht wurden, werden sie an unser Hauptquartier weitergeleitet, damit die Leute an den Telefonen nur bei denjenigen nachhaken, die noch nicht gewählt haben.«

»Und was soll der Kandidat den ganzen Tag lang tun?«, wollte Fletcher wissen, nachdem Harry sein Briefing beendet hatte.

»Nicht im Weg rumstehen«, riet Harry. »Darum hast du auch dein eigenes Programm. Du wirst die vierundvierzig Wahllokale aufsuchen, denn die erwarten alle, dass der Kandidat im Laufe des Tages mal verbeikommt. Jimmy wird als dein Fahrer abgestellt. Das ist immer die Aufgabe des Freundes des Kandidaten, jemand anderen können wir für dich nämlich nicht entbehren.«

Sobald die Besprechung zu Ende war und alle sich ihren neuen Aufgaben zuwandten, erklärte Jimmy Fletcher, wie der Rest des Tages ablaufen würde. Er hatte Erfahrung damit, weil er den Job bei den zwei vorhergehenden Wahlen schon für seinen Vater übernommen hatte.

»Zuerst die absoluten Tabus«, fing Jimmy an, als Fletcher zu ihm ins Auto stieg. »Bis die Wahllokale um 20 Uhr schließen, müssen wir sämtliche vierundvierzig Wahllokale besucht haben. Jeder wird dir Kaffee anbieten, zwischen 11.45 Uhr und 14.15 Uhr auch ein Mittagessen und nach 17.30 Uhr einen Drink. Du lehnst jedes Mal höflich, aber entschieden ab. Du trinkst nur etwas Wasser im Auto. Um 12.30 Uhr fahren wir kurz ins Hauptquartier und essen dort zu Mittag. So denken alle, dass sie einen Kandidaten haben, der erst wieder etwas zu sich nimmt, nachdem die Wahllokale geschlossen haben.«

Fletcher fürchtete, ihm könnte langweilig werden, aber bei jedem Besuch in einem Wahllokal traf er auf die unterschiedlichsten Menschen und engagierte Bezirksleiter, die ihm schon bald berichten konnten, wie es im Vergleich zu früheren Wahlen stand. Fletcher fühlte sich ermutigt von den zahlreichen blauen Kreuzen, die noch vor 10 Uhr auftauchten, bis Jimmy ihn warnte, dass die Zeit zwischen 7 und 9 Uhr für die Demokraten immer am besten war, weil die Fließband- und Nachtschichtarbeiter entweder vor oder nach der Arbeit wählten. »Zwischen 10 und 16 Uhr werden wohl die Republikaner in Führung gehen«, fügte Jimmy hinzu. »Aber nach 17 Uhr erleben die Demokraten bis zur Schließung der Wahllokale ein Comeback. Bete also einfach, dass es zwischen 10 und 17 Uhr regnet, gefolgt von einem schönen, warmen Abend.«

Um 11 Uhr meldeten alle Bezirksleiter, dass die Wahlbeteiligung etwas schlechter ausfiel als bei der letzten Wahl. Damals hatte sie 53 Prozent betragen. »Läge sie unter 50 Prozent, hätten wir verloren. Bei über 50 Prozent, haben wir gute Chancen. Wären es über 55 Prozent, hättest du quasi schon gewonnen.«

»Warum?«, wollte Fletcher wissen.

»Weil die Republikaner normalerweise bei jedem Wetter zur Wahl gehen, darum profitiert ihre Partei von einer schlechten Wahlbeteiligung. Das größte Problem der Demokraten war immer schon, wie wir unsere Leute an die Urnen bringen.«

Jimmy hielt sich eisern an ihren Terminplan. Kurz vor jeder Ankunft reichte er Fletcher ein Blatt Papier mit den wichtigsten Angaben zu dem betreffenden Bezirksleiter. Fletcher lernte die hervorstechendsten Punkte auswendig, bevor sie das Haus des Bezirksleiters betraten.

»Hallo Dick«, sagte er dann zur Begrüßung. »Wie nett, dass wir Ihr Haus wieder benutzen dürfen. Und das schon zum vierten Mal.« Auf die Antwort warten. »Wie geht es Ben? Ist er noch am College?« Auf die Antwort warten. »Das mit

Buster tut mir leid – ja, Senator Gates hat es mir erzählt.« Auf die Antwort warten. »Aber Sie haben doch jetzt wieder einen Hund, Buster junior – stimmt doch?«

Jimmy hatte seine eigenen Vorgaben. Nach zehn Minuten flüsterte er: »Ich denke, wir sollten jetzt gehen.« Nach zwölf Minuten klang er etwas besorgt, und nach vierzehn Minuten drängte er zum Aufbruch. Sie schüttelten Hände und winkten, und es dauerte immer noch ein paar Minuten, bevor sie endlich loskamen. Obwohl sich Jimmy strikt an den Zeitplan hielt, trafen sie zwanzig Minuten verspätet zum Mittagessen im Hauptquartier ein.

Das Mittagessen war eher ein Imbiss. Fletcher nahm sich ein Sandwich von einem Tisch, auf dem sich wahre Berge an Essbarem befanden. Während er und Annie von einem Büro zum anderen gingen und so vielen Helfern wie möglich die Hand schüttelten, versuchte er hin und wieder von seinem Sandwich abzubeißen.

»Hallo Martha, was macht Harry gerade?«, fragte Fletcher, als sie die Telefonzentrale betraten.

»Er ist draußen vor dem Parlamentsgebäude und tut das, was er am besten kann: Hände schütteln, seine Ansichten hinausposaunen und dafür sorgen, dass die Leute auch wirklich zur Wahl gehen. Er sollte jeden Moment wieder hier sein.«

Dreißig Minuten später traf Fletcher bei seinem Aufbruch im Flur auf Harry. Jimmy bestand darauf, dass sie um 13.10 Uhr aufbrechen mussten, wenn sie noch jeden der verbliebenen Bezirksvorsteher besuchen wollten. »Guten Morgen, Senator«, sagte Fletcher.

»Guten Tag, Fletcher. Freut mich, dass du noch Zeit hattest, etwas zu essen.«

Im ersten Haus, das sie nach dem Mittagessen aufsuchten, erfuhren sie, dass die Republikaner leicht in Führung gegangen waren. Ein Trend, der sich am Nachmittag weiter verstärkte. Um 17 Uhr hatten sie immer noch siebzehn Besuche vor sich. »Wenn du einen von ihnen auslässt, war's das«, meinte Jimmy. »Von denen wird das nächste Mal keiner mehr für dich da sein.«

Um 18 Uhr lagen die Republikaner klar in Führung, und Fletcher versuchte seine leichte Niedergeschlagenheit nicht zu zeigen. »Entspann dich«, tröstete Jimmy und versprach ihm, in ein paar Stunden würde es besser aussehen. Er erwähnte nicht, dass sein Vater um diese Uhrzeit immer schon leicht in Führung gelegen und folglich schon gewusst hatte, dass er gewinnen würde.

»Das mit der Entspannung wäre einfacher, wenn man sicher wäre, dass man gewinnt oder verliert.«

»Keine Ahnung, wie sich das anfühlt. Dad hat seine erste Wahl mit einem Vorsprung von 121 Stimmen gewonnen. Aber das war vor meiner Geburt. In den letzten dreißig Jahren hat er seine Mehrheit auf über 11 000 Stimmen ausgebaut, aber er sagt immer, wenn sich damals 61 Leute anders entschieden hätten, hätte er seine erste Wahl verloren und vielleicht nie eine zweite Chance erhalten.« Jimmy bereute seine Worte schon in dem Moment, als er sie ausgesprochen hatte.

Gegen 19 Uhr sah Fletcher zu seiner Erleichterung ein paar mehr blaue Häkchen auf den Wählerlisten, und obwohl die Republikaner immer noch in Führung lagen, hatte er das Gefühl, dass er es schaffen konnte. Jimmy veranschlagte für die letzten sechs Häuser nur jeweils elf Minuten, trotzdem kamen sie zu den letzten beiden erst nach Schließung der Wahllokale.

»Und was jetzt?«, fragte Fletcher, als sie das letzte Bezirksvorsteherhaus verließen.

Jimmy sah auf seine Uhr. »Zurück ins Hauptquartier. Dort wirst du die irrsten Geschichten deines Lebens zu hören bekommen. Wenn du gewinnst, werden sie zur Legende, wenn du verlierst, wird man sie abstreiten und rasch vergessen.«

»Und mich gleich mit«, meinte Fletcher.

Jimmy sollte recht behalten. Im Hauptquartier redeten alle gleichzeitig, aber nur die Verwegensten und die geborenen Optimisten wagten es, ein Ergebnis vorauszusagen. Die erste Hochrechnung wurde, bereits wenige Minuten nachdem die letzte Stimme abgegeben worden war, von den Medien bekannt gegeben. Demnach hatte Barbara Hunter um Haaresbreite gewonnen. Bei der nationalen Wahl wurde prognostiziert, dass Ford Carter geschlagen habe.

»Die Geschichte wiederholt sich«, verkündete Harry, als er den Raum betrat. »Dieselben Kerle sagten mir damals, Dewey würde unser nächster Präsident. Sie sagten auch, ich hätte um Haaresbreite verloren. Diese Haare haben wir in beiden Fällen abgeschoren. Mach dir also keine Sorgen um Hochrechnungen, Fletcher. Die sind was für Hochseilartisten.«

»Wie sieht es mit der Wahlbeteiligung aus?«, fragte Fletcher, der sich an Jimmys Worte erinnerte.

»Es ist noch zu früh, das sicher sagen zu können. Über fünfzig, aber keine fünfundfünfzig Prozent.«

Fletcher sah sich in seinem Team um, und ihm wurde klar, dass es nicht länger darum ging, Stimmen zu fangen, sondern dass nun die Zeit von deren Auszählung gekommen war.

»Jetzt können wir nicht mehr viel tun«, sagte Harry. »Nur noch sicherstellen, dass unsere Stimmenzähler sich vor

22 Uhr im Rathaus registrieren. Der Rest von euch sollte sich eine Pause gönnen. Wir treffen uns nach der Auszählung wieder. Ich habe so ein Gefühl, dass es eine lange Nacht wird.«

Auf dem Weg zu Mario's sagte Harry zu Fletcher, dass es nicht viel Sinn mache, vor 23 Uhr zurückzufahren. »Wir sollten in Ruhe etwas essen und den nationalen Erfolg unserer Partei bei Mario im Fernsehen verfolgen.«

Doch jede Chance auf ein ruhiges Abendessen löste sich in Luft auf, als Fletcher und Harry das Restaurant betraten und mehrere Gäste aufstanden und applaudierten, während die beiden Männer zu ihrem Tisch in der Ecke gingen. Fletcher freute sich, dass seine Eltern bereits eingetroffen waren und einen Drink bestellt hatten.

»Was darf ich Ihnen empfehlen?«, fragte Mario, als alle saßen.

»Ich bin zu müde, um auch nur an Essen zu denken«, stöhnte Martha. »Mario, suchen Sie uns doch einfach etwas aus. In der Vergangenheit hat Ihnen ja auch nie etwas an unserer Meinung gelegen.«

»Natürlich, Mrs. Gates«, sagte Mario. »Überlassen Sie alles mir.«

Annie stand auf und winkte Joanna und Jimmy zu, die das Lokal betreten hatten. Als Fletcher Joanna auf die Wange küsste, warf er einen Blick über ihre Schulter und sah, wie sich Jimmy Carter auf Marios Fernseher auf seine Ranch zurückzog. Wenige Augenblicke später bestieg Präsident Ford einen Helikopter. Fletcher fragte sich, wie deren Tag verlaufen sein mochte.

Binnen Minuten kehrte Mario mit zwei großen Tellern Antipasti zurück, gefolgt von einem Kellner mit zwei Karaffen

Weißwein. »Der Wein geht aufs Haus«, erklärte Mario. »Ich denke, Sie könnten es schaffen«, sagte er und schenkte Fletcher einen Probierschluck ein. Noch jemand, der nicht gewillt war, das Ergebnis vorherzusagen.

Unter dem Tisch legte Fletcher die Hand auf Annies Knie. »Ich möchte ein paar Worte sagen.«

»Muss das sein?«, witzelte Jimmy und goss sich ein zweites Glas Wein ein. »Ich habe für den Rest meines Lebens genug Reden von dir gehört.«

»Ich fasse mich kurz, versprochen.« Fletcher stand auf. »Alle, denen ich danken möchte, sitzen an diesem Tisch. Ich fange an mit Harry und Martha. Wenn ich an meinem ersten Schultag nicht neben ihrem furchtbaren, kleinen Sprössling gesessen hätte, hätte ich niemals Annie getroffen, und auch Martha und Harry nicht, die mein Leben verändert haben. Obwohl natürlich meine Mutter die Schuld trägt, denn sie bestand damals darauf, dass ich Hotchkiss besuche und nicht Taft. Mein Leben wäre völlig anders verlaufen, wenn sich mein Vater seinerzeit hätte durchsetzen können.« Er lächelte seine Mutter an. »Darum danke ich dir.« Er setzte sich, als Mario mit einer Flasche Wein an den Tisch trat.

»Ich kann mich nicht erinnern, die bestellt zu haben«, meinte Harry.

»Haben Sie auch nicht«, erwiderte Mario. »Das ist eine Aufmerksamkeit von dem Herrn, der am anderen Ende des Lokals sitzt.«

»Wie nett von ihm«, meinte Fletcher. »Hat er seinen Namen genannt?«

»Nein. Er sagte nur, dass es ihm leidtut, Sie während der Wahl nicht stärker unterstützt zu haben, aber er hatte mit einem Übernahmegeschäft zu tun. Er ist einer unserer

Stammkunden«, fügte Mario hinzu. »Ich glaube, er hat etwas mit der Russell's Bank zu tun.«

Fletcher sah zur anderen Seite des Restaurants hinüber und nickte, als Nat Cartwright seine Hand hob. Er hatte das Gefühl, den Mann schon einmal irgendwo gesehen zu haben.

34

»Wie hat sie das nur hingekriegt?«, fragte Tom mit aschfahlem Gesicht.

»Sie hat ihr Opfer klug gewählt und, um fair zu sein, einen peniblen Blick fürs Detail.«

»Aber das erklärt nicht …«

»Woher sie wusste, dass wir mit der Überweisung des Geldes einverstanden sein würden? Das war die leichteste Übung«, meinte Nat. »Sobald alle anderen Teile des Puzzles an Ort und Stelle lagen, musste Julia nur noch Ray anrufen und ihn anweisen, die Einlagen auf ihrem Konto auf eine andere Bank zu transferieren.«

»Aber Russell's schließt um 17 Uhr, und die meisten Angestellten sind lange vor 18 Uhr weg, besonders an einem Wochenende.«

»In Hartford.«

»Das verstehe ich jetzt nicht.«

»Sie hat unseren Hauptkassierer angewiesen, die gesamte Summe an eine Bank in San Francisco zu überweisen, wo es erst 14 Uhr war.«

»Aber ich habe sie nur ein paar Minuten allein gelassen.«

»Lange genug, damit sie ihren Anwalt anrufen konnte.«

»Und warum hat Ray keinen Kontakt zu mir aufgenommen?«

»Er hat es versucht, aber du warst nicht in deinem Büro.

Und vergiss nicht, als ich dich aus Los Angeles anrief, war es dort 15.30 Uhr, in Hartford jedoch schon 18.30 Uhr und die Bank hatte bereits zu.«

»Wärst du nur nicht im Urlaub gewesen!«

»Ich wette, auch das hat sie berücksichtigt«, meinte Nat.

»Inwiefern?«

»Ein Anruf bei meiner Sekretärin mit der Bitte um einen Termin in dieser Woche hätte genügt. Schon hätte sie erfahren, dass ich in Los Angeles sein würde. Und zweifellos hast du ihr das bestätigt, nachdem du sie getroffen hast.«

Tom zögerte. »Stimmt. Aber das erklärt nicht, warum Ray sich nicht geweigert hat, die Überweisung auszuführen.«

»Weil du die ganze Summe auf ihr Konto überwiesen hast. In so einem Fall ist das Gesetz eindeutig: Wenn sie einen Transfer wünscht, haben wir keine andere Wahl, als dem nachzukommen. Das hat ihr Anwalt auch erklärt, als er Ray um 16.50 Uhr anrief. Da warst du schon auf dem Nachhauseweg.«

»Aber sie hatte bereits einen Scheck unterzeichnet und ihn Mr. Cooke übergeben.«

»Richtig. Und wenn du zur Bank zurückgekehrt wärst und unserem Hauptkassierer von diesem Scheck erzählt hättest, hätte er sich vielleicht in der Lage gesehen, seine Entscheidung zweifelsohne bis Montag aufzuschieben.«

»Woher konnte sie so sicher sein, dass ich das zusätzliche Geld auf ihr Konto überweisen würde?«

»Das konnte sie nicht, deshalb hat sie ein Konto bei uns eröffnet und 500 000 Dollar eingezahlt. Sie vermutete, wir würden daraufhin glauben, sie hätte genügend Mittel, um den Kauf von Cedar Wood zu finanzieren.«

»Aber ich dachte, dass du ihre Firma überprüft hast?«

»Das habe ich auch. Kirkbridge & Co mit Sitz in New York hat im letzten Jahr einen Gewinn von etwas über einer Million Dollar erzielt, und – Überraschung, Überraschung – die Mehrheitseignerin ist eine Mrs. Julia Kirkbridge. Nur weil Su Ling sie für eine Schwindlerin hielt, habe ich sogar in New York angerufen, um herauszufinden, ob es an diesem Morgen wirklich eine Vorstandssitzung gab. Als mir die Empfangsdame mitteilte, Mrs. Kirkbridge könne nicht gestört werden, weil sie sich in ebendieser Sitzung befinde, fiel das letzte Stück des Puzzles sauber an seinen Platz. Das meine ich mit Blick fürs Detail.«

»Aber es fehlt immer noch ein Stück«, erwiderte Tom.

»Ja, und zwar, wie aus einer gewöhnlichen Trickbetrügerin eine geniale Hochstaplerin werden konnte. Erst Harry Gates' Zusatz zur Finanzgesetzgebung lieferte ihr den Feuerreifen, von dem sie wusste, dass wir da durchspringen müssen.«

»Wieso Senator Gates?«, fragte Tom.

»Er hat den Zusatz zum Grundstücksgesetz eingebracht, der vorsieht, dass künftig Transaktionen der öffentlichen Hand grundsätzlich nur bei Zahlung der vollen Summe bei Vertragsunterzeichnung zustande kommen dürfen.«

»Aber ich habe ihr gesagt, die Bank würde ihr das fehlende Geld zur Verfügung stellen.«

»Und sie wusste, dass das nicht ausreichen würde«, erklärte Nat. »Denn der Zusatz des Senators sieht vor, dass der Hauptbegünstigte, also sie« – Nat schlug die Broschüre auf einer Seite auf, wo er einen Absatz unterstrichen hatte – »sowohl den Scheck als auch den Vertrag unterzeichnen muss. In dem Augenblick, als du zu ihr gelaufen bist und sie gefragt hast, ob sie ihr Scheckheft dabeihat, wusste Julia, dass sie dich an den Eiern gepackt hatte.«

»Und wenn ich ihr gesagt hätte, dass der Kauf nur zustande kommt, wenn sie die volle Summe selbst aufbringt?«

»Dann wäre sie noch am selben Abend nach New York zurückgekehrt, hätte ihre halbe Million auf ein Konto bei Chase überweisen lassen, und du hättest nie wieder etwas von ihr gehört.«

»Aber so hat sie 3 100 000 Dollar von unserem Geld und ihre eigenen 500 000 Dollar eingesackt«, sagte Tom.

»Korrekt«, bestätigte Nat. »Wenn heute früh in San Francisco die Banken öffnen, wird das Geld schon über Zürich oder sogar Moskau auf die Cayman Islands verschwunden sein. Und obwohl ich natürlich alle Hebel in Bewegung setzen werde, glaube ich nicht, dass wir auch nur einen einzigen Cent von unserem Geld wiedersehen werden.«

»Oh Gott«, rief Tom, »mir fällt gerade ein, heute Morgen wird Mr. Cooke den Scheck einreichen, und ich habe ihm mein Wort gegeben, dass er noch am selben Tag eingelöst wird.«

»Dann werden wir ihn auch einlösen müssen«, sagte Nat. »Es ist eine Sache, wenn eine Bank Geld verliert, aber eine ganz andere, wenn sie ihren Ruf verliert. Ein Ruf, für den dein Großvater und dein Vater einhundert Jahre gebraucht haben, um ihn aufzubauen.«

Tom sah zu Nat auf. »Als Erstes muss ich von meinem Amt zurücktreten.«

»Trotz deiner Naivität ist das das Letzte, was du tun solltest. Außer du willst, dass alle herausfinden, was für einen Narren du aus dir gemacht hast, und ihr Geld sofort zu Fairchild's bringen. Nein, ich brauche lediglich etwas Zeit, darum schlage ich vor, dass du ein paar Tage Urlaub nimmst. Erwähne das Cedar-Wood-Projekt nicht mehr, und falls jemand das Thema zur Sprache bringt, verweist du ihn einfach an mich.«

Tom schwieg eine Weile, dann sagte er: »Die wahre Ironie an der Geschichte ist, dass ich sie gebeten habe, mich zu heiraten.«

»Und ihr wahres Genie liegt darin, dass sie deinen Antrag angenommen hat«, erwiderte Nat.

»Woher weißt du das?«, wollte Tom wissen.

»Das war Teil ihres Plans.«

»Cleveres Mädchen.«

»Da bin ich mir nicht so sicher«, meinte Nat. »Denn wenn ihr beide euch verlobt hättet, wäre ich bereit gewesen, ihr einen Sitz im Vorstand anzubieten.«

»Dann hat sie dich also ebenfalls zum Narren gehalten«, sagte Tom.

»Oh ja«, gab Nat zu. »Mit ihrem finanziellen Scharfblick hätte sie eine wichtige Rolle spielen können. Und wenn sie dich geheiratet hätte, hätte sie weit mehr als drei Millionen Dollar eingesackt, also muss ein anderer Mann im Spiel sein.« Nat schwieg. »Vermutlich war er am anderen Ende der Leitung.« Er wandte sich zum Gehen. »Ich bin in meinem Büro. Und denk dran, wir sprechen nur unter vier Augen über diese Sache. Nie am Telefon und nichts Schriftliches.«

Tom nickte, als Nat die Tür leise hinter sich schloss.

»Guten Morgen, Mr. Cartwright«, begrüßte ihn seine Sekretärin, als Nat in sein Büro trat. »Hatten Sie einen schönen Urlaub?«

»Ja, danke, Linda«, erwiderte er fröhlich. »Ich bin nicht sicher, wem Disneyland mehr gefallen hat, mir oder Luke.« Sie lächelte. »Gab es irgendwelche Probleme?«

»Nein, ich glaube nicht. Die letzten Übernahmedokumente von Bennett's kamen am Freitag. Ab ersten Januar werden Sie also zwei Banken leiten.«

Oder gar keine, dachte Nat. »Ich muss eine Mrs. Julia Kirkbridge sprechen, Direktorin von …«

»Kirkbridge & Co«, ergänzte Linda. Nat erstarrte. »Sie haben sich nach ihrer Firma erkundigt, bevor Sie in Urlaub gingen.«

»Ja, natürlich«, sagte Nat.

Nat probte gerade, was er Mrs. Kirkbridge sagen wollte, als ihm seine Sekretärin über die Sprechanlage mitteilte, dass sie Mrs. Kirkbridge am Apparat hatte.

»Guten Morgen, Mrs. Kirkbridge. Mein Name ist Nat Cartwright. Ich bin der Geschäftsführer der Russell's Bank in Hartford, Connecticut. Wir haben Ihnen einen Vorschlag zu unterbreiten, an dem Ihre Firma möglicherweise interessiert sein könnte. Da ich im Laufe des Tages nach New York komme, hoffte ich, dass Sie ein paar Minuten für mich erübrigen könnten.«

»Kann ich Sie zurückrufen, Mr. Cartwright?«, erwiderte sie mit einem ausgeprägten englischen Akzent.

»Natürlich«, sagte Nat. »Ich freue mich darauf, wieder von Ihnen zu hören.«

Er fragte sich, wie lange Mrs. Kirkbridge brauchte, um herauszufinden, dass er der Geschäftsführer von Russell's war. Natürlich überprüfte sie ihn, denn sie hatte ihn nicht einmal nach seiner Telefonnummer gefragt. Als das Telefon klingelte, meldete seine Sekretärin: »Mrs. Kirkbridge am Apparat.«

Nat sah auf die Uhr: Sie hatte sieben Minuten gebraucht.

»Ich könnte Sie heute Nachmittag um 14.30 Uhr empfangen, Mr. Cartwright. Ist Ihnen das recht?«

»Das passt mir gut«, erwiderte Nat.

Er legte auf und rief Linda an. »Ich brauche eine Fahrkarte für den Zug um 11.30 Uhr nach New York.«

Als Nächstes rief Nat bei der Rigg's Bank in San Francisco an, die seine schlimmsten Befürchtungen bestätigte. Dort war man angewiesen worden, das Geld, nur wenige Minuten nachdem es überwiesen worden war, an die Banco Mexico zu transferieren. Von da würde es der Sonne folgen, bis es schließlich jenseits des Horizonts verschwand, darüber war sich Nat im Klaren. Er entschied, dass es sinnlos war, die Polizei zu verständigen, sofern er nicht die halbe Bankwelt in das Geheimnis einweihen wollte. Vermutlich hatte Julia, oder wie immer sie in Wirklichkeit hieß, auch das bereits bedacht.

Nat arbeitete zügig fast alles auf, was in seiner Abwesenheit liegen geblieben war, bevor er das Büro verließ und mit dem Zug nach New York fuhr. Fast in letzter Sekunde traf er in den Büroräumen von Kirkbridge & Co an der 97th Street ein. Er hatte kaum Zeit, sich im Empfangsbereich auf einen der Besucherstühle zu setzen, als bereits eine Tür geöffnet wurde. Er sah auf und erblickte eine vornehme, elegant gekleidete Frau auf der Schwelle. »Mr. Cartwright?«

»Ja«, sagte er und erhob sich.

»Ich bin Julia Kirkbridge. Kommen Sie doch bitte in mein Büro.« Derselbe ausgeprägte englische Akzent. Nat konnte sich nicht erinnern, wann ihn das letzte Mal der Direktor einer Firma persönlich im Empfangsbereich abgeholt hatte, statt eine Sekretärin zu schicken. Schon gar kein Direktor in New York.

»Ihr Anruf hat mich neugierig gemacht«, sagte Mrs. Kirkbridge und führte Nat zu einem bequemen Sessel am Kamin.

»Es kommt nicht oft vor, dass mich ein Bankier aus Connecticut hier in New York besucht.«

Nat zog einige Papiere aus seinem Aktenkoffer und versuchte gleichzeitig, die Frau einzuschätzen, die ihm gegenübersaß. Ihre Kleidung war ebenso wie die der Hochstaplerin maßgeschneidert, aber weitaus konservativer, und obwohl sie schlank und Mitte dreißig war, stellten ihr dunkles Haar und ihre braunen Augen einen absoluten Gegensatz zu der Blondine aus Minnesota dar.

»Es ist im Grunde ganz einfach«, fing Nat an. »Der Stadtrat von Hartford hat ein weiteres Grundstück freigegeben, das als Einkaufszentrum kommerziell genutzt werden darf. Die Bank hat das Gelände zu Investitionszwecken erworben und sucht nun einen Partner. Wir dachten, dass Sie eventuell daran interessiert sein könnten.«

»Warum gerade wir?«, wollte Julia wissen.

»Sie gehörten zu den Firmen, die ursprünglich Gebote für das Robinson-Gelände abgegeben haben, das sich übrigens als großartiger Erfolg erwiesen hat. Deshalb dachten wir, dass Sie auch an diesem neuen Projekt Interesse haben könnten.«

»Es überrascht mich ein wenig, dass Sie uns nicht schon vor dem Kauf angesprochen haben«, meinte Mrs. Kirkbridge, »denn wenn Sie das getan hätten, würden Sie festgestellt haben, dass wir die Auflagen als viel zu restriktiv erachtet haben.« Nat war überrascht. »Schließlich gehört das zu unserem Job«, fuhr Mrs. Kirkbridge fort.

»Ja, ich weiß«, sagte Nat und versuchte, Zeit zu schinden.

»Darf ich fragen, wie hoch der Verkaufspreis war?«, erkundigte sich Mrs. Kirkbridge.

»3 600 000 Dollar.«

»Weit über unserer Schätzung«, erklärte Mrs. Kirkbridge und blätterte eine Seite in einer Akte um, die vor ihr auf dem Tisch lag.

Nat hatte sich immer für einen guten Pokerspieler gehalten, aber er hatte keine Ahnung, ob Mrs. Kirkbridge bluffte. Ihm blieb nur noch eine Karte. »Tja, es tut mir leid, Ihre Zeit verschwendet zu haben«, sagte er und stand auf.

»Möglicherweise haben Sie das ja nicht.« Mrs. Kirkbridge blieb sitzen. »Es interessiert mich immer noch, Ihren Vorschlag zu hören.«

»Wir suchen nach einem Fifty-fifty-Partner«, sagte Nat und setzte sich wieder.

»Wie meinen Sie das genau?«, fragte Mrs. Kirkbridge.

»Sie investieren 1,8 Millionen Dollar, die Bank finanziert den Rest der Summe, und sobald wir unser Geld wieder eingefahren haben, werden alle Gewinne zu je fünfzig Prozent geteilt.«

»Keine Bankgebühren und bestmögliche Zinsen?«

»Ich denke, das lässt sich arrangieren«, sagte Nat.

»Warum lassen Sie mir dann nicht Ihre Unterlagen hier, Mr. Cartwright. Ich melde mich wieder bei Ihnen. Wie viel Zeit habe ich, bis Sie eine Entscheidung brauchen?«

»Ich treffe heute noch zwei weitere potenzielle Investoren in New York«, log Nat. »Sie haben seinerzeit ebenfalls Gebote für das Robinson-Gelände abgegeben.«

Aus ihrem Gesichtsausdruck ließ sich nicht schließen, ob sie ihm glaubte.

Plötzlich lächelte Mrs. Kirkbridge. »Vor einer halben Stunde hat mich der oberste Stadtrat von Hartford angerufen. Ein Mr. Cooke.« Nat erstarrte. »Ich habe den Anruf nicht entgegengenommen, weil ich es für klüger hielt, erst mit Ihnen zu sprechen. Doch ich kann kaum glauben, dass Sie solche Fallbeispiele während Ihrer Zeit an der Harvard Business School analysieren mussten, Mr. Cartwright. Vielleicht ist jetzt der Zeitpunkt gekommen, dass Sie mir erklären, warum Sie mich *wirklich* sprechen wollten.«

35

Annie fuhr ihren Mann zum Rathaus. Es war das erste Mal, dass sie an diesem Tag allein waren. »Warum fahren wir nicht einfach nach Hause?«, fragte Fletcher.

»Vermutlich geht es jedem Kandidaten kurz vor Ende der Auszählung so.«

»Weißt du, Annie, wir haben nie darüber gesprochen, was ich tun werde, falls ich verliere.«

»Ich bin immer davon ausgegangen, dass du dann bei einer anderen Anwaltskanzlei einsteigst. Es haben ja genügend Kanzleien angefragt. Suchen Simpkins & Welland nicht jemand, der auf Strafrecht spezialisiert ist?«

»Ja. Sie haben sogar angeboten, mich als Partner aufzunehmen, aber ehrlich gesagt gefällt mir die Politik am besten. Ich bin sogar noch besessener davon als dein Vater.«

»Das ist unmöglich«, erklärte Annie. »Übrigens hat er gesagt, wir sollen seinen Parkplatz nehmen.«

»Nie und nimmer«, erwiderte Fletcher. »Nur der Senator darf dort parken. Nein, wir stellen uns irgendwo an den Straßenrand.« Fletcher sah aus dem Fenster und sah Dutzende von Menschen die Treppe zum Rathaus hochsteigen.

»Wohin gehen die alle?«, fragte Annie. »Das können doch unmöglich alles nahe Verwandte von Mrs. Hunter sein.«

Fletcher lachte. »Nein, sind sie nicht, aber die Öffentlichkeit darf von der Galerie aus zusehen. Offenbar hat das eine lange Tradition in Hartford«, fügte er hinzu, als Annie endlich einen Parkplatz in einiger Entfernung des Rathauses fand.

Hand in Hand schlossen sich Annie und Fletcher der Menge an, die zum Rathaus pilgerte. Im Laufe der Jahre hatte er unzählige Politiker und deren Frauen gesehen, die sich am Wahltag an den Händen hielten, und er hatte sich oft gefragt, wie viele dieses Ritual nur für die Kameras ausübten. Er drückte Annies Hand, als sie die Stufen hinaufstiegen, und versuchte, entspannt zu wirken.

»Sind Sie zuversichtlich, Mr. Davenport?«, fragte ein Lokalreporter und hielt ihm ein Mikrofon vors Gesicht.

»Nein«, antwortete Fletcher wahrheitsgemäß. »Ich bin höllisch nervös.«

»Glauben Sie, dass Sie Mrs. Hunter schlagen konnten?«, versuchte es der Reporter erneut.

»In ein paar Stunden werde ich Ihnen diese Frage gern beantworten.«

»Glauben Sie, dass es ein sauberer Kampf war?«

»Das können Sie besser beurteilen als ich«, erwiderte Fletcher, als er mit Annie die oberste Stufe erreichte und das Gebäude betrat.

Als sie in den Saal kamen, brandete von der Galerie Applaus auf. Fletcher sah nach oben, lächelte und winkte, wobei er versuchte, eine Zuversicht auszustrahlen, die er nicht empfand. Als er wieder nach unten blickte, sah er als Erstes Harrys Gesicht. Er wirkte nachdenklich.

Wie anders das Rathaus doch im Vergleich zum Tag des Rededuells wirkte. Sämtliche Sitze waren entfernt und durch eine hufeisenförmige Anordnung von Tischen ersetzt worden. In der Mitte stand Mr. Cooke, der schon bei sieben Wahlen den Vorsitz geführt hatte. Dies würde seine letzte Wahl sein, da er zum Jahresende in Ruhestand gehen wollte.

Einer seiner Beamten prüfte die schwarzen Kästen, die im Inneren des Hufeisens auf dem Boden standen. In dem Vorgespräch, das Mr. Cooke mit den beiden Kandidaten am Tag zuvor geführt hatte, hatte er klargestellt, dass die offizielle Auszählung erst beginnen würde, wenn alle achtundvierzig Wahlurnen aus den Wahllokalen eingetroffen waren und ihre Echtheit beglaubigt worden war. Die Wahllokale schlossen um 20 Uhr, und dieser Vorgang dauerte für gewöhnlich eine Stunde.

Wieder brandete Applaus auf, und als Fletcher sich umsah, sah er Barbara Hunter den Saal betreten und ebenfalls zuversichtlich lächeln, während sie ihren Anhängern auf der Galerie zuwinkte.

Sobald alle achtundvierzig Urnen überprüft, ihre Siegel von den Beamten aufgebrochen und die Stimmzettel auf den Tischen verteilt worden waren, konnte die Auszählung beginnen. Zu beiden Seiten des Hufeisens standen ungefähr einhundert Stimmenzähler. Jede Gruppe bestand aus einem Vertreter der Republikaner, einem Vertreter der Demokraten und einem neutralen Beobachter, der einen Schritt hinter ihnen stand. Falls ein Beobachter mit irgendetwas unzufrieden sein sollte, nachdem die Auszählung begonnen hatte, würde er die Hand heben, und Mr. Cooke oder einer seiner Beamten würde sofort an den betreffenden Tisch eilen.

Sobald die Stimmzettel auf den Tischen lägen, würden sie in drei Stapel geteilt – ein republikanischer Stapel, ein demokratischer Stapel und ein dritter, kleinerer Stapel mit strittigen Stimmzetteln. In den meisten Wahlkreisen des Landes wurde dieser Arbeitsgang mittlerweile von Maschinen erledigt, nicht so in Hartford, obwohl alle wussten, dass sich das ändern würde, sobald Mr. Cooke in Rente ging.

Fletcher tigerte durch den Raum und sah zu, wie die drei Haufen anwuchsen. Jimmy tat es ihm gleich, wanderte aber in die entgegengesetzte Richtung. Harry stand reglos da und verfolgte, wie die Siegel an den Urnen gebrochen wurden. Sein Blick wandte sich nur selten von dem ab, was innerhalb des Hufeisens geschah. Sobald alle Urnen geleert waren, bat Mr. Cooke seine Beamten, die Stimmen auszuzählen und sie hunderterweise zu stapeln.

»Jetzt tritt der Beobachter in Aktion«, erklärte Harry, als Fletcher neben ihm stehen blieb. »Er muss darauf achten, dass kein Stimmzettel zweimal gezählt wird und keine Stimmzettel aneinanderkleben.« Fletcher nickte und setzte seine Wanderung fort. Gelegentlich machte er halt und beobachtete eine bestimmte Auszählung, fühlte sich in einem Moment zuversichtlich, im nächsten deprimiert, bis Jimmy darauf hinwies, dass die Urnen aus unterschiedlichen Wahlkreisen stammten und er nie sicher sein könne, welche aus einer republikanischen Hochburg stammten und welche aus einer demokratischen.

»Was passiert jetzt?«, fragte Fletcher, der wusste, dass es bereits die vierte Auszählung war, an der Jimmy teilnahm.

»Arthur Cooke wird alle Stimmen zusammenzählen und verkünden, wie viele Leute an der Wahl teilgenommen haben. Dann rechnet er aus, wie viel Prozent der Wähler für wen gestimmt haben.« Fletcher sah zur Uhr hoch – es war kurz nach elf. Im Hintergrund entdeckte er Jimmy Carter auf einer Leinwand, der mit seinem Bruder Billy plauderte. Erste Wahlergebnisse ließen vermuten, dass die Demokraten zum ersten Mal seit acht Jahren wieder ins Weiße Haus einziehen würden. Würde er selbst das erste Mal in den Senat einziehen?

Fletcher richtete seine Aufmerksamkeit wieder auf Mr. Cooke, der es mit seinen Pflichten nicht eilig zu haben schien. Sein Tempo entsprach in keiner Weise der Pulsfrequenz der beiden Kandidaten. Sobald er alle Auswertungen eingesammelt hatte, steckten er und seine Gehilfen die Köpfe zusammen. Dann tippte Cooke die Ergebnisse in einen Taschenrechner, sein einziges Zugeständnis an die Siebzigerjahre. Es folgte das Drücken diverser Knöpfe, Nicken und Gemurmel, bevor zwei Zahlen fein säuberlich auf ein separates Stück Papier übertragen wurden. Anschließend schritt Cooke in würdevollem Tempo quer durch den Saal auf die Bühne. Er klopfte gegen das Mikrofon, was laut genug war, um für Stille zu sorgen. Die Menge wartete bereits ungeduldig auf seine Worte.

»Gottverdammich«, fluchte Harry. »Das dauert jetzt schon über eine Stunde. Warum kommt Arthur nicht endlich in die Gänge?«

»Beruhige dich«, sagte Martha. »Versuch dich bitte zu erinnern, dass dieses Mal nicht du der Kandidat bist.«

»Die Anzahl der Bürgerinnen und Bürger, die bei der Wahl zum Senat ihre Stimme abgegeben haben, beträgt 42 429, was einer Wahlbeteiligung von 52,9 Prozent entspricht.« Mr. Cooke verließ ohne ein weiteres Wort die Bühne und kehrte in die Mitte des Hufeisens zurück. Sein Team überprüfte daraufhin die Hunderterstapel, es dauerte jedoch weitere zweiundvierzig Minuten, bevor der oberste Stadtrat wieder die Bühne erklomm. Dieses Mal musste er nicht erst gegen das Mikro klopfen. »Ich muss Sie darüber informieren, dass es siebenundsiebzig strittige Stimmzettel gibt. Ich bitte nun die beiden Kandidaten zu mir in die Mitte des Saales, damit sie entscheiden können, welche Stimmzettel als gültig ausgewiesen werden sollen.«

Zum ersten Mal an diesem Tag rannte Harry eilig zu Fletcher und packte ihn am Arm, bevor er zu Mr. Cooke in das Hufeisen gehen konnte. »Das bedeutet, wer immer von euch beiden in Führung liegt, hat weniger als siebenundsiebzig Stimmen Vorsprung, sonst würde sich Cooke nicht die Mühe machen, diesen ganzen Hokuspokus durchzuziehen.« Fletcher nickte zustimmend. »Du musst also jemand bestimmen, der diese entscheidenden Stimmzettel für dich überprüft.«

»Die Wahl fällt mir nicht schwer«, erwiderte Fletcher. »Ich nehme Sie.«

»Das halte ich für nicht gut«, entgegnete Harry, »denn das wird Mrs. Hunter misstrauisch machen. Du brauchst jemanden, durch den sie sich nicht bedroht fühlt.«

»Wie wäre es dann mit Jimmy?«

»Gute Idee. Sie wird bestimmt davon ausgehen, dass sie ihn in die Tasche stecken kann.«

»Aussichtslos«, sagte Jimmy, der an Fletchers Seite auftauchte.

»Ich brauche dich möglicherweise«, meinte Harry geheimnisvoll.

»Wofür?«, wollte Jimmy wissen.

»Es ist nur eine Ahnung«, entgegnete Harry. »Aber sobald es darum geht, welche dieser kostbaren Stimmen nun gültig ist, müssen wir Mr. Cooke im Auge behalten, nicht Barbara Hunter.«

»Er wird nicht am Ergebnis drehen, solange wir zu viert um ihn herumstehen«, meinte Jimmy. »Ganz zu schweigen von all den Leuten, die von der Galerie heruntersehen.«

»Er würde nicht im Traum daran denken, etwas zu drehen«, erklärte Harry. »Arthur Cooke ist einer der penibelsten Beamten, mit denen ich es je zu tun hatte. Aber er verabscheut Mrs. Hunter.«

»Aus irgendeinem bestimmten Grund?«, fragte Fletcher.

»Seit Beginn des Wahlkampfs ruft sie ihn jeden Tag an und verlangt alle möglichen Statistiken, zu Sozialwohnungen bis zu Krankenhäusern, und sogar Rechtsgutachten zu Baugenehmigungen. Ich wette, die Vorstellung, dass sie in den Senat kommt, gefällt ihm ganz und gar nicht. Er hat so schon genug am Hals, auch ohne Leute wie Barbara Hunter, die ihm ständig im Nacken sitzen.«

»Aber wie Sie schon sagten, er kann nichts tun.«

»Nichts, was illegal wäre«, räumte Harry ein. »Aber sollte bei einem Stimmzettel Unstimmigkeit herrschen, wird man ihn um einen Schiedsspruch bitten, und was immer er empfiehlt, sag einfach ›Ja, Mr. Cooke‹, auch wenn du in dem Moment denkst, es könnte Mrs. Hunter zum Vorteil gereichen.«

»Ich glaube, ich verstehe«, sagte Fletcher.

»Ich verstehe überhaupt nichts«, sagte Jimmy.

Su Ling warf einen prüfenden Blick auf den Esszimmertisch. Als es an der Haustür klingelte, rief sie gar nicht erst nach Nat, denn sie wusste, dass er wieder aus *Der Kater mit Hut* vorlas. »Noch mal, Dad«, verlangte Luke stets, wenn sie auf der letzten Seite angelangt waren. Als Su Ling die Tür öffnete, stand Tom mit einem bunten Strauß Tulpen vor ihr. Sie umarmte ihn, als wäre seit ihrer letzten Begegnung nichts weiter geschehen.

»Willst du mich heiraten?«, fragte Tom.

»Wenn du gleichzeitig kochen, *Der Kater mit Hut* lesen, die Haustür öffnen und den Tisch decken kannst, werde ich über deine Frage ernsthaft nachdenken.« Su Ling nahm die Blumen entgegen. »Danke, Tom.« Lächelnd küsste sie ihn auf die Wange. »Die Tulpen werden auf dem Esszimmertisch einfach wundervoll aussehen. Tut mir übrigens leid wegen Julia Kirkbridge oder wie immer sie in Wirklichkeit heißt.«

»Erwähne diese Frau in meiner Gegenwart nie wieder«, bat Tom. »In Zukunft bleibt's bei uns dreien zum Abendessen. Ménage-à-trois, bedauerlicherweise ohne die Ménage.«

»Nicht heute Abend«, erwiderte Su Ling. »Hat Nat es dir nicht gesagt? Er hat irgendeinen Geschäftskollegen eingeladen. Ich nahm an, dass du Bescheid weißt und ich wie immer die Einzige bin, die es erst in letzter Sekunde erfährt.«

»Er hat mir gegenüber nichts erwähnt.«

In diesem Augenblick klingelte es an der Tür.

»Ich mach auf«, rief Nat, der die Treppe heruntergelaufen kam.

»Versprich mir, dass du nicht den ganzen Abend über Geschäftliches reden wirst«, verlangte Su Ling von Tom. »Ich will alles über deine Reise nach London hören …«

»Wie schön, Sie wiederzusehen«, hörte man Nat sagen.

»Es war doch nur ein kurzer Abstecher«, meinte Tom.

»Ich nehme Ihren Mantel«, sagte Nat.

»Ja, aber warst du auch im Theater?«

»… ja, ich habe Judi …«, fing Tom an, als Nat seinen Gast ins Wohnzimmer führte.

»Darf ich Ihnen zuerst meine Frau Su Ling vorstellen? Liebling, das ist Julia Kirkbridge, unsere Partnerin im Cedar-Wood-Projekt, wie du sicher weißt.«

»Wie schön, Sie kennenzulernen, Mrs. Cartwright.«

Su Ling erholte sich schneller als Tom. »Nennen Sie mich doch bitte Su Ling.«

»Danke. Dann müssen Sie mich Julia nennen.«

»Julia, das ist mein Vorstandsvorsitzender, Tom Russell. Ich weiß, wie sehr er sich freut, Sie kennenzulernen.«

»Guten Abend, Mr. Russell. Nach dem, was Nat mir erzählt hat, habe ich mich auch schon darauf gefreut, Sie kennenzulernen.« Tom schüttelte ihr die Hand, wusste aber nicht, was er sagen sollte.

»Ich denke, jetzt wäre ein Glas Champagner angebracht, um auf den Vertrag anzustoßen.«

»Den Vertrag?«, murmelte Tom.

»Was für eine gute Idee«, sagte Julia. Nat öffnete die Flasche und goss drei Gläser ein, während Su Ling in der Küche verschwand. Tom starrte die zweite Mrs. Kirkbridge unverwandt an, während Nat die Gläser verteilte.

»Auf das Cedar-Wood-Projekt«, sagte Nat und hob sein Glas.

Nur mit Mühe brachte Tom hervor: »Auf das Cedar-Wood-Projekt.«

Su Ling tauchte wieder auf, lächelte ihren Ehemann an und sagte: »Möchtest du unsere Gäste nicht ins Esszimmer führen?«

»Ich finde, es wäre nur fair, Julia, wenn ich meiner Frau und Tom erkläre, dass wir beide keine Geheimnisse voreinander haben.«

Julia lächelte. »Keine, von denen ich wüsste, Nat. Vor allem nicht, nachdem wir eine Vertraulichkeitsvereinbarung bezüglich der Einzelheiten der Cedar-Wood-Transaktion unterzeichnet haben.«

»Genau. Und ich denke, so sollte es auch bleiben.« Nat lächelte ihr zu, während Su Ling den ersten Gang auftrug.

»Mrs. Kirkbridge«, setzte Tom an, ohne seine Hummersuppe anzurühren.

»Bitte nennen Sie mich Julia. Schließlich kennen wir uns schon einige Zeit.«

»Tun wir das?«, sagte Tom »Ich wüsste nicht …«

»Das ist nicht sehr schmeichelhaft, Tom«, schalt Mrs. Kirkbridge, »schließlich ist es erst wenige Wochen her, als ich beim Joggen war und Sie mich auf einen Drink und am darauffolgenden Abend zum Abendessen im Cascade eingeladen haben. Damals habe ich Ihnen erstmals von meinem Interesse am Cedar-Wood-Projekt erzählt.«

Tom wandte sich an Nat. »Das ist ja alles sehr schlau eingefädelt, aber anscheinend hast du vergessen, dass Mr. Cooke, der Auktionator und unser Hauptkassierer die ursprüngliche Mrs. Kirkbridge gesehen haben.«

»Die erste Mrs. Kirkbridge, stimmt, aber nicht das Original«, korrigierte Nat. »Und ich habe über dieses Problem schon eingehend nachgedacht. Mr. Cooke wird Julia höchstwahrscheinlich niemals wiederbegegnen, da er in ein paar Monaten in den Ruhestand geht. Was den Auktionator betrifft, hast du mitgeboten, nicht Julia, und über Ray musst du dir keine Gedanken machen, denn ich werde ihn in unsere Filiale nach Newington versetzen.«

»Und was ist mit den Leuten in New York?«, erkundigte sich Tom.

»Die wissen gar nichts«, sagte Julia. »Nur das, was ich ihnen über einen überaus vorteilhaften Deal erzählt habe.« Sie schwieg. »Eine köstliche Hummersuppe, Su Ling. Schon immer eins meiner Lieblingsgerichte.«

»Danke.« Su Ling räumte die Suppenteller ab und ging in die Küche zurück.

»Ach Tom«, fuhr Julia fort, »solange Su Ling nicht im Raum ist, möchte ich Ihnen sagen, dass ich es vorziehen würde, über alle anderen kleinen Indiskretionen, die im vergangenen Monat gerüchteweise zwischen uns stattgefunden haben, den Mantel des Schweigens zu breiten.«

»Du Schurke«, sagte Tom und sah Nat an.

»Nein, das ist nicht fair«, eilte Julia Nat zu Hilfe, »ich habe darauf bestanden, dass mir wirklich alles offengelegt wird, bevor ich die Vertraulichkeitsvereinbarung unterschrieben habe.«

Su Ling kehrte mit dem nächsten Gang zurück, es roch verführerisch nach gebratenem Lamm. »Mittlerweile weiß ich, warum Nat mich gebeten hat, genau das gleiche Menü ein zweites Mal zu kochen. Dennoch sehe ich mich zu der Frage gezwungen, wie viel ich noch wissen sollte, um diese Scharade aufrechterhalten zu können?«

»Was möchten Sie denn noch wissen?«, fragte Julia.

»Na ja, ich habe mir zusammengereimt, dass Sie die echte Mrs. Kirkbridge sind und somit die Mehrheitseignerin von Kirkbridge & Co. Ich bin mir allerdings nicht sicher, ob Sie auf Bitten Ihres Ehemannes an jenem Sonntagmorgen über das Baugelände gejoggt sind und ihm anschließend darüber berichtet haben?«

Julia lachte. »Nein, mein Mann hat das nicht von mir erwartet, da ich bereits einen Abschluss als Architektin habe.«

»Und darf ich fragen«, fuhr Su Ling fort, »ob Mr. Kirkbridge an Krebs gestorben ist und Ihnen die Firma hinterlassen hat, nachdem er Ihnen alles beigebracht hatte, was er wusste?«

»Nein, er ist noch äußerst lebendig. Aber ich habe mich vor zwei Jahren von ihm scheiden lassen, als ich feststellte, dass er die Gewinne der Firma zu seinem persönlichen Gebrauch anzapfte.«

»War es denn nicht seine Firma?«, fragte Tom.

»Doch, und es hätte mir bestimmt nicht so viel ausgemacht, wenn er diese Gewinne nicht für eine andere Frau ausgegeben hätte.«

»Ist diese Frau zufällig ungefähr 170 Zentimeter groß, blond, mag teure Kleidung und behauptet, aus Minnesota zu stammen?«

»Sie sind ihr offensichtlich schon begegnet«, sagte Julia. »Ich denke, es war mein Ex-Mann, der Sie von einer Bank in San Francisco anrief und behauptete, der Anwalt von Mrs. Kirkbridge zu sein.«

»Sie haben nicht zufällig eine Ahnung, wo die beiden in diesem Moment stecken könnten?«, erkundigte sich Tom. »Ich würde sie nämlich gern umbringen.«

»Ich habe absolut keine Ahnung«, sagte Julia«, aber falls Sie es herausfinden, lassen Sie es mich bitte wissen. Dann können Sie sie umbringen und ich ihn.«

»Möchte jemand *Crème brûlée?*«, fragte Su Ling.

»Was hat die andere Mrs. Kirkbridge auf diese Frage geantwortet?«, wollte Julia wissen.

»Es gibt siebenundsiebzig strittige Stimmzettel«, verkündete Mr. Cooke den beiden Kandidaten, »von denen ich dreiundvierzig für ungültig halte. Bleiben also immer noch vierunddreißig Stimmzettel.« Beide Kandidaten nickten. »Zuerst werde ich Ihnen die dreiundvierzig Stimmzettel zeigen, die ich für ungültig halte«, sagte er und legte seine Hand auf den größeren der beiden Stapel. »Wenn Sie damit einverstanden sind, werde ich dann die verbleibenden vierunddreißig Stimmzettel durchgehen, die noch strittig sind.« Er deutete mit der Hand auf den kleineren Stapel. Beide Kandidaten nickten erneut. »Sagen Sie einfach Nein, wenn Sie mit etwas nicht einverstanden sind.« Mr. Cooke drehte die Stimmzettel des größeren Stapels um und zeigte, dass auf keinem von ihnen ein Kreuz gemacht worden war. Da keiner der Kandidaten einen Widerspruch einlegte, war er damit in weniger als zwei Minuten fertig.

»Hervorragend«, sagte Mr. Cooke und schob die leeren Stimmzettel beiseite. »Wenden wir uns nun den entscheidenden vierunddreißig Stimmzetteln zu.« Fletcher fiel das Wörtchen *entscheidend* auf, und ihm wurde klar, wie eng das Endergebnis ausgefallen sein musste. »Wenn sich die Kandidaten früher nicht einig werden konnten«, fuhr Mr. Cooke fort, »überließ man die endgültige Entscheidung einem Dritten.« Er schwieg.

»Sollte es zu einer Streitfrage kommen«, erklärte Fletcher, »würde ich die Entscheidung nur zu gern Ihnen überlassen, Mr. Cooke.«

Mrs. Hunter antwortete nicht sofort, sondern beriet sich flüsternd mit ihrem Assistenten. Alle warteten geduldig auf ihre Antwort. »Ich bin ebenfalls damit einverstanden, Mr. Cooke zum Schlichter zu erklären«, räumte sie schlussendlich ein.

Mr. Cooke verneigte sich leicht. »Von den vierunddreißig Stimmzetteln in dem strittigen Stapel können meiner Meinung nach elf Stimmzettel rasch abgehandelt werden. Mangels einer treffenderen Bezeichnung möchte ich sie einmal die Harry-Gates-Anhänger nennen.« Er legte die elf Stimmzettel auf den Tisch, auf denen quer über den Stimmzettel »Harry Gates« geschrieben stand. Fletcher und Mrs. Hunter betrachteten jeden einzelnen.

»Sie sind zweifellos ungültig«, erklärte Mrs. Hunter.

»Allerdings wurde bei zwei Stimmzetteln auch Mr. Davenports Name angekreuzt«, fuhr Mr. Cooke fort.

»Sie sind dennoch ungültig«, sagte Mrs. Hunter, »wie Sie sehen können, ist der Name von Mr. Gates eindeutig quer über die Stimmzettel geschrieben, und das macht sie nun einmal ungültig.«

»Aber …«, fing Jimmy an.

»Da wir uns bezüglich dieser beiden Stimmzettel nicht einig sind«, warf Fletcher ein, »möchte ich die Entscheidung gern Mr. Cooke überlassen.«

Mr. Cooke sah zu Mrs. Hunter, und sie nickte zögernd. »Ich pflichte Ihnen bei, dass der Stimmzettel, auf den ›Mr. Gates sollte Präsident werden‹ gekritzelt wurde, in der Tat ungültig ist.« Mrs. Hunter lächelte. »Doch der Stimmzettel, auf dem Mr. Davenports Name angekreuzt wurde und nur ›Ich ziehe Mr. Gates vor‹ dazugeschrieben wurde, steht meiner Meinung nach nicht im Widerspruch zum Wahlgesetz, sondern gibt eindeutig die Absicht des Wählers wieder. Daher erklärte ich diesen Stimmzettel als gültige Stimme für Mr. Davenport.« Mrs. Hunter wirkte verärgert, angesichts der Menge, die von der Galerie herabsah, brachte sie jedoch ein schwaches Lächeln zustande. »Wenden wir uns nun den sieben Stimmzetteln zu, auf denen Mrs. Hunters Name erscheint«, fuhr Mr. Cooke fort.

»Die zählen ja wohl alle für mich«, erklärte Mrs. Hunter, während Mr. Cooke die Zettel ordentlich aufreihte, damit die beiden Kandidaten sie überprüfen konnten.

»Nein, das denke ich nicht«, widersprach Mr. Cooke.

Auf dem ersten Stimmzettel stand »Hunter gewinnt«, aber ihr Name war nicht angekreuzt.

»Dieser Wähler hat sich eindeutig für Mrs. Hunter entschieden«, sagte Fletcher.

»Dem stimme ich zu«, sagte Mr. Cooke, und Applaus brandete auf der Galerie auf.

»Die Ehrlichkeit dieses Jungen wird noch mal sein Untergang sein«, seufzte Harry.

»Oder sein Triumph«, kommentierte Martha.

»Hunter wäre die reinste Diktatur«, stand auf dem nächsten Stimmzettel, auf dem ebenfalls kein Name angekreuzt war. »Ich denke, dieser Stimmzettel ist ungültig«, sagte Mr. Cooke. Mrs. Hunter nickte widerstrebend.

»Auch wenn es zutrifft«, flüsterte Jimmy kaum hörbar.

»Hunter ist eine Zicke«, »Hunter sollte erschossen werden«, »Hunter ist irre«, »Hunter verliert«, und »Hunter soll Papst werden« wurden ebenfalls für ungültig erklärt. Mrs. Hunter versuchte gar nicht erst zu behaupten, einer dieser Wähler hätte sie zur nächsten Senatorin für Hartford wählen wollen.

»Jetzt kommen wir zu den sechzehn letzten Stimmzetteln«, erklärte Mr. Cooke. »Auf diesem hier hat der Wählende kein Kreuz gemacht, sondern in dem Kästchen neben dem Namen Hunter ein Häkchen.«

»Das ist eindeutig eine Stimme für mich«, beharrte die republikanische Kandidatin.

»Ich neige dazu, Ihnen recht zu geben«, sagte Mr. Cooke. »Der Wähler scheint seine Wünsche klargemacht zu haben, doch Mr. Davenport muss dieser Einschätzung zustimmen, bevor ich fortfahren kann.«

Fletcher sah aus dem Hufeisen hinaus und fing Harrys Blick auf. Er nickte leicht. »Ich denke auch, dass der Wähler sich eindeutig für Mrs. Hunter entschieden hat«, sagte er. Wieder brach auf der Galerie Applaus unter Hunters Anhängern aus. Mr. Cooke entfernte den obersten Stimmzettel. Darunter lag ein weiterer Stimmzettel, auf dem in dem Kästchen neben Hunter ein Häkchen gemacht worden war.

»Da wir uns jetzt über dieses Prinzip einig geworden sind«, sagte Mrs. Hunter, »zählt diese Stimme ebenfalls für mich.«

»Daran habe ich nichts auszusetzen«, erklärte Fletcher.

»Dann gehen diese beiden Stimmen an Mrs. Hunter«, sagte Mr. Cooke, der den zweiten Stimmzettel entfernte. Auf dem darunterliegenden Zettel war ein Häkchen neben Fletchers Namen. Beide Kandidaten nickten.

»Zwei zu eins für Hunter«, sagte Mr. Cooke, dann entfernte er diesen Stimmzettel. Auf dem nächsten war ein Häkchen im Hunter-Kästchen.

»Drei zu eins«, sagte sie und konnte sich ein Lächeln nicht verkneifen.

Fletcher fragte sich, ob Harrys Rechnung aufgehen würde. Mr. Cooke entfernte den Stimmzettel. Auf dem nächsten war ein Häkchen neben Fletchers Name.

»Drei zu zwei«, sagte Jimmy. Mr. Cooke ging nun etwas schneller vor. Da die Häkchen auf jedem Stimmzettel einwandfrei waren, konnte keiner der Kandidaten Einspruch einlegen. Die Menge auf der Galerie zählte laut mit: drei beide, vier zu drei (für Fletcher), fünf zu drei, sechs zu drei, sieben zu drei, acht zu drei, acht zu vier, neun zu vier, zehn zu vier, elf zu vier. Es endete mit zwölf zu vier für Fletcher.

Mrs. Hunter konnte ihren Ärger nicht verbergen, als Mr.

Cooke zur Galerie aufsah und verkündete: »Somit endet die Überprüfung der strittigen Wahlzettel mit einem Ergebnis von vierzehn Stimmen für Mr. Davenport und sechs Stimmen für Mrs. Hunter.« Daraufhin wandte er sich zu den Kandidaten und sagte: »Ich danke Ihnen allen beiden für Ihre Großzügigkeit in diesem Verfahren.«

Harry gestattete sich ein Lächeln und stimmte in den Applaus ein, der auf Mr. Cookes Erklärung folgte. Fletcher verließ rasch das Hufeisen und gesellte sich wieder zu seinem Schwiegervater.

»Wenn du mit weniger als acht Stimmen gewinnst, mein Junge, dann wissen wir, wem wir das zu verdanken haben, denn jetzt kann Mrs. Hunter nichts mehr dagegen unternehmen.«

Mr. Cooke prüfte die Zahlen in seinem Taschenrechner und übertrug sie dann auf ein Blatt Papier, das alle vier Beamten unterzeichneten. Anschließend kehrte er auf die Bühne zurück. »Da sich beide Seiten über die strittigen Stimmzettel geeinigt haben, darf ich Ihnen nun das Ergebnis der Senatswahl im County Hartford bekannt geben: Mr. Fletcher Davenport 21 218 Stimmen. Mrs. Barbara Hunter 21 211 Stimmen.« Harry lächelte.

Mr. Cooke versuchte erst gar nicht, in dem Tumult, der daraufhin einsetzte, etwas zu sagen, aber sobald er die Aufmerksamkeit der Menge zurückerlangt hatte, verkündete er, noch bevor Mrs. Hunter es verlangen konnte: »Die gültigen Stimmen werden erneut gezählt.«

Harry und Jimmy gingen durch den Raum und flüsterten jedem ihrer Beobachter nur zwei Worte zu. Volle Konzentration! Fünfzig Minuten später hatte man festgestellt, dass sich in drei der Stapel nur neunundneunzig Stimmzettel befanden, in vier anderen hingegen jeweils einhunderteins. Mr. Cooke überprüfte daraufhin alle sieben fehlerhaften Stapel ein drittes Mal, bevor er wieder auf die Bühne zurückkehrte.

»Ich gebe hiermit das Ergebnis der Wahl zum Senat für das County Hartford wie folgt bekannt: Mr. Davenport 21 217 Stimmen. Mrs. Hunter 21 213 Stimmen.«

Mr. Cooke musste einige Zeit warten, bis er sich über den Lärm hinweg wieder Gehör verschaffen konnte. »Mrs. Hunter hat um erneute Zählung ersucht.« Dieses Mal mischten sich Buhrufe unter den Jubel. Die Menge setzte sich und sah dem ganzen Vorgang ein drittes Mal zu. Mr. Cooke stellte gewissenhaft sicher, dass jeder Stapel noch einmal geprüft und gegengeprüft wurde, und befasste sich in Zweifelsfällen persönlich damit. Erst wenige Minuten vor ein Uhr nachts betrat er wieder die Bühne und bat beide Kandidaten zu sich.

Er klopfte gegen das Mikrofon, um sicherzugehen, dass es noch funktionierte. »Ich erkläre hiermit das Ergebnis der Wahl zum Senat für das County Hartford wie folgt: Mr. Fletcher Davenport 21 216 Stimmen, Mrs. Barbara Hunter 21 214 Stimmen.« Die Buhrufe und Jubelschreie waren dieses Mal noch lauter, und es dauerte einige Minuten, bevor die Ordnung wiederhergestellt war. Mrs. Hunter beugte sich vor und erklärte Mr. Cooke in deutlich vernehmbarem Bühnenflüstern, es sei schon nach eins und die Wahlhelfer sollten nach Hause gehen; man könne ja am nächsten Morgen eine weitere Zählung durchführen.

Höflich hörte er sich ihre Einwände an, bevor er sich wieder dem Mikrofon zuwandte. Doch er hatte offenbar jede Eventualität vorhergesehen. »Ich habe hier das offizielle

Wahlhandbuch.« Er hob es hoch, damit es alle sehen konnten, wie es ein Priester mit der Bibel getan hätte. »Ich nehme Bezug auf eine Regelung auf Seite einundneunzig. Ich lese den betreffenden Abschnitt jetzt vor.« Es wurde still im Saal, und all warteten auf Mr. Cookes Ausführungen. »Sollte bei einer Senatswahl einer der Kandidaten in drei aufeinanderfolgenden Auszählungen vorn liegen, wird er – wie klein der Vorsprung auch sein mag – zum Gewinner der Wahl erklärt. Ich erkläre somit Mr …« Der Rest seiner Worte ging im donnernden Applaus von Fletchers Anhängern unter.

Als Fletcher sich umdrehte, stand Harry Gates vor ihm und ergriff seine Hand. Fletcher konnte die Worte des ehemaligen Senators über den Jubel hinweg kaum vernehmen. Er glaubte aber, Harry sagen zu hören: »Ich möchte der Erste sein, der Ihnen gratuliert, Senator.«

Viertes Buch

Apostelgeschichte

36

Nat saß auf der Rückfahrt von New York im Zug und las die kurze Notiz in der *New York Times*. Er hatte an einer Vorstandssitzung bei Kirkbridge & Co teilgenommen, auf der er vermelden konnte, dass die erste Bebauungsphase des Cedar-Wood-Geländes abgeschlossen worden war. Die nächste Phase bestand in der Vermietung der dreiundsiebzig Ladengeschäfte mit Flächen von eintausend bis zwölftausend Quadratmetern. Viele der Einzelhändler, die derzeit erfolgreich im Robinson-Einkaufszentrum tätig waren, hatten bereits Interesse bekundet, und Kirkbridge & Co bereitete eine Broschüre sowie Antragsformulare für mehrere Hundert potenzielle Bewerber vor. Nat hatte außerdem eine ganzseitige Anzeige im *Hartford Courant* geschaltet und sich einverstanden erklärt, für die wöchentliche Immobilienbeilage ein Interview zu dem Projekt zu geben.

George Turner, der neue oberste Stadtrat, fand nichts als Lob für das Unternehmen und hob in seinem Jahresbericht ausdrücklich die Leistung von Mrs. Kirkbridge als Projektkoordinatorin heraus. Zu Beginn des Jahres hatte Mr. Turner die Russell's Bank besucht, jedoch erst, nachdem Ray Jackson zum Leiter der Newington-Filiale befördert worden war.

Toms Fortschritte gestalteten sich nicht ganz so zügig. Er brauchte Monate, bevor er den Mut aufbrachte, Julia zum

Essen einzuladen. Sie brauchte nur sieben Sekunden, um seine Einladung anzunehmen.

Binnen weniger Wochen saß Tom jeden Freitagnachmittag um 16.49 Uhr im Zug nach New York und kehrte erst am Montagmorgen nach Hartford zurück. Su Ling erkundigte sich regelmäßig nach dem Stand der Dinge, doch Nat erwies sich als untypisch schlecht informiert.

»Vielleicht finden wir ja am Freitag Näheres heraus«, meinte er und erinnerte sie daran, dass Julia am Wochenende da sein würde und sie und Tom ihre Einladung zum Abendessen angenommen hatten.

Nat las die kurze Notiz in der *New York Times* erneut. Es wurden keine Einzelheiten genannt, und man gewann den Eindruck, dass mehr hinter der Geschichte steckte. *William Alexander von Alexander Dupont & Bell hat seinen Rücktritt als Seniorpartner der Kanzlei erklärt, die sein Großvater gegründet hatte. Mr. Alexander äußerte dazu nur so viel, dass er schon seit geraumer Zeit an einen Vorruhestand gedacht habe.*

Nat sah aus dem Fenster auf die vorbeihuschende Landschaft von Hartford. Der Name sagte ihm etwas, aber er konnte ihn nicht zuordnen.

»Mr. Logan Fitzgerald für Sie, Herr Senator.«

»Danke, Sally.« Fletcher erhielt über hundert Anrufe pro Tag, aber seine Sekretärin stellte nur durch, wenn sie wusste, dass es sich um alte Freunde oder dringende geschäftliche Angelegenheiten handelte.

»Logan, wie schön, von dir zu hören. Wie geht es dir?«

»Ganz gut, Fletcher. Und dir?«

»Es ging mir noch nie besser«, erwiderte Fletcher.

»Was macht die Familie?«

»Annie liebt mich immer noch, Gott allein weiß, warum, wo ich doch nur selten vor zehn nach Hause komme. Lucy besucht die Hartford Elementary, und wir haben sie für Hotchkiss angemeldet. Und wie steht es bei dir so?«

»Ich wurde gerade zum Partner ernannt«, sagte Logan.

»Das überrascht mich nicht, aber ich gratuliere herzlich.«

»Danke, aber deswegen rufe ich nicht an. Ich wollte hören, ob du die Notiz über Bill Alexanders Rücktritt in der *Times* gesehen hast.« Fletcher spürte, wie er allein bei der Erwähnung des Namens eine Gänsehaut bekam.

»Nein«, sagte er, lehnte sich über den Schreibtisch und nahm sein Exemplar der Zeitung zur Hand. »Auf welcher Seite?«

»Seite sieben, unten rechts.«

Fletcher blätterte rasch vor, bis er die Schlagzeile FÜHRENDER ANWALT TRITT ZURÜCK sah. »Bleib kurz in der Leitung. Ich lese es schnell.« Als er fertig war, sagte er nur: »Das ergibt doch keinen Sinn. Er war mit der Kanzlei quasi verheiratet. Und er kann keinen Tag älter als sechzig sein.«

»Siebenundfünfzig«, bestätigte Logan.

»Aber das vorgeschriebene Ruhestandsalter für Partner beträgt fünfundsechzig, und selbst dann kann man als interner Berater weiterarbeiten, bis man siebzig wird. Das ergibt einfach keinen Sinn«, wiederholte Fletcher.

»Außer, man gräbt ein wenig tiefer.«

»Und was findet man, wenn man ein wenig tiefer gräbt?«, wollte Fletcher wissen.

»Ein Loch.«

»Ein Loch?«

»Ja. Anscheinend fehlte eine größere Summe vom Konto eines Mandanten als …«

»Ich habe für Bill Alexander nichts übrig«, unterbrach ihn Fletcher, »aber ich kann nicht glauben, dass er auch nur einen einzigen Penny vom Konto eines Mandanten nehmen würde. Dafür würde ich sogar meinen Ruf verwetten.«

»Da gebe ich dir recht, aber es wird dich sicher mehr interessieren, dass die *New York Times* sich nicht die Mühe macht, den Namen des anderen Partners zu nennen, der sich am selben Tag aus der Kanzlei zurückgezogen hat.«

»Ich höre.«

»Kein Geringerer als Ralph Elliot.«

»Sie haben die Kanzlei beide am selben Tag verlassen?«

»Ganz genau.«

»Und welchen Grund hat Elliot für seinen Rücktritt genannt? Er will doch bestimmt nicht in den Vorruhestand.«

»Elliot hat keinen Grund genannt. Die Pressesprecherin der Kanzlei soll angeblich gesagt haben, dass er für Kommentare nicht zur Verfügung steht. Das ist ein Novum.«

»Hat sie sonst noch etwas gesagt?«, wollte Fletcher wissen.

»Nur, dass er Juniorpartner war. Sie hat allerdings nicht darauf hingewiesen, dass er auch Alexanders Neffe ist.«

»Dann fehlt also eine große Summe vom Konto eines Mandanten, und Onkel Bill hat beschlossen, lieber selbst den Kopf hinzuhalten, als die Kanzlei in eine peinliche Lage zu bringen.«

»So wird es wohl gewesen sein«, meinte Logan.

Fletchers Handflächen waren schweißnass, als er den Hörer auflegte.

Tom stürmte in Nats Büro. »Hast du die Notiz über Bill Alexanders Rücktritt in der *New York Times* gesehen?«

»Ja. Der Name sagt mir zwar was, mir fällt aber nicht mehr ein, woher.«

»Das ist die Kanzlei, in die Ralph Elliot nach seinem Studium in Stanford eingetreten ist.«

»Stimmt.« Nat legte seinen Füller zur Seite. »Dann ist er jetzt der neue Seniorpartner?«

»Nein, er ist der zweite Partner, der die Kanzlei verlassen hat. Joe Stein hat mir erzählt, dass eine halbe Million vom Konto eines Mandanten fehlt und die Partner diese Summe aus ihrem Privatvermögen ersetzen mussten. Es heißt, Ralph Elliot stecke dahinter.«

»Warum sollte der Seniorpartner zurücktreten, wenn Elliot dahintersteckt?«

»Weil Elliot sein Neffe ist und Alexander dafür gesorgt hat, dass er der jüngste Partner in der Geschichte der Kanzlei wurde.«

»Wer geduldig wartet, dessen Feinde werden von der Rache heimgesucht.«

»Das denke ich nicht«, meinte Tom. »Er könnte nämlich nach Hartford zurückkehren.«

»Wie meinst du das?«, fragte Nat.

»Er erzählt aller Welt, dass Rebecca ihre Freunde vermissen würde, deswegen will er seine Frau wieder nach Hause bringen.«

»Seine Frau?«

»Ja. Joe sagt, sie hätten vor Kurzem auf einem New Yorker Standesamt geheiratet und da sei sie schon hochschwanger gewesen.«

»Ich frage mich, wer der Vater ist«, murmelte Nat, mehr zu sich selbst.

»Elliot hat ein Konto in unserer Filiale in Newington eröffnet. Offenbar weiß er nicht, dass du der Geschäftsführer unserer Bank bist.«

»Elliot weiß sehr genau, wer der Geschäftsführer der Bank ist. Lass uns nur sichergehen, dass er keine halbe Million eingezahlt hat.« Nat lächelte.

»Joe sagt, es gebe keine Beweise und außerdem genieße Alexander den Ruf, ein Geheimnis für sich bewahren zu können. Aus dieser Ecke werden wir also nichts weiter erfahren.«

Nat sah zu Tom auf. »Elliot käme nicht nach Hause, wenn er hier nicht bereits einen neuen Job hätte. Dafür ist er zu stolz. Aber wer wäre so dumm, ihn einzustellen?«

Der Senator nahm das Telefon ab. »Mr. Gates«, meldete seine Sekretärin.

»Geschäftlich oder privat?«, wollte Fletcher wissen, als er Jimmy in der Leitung hatte.

»Auf jeden Fall unangenehm«, erwiderte Jimmy. »Hast du schon gehört, dass Ralph Elliot wieder in der Stadt ist?«

»Nein. Logan hat mich heute früh angerufen und mir erzählt, dass Elliot bei Alexander Dupont & Bell seinen Rücktritt eingereicht hat, aber er hat nicht erwähnt, dass er nach Hartford zurückkommt.«

»Tja, er geht als Partner zu Belman & Wayland und ist dort für Unternehmensrecht zuständig. Er hat sich ausbedungen, dass die Kanzlei künftig Belman Wayland & Elliot heißt.« Fletcher sagte nichts dazu. »Bist du noch da?«, fragte Jimmy.

»Ja, bin ich. Ist dir klar, dass diese Kanzlei den Stadtrat vertritt?«

»Außerdem ist sie unser größter Konkurrent.«

»Und ich dachte, ich würde Elliot nie wiedersehen.«

»Du kannst immer noch nach Alaska ziehen«, scherzte Jimmy. »Ich hab irgendwo gelesen, dass man dort gerade einen neuen Senator sucht.«

»Falls ich das täte, würde er mir nur dorthin folgen.«

»Das sollte uns keine schlaflosen Nächte bereiten«, meinte Jimmy. »Er wird sich denken können, dass wir von den fehlenden fünfhunderttausend Dollar wissen, und ihm wird klar sein, dass er sich in Zurückhaltung üben sollte, bis die Gerüchte verstummt sind.«

»Ralph Elliot kennt die Bedeutung des Wortes Zurückhaltung nicht. Er wird mit Pauken und Trompeten in die Stadt einziehen und uns ins Visier nehmen.«

»Was hast du noch rausgefunden?«, fragte Nat und sah hinter seinem Schreibtisch auf.

»Er und Rebecca haben bereits einen Sohn. Man hat mir gesagt, sie hätten ihn für Taft angemeldet.«

»Hoffentlich ist er jünger als Luke, sonst schicke ich meinen Jungen nach Hotchkiss.«

Tom lachte. »Das meine ich ernst«, erklärte Nat. »Luke ist ohnehin ein sensibles Kind, da muss er sich nicht noch mit so etwas herumschlagen.«

»Tja, Elliots Eintritt in die Kanzlei Belman & Wayland wird auch Folgen für diese Bank haben.«

»Belman Wayland & Elliot«, korrigierte Nat.

»Vergiss nicht, dass ihre Kanzlei für den Stadtrat das Cedar-Wood-Projekt überwacht, und falls er jemals herausfindet …«

»Zu dieser Annahme besteht keine Veranlassung«, beschwichtigte Nat. »Du solltest aber Julia warnen, auch wenn es jetzt schon zwei Jahre her ist. Und vergiss nicht, dass Ray weggezogen ist. Nur vier Menschen kennen die ganze Geschichte, und mit einem von ihnen bin ich verheiratet.«

»Und ich werde die andere heiraten«, erklärte Tom.

»Du wirst was?«, rief Nat ungläubig aus.

»Ich habe Julia in den letzten achtzehn Monaten etliche Heiratsanträge gemacht, und gestern Abend hat sie endlich eingewilligt. Also bringe ich heute Abend meine Verlobte mit zum Essen.«

»Das ist ja großartig.« Nat klang entzückt.

»Und Nat – erzähl es Su Ling bitte nicht erst wieder im letzten Moment.«

»Das ist nur ein kleiner Schuss vor den Bug«, erwiderte Harry auf Fletchers Frage.

»Es ist eine gottverdammte Kanonensalve«, sagte Fletcher. »Ralph Elliot begnügt sich nicht mit Schüssen. Also müssen wir herausfinden, was er ausgeheckt hat.«

»Ich habe keine Ahnung«, meinte Harry. »Ich kann dir nur sagen, dass George Turner mich angerufen hat und mich darauf aufmerksam machte, dass Elliot um alle Papiere gebeten hat, die die Bank in irgendeiner Weise betreffen. Und gestern Morgen hat er noch mal angerufen und um weitere Einzelheiten zum Cedar-Wood-Projekt gebeten, insbesondere um die ursprünglichen Vertragsbedingungen, die ich dem Senat empfohlen habe.«

»Warum ausgerechnet das Cedar-Wood-Projekt? Das ist eine ungeheure Erfolgsgeschichte mit einer Flut von Mietanfragen für die Verkaufsflächen. Was hat er nur vor?«

»Er hat auch um Kopien all meiner Reden gebeten sowie um sämtliche Vermerke, die ich zurzeit des Gesetzeszusatzes gemacht habe. Niemand hat mich je zuvor um Kopien meiner alten Reden gebeten, geschweige denn meiner Vermerke«, erzählte Harry. »Das ist sehr schmeichelhaft.«

»Er schmeichelt nur, um zu täuschen«, warnte Fletcher. »Erinnerst du dich an die Feinheiten des Gates-Gesetzeszusatzes?«

»Ich habe damals darauf bestanden, dass jeder, der von der Stadt Land erwirbt, das mit über einer Million veranschlagt ist, seinen Namen angeben muss und sich nicht hinter einer Firma, Bank oder Anwaltskanzlei verstecken darf, damit wir immer genau wissen, mit wem wir es zu tun haben. Außerdem wurde verlangt, dass die gesamte Summe bei Vertragsunterzeichnung bezahlt wird, um sicherzugehen, dass man es mit einem liquiden Käufer zu tun hat. Auf diese Weise würde es keine Verzögerungen mehr geben.«

»Inzwischen halten das alle für ein bewährtes Verfahren. Mehrere andere Bundesstaaten haben dein Gesetz sogar übernommen.«

»Womöglich ist es nur eine harmlose Anfrage.«

»Du hattest offensichtlich noch nie mit Ralph Elliot zu tun«, entgegnete Fletcher. »Das Wörtchen harmlos gehört nicht zu seinem Vokabular. In der Vergangenheit hat er sich seine Feinde immer sorgfältig ausgesucht. Sobald er ein paarmal an der Gates-Bibliothek vorbeigefahren ist, kommt er vielleicht zu dem Schluss, dass er mit dir lieber nicht die Klingen kreuzen sollte. Aber sei gewarnt: Er plant etwas.«

»Hat dir übrigens jemand das von Jimmy und Joanna erzählt?«, erkundigte sich Harry.

»Nein«, sagte Fletcher.

»Dann sage ich auch nichts. Jimmy will es dir sicher zu einem passenden Zeitpunkt erzählen.«

»Gratuliere, Tom«, sagte Su Ling, kaum dass sie die Haustür geöffnet hatte. »Ich freue mich sehr für euch beide.«

»Wie nett von dir«, bedankte sich Julia. Tom reichte seiner Gastgeberin einen Strauß Blumen.

»Wann wollt ihr heiraten?«

»Irgendwann im August«, antwortete Tom. »Wir haben uns noch keinen Termin ausgesucht, für den Fall, dass du und Luke wieder nach Disneyland fahren wollt oder Nat zu irgendwelchen Nachtübungen der Reserve eingezogen wird.«

»Nein, Disneyland gehört der Vergangenheit an«, entgegnete Su Ling. »Ist es zu fassen? Luke spricht jetzt von Rom, Venedig und sogar von Arles – und Nat muss erst im Oktober wieder nach Fort Benning.«

»Warum denn Arles?«, wollte Tom wissen.

»Da hat van Gogh gegen Ende seines Lebens gemalt«, erläuterte Julia, als Nat den Raum betrat.

»Julia, wie schön, dass du hier bist. Luke braucht deinen Rat in einem moralischen Dilemma.«

»Ein moralisches Dilemma? Ich dachte, damit fängt man erst nach der Pubertät an.«

»Nein, hier geht es um etwas viel Ernsteres als Sex, und ich weiß nicht, was ich ihm antworten soll.«

»Wie lautet die Frage?«

»Ist es möglich, ein Meisterwerk von Christus und der Jungfrau Maria zu malen, wenn man ein Mörder ist?«

»Der katholischen Kirche hat das anscheinend nie Kopfzerbrechen bereitet«, meinte Julia. »Mehrere von Caravaggios schönsten Arbeiten hängen im Vatikan, aber ich gehe nach oben und rede mal mit ihm.«

»Caravaggio, natürlich. Bleib nicht zu lange«, fügte Su Ling hinzu. »Ich habe so viele Fragen an dich.«

»Ich bin sicher, Tom kann die meisten davon beantworten«, meinte Julia.

»Nein, ich will deine Version hören«, rief Su Ling, während Julia die Treppe hinaufging.

»Hast du Julia schon vor Ralph Elliot gewarnt?«, fragte Nat.

»Ja«, erwiderte Tom. »Sie sieht da keine Probleme. Warum sollte Elliot auch auf die Idee kommen, dass es zwei Julia Kirkbridges gab? Vergiss nicht, die erste war nur wenige Tage bei uns, und man hat seitdem nie wieder etwas von ihr gehört, wohingegen Julia jetzt schon zwei Jahre immer mal wieder hier ist. Alle kennen sie.«

»Aber es ist nicht ihre Unterschrift auf dem Originalscheck.«

»Warum sollte das ein Problem sein?«, fragte Tom.

»Nachdem die Bank die 3,6 Millionen Dollar gezahlt hatte, verlangte der Stadtrat den Scheck zurück.«

»Dann steckt er jetzt in irgendeiner Akte. Selbst wenn Elliot auf ihn stoßen sollte, warum sollte er Verdacht schöpfen?«

»Weil er wie ein Krimineller denkt. Keiner von uns denkt wie er.« Nat schwieg. »Zur Hölle damit, bevor Su Ling und Julia zurückkommen, wollte ich dich fragen, ob ich es mit einem neuen Vorstandsmitglied zu tun bekomme? Oder hat Julia beschlossen, sich in Hartford niederzulassen und Teller zu spülen?«

»Weder noch«, erwiderte Tom. »Sie hat beschlossen, das Übernahmeangebot von diesem Trump anzunehmen, der es schon seit einiger Zeit auf ihre Firma abgesehen hat.«

»Hat sie einen guten Preis erzielt?«

»Ich dachte, das wird ein entspannter Abend, an dem wir feiern …?«

»Hat sie einen guten Preis erzielt?«, wiederholte Nat.

»Fünfzehn Millionen in bar und weitere fünfzehn Millionen in Trump-Aktien.«

»Das ist ein Kurs-Gewinn-Verhältnis von ungefähr sechzehn Prozent. Nicht schlecht«, sagte Nat. »Obwohl Trump offensichtlich an das Potenzial des Cedar-Wood-Projekts glaubt. Hat sie vor, in Hartford eine Immobilienfirma zu eröffnen?«

»Nein. Ich denke, sie sollte dir selbst sagen, was sie im Sinn hat«, erwiderte Tom, als Su Ling aus der Küche kam.

»Warum bitten wir Julia nicht in unseren Vorstand?«, fragte Nat. »Und übertragen ihr die Verantwortung für unseren Immobilienbereich. Das würde mir mehr Freiraum geben, mich um die Bankgeschäfte zu kümmern.«

»Du wirst feststellen, dass sie sich das schon vor sechs Monaten überlegt hat«, sagte Tom.

»Hast du ihr zufällig einen Direktorenposten angeboten, falls sie sich einverstanden erklärt, dich zu heiraten?«, fragte Nat.

»Ja, habe ich, und sie hat abgelehnt. Aber jetzt, wo ich sie davon überzeugt habe, mich zu heiraten, überlasse ich es dir, sie von einem Vorstandsposten zu überzeugen. Ich habe allerdings das Gefühl, dass sie andere Pläne hat.«

37

Fletcher befand sich in der Senatskammer, wo sie heftig über subventioniertes Bauen diskutierten, als die Sitzung unterbrochen wurde. Er las gerade seine Notizen durch, da er als Nächstes an der Reihe war zu sprechen. Ein Streifenbeamter betrat den Sitzungssaal und reichte dem Vorsitzenden ein Blatt Papier, der es las, dann erneut las, mit dem Hämmerchen aufschlug und sich erhob. »Ich entschuldige mich bei meinem Kollegen für diese Unterbrechung, aber ein Bewaffneter hat an der Hartford Elementary eine Gruppe von Kindern als Geiseln genommen. Ich bin sicher, Senator Davenport wird uns nun verlassen müssen. Angesichts der Umstände halte ich eine Vertagung für angebracht.«

Fletcher war sofort auf den Beinen und hatte die Tür des Sitzungssaales schon erreicht, noch bevor der Vorsitzende die Sitzung für beendet erklärt hatte. Fletcher rannte den ganzen Weg in sein Büro und versuchte dabei zu denken. Die Schule lag mitten in seinem Wahlkreis, Lucy war dort Schülerin und Annie Leiterin des Elternbeirats. Er betete, dass Lucy nicht zu den Geiseln gehörte. Der gesamte Senat schien in Bewegung. Fletcher war erleichtert, als er Sally vor der Tür zu seinem Büro stehen sah, mit dem Diktatblock in der Hand. »Sagen Sie alle Termine für heute ab. Rufen Sie meine Frau an, und bitten Sie sie, mich in der Schule zu treffen. Und bleiben Sie bitte immer in der Nähe des Telefons.«

Fletcher schnappte sich seine Autoschlüssel und schloss sich dem Strom von Menschen an, der sich aus dem Gebäude ergoss. Als er vom Parkplatz fuhr, schoss ein Streifenwagen vor ihm vorbei. Fletcher presste den Fuß aufs Gaspedal und raste im Windschatten des Streifenwagens bis zur Schule. Die Schlange an Fahrzeugen wurde immer länger: Eltern, die ihren Nachwuchs abholen wollten, manche mit panischem Gesichtsausdruck, nachdem sie die Nachrichten im Autoradio gehört hatten, andere immer noch ahnungslos.

Fletcher behielt den Fuß auf dem Gas und blieb nur wenige Zentimeter von der hinteren Stoßstange des Streifenwagens entfernt, während dieser mit Blaulicht und Sirene auf der falschen Straßenseite entlangraste. Der Polizist auf dem Beifahrersitz forderte das nachfolgende Fahrzeug über Lautsprecher auf, sich zurückfallen zu lassen, aber Fletcher ignorierte die Anordnung, wohl wissend, dass der Streifenwagen nicht anhalten würde. Sieben Minuten später kamen beide Wagen mit quietschenden Bremsen an einer Polizeisperre vor der Schule zum Stehen, wo ein Pulk hysterischer Eltern Informationen verlangte. Der Polizist vom Beifahrersitz sprang aus dem Auto und rannte auf Fletcher zu, als dieser seine Tür zuschlug. Der Beamte zog seine Waffe und schrie: »Legen Sie die Hände aufs Wagendach.« Der Fahrer, der nur einen Meter hinter seinem Kollegen ankam, rief: »Tut uns leid, Senator, wir wussten nicht, dass Sie es sind.«

Fletcher rannte auf die Polizeisperre zu. »Wo finde ich den Polizeichef?«

»Er hat die Einsatzzentrale ins Büro des Direktors verlegt. Ich hole jemand, der Sie hinbringt, Senator.«

»Nicht nötig«, sagte Fletcher. »Ich kenne den Weg.«

»Aber Herr Senator …«, rief der Polizist, doch es war bereits zu spät.

Fletcher rannte den Weg zur Schule entlang, ohne sich der Soldaten bewusst zu sein, die das Gebäude umstellt hatten und deren Waffen alle in eine Richtung zielten. Er war überrascht, wie rasch die herumstehenden Menschen den Weg räumten, sobald sie ihn sahen. Eine merkwürdige Art, daran erinnert zu werden, dass er ihr gewählter Vertreter war.

»Wer zur Hölle ist das?«, rief der Polizeichef, als er eine einsame Gestalt auf das Gebäude zulaufen sah.

Schuldirektor Alan Shepherd blickt aus dem Fenster. »Das ist anscheinend Senator Davenport«, stellte er fest.

»Das hat mir gerade noch gefehlt«, meinte Don Culver. Einen Augenblick später kam Fletcher in den Raum gestürmt. Der Polizeichef sah vom Schreibtisch auf und versuchte seinen Das-hat-mir-gerade-noch-gefehlt-Blick zu kaschieren, als der Senator vor ihm stehen blieb.

»Guten Tag, Senator.«

»Guten Tag, Chief Culver«, erwiderte Fletcher, leicht außer Atem. Trotz Culvers skeptischer Miene, bewunderte Fletcher den dickbäuchigen, Zigarre rauchenden Polizeichef, der in dem Ruf stand, seine Truppe nicht immer ganz regelkonform zu führen.

Fletcher nickte Alan Shepherd zu und richtete seine Aufmerksamkeit dann wieder auf den Polizeichef. »Können Sie mich auf den neuesten Stand bringen?«, bat er keuchend.

»Wir haben einen einzelnen bewaffneten Mann da draußen. Sieht so aus, als ob er am helllichten Tag wenige Minuten vor Unterrichtsschluss einfach über den Hauptweg zur Schule spaziert ist.« Der Polizeichef drehte sich zu einem provisorischen Lageplan um, der an die Wand geheftet war, und wies auf ein kleines Rechteck, auf dem Kunsterziehung stand. »Es scheint keinen besonderen Grund zu geben, warum er sich ausgerechnet Miss Hudsons Klasse ausgesucht hat. Außer, dass es die erste Tür war, auf die er stieß.«

»Wie viele Kinder sind da drin?«, fragte Fletcher und sah den Direktor an.

»Einunddreißig«, erwiderte Alan Shepherd. »Und Lucy gehört nicht zu ihnen.«

Fletcher versuchte, sich seine Erleichterung nicht anmerken zu lassen. »Wissen wir irgendetwas über den Bewaffneten?«

»Nicht viel«, erläuterte der Polizeichef. »Aber jede Minute finden wir mehr über ihn heraus. Er heißt Billy Bates. Wir haben erfahren, dass ihn seine Frau vor etwa einem Monat verlassen hat, kurz nachdem er seinen Job als Nachtwächter bei Pearl's verloren hatte. Anscheinend wurde er etwas zu oft im Dienst beim Trinken erwischt. In den letzten Wochen wurde er mehrmals aus diversen Kneipen hinausgeworfen, und laut unseren Ermittlungen hat er sogar einmal eine Nacht in einer unserer Ausnüchterungszellen verbracht.«

»Guten Tag, Mrs. Davenport«, sagte der Direktor plötzlich und stand auf.

Fletcher drehte sich um und sah seine Frau. »Lucy ist nicht in Miss Hudsons Klasse«, waren seine ersten Worte.

»Ich weiß«, sagte Annie, »sie war bei mir, als ich deine Nachricht erhielt. Ich habe sie zu Martha gebracht und bin direkt hierhergefahren.«

»Kennen Sie Miss Hudson?«, wollte der Polizeichef wissen.

»Ich bin sicher, Alan hat Ihnen gesagt, dass jeder Mary

kennt. Sie ist eine Institution. Ich glaube, sie ist im Kollegium die Dienstälteste.« Der Direktor nickte. »Ich bezweifle, dass es eine Familie in Hartford gibt, in der nicht mindestens ein Mitglied von ihr unterrichtet worden ist.«

»Wie wird sie sich unter Druck Ihrer Meinung nach verhalten?«

»Wer weiß schon, wie jemand unter dieser Art von Druck reagiert«, antwortete Shepherd. »Aber ich zweifle nicht daran, dass sie für diese Kinder ihr Leben geben würde.«

»Das habe ich befürchtet«, sagte der Polizeichef. »Und es ist meine Aufgabe, dafür zu sorgen, dass sie das nicht muss.« Seine Zigarre war ausgegangen. »Ich habe das Hauptgebäude von einhundert Männern umstellen lassen. Und auf dem Nachbargebäude befindet sich ein Scharfschütze, der sagt, dass er Bates gelegentlich ins Visier bekommt.«

»Wahrscheinlich versuchen Sie zu verhandeln?«, warf Fletcher ein.

»Ja, es gibt ein Telefon in dem Klassenraum, und wir rufen alle paar Minuten an, aber Bates weigert sich dranzugehen. Außerdem haben wir Lautsprecher installiert, aber darauf reagiert er auch nicht.«

»Haben Sie schon daran gedacht, jemand reinzuschicken?«, fragte Fletcher. In diesem Moment klingelte das Telefon auf dem Schreibtisch des Direktors. Der Polizeichef drückte den Knopf für die Freisprechanlage.

»Wer ist da?«, bellte Culver.

»Die Sekretärin von Senator Davenport. Ich hatte gehofft …«

»Ja, Sally«, meldete sich Fletcher, »was ist?«

»Ich habe gerade in den Nachrichten gesehen, dass der Schütze Billy Bates heißen soll. Der Name kam mir bekannt vor, und wie sich herausstellte, haben wir eine Akte über ihn – er war bereits zwei Mal in Ihrer Bürgersprechstunde. Es ging ihm beide Male um die Waffenkontrolle, und er hat diesbezüglich offenbar sehr feste Ansichten. In Ihren Notizen haben Sie vermerkt: ›Beschränkungen nicht streng genug, Sicherung an Abzügen, Verkauf von Feuerwaffen an Minderjährige, Ausweiskontrolle‹.«

»Ich erinnere mich«, sagte Fletcher. »Intelligent, voller Ideen, aber ohne Schulbildung. Sehr gut, Sally.«

»Sind Sie sicher, dass er nicht einfach nur verrückt ist?«, hakte der Polizeichef nach.

»Ganz im Gegenteil«, meinte Fletcher. »Er ist nachdenklich, schüchtern, sogar scheu, und am meisten hat er sich darüber beklagt, dass ihm nie jemand zuhört. Manchmal hat so ein Mensch das Gefühl, dass er seinen Standpunkt nachdrücklich geltend machen muss, wenn alle anderen Versuche gescheitert sind. Und dass seine Frau ihn mitsamt den Kindern verlässt, als er gerade seinen Job verloren hat, könnte das Fass zum Überlaufen gebracht haben.«

»Dann muss ich ihn ausschalten«, erklärte der Polizeichef, »genau wie sie es mit diesem Typen in Tennessee gemacht haben, der all diese Finanzbeamten eingesperrt hatte.«

»Nein, der Fall liegt völlig anders«, widersprach Fletcher. »Der Mann war als Psychopath bekannt. Billy Bates ist nur ein einsamer Mensch, der Aufmerksamkeit sucht. Jemand, der regelmäßig zu mir kam.«

»Tja, meine Aufmerksamkeit ist ihm jetzt sicher, Senator«, erwiderte der Polizeichef.

»Das könnte genau der Grund sein, warum er zu derart drastischen Mitteln greift«, entgegnete Fletcher. »Warum lassen Sie mich nicht mit ihm sprechen?«

Der Polizeichef nahm zum ersten Mal seine Zigarre aus dem Mund. Jüngere Beamte hätten Fletcher warnen können, dass es jetzt ernst wurde.

»Na gut, aber ich möchte, dass Sie ihn nur dazu bringen, ans Telefon zu gehen, dann übernehme ich die Verhandlungen. Ist das klar?« Fletcher nickte zustimmend. Der Polizeichef wandte sich an seinen Stellvertreter und fügte hinzu: »Dale, sag ihnen, dass der Senator und ich jetzt rausgehen, sie sollen sich zurückhalten.« Der Polizeichef nahm das Megafon zur Hand. »Dann mal los, Herr Senator.«

Als sie über den Flur gingen, fügte Chief Culver entschlossen hinzu: »Sie gehen nur ein paar Schritte vor die Tür. Und vergessen Sie nicht, Ihre Botschaft muss einfach sein. Ich will nur, dass er den Hörer abnimmt.«

Fletcher nickte. Der Polizeichef öffnete ihm die Tür, und Fletcher trat einige Schritte hinaus, dann blieb er stehen und hielt das Megafon hoch. »Billy, hier spricht Senator Davenport. Sie haben mich ein paar Mal besucht. Wir müssen mit Ihnen sprechen. Würden Sie bitte das Telefon auf Miss Hudsons Schreibtisch abnehmen?«

»Wiederholen Sie die Forderung«, bellte der Polizeichef.

»Billy, hier spricht Senator Davenport. Würden Sie bitte …«

Ein junger Beamter kam auf die offene Tür zugelaufen. »Er hat den Hörer abgenommen, Chief, aber er sagt, dass er nur mit dem Senator reden will.«

»Ich entscheide, mit wem er redet«, erklärte Culver. »Mir schreibt keiner was vor.« Er verschwand durch die Tür und rannte beinahe zum Büro des Direktors zurück. »Hier spricht Polizeichef Culver. Hören Sie zu, Bates, wenn Sie glauben …« Die Leitung war tot. »Verdammt«, fluchte der Polizeichef, als

Fletcher den Raum betrat. »Er hat einfach aufgelegt. Wir müssen es noch mal versuchen.«

»Vielleicht ist es ihm ernst damit, dass er nur mit mir reden will.«

Der Polizeichef nahm wieder seine Zigarre aus dem Mund. »Na gut, aber in dem Moment, wo Sie ihn beruhigt haben, geben Sie mir den Hörer.«

Kaum waren sie wieder auf dem Schulhof, meldete sich Fletcher erneut über Megafon. »Tut mir leid, Billy, können Sie noch einmal anrufen? Diesmal werde ich am anderen Ende der Leitung sein.« Fletcher begleitete Don Culver zurück zum Büro des Direktors. Billy wartete bereits in der Leitung.

»Der Senator kommt soeben in den Raum«, versicherte ihm der Direktor.

»Ich bin hier, Billy. Hier ist Fletcher Davenport.«

»Senator, bevor Sie was sagen: Ich rühr mich nicht von der Stelle, solange der Polizeichef all diese Schützen auf mich zielen lässt. Sagen Sie ihm, er soll sie zurückpfeifen, wenn er keine Toten haben will.«

Fletcher sah Culver an, der seine Zigarre wieder aus dem Mund nahm, bevor er nickte.

»Der Polizeichef hat dem zugestimmt«, bestätigte Fletcher.

»Ich rufe wieder an, wenn ich keinen von denen mehr sehe.«

»Also gut«, erklärte der Polizeichef. »Sagen Sie allen, sie sollen sich zurückziehen. Mit Ausnahme des Scharfschützen auf dem Nordturm. Den kann Bates unmöglich gesehen haben.«

»Und was geschieht als Nächstes?«, fragte Fletcher.

»Wir warten darauf, dass sich der Mistkerl wieder rührt.«

Nat beantwortete gerade eine Frage bezüglich freiwilliger Abfindungen, als seine Sekretärin in den Sitzungssaal des Vorstandes gelaufen kam. Allen war klar, dass es sich um etwas Wichtiges handeln musste, da Linda noch nie zuvor in eine Vorstandssitzung geplatzt war. Nat verstummte sofort, als er den besorgten Ausdruck auf ihrem Gesicht sah.

»Ein Bewaffneter ist in die Hartford Elementary eingedrungen …« Nat wurde eiskalt. »… und hat die Klasse von Miss Hudson als Geiseln genommen.«

»Ist Luke …«

»Ja«, erwiderte sie. »Lukes letzte Stunde am Freitag ist immer Kunsterziehung bei Miss Hudson.«

Schwankend erhob sich Nat von seinem Stuhl und ging zur Tür. Die übrigen Vorstandsmitglieder schwiegen. »Mrs. Cartwright ist bereits auf dem Weg zur Schule.« Linda folgte ihm, als Nat den Raum verließ. »Sie bat mich, Ihnen auszurichten, dass sie dort auf Sie wartet.«

Nat nickte. Er stieß die Tür auf, die zur Tiefgarage führte. »Bleiben Sie am Telefon«, war das Letzte, was er zu Linda sagte, bevor er in den Wagen stieg. Als er die Rampe hoch in Richtung Main Street fuhr, zögerte er kurz, bevor er nach links abbog, anstatt wie sonst immer nach rechts.

Das Telefon klingelte. Der Polizeichef drückte auf die Freisprechanlage und wies mit dem Finger auf Fletcher.

»Sind Sie da, Senator?«

»Natürlich, Billy.«

»Sagen Sie dem Polizeichef, dass er die Fernsehcrews und die Presse durch die Absperrung lassen soll. So fühle ich mich sicherer.«

»He, jetzt hören Sie mal zu …«, rief der Polizeichef.

»Nein, Sie hören zu«, brüllte Billy. »Oder es gibt die erste Leiche auf dem Schulhof. Dann können Sie der Presse ja erklären, dass das nur passiert ist, weil man sie nicht reingelassen hat.« Die Verbindung brach ab.

»Sie sollten seiner Bitte besser entsprechen, Chief Culver«, riet Fletcher. »Sieht so aus, als ob er wild entschlossen wäre, sich Gehör zu verschaffen – so oder so.«

»Lasst die Presse durch«, sagte Culver und nickte einem seiner Deputys zu. Der Sergeant verließ rasch den Raum, aber es dauerte einige Minuten, bevor das Telefon erneut klingelte. Fletcher drückte die Lautsprechertaste.

»Ich höre, Billy.«

»Danke, Mr. Davenport. Sie sind ein Mann, der zu seinem Wort steht.«

»Was wollen Sie eigentlich?«, bellte der Polizeichef.

»Von Ihnen gar nichts. Ich ziehe es vor, weiter mit dem Senator zu verhandeln. Mr. Davenport, ich möchte, dass Sie zu mir kommen. Nur so habe ich eine Chance, meiner Sache Gehör zu verschaffen.«

»Das kann ich nicht zulassen«, erklärte der Polizeichef

»Ich denke nicht, dass Sie in dieser Sache etwas zu sagen haben, Chief Culver. Die Entscheidung liegt ganz allein beim Senator, aber das müssen Sie wahrscheinlich unter sich ausmachen. Ich rufe in zwei Minuten wieder an.« Die Leitung war wieder tot.

»Ich kann Sie nicht aufhalten«, meinte der Polizeichef. »Aber vielleicht kann Ihnen Mrs. Davenport die Konsequenzen klarmachen.«

»Ich will nicht, dass du dort reingehst«, flehte Annie.

»Ich frage mich, was du sagen würdest, wenn Lucy eines der Kinder wäre, das dort drin als Geisel gehalten wird?«

Annie wollte gerade etwas erwidern, als das Telefon erneut klingelte. »Sind Sie schon unterwegs, Senator, oder brauchen Sie erst eine Leiche als Entscheidungshilfe?«

»Nein, nein«, rief Fletcher. »Ich bin unterwegs.« Die Verbindung brach ab.

»Hören Sie jetzt genau zu«, verlangte der Polizeichef. »Ich kann Ihnen Deckung geben, solange Sie sich im Freien befinden, aber im Klassenzimmer sind Sie auf sich allein gestellt.« Fletcher nickte, dann nahm er Annie in den Arm und hielt sie mehrere Sekunden lang fest.

Der Polizeichef begleitete ihn durch den Flur. »Ich rufe alle fünf Minuten im Klassenzimmer an. Wenn Sie die Möglichkeit haben, mit mir zu reden, dann berichte ich Ihnen alles, was bei uns hier passiert. Wenn ich Ihnen eine Frage stelle, antworten Sie nur mit Ja oder Nein. Geben Sie Bates keine Hinweise auf das, was ich herauszufinden versuche.« Fletcher nickte. Als sie die Tür erreichten, nahm der Polizeichef seine Zigarre aus dem Mund. »Ich nehme Ihr Jackett, Senator.« Fletcher wirkte erstaunt. »Da Sie keine Waffe tragen, sollten wir Bates auch keine Veranlassung zu der Annahme geben, dass Sie doch eine bei sich haben.« Fletcher lächelte, als Culver ihm die Tür aufhielt. »Ich habe letztes Mal nicht für Sie gestimmt, Senator. Aber wenn Sie das hier lebend überstehen, überleg ich's mir nächstes Mal vielleicht anders. Tut mir leid«, fügte er hinzu, »das ist nur mein verschrobener Sinn für Humor. Viel Glück!«

Fletcher trat auf den Schulhof und ging langsam über den Weg zu dem Gebäude mit den Klassenzimmern. Er konnte keine Scharfschützen mehr ausmachen, spürte jedoch, dass sie noch in der Nähe waren. Obwohl er die Fernsehcrews nicht sah, hörte er die Stimmen der Moderatoren, als er ins

Licht ihrer riesigen Scheinwerfer trat. Der Weg, der zu den Klassenzimmern führte, konnte nicht mehr als hundert Meter betragen, für Fletcher fühlte es sich aber an, als liefe er in gleißendem Sonnenlicht über ein meilenlanges Drahtseil.

Als er auf der anderen Seite des Schulhofes angelangt war, stieg er die vier Stufen zum Eingang empor. Er betrat einen dunklen, leeren Flur und wartete, bis sich seine Augen an das Halbdunkel gewöhnt hatten. Als er an eine Tür kam, auf der mit zehn verschiedenen Buntstiften die Worte Miss Hudson aufgemalt waren, klopfte er leise. Augenblicklich wurde die Tür aufgerissen. Fletcher trat ein und hörte, wie sich die Tür hinter ihm schloss. Er vernahm unterdrücktes Schluchzen und sah zu einer Gruppe Kinder, die sich in einer Ecke auf dem Boden drängten.

»Setzen Sie sich«, befahl Bates, der so nervös aussah, wie Fletcher sich fühlte. Fletcher quetschte sich in ein Schülerpult am Ende der ersten Reihe, das für einen Neunjährigen gebaut war. Er sah zu dem ungepflegten Mann auf, dessen schlecht sitzende Jeans zerrissen und schmutzig war. Ein Bierbauch hing über den Hosenbund, trotz der Tatsache, dass er nicht älter als vierzig sein konnte. Mit wachsamem Blick beobachtete Fletcher, wie Bates den Raum durchquerte und sich hinter Miss Hudson stellte, die an ihrem Tisch vor der Tafel saß. Bates hielt die Waffe in der rechten Hand, den linken Arm legte er um ihre Schulter.

»Was geht da draußen vor sich?«, verlangte er lautstark zu wissen. »Was hat der Polizeichef vor?«

»Er wartet, bis er wieder von mir hört«, erwiderte Fletcher mit ruhiger Stimme. »Alle fünf Minuten wird er anrufen. Er macht sich Sorgen um die Kinder. Sie haben alle da draußen davon überzeugt, dass Sie ein Killer sind.«

»Ich bin kein Killer«, erklärte Bates. »Das wissen Sie.«

»Mir ist das vielleicht klar«, meinte Fletcher, »aber die da draußen wären bestimmt überzeugter, wenn Sie die Kinder freilassen.«

»Wenn ich das mache, hab ich nichts mehr, womit ich verhandeln kann.«

»Sie haben mich«, erklärte Fletcher. »Wenn Sie ein Kind töten, Billy, werden sich alle ihr Leben lang daran erinnern. Wenn Sie einen Senator töten, ist das bis morgen schon vergessen.«

»Was immer ich auch mache, ich bin ein toter Mann.«

»Nicht, wenn wir gemeinsam vor die Kamera gehen.«

»Was würden wir ihnen sagen?«

»Dass Sie schon zwei Mal bei mir waren und einige vernünftige und denkbare Ideen zur Waffenkontrolle vorgelegt haben, doch niemand hat Ihnen Beachtung geschenkt. Tja, jetzt werden Ihnen alle zuhören müssen, denn Sie haben die Chance, zur besten Sendezeit mit Sandra Mitchell von den Nachrichten zu reden.«

»Sandra Mitchell? Ist sie da draußen?«

»Aber natürlich«, erwiderte Fletcher. »Und sie würde nur zu gern ein Interview mit Ihnen führen.«

»Glauben Sie wirklich, Sie hat Interesse an mir, Mr. Davenport?«

»Sie ist nicht den ganzen Weg hergekommen, um mit irgendwem anderen zu reden«, meinte Fletcher.

»Werden Sie mir dabei zur Seite stehen?«, fragte Bates.

»Na klar, Billy. Sie wissen doch, wie ich zur Waffenkontrolle stehe. Als wir uns das letzte Mal begegnet sind, sagten Sie mir, dass Sie alle meine Reden zu diesem Thema kennen.«

»Ja, das tue ich, und was hat es mir genützt?«, fragte Billy.

Er nahm den Arm von Mary Hudsons Schulter und ging langsam auf Fletcher zu, die Waffe direkt auf ihn gerichtet. »In Wirklichkeit wiederholen Sie doch nur die Worte, die der Polizeichef Ihnen aufgetragen hat.«

Fletcher griff an die Kanten des Pultdeckels und ließ Billy nicht aus den Augen. Wenn er es riskieren wollte, musste er ihn so nahe wie möglich an sich heranlocken. Er beugte sich leicht nach vorn, wobei er immer noch den Deckel des Pultes festhielt. Das Telefon neben Miss Hudson begann zu klingeln. Billy war jetzt nur noch einen Schritt entfernt, aber das Klingeln ließ ihn für den Bruchteil einer Sekunde den Kopf wenden. Das gab Fletcher die Chance, den Deckel des Pults in einer plötzlichen Bewegung hochzuklappen und ihn gegen Billys rechte Hand zu knallen. Der verlor kurzzeitig das Gleichgewicht, stolperte und ließ dabei die Waffe fallen. Sie sahen beide zu, wie sie über den Boden schlidderte und nur wenige Zentimeter von Miss Hudson entfernt zum Liegen kam. Die Kinder schrien auf, als Miss Hudson sich auf die Knie fallen ließ, die Waffe packte und sie direkt auf Billy richtete.

Billy richtete sich langsam auf und ging auf sie zu, während sie auf dem Boden kniete und die Waffe auf seine Brust richtete. »Sie werden doch nicht abdrücken wollen, oder, Miss Hudson?«

Mit jedem Schritt, den Billy auf sie zuging, zitterte Miss Hudson stärker. Billy war nur noch dreißig Zentimeter von ihr entfernt, als sie die Augen schloss und den Abzug drückte. Man hörte ein Klicken. Billy sah auf, lächelte und sagte: »Keine Kugeln, Miss Hudson. Ich wollte nie jemand töten. Ich wollte nur, dass man mir zur Abwechslung mal zuhört.«

Fletcher glitt hinter dem Pult hervor, rannte zur Tür und

riss sie auf. »Raus, raus«, brüllte er und machte mit der rechten Hand eine ausholende Bewegung in Richtung der entsetzten Kinder. Ein groß gewachsenes Mädchen mit langen Zöpfen stand auf, rannte auf die Tür zu und auf den Flur hinaus. Zwei weitere Kinder folgten dicht hinter ihr. Fletcher meinte, eine piepsende Stimme »Weiter, weiter!« rufen zu hören, während er die Tür aufhielt. Alle Kinder bis auf eines rannten auf ihn zu und verschwanden innerhalb weniger Augenblicke aus seinem Blickfeld. Fletcher starrte in die Ecke auf das einzige verbliebene Kind. Der Junge stand langsam auf und ging nach vorn zur Tafel. Er beugte sich nach unten, half Miss Hudson auf und führte sie zur Tür, ohne Billy dabei auch nur einmal anzuschauen. Als er die offene Tür erreichte, sagte er: »Danke, Senator«, und ging mit seiner Lehrerin auf den Flur.

Lauter Jubel brandete auf, als das groß gewachsene Mädchen mit den langen schwarzen Zöpfen durch die Schultür gerannt kam. Scheinwerfer richteten sich auf sie, und sie legte sich rasch eine Hand über die Augen, unfähig, die Menschen, die ihr zujubelten, zu sehen. Eine Mutter brach aus der Menge hervor, rannte über den Schulhof und schloss das Mädchen in die Arme. Zwei Jungen folgten dicht hinter der Kleinen. Nat legte einen Arm um Su Lings Schulter und hielt verzweifelt nach Luke Ausschau. Einige Augenblicke später kam eine größere Gruppe aus der Tür gerannt. Su Ling konnte die Tränen nicht mehr zurückhalten, als sie begriff, dass Luke nicht unter ihnen war.

»Es muss noch einer kommen«, hörte sie einen Journalisten von den Vorabendnachrichten rufen, »zusammen mit der Lehrerin.«

Su Lings Blick heftete sich auf die offene Tür. Sie beschrieb diese beiden Minuten später als die längsten ihres Lebens.

Noch größerer Jubel brandete auf, als Miss Hudson in der Tür erschien, Luke fest an der Hand. Su Ling sah zu ihrem Ehemann auf, der vergeblich versuchte, die Tränen zurückzuhalten.

»Was ist nur mit euch Cartwrights los«, sagte sie, »dass ihr immer die Letzten sein müsst?«

Fletcher blieb an der Tür stehen, bis er Miss Hudson nicht mehr sehen konnte. Dann schloss er sie bedächtig und nahm das immer noch klingelnde Telefon ab.

»Sind Sie das, Senator?«, wollte der Polizeichef wissen.

»Ja.«

»Alles in Ordnung? Wir dachten, wir hätten ein Krachen gehört, vielleicht sogar einen Schuss.«

»Nein, es geht mir gut. Sind alle Kinder in Sicherheit?«

»Ja, wir haben alle einunddreißig«, erklärte der Polizeichef.

»Einschließlich des letzten Jungen?«

»Ja, er ist gerade von seinen Eltern in Empfang genommen worden.«

»Und Miss Hudson?«

»Unterhält sich mit Sandra Mitchell von *Eyewitness News*. Sie erzählt jedem, Sie seien eine Art Held.«

»Ich nehme an, sie spricht von jemand anderem«, meinte Fletcher.

»Haben Sie und Bates vor, uns hier draußen irgendwann auch Gesellschaft zu leisten?«, fragte der Polizeichef.

»Geben Sie mir noch ein paar Minuten, Culver. Übrigens habe ich vereinbart, dass Billy auch mit Sandra Mitchell reden kann.«

»Wer hat die Waffe?«

»Ich«, sagte Fletcher. »Billy macht Ihnen keine Probleme mehr. Die Waffe war nicht einmal geladen.« Er legte auf.

»Sie wissen, dass die mich töten werden, nicht wahr, Senator?«

»Niemand wird Sie töten, Billy. Nicht, solange ich bei Ihnen bin.«

»Habe ich Ihr Wort, Mr. Davenport?«

»Sie haben mein Wort, Billy. Also gehen wir jetzt raus und stellen uns ihnen gemeinsam.«

Fletcher öffnete die Tür des Klassenzimmers. Er musste nicht nach einem Lichtschalter suchen, da vom Schulhof so viele Megawatt hereinstrahlten, dass er die Tür am Ende des Flurs deutlich sehen konnte.

Er und Billy gingen gemeinsam durch den Flur, ohne ein Wort zu wechseln. Sie erreichten die Tür, die zum Schulhof führte. Fletcher öffnete sie vorsichtig und trat ins Licht, begrüßt von weiterem gewaltigem Jubel der Menge. Aber er konnte ihre Gesichter nicht sehen.

»Alles in Ordnung, Billy«, sagte Fletcher und drehte sich um. Billy zögerte kurz, trat dann aber zaghaft nach vorn und stellte sich neben Fletcher. Langsam gingen sie den Weg entlang. Fletcher drehte sich um und sah, wie Billy lächelte. »Alles in Ordnung«, wiederholte Fletcher, genau in dem Moment, als Kugeln Billys Brust zerfetzten. Die schiere Wucht ihres Aufpralls warf Fletcher zur Seite.

Gleich darauf hievte er sich auf die Knie und beugte sich über Billy, aber es war zu spät. Er war bereits tot.

38

»Da kauft jemand unsere Aktien«, sagte Nat.

»Das will ich doch hoffen«, meinte Tom, »schließlich sind wir eine Aktiengesellschaft.«

»Nein, Herr Vorsitzender, ich will damit sagen, dass jemand auf aggressive Weise unsere Aktien aufkauft.«

»Zu welchem Zweck?«, wollte Julia wissen.

Nat legte seinen Stift aus der Hand. »Ich wette, um eine Übernahme einzuleiten.« Alle Vorstandsmitglieder redeten gleichzeitig, bis Tom auf den Tisch klopfte. »Wir wollen Nat erst einmal ausreden lassen.«

»Seit einigen Jahren verfolgen wir nun schon die Strategie, kleine angeschlagene Banken aufzukaufen und sie in unseren Geschäftsbereich aufzunehmen. Insgesamt gesehen hat sich das als lohnendes Unterfangen erwiesen. Sie wissen alle, dass meine Strategie langfristig darin besteht, Russell's zur größten Bank ihrer Art im gesamten Bundesstaat zu machen. Ich hatte allerdings nicht einkalkuliert, dass unser Erfolg uns wiederum für ein noch größeres Institut attraktiv machen würde.«

»Bist du wirklich davon überzeugt, dass wir übernommen werden sollen?«

»Allerdings, Julia«, erklärte Nat. »Und das ist zum Teil deine Schuld. Die jüngste Phase des Cedar-Wood-Projekts war ein dermaßen durchschlagender Erfolg, dass sich unsere Gewinne im letzten Jahr fast verdoppelt haben.«

»Wenn Nat recht hat«, warf Tom ein, »und vermutlich hat er das, stellt sich jetzt nur eine einzige Frage: Freuen wir uns über eine Übernahme, oder wollen wir uns dagegen zur Wehr setzen?«

»Ich kann nur für mich selbst sprechen, Herr Vorsitzender«, sagte Nat. »Ich bin noch keine vierzig und hatte keineswegs vor, in den Vorruhestand zu gehen. Ich behaupte, uns bleibt gar nichts anderes übrig, als uns zu wehren.«

»Dem stimme ich zu«, bekräftigte Julia. »Ich habe schon einmal eine Übernahme erlebt und will das nicht noch mal durchmachen. Unsere Aktionäre werden auch nicht wollen, dass wir klein beigeben.«

»Ganz zu schweigen von den früheren Vorstandsvorsitzenden«, sagte Tom und sah zu den Gemälden seines Vaters, Großvaters und Urgroßvaters auf, die von den Wänden auf ihn herunterschauten. »Ich denke nicht, dass wir darüber abstimmen müssen«, fuhr Tom fort. »Warum zeigst du uns nicht unsere Optionen auf, Nat?«

Der Geschäftsführer schlug einen der drei Ordner auf, die vor ihm auf dem Tisch lagen.

»Das Gesetz könnte diesbezüglich nicht deutlicher sein. Sobald eine Firma oder eine Person sechs Prozent der Zielgesellschaft besitzt, müssen sie das der Börsenaufsicht in Washington melden und innerhalb von achtundzwanzig Kalendertagen erklären, ob sie die Absicht haben, für den Rest der Aktien ein Übernahmeangebot zu unterbreiten. Und wenn ja, welchen Preis sie dafür zu zahlen bereit sind.«

»Falls jemand versucht, uns zu schlucken«, sagte Tom, »werden sie den gesetzlich vorgeschriebenen Monat nicht abwarten. Sobald sie sechs Prozent besitzen, werden sie noch am selben Tag ein Angebot abgeben.«

»Das sehe ich auch so, Herr Vorsitzender«, bestätigte Nat. »Aber bis dahin kann uns nichts davon abhalten, unsere eigenen Aktien zu kaufen, obwohl sie momentan ein wenig hoch notiert sind.«

»Wird das unseren Gegner nicht darauf aufmerksam machen, dass wir wissen, woher der Wind weht?«, fragte Julia.

»Schon möglich. Also müssen wir unsere Broker anweisen, unauffällig zu kaufen. Auf diese Weise finden wir schnell heraus, wer der große Käufer auf dem Markt ist.«

»Wie viele Anteile besitzen wir drei?«, wollte Julia wissen.

»Tom und ich halten jeweils zehn Prozent«, sagte Nat, »und du hast derzeit« – er sah auf einige Zahlen im zweiten Ordner – »etwas über drei Prozent.«

»Und wie viel habe ich noch auf dem Konto?«

Nat blätterte um. »Etwas über acht Millionen Dollar, ganz zu schweigen von deinen Trump-Anteilen, die du liquidiert hast, sobald eine große Nachfrage herrschte.«

»Ich könnte doch Soft Shares kaufen. Das können die Beutejäger nicht so ohne Weiteres nachverfolgen.«

»Besonders dann nicht, wenn du über Joe Stein in New York handelst«, sagte Tom. »Bitte ihn doch, uns mitzuteilen, ob seine Broker irgendeine Person oder Firma identifizieren können, die aggressiv aufkauft.« Julia machte sich Notizen.

»Als Nächstes müssen wir den härtesten Übernahmeanwalt in der Branche anheuern«, sagte Nat. »Ich habe mit Jimmy Gates gesprochen, der uns bei unseren früheren Übernahmegeschäften immer vertreten hat, aber der sagt, das übersteige seine Fähigkeiten. Er hat einen Typen aus New York namens« – er sah in den dritten Ordner – »Logan Fitzgerald empfohlen, der sich auf feindliche Übernahmen spezialisiert hat. Ich dachte, ich fahre noch vor dem Wochenende nach New York und eruiere, ob er uns vertreten will.«

»Gut«, sagte Tom. »Könnten wir in der Zwischenzeit noch etwas anderes tun?«

»Ja. Halte Augen und Ohren offen, Herr Vorsitzender. Ich muss so schnell wie möglich dahinterkommen, mit wem wir es zu tun haben.«

»Das tut mir wirklich sehr leid«, sagte Fletcher.

»Niemand trägt daran die Schuld«, meinte Jimmy. »Es läuft schon eine geraume Weile nicht gut, und als die UCLA Joanna angeboten hat, die dortige historische Fakultät zu leiten, war einfach eine endgültige Entscheidung fällig.«

»Wie nehmen es die Kinder auf?«

»Elizabeth verkraftet es ganz gut, und jetzt, wo Harry junior in Hotchkiss ist, scheinen beide erwachsen genug zu sein, um mit der Situation klarzukommen. Ehrlich gesagt, Harry gefällt die Vorstellung, seine Sommerferien in Kalifornien verbringen zu können.«

»Es tut mir leid«, wiederholte Fletcher.

»Heutzutage ist das wohl Standard«, meinte Jimmy. »Nicht mehr lange, dann seid Annie und du die Minderheit. Der Direktor hat mir erzählt, dass ungefähr dreißig Prozent der Kinder in Hotchkiss aus Scheidungsfamilien stammen. Weißt du noch, als wir damals dort waren, waren doch höchstens die Eltern von ein oder zwei Mitschülern geschieden.« Er schwieg kurz. »Das Gute ist, dass ich mehr Zeit habe, um dir bei deiner Wiederwahl zu helfen, wenn die Kinder den Sommer über in Kalifornien sind.«

»Mir wäre es lieber, wenn du stattdessen noch mit Joanna zusammen wärst«, sagte Fletcher.

»Hast du eine Ahnung, mit wem du es zu tun haben wirst?«, fragte Jimmy, der offensichtlich das Thema wechseln wollte.

»Nein«, erwiderte Fletcher. »Ich habe gehört, dass Barbara Hunter unbedingt noch einmal antreten will, aber die Republikaner scheinen sie nicht als Kandidatin haben zu wollen, wenn sie nur eine halbwegs annehmbare Alternative finden.«

»Es geht das Gerücht, dass Ralph Elliot über eine Kandidatur nachdenkt«, erzählte Jimmy. »Aber nach deinem Billy-Bates-Triumph glaube ich ehrlich gesagt, dass nicht mal der Erzengel Gabriel dir deinen Sitz im Senat streitig machen könnte.«

»Billy Bates war kein Triumph, Jimmy. Der Tod dieses Mannes verfolgt mich immer noch. Er könnte noch leben, wenn ich Chief Culver gegenüber entschiedener gewesen wäre.«

»Ich weiß, dass du es so siehst, Fletcher, aber die Öffentlichkeit denkt anders darüber. Deine letzte Wiederwahl hat das bewiesen. Sie erinnern sich nur daran, dass du dein Leben riskiert hast, um einunddreißig Kinder und ihre Lieblingslehrerin zu retten. Dad sagt, wenn du dich in jener Woche an den Präsidentschaftswahlen beteiligt hättest, würdest du jetzt im Weißen Haus sitzen.«

»Wie geht es dem alten Knaben?«, erkundigte sich Fletcher. »Ich habe ein bisschen ein schlechtes Gewissen, weil ich ihn in letzter Zeit nicht besuchen konnte.«

»Es geht ihm gut. Er denkt gern, er hielte immer noch alles und jeden am Laufen, auch wenn er nur deine Karriere plant.«

»In welchem Jahr soll ich seiner Meinung nach für das Präsidentschaftsamt kandidieren?«, fragte Fletcher grinsend.

»Das hängt davon ab, ob du vorher als Gouverneur kandidieren möchtest. Bis du vier Mal Amtszeiten als Senator hinter dir hast, wird Jim Lewsam gerade seine zweite Amtszeit beenden.«

»Vielleicht will ich ja gar nicht Gouverneur werden.«

»Und vielleicht ist der Papst ja gar kein Katholik.«

»Guten Morgen«, sagte Logan Fitzgerald und sah sich am Vorstandstisch um. »Und bevor Sie fragen«, fuhr er fort, »es ist Fairchild's.«

»Natürlich!«, rief Nat. »Verdammt, darauf hätte ich auch selbst kommen können. Wenn man darüber nachdenkt, sind sie die naheliegendsten Kandidaten. Fairchild's ist die größte Bank im Bundesstaat: einundsiebzig Filialen und so gut wie keine ernsthafte Konkurrenz.«

»Jemand im dortigen Vorstand hält uns aber wohl für ernsthafte Konkurrenz«, warf Tom ein.

»Also haben sie beschlossen, Sie zu eliminieren, bevor Sie auf den Gedanken kommen, es mit ihnen tun«, folgerte Logan.

»Ich kann es ihnen nicht vorwerfen«, meinte Nat. »Genau das würde ich an ihrer Stelle auch tun.«

»Außerdem kann ich Ihnen sagen, dass die Idee ursprünglich nicht von einem Vorstandsmitglied kam«, fuhr Logan fort. »Die offizielle Eingabe an die Börsenaufsicht wurde von einem Repräsentanten von Belman Wayland & Elliot unterzeichnet, und es liegt ja wohl auf der Hand, welcher der drei Partner seinen Namen auf die gestrichelte Linie gesetzt hat.«

»Das heißt, dass wir uns auf einen gnadenlosen Kampf einstellen müssen.«

»Stimmt«, bestätigte Logan. »Als Erstes müssen wir uns

im Zusammenzählen üben.« Er wandte sich an Julia. »Wie viele Anteile haben Sie in den letzten Tagen gekauft?«

»Weniger als ein Prozent«, erwiderte sie. »Irgendjemand da draußen treibt den Preis nach oben. Als ich gestern Abend meinen Broker anrief, hat er mir mitgeteilt, dass die Anteile zu Börsenschluss schon bei fünf Dollar zwanzig lagen.«

»Das ist weit über ihrem realistischen Wert«, sagte Nat. »Aber jetzt gibt's kein Zurück mehr für uns. Ich habe Logan heute Morgen hergebeten, damit er uns seine Einschätzung unserer Überlebenschancen geben kann. Er kann uns auch einen Abriss geben, was in den nächsten Wochen höchstwahrscheinlich passieren wird.«

»Herr Vorsitzender, ich werde Sie jetzt auf den Stand der Lage heute Morgen neun Uhr bringen«, fing Logan an. »Um eine Übernahme zu verhindern, muss Russell's fünfzig Komma ein Prozent der Bankanteile in ihrem Besitz haben beziehungsweise schriftlich deren Kauf zugesichert haben. Der Vorstand hält derzeit etwas über vierundzwanzig Prozent, und wir wissen, dass Fairchild's bereits mindestens sechs Prozent besitzt. Auf den ersten Blick scheint das zufriedenstellend. Doch Fairchild's bietet nun einundzwanzig Tage lang fünf Dollar zehn pro Aktie, und ich halte es für meine Pflicht, Sie darauf hinzuweisen, dass Sie allein um die zwanzig Millionen Dollar an Bargeld einnehmen würden, sollten Sie sich entschließen, Ihre Anteile jetzt zu verkaufen.«

»Wir haben diesbezüglich bereits eine Entscheidung getroffen«, erklärte Tom bestimmt.

»Gut. Dann haben Sie jetzt nur noch zwei Möglichkeiten. Sie können entweder ein höheres Angebot als die fünf Dollar zehn von Fairchild's unterbreiten. Aber bedenken Sie die Einschätzung Ihres Geschäftsführers, dass die Aktien schon damit weit über dem realistischen Wert liegen. Oder Sie können Kontakt zu all Ihren Aktionären aufnehmen und sie bitten, Ihre Anteile an Sie zu verkaufen.«

»Letzteres«, erklärte Nat ohne zu zögern.

»Ich habe erwartet, dass Sie so reagieren würden, Mr. Cartwright, und die Liste Ihrer Aktionäre sorgfältig geprüft – heute Morgen waren es 27 412. Die meisten halten kleine Mengen, tausend oder weniger Aktien. Doch fünf Prozent der Anteile verteilen sich auf drei Personen, zwei Witwen, die in Florida leben und jeweils zwei Prozent halten, sowie Senator Harry Gates, der ein Prozent der Anteile hält.«

»Wie ist das möglich?«, fragte Tom. »Man weiß doch, dass Harry Gates sein gesamtes öffentliches Leben lang von einem Senatorengehalt lebte.«

»Das hat er seinem Vater zu verdanken«, klärte Logan ihn auf. »Anscheinend war der ein Freund des Gründers dieser Bank, der ihm 1892 ein Prozent der Gesellschaft anbot. Er erwarb einhundert Aktien zu einhundert Dollar, und die Familie Gates hat die Anteile seit diesem Zeitpunkt behalten.«

»Was sind sie heute wert?«, fragte Tom

Nat gab ein paar Zahlen in seinen Taschenrechner ein. »Fast eine halbe Million. Und er weiß es wahrscheinlich nicht einmal.«

»Jimmy Gates, sein Sohn, ist ein alter Freund von mir«, sagte Logan. »Genauer gesagt verdanke ich ihm meinen gegenwärtigen Job. Und ich kann Ihnen versichern, sobald Jimmy herausfindet, dass Ralph Elliot etwas damit zu tun hat, werden diese Anteile sofort an uns überschrieben. Sollten Sie diese Anteile in die Hand bekommen und noch die beiden alten Damen in Florida auf Ihre Seite ziehen, kontrollieren Sie fast dreißig Prozent. Dann müssen Sie sich aber immer noch einundzwanzig Prozent sichern, bevor Sie sich entspannen können.«

»Aus meiner Erfahrung mit früheren Übernahmen weiß ich, dass mindestens fünf Prozent für keine der beiden Seiten erreichbar sein werden«, warf Nat ein. »Wegen Adressänderungen, Stiftungsvermögen und sogar Leuten wie Harry Gates, die ihre Portfolios nicht jedes Jahr überprüfen.«

»Dem kann ich nur zustimmen«, bestätigte Logan. »Ich werde mich aber erst entspannt zurücklehnen, wenn ich weiß, dass Sie über fünfzig Prozent kontrollieren.«

»Wie kriegen wir die zusätzlichen zwanzig Prozent in die Finger?«, wollte Tom wissen.

»Durch viele Stunden verdammt harter Arbeit«, räumte Logan ein. »Als Erstes müssen Sie einen persönlichen Brief an all Ihre Aktionäre schreiben, also knapp über 27 000. Ich habe dabei an folgenden Wortlaut gedacht.« Logan reichte Kopien eines Briefes an alle Vorstandsmitglieder weiter. »Sie sehen, dass ich mich auf die Stärken der Bank konzentriert habe, auf ihre lange Geschichte in der Gemeinde Hartford, auf ihr Wachstum, das größte eines Finanzinstituts in diesem Bundesstaat. Ich habe die Adressaten gefragt, ob sie wirklich wollen, dass am Ende eine einzige Bank das Monopol hält.«

»Ja«, sagte Nat. »Unsere.«

»Aber noch nicht«, meinte Logan. »Bevor wir uns auf diesen Brief verständigen, würde ich mich über Ihr Feedback freuen, schließlich muss er von Ihrem Vorstandsvorsitzenden beziehungsweise dem Geschäftsführer unterschrieben werden.«

»Das sind ja dann über 27 000 Unterschriften.«

»Ja, aber Sie können es untereinander aufteilen«, sagte

Logan mit einem Lächeln. »Ich würde so eine Herkulesaufgabe nicht vorschlagen, wenn ich nicht ziemlich sicher wäre, dass unsere Gegner einen maschinell gefertigten Rundbrief mit der Überschrift »Lieber Aktionär« verschicken werden – mit einer vorgedruckten Unterschrift über dem Namen ihres Vorsitzenden. Die persönliche Note könnte den Unterschied zwischen Überleben und Ausrottung ausmachen.«

»Kann ich irgendwie behilflich sein?«, fragte Julia.

»Aber sicher, Mrs. Russell«, erwiderte Logan. »Für Sie habe ich einen gänzlich anderen Brief aufgesetzt, den Sie an jede weibliche Aktionärin schicken sollten. Die meisten von ihnen sind entweder geschieden oder verwitwet und prüfen ihre Portfolios sicherlich nicht jedes Jahr. Es gibt beinahe viertausend dieser Investorinnen, sodass Sie das Wochenende über beschäftigt sein werden.« Er schob einen zweiten Brief über den Tisch. »Sie werden sehen, dass ich auf Ihre besondere Erfahrung als Firmenchefin Bezug genommen habe. Außerdem habe ich erwähnt, dass Sie seit sieben Jahren Vorstandsmitglied bei Russell's sind.«

»Noch etwas?«, fragte Julia.

»Ja«, sagte Logan und reichte ihr zwei weitere Blätter. »Ich möchte, dass Sie die beiden Witwen in Florida besuchen.«

»Ich könnte Anfang nächster Woche«, meinte Julia mit Blick in ihren Terminkalender.

»Nein«, erklärte Logan bestimmt. »Rufen Sie sie noch heute Vormittag an, und fliegen Sie gleich morgen hin. Sie können sicher sein, dass Ralph Elliot ihnen schon einen Besuch abgestattet hat.«

Julia nickte und ging ihre Akten durch, um zu sehen, was man über Mrs. Bloom und Mrs. Hargaten wusste.

»Zu guter Letzt«, fuhr Logan fort, »müssen Sie, Nat, sich

auf eine ziemlich aggressive Medienkampagne einstellen. Mit anderen Worten: Wuchern Sie mit all Ihren Pfunden.«

»An was denken Sie da?«, fragte Nat.

»Junge von hier, der es geschafft hat. Vietnamheld. Harvardabschluss. Kehrte nach Hartford zurück, um mit seinem besten Freund eine Bank aufzubauen. Bringen Sie sogar Ihre Erfahrung im Querfeldeinlauf ins Spiel – die Nation erlebt momentan eine wahre Joggingmanie, und ein oder zwei Aktionäre könnten durchaus davon befallen sein. Und falls eine Zeitschrift Sie interviewen will, sei es *Der fröhliche Radfahrer* oder *Stricken leicht gemacht*, sagen Sie einfach Ja.«

»Und mit wem muss ich es aufnehmen?«, fragte Nat. »Mit dem Vorstandsvorsitzenden von Fairchild's?«

»Nein, das glaube ich nicht«, sagte Logan. »Murray Goldblatz ist ein gerissener Bankier, aber sie werden nicht riskieren, ihn ins Fernsehen zu bringen.«

»Warum nicht?«, fragte Tom. »Er ist seit über zwanzig Jahren Vorstandsvorsitzender von Fairchild's und gehört zu den angesehensten Finanzmännern der Branche.«

»Da gebe ich Ihnen recht, Herr Vorsitzender«, sagte Logan. »Aber vergessen Sie nicht, dass er vor zwei Jahren einen Herzinfarkt hatte, und noch schlimmer: Er stottert. Ihnen mag das nichts ausmachen, weil Sie sich mit den Jahren daran gewöhnt haben, aber wenn er im Fernsehen auftritt, wird ihn die Öffentlichkeit nur dieses eine Mal sehen. Er mag ja der angesehenste Bankier im ganzen Land sein, aber Stottern steht für Nervosität. Unfair, aber Sie können sicher sein, dass Ihre Gegner das einkalkuliert haben.«

»Dann wird wohl Wesley Jackson mein Gegenspieler werden«, sinnierte Nat. »Er ist der wortgewandteste Bankier, mit dem ich es je zu tun hatte. Ich habe ihm sogar einmal einen Sitz in unserem Vorstand angeboten.«

»Kann sein«, sagte Logan, »aber Jackson ist schwarz.«

»Wir schreiben das Jahr 1988«, entgegnete Nat erzürnt.

»Das ist mir bewusst«, sagte Logan, »aber weit über neunzig Prozent Ihrer Aktionäre sind weiß, und auch das werden Ihre Gegner ins Kalkül gezogen haben.«

»Was glauben Sie dann, wen sie aufstellen werden?«, fragte Nat.

»Ich habe nicht den geringsten Zweifel, dass Sie gegen Ralph Elliot antreten müssen.«

»Dann haben die Republikaner also doch Barbara Hunter gebilligt«, sagte Fletcher.

»Nur, weil sonst niemand gegen dich antreten wollte«, erwiderte Jimmy. »Sobald ihnen klar war, dass du in den Umfragen mit neun Punkten vorn liegst.«

»Ich habe gehört, sie hätten Ralph Elliot förmlich angefleht, in den Ring zu steigen, aber er meinte, er hätte mit der Übernahme von Russell's mehr als genug am Hals.«

»Eine gute Ausrede«, sagte Jimmy. »Aber er hätte seinen Namen nie und nimmer ins Spiel gebracht, wenn er nicht absolut sicher gewesen wäre, dich schlagen zu können. Hast du ihn gestern Abend im Fernsehen gesehen?«

»Ja.« Fletcher seufzte. »Und wenn ich es nicht besser wüsste, wäre ich auf sein ›Sichern Sie sich Ihre Zukunft, indem Sie zu der größten, zuverlässigsten und angesehensten Bank im Staat wechseln‹ glatt reingefallen. Er hat nichts von seinem alten Charisma verloren. Hoffentlich hat sich dein Vater keinen Bären aufbinden lassen.«

»Nein. Harry hat seine Anteile bereits Tom Russell überschrieben und fordert alle anderen auf, das Gleiche zu tun. Allerdings war er schockiert, als ich ihm sagte, wie viel seine Aktien mittlerweile wert waren.«

Fletcher lachte.

»Ich habe in der Finanzpresse gelesen, dass beide Seiten jetzt so um die vierzig Prozent halten«, fuhr Jimmy fort. »Und die Angebote dürfen nur noch eine Woche lang abgegeben werden.«

»Ja, das wird knapp. Ich kann nur hoffen, dass Tom Russell weiß, wie schmutzig es werden wird, wenn Ralph Elliot seine Finger im Spiel hat«, sagte Fletcher.

»Wann wurde das verschickt?«, fragte Nat, während der Rest des Vorstands den neuesten Rundbrief las, den Fairchild's allen Aktionären hatte zusenden lassen.

»Der Brief trägt das gestrige Datum«, berichtete Logan. »Das bedeutet, wir haben noch drei Tage, um darauf zu reagieren, aber ich fürchte, der Schaden ist bereits angerichtet.«

»Nicht einmal ich hätte geglaubt, dass Elliot so tief sinken könnte«, sagte Tom, während er den Brief las, den Murray Goldblatz unterschrieben hatte.

Dinge, die Sie über Nathaniel Cartwright, den Geschäftsführer von Russell's, noch nicht wussten:

- Mr. Cartwright ist weder in Hartford geboren noch hier aufgewachsen.
- Er wurde von Yale abgelehnt, nachdem er bei der Aufnahmeprüfung betrogen hatte.
- Er verließ die University of Connecticut ohne Abschluss, nachdem er die Wahl zum Studentenvertreter verloren hatte.

- Er wurde von J. P. Morgan gefeuert, nachdem er der Bank einen Verlust von 500 000 Dollar eingefahren hatte.
- Er ist mit einer Koreanerin verheiratet, deren Familie im Koreakrieg gegen die USA kämpfte.
- Nach seinem Rauswurf bei Morgan konnte er nur bei einem alten Schulfreund Arbeit finden, der zufällig Vorstandsvorsitzender von Russell's war.

Überschreiben Sie Ihre Aktien an Fairchild's: Sorgen Sie dafür, dass ihre Zukunft sicher ist!

»Ich schlage vor, dass wir den folgenden Brief noch heute per Express rausschicken«, sagte Logan. »Dann hat Fairchild's keine Zeit mehr, darauf zu antworten.« Er reichte den Vorstandsmitgliedern eine Kopie.

Dinge, die Sie über Nathaniel Cartwright, den Geschäftsführer von Russell's, wissen sollten:

- Nat ist in Connecticut geboren und aufgewachsen.
- Er wurde in Vietnam mit der Tapferkeitsmedaille ausgezeichnet.
- Er hat einen Abschluss von Harvard (summa cum laude) und hat die Harvard Business School besucht.
- Er kündigte bei J. P. Morgan, nachdem er der Bank einen Gewinn von über einer Million Dollar gesichert hatte.
- In den neun Jahren, die er als Geschäftsführer bei Russell's tätig ist, hat er die Gewinne der Bank vervierfacht.
- Seine Ehefrau ist Professorin für Statistik an der UConn. und ihr Vater war Master Sergeant bei den US-Marines.

Bleiben Sie bei Russell's: der Bank, der Sie wichtig sind und der Ihr Geld wichtig ist!

»Soll ich es sofort losschicken?«, fragte Logan.

»Nein.« Nat zerriss die Kopie. Eine Weile sagte er nichts. »Es braucht einiges, bis ich wütend werde, aber jetzt würde ich Ralph Elliot am liebsten den Todesstoß versetzen. Also hört mir gut zu.«

Zwanzig Minuten später wagte es Tom, einen ersten Kommentar abzugeben. »Das ist ein höllisch großes Risiko.«

»Wieso?«, fragte Nat. »Wenn die Strategie scheitert, sind wir alle Multimillionäre. Und wenn sie aufgeht, kontrollieren wir die größte Bank im Land.«

»Dad ist stinksauer auf dich«, sagte Jimmy.

»Warum denn?«, fragte Fletcher. »Ich habe doch gewonnen.«

»Das ist ja das Problem. Du hast mit über zwölftausend Stimmen gewonnen, und das war taktlos von dir.« Jimmy sah zu, wie Harry junior den Ball übers Spielfeld jagte. »Vergiss nicht, dass er in achtundzwanzig Jahren nur einmal elftausend Stimmen Vorsprung zustande brachte, und das war damals, als Barry Goldwater Präsidentschaftskandidat war.«

»Danke für die Warnung«, sagte Fletcher. »Vermutlich sollte ich die nächsten paar Sonntage lieber nicht zum Mittagessen kommen.«

»Doch, du musst. Jetzt bist du dran, dir erzählen zu lassen, wie er über Nacht eine Million verdient hat.«

»Stimmt, Annie hat mich schon gewarnt, dass er seine Anteile an Russell's verkauft hat. Dabei dachte ich, er hätte sich geschworen, sie um keinen Preis an Fairchild's zu verkaufen?«

»Hat er auch, und er hätte sich auch daran gehalten, aber am Tag vor dem letzten Angebot, als die Aktien ein absolutes Hoch von sieben Dollar zehn erreicht hatten, bekam er einen

Anruf von Tom Russell, der ihm riet zu verkaufen. Er hat sogar vorgeschlagen, mit Ralph Elliot direkt in Verbindung zu treten, damit der Deal auch zügig über die Bühne geht.«

»Die haben doch etwas vor«, mutmaßte Fletcher. »Unter keinen Umständen hätte Tom Russell deinem Vater geraten, sich mit Ralph Elliot einzulassen.« Jimmy sagte nichts. »Dürfen wir also davon ausgehen, dass Fairchild's über fünfzig Prozent an Russel's hält?«

»Die Frage habe ich Logan auch gestellt, aber er meinte, aufgrund der Verschwiegenheitspflicht gegenüber seinem Mandanten könne er vor Montag nichts sagen, wenn die offiziellen Zahlen von der Börsenaufsicht bekannt gegeben werden. Aua!«, sagte Jimmy plötzlich. »Hast du gesehen, was dieser Taft-Junge gerade mit Harry junior angestellt hat? Er kann von Glück sagen, dass Joanna nicht hier ist, ansonsten wäre sie aufs Spielfeld gerannt und hätte ihm eine Abreibung verpasst.«

»Wer ist dafür?«, fragte der Vorstandsvorsitzende.

Alle Hände um den Tisch gingen in die Höhe, obwohl Julia kurz zu zögern schien. »Dann ist es einstimmig«, erklärte Tom und wandte sich an Nat. »Vielleicht solltest du uns erklären, was als Nächstes passiert.«

»Aber natürlich, Herr Vorsitzender«, sagte Nat. »Um zehn Uhr heute Morgen wird die Börsenaufsicht bekannt geben, dass es Fairchild's nicht gelungen ist, die Kontrolle über Russell's zu erlangen.«

»Wie viel Prozent werden sie wohl haben?«, fragte Julia.

»Am Samstag um Mitternacht hatten sie 47,89 Prozent, und bis Sonntag haben sie vielleicht noch ein paar Aktien dazubekommen, aber das bezweifle ich.«

»Und der Preis?«

»Bei Börsenschluss am Freitag lagen die Aktien bei sieben Dollar zweiunddreißig«, erläuterte Logan, »aber nach der Bekanntgabe von heute Morgen werden alle Kaufzusagen automatisch freigestellt, und Fairchild's kann für mindestens achtundzwanzig Tage keine weiteren Gebote abgeben.«

»Und gleich darauf werde ich eine Million Russell's-Aktien auf den Markt werfen«, sagte Nat.

»Warum willst du das tun?«, fragte Julia. »Unsere Aktien werden doch ganz sicher in den Keller gehen.«

»Genau das werden die Aktien von Fairchild's auch, denn sie besitzen fast fünfzig Prozent von uns«, erklärte Nat. »Und können achtundzwanzig Tage lange nichts daran ändern.«

»Nichts?«, wiederholte Julia.

»Nichts«, bestätigte Logan.

»Wenn wir dann das zusätzliche Bargeld nutzen, um Fairchild's-Aktien zu kaufen, sobald diese fallen …«

»Sie müssen natürlich in dem Augenblick, in dem Sie sechs Prozent haben, die Börsenaufsicht informieren«, sagte Logan. »Und ihnen mitteilen, dass Sie die Absicht haben, ein Übernahmeangebot für Fairchild's abzugeben.«

»Gut«, sagte Nat, zog das Telefon zu sich und wählte eine zehnstellige Nummer. Niemand sprach, während der Geschäftsführer wartete, dass sich jemand meldete. »Hallo Joe, hier ist Nat. Wir gehen vor wie geplant. Ich möchte, dass du exakt eine Minute nach zehn eine Million unserer Aktien auf den Markt wirfst.«

»Dir ist klar, dass der Preis absacken wird?«, fragte Joe. »Damit machst du alle zu Verkäufern.«

»Ich hoffe, dass du recht behältst, Joe, denn genau dann möchte ich, dass du Fairchild's-Aktien aufkaufst, aber erst, wenn du glaubst, dass sie ihren Tiefststand erreicht haben. Und hör nicht damit auf, bis du fünf Komma neun Prozent erworben hast.«

»Verstanden«, sagte Joe.

»Ach, Joe, sorge dafür, dass du Tag und Nacht erreichbar bist, denn in den nächsten vier Wochen wirst du nicht viel Schlaf kriegen«, sagte Nat noch, bevor er auflegte.

»Verstoßen wir damit auch bestimmt nicht gegen das Gesetz?«, fragte Julia.

»Bestimmt nicht«, versicherte Logan. »Aber wenn wir das durchziehen, wette ich, dass der Kongress die Gesetzgebung bezüglich feindlicher Übernahmen in naher Zukunft wird ändern müssen.«

»Und hältst du das, was wir tun, für moralisch korrekt?«, wollte Julia wissen.

»Nein«, sagte Nat, »und es wäre mir auch nie in den Sinn gekommen, wenn wir es hier nicht mit Ralph Elliot zu tun hätten.« Er schwieg. »Ich habe euch gewarnt, dass ich ihm den Todesstoß versetzen würde. Ich habe euch nur nicht gesagt, wie.«

39

»Sie haben den Vorstandsvorsitzenden von Fairchild's auf Leitung eins, Joe Stein auf Leitung zwei und Ihre Frau auf Leitung drei.«

»Ich nehme den Vorstandsvorsitzenden von Fairchild's. Bitten Sie Joe Stein, in der Leitung zu bleiben, und sagen Sie Su Ling, dass ich sie zurückrufe.«

»Ihre Frau sagt, es sei dringend.«

»Ich rufe Sie in ein paar Minuten zurück.«

»Ich stelle Mr. Goldblatz durch.«

Nat hätte gern ein paar Minuten gehabt, um sich zu sammeln, bevor er mit dem Vorstandsvorsitzenden von Fairchild's sprach. Vielleicht hätte er seiner Sekretärin sagen sollen, dass er ihn zurückrufen würde. Allein schon die Frage, wie er ihn anreden sollte: Mr. Goldblatz, Herr Vorsitzender oder Sir? Schließlich war er bereits Vorstandsvorsitzender von Fairchild's Bank gewesen, als Nat an der Harvard Business School noch Fallstudien zum Bankenwesen gebüffelt hatte.

»Guten Morgen, Mr. Cartwright.«

»Guten Morgen, Mr. Goldblatz. Was kann ich für Sie tun?«

»Ich habe mich gefragt, ob wir uns vielleicht einmal treffen könnten.« Nat zögerte, weil er nicht wusste, was er darauf antworten sollte. »Und ich denke, es wäre vernünftig, wenn es ein Gespräch unter vier Augen bliebe«, fügte Goldblatz hinzu. »Nu… nu… nur wir zwei.«

»Ja, ich bin sicher, das lässt sich einrichten«, meinte Nat. »Aber es müsste irgendwo sein, wo uns niemand kennt.«

»Dürfte ich die St.-Joseph-Kathedrale vorschlagen?«, sagte Mr. Goldblatz. »Ich denke nicht, dass mich dort jemand erkennt.«

Nat lachte. »An welchen Termin hatten Sie gedacht?«, fragte er.

»Sollen wir sagen, heute Nachmittag um fünfzehn Uhr? Ich kann mir nicht vorstellen, dass an einem Montagnachmittag viele Menschen in der Kirche sein werden.«

»St. Joseph, fünfzehn Uhr. Bis dann, Mr. Goldblatz.« Kaum hatte Nat aufgelegt, als es erneut klingelte.

»Joe Stein«, meldete Linda.

»Joe, was gibt's Neues?«

»Ich habe gerade für weitere einhunderttausend Dollar Fairchild's-Aktien gekauft, damit hast du jetzt neunundzwanzig Prozent. Sie liegen derzeit bei zwei Dollar neunzig, das ist weniger als die Hälfte dessen, was sie schon mal hatten. Aber du hast ein Problem.«

»Und welches?«

»Wenn du nicht bis Freitag nächster Woche fünfzig Prozent hältst, hast du exakt dasselbe Problem wie Fairchild's vor zwei Wochen. Darum hoffe ich, dass du weißt, wie dein nächster Schritt aussehen soll.«

»Das könnte sich nach einem Treffen klären, das ich heute Nachmittag um drei habe«, sagte Nat.

»Klingt interessant«, meinte Joe.

»Das könnte es durchaus werden, aber im Moment kann ich nicht mehr darüber sagen, weil ich selbst nicht genau weiß, worum es eigentlich geht.«

»Was soll ich in der Zwischenzeit tun?«

»Kauf bis Geschäftsschluss heute Abend weiter jede Fairchild's-Aktie, die du kriegen kannst. Wir sprechen uns morgen früh wieder, kurz bevor die Börse öffnet.«

»Verstanden«, sagte Joe. »Dann lasse ich dir jetzt besser deine Ruhe und mische mich wieder unter die Broker.«

Nat seufzte tief und überlegte, weswegen Murray Goldblatz sich mit ihm treffen wollte. Erneut griff er zum Hörer. »Linda, holen Sie mir Logan Fitzgerald an den Apparat – er wird unter seiner New Yorker Nummer erreichbar sein.«

»Ihre Frau hat betont, dass es dringend wäre, und sie hat noch einmal angerufen, als Sie mit Mr. Stein sprachen.«

»Gut. Ich rufe sie an, während Sie Logan ausfindig machen.«

Nat wählte seine Privatnummer und trommelte mit den Fingern auf die Schreibtischplatte, während er weiter über Murray Goldblatz und dessen Absichten nachdachte. Su Lings Stimme unterbrach seine Gedanken.

»Tut mir leid, dass ich nicht sofort zurückgerufen habe«, sagte Nat, »aber Murray …«

»Luke ist von der Schule weggelaufen«, unterbrach ihn Su Ling. »Seit gestern Abend hat ihn niemand mehr gesehen.«

»Sie haben den Parteivorsitzenden der Demokraten auf Leitung eins, Mr. Gates auf Leitung zwei und Ihre Frau auf Leitung drei.«

»Ich spreche zuerst mit dem Parteivorsitzenden. Bitten Sie Jimmy, in der Leitung zu bleiben, und sagen Sie Annie, dass ich gleich zurückrufe.«

»Sie sagt, es ist dringend.«

»Sagen Sie ihr, es dauert nur ein paar Minuten.«

Fletcher hätte gern etwas Zeit gehabt, um sich zu sammeln.

Er war dem Parteivorsitzenden erst zwei Mal begegnet, einmal im Flur bei einer landesweiten Konferenz und einmal auf einer Cocktailparty in Washington. Er bezweifelte, dass Mr. Brubaker sich an diese beiden Begegnungen erinnerte. Mr. Brubaker, Alan oder gar Sir? Schließlich war er schon Parteivorsitzender gewesen, als Fletcher gerade zum ersten Mal für den Senat kandidierte.

»Guten Morgen, Fletcher. Hier spricht Al Brubaker.«

»Guten Morgen, Herr Parteivorsitzender. Wie schön, von Ihnen zu hören. Was kann ich für Sie tun?«

»Ich muss mit Ihnen unter vier Augen sprechen, Fletcher, und ich habe mich gefragt, ob Sie und Ihre Frau nach Washington kommen und mit mir und Jenny zu Abend essen könnten.«

»Sehr gern«, sagte Fletcher. »An welchen Termin haben Sie dabei gedacht?«

»Wie wäre es am Achtzehnten? Das ist nächsten Freitag.«

Fletcher ging rasch die Seiten seines Terminkalenders durch. Er hatte mittags eine Parteisitzung, der er als stellvertretender Leiter nicht fernbleiben konnte, aber für den Abend war noch nichts eingetragen. »Um wie viel Uhr sollen wir kommen?«

»Wäre Ihnen zwanzig Uhr recht?«, fragte Brubaker.

»Ja, das passt gut, Herr Vorsitzender.«

»Gut, dann also um zwanzig Uhr am Achtzehnten. Ich wohne in Georgetown, 3038 N Street.«

Fletcher trug es in den freien Platz unter der Parteisitzung ein. »Ich freue mich schon darauf, Herr Vorsitzender.«

»Ich mich auch«, erwiderte Brubaker. »Ach, Fletcher, es wäre mir lieber, wenn Sie niemandem davon erzählen.«

Fletcher legte den Hörer auf. Es würde knapp werden,

vielleicht musste er die Parteisitzung sogar vorzeitig verlassen. Die Sprechanlage summte erneut.

»Mr. Gates«, meldete Sally.

»Hallo, Jimmy, was kann ich für dich tun?«, fragte Fletcher vergnügt und wollte ihm gleich von der Einladung zum Abendessen beim Parteivorsitzenden erzählen.

»Ich habe keine gute Nachricht, fürchte ich«, erwiderte Jimmy. »Dad hatte wieder einen Herzinfarkt, und sie haben ihn ins St. Patrick Hospital gebracht. Ich fahre gleich hin, wollte dir aber vorher noch Bescheid geben.«

»Wie schlimm ist es?«, fragte Fletcher leise.

»Schwer zu sagen. Wir müssen abwarten, was der Arzt meint.«

»Annie und ich kommen so bald wie möglich«, versprach Fletcher. Er drückte die Gabel nieder und wählte seine Privatnummer. Besetzt. Er legte wieder auf und trommelte nervös mit den Fingern. Es war immer noch besetzt, als er es erneut versuchte, darum beschloss er, direkt nach Hause zu fahren und Annie abzuholen, damit sie gemeinsam ins Krankenhaus fahren konnten. Kurz kam ihm Al Brubaker noch einmal in den Sinn. Warum wollte der Parteivorsitzende ein privates Treffen mit ihm, das er niemand anderem gegenüber erwähnen sollte? Doch dann kehrten seine Gedanken zu Harry zurück, und er wählte ein letztes Mal seine Privatnummer. Diesmal meldete sich Annie.

»Hast du es schon gehört?«, fragte sie.

»Ja«, sagte Fletcher. »Ich habe eben mit Jimmy gesprochen. Am besten fahre ich direkt ins Krankenhaus, und wir treffen uns dort.«

»Nein, es geht nicht nur um Dad«, erklärte Annie. »Es geht auch um Lucy. Sie ist beim Ausreiten heute Morgen ganz furchtbar gestürzt. Sie hat eine Gehirnerschütterung und ein gebrochenes Bein. Man hat sie in die Krankenabteilung der Schule gebracht. Ich weiß nicht, was ich jetzt tun soll.«

»Ich gebe mir selbst die Schuld«, sagte Nat. »Wegen der Übernahmeschlacht mit Fairchild's habe ich Luke in diesem Quartal noch nicht einmal gesehen.«

»Ich auch nicht«, räumte Su Ling ein. »Aber wir wollten doch nächste Woche zur Theateraufführung hinfahren.«

»Ja«, sagte Nat. »Sein Part als Romeo. Glaubst du, dass die Julia das Problem sein könnte?«

»Möglich. Schließlich hast du deine erste Liebe auch beim Schultheater kennengelernt, nicht wahr?«, fragte Su Ling.

»Ja – und das endete tränenreich.«

»Gib dir keine Schuld, Nat. Vielleicht hätte ich Luke etwas energischer fragen sollen, warum er in den Ferien so still und in sich gekehrt war.«

»Er hatte schon immer was von einem Einzelgänger«, sagte Nat. »Und lerneifrige Kinder haben nur selten viele Freunde.«

»Woher willst ausgerechnet *du* das wissen?«, fragte Su Ling und freute sich, als sie ihren Mann lächeln sah. »Unsere Mütter sind beide still und nachdenklich«, fügte sie noch hinzu, während sie über den Highway fuhren.

»Ach, verdammt«, rief Nat, dem plötzlich sein Termin einfiel. »Ich muss Murray Goldblatz informieren, dass ich nicht zu unserem Treffen kommen kann.«

»Den Vorstandsvorsitzenden von Fairchild's?«

»Kein Geringerer. Er hat um ein persönliches Treffen gebeten«, erzählte Nat, während er zum Autotelefon griff.

Rasch schlug er die Telefonnummer von Fairchild's in seinem Adressbuch nach.

»Worüber will er denn reden?«, fragte Su Ling.

»Es muss etwas mit der Übernahme zu tun haben, aber davon abgesehen habe ich keine Ahnung.« Nat wählte eine elfstellige Nummer. »Mr. Goldblatz, bitte.«

»Wen soll ich melden?«, fragte die Empfangsdame.

Nat zögerte. »Es ist ein privater Anruf.«

»Ich muss trotzdem Ihren Namen wissen«, beharrte die Stimme.

»Ich habe um fünfzehn Uhr einen Termin mit ihm.«

»Ich stelle Sie zu seiner Sekretärin durch.«

Nat wartete.

»Büro von Mr. Goldblatz«, meldete sich eine Frauenstimme.

»Ich habe um fünfzehn Uhr einen Termin mit Mr. Goldblatz, aber ich fürchte, ich …«

»Ich stelle Sie durch, Mr. Cartwright.«

»Mr. Cartwright.«

»Mr. Goldblatz, ich muss mich entschuldigen, aber ich habe einen familiären Notfall, daher schaffe ich es leider nicht zu unserer Verabredung heute Nachmittag.«

»Ich verstehe«, sagte Goldblatz, klang aber alles andere als verständnisvoll.

»Mr. Goldblatz«, fing Nat an, »es liegt mir fern, Spielchen spielen zu wollen, dazu habe ich weder die Zeit noch die Veranlagung.«

»Das wollte ich auch nicht andeuten, Mr. Cartwright«, erwiderte Goldblatz kurz angebunden.

Nat zögerte. »Mein Sohn ist von Taft weggelaufen, und ich bin gerade auf dem Weg zum Direktor.«

»Es tut mir … mir … leid, das zu hören.« Der Tonfall von Mr. Goldblatz änderte sich sofort. »Falls es Ihnen ein Trost ist: Ich bin auch einmal von Taft weggelaufen, aber nachdem ich mein gesamtes Taschengeld auf den Kopf gehauen hatte, habe ich schon am nächsten Tag beschlossen zurückzugehen.«

Nat lachte. »Danke für Ihr Verständnis.«

»Gern geschehen. Rufen Sie mich doch an, sobald Sie wissen, wann Ihnen ein Treffen passt.«

»Ja, natürlich, Mr. Goldblatz. Ich frage mich, ob ich Sie um einen Gefallen bitten dürfte.«

»Gern.«

»Bitte erzählen Sie Ralph Elliot nichts von diesem Gespräch.«

»Darauf gebe ich Ihnen mein Wort, Mr. Cartwright. Er hat ohnehin keine Ahnung, dass ich mich mit Ihnen treffen möchte.«

Als Nat den Hörer auflegte, fragte Su Ling: »War das nicht ein wenig riskant?«

»Nein, das glaube ich nicht«, erwiderte Nat. »Ich habe vielmehr das Gefühl, Mr. Goldblatz und ich haben eine Gemeinsamkeit entdeckt.«

Als Su Ling durch die Tore von Taft fuhr, kamen Erinnerungen in Nat hoch: wie sich seine Mutter verspätet hatte, wie er mit schlotternden Knien durch den Mittelgang der vollen Aula schritt und sich neben Tom setzte, wie er fünfundzwanzig Jahre später seinen Sohn an seinem ersten Schultag begleitete. Jetzt konnte er nur hoffen, dass es seinem Jungen gut ging und er in Sicherheit war.

Su Ling parkte vor dem Haus des Direktors, und noch bevor sie den Motor ausgeschaltet hatte, entdeckte Nat schon Mrs. Henderson, die Frau des Direktors, die die Treppe herunterkam. Er spürte, wie sich ihm der Magen umdrehte, bis er das Lächeln in ihrem Gesicht sah. Su Ling sprang aus dem Wagen.

»Man hat ihn gefunden«, sagte Mrs. Henderson. »Er war bei seiner Großmutter und hat ihr mit der Wäsche geholfen.«

»Wir fahren jetzt direkt ins Krankenhaus und sehen nach deinem Vater. Dann können wir entscheiden, ob einer von uns nach Lakeville fährt und Lucy besucht.«

»Lucy wäre traurig, wenn sie es wüsste«, meinte Annie.

»Vielleicht ist es besser, ihr noch nicht zu sagen, was geschehen ist. Zumal sie ihn gar nicht besuchen könnte.«

»Womöglich hast du recht. Jedenfalls hat er sie letzte Woche noch besucht.«

»Das wusste ich ja gar nicht«, sagte Fletcher.

»Doch, hat er. Die beiden hecken irgendetwas aus«, erzählte Annie und bog auf den Parkplatz des Krankenhauses ab.

Als sich die Aufzugstüren öffneten, eilten sie den Flur hinunter zu Harrys Zimmer. Martha stand auf, als sie eintraten, ihr Gesicht totenbleich. Annie nahm ihre Mutter in den Arm, während Fletcher seine Hand auf Jimmys Schulter legte. Er sah auf Harry hinunter, dessen Haut über dem Gesicht spannte, die Wangen eingefallen, Nase und Mund mit einer Sauerstoffmaske bedeckt. Neben ihm piepste ein Monitor, das einzige Anzeichen, dass er noch am Leben war.

Schweigend setzen sich die vier um das Bett. Martha hielt die Hand ihres Mannes. Nach einigen Augenblicken sagte sie: »Denkt ihr nicht, dass einer von euch beiden zu Lucy fahren und nach ihr sehen sollte? Hier könnt ihr ohnehin nicht viel tun.«

»Ich rühre mich nicht von der Stelle«, erklärte Annie. »Aber ich finde, dass Fletcher fahren sollte.«

Fletcher nickte zustimmend. Er küsste Martha auf die Wange, sah Annie an und sagte: »Ich komme sofort zurück, sobald ich mich versichert habe, dass es Lucy gut geht.«

Während der Fahrt nach Lakeville schweiften Fletchers Gedanken von Harry zu Lucy und kurz auch zu Al Brubaker, aber er stellte fest, dass es ihn nicht mehr interessierte, was der Parteivorsitzende von ihm wollte.

»Bitte, lieber Gott, lass Harry am Leben«, betete Fletcher laut, als er auf das Gelände seiner alten Schule bog und den Wagen vor dem Eingang zum Krankenrevier parkte. Eine Krankenschwester begleitete den Senator ans Bett seiner Tochter. Als er an der Reihe leerer Betten entlangging, sah er weiter vorne ein Gipsbein, das hoch in die Luft ragte. Es erinnerte ihn daran, wie er sich um die Schülerpräsidentschaft beworben hatte und sein Rivale die Wähler am Wahltag sein Gipsbein hatte signieren lassen.

»Du bist eine Heuchlerin«, rief Fletcher, noch bevor er das breite Lächeln auf Lucys Gesicht sah, und die Limonadenflaschen und Chipstüten, die um sie verstreut waren.

»Ich weiß, Dad, und ich hab's sogar geschafft, eine Mathearbeit zu verpassen, aber am Montag muss ich wieder in den Unterricht, wenn ich noch Jahrgangssprecherin werden will.«

»Deswegen hat Grandpa dich also besucht, dieser verschlagene, alte Habicht«, sagte Fletcher. Er küsste seine Tochter auf die Wange und betrachtete die Chipstüten, als ein junger Mann hereinkam und sich nervös auf die andere Seite des Bettes stellte.

»Das ist George«, stellte Lucy vor. »Er ist in mich verliebt.«

»Schön, dich kennenzulernen, George.« Fletcher lächelte.

»Es freut mich auch, Sie kennenzulernen, Senator.« Der junge Mann streckte seine rechte Hand über das Bett.

»George leitet meinen Wahlkampf für das Amt der Jahrgangssprecherin«, sagte Lucy. »Und er glaubt, dass mir das gebrochene Bein viele Sympathiestimmen einbringt. Ich muss Grandpa nach seiner Meinung fragen, wenn er mich das nächste Mal besucht. Grandpa ist nämlich unsere Geheimwaffe«, flüsterte sie, »er hat die Gegenseite schon in Angst und Schrecken versetzt.«

»Ich weiß gar nicht, warum ich mir die Mühe gemacht habe, dich zu besuchen«, scherzte Fletcher. »Ganz offensichtlich brauchst du mich nicht.«

»Doch, Dad. Könnte ich einen Vorschuss auf mein Taschengeld vom nächsten Monat bekommen?«

Fletcher lächelte und zückte seine Geldbörse. »Wie viel hat dir denn dein Großvater gegeben?«

»Fünf Dollar«, meinte Lucy verlegen. Fletcher zog einen Fünfdollarschein heraus. »Danke, Dad. Ach, warum ist Mom eigentlich nicht mitgekommen?«

Nat erklärte sich bereit, Luke am nächsten Morgen zur Schule zu fahren. Der Junge war am Vorabend wenig gesprächig gewesen, fast so, als wollte er etwas sagen, aber nicht, solange sie alle beide im Raum waren.

»Vielleicht erzählt er dir ja etwas auf dem Weg zur Schule, wenn ihr unter euch seid«, sagte Su Ling.

Vater und Sohn machten sich gleich nach dem Frühstück auf den Weg nach Taft, aber Luke sagte immer noch sehr wenig. Obwohl Nat versuchte, die Themen Lernen und Schultheater anzusprechen, und sogar wissen wollte, wie es um Lukes läuferische Ambitionen stand, bekam er nur einsilbige Antworten. Also änderte Nat seine Taktik und schwieg ebenfalls, in der Hoffnung, Luke würde irgendwann ein Gespräch beginnen.

Sein Vater fuhr auf der Überholspur etwas über der erlaubten Geschwindigkeit, als Luke fragte: »Wann hast du dich zum ersten Mal verliebt, Dad?« Nat wäre fast auf den Wagen vor ihm aufgefahren, bremste aber noch rechtzeitig ab. Dann wechselte er auf die mittlere Spur.

»Ich glaube, das erste Mädchen, an dem ich ernsthaft interessiert war, hieß Rebecca. Sie spielte die Olivia. Ich war der Sebastian in der Schulaufführung.« Er schwieg. »Hast du ein Problem mit der Julia?«

»Ganz sicher nicht«, erklärte Luke. »Sie ist dämlich – hübsch, aber dämlich.« Es folgte neuerliches, ausgedehntes Schweigen. »Und wie weit bist du mit Rebecca gegangen?«, wollte er schließlich wissen.

»Wir haben uns geküsst, soweit ich mich erinnere«, erzählte Nat. »Und ein wenig Petting gemacht, wie man es damals nannte.«

»Wolltest du ihre Brüste berühren?«

»Klar, aber sie hat mich nicht gelassen. Ich kam nicht besonders weit, erst in unserem ersten Jahr am College.«

»Hast du sie geliebt, Dad?«

»Damals dachte ich das, aber wirklich erwischt hat es mich erst, als ich deiner Mutter begegnet bin.«

»Dann war Mom die erste Frau, mit der du geschlafen hast?«

»Nein, es gab noch zwei andere Mädchen vor ihr, eine in Vietnam und eine andere am College.«

»Hast du eine von ihnen geschwängert?«

Nat fuhr auf die rechte Fahrspur und fiel weit unter die Geschwindigkeitsbegrenzung. »Hast du jemand geschwängert?«

»Ich weiß es nicht«, sagte Luke. »Und Kathy weiß es auch nicht. Aber als wir hinter der Sporthalle geknutscht haben, habe ich auf ihrer Bluse eine ziemliche Sauerei hinterlassen.«

Fletcher verbrachte eine Stunde bei seiner Tochter, dann fuhr er nach Hartford zurück. Er genoss Georges Gesellschaft. Lucy hatte ihn als den Klügsten in der Klasse bezeichnet. »Darum habe ich ihn auch zu meinem Wahlkampfleiter gemacht«, erklärte sie.

Eine Stunde später war Fletcher wieder in Harrys Krankenhauszimmer. Er setzte sich neben Annie und nahm ihre Hand.

»Irgendeine Verbesserung?«, fragte er.

»Nein, nichts«, sagte Annie. »Seit du weg bist, hat er sich nicht gerührt. Wie geht es Lucy?«

»Sie muss sechs Wochen lang einen Gips tragen und ist überzeugt davon, dass ihr das Gipsbein größere Chancen bei der Wahl zur Jahrgangssprecherin verschafft.«

»Hast du ihr von Grandpa erzählt?«

»Nein. Und als sie fragte, wo du bist, habe ich eine Notlüge erzählt.«

»Wo bin ich?«

»Sitzung des Elternbeirats.«

Annie nickte. »Stimmt sogar, ist nur der falsche Tag.«

»Wusstest du übrigens, dass sie einen Freund hat?«, erkundigte sich Fletcher.

»Meinst du George?«

»Du kennst George?«

»Ja, aber ich würde ihn nicht als ihren Freund bezeichnen«, sagte Annie. »Er ist eher ihr ergebener Sklave.«

»Ich dachte, Lincoln hat die Sklaverei 1863 abgeschafft?«, scherzte Fletcher.

Annie sah ihren Ehemann an. »Macht dir das Sorgen?«, fragte sie.

»Ach wo. Lucy musste ja früher oder später einen Freund haben.«

»Das habe ich nicht gemeint, und das weißt du auch.«

»Annie, sie ist erst sechzehn.«

»Ich war jünger, als wir uns zum ersten Mal begegnet sind.«

»Annie, hast du vergessen, dass wir am College für die Bürgerrechte demonstriert haben? Und ich bin stolz darauf, dass wir unserer Tochter diese Überzeugungen weitergegeben haben.«

40

Nachdem Nat seinen Sohn in Taft abgesetzt hatte bekam er auf dem Rückweg nach Hartford ein schlechtes Gewissen, weil er nicht genügend Zeit hatte, um seine Eltern zu besuchen. Aber er wusste, er durfte das Treffen mit Murray Goldblatz nicht zwei Mal hintereinander platzen lassen. Als er sich von Luke verabschiedet hatte, schien der Junge wenigstens nicht mehr die Last aller Sorgen der Welt mit sich herumzuschleppen. Nat versprach seinem Sohn, dass er und Lukes Mutter am Freitagabend an der Aufführung des Schultheaters teilnehmen würden. Nat dachte immer noch an Luke, als das Autotelefon klingelte – eine Erfindung, die sein Leben verändert hatte.

»Du wolltest mich anrufen, bevor die Börse öffnet«, sagte Joe und schwieg wieder.

»Tut mir leid, dass ich mich nicht gemeldet habe, Joe. Ein familiärer Notfall – da habe ich es schlichtweg vergessen.«

»Tja, und wie lauten die heutigen Anweisungen?«

»Genau wie gestern: Ich möchte, dass du bis Börsenschluss weiter aggressiv Fairchild's-Aktien aufkaufst.«

»Alles, was du sagst, Boss. Ich hoffe nur, du hast einen Fallschirm im Gepäck, denn wenn du dir nicht bis Montag um zehn fünfzig Prozent von Fairchild's gesichert hast, wird es eine ziemlich unsanfte Landung.«

Während Nat weiter in Richtung Hartford fuhr, wurde ihm

klar, dass Joe nur das Offensichtliche ausgesprochen hatte. Nächste Woche um diese Zeit konnte er schon arbeitslos sein, und schlimmer noch, wegen ihm könnte die Russell's Bank von ihrem größten Rivalen geschluckt worden sein. War sich Goldblatz dessen bewusst? Natürlich war er das.

Als Nat in die Stadt fuhr, beschloss er, nicht ins Büro zurückzukehren, sondern einen Häuserblock von der St.-Joseph-Kathedrale entfernt zu parken, irgendwo etwas zu essen und über die Alternativen nachzudenken, mit denen Goldblatz aufwarten könnte. Er bestellte sich ein Schinkensandwich in der Hoffnung, es würde ihn in kämpferische Stimmung versetzen. Dann schrieb er eine Liste mit Pro und Contra auf die Rückseite der Speisekarte.

Zehn Minuten vor drei verließ er den Imbiss und machte sich auf den Weg zur Kathedrale. Mehrere Leute nickten oder sagten im Vorübergehen »Guten Tag, Mr. Cartwright«, was ihn daran erinnerte, wie sehr sein Bekanntheitsgrad in letzter Zeit zugenommen hatte. Die Mienen der Passanten drückten Bewunderung und Respekt aus, und Nat wünschte nur, er könnte die Zeit um eine Woche vordrehen, um zu sehen, wie ihre Gesichter dann reagierten. Er sah auf die Uhr – noch vier Minuten bis drei. Nat beschloss, einmal um den Block zu gehen und die Kathedrale durch den ruhigeren Südeingang zu betreten. Er lief, immer zwei Stufen auf einmal nehmend, die Treppe hoch und trat, zwei Minuten bevor der Glockenturm der Kathedrale die volle Stunde anschlug, in das südliche Querschiff. Es wäre nichts gewonnen, wenn er sich verspätete.

Nat brauchte einige Minuten, um sich nach der hellen Nachmittagssonne an die Dunkelheit der Kathedrale zu gewöhnen, die nur von Kerzen beleuchtet wurde. Er sah den

Mittelgang hinunter zum Altar, der von einem massiven, mit Halbedelsteinen besetzten Goldkreuz dominiert wurde. Dann richtete er seine Aufmerksamkeit auf die vielen Reihen dunkler Eichenholzbänke, die sich vor ihm im Hauptschiff erstreckten. Sie waren tatsächlich fast leer, wie Mr. Goldblatz vorhergesagt hatte, abgesehen von vier oder fünf alten Damen mit schwarzen Schleiern, von denen eine einen Rosenkranz hielt und murmelte: »Gegrüßt seist du, Maria, voll der Gnade, der Herr ist mit dir, du bist gebenedeit unter den Frauen …«

Nat beschloss, sich in den hinteren Teil der Kathedrale zu setzen. Wieder sah er auf die Uhr. Eine Minute nach drei. Im Gehen wurde er sich bewusst, wie seine Schritte auf dem Marmorboden hallten. In diesem Moment hörte er eine Stimme sagen: »Möchtest du beichten, mein Sohn?«

Nat wirbelte nach links und erblickte einen Beichtstuhl, dessen Vorhang aufgezogen war. Ein katholischer Priester mit jüdischem Akzent? Nat lächelte, setzte sich auf die schmale Holzbank und zog den Vorhang zu.

»Sie sehen verdammt schick aus«, sagte der Fraktionsführer, als Fletcher rechts von ihm Platz nahm. »Bei jedem anderen würde ich auf eine Geliebte tippen.«

»Ich habe ja auch eine Geliebte«, erwiderte Fletcher. »Sie heißt Annie. Übrigens werde ich gegen vierzehn Uhr gehen müssen.«

Ken Stratton sah auf die Tagesordnung. »Von mir aus gern. Abgesehen vom Bildungsgesetz scheint es nicht viel zu geben, wo Sie dabei sein müssten, außer vielleicht bei der Entscheidung über die Kandidaten für die nächste Wahl. Wir gehen alle davon aus, dass Sie erneut für Hartford kandidieren wollen, falls Harry keine Pläne für ein Comeback geschmiedet hat. Wie geht es dem alten Haudegen?«

»Etwas besser«, meinte Fletcher. »Er ist rastlos, reizbar, starrsinnig und mischt sich in alles ein.«

»Also keine große Veränderung«, bemerkte Ken.

Fletcher musterte die Tagesordnung. Er würde lediglich das Thema Fundraising verpassen, doch dieser Punkt befand sich schon seit seinem allerersten Tag als Senator auf jeder Tagesordnung und würde auch noch lange nach seinem Ausscheiden aus dem Amt darauf stehen.

Um zwölf Uhr mittags rief der Fraktionsführer zur Ordnung und bat Fletcher, seinen Zeitplan für das Bildungsgesetz vorzulegen. In den nächsten dreißig Minuten umriss Fletcher seine Eingabe und ging dabei besonders ausführlich auf jene Klauseln ein, bei denen er einen Einspruch der Republikaner erwartete. Nach fünf oder sechs Fragen von seinen Kollegen wurde Fletcher klar, dass seine geballten juristischen und rhetorischen Fähigkeiten gefordert sein würden, um dieses Gesetz durch den Senat zu bringen. Die letzte Frage kam erwartungsgemäß von Jack Swales, dem dienstältesten Mitglied des Senats. Er stellte immer die letzte Frage, und ein Zeichen war, dass man zum nächsten Punkt der Tagesordnung übergehen musste.

»Wie viel wird das den Steuerzahler kosten, Senator?«

Einige Senatsmitglieder grinsten, während Fletcher das übliche Ritual abspulte: »Das wird vom Budget abgedeckt, Jack, da es bei der letzten Wahl Teil unseres Wahlprogramms war.«

Jack lächelte, und der Fraktionsführer erklärte: »Zweiter Punkt der Tagesordnung: die Kandidaten für die nächste Wahl.«

Fletcher hatte eigentlich vorgehabt, sich leise aus dem Saal zu schleichen, sobald die Diskussion in Gang gekommen war, aber Ken überraschte ihn mit der Ankündigung: »Mit großem Bedauern möchte ich meine Kollegen davon in Kenntnis setzen, dass ich für die nächste Wahl nicht mehr zur Verfügung stehen werde.«

Fletcher erfasste die unmittelbaren Folgen von Kens Entscheidung sofort: Nun war er der Favorit für das Amt des Fraktionsführers. Als sein Name aufgerufen wurde, erklärte Fletcher, dass er für eine Wiederwahl zur Verfügung stand. Er glitt aus dem Saal, als Jack Swales gerade zu einer Rede ansetzte, weshalb es seiner Meinung nach schlicht seine Pflicht war, sich im Alter von zweiundachtzig Jahren ebenfalls zur Wiederwahl zu stellen.

Fletcher fuhr die halbe Meile zum Krankenhaus und nahm die Treppe in den zweiten Stock, statt auf den Aufzug zu warten. Er betrat das Zimmer, wo Harry gerade einem aufmerksamen Publikum, das aus zwei Personen bestand, das Gesetz zur Amtsenthebung auseinandersetzte. Martha und Annie drehten sich zu Fletcher um.

»Ist auf der Parteisitzung etwas vorgefallen, worüber ich Bescheid wissen sollte?«, fragte Harry.

»Ken Stratton wird bei der nächsten Wahl nicht mehr antreten.«

»Das überrascht mich nicht. Ellie ist schon geraume Zeit krank, und sie ist das Einzige, was er mehr liebt als die Partei. Das könnte allerdings bedeuten, dass du zum Fraktionsführer gewählt wirst, sollten wir es erneut in den Senat schaffen.«

»Was ist mit Jack Swales? Wird er nicht davon ausgehen, dass er ein Anrecht darauf hat?«

»In der Politik hat man auf gar nichts ein Anrecht«, erklärte

Harry. »Jedenfalls wette ich, dass kein anderes Senatsmitglied ihn unterstützen wird. Und jetzt verschwende keine Zeit mehr. Ich weiß, du musst nach Washington zu deinem Treffen mit Al Brubaker. Ich will nur wissen, wann du zurückkommst.«

»Gleich morgen früh«, sagte Fletcher. »Wir bleiben nur eine Nacht.«

»Dann schau auf dem Rückweg vom Flughafen vorbei. Ich will bis ins Detail hören, warum Al dich zu sich bestellt hat. Grüß ihn von mir – er ist der beste Vorsitzende, den die Partei seit Jahren hat. Und frag ihn, ob er meinen Brief bekommen hat.«

»Deinen Brief?«

»Frag ihn einfach.«

»Ich finde, er sieht schon viel besser aus«, meinte Fletcher, als er und Annie zum Flughafen fuhren.

»Finde ich auch«, erwiderte Annie. »Man hat Martha gesagt, dass sie ihn nächste Woche vielleicht schon nach Hause lassen, wenn – und nur wenn – er verspricht, es langsam anzugehen.«

»Versprechen wird er das bestimmt«, sagte Fletcher, »aber sei dankbar, dass die nächste Wahl erst in zehn Monaten stattfindet.«

Der Flug in die Hauptstadt hatte fünfzehn Minuten Verspätung, Fletcher hatte das jedoch einkalkuliert, weshalb er bei der Landung zuversichtlich war, dass ihnen genug Zeit blieb, um im Willard Hotel einzuchecken, zu duschen und um zwanzig Uhr in Georgetown zu sein.

Zehn Minuten nach sieben fuhr ihr Taxi vor dem Hotel vor. Als Erstes fragte Fletcher den Portier, wie lange man mit dem Wagen nach Georgetown brauche.

»Zehn, vielleicht fünfzehn Minuten«, antwortete der Empfangschef.

»Dann bestellen Sie mir bitte für 19.45 Uhr ein Taxi.«

Annie duschte und schlüpfte in ein Cocktailkleid, während Fletcher im Zimmer auf und ab tigerte und alle paar Sekunden auf die Uhr sah. Um 19.51 Uhr hielt er seiner Frau die Taxitür auf.

»Ich muss in« – er sah auf seine Armbanduhr – »neun Minuten in 3038 N Street sein.«

Der Taxifahrer schlängelte sich durch den abendlichen Verkehr und schaffte es, zwei Minuten nach acht vor dem Haus des Parteivorsitzenden vorzufahren. Schließlich wusste er, wer ihn bezahlen würde.

»Wie schön, Sie wiederzusehen, Fletcher«, sagte Al Brubaker, als er die Haustür öffnete. »Und Sie sind Annie, nicht wahr? Ich glaube, wir sind uns noch nie begegnet, aber natürlich weiß ich von Ihrer Arbeit für die Partei.«

»Die Partei?«, meinte Annie.

»Sitzen Sie in Hartford nicht im Elternbeirat und im Krankenhauskomitee?«

»Ja, schon«, wehrte Annie ab. »Aber das habe ich immer nur als Arbeit für das Gemeinwohl betrachtet.«

»Genau wie Ihr Vater«, lächelte Al. »Wie geht es dem alten Rabauken?«

»Wir waren eben noch bei ihm«, erzählte Fletcher. »Er sieht schon viel besser aus und lässt Sie herzlich grüßen. Er wollte wissen, ob Sie seinen Brief erhalten haben.«

»Ja, das habe ich. Er gibt wirklich nie auf, oder?«, erwiderte Brubaker grinsend. »Jetzt gehen wir am besten in die Bibliothek, und ich mixe Ihnen einen Drink. Jenny sollte auch gleich nach unten kommen.«

»Wie geht es Ihrem Jungen?«

»Danke, gut, Mr. Goldblatz. Seine Abwesenheit hat sich als eine Herzensangelegenheit herausgestellt.«

»Wie alt ist er?«

»Sechzehn.«

»Das richtige Alter, um sich zu verlieben. Und nun, mein Sohn, haben Sie etwas zu beichten?«

»Ja, Vater, nächste Woche um diese Zeit werde ich der Vorsitzende der größten Bank des Bundesstaates sein.«

»Nächste Woche um diese Zeit sind Sie möglicherweise nicht einmal mehr Geschäftsführer einer der kleineren Banken im Bundesstaat.«

»Wie kommen Sie auf diese Idee?«, wollte Nat wissen.

»Weil das, was Sie für einen brillanten Coup halten, nach hinten losgegangen sein könnte und Sie sich finanziell übernommen haben. Ihre Broker müssen Sie doch davor gewarnt haben, dass es aussichtslos ist, dass sie bis Montag früh fünfzig Prozent der Fairchild's-Anteile in die Finger bekommen.«

»Es wird knapp «, meinte Nat, »aber ich glaube immer noch, dass wir es schaffen können.«

»Gott sei Dank ist keiner von uns beiden katholisch, Mr. Cartwright, sonst würden Sie jetzt erröten, und ich würde Ihnen eine Buße von drei Ave Maria auferlegen. Aber fürchten Sie sich nicht, denn ich sehe Erlösung für uns beide.«

»Muss ich denn erlöst werden, Vater?«

»Wir brauchen beide Erlösung, darum ha… ha… habe ich Sie um dieses Treffen gebeten. Diese Schlacht ist für keinen von uns gut, und wenn sie nach Sonntag weitergeht, werden unsere Häuser alle beide leiden, und Ihres wird womöglich sogar geschlossen.«

»Ich warte auf Ihre Anweisungen, Vater.«

»Ich habe Ihre Karriere in den letzten Jahren mit Interesse verfolgt, mein Sohn. Sie sind sehr klug, überaus gewissenhaft und von großer Entschlossenheit, doch am meisten bewundere ich Ihre Ehrlichkeit – auch wenn einer meiner Rechtsbeistände mich gerne eines anderen belehren würde.«

»Sie schmeicheln mir, Sir, aber ich bin nicht beeindruckt.«

»Das sollten Sie auch nicht sein. Ich bin Realist, und ich glaube, wenn Sie dieses Mal keinen Erfolg haben, versuchen Sie es in ein paar Jahren einfach erneut. So lange, bis Sie Erfolg haben. Liege ich da richtig?«

»Durchaus möglich, Sir.«

»Sie waren offen zu mir, darum will ich auch offen zu Ihnen sein. In achtzehn Monaten werde ich fünfundsechzig, dann möchte ich mich auf den Golfplatz zurückziehen. Ich will meinem Nachfolger ein blühendes Geldinstitut übergeben. Ich glaube, Sie könnten die Lösung für mein Problem sein.«

»Ich dachte, ich wäre die Ursache Ihrer Probleme.«

»Noch ein Grund, warum wir uns an einem Coup versuchen sollten, der sowohl kühn als auch kreativ ist.«

»Ich dachte, genau das hätte ich schon versucht.«

»Und das können Sie auch weiterhin, mein Sohn, aber aus politischen Gründen muss das Ganze Ihre Idee sein, und das bedeutet, Mr. Cartwright, dass Sie mir vertrauen müssen.«

»Es hat Sie vierzig Jahre gekostet, Ihren Ruf aufzubauen, Mr. Goldblatz. Ich kann nicht glauben, dass Sie ihn nur wenige Monate vor Ihrem Ruhestand aufs Spiel setzen wollen.«

»Jetzt bin ich geschmeichelt, junger Mann, aber genau wie Sie nicht beeindruckt. Daher schlage ich vor, dass Sie es waren, der dieses Treffen wünschte, um mir den Vorschlag zu machen, dass wir, anstatt uns weiter zu bekämpfen, besser zusammenarbeiten sollten.«

»Eine Partnerschaft?«, sagte Nat.

»Nennen Sie es, wie Sie wollen, Mr. Cartwright, aber wenn unsere beiden Banken zu einer verschmelzen, verliert keiner von uns, und unsere Aktionäre profitieren ebenfalls davon.«

»Und welche Bedingungen sollte ich Ihnen unterbreiten, von meinem Vorstand ganz zu schweigen?«

»Die Bank wird Fairchild Russell heißen, und ich bleibe in den nächsten achtzehn Monaten Vorstandsvorsitzender. Sie werden zu meinem Stellvertreter ernannt.«

»Was geschieht mit Tom und Julia Russell?«

»Natürlich bekommen beide einen Platz im neuen Vorstand. Wenn Sie in achtzehn Monaten zum Vorstandsvorsitzenden werden, können Sie sich Ihren Stellvertreter selbst festlegen. Obwohl ich denke, es wäre klug, Wesley Jackson als Geschäftsführer zu behalten.«

»Hmm, bliebe noch das Problem der Aktienaufteilung.«

»Sie halten derzeit zehn Prozent der Russell's Bank, ebenso Ihr Vorstandsvorsitzender. Seine Frau, die meiner Meinung nach später das gemeinsame Immobilienportfolio verwalten sollte, hat einmal vier Prozent der Aktien gehalten. Aber vermutlich waren es ihre Aktien, die Sie in den letzten Tagen auf den Markt geworfen haben.«

»Da könnten Sie recht haben, Mr. Goldblatz.«

»Nach Umsatz und Gewinn ist Fairchild's un… un… ungefähr fünf Mal so groß wie Russell's, deshalb sollten Sie in Ihrem Vorschlag an uns vier Prozent für sich und Mr. Russell verlangen und sich dann auf drei Prozent herunterhandeln lassen. Im Fall von Mrs. Russell halte ich ein Prozent für angemessen. Ihre gegenwärtigen Bezüge und Sonderleistungen werden Sie drei selbstverständlich behalten.«

»Und mein Personal?«

»Der Status quo bleibt in den ersten achtzehn Monaten erhalten. Danach liegt die Entscheidung bei Ihnen.«

»Sie möchten also, dass ich mit diesem Vorschlag an Sie herantrete, Mr. Goldblatz?«

»Ja.«

»Vergeben Sie mir die Frage, aber warum unterbreiten Sie diesen Vorschlag nicht einfach selbst und lassen meinen Vorstand darüber nachdenken?«

»Einer meiner Rechtsbeistände würde dem nicht zustimmen. Offenbar hat die Übernahme für Mr. Elliot nur den einzigen Zweck, Sie zu vernichten. Ich verfolge ebenfalls nur einen Zweck: Ich will die Integrität der Bank bewahren, der ich über dreißig Jahre lang gedient habe.«

»Warum feuern Sie Elliot nicht einfach?«

»Das wollte ich schon an dem Tag, als er diesen infamen Brief über Sie verschickt hat, aber ich konnte nicht zulassen, dass nur wenige Tage vor einer möglichen Übernahme interne Streitigkeiten bekannt werden. Ich kann mir vorstellen, was die Presse daraus gemacht hätte, ganz zu schwei… schwei… schweigen von den Aktionären, Mr. Cartwright.«

»Aber sobald Elliot hört, dass dieser Vorschlag von mir stammt, wird er Ihrem Vorstand auf der Stelle raten, ihn abzulehnen«, hielt Nat dagegen.

»Das sehe ich auch so«, bestätigte Goldblatz. »Aus diesem Grund habe ich ihn gestern nach Washington geschickt, damit er mir direkt berichten kann, wie die Börsenaufsicht am Montag entschieden hat.«

»Er wird eine Falle wittern. Er weiß doch ganz genau, dass

er nicht vier Tage lang einfach in Washington herumzusitzen braucht. Er könnte Sonntagabend hinfliegen und Sie immer noch über die Entscheidung der Kommission am Montagmorgen informieren.«

»Ulkig, dass Sie das erwähnen, Mr. Cartwright, denn meine Sekretärin hat her... her... herausgefunden, dass die Republikaner am Wochenende ihr großes Quartalstreffen in Washington feiern, mit einem Galadinner im Weißen Haus.« Er schwieg. »Ich musste mehr als einen Gefallen einfordern, um dafür zu sorgen, dass Ralph Elliot eine Einladung zu diesem Augusttreffen erhielt. Ich denke also, dass er momentan ziemlich beschäftigt sein wird. In der lokalen Presse lese ich immer wieder von seinen politischen Ambitionen. Er bestreitet das natürlich, also muss es wohl wahr sein.«

»Warum haben Sie ihn überhaupt eingestellt?«

»Wir arbeiten schon immer mit Belman & Wayland zusammen, Mr. Cartwright. Vor dieser Übernahme bin ich Mr. Elliot nie begegnet. Ich werfe mir das selbst vor, aber immerhin versuche ich, meinen Fehler wiedergutzumachen. Sehen Sie, ich hatte nicht Ihren Vorteil, in der Vergangenheit zweimal gegen ihn verloren zu haben.«

»*Touché*«, sagte Nat. »Was passiert als Nächstes?«

»Ich habe dieses Treffen mit Ihnen sehr genossen, Mr. Cartwright. Ich werde Ihren Vorschlag meinem Vorstand im Laufe dieses Nachmittags unterbreiten. Leider befindet sich einer unserer Vorstände in Washington, aber ich hoffe dennoch, Ihnen heute Abend unsere Antwort darauf telefonisch mitteilen zu können.«

»Ich freue mich schon auf diesen Anruf«, sagte Nat.

»Gut. Dann sollten wir uns möglichst schnell noch einmal treffen, da ich eine diesbezügliche Vereinbarung gerne bis

Freitagabend unterzeichnet hätte. Natürlich mit entsprechender Sorgfalt.« Murray Goldblatz schwieg kurz. »Nat«, sagte er dann, »gestern haben Sie mich um einen Gefallen gebeten. Heute möchte ich Sie um eine Gefälligkeit bitten.«

»Ja, natürlich«, sagte Nat.

»Der Monsignore, ein kluger Mann, hat mich im Gegenzug für die Nutzung dieses Beichtstuhls um eine Spende von zweihundert Dollar gebeten, und da wir ja jetzt Partner sind, möchte ich, dass Sie Ihren Anteil daran übernehmen. Ich erwähne das nur, weil es meinen Vorstand amüsieren wird und unter meinen jüdischen Freunden meinen Ruf festigt, skrupellos zu sein.«

»Ich will auf keinen Fall der Grund dafür sein, dass Sie diesen Ruf verlieren, Vater«, versicherte ihm Nat.

Nat trat aus dem Beichtstuhl und eilte rasch zum Südausgang, wo er einen Priester in langem schwarzen Talar und Birett stehen sah. Nat zog zwei Fünfzigdollarscheine aus seiner Geldbörse und reichte sie ihm.

»Gott segne dich, mein Sohn«, sagte der Monsignore, »aber ich habe das Gefühl, dass ich deine Spende verdoppeln könnte, wenn ich nur wüsste, in welche der beiden Banken die Kirche investieren sollte.«

Der Kaffee wurde serviert, und Al Brubaker hatte immer noch keinen Hinweis darauf gegeben, warum er Fletcher hatte treffen wollen.

»Jenny, warum gehst du mit Annie nicht in den Salon. Ich muss etwas mit Fletcher besprechen. Wir kommen in ein paar Minuten nach.« Als Annie und Jenny den Raum verlassen hatten, fragte Al: »Möchten Sie einen Cognac oder eine Zigarre, Fletcher?«

»Danke nein, Al. Ich halte mich an den Wein.«

»Sie haben sich für Ihre Reise nach Washington ein gutes Wochenende ausgesucht. Die Republikaner sind gerade in der Stadt und bereiten ihr Augusttreffen vor. Bush schmeißt heute Abend eine Party für sie im Weißen Haus, darum müssen wir Demokraten uns einige Zeit bedeckt halten. Aber sagen Sie mir, wie geht es der Partei in Connecticut?«

»Auf der heutigen Sitzung haben wir unsere Kandidaten ausgewählt. Und natürlich über die Finanzen gesprochen.«

»Werden Sie sich zur Wiederwahl stellen?«

»Ja. Das habe ich bereits deutlich gemacht.«

»Man hat mir gesagt, Sie könnten auch der nächste Fraktionsführer werden.«

»Falls Jack Swales den Job nicht will. Schließlich ist er das dienstälteste Senatsmitglied.«

»Jack? Der lebt noch? Ich hätte schwören können, dass ich an seiner Beerdigung teilgenommen habe. Nein, ich glaube nicht, dass sich die Partei hinter ihn stellen wird, außer …«

»Außer?«, sagte Fletcher.

»Außer Sie würden sich um das Amt des Gouverneurs bewerben.« Fletcher stellte sein Weinglas auf den Tisch, damit Al nicht sehen konnte, wie seine Hand zitterte.

»An diese Möglichkeit müssen Sie doch schon gedacht haben?«, meinte Al.

»Ja, schon«, räumte Fletcher ein. »Aber ich ging davon aus, dass die Partei Larry Connick den Rücken stärkt.«

»Unser geschätzter Vizegouverneur«, sagte Al und steckte sich seine Zigarre an. »Nein, Larry ist zwar ein guter Mann, aber er kennt seine Grenzen. Gott sei Dank – nicht viele Politiker sind dazu fähig. Ich habe mich letzte Woche auf der

Gouverneurskonferenz in Pittsburgh mit ihm unterhalten. Er hat mir erzählt, er würde gerne kandidieren, aber nur, wenn er der Partei damit helfen kann.« Al zog an seiner Zigarre und genoss den Augenblick, dann fügte er hinzu: »Nein, Fletcher, Sie sind unsere erste Wahl, und wenn Sie damit einverstanden sind, in den Ring zu steigen, haben Sie mein Wort, dass die Partei hinter Ihnen steht. Das Letzte, was wir brauchen, ist eine Schlammschlacht unter unseren Kandidaten.«

»Haben Sie eine Ahnung, wen die Republikaner ins Rennen schicken?«, fragte Fletcher.

»Ich hatte eigentlich gehofft, dass Sie mir das sagen können«, erwiderte Al.

»Es scheint zwei ernsthafte Bewerber zu geben, die aus verschiedenen Flügeln der Partei stammen. Zum einen Barbara Hunter, die im Senat sitzt. Allerdings sprechen ihr Alter und ihr Ruf gegen sie.«

»Ruf?«, hakte Al nach.

»Sie hat nicht gerade die Angewohnheit zu gewinnen«, sagte Fletcher. »Obwohl sie sich im Laufe der Jahre eine starke Basis in der Partei aufgebaut hat. Und wie uns Nixon gezeigt hat, nachdem er in Kalifornien verloren hatte, darf man nie jemanden einfach abschreiben.«

»Wen gibt es sonst noch?«

»Sagt Ihnen der Name Ralph Elliot etwas?«

»Nein«, erwiderte der Parteivorsitzende, »aber mir fiel auf, dass er beim Essen heute Abend im Weißen Haus als Mitglied der Delegation aus Connecticut aufgeführt ist.«

»Ja, er sitzt im Zentralkomitee, und wenn er zu ihrem Kandidaten ernannt wird, könnte der Wahlkampf ziemlich schmutzig werden.«

»In diesem Fall wäre er ebenso ein Risiko wie ein Gewinn.«

»Tja, ich kann Ihnen nur sagen, dass er ein knallharter Kämpfer ist und nicht gern verliert.«

»Exakt das Gleiche sagt man auch über Sie«, meinte Al lächelnd. »Sonst noch jemand?«

»Zwei oder drei andere Namen schwirren herum, aber bislang ist noch niemand nach vorn getreten. Aber seien wir ehrlich, nur wenige Menschen hatten vor New Hampshire von Carter gehört.«

»Und was ist mit diesem Mann?«, fragte Al und hob die Titelseite von *Banke's Weekly* hoch.

Fletcher starrte die Schlagzeile an: NÄCHSTER GOUVERNEUR VON CONNECTICUT?

»Wenn Sie den Artikel lesen, Al, werden Sie feststellen, dass er nur als nächster Vorstandsvorsitzender von Fairchild's gehandelt wird, falls sich beide Banken über die Bedingungen einigen können. Ich habe den Artikel überflogen.«

Al schlug die entsprechende Seite auf. »Offensichtlich haben Sie den letzten Absatz übersehen«, sagte er und las ihn laut vor. *»Obwohl man annimmt, dass Cartwright Murray Goldblatz als Vorstandsvorsitzender nachfolgt, könnte diesen Job genauso gut dessen enger Freund Tom Russell übernehmen, sollte der derzeitige Geschäftsführer von Russell's sich dafür entscheiden, als republikanischer Kandidat für das Amt des Gouverneurs vorgeschlagen zu werden.«*

Annie wachte kurz nach sieben auf. »Hast du gut geschlafen, Liebling?«, fragte sie.

»Ich hab so gut wie kein Auge zugemacht.«

»Ich habe wie ein Murmeltier geschlafen, aber ich musste mir ja auch nicht überlegen, ob du Gouverneur werden sollst oder nicht.«

»Warum nicht?«, fragte Fletcher.

»Weil ich finde, du solltest es versuchen, und ich verstehe gar nicht, wieso du Bedenken hast.«

Fletcher sprang aus dem Bett. »Würde es dir etwas ausmachen, wenn wir das Frühstück ausfallen lassen und den erstbesten Flug zurücknehmen? Ich will mit Harry reden, bevor ich vor den Senat trete.«

Auf dem Rückflug nach Hartford sprach Fletcher kaum ein Wort. Immer wieder las er den Artikel in der *Banker's Weekly* über Nat Cartwright, den möglichen neuen Vizevorsitzenden von Fairchild's oder den nächsten Gouverneur von Connecticut.

»Was willst du Dad denn fragen?«, erkundigte sich Annie, als ihr Flugzeug über dem Bradley Airport kreiste.

»Als Erstes: Bin ich zu jung?«

»Wie Al schon sagte, gibt es bereits einen Gouverneur, der jünger ist als du, und zwei im selben Alter.«

»Zweite Frage: Wie schätzt er meine Chancen ein?«

»Das wird er erst beantworten, wenn er weiß, gegen wen du antreten musst.«

»Drittens: Bin ich zu diesem Job fähig?«

»Ich weiß, wie er auf diese Frage antworten wird, weil ich das bereits mit ihm besprochen habe.«

Es war ein klarer Herbstmorgen, als Senator Davenport in der Stadt eintraf. Er beschloss, am Kapitol vorbei zum Krankenhaus zu fahren.

Als sie über den Hügel kamen, starrte Annie plötzlich aus dem Fenster und fing hemmungslos an zu weinen. Fletcher fuhr sofort an den Straßenrand. Er nahm seine Frau in die Arme und schaute über ihre Schulter zum Kapitol.

Die Flagge der Vereinigten Staaten wehte auf Halbmast.

41

Mr. Goldblatz erhob sich von seinem Platz in der Mitte des Tisches und blickte auf seine vorbereitete Rede. Zu seiner Rechten saß Nat Cartwright und zu seiner Linken Tom Russell. Der Rest des Vorstands hatte sich in zwei Reihen hinter ihm niedergelassen.

»Meine Damen und Herren von der Presse, es ist mir ein großes Vergnügen, die Fusion von Fairchild's und Russell's bekannt zu geben. Wir haben eine neue Bank geschaffen, die den Namen Fairchild Russell tragen wird. Ich bleibe der Vorstandsvorsitzende, und Nat Cartwright wird mein Stellvertreter. Tom und Julia Russell gehören dem neuen Vorstand an, Wesley Jackson bleibt Geschäftsführer. Ich kann Ihnen mitteilen, dass die Russell's Bank ihr Übernahmeangebot zurückgezogen hat. Die neue Eigentümerstruktur des Unternehmens wird bald veröffentlicht. Und nun stehen Ihnen Mr. Cartwright und ich gern für Fragen zur Verfügung.«

Im ganzen Saal schossen Hände in die Höhe. »Ja«, sagte der Vorstandsvorsitzende und wies auf eine Frau in der zweiten Reihe, mit der er die erste Frage vorab schon vereinbart hatte.

»Haben Sie immer noch die Absicht, in naher Zukunft als Vorstandsvorsitzender zurückzutreten?«

»Ja, allerdings. Und es dürfte auf der Hand liegen, wer mein Nachfolger wird.«

Er drehte sich zu Nat und sah ihn an, während ein anderer Journalist rief: »Was hält denn Mr. Russell davon?«

Mr. Goldblatz lächelte, denn diese Frage hatten sie alle erwartet. Er drehte sich nach links und sagte: »Vielleicht sollte Mr. Russell auf diese Frage antworten.«

Tom lächelte den Journalisten wohlwollend an. »Es freut mich sehr, dass die beiden führenden Banken dieses Bundesstaates zusammengefunden haben. Und es ist mir eine Ehre, dem Vorstand der Fairchild-Russell-Bank anzugehören, wenn auch nicht geschäftsführend.« Er lächelte. »Ich hoffe sehr, dass Mr. Cartwright mich wieder berufen wird, wenn er das Ruder übernimmt.«

»Textbeherrschung eins a«, flüsterte der Vorstandsvorsitzende, als Tom sich wieder setzte.

Nat erhob sich rasch für eine ebenso gut vorbereitete Erwiderung: »Ich werde Mr. Russell auf jeden Fall wieder berufen, allerdings als geschäftsführendes Vorstandsmitglied.«

Goldblatz lächelte und fügte hinzu: »Ich bin sicher, das wird niemanden überraschen, der die Entwicklung aufmerksam verfolgt hat. Ja?« Er zeigte auf einen anderen Journalisten.

»Wird es durch diese Fusion zu Entlassungen kommen?«

»Nein«, erklärte Goldblatz. »Wir beabsichtigen, das gesamte Personal von Russell's beizubehalten. Mr. Cartwright hat jedoch die sofortige Aufgabe, eine komplette Neustrukturierung der Bank vorzubereiten, die in den kommenden zwölf Monaten greifen soll. Ich möchte allerdings hinzufügen, dass Mrs. Julia Russell bereits zur Leiterin unserer neuen gemeinsamen Immobilienabteilung ernannt wurde. Wir haben bei Fairchild's ihre Handhabung des Cedar-Wood-Projekts stets mit Bewunderung verfolgt.«

»Darf ich fragen, warum Ralph Elliot, Ihr Rechtsberater,

heute nicht anwesend ist?«, rief eine Stimme aus dem hinteren Teil des Saals.

Noch eine Frage, die Goldblatz vorhergesehen hatte, auch wenn er nicht genau sehen konnte, wer sie gestellt hatte. »Mr. Elliot befindet sich in Washington. Gestern Abend hat er mit Präsident Bush im Weißen Haus zu Abend gegessen, sonst wäre er heute Morgen sicher bei uns. Nächste Frage?« Goldblatz verschwieg den »offenen Meinungsaustausch«, den er in den frühen Morgenstunden mit Elliot am Telefon hatte.

»Ich habe heute Vormittag mit Mr. Elliot gesprochen«, rief derselbe Journalist. »Und frage mich, ob Sie zu der Presseerklärung, die er soeben herausgegeben hat, Stellung beziehen wollen?«

Nat erstarrte, und Goldblatz erhob sich in Zeitlupe. »Es wäre mir eine Freude, sie zu kommentieren, wenn ich wüsste, was er gesagt hat.«

Der Journalist sah auf ein Blatt Papier und las laut vor: *»Ich bin hocherfreut, dass Mr. Goldblatz meinem Ratschlag folgte und die beiden Banken zusammenführte, statt den lähmenden Kampf weiterzuführen, von dem keiner profitierte.«* Goldblatz lächelte und nickte. *»Es gibt drei Vorstandsmitglieder, die den derzeitigen Vorstandsvorsitzenden in absehbarer Zukunft ersetzen können, aber da ich einen von ihnen für absolut ungeeignet halte, ein Amt innezuhaben, das finanzielle Integrität erfordert, bleibt mir keine andere Wahl, als mein Vorstandsamt niederzulegen und als Rechtsbeistand der Bank zurückzutreten. Trotz dieses einen Vorbehalts wünsche ich der Bank für die Zukunft jeden nur erdenklichen Erfolg.«*

Das Lächeln von Mr. Goldblatz löste sich in Luft auf, und er war unfähig, seine Wut zu unterdrücken. »Ich habe der… der… derzeit keinen Kommentar dazu abzugeben, und damit endet diese Presse… Presse… Pressekonferenz.« Er erhob sich und marschierte aus dem Saal. Nat folgte ihm auf den Fersen. »Dieser Mistkerl hat die Vereinbarung gebrochen!«, fluchte Goldblatz, während er durch den Flur zum Vorstandszimmer schritt.

»Was für eine Vereinbarung?«, fragte Nat und versuchte, ruhig zu bleiben.

»Ich war damit einverstanden, dass er verbreitet, an den erfolgreichen Verhandlungen beteiligt gewesen zu sein, sofern er zurücktritt, sein Amt als Rechtsbeistand der neuen Bank niederlegt und keinen weiteren Kommentar abgibt.«

»Haben wir das schriftlich?«

»Nein, ich habe dem heute Nacht am Telefon zugestimmt. Er sagte, er würde es mir noch heute schriftlich bestätigen.«

Goldblatz blieb vor der Tür zum Vorstandszimmer stehen, drehte sich um und sah Nat an. »Aber diesmal hat er damit seinen Untergang eingeläutet. Denn dieses Mal hat er sich den Falschen als Gegner ge… ge… ausgesucht.«

Der Beliebtheitsgrad eines Menschen zeigt sich oft erst nach seinem Tod.

Der Trauergottesdienst für Harry Gates, der in der St.-Joseph-Kathedrale abgehalten wurde, war brechend voll, lange bevor der Chor die Sakristei verließ. Polizeichef Don Culver beschloss, den gesamten Bereich vor der Kathedrale abzuriegeln, damit die Trauernden auf den Stufen sitzen oder auf der Straße stehen konnten, während sie dem Gottesdienst lauschten, der über Lautsprecher nach draußen übertragen wurde.

Als der Trauerzug eintraf, trug eine Ehrengarde den Sarg die Stufen zur Kathedrale hinauf. Martha Gates wurde von ihrem Sohn begleitet, ihre Tochter und ihr Schwiegersohn gingen einen Schritt hinter ihnen. Die Menschenmassen auf den Stufen bildeten ein Spalier, damit die Familie zu der Trauergemeinde in der Kirche stoßen konnte. Alle erhoben sich, während ein Kirchendiener Mrs. Gates in die erste Reihe führte. Auf seinem Weg durch den Mittelgang fiel Fletcher auf, dass sich Baptisten, Juden, Episkopale, Muslime, Methodisten und Mormonen eingefunden hatten, alle vereint in ihrem Respekt für diesen römisch-katholischen Mann.

Der Bischof eröffnete den Trauergottesdienst mit einem Gebet, das Martha ausgesucht hatte, gefolgt von Hymnen und Rezitationen, die Harry gefallen hätten. Jimmy und Fletcher lasen je einen Bibelabschnitt, anschließend stieg Al Brubaker, Vorsitzender der Partei, in die hölzerne Kanzel hinauf, um eine Ansprache zu halten.

Er sah auf die Anwesenden hinunter und blieb einen Moment lang stumm. »Nur wenige Politiker«, begann er, »rufen Respekt und Zuneigung in uns hervor. Wenn Harry heute bei uns sein könnte, würde er sehen, dass er zu dieser auserwählten Gruppe gehört. Ich entdecke hier viele, denen ich noch nie begegnet bin« – er schwieg kurz –, »deshalb muss ich davon ausgehen, dass es sich bei ihnen um Republikaner handelt.« In der Kathedrale brach Gelächter aus, und draußen auf der Straße kam es zu Beifall. »Harry war ein Mann, der auf die Bitte des Präsidenten, als Gouverneur des Bundesstaates zu kandidieren, stets erwiderte ›Ich habe meine Arbeit als Senator für Hartford noch nicht vollendet‹, und das hat er nie. Harry Gates war starrsinnig, wortreich, aufbrausend und konnte einen rasend machen. Er verfolgte aber auch leidenschaftlich, woran er glaubte. Er war loyal seinen Freunden gegenüber und fair mit seinen Gegnern – ein

Mann, dessen Gesellschaft man allein deshalb suchte, weil er unser Leben bereicherte. Harry Gates war kein Heiliger, aber es werden Heilige an den himmlischen Pforten stehen, um ihn in Empfang zu nehmen.

Martha spreche ich unseren Dank aus, weil sie Harry und seine Träume unterstützte. Einer davon muss noch in Erfüllung gehen. Wir danken auch Jimmy und Annie, seinem Sohn und seiner Tochter, auf die er ungeheuer stolz war. Wir danken Fletcher, seinem geliebten Schwiegersohn, dem die wenig beneidenswerte Aufgabe zufällt, die Fackel weiterzutragen. Und Lucy, seiner Enkelin, die nur wenige Tage nach seinem Tod Jahrgangssprecherin wurde. Amerika hat einen Mann verloren, der seinem Land im In- und Ausland diente, im Krieg und im Frieden. Hartford hat einen öffentlichen Bediensteten verloren, der sich nicht so leicht ersetzen lässt.

Vor wenigen Wochen hat er mir noch geschrieben« – Brubaker pausierte kurz – »und mich um Geld gebeten für sein geliebtes Krankenhaus. Der Mann hatte Nerven! Er schrieb, er würde nie wieder ein Wort mit mir wechseln, wenn ich ihm keinen Scheck schicke. Ich wägte das Pro und Contra dieser Drohung ab.« Es dauerte lange, bis sich das Gelächter und der Applaus gelegt hatten. »Ehrlich gesagt kam es Harry nie in den Sinn, dass man eine Bitte von ihm abschlagen könnte. Und warum nicht? Weil er sein ganzes Leben lang selbst immer wieder gegeben hat. Nun müssen wir seinen Traum verwirklichen und ein Krankenhaus zu seinem Andenken bauen, auf das er stolz sein kann.

Letzte Woche las ich in der *Washington Post,* dass Senator Harry Gates gestorben ist, doch als ich heute Morgen nach Hartford kam, kam ich am Seniorenzentrum, an der Bibliothek und am Gründungsstein des Krankenhauses vorbei, und sie alle trugen seinen Namen. Wenn ich morgen wieder nach Hause fahre, schreibe ich sofort an die *Washington Post:* ›Sie haben sich geirrt: Harry Gates lebt und ist bester Dinge.‹«

Auf den Stufen vor der Kathedrale dankten Martha und Fletcher Al Brubaker für seine warmen Worte.

»Hätte ich etwas anderes gesagt«, erwiderte Al, »hätte er sich auf der Kanzel neben mir materialisiert und eine Überarbeitung verlangt.« Der Parteivorsitzende schüttelte Fletcher die Hand. »Ich habe nicht den ganzen Brief von Harry wiedergegeben«, sagte er. »Aber ich weiß, Sie wollen den letzten Absatz sehen.« Er griff in die Innentasche seines Jacketts, nahm den Brief heraus, faltete ihn auseinander und reichte ihn Fletcher.

Als dieser Harrys letzte Worte gelesen hatte, sah er den Parteivorsitzenden an und nickte.

Tom und Nat gingen die Treppe vor der Kathedrale hinunter und mischten sich unter die Menge, die sich allmählich schweigend auflöste.

»Ich wünschte, ich hätte ihn besser gekannt«, sagte Nat. »Wusstest du, dass ich ihm einen Vorstandsposten in der Bank angeboten habe, als er sich aus dem Senat zurückzog?«

Tom nickte. »Er schrieb mir, der einzige Posten, den er noch beziehen wolle, sei der auf seiner Veranda.«

»Ich habe ihn nur ein paar Mal getroffen«, erzählte Tom. »Er war natürlich ein Verrückter, aber das muss man wohl sein, wenn man sich entschieden hat, sein Leben lang Steine einen Berg hinaufzurollen. Sag es niemandem, aber er ist der einzige Demokrat, dem ich je meine Stimme gegeben habe.«

Nat lachte. »Du auch?«

»Was hältst du davon, wenn ich dem Vorstand vorschlage,

der Krankenhausstiftung fünfzigtausend Dollar zu spenden?«, schlug Tom vor.

»Ich wäre dagegen«, erklärte Nat. Tom sah ihn überrascht an. »Als der Senator seine Russell's-Aktien verkaufte, hat er dem Krankenhaus vom Erlös sofort hunderttausend Dollar gespendet. Wir sollten mindestens genauso viel geben.«

Tom nickte zustimmend und drehte sich zu Mrs. Gates um, die auf der obersten Stufe vor der Kathedrale stand. Noch an diesem Nachmittag würde er ihr schreiben und einen Scheck beilegen. Er seufzte. »Schau mal, wer der Witwe gerade die Hand schüttelt.«

Nat drehte sich um und sah Ralph Elliot Martha Gates' Hand halten. »Wundert dich das?«, sagte er. »Ich kann förmlich hören, wie er säuselt, dass es ihn ungeheuer freute, als Harry seinem Rat folgte, seine Russells's-Anteile verkaufte und so zum Millionär wurde.«

»Oh, mein Gott«, sagte Tom. »Du denkst schon genau wie er.«

»Das muss ich auch, wenn ich die nächsten Monate überleben will.«

»Das ist doch kein Thema mehr«, wehrte Tom ab. »Alle in der Bank haben akzeptiert, dass du der nächste Vorstandsvorsitzende wirst.«

»Ich spreche nicht vom Posten des Vorstandsvorsitzenden«, sagte Nat. Tom blieb vor den Stufen zur Bank stehen und sah seinen ältesten Freund an.

»Wenn Ralph Elliot sich als republikanischer Kandidat für das Gouverneursamt aufstellen lässt, werde ich gegen ihn antreten.« Nat sah zur Kathedrale. »Und dieses Mal werde ich ihn schlagen.«

42

»Meine Damen und Herren: Fletcher Davenport, der nächste Gouverneur von Connecticut.«

Es amüsierte Fletcher, dass er schon wenige Augenblicke nach seiner Ernennung zum demokratischen Kandidaten überall als der nächste Gouverneur vorgestellt wurde – kein Hinweis auf einen Gegner, keine Andeutung, dass er verlieren könnte. Doch er erinnerte sich nur zu gut an Walter Mondale, der überall als der nächste Präsident der Vereinigten Staaten eingeführt worden war und dann als Botschafter in Tokio endete, während Ronald Reagan ins Weiße Haus einzog.

Sobald Fletcher Al Brubaker angerufen hatte, um ihm zu bestätigen, dass er bereit war, sich aufstellen zu lassen, hatte sich die Parteimaschinerie umgehend auf ihn eingependelt.

Am Ende stellte sich Fletchers einzige Gegenkandidatin als eine Kongressabgeordnete heraus, die nie genug Schlimmes angestellt oder genug Gutes getan hatte, als dass sie irgendjemandem aufgefallen wäre. Sobald Fletcher sie in der Vorausscheidung im September geschlagen hatte, wurde sie plötzlich zu einer gefährlichen Gegnerin erklärt, die von dem eindrucksvollsten Kandidaten, den die Partei seit Jahren hervorgebracht hatte, vernichtend geschlagen worden war. Insgeheim war Fletcher jedoch klar, dass sie nicht viel mehr als eine Papiertigerin gewesen war und die eigentliche Schlacht erst beginnen würde, sobald die Republikaner ihren Standartenträger gewählt hatten.

Obwohl Barbara Hunter so aktiv und entschlossen auftrat wie eh und je, glaubte niemand ernsthaft, dass sie es am Ende tatsächlich auf die Wahlliste der Republikaner schaffen würde. Ralph Elliot hatte sich bereits die Unterstützung mehrerer Entscheidungsträger der Partei gesichert, und wann immer er in der Öffentlichkeit oder privat dazu Stellung nahm, kam ihm der Name seines Freundes – gelegentlich sogar seines engen Freundes – Ronnie locker über die Lippen. Aber Fletcher hörte wiederholt Gerüchte, dass es eine ebenso große Gruppe Republikaner gab, die nach einer glaubwürdigen Alternative suchten; sie drohten damit, sich ansonsten der Wahl zu enthalten oder sogar für den demokratischen Kandidaten zu stimmen. Fletcher fand es nervenaufreibend, darauf zu warten, wer sein Gegner werden würde.

Er sah auf die Menge vor sich. Es war seine vierte Rede an diesem Tag, und dabei war es noch nicht einmal zwölf Uhr mittags. Er vermisste Harry bei den sonntäglichen Mittagessen, bei denen Ideen abgeklopft und wieder verworfen wurden. Lucy und George leisteten nur zu gern ihren Beitrag, was ihn stets daran erinnerte, wie nachsichtig Harry gewesen war, wenn Fletcher mit Vorschlägen aufgewartet hatte, die der Senator schon Hunderte Male gehört haben musste, was er jedoch niemals durchblicken ließ. Die nächste Generation teilte Fletcher klipp und klar mit, was die Schülerschaft von Hotchkiss von ihrem künftigen Gouverneur erwarte.

Fletchers vierte Rede an diesem Morgen unterschied sich nicht sonderlich von den anderen drei – vor den Arbeitern der Pepperidge Farm in Norwalk, dem Hauptsitz von Wiffle Ball in Shelton und den Werkzeugbauern der Stanley-Werke in New Britain. Er änderte lediglich den Passus, in dem er hervorhob, dass die Wirtschaft des jeweiligen Bundesstaates ohne gerade ihren besonderen Beitrag nicht in so guter Verfassung wäre. Anschließend zum Mittagessen mit der patriotischen Frauenvereinigung Daughters of the American Revolution, wo er versäumte, seine schottische Herkunft zu erwähnen, gefolgt von drei weiteren Reden am Nachmittag, bevor er an einem Abendessen teilnahm, bei dem Spendengelder akquiriert werden sollten, bei dem aber nicht mehr als 10 000 Dollar zusammenkamen.

Nach einem solchen Tag kroch er dann gegen Mitternacht ins Bett, legte die Arme um seine schlafende Frau, die dabei gelegentlich aufseufzte. Irgendwo hatte er gelesen, dass Reagan auf Wahlkampftour einmal einen Laternenpfahl umarmt hatte. Damals hatte Fletcher darüber gelacht. Jetzt nicht mehr.

»O Romeo! Romeo! Warum denn, Romeo?«

Nat stimmte mit der Einschätzung seines Sohnes überein. Julia war schön, aber nicht die Art von Mädchen, in die Luke sich verlieben würde. Es gab noch fünf andere weibliche Rollen in dem Stück, und Nat versuchte herauszufinden, um welches Mädchen es sich handeln mochte. Als der Vorhang zur Pause fiel, fand er, dass Luke eine sehr bewegende Vorstellung abgeliefert hatte, und spürte Stolz in sich aufsteigen, während er dem Applaus lauschte. Seine Eltern hatten das Stück schon am Abend zuvor gesehen und ihm gesagt, dass sie denselben Stolz verspürt hatten wie damals, als er in derselben Aula den Sebastian gespielt hatte.

Wann immer Luke von der Bühne abging, schweiften Nats Gedanken zurück zu dem Anruf, den er an diesem Morgen aus Washington erhalten hatte. Als seine Sekretärin ihn fragte, ob er für den Präsidenten der Vereinigten Staaten zu sprechen sei, hatte er vermutet, es wäre Tom, der sich einen seiner Scherze erlaubte.

Unwillkürlich war Nat aufgestanden, als George Bush zu ihm durchgestellt wurde.

Der Präsident gratulierte ihm dazu, dass Fairchild Russell zur Bank des Jahres gewählt worden war – seine Ausrede für den Anruf –, um dann schlicht hinzuzufügen: Viele Mitglieder unserer Partei hoffen, dass Sie sich der Wahl zum Gouverneur stellen werden. Sie haben viele Freunde und Anhänger in Connecticut, Nat. Ich hoffe, wir können uns bald einmal treffen.«

Ganz Hartford wusste binnen einer Stunde, dass der Präsident angerufen hatte, schließlich verfügte die Telefonzentrale ja ebenfalls über ein eigenes Netzwerk. Nat erzählte es nur Su Ling und Tom, und die schienen keineswegs überrascht.

Als er und Su Ling an diesem Abend die Aula betraten, drehten sich alle Köpfe zu ihnen um, und er spürte ein Raunen durch den Saal gehen. Auf der Herfahrt hatte er Su Ling nicht gefragt, ob er kandidieren sollte, sondern nur: »Glaubst du, ich wäre dem Job gewachsen?«

»Der Präsident scheint das jedenfalls zu glauben«, erwiderte sie.

Als der Vorhang nach der Todesszene fiel, meinte Su Ling: »Hast du bemerkt, wie die Leute uns anstarren?« Sie schwieg kurz. »Vermutlich werden wir uns daran gewöhnen müssen, dass unser Sohn ein Star ist.«

Wie schnell sie Nat wieder auf den Boden der Tatsachen bringen konnte und was für eine prachtvolle Gouverneursgattin sie abgeben würde.

Die Schauspielertruppe und deren Eltern waren beim Direktor zum Essen eingeladen, also gingen Nat und Su Ling zu dessen Haus.

»Es ist die Amme.«

»Ja, sie hat eine sehr sensible Darbietung geboten«, bestätigte Nat.

»Nein, du Dummkopf, Luke muss sich in die Amme verliebt haben«, sagte Su Ling.

»Was macht dich da so sicher?«, fragte Nat.

»Als der Vorhang fiel, hielten sie sich an den Händen, und ich bin ziemlich sicher, das stand nicht in den Regieanweisungen von Shakespeare.«

»Tja, wir werden schon sehen, ob du recht hast«, erwiderte Nat, als sie das Haus des Direktors betraten.

Sie fanden Luke im Flur, wo er eine Coca-Cola trank. »Hallo, Dad«, sagte er und drehte sich zu ihnen. »Das ist Kathy Marshall. Sie spielte die Amme. Und das ist meine Mutter.« Su Ling bemühte sich, nicht triumphierend zu grinsen. »War Kathy nicht fantastisch? Aber sie will ja auch Schauspiel am Sarah Lawrence College studieren.«

»Ja, sie war wunderbar. Aber du warst auch nicht schlecht«, meinte Nat. »Wir waren beide sehr stolz auf dich.«

»Haben Sie das Stück schon einmal gesehen, Mr. Cartwright?«, fragte Kathy.

»Ja, als Su Ling und ich in Stratford waren. Die Amme wurde von Celia Johnson gespielt, aber ich nehme nicht an, dass du schon von ihr gehört hast.«

»*Begegnung*«, erwiderte Kathy sofort.

»Noël Coward«, sagte Luke.

»Und ihr Filmpartner war Trevor Howard«, ergänzte Kathy. Nat nickte seinem Sohn zu, der immer noch in seinem Kostüm steckte.

»Du bist wahrscheinlich der erste Romeo, der sich in die Amme verliebt«, scherzte Su Ling.

Kathy grinste. »Es ist sein Ödipuskomplex. Und wie hat Miss Johnson die Rolle interpretiert? Meine Schauspiellehrerin hat das Stück als Studentin mit Edith Evans gesehen, und sie sagt, sie hätte die Amme wie die Hausmutter an einem Internat gespielt – streng, aber liebevoll.«

»Nein«, erwiderte Su Ling, »Celia Johnson stellte sie leicht schrullig und sprunghaft dar. Aber auch liebevoll.«

»Was für ein interessanter Ansatz. Ich muss den Regisseur nachschlagen. Natürlich hätte ich gern die Julia gespielt, aber ich sehe einfach nicht gut genug aus«, meinte Kathy sachlich.

»Aber du bist wunderschön«, rief Luke.

»Du bist in dieser Hinsicht keine glaubwürdige Autorität, Luke«, sagte Kathy und nahm seine Hand. »Schließlich trägst du seit dem vierten Lebensjahr eine Brille.«

Nat lächelte und dachte, wie viel Glück Luke hatte, eine Freundin wie Kathy zu haben.

»Kathy, möchtest du in den Sommerferien nicht ein paar Tage bei uns verbringen?«, fragte Nat.

»Ja gern, wenn Ihnen das nicht zu viel Mühe macht, Mr. Cartwright«, erwiderte Kathy. »Ich will Sie nicht stören.«

»Stören?«, fragte Nat.

»Ja. Luke hat mir erzählt, dass Sie für das Amt des Gouverneurs kandidieren.«

ORTSANSÄSSIGER BANKIER KANDIDIERT FÜR GOUVERNEURSAMT verkündete die Schlagzeile des *Hartford Courant.* Ein paar Seiten weiter stand ein Porträt des brillanten jungen Finanziers, dem man vor fünfundzwanzig Jahren die Tapferkeitsmedaille verliehen hatte. Seine Karriere wurde nachgezeichnet und auch die Rolle erwähnt, die er bei der Fusion der kleinen Familienbank Russell's mit ihren elf Filialen und Fairchild's mit einhundertzwei über den ganzen Bundesstaat verteilten Filialen gespielt hatte. Nat lächelte, als er sich an das Gespräch mit Murray Goldblatz im Beichtstuhl von St. Joseph erinnerte und an den Großmut, mit dem Murray Goldblatz stets den Eindruck erweckt hatte, es sei ursprünglich Nats Idee gewesen.

Im Leitartikel des *Courant* stand, Nats Entscheidung, gegen Ralph Elliot anzutreten, habe einen echten Wettstreit eröffnet, da beide Kandidaten herausragend seien. Der Artikel sprach sich für keinen der beiden aus, sondern versprach, fair über das Duell zwischen dem Bankier und dem Anwalt zu berichten, die einander bekanntermaßen nicht ausstehen konnten. »Auch Mrs. Hunter wird kandidieren«, hieß es im letzten Abschnitt fast wie ein Nachklapp, was die Einschätzung des *Courant* hinsichtlich ihrer Chancen widerspiegelte, nachdem nun auch Nat sich hatte aufstellen lassen.

Nat war zufrieden mit der Berichterstattung in der Presse und im Fernsehen, die auf seine Ankündigung folgten, und fast noch angenehmer überraschten ihn die positiven Reaktionen auf der Straße. Tom hatte sich zwei Monate von der Bank beurlauben lassen, um Nats Wahlkampf zu leiten, und Murray Goldblatz sandte einen beträchtlichen Scheck als Spende für die Kampagne.

Das erste Treffen fand abends bei Tom zu Hause statt,

und Nats Stabschef erläuterte seinem sorgfältig ausgewählten Team, womit sie es in den kommenden sechs Wochen zu tun bekommen würden.

Sie würden jeden Morgen noch vor Sonnenaufgang aufstehen müssen und erst nach Mitternacht ins Bett kommen, was wenig verlockend klang, aber zu Nats Überraschung war Luke von dem Wahlkampf fasziniert. Er verbrachte seine Ferien damit, seinen Vater überallhin zu begleiten, häufig zusammen mit Kathy. Mit jedem Tag schloss Nat das Mädchen mehr ins Herz.

Schnell wurde klar, dass Elliot bereits seit mehreren Wochen Wahlkampf führte, weil er hoffte, eine frühzeitige Vorarbeit würde ihm einen uneinholbaren Vorteil verschaffen. Nat erkannte rasch, dass es bei der ersten Vorwahl in Ipswich zwar nur um siebzehn Stimmen ging, ihre Bedeutung jedoch sehr viel höher lag, ähnlich wie in New Hampshire bei einer Präsidentschaftswahl. Er besuchte jedes einzelne Mitglied des Wahlausschusses und stellte stets fest, dass Elliot schon vor ihm dort gewesen war. Obwohl sein Rivale bereits mehrere Delegierte fest für sich verbuchen konnte, blieben einige, die noch unentschlossen waren oder dem Mann einfach nicht vertrauten.

Die Tage vergingen, und Nat ging auf, dass man immer von ihm erwartete, an zwei Orten gleichzeitig zu sein, denn die Vorwahlen in Chelsea fanden nur zwei Tage nach der Wahl in Ipswich statt. Elliot verbrachte inzwischen den Großteil seiner Zeit in Chelsea, da er die Ipswich-Wahl bereits als entschieden ansah.

Am Abend der Vorwahl fuhr Nat nach Ipswich und musste hören, wie der örtliche Parteileiter verkündete, dass Elliot zehn Stimmen erhalten hatte und Nat sieben. Elliots Team feierte das zwar als überwältigenden Sieg, konnte seine Enttäuschung aber nicht verhehlen. Kaum hatte Nat das Ergebnis gehört, rannte er zu seinem Wagen, und Tom verfrachtete ihn noch vor Mitternacht nach Chelsea.

Zu Nats Überraschung spielten die Lokalzeitungen das Ergebnis in Ipswich herunter und verbreiteten, dass Chelsea mit seinen über elftausend Wählern viel eher ein Indikator dafür sein würde, was die Öffentlichkeit von den beiden Männern hielt, als alles, was man in die Ansichten einer Handvoll Partei-Apparatschiks hineinlas. Und auf der Straße, in den Einkaufszentren, an den Fabriktoren, in den Schulen und Vereinen fühlte sich Nat auf jeden Fall viel entspannter als in den verräucherten Räumen, in denen er Leuten zuhörte, die glaubten, es sei ihr gottgegebenes Recht, den Kandidaten zu bestimmen.

Nach zwei Wochen, in denen Nat unzählige Hände geschüttelt hatte, erklärte er Tom, dass es ihm großen Mut mache, wie viele Wähler ihm versicherten, für ihn zu stimmen. Er frage sich nur, ob Elliot von ihnen dasselbe zu hören bekam.

»Keine Ahnung«, meinte Tom, während sie zu einem weiteren Termin fuhren, »aber ich kann dir sagen, dass uns das Geld rasant schnell ausgeht. Wenn wir morgen haushoch verlieren, müssen wir uns möglicherweise aus dem Rennen zurückziehen. Dann hätten wir an einem der kürzesten Wahlkämpfe der Geschichte teilgenommen. Wir könnten die Welt natürlich wissen lassen, dass Bush dich unterstützt, denn das würde dir ganz sicher einige Stimmen sichern.«

»Nein«, erklärte Nat entschlossen. »Das war ein privates Gespräch und keine öffentliche Unterstützungserklärung.«

»Aber Elliot redet ständig von seiner Einladung ins Weiße

Haus zu seinem alten Freund George, als wäre es ein intimes Abendessen zu zweit gewesen.«

»Und was glaubst du, was der Rest der republikanischen Delegation darüber denkt?«

»Das ist für den Durchschnittswähler doch viel zu subtil«, entgegnete Tom.

»Unterschätze nie den Durchschnittswähler«, mahnte Nat.

Nat konnte sich kaum an die Vorwahl in Chelsea erinnern, er wusste nur noch, dass er ständig in Bewegung war. Als kurz nach Mitternacht verkündet wurde, dass Elliot mit 6109 Stimmen gegenüber 5302 Stimmen für Cartwright gewonnen hatte, lautete Nats einzige Frage: »Können wir es uns leisten weiterzumachen, wo Elliot unter den Delegierten jetzt 27 zu 10 führt?«

»Der Patient atmet noch«, erwiderte Tom. »Aber nur noch gerade mal so. Also begeben wir uns jetzt nach Hartford, und wenn Elliot dort auch gewinnt, werden wir nicht verhindern können, dass wir von seiner Wahlkampfkolonne überrollt werden. Sei einfach nur dankbar, dass du noch einen Job hast, zu dem du zurückkehren kannst«, fügte er mit einem Lächeln hinzu.

Mrs. Hunter, die nur zwei Stimmen für sich gewinnen konnte, räumte ihre Niederlage ein und verkündete, sie werde sich aus dem Rennen zurückziehen und schon in naher Zukunft bekannt geben, welchen Kandidaten sie von nun an unterstützen wolle.

Nat genoss es, in seine Heimatstadt zurückzukehren, wo ihm die Menschen auf der Straße wie einen Freund behandelten. Tom wusste, wie viel Arbeit sie in Hartford stecken mussten – nicht nur, weil es ihre letzte Chance war, sondern weil Hartford als Hauptstadt des Bundesstaates auch die meisten Stimmen vereinte, insgesamt neunzehn. Und gemäß der prähistorischen Gesetzmäßigkeit, dass der Gewinner alles kriegt, würde Nat mit 29 zu 27 in Führung gehen, sollte er sich hier als siegreich erweisen. Falls er verlor, könnte er seine Koffer auspacken und fortan zu Hause bleiben.

Während des Wahlkampfs mussten die beiden Kandidaten häufig gemeinsam an Veranstaltungen teilnehmen, auf denen sie sich allerdings kaum zur Kenntnis nahmen und ganz gewiss nicht miteinander plauderten.

Drei Tage vor der Vorwahl sah eine Umfrage im *Hartford Courant* Nat zwei Punkte vor seinem Rivalen. Außerdem hieß es, dass Barbara Hunter Cartwright unterstützen wolle – genau die Schützenhilfe, die Nats Kampagne brauchte. Am nächsten Morgen fiel ihm auf, dass sehr viel mehr Freiwillige mit ihm auf der Straße Wahlkampf führten, und zahlreiche Passanten blieben stehen, um ihm die Hand zu schütteln.

Er befand sich gerade im Robinson-Einkaufszentrum, als ihn der Anruf von Murray Goldblatz erreichte. »Tut mir leid, aber ich muss dringend mit Ihnen sprechen.« Murray verwendete das Wort dringend nur, wenn er es genauso meinte.

Als Nat in der Bank eintraf, teilte ihm die Empfangsdame mit, der Vorstandsvorsitzende befinde sich mit Mr. und Mrs. Russell im Konferenzraum. Nat ging hinein und nahm wie üblich gegenüber von Murray Platz. Der Gesichtsausdruck seiner drei Kollegen versprach keine frohe Botschaft. Murray kam sofort zur Sache. »Ich habe gehört, dass Sie heute Abend an einer Wahlveranstaltung teilnehmen, auf der sowohl Sie als auch Elliot eine Rede halten sollen?«

»Stimmt«, bestätigte Nat. »Es ist die letzte große Veranstaltung vor …«

»Ich habe eine Spionin in Elliots Lager«, unterbrach Murray. »Sie hat mir mitgeteilt, dass man für heute Abend eine Frage geplant hat, die angeblich Ihre Kampagne zum Entgleisen bringen wird, aber sie kann nicht herausfinden, wie die Frage lautet, und sie möchte auch nicht allzu forsch vorgehen, damit niemand misstrauisch wird. Haben Sie eine Ahnung, worum es sich bei dieser Frage handeln könnte?«

»Nein«, erwiderte Nat.

»Vielleicht hat er das mit Julia herausgefunden«, sagte Tom leise.

»Julia?«, hakte Murray verblüfft nach.

»Nein, nicht meine Frau«, antwortete Tom. »Die erste Mrs. Kirkbridge.«

»Ich hatte keine Ahnung, dass es eine erste Mrs. Kirkbridge gab«, sagte Murray.

»Das können Sie auch nicht«, meinte Tom. »Aber ich hatte immer befürchtet, dass irgendwann die Wahrheit ans Tageslicht kommen könnte.« Murray hörte aufmerksam zu, als Tom erzählte, wie er die Frau, die sich als Julia Kirkbridge ausgegeben hatte, getroffen hatte, wie sie den Scheck unterschrieben und dann das ganze Geld von ihrem Konto abgehoben hatte.

»Wo ist dieser Scheck jetzt?«, wollte Murray wissen.

»Vermutlich irgendwo in den Eingeweiden des Rathauses.«

»Dann müssen wir davon ausgehen, dass Elliot ihn ausgegraben hat. Haben Sie, theoretisch gesehen, gegen das Gesetz verstoßen?«

»Nein, aber wir haben unsere schriftliche Vereinbarung mit dem Stadtrat nicht eingehalten«, erwiderte Tom.

»Allerdings wurde das Cedar-Wood-Projekt zu einem überwältigenden Erfolg und hat allen Seiten stattliche Gewinne eingebracht«, ergänzte Nat.

»Tja, dann gibt es nur zwei Möglichkeiten«, meinte Murray. »Entweder Sie legen die Karten offen auf den Tisch und geben noch heute Nachmittag eine Presseerklärung heraus, oder Sie warten ab, bis er die Bombe heute Abend platzen lässt, und hoffen, dass Sie auf jede seiner Fragen eine gute Antwort parat haben.«

»Was würden Sie empfehlen?«, fragte Nat.

»Ich würde gar nichts tun. Zum einen könnte sich meine Informantin irren, und zum anderen könnte es sich bei dem Cedar-Wood-Projekt gar nicht um die fragliche Angelegenheit handeln. Dann hätten Sie die Büchse der Pandora völlig unnötig geöffnet.«

»Was sollte es sonst sein?«, sagte Nat.

»Rebecca?«, schlug Tom vor.

»Wie meinst du das?«

»Dass du sie geschwängert und dann verlangt hättest, eine Abtreibung vornehmen zu lassen.«

»Das ist kein Verbrechen«, warf Murray ein.

»Außer sie behauptet, du hättest sie vergewaltigt.«

Nat lachte. »Elliot wird dieses Thema sicher nicht aufbringen, denn er könnte sehr wohl selbst der Vater sein, und eine Abtreibung passt nicht zu seinem Heiligenscheinimage.«

»Haben Sie je daran gedacht, ihn Ihrerseits anzugreifen?«, fragte Murray.

»An was denken Sie da?«, erkundigte sich Nat.

»Musste Elliot nicht am selben Tag bei Alexander Dupont & Bell kündigen wie der Seniorpartner, weil eine halbe Million vom Konto eines Mandanten fehlte?«

»Nein, auf dieses Niveau lasse ich mich nicht herab«, entgegnete Nat. »Außerdem konnte man Elliot nie eine Beteiligung nachweisen.«

»Oh doch, das konnte man«, erklärte Murray. Tom und Nat starrten den Vorstandsvorsitzenden an. »Ein Freund von mir war besagter Mandant, und er hat mich noch am selben Tag angerufen, als er hörte, dass Elliot unser Rechtsbeistand werden sollte.«

Nat seufzte. »Das mag ja alles sein, aber meine Antwort lautet dennoch nein.«

»Gut«, erklärte Murray. »Dann werden wir ihn nach Ihren Regeln schlagen, und das bedeutet, dass wir den Rest des Nachmittags Antworten auf sämtliche Fragen vorbereiten müssen, die er Ihnen stellen könnte.«

Um 18 Uhr verließ Nat völlig erschöpft die Bank. Er rief Su Ling an und erzählte ihr, was geschehen war. »Soll ich heute Abend mitkommen?«, fragte sie.

»Nein, kleine Blume. Aber könntest du Luke irgendwie beschäftigen? Falls es schmutzig werden sollte, wäre es mir lieber, wenn er nicht dabei ist. Du weißt, wie sensibel er sein kann und wie er alles immer gleich so persönlich nimmt.«

»Ich gehe mit ihm ins Kino – im Arcadia läuft ein französischer Film, und Luke und Kathy drängeln schon die ganze Woche, dass wir ihn uns anschauen.«

Nat versuchte, nicht nervös zu erscheinen, als er an diesem Abend im Goodwin House eintraf. Er ging in den Bankettsaal des Hotels und stellte fest, dass dort schon mehrere Hundert ortsansässige Geschäftsleute saßen und miteinander plauderten. Doch wen würden sie unterstützen, fragte er sich. Vermutlich hatten sich viele von ihnen noch nicht entschieden, denn Umfrageergebnisse zeigten, dass immer noch zehn Prozent unschlüssig waren. Der Oberkellner führte Nat an den Ehrentisch, an dem sich Elliot bereits mit dem örtlichen Parteivorsitzenden unterhielt. Manny Friedman drehte sich um und begrüßte Nat. Elliot lehnte sich über den Tisch und schüttelte publikumswirksam Nats Hand. Nat setzte sich schnell und machte sich Notizen auf der Rückseite der Speisekarte.

Dann bat der Parteivorsitzende um Ruhe, stellte die »zwei Schwergewichte vor, die beide bestens geeignet sind, unser nächster Gouverneur zu werden«, und forderte Elliot auf, die Eröffnungsrede zu halten. Nat hatte ihn noch nie so schlecht reden hören. Anschließend bat der Parteivorsitzende Nat ans Mikrofon, und als er seinen Platz wieder einnahm, war er gern bereit zuzugeben, dass er sich um keinen Deut besser geschlagen hatte. Die erste Runde, dachte er, endete mit einem Unentschieden.

Als der Parteivorsitzende die Fragerunde eröffnete, überlegte sich Nat, wann die Rakete wohl abgefeuert und aus welcher Richtung sie kommen würde. Sein Blick wanderte durch den Saal, während er auf die erste Frage wartete.

»Was halten die Kandidaten von dem Bildungsgesetz, das derzeit im Senat diskutiert wird?«, wollte jemand am Ehrentisch wissen. Nat widmete sich den Punkten des Gesetzes, die seiner Meinung nach einer Ergänzung bedurften, während Elliot die Anwesenden daran erinnerte, dass er seinen Abschluss an der University of Connecticut gemacht hatte.

Der zweite Fragestellende wollte etwas zum neuen Einkommenssteuergesetz wissen und ob die beiden Kandidaten garantieren könnten, dass sie nicht erhöht würde. Ja und ja.

Der dritte Fragesteller interessierte sich für ihre Strategie zur Verbrechensbekämpfung, mit besonderem Schwerpunkt auf jugendlichen Straftätern. Elliot vertrat die Ansicht, man sollte alle hinter Gitter bringen, um ihnen eine Lektion zu erteilen. Nat war weniger sicher, dass Gefängnis die Antwort auf jedes Problem war, und schlug vor, einige der Neuerungen zu prüfen, die Utah vor Kurzem in sein Strafsystem aufgenommen hatte.

Als Nat sich wieder setzte, erhob sich der Parteivorsitzende und hielt nach weiteren Fragestellern Ausschau. Kaum hatte sich der Mann erhoben, ohne Nat auch nur eines Blickes zu würdigen, wusste dieser, dass die Bombe jetzt hochgehen würde. Er sah zu Elliot, der sich Notizen machte und so tat, als wäre er sich Nats Anwesenheit gar nicht bewusst. »Ja bitte?«, forderte der Parteivorsitzende den Mann auf.

»Herr Vorsitzender, darf ich fragen, ob einer der beiden Kandidaten jemals gegen das Gesetz verstoßen hat?«

Elliot war sofort auf den Beinen. »Mehrmals«, rief er. »Ich habe in der letzten Woche drei Strafmandate wegen Falschparkens bekommen, aus diesem Grund werde ich nachsichtigere Parkbeschränkungen in den Innenstädten durchsetzen, sobald ich gewählt werde.« Perfekt formuliert, dachte Nat. Sogar der Zeitpunkt war abgesprochen. Vereinzelter Beifall kam auf.

Nat erhob sich langsam und sah Elliot an. »Ich werde das Gesetz nicht ändern, um es Mr. Elliot leichter zu machen, weil ich nämlich glaube, dass es weniger Fahrzeuge in unseren Innenstädten geben sollte, nicht mehr. Das mag keine sehr beliebte Einstellung sein, aber jemand muss aufstehen und die Menschen warnen, wie düster unsere Zukunft aussehen wird, wenn wir immer größere Autos bauen, die immer mehr Sprit verbrauchen und immer mehr giftige Abgase produzieren. Wir schulden unseren Kindern ein besseres Erbe als das, und ich habe kein Interesse daran, nur aufgrund von wortgewandter Bemerkungen gewählt zu werden, die schnell vergessen sind, sobald ich im Amt bin.« Er setzte sich unter lautem Applaus und hoffte, der Parteivorsitzende würde zu einem anderen Fragesteller übergehen, doch der Betreffende blieb hartnäckig stehen.

»Mr. Cartwright, Sie haben meine Frage, ob Sie jemals gegen das Gesetz verstoßen haben, nicht beantwortet.«

»Nicht, dass ich wüsste«, erwiderte Nat.

»Aber entspricht es nicht der Wahrheit, dass Sie einen Scheck über drei Millionen sechshunderttausend Dollar der Russell's Bank eingelöst haben, obwohl Sie wussten, dass dieses Geld sich nicht mehr auf dem betreffenden Konto befand und die Unterschrift auf dem Scheck gefälscht war?«

Mehrere Anwesenden redeten gleichzeitig los, und Nat musste eine Weile warten, bevor er darauf antworten konnte.

»Ja, eine ziemlich clevere Trickbetrügerin hat Russell's um das Geld betrogen, aber da diese Summe dem Stadtrat versprochen worden war, hatte ich meiner Meinung nach keine andere Wahl, als die Schuld zu begleichen und dem Stadtrat die volle Summe auszuzahlen.«

»Haben Sie die Polizei damals über den Diebstahl verständigt? Schließlich gehörte das Geld doch den Kunden der Russell's Bank und nicht Ihnen«, fuhr der Fragesteller fort.

»Nein, denn wir hatten allen Grund zu der Annahme, dass das Geld bereits ins Ausland transferiert worden war und es keine Möglichkeit gab, es zurückzuholen.« Kaum hatte Nat das gesagt, wusste er schon, dass seine Antwort weder den Fragesteller noch einige andere aus dem Publikum zufriedenstellen würde.

»Falls Sie Gouverneur werden, Mr. Cartwright, werden

Sie dann mit dem Geld der Steuerzahler ebenso lässig umgehen?«

Elliot war sofort auf den Beinen. »Herr Vorsitzender, das ist eine skandalöse Anschuldigung, nichts als versteckte Andeutungen und Verleumdung. Warum machen wir nicht weiter?« Er setzte sich unter lautem Beifall, doch Nat blieb stehen. Er musste Elliots Chuzpe bewundern, die Frage erst zu arrangieren und sich dann als der Erste zu inszenieren, der seinem Gegner zu Hilfe eilte. Nat wartete, bis es absolut still im Saal war.

»Der Vorfall, auf den Sie hier Bezug nehmen, liegt über zehn Jahre zurück. Ich habe einen bedauerlichen Fehler begangen, obwohl sich komischerweise herausstellte, dass es für alle Beteiligten ein gewaltiger finanzieller Erfolg wurde, denn die 3,6 Millionen Dollar, die die Bank in das Cedar-Wood-Projekt investierte, wurden zu einem Goldregen für die Einwohner von Hartford, ganz zu schweigen vom positiven Effekt für die Wirtschaft dieser Stadt.«

Der Fragesteller wollte sich noch immer nicht setzen. »Trotz Mr. Elliots edelmütigen Bemerkungen möchte ich ihn fragen, ob er eine solche Fehlverwendung von Mitteln der Polizei gemeldet hätte?«

Elliot erhob sich bedächtig. »Dazu möchte ich keinen Kommentar abgeben, solange ich nicht alle Einzelheiten dieses Falles kenne, aber mir reicht Mr. Cartwrights Zusicherung, dass er keine Straftat begangen hat und es bitter bereut, die Angelegenheit seinerzeit nicht sofort den zuständigen Behörden gemeldet zu haben.« Er machte eine Kunstpause. »Sollte ich jedoch Gouverneur werden, können Sie sich auf eine offene Regierungspolitik verlassen. Falls ich einen Fehler mache, werde ich ihn sofort einräumen, nicht erst zehn

Jahre später.« Der Fragesteller setzte sich; er hatte seine Aufgabe erledigt.

Dem Parteivorsitzenden gelang es nur mit Mühe, wieder etwas Ordnung und Ruhe in die Veranstaltung zu bringen. Es gab noch einige weitere Fragen, aber zum Antworten war es einfach zu laut, da in der Mitte des Saales heftig über Nats Enthüllung diskutiert wurde.

Als der Parteivorsitzende die Veranstaltung schließlich für beendet erklärte, verließ Elliot rasch den Raum, während Nat sitzen blieb. Er war gerührt, wie viele Leute zu ihm kamen und ihm die Hand schüttelten. Viele bestätigten, dass sich das Cedar-Wood-Projekt als äußerst segensreich für die Stadt erwiesen hatte.

»Tja, wenigstens haben sie dich nicht gelyncht«, tröstete Tom, als sie den Saal verließen.

»Das nicht, aber den Wählern wird morgen nur ein einziger Gedanke durch den Kopf gehen: Bin ich der passende Mann für den Gouverneurssitz?«

43

Der Cedar-Wood-Skandal lautete am folgenden Morgen die Schlagzeile des *Hartford Courant*. Illustriert war mit einem Foto des Schecks sowie Julias echter Unterschrift. Der Artikel las sich nicht gut, aber Nat hatte Glück: Die Hälfte der Wähler war, lange bevor die Zeitung herauskam, bereits zur Wahl gegangen. Nat hatte eine kurze Erklärung vorbereitet, für den Fall, dass er verlieren sollte. Darin erklärte er seinen Rücktritt und gratulierte seinem Gegner, ohne ihn als Gouverneur zu befürworten. Nat saß in seinem Büro, als im Hauptsitz der Republikaner das Ergebnis bekannt gegeben wurde.

Tom nahm den Anruf entgegen und stürmte ohne zu klopfen in Nats Büro. »Du hast gewonnen, du hast gewonnen! 11 792 zu 11 673! Nur 119 Stimmen Vorsprung, aber du gehst in der Gesamtwertung 29 zu 27 in Führung!«

Am nächsten Tag führte der Chefredakteur des *Hartford Courant* aus, dass niemand, der in das Cedar-Wood-Projekt investiert hatte, sein Geld verloren habe und die Wähler ihren Willen deutlich gemacht hätten.

Nat musste sich jedoch noch drei weiteren Wahlgremien und zwei weiteren Vorwahlen stellen, bevor der Kandidat endgültig ausgewählt wurde. Erleichtert stellte er fest, wie schnell Cedar Wood Schnee von gestern war. Elliot konnte das nächste Wahlgremium mit 19 zu 18 auf seine Seite ziehen, vier Tage später gewann Nat die Vorwahl mit 9702 zu 6379 Stimmen. Bei den Wahlgremien führte Nat jetzt mit 116 zu 91, und die Umfragen zeigten, dass er in seiner Geburtsstadt mit sieben Punkten vorn lag.

Auf den Straßen von Cromwell schlossen sich jetzt auch Nats Eltern, Susan und Michael, dem Wahlkampf an. Sie konzentrierten sich auf die älteren Wähler, während Luke und Kathy versuchten, die Jüngeren zur Wahl zu bewegen. Mit jedem weiteren Tag wurde Nat zuversichtlicher, dass er gewinnen würde. Der *Courant* erklärte, die eigentliche Schlacht stehe Nat erst noch bevor, wenn er sich nämlich Fletcher Davenport, dem beliebten Senator von Hartford, würde stellen müssen. Doch Tom bestand nach wie vor darauf, dass sie das Fernsehduell mit Elliot am Vorabend der Wahl ernst nehmen müssten.

»Wir dürfen nicht noch an der letzten Hürde scheitern«, warnte er. »Wenn du das Duell für dich entscheidest, bist du der Kandidat. Ich möchte, dass du am Sonntag die Fragen noch mal durchgehst und dich auf alles, wirklich alles vorbereitest, was während der Debatte hochkommen könnte. Du kannst sicher sein, dass Fletcher Davenport zu Hause vor dem Fernseher sitzt und jedes Wort analysiert, das du sagst. Solltest du einen Schnitzer machen, hat er binnen Minuten eine Presseerklärung fertig.«

Nat bedauerte jetzt, dass er sich vor einigen Wochen einverstanden erklärt hatte, in einer lokalen Fernsehsendung aufzutreten, um am Abend vor der letzten Vorwahl mit Elliot zu debattieren. Er und Elliot hatten sich auf David Anscott als Moderator geeinigt. Anscott war Journalist, dem mehr an seiner Popularität als an bissigen Fragen lag. Tom hatte nichts gegen ihn einzuwenden, denn er hielt diesen Fernsehauftritt für einen guten Probelauf für die unweigerlich schwierigere Debatte mit Fletcher Davenport, die in naher Zukunft stattfinden würde.

Jeden Tag gingen bei Tom Meldungen ein, wonach die freiwilligen Helfer Ralph Elliot in Scharen verließen. Manche wechselten sogar das Lager und schlossen sich ihrem Team an. Nat und Tom waren also an jenem Abend beide guter Dinge. Su Ling begleitete ihren Mann ins Fernsehstudio, Luke dagegen wollte lieber zu Hause bleiben, um seinem Vater später sagen zu können, wie er auf dem Bildschirm rüberkam.

»Auf dem Sofa mit Kathy, nehme ich an«, meinte Nat schmunzelnd.

»Nein, Kathy ist heute Nachmittag nach Hause gefahren. Ihre Schwester hat Geburtstag«, klärte Su Ling ihn auf. »Luke hätte mitfahren können, aber er nimmt seine Rolle als dein jugendlicher Berater sehr ernst.«

Tom kam in die Garderobe gelaufen und zeigte Nat die neuesten Umfragezahlen. Demnach lag Nat mit sechs Prozent in Führung. »Ich denke, jetzt kann dich nur noch Fletcher Davenport daran hindern, Gouverneur zu werden.«

»Ich bin erst überzeugt, wenn das endgültige Wahlergebnis bekannt gegeben wird«, erklärte Su Ling. »Vergesst nicht den Trick, den Elliot mit den Wahlurnen durchgezogen hat, nachdem alle dachten, die Auszählung wäre gelaufen.«

»Er hat schon jeden faulen Trick ausprobiert, den er auf Lager hatte, und ist mit allen gescheitert«, entgegnete Tom.

»Ich wünschte, ich könnte mir da sicher sein«, meinte Nat leise.

Beide Kandidaten wurden von dem kleinen Studiopublikum mit Applaus begrüßt, als sie auf die Bühne traten. Die

Sendung hieß *Das letzte Gefecht*. Die beiden Männer schüttelten sich in der Mitte der Bühne die Hand, aber ihr Blick blieb auf die Kameras gerichtet.

»Dies ist eine Livesendung«, erklärte David Anscott dem Publikum, »und wir gehen in etwa fünf Minuten auf Sendung. Ich eröffne mit einigen Fragen und gebe dann an Sie weiter. Wenn Sie einem der beiden Kandidaten eine Frage stellen möchten, machen Sie es kurz und bündig – bitte keine Reden.«

Nat lächelte, als er ins Publikum schaute, bis er den Mann erblickte, der die Cedar-Wood-Fragen gestellt hatte. Er saß in der zweiten Reihe. Nat spürte, wie seine Hände feucht wurden, aber selbst, wenn der Mann aufgerufen würde, war Nat zuversichtlich, ihm Paroli bieten zu können. Diesmal war er gut vorbereitet.

Die Scheinwerfer wurden eingeschaltet, der Vorspann lief ab, und David Anscott eröffnete mit aufgesetztem Lächeln die Sendung. Nachdem er die Teilnehmer vorgestellt hatte, hielten beide Kandidaten eine einminütige Eröffnungserklärung – und sechzig Sekunden können im Fernsehen eine sehr lange Zeit sein. Doch nach so vielen Ansprachen hätten sie ihre Predigten im Schlaf halten können.

Anscott begann mit einigen Aufwärmfragen, die man ihm aufgeschrieben hatte. Sobald die Kandidaten darauf geantwortet hatten, machte er keinen Versuch, auf ihre Antworten einzugehen, sondern las einfach vom Teleprompter vor ihm die nächste Frage ab. Nachdem der Moderator ans Ende seiner vorbereiteten Fragen gekommen war, wandte er sich rasch ans Publikum.

Die erste Frage verwandelte sich in einen Vortrag über Abtreibung, was Nat gefiel, denn er sah, wie die Sekunden verrannen. Er wusste, Elliot hatte zu diesem Thema keine Meinung, da er weder die Frauenbewegung noch seine Freunde in der römisch-katholischen Kirche verprellen wollte. Nat stellte klar, dass er uneingeschränkt das Recht der Frau auf Selbstbestimmung vertrat. Wie er vermutet hatte, wich Elliot einer klaren Antwort aus. Anscott rief die zweite Frage auf.

Fletcher, der zu Hause zusah, machte sich zu allem, was Nat Cartwright sagte, Notizen. Er verstand ohne Frage das Prinzip, das dem Bildungsgesetz zugrunde lag, vor allem aber schien er die Veränderungen, die Fletcher herbeiführen wollte, für ziemlich vernünftig zu halten.

»Er ist sehr intelligent«, meinte Annie.

»Und süß«, ergänzte Lucy.

»Ist hier irgendwer auf meiner Seite?«, wollte Fletcher wissen.

»Ja. Ich finde ihn nicht süß«, erklärte Jimmy. »Aber offenbar hat er viel über deinen Gesetzesentwurf nachgedacht und hält ihn für ein wichtiges Wahlkampfthema.«

»Ob er süß ist, kann ich nicht sagen«, warf Annie ein, »aber ist dir aufgefallen, dass er aus bestimmten Winkeln ein wenig aussieht wie du, Fletcher?«

»Ach nein«, widersprach Lucy, »er sieht viel besser aus als Dad.«

Die dritte Frage drehte sich um die Schusswaffenkontrolle. Ralph Elliot erklärte, dass er hinter der Waffenlobby stehe und für das Recht jedes Amerikaners eintreten werde, sich zu verteidigen. Nat erklärte, warum er eine schärfere Waffenkontrolle begrüßen würde, damit sich Vorfälle wie der, den sein Sohn in der Elementary School erlebt hatte, nie mehr wiederholen würden.

Annie und Lucy applaudierten, ebenso das Studiopublikum.

»Will ihn denn keiner daran erinnern, wer damals mit seinem Sohn im Klassenzimmer war?«, rief Jimmy.

»Daran muss man ihn nicht erinnern«, erwiderte Fletcher.

»Eine letzte Frage«, rief Anscott ins Publikum. »Eine kurze Frage, bitte, uns läuft die Zeit davon.«

Wie aufs Stichwort erhob sich der Mann in der zweiten Reihe. Elliot zeigte demonstrativ auf ihn, falls Anscott den Gedanken hegen sollte, jemand anderem das Wort zu erteilen.

»Wie stehen die beiden Kandidaten zum Problem illegaler Einwanderung?«

»Was zur Hölle hat das mit dem Gouverneursamt von Connecticut zu tun?«, wollte Fletcher wissen.

Ralph Elliot sah den Fragesteller direkt an und sagte: »Ich bin sicher, dass ich für uns beide spreche, wenn ich sage, dass Amerika stets all diejenigen willkommen heißen sollte, die unterdrückt werden und unsere Hilfe brauchen, wie wir das im Laufe unserer Geschichte immer schon gehalten haben. Wer jedoch in unser Land kommen will, muss sich natürlich dem vorgeschriebenen Verfahren unterziehen und alle gesetzlichen Erfordernisse erfüllen.«

»Das klingt mir doch sehr nach einer vorbereiteten und oft geprobten Antwort«, meinte Fletcher und sah Annie an. »Was hat er nur vor?«

»Ist das auch Ihre Ansicht zu illegalen Immigranten, Mr. Cartwright?«, fragte David Anscott, leicht verwirrt hinsichtlich der Absichten, die der Fragesteller verfolgte.

»Ich gebe zu, David, dass ich nicht sehr viel darüber nachgedacht habe, da dieser Punkt angesichts der Probleme, denen sich Connecticut derzeit gegenübersieht, nicht ganz oben auf meiner Prioritätenliste steht.«

»Komm zum Schluss«, vernahm Anscott den Produzenten in seinem Ohrhörer, als der Fragesteller rief: »Aber Sie müssen darüber nachgedacht haben, Mr. Cartwright. Schließlich ist Ihre Frau eine illegale Einwanderin.«

»Moment, lass ihn das noch beantworten«, rief der Produzent. »Wenn wir jetzt aufhören, ruft uns eine Viertelmillion Leute an und will wissen, wie seine Antwort darauf gelautet hat. Nahaufnahme von Cartwright.«

Fletcher gehörte zu dieser Viertelmillion Menschen, die auf Nats Antwort warteten, als die Kamera auf Elliot schwenkte, der verblüfft dreinschaute.

»Du Mistkerl«, rief Fletcher. »Du hast doch gewusst, dass diese Frage kommt.«

Die Kamera fuhr wieder zu Nat, der die Lippen zusammengepresst hatte.

»Ich habe doch recht, oder?«, fuhr der Fragesteller fort. »Ihre Frau ist illegal in dieses Land gekommen?«

»Meine Frau ist Professorin für Statistik an der University of Connecticut«, erklärte Nat und versuchte, das Zittern in seiner Stimme zu unterdrücken.

Anscott lauschte in seinen Ohrhörer, um zu erfahren, wie der Produzent vorzugehen gedachte, da ihre Sendezeit längst abgelaufen war.

»Sag nichts«, kam die Anweisung des Produzenten, »bleib einfach dran. Ich kann den Abspann immer noch drüberlegen, wenn es langweilig wird.« Anscott nickte in Richtung der Kamera, die auf ihn gerichtet war.

»Das mag ja sein, Mr. Cartwright«, fuhr der Fragesteller fort, »aber hat Ihre Schwiegermutter, Su Kai Peng, dieses Land nicht mit falschen Papieren betreten und behauptet, mit einem amerikanischen Soldaten verheiratet gewesen zu sein, der in Wirklichkeit mehrere Monate vor dem Ausstellungsdatum der Heiratsurkunde im Kampf für unser Land gefallen war?«

Nat erwiderte nichts darauf.

Fletcher schwieg ebenfalls. Er sah zu, wie Cartwright auf der Streckbank lag.

»Da Sie meine Frage offenbar nicht beantworten wollen, Mr. Cartwright, können Sie mir dann wenigstens bestätigen, dass sich Ihre Schwiegermutter auf der Heiratsurkunde als Näherin bezeichnete? Tatsache ist aber, dass sie vor ihrer Ankunft in Amerika als Prostituierte auf den Straßen von Seoul arbeitete. Darum weiß nur der Himmel allein, wer der Vater Ihrer Frau ist.«

»Abspann«, befahl der Produzent. »Uns bleibt keine Zeit mehr, und ich wage es nicht, ein paar Minuten von *Baywatch* abzuzwacken. Aber wir lassen die Kameras laufen. Vielleicht kriegen wir noch ein paar Bilder für die Spätnachrichten.«

Auf dem Bildschirm lief jetzt der Abspann, und der Fragesteller verließ rasch das Studio. Nat starrte zu seiner Frau, die in der dritten Reihe saß. Sie war blass und zitterte.

»Das war doch ein abgekartetes Spiel«, erklärte der Produzent.

Elliot wandte sich an den Moderator und sagte: »Das war abscheulich. Sie hätten ihm viel früher Einhalt gebieten müssen.« Dann sah er zu Nat und fügte hinzu: »Glaub mir, ich hatte keine Ahnung …«

»Du bist ein Lügner«, sagte Nat.

»Auf ihm bleiben«, befahl der Regisseur dem ersten Kameramann. »Alle vier Kameras laufen weiter. Ich will das aus jeder Einstellung.«

»Was behauptest du da?«, fragte Elliot.

»Du hast die ganze Sache eingefädelt. Du bist dabei nicht einmal raffiniert vorgegangen – du hast sogar denselben Mann eingesetzt, der mich vor zwei Wochen zum Cedar-Wood-Projekt ins Verhör genommen hat. Aber ich sage dir eins, Ralph Elliot«, er wies mit dem Finger auf ihn, »ich werde dir trotzdem den Todesstoß versetzen.«

Nat stürmte von der Bühne. Hinter den Kulissen wartete bereits Su Ling auf ihn. »Komm, kleine Blume, ich bring dich heim.« Tom stieß zu ihnen, als Nat gerade den Arm um seine Frau legte.

»Es tut mir leid, Nat, aber ich muss das fragen«, entschuldigte sich Tom. »Entspricht irgendetwas von diesem Mist der Wahrheit?«

»Es ist alles wahr«, erwiderte Nat. »Und bevor du fragst: Ich wusste das schon seit unserer Hochzeitsreise.«

»Bring Su Ling nach Hause«, riet Tom. »Und sprich unter gar keinen Umständen mit der Presse.«

»Lass gut sein«, sagte Nat. »Du kannst eine Presseerklärung herausgeben, dass ich vom Wahlkampf zurücktrete. Ich lasse meine Familie nicht noch mehr durch den Schmutz ziehen.«

»Triff jetzt keine übereilte Entscheidung, die du später bereuen könntest. Lass uns nachher darüber reden, was wir morgen früh tun müssen«, entgegnete Tom.

Nat nahm Su Lings Hand und verließ mit ihr das Studio durch eine Tür, die auf den Parkplatz führte.

»Viel Glück«, rief einer seiner Anhänger, als Nat seiner Frau die Wagentür öffnete. Er reagierte auf keinen der Zurufe, sondern fuhr rasch mit seiner Frau davon. Dabei sah er zu Su Ling, die wütend auf das Armaturenbrett einschlug.

»Wie hat Elliot es herausgefunden?«

»Wahrscheinlich hat er ein Team von Privatdetektiven auf meine Vergangenheit angesetzt.«

»Und als er nichts über dich finden konnte, hat er sich auf mich und meine Mutter konzentriert«, flüsterte Su Ling. Lange herrschte Schweigen, dann fügte sie hinzu: »Ich will nicht, dass du dich vom Wahlkampf zurückziehst. Du musst im Rennen bleiben. Das ist die einzige Möglichkeit, wie wir diesen Bastard schlagen können.« Nat erwiderte nichts, während er durch den Abendverkehr fuhr. »Es tut mir nur leid um Luke«, sagte Su Ling schließlich. »Er wird alles persönlich genommen haben. Wäre doch nur Kathy noch einen Tag länger geblieben.«

»Ich kümmere mich um ihn«, versprach Nat. »Du holst am besten deine Mutter und bringst sie über Nacht zu uns.«

»Ich rufe sie an, sobald wir zu Hause sind«, sagte Su Ling. »Möglicherweise hat sie nicht mal ferngesehen.«

»Keine Chance«, meinte Nat, als er in die Auffahrt bog. »Sie ist mein treuester Fan und verpasst keinen meiner Fernsehauftritte.«

Nat legte den Arm um Su Ling, als sie auf die Haustür zugingen. Im Haus brannte kein Licht, außer in Lukes Zimmer. Nat steckte den Schlüssel ins Schloss, öffnete die Tür und sagte: »Ruf deine Mutter an. Ich sehe schnell nach Luke.«

Su Ling ging zum Telefon im Flur, während Nat langsam die Treppe hinaufstieg und versuchte, seine Gedanken zu ordnen. Er wusste, Luke würde auf jede Frage eine wahrheitsgemäße Antwort erwarten. Er ging den Flur entlang und klopfte leise an die Tür seines Sohnes. Es kam keine Antwort, also versuchte Nat es erneut und rief: »Luke, darf ich reinkommen?« Immer noch keine Antwort. Er öffnete die Tür einen Spaltbreit und sah hinein, aber Luke war nicht im Bett, und keines seiner Kleidungsstücke lag wie üblich ordentlich gefaltet über dem Stuhl. Nats erste Reaktion war, dass Luke zu seiner Großmutter geflüchtet sein musste. Er machte das Licht aus und lauschte, wie Su Ling mit ihrer Mutter sprach. Er wollte gerade zu ihr nach unten, als ihm auffiel, dass Luke das Licht im Badezimmer hatte brennen lassen. Er beschloss, es auszuschalten.

Nat ging zum Bad und stieß die Tür auf. Einen Augenblick lang starrte er reglos zu seinem Sohn hoch. Dann fiel er auf die Knie, unfähig, noch einmal aufzusehen, obwohl er wusste, dass er Lukes baumelnden Körper herunterholen musste, damit das nicht die letzte Erinnerung wäre, die Su Ling von ihrem einzigen Kind hätte.

Annie nahm den Hörer ab und lauschte. »Es ist für dich. Charlie vom *Courant*«, sagte sie gleich darauf und reichte den Hörer an Fletcher weiter.

»Haben Sie das Rededuell im Fernsehen gesehen?«, fragte der Leiter des Ressorts Politik, als Fletcher sich meldete.

»Nein«, erwiderte Fletcher, »Annie und ich verpassen nie eine Folge von *Seinfeld.*«

»Touché. Wollen Sie eine Erklärung dazu abgeben, dass die Ehefrau Ihres Rivalen eine illegale Einwanderin und ihre Mutter eine Prostituierte ist?«

»Ja. Ich denke, David Anscott hätte den Fragesteller unterbrechen müssen. Das war doch ganz offensichtlich von Anfang an eine billige Falle.«

»Darf ich Sie zitieren?«, fragte Charlie. Jimmy schüttelte heftig den Kopf.

»Ja, das dürfen Sie, denn im Vergleich dazu hatte alles, was Nixon ausgebrütet hat, nur das Niveau der *Muppet Show.*«

»Es wird Sie freuen zu hören, Herr Senator, dass Ihre Instinkte der öffentlichen Meinung entsprechen. Die Telefonzentrale des Senders wurde mit Sympathiebekundungen für Nat Cartwright und seine Frau überhäuft, und ich wette, Elliot wird morgen vernichtend geschlagen.«

»Das macht es für mich umso schwerer«, erwiderte Fletcher, »aber wenigstens hat die ganze Welt erfahren, was für ein Mistkerl Ralph Elliot ist.«

»Ich frage mich, ob das klug war«, meinte Jimmy im Anschluss.

»Ganz sicher nicht«, erwiderte Fletcher. »Aber dein Vater hätte genau das Gleiche gesagt.«

Als der Krankenwagen eintraf, beschloss Nat, den Leichnam seines Sohnes ins Krankenhaus zu begleiten, während seine Mutter hilflos versuchte, Su Ling zu trösten.

»Ich komme sofort zurück«, versprach er, bevor er seine Frau sanft küsste.

Als er die zwei Sanitäter im Krankenwagen sah, die schweigend zu beiden Seiten der Leiche saßen, erklärte er, dass er ihnen in seinem eigenen Auto folgen würde. Sie nickten nur.

Die Belegschaft des Krankenhauses versuchte, so mitfühlend wie möglich zu sein, aber es gab Formulare, die ausgefüllt, und Abläufe, die eingehalten werden mussten. Sobald Nat das erledigt hatte, ließ man ihn allein. Er küsste

Luke auf die Stirn und wandte sich vom Anblick der roten und schwarzen Striemen um dessen Hals ab. Nat wusste, die Erinnerung daran würde ihn den Rest seines Lebens verfolgen.

Nachdem er Lukes Gesicht mit einem Laken zugedeckt hatte, verließ Nat seinen geliebten Sohn und ging an Menschen mit gesenkten Köpfen vorbei, die ihm leise ihr Beileid aussprachen. Er musste zurück zu Su Ling, doch vorher hatte er noch jemand anderem einen Besuch abzustatten.

Nat fuhr wie auf Autopilot geschaltet. Seine Wut wurde mit den Meilen, die er zurücklegte, nicht kleiner. Obwohl er noch nie zuvor dort gewesen war, wusste er genau, wo das Haus lag, und als er endlich in die Auffahrt bog, konnte Nat Licht im Erdgeschoss sehen. Er musste sich zur Ruhe zwingen, wenn er das durchziehen wollte. Als er auf die Haustür zuging, hörte er laute Stimmen, ein Mann und eine Frau stritten sich. Nat betätigte den Türklopfer mit Nachdruck, und die Stimmen verstummten abrupt, als hätte man einen Fernseher ausgeschaltet. Einen Augenblick später wurde die Tür aufgerissen, und Nat stand von Angesicht zu Angesicht dem Mann gegenüber, den er für den Tod seines Sohnes verantwortlich machte.

Ralph Elliot blickte geschockt, fasste sich aber gleich wieder. Er versuchte, Nat die Tür vor der Nase zuzuschlagen, doch der hatte bereits seine Schulter fest dagegengepresst. Nats erster Schlag traf Elliots Nase und ließ ihn nach hinten torkeln. Elliot stolperte, gewann jedoch rasch sein Gleichgewicht wieder, drehte sich um und rannte den Flur entlang. Nat marschierte hinter ihm her. Er folgte Elliot in dessen Arbeitszimmer und sah sich nach der anderen Stimme um, aber von Rebecca war weit und breit nichts zu sehen. Er richtete seine Aufmerksamkeit wieder auf Elliot, der eine Schublade seines Schreibtisches aufzog. Er holte eine Waffe heraus und richtete sie auf Nat.

»Raus aus meinem Haus«, brüllte er, »oder ich knall dich ab.« Blut rann ihm aus der Nase.

Nat ging auf ihn zu. »Das glaube ich nicht«, sagte er. »Nach der Masche, die du heute Abend abgezogen hast, wird dich nie wieder jemand beim Wort nehmen.«

»Doch, das werden sie. Ich habe eine Zeugin. Vergiss nicht, dass Rebecca gesehen hat, wie du in unser Haus eingedrungen bist, wie du Drohungen ausgestoßen und mich angegriffen hast.«

Nat stürmte auf ihn zu und wollte ein weiteres Mal auf ihn einschlagen. Elliot wich zurück und geriet aus dem Gleichgewicht, als er an der Lehne seines Schreibtischstuhls hängen blieb. Die Waffe ging los. Nat stürzte sich auf Elliot, und die beiden gingen zu Boden. Nat rammte sein Knie so kräftig in Elliots Bauch, dass sich sein Rivale zusammenkrümmte und die Waffe losließ. Nat packte sie und zielte auf Elliot, dessen Gesicht vor Angst verzerrt war.

»Du hast diesen Mistkerl ins Publikum geschleust, nicht wahr?«, sagte Nat.

»Ja, ja, aber ich wusste doch nicht, dass er so weit gehen würde. Du bringst doch wohl keinen um, nur weil …«

»Nur weil er für den Tod meines Sohnes verantwortlich ist?«

Sämtliche Farbe wich aus Elliots Gesicht.

»Doch, das würde ich.« Nat presste den Lauf der Waffe gegen Elliots Stirn. Er starrte auf den Mann hinunter, der jetzt vor ihm kniete und um sein Leben flehte. »Ich werde dich nicht umbringen« – Nat senkte die Waffe –, »denn das wäre der Ausweg eines Feiglings. Nein, ich will, dass du einen weitaus langsameren Tod stirbst: Jahr um Jahr an Demütigung und Schmach. Morgen wirst du entdecken, was die Leute von Hartford wirklich von dir denken, und dann musst du die letzte Entwürdigung miterleben, wenn du zusiehst, wie ich in den Amtssitz des Gouverneurs einziehe.«

Nat stand auf, legte die Waffe ruhig auf den Schreibtisch, drehte sich um und verließ das Zimmer. Er stieß auf Rebecca, die im Flur auf dem Boden kauerte. Kaum war er an ihr vorüber, rannte sie ins Arbeitszimmer. Nat schritt durch die offene Tür und stieg in seinen Wagen.

Er fuhr gerade durchs Tor, als er den Schuss hörte.

Fletchers Telefon klingelte alle paar Minuten. Annie nahm sämtliche Anrufe entgegen und erklärte, ihr Ehemann habe keinen Kommentar abzugeben bis auf den, dass er Mr. und Mrs. Cartwright sein Beileid habe zukommen lassen.

Kurz nach Mitternacht stöpselte Annie das Telefon aus und ging nach oben. Obwohl das Licht im Schlafzimmer brannte, fand sie Fletcher zu ihrer Überraschung nicht dort vor. Sie ging wieder nach unten ins Arbeitszimmer. Die üblichen Papiere stapelten sich auf seinem Schreibtisch, aber er saß nicht in seinem Sessel. Zögernd stieg sie wieder die Treppe hoch und bemerkte unter Lucys Tür einen schwachen Lichtschein. Vorsichtig drehte Annie am Türknauf und öffnete langsam die Tür, falls Lucy eingeschlafen war und vergessen hatte, das Licht zu löschen. Sie entdeckte ihren Ehemann, der auf dem Bett saß und die Hand ihrer schlafenden Tochter umklammert hielt. Tränen strömten ihm über die Wangen. Er drehte sich um und sah seine Frau an. »Im Vergleich zu ihr ist alles andere unwichtig«, sagte er.

Als Nat nach Hause kam, saß seine Mutter mit Su Ling auf dem Sofa. Su Lings Gesicht war wächsern, ihre Augen lagen tief in ihren Höhlen. In wenigen Stunden war sie um Jahre gealtert. »Ich lasse dich jetzt mit ihr allein«, sagte seine Mutter. »Aber gleich morgen früh komme ich wieder. Ich finde selbst hinaus.«

Nat beugte sich vor, küsste seine Mutter zum Abschied und setzte sich dann neben seine Frau. Er nahm ihren grazilen Körper in den Arm, sagte aber nichts. Es gab nichts zu sagen.

Nat hatte keine Ahnung, wie lange sie dort saßen, als er eine Polizeisirene hörte. Er nahm an, das schrille Geräusch würde rasch in der Ferne verschwinden, aber es wurde immer lauter und hörte erst auf, als ein Wagen quietschend vor seiner Haustür zum Halten kam. Er hörte, wie Wagentüren zugeschlagen wurden, dann schwere Schritte, gefolgt von lautem Klopfen an der Tür.

Nat nahm seinen Arm von der Schulter seiner Frau und schleppte sich mühsam zur Tür. Als er sie öffnete, stand Polizeichef Culver vor ihm, flankiert von zwei Streifenbeamten.

»Was gibt es für ein Problem, Chief?«

»Tut mir leid, vor allem angesichts dessen, was Sie gerade durchmachen«, entschuldigte sich Don Culver, »aber ich habe keine andere Wahl, als Sie zu verhaften.«

»Weswegen denn?«, fragte Nat ungläubig.

»Wegen Mordes an Ralph Elliot.«

Fünftes Buch

Richter

44

Nicht zum ersten Mal in der amerikanischen Geschichte tauchte der Name eines Toten auf einem Stimmzettel auf, und ganz sicher kandidierte nicht zum ersten Mal ein Mann aus einer Arrestzelle heraus um ein Amt, aber sosehr die Historiker auch suchten, sie fanden keinen Präzedenzfall, bei dem beides am selben Tag vorgekommen wäre.

Der Polizeichef erlaubte Nat nur einen einzigen Anruf. Nat wählte Toms Nummer, der noch nicht schlief, obwohl es drei Uhr nachts war. »Ich hole Jimmy Gates aus dem Bett und komme schnellstmöglich aufs Revier.«

Sie waren gerade damit fertig, Nats Fingerabdrücke abzunehmen, als Tom in Begleitung des Anwalts eintraf. »Du erinnerst dich sicher an Jimmy«, sagte Tom. »Er hat uns bei der Fairchild-Übernahme beraten.«

»Ja, ich erinnere mich.« Nat trocknete sich die Hände ab, nachdem er sich die Reste der schwarzen Tinte von den Fingern gewaschen hatte.

»Ich habe mit dem Chief gesprochen«, berichtete Jimmy. »Er lässt Sie nach Hause, aber Sie müssen morgen früh um zehn vor Gericht erscheinen, dann wird die Anklage verlesen. Ich werde Kaution für Sie beantragen, und es besteht kein Grund, warum dem nicht stattgegeben werden sollte.«

»Danke«, sagte Nat mit ausdrucksloser Stimme. »Jimmy, wissen Sie noch, als ich Sie vor dem Übernahmeangebot an

Fairchild fragte, wer der beste Anwalt für Wirtschaftsrecht ist, der uns in dieser Angelegenheit vertreten könnte?«

»Allerdings«, erwiderte Jimmy. »Und Sie haben immer gesagt, Logan Fitzgerald hätte erstklassige Arbeit geleistet.«

»Das hat er in der Tat«, bestätigte Nat leise, »und jetzt müssen Sie mir den Logan Fitzgerald des Strafrechts finden.«

»Bis zu unserem morgigen Termin habe ich zwei oder drei Namen für Sie. Es gibt da einen Typen in Chicago, der ganz außergewöhnlich ist, aber ich weiß nicht, wie es mit seinem Terminkalender aussieht.«

Der Polizeichef trat zu ihnen. »Mr. Cartwright, soll einer meiner Jungs Sie nach Hause fahren?«

»Nein, vielen Dank, Chief«, entgegnete Tom. »Ich fahre den Kandidaten nach Hause.«

»Du nennst mich inzwischen schon ganz automatisch den Kandidaten«, meinte Nat. »Fast so, als wäre das mein Vorname.«

Auf dem Heimweg erzählte Nat Tom alles, was sich in Elliots Haus zugetragen hatte. »Am Ende steht also dein Wort gegen ihres«, meinte Tom, als er vor Nats Haustür vorfuhr.

»Genau. Und ich fürchte, meine Version ist nicht so überzeugend wie ihre, auch wenn es die Wahrheit ist.«

»Darüber sprechen wir morgen früh«, wiegelte Tom ab. »Jetzt musst du etwas schlafen.«

Su Ling stand in der offenen Tür. »Haben sie auch nur einen Augenblick lang geglaubt …?«

Nat erzählte ihr, was auf dem Polizeirevier passiert war. Am Ende sagte Su Ling nur: »Was für ein Pech.«

»Wie meinst du das?«, fragte Nat.

»Dass du ihn *nicht* getötet hast.«

Nat stieg die Treppe hoch und ging durchs Schlafzimmer direkt ins Bad. Er zog seine Kleider aus und warf sie in eine Tüte. Die würde er entsorgen, damit er nie mehr an diesen schrecklichen Tag erinnert würde. Dann stieg er in die Dusche und stellte sich unter das eiskalte Wasser. Nachdem er frische Sachen angezogen hatte, ging er zu seiner Frau in die Küche. Auf der Ablage lag sein Terminkalender für den Wahltag; keine Erwähnung eines Erscheinens vor Gericht wegen Mordanklage.

Um neun tauchte Tom auf. Er berichtete, dass die Wahl zügig vonstattenging. Als würde in Nats Leben sonst nichts geschehen. »Sie haben direkt nach dem Fernsehduell eine Umfrage durchgeführt«, erzählte er Nat, »und dabei lagst du mit 63 zu 37 vorn.«

»Das war allerdings, bevor ich verhaftet wurde«, wandte Nat ein.

»Das treibt deinen Vorsprung wahrscheinlich auf 70 zu 30 hoch«, scherzte Tom. Keiner lachte.

Tom tat sein Bestes, um sie auf den Wahlkampf einzuschwören und von jedem Gedanken an Luke abzulenken. Es funktionierte nicht. Er sah zur Küchenuhr. »Wir müssen los«, sagte er zu Nat, der sich daraufhin umdrehte und Su Ling in den Arm nahm.

»Nichts da, ich komme mit«, erklärte sie. »Nat mag ihn nicht umgebracht haben, aber ich hätte es getan, wenn ich gekonnt hätte.«

»Ich auch«, meinte Tom sanft, »aber ich muss euch warnen – vor dem Gericht wird sich ein Medienzirkus abspielen. Alles, was ihr sagt, wird auf den Titelseiten landen.«

Als sie das Haus verließen, wurden sie von einem Dutzend Journalisten und drei Kamerateams empfangen, die ihnen zusahen, wie sie in den Wagen stiegen. Auf der Fahrt durch die Straßen klammerte Nat sich an Su Lings Hand. Er merkte gar nicht, wie viele Menschen ihm zuwinkten, sobald sie ihn erkannten. Als sie fünfzehn Minuten später vor der Treppe zum Gericht ankamen, sah sich Nat der größten Menschenmenge seiner gesamten Wahlkampfzeit gegenüber.

Der Polizeichef hatte das Problem vorausgesehen und zwanzig Uniformierte abgeordnet, die die Massen zurückhalten und einen Korridor schaffen sollten, damit Nat und seine Begleiter das Gebäude unbehelligt betreten konnten. Doch das funktionierte nicht, weil zwanzig Streifenbeamte nicht ausreichten, um die Horden an Fotografen und Journalisten zurückzuhalten, die laut brüllten und Nat und Su Ling auf den Stufen zum Gericht bedrängten. Mikrofone wurden Nat ins Gesicht gehalten, und aus allen Richtungen prasselten Fragen auf ihn ein.

»Haben Sie Ralph Elliot ermordet?«, wollte ein Reporter wissen.

»Ziehen Sie Ihre Kandidatur zurück?«

»War Ihre Mutter eine Prostituierte, Mrs. Cartwright?«

»Glauben Sie, dass Sie immer noch gewinnen können, Nat?«

»War Rebecca Elliot Ihre Geliebte?«

»Was waren die letzten Worte von Ralph Elliot, Mr. Cartwright?«

Als sie durch die Schwingtüren traten, sahen sie Jimmy Gates, der hinten in der Halle auf sie wartete. Er führte Nat zu einer Bank vor dem Verhandlungssaal und informierte seinen Mandanten, was nun geschehen würde.

»Ihr Auftritt wird nur etwa fünf Minuten dauern«, erklärte Jimmy. »Sie müssen Ihren Namen nennen, danach wird die

Anklage verlesen, und man wird Sie fragen, wie Sie sich bekennen. Sobald Sie auf nicht schuldig plädiert haben, stelle ich Antrag auf Kaution. Der Staat wird 50 000 Dollar verlangen, dem stimme ich zu. In dem Augenblick, in dem Sie alle notwendigen Papiere unterzeichnet haben, werden Sie auf freien Fuß gesetzt und müssen erst zu Prozessbeginn wieder vor Gericht erscheinen.«

»Wann wird das sein?«

»Normalerweise dauert es sechs Monate, aber ich habe darum gebeten, dass der Vorgang angesichts der anstehenden Wahl beschleunigt wird.« Nat bewunderte das professionelle Vorgehen seines Rechtsbeistands, und er erinnerte sich, dass Jimmy Fletcher Davenports engster Freund war. Doch wie jeder gute Anwalt, dachte Nat, verstand es Jimmy, Berufliches und Privates klar zu trennen.

Jimmy sah auf die Uhr. »Wir müssen rein. Das Letzte, was wir jetzt brauchen können, ist ein Richter, der auf uns warten muss.«

Nat betrat den vollen Gerichtssaal und schritt mit Tom an seiner Seite langsam durch den Mittelgang. Es überraschte ihn, wie viele Menschen ihm die Hand entgegenstreckten und ihm Glück wünschten. Es ähnelte mehr einem Parteitag als einem Gerichtstermin. Als sie vorne angelangt waren, hielt Jimmy ein kleines Holzgatter auf, das den eigentlichen Verhandlungsbereich von den Schaulustigen trennte. Er führte Nat an einen Tisch auf der linken Seite und bat ihn, sich neben ihn zu setzen. Während sie auf den Richter warteten, sah Nat zu Richard Ebden, dem Staatsanwalt – ein Mann, den er immer bewundert hatte. Er wusste, dass Ebden ein ernst zu nehmender Gegner war, und fragte sich, wen Jimmy als Verteidiger vorschlagen würde.

»Erheben Sie sich. Den Vorsitz führt Richter Deakins.«

Der Ablauf war genauso, wie Jimmy ihn beschrieben und vorhergesehen hatte, und fünf Minuten später standen sie wieder auf der Straße und mussten sich denselben Journalisten mit denselben Fragen stellen, auf die sie immer noch keine Antworten bekamen.

Sie quetschten sich durch die Menge zu ihrem Wagen. Erneut war Nat überrascht, wie viele Menschen ihm noch die Hand schütteln wollten. Tom machte langsamer, denn er wusste, diese Bilder würden die Wähler in den Mittagsnachrichten sehen. Nat sprach mit jedem wohlmeinenden Anhänger, aber er war sich nicht sicher, was er dem Passanten erwidern sollte, der ihm zurief: »Ich bin froh, dass Sie den Mistkerl ermordet haben!«

»Soll ich euch gleich nach Hause fahren?«, fragte Tom, als sein Wagen langsam durch die Menschenmasse rollte.

»Nein«, bat Nat. »Lass uns zur Bank fahren und im Vorstandszimmer reden.«

Unterwegs hielten sie nur ein einziges Mal an, um sich eine Ausgabe des *Courant* zu besorgen, als sie einen Zeitungsjungen rufen hörten: »Cartwright des Mordes angeklagt.« Tom schien nur an der Umfrage auf der zweiten Seite interessiert, die zeigte, dass Nat nun mit über zwanzig Punkten vor Elliot lag. »Und außerdem haben 72 Prozent erklärt, dass du deine Kandidatur nicht zurückziehen solltest.« Tom las weiter, sah dann plötzlich auf, sagte aber nichts.

»Was ist?«, fragte Su Ling.

»Sieben Prozent sagen, sie hätten Elliot selbst liebend gern umgebracht, wenn du sie darum gebeten hättest.«

Als sie zur Bank kamen, erwartete sie dort eine weitere Meute an Journalisten und Kameramännern. Wieder begegneten sie ihnen mit eisernem Schweigen. Im Flur stieß Toms Sekretärin auf sie und berichtete, dass die Wahlbeteiligung so hoch sei wie noch nie.

Sobald sie im Vorstandszimmer saßen, eröffnete Nat die Diskussion. »Die Partei wird erwarten, dass ich zurücktrete, ungeachtet des Ergebnisses, und ich denke immer noch, dass es angesichts der Umstände auch das einzig Richtige wäre.«

»Warum lässt du nicht die Wähler entscheiden?«, fragte Su Ling leise. »Wenn sie dich mit überwältigender Mehrheit unterstützen, dann kämpfe weiter. Das wird die Geschworenen davon überzeugen, dass du unschuldig bist.«

»Das sehe ich genauso«, sagte Tom.

»Was denken Sie, Jimmy? Schließlich sind Sie mein Rechtsbeistand.«

»In dieser Angelegenheit bin ich nicht objektiv«, gab Jimmy zu. »Wie Sie wissen, ist der Kandidat der Demokraten mein engster Freund, aber wenn ich ihn unter den gleichen Umständen vertreten sollte und wüsste, dass er unschuldig ist, würde ich ihm raten, am Ball zu bleiben und zu kämpfen.«

»Tja, vermutlich kann die Öffentlichkeit auch einen Toten wählen. Der Himmel weiß, was dann passiert.«

»Sein Name bleibt auf den Stimmzetteln«, erläuterte Tom, »und wenn er die Wahl gewinnt, kann die Partei irgendeinen anderen bitten, ihn zu ersetzen.«

»Ist das dein Ernst?«, fragte Nat.

»Aber ja. Ziemlich oft wählen sie die Frau des Toten, und ich wette, Rebecca Elliot würde nur zu gern seinen Platz einnehmen.«

»Und falls Sie verurteilt würden«, warf Jimmy ein, »könnte sich Mrs. Elliot einer Menge Sympathiewähler sicher sein.«

»Haben Sie einen Verteidiger gefunden, der mich vertreten kann?«, wollte Nat wissen.

»Vier«, erwiderte Jimmy und nahm einen dicken Ordner aus seinem Aktenkoffer. Er schlug ihn auf. »Zwei aus New York, beide von Logan Fitzgerald empfohlen, einer aus Chicago, der auch bei Watergate mit von der Partie war, und ein Vierter aus Dallas, der in den letzten zehn Jahren nur einen einzigen Fall verloren hat, und da hatte sein Mandant den Mord auf Video aufgezeichnet. Ich werde alle vier im Lauf des Tages anrufen und fragen, ob sie frei sind. Das wird ein derart brisanter Fall, dass ich wette, sie können sich alle freimachen.«

»Steht denn niemand aus Connecticut auf dieser Liste?«, fragte Tom. »Das würde den Geschworenen ein besseres Bild vermitteln.«

»Da haben Sie sicher recht«, sagte Jimmy, »aber der einzige Mann, der das nötige Kaliber hat, steht nicht zur Verfügung.«

»Wer ist es?«, wollte Nat wissen.

»Der demokratische Kandidat für das Amt des Gouverneurs.«

Nat lächelte zum ersten Mal. »Er wäre meine erste Wahl.«

»Er steht mitten im Wahlkampf.«

»Falls Sie es noch nicht bemerkt haben: der Angeklagte auch«, entgegnete Nat. »Seien wir ehrlich, die Wahl findet erst in neun Monaten statt. Falls ich sein Gegner werde, dann weiß er wenigstens jederzeit, wo ich bin.«

»Aber …«, fing Jimmy nochmals an.

»Richten Sie Fletcher Davenport aus, wenn ich der republikanische Kandidat werde, ist er meine erste Wahl. Und wenden Sie sich an keinen der anderen, solange er nicht abgelehnt hat, denn wenn alles stimmt, was ich von diesem Mann gehört habe, wird er mich ganz bestimmt vertreten wollen.

»Wenn das Ihre Anweisungen sind, Mr. Cartwright.«

»Das sind meine Anweisungen, Herr Anwalt.«

Als die Wahllokale um 20 Uhr schlossen, schlief Nat tief und fest in Toms Wagen. Sein Stabschef fuhr ihn nach Hause und machte keinen Versuch, ihn zu wecken. Das Nächste, was Nat mitbekam, war, wie er im Bett neben Su Ling aufwachte. Sein erster Gedanke galt Luke. Su Ling sah ihn an und nahm seine Hand. »Nein«, flüsterte sie.

»Wie meinst du das? Nein?«, fragte Nat.

»Ich sehe es in deinen Augen, Liebling. Du fragst dich, ob du meinetwegen die Kandidatur zurückziehen sollst, damit wir um Luke trauern können, wie es sich gehört. Aber meine Antwort lautet Nein.«

»Wir müssen die Beerdigung organisieren, und die Vorbereitungen für den Gerichtsprozess, ganz zu schweigen vom Prozess selbst.«

»Und ganz zu schweigen von den endlosen Stunden dazwischen, in denen du ins Grübeln geraten wirst und man es kaum noch mit dir wird aushalten können. Trotzdem lautet meine Antwort Nein.«

»Es ist doch so gut wie unmöglich, dass die Geschworenen den Worten einer trauernden Witwe keinen Glauben schenken, die behauptet, Augenzeugin des Mordes an ihrem Ehemann geworden zu sein.«

»Natürlich war sie Augenzeugin«, erklärte Su Ling. »Sie hat es ja getan.«

Das Telefon auf Su Lings Nachttisch läutete. Sie nahm ab

und hörte aufmerksam zu, bevor sie zwei Zahlen auf dem Notizblock neben dem Telefon notierte. »Danke«, sagte sie. »Ich richte es ihm aus.«

Su Ling riss das oberste Blatt vom Notizblock und reichte es ihrem Mann. »Das war Tom. Er wollte dir das Wahlergebnis mitteilen.« Es standen nur zwei Zahlen auf dem Blatt: 69:31.

»Ja und? Wer hat nun neunundsechzig?«, fragte Nat.

»Der nächste Gouverneur von Connecticut«, erwiderte sie.

Auf Bitten des Direktors fand die Trauerfeier für Luke in der Kapelle von Taft statt. Mr. Henderson erklärte es damit, dass so viele Schüler daran teilnehmen wollten. Erst nach Lukes Tod merkten Nat und Su Ling, wie beliebt ihr Sohn gewesen war. Die Trauerfeier war schlicht, und der Chor, dessen stolzes Mitglied er gewesen war, sang William Blakes *Jerusalem* und Fats Wallers *Ain't Misbehavin*. Kathy las eine Bibelstelle und der gute, alte Thomo eine weitere. Der Direktor hielt die Trauerrede.

Mr. Henderson sprach von einem schüchternen, bescheidenen Jugendlichen, den alle mochten und bewunderten. Er erinnerte die Anwesenden an Lukes herausragende Darstellung des Romeo. Erst an diesem Morgen hatte er erfahren, dass Luke einen Studienplatz in Princeton hätte bekommen sollen.

Nach der Trauerfeier nahmen Nat und Su Ling an einer Teeparty teil, die für Lukes engste Freunde im Haus des Direktors veranstaltet wurde. Der Schulsprecher überreichte Su Ling ein Album mit Fotos und kurzen Aufsätzen von Lukes Mitschülern. Wann immer Nat später einen deprimierten Moment hatte, nahm er sich eine Seite aus diesem Album vor, las den Eintrag und sah das Foto an.

Als sie das Haus des Direktors verließen, entdeckte Nat Kathy, die mit gesenktem Kopf allein im Garten saß. Su Ling ging zu ihr, setzte sich neben sie, legte einen Arm um sie und versuchte, sie zu trösten. »Er hat dich sehr geliebt«, sagte Su Ling.

Kathy hob den Kopf. Tränen strömten über ihre Wangen. »Ich habe ihm nie gesagt, dass ich ihn liebe.«

45

»Das kann ich nicht«, sagte Fletcher.

»Warum nicht?«, fragte Annie.

»Da fallen mir auf Anhieb hundert Gründe ein.«

»Sind das nicht eher hundert Ausreden?«

»Ich soll den Mann verteidigen, den ich besiegen will?«, erwiderte Fletcher, ohne auf ihre Bemerkung einzugehen.

»Ohne Furcht und Tadel«, erklärte Annie.

»Und wie soll ich dann meinen Wahlkampf führen?«

»Das wird der leichtere Teil sein«, meinte Annie. »So oder so.«

»So oder so?«, wiederholte Fletcher.

»Ja. Denn wenn er schuldig ist, wird er nicht zum Kandidaten der Republikaner.«

»Und wenn er unschuldig ist?«

»Dann wird man dich in höchsten Tönen loben, weil du seine Unschuld bewiesen hast.«

»Das ist weder praktikabel noch vernünftig.«

»Noch zwei Ausreden.«

»Warum bist du auf seiner Seite?«, wollte Fletcher wissen.

»Bin ich gar nicht«, widersprach Annie. »Sondern, um Professor Abrahams zu zitieren, auf der Seite der Gerechtigkeit.«

Fletcher schwieg eine Weile. »Ich frage mich, was Abrahams tun würde.«

»Du weißt genau, was er tun würde … *manche Leute vergessen diese Maßstäbe in dem Augenblick, in dem sie die Universität verlassen …«*

»… ich kann nur hoffen, dass wenigstens einer in jeder Generation sie nicht vergisst«, beendete Fletcher den geflügelten Ausspruch des Professors.

»Warum besuchst du ihn nicht?«, schlug Annie vor. »Vielleicht kann er dich ja überzeugen …«

Trotz heftigster Einwände von Jimmy und lautstarker Proteste der örtlichen Demokraten – genauer gesagt, von jedem außer Annie – wurde vereinbart, dass sich die beiden Männer am darauffolgenden Sonntag kennenlernen sollten.

Man kam überein, sich im Hauptsitz von Fairchild Russell zu treffen, da nur wenige Bürger am frühen Sonntagmorgen durchs Bankenviertel bummeln würden.

Nat und Tom trafen kurz vor zehn ein, und zum ersten Mal seit Jahren schloss der Vorstandsvorsitzende der Bank persönlich die Eingangstür auf und stellte den Alarm ab. Sie mussten nur wenige Minuten warten, dann tauchten Fletcher und Jimmy auf. Tom führte sie rasch ins Vorstandszimmer.

Als Jimmy seinem wichtigsten Mandanten seinen engsten Freund vorstellte, starrten sich die beiden Männer an, unsicher, wer den ersten Schritt tun sollte.

»Sehr freundlich von Ihnen zu …«

»Ich hatte nicht erwartet …«

Sie lachten und schüttelten sich dann herzlich die Hand.

Tom schlug vor, dass Fletcher und Jimmy auf der einen Seite des Konferenztisches sitzen sollten, er und Nat auf der anderen. Fletcher nickte zustimmend, und sobald er saß, öffnete er seinen Aktenkoffer, entnahm ihm einen Notizblock und legte ihn vor sich auf den Tisch, zusammen mit einem Füllfederhalter, den er aus seiner Jacketttasche zog.

»Darf ich als Erstes sagen, wie sehr ich es zu schätzen weiß, dass Sie sich mit mir treffen«, erklärte Nat. »Ich kann mir nur zu gut vorstellen, welchen Widerstand Sie von allen Seiten zu spüren bekommen haben, und es ist mir bewusst, dass Sie sich keineswegs für den leichten Weg entschieden haben.«

Jimmy senkte den Kopf.

Fletcher hob die Hand. »Sie müssen meiner Frau danken. Nicht mir.« Er hielt kurz inne. »Aber mich müssen Sie überzeugen.«

»Dann leiten Sie meinen Dank bitte an Mrs. Davenport weiter, und lassen Sie mich Ihnen versichern, dass ich Ihnen alle Fragen beantworten werde, die Sie an mich haben.«

»Ich habe nur eine einzige Frage«, sagte Fletcher und starrte auf den leeren Notizblock. »Haben Sie Ralph Elliot ermordet?«

»Nein, das habe ich nicht«, erklärte Nat ohne zu zögern.

Fletcher sah wieder auf den leeren Notizblock und schlug das oberste Blatt zurück. Auf dem zweiten Blatt standen sauber aufgelistet mehrere Spalten mit Fragen.

»Okay, dann zum nächsten Punkt …«, sagte Fletcher und sah seinen Mandanten an.

Der Prozessbeginn wurde für die zweite Juliwoche angesetzt. Nat war überrascht, wie wenig Zeit er mit seinem neuen Rechtsanwalt verbringen musste, sobald er seine Geschichte mehrmals erzählt hatte und Fletcher sicher war, dass er jetzt jedes Detail kannte. Obwohl beiden die entscheidende

Bedeutung von Nats Aussage klar war, verbrachte Fletcher ebenso viel Zeit mit der Lektüre der Aussagen, die Rebecca Elliot gegenüber der Polizei gemacht hatte, mit Don Culvers Bericht dessen, was sich in jener Nacht abgespielt hatte, sowie mit den Notizen von Detective Petrowski, der die Ermittlungen leitete. Er warnte Nat: »Rebecca wird vom Staatsanwalt instruiert und auf jede Frage, die man sich nur denken kann, eine Antwort parat haben. Wenn sie in den Zeugenstand tritt, wird sie alles so gut einstudiert haben wie eine Schauspielerin in der Premierennacht.« Fletcher schwieg. »Aber sie hat trotzdem ein Problem.«

»Und das wäre?«, fragte Nat.

»Wenn Mrs. Elliot ihren Mann umgebracht hat, dann hat sie die Polizei angelogen. Folglich muss es lose Enden geben, deren sich die Anklage nicht bewusst ist. Wir müssen diese losen Enden als Erste finden und dann miteinander verknüpfen.«

Das Interesse am Gouverneurswahlkampf reichte weit über die Grenzen von Connecticut hinaus. Artikel über die beiden Männer erschienen in so unterschiedlichen Zeitschriften wie dem *New Yorker* und dem *National Enquirer*, und zu Prozessbeginn gab es im Umkreis von zwanzig Meilen um Hartford kein einziges freies Hotelbett mehr.

Es waren noch drei Monate bis zur Wahl, und die Umfragen zeigten, dass Fletcher mit zwölf Punkten in Führung lag, aber er wusste, wenn er Nats Unschuld beweisen konnte, würde sich das über Nacht ändern.

Der erste Verhandlungstag war der 11. Juli, die großen Fernsehsender hatten ihre Kameras allerdings bereits davor auf den Gebäuden gegenüber dem Gericht und den Bürgersteigen aufgebaut und zusätzlich mehrere Männer mit Handkameras in den Straßen verteilt. Sie sollten jeden interviewen, der auch nur entfernt mit der Verhandlung zu tun hatte.

Fletcher und Nat versuchten, ihren Wahlkampf so zu führen, als wäre alles wie immer, obwohl keiner so tat, als sei dem wirklich so. Als sie gemeinsam an einer Wohltätigkeitsveranstaltung für den neuen orthopädischen Flügel des Gates Memorial Hospital in Hartford teilnahmen, wurden die Eintrittskarten für fünfhundert Dollar das Stück auf dem Schwarzmarkt gehandelt. Es war einer der seltenen Wahlkämpfe, bei dem die Spendengelder nur so hereinströmten. Mehrere Wochen lang waren sie eine größere Attraktion als Frank Sinatra.

Keiner der beiden schlief in der Nacht vor der Verhandlung, und der Polizeichef machte sich nicht einmal die Mühe, zu Bett zu gehen. Don Culver hatte einhundert Streifenbeamte vor das Gerichtsgebäude abkommandiert und dachte bekümmert daran, wie viele von Hartfords Kleinkriminellen sich diese Bündelung der Kräfte an einem Ort zunutze machen würden.

Fletcher war das erste Mitglied der Verteidigung, das auf den Stufen zum Gericht erschien, und er machte der wartenden Presse klar, dass er bis zur Urteilsverkündung kein Statement abgeben und auch keine Fragen beantworten würde. Nat traf einige Minuten später in Begleitung von Tom und Su Ling ein, und wenn die Polizei nicht gewesen wäre, hätten sie es sicher nie ins Gebäude geschafft.

Sobald Nat im Gericht war, ging er entschlossen durch den Marmorgang, der zu Gerichtssaal Nummer sieben führte. Er bemerkte die freundlichen Zurufe des Publikums, nickte aber nur höflich, wie es ihm sein Anwalt geraten hatte. Sobald Nat den Gerichtssaal betreten hatte, spürte er, wie sich tausend Augen in ihn bohrten, während er den Mittelgang entlangschritt und sich auf der linken Seite neben Fletcher an den Tisch der Verteidigung setzte.

»Guten Morgen, Herr Anwalt«, sagte Nat.

»Guten Morgen, Nat«, erwiderte Fletcher und sah von einem Stapel Papiere auf. »Ich hoffe, Sie sind auf eine Woche der Langeweile vorbereitet, in der wir die Geschworenen auswählen.«

»Haben Sie ein Profil des idealen Geschworenen erstellt?«, fragte Nat.

»So einfach ist das nicht«, entgegnete Fletcher, »ich kann mich nicht entscheiden, ob ich Leute auswählen soll, die für Sie oder für mich stimmen würden.«

»Gibt es denn zwölf Leute in Hartford, die für Sie stimmen würden?«, spottete Nat.

Fletcher lächelte. »Ich bin froh, dass Sie Ihren Humor nicht verloren haben, aber sobald die Geschworenen vereidigt worden sind, möchte ich, dass Sie ernst und betroffen wirken. Wie ein Mann, dem man großes Unrecht zugefügt hat.«

Fletcher sollte recht behalten, denn erst am Freitagnachmittag saßen die zwölf Geschworenen und zwei Ersatzgeschworenen endlich auf ihren Plätzen, nach vielen Argumenten, Gegenargumenten und mehreren Einwänden von beiden Seiten. Schließlich einigte man sich auf sieben Männer und fünf Frauen. Zwei der Frauen und ein Mann waren schwarz, fünf hatten einen professionellen Background, zwei waren berufstätige Mütter, drei waren Fließbandarbeiter, schließlich noch eine Sekretärin und ein Arbeitsloser.

»Was ist mit ihren politischen Einstellungen?«, fragte Nat.

»Ich wette, vier sind Republikaner und vier sind Demokraten. Die restlichen vier kann ich nicht einschätzen.«

»Was ist unser nächstes Problem, Herr Anwalt?«

»Wie wir Sie freikriegen und ich mir dennoch die Stimmen der vier sichern kann, die ich nicht einzuschätzen vermag«, scherzte Fletcher, als sie sich an der untersten Stufe vor dem Gerichtsgebäude trennten.

46

Am darauffolgenden Montag waren die Geschworenen vereidigt, und Richter Kravats bat den Staatsanwalt, sein Eröffnungsplädoyer zu halten.

Richard Ebden erhob sich langsam von seinem Platz. Er war groß, elegant und grauhaarig und besaß den Ruf, Geschworene um den Finger wickeln zu können. Am ersten Verhandlungstag trug er grundsätzlich einen dunkelblauen Anzug. Das weiße Hemd und die blaue Krawatte vermittelten einen Eindruck von Vertrauenswürdigkeit.

Staatsanwalt Ebden war stolz auf seinen Verurteilungsrekord, was etwas Paradoxes hatte, denn er war ein liebevoller Familienmensch, der regelmäßig in die Kirche ging und seine Bassstimme sogar im örtlichen Chor erklingen ließ. Er schob seinen Stuhl zurück und trat bedächtig auf die freie Fläche vor dem Richterpult, dann drehte er sich zu den Geschworenen.

»Meine Damen und Herren Geschworene«, fing er an. »In all den Jahren, die ich nun schon als Anwalt arbeite, ist mir selten ein Mordfall untergekommen, der eindeutiger war.«

Fletcher beugte sich zu Nat und flüsterte: »Keine Sorge, das ist der übliche Einstieg in sein Eröffnungsplädoyer – als Nächstes kommt *doch trotz alledem*.«

»Doch trotz alledem muss ich Sie durch die Ereignisse des

späten Abends und frühen Morgens des 12. und 13. Februar führen.«

»Mr. Cartwright«, sagte er und drehte sich zum Angeklagten, »trat in einer Fernsehsendung auf, zusammen mit Ralph Elliot, einem beliebten und angesehenen Mitglied unserer Gemeinde und, was vielleicht noch wichtiger ist, dem Favoriten im Rennen um die republikanische Nominierung, was ihn sehr wohl zum Gouverneur dieses Staates, den wir alle so lieben, hätte machen können. Ralph Elliot war ein Mann auf dem Höhepunkt seiner Karriere, kurz davor, den Ritterschlag einer dankbaren Wählerschaft für seinen jahrelangen selbstlosen Einsatz für die Gemeinschaft zu erhalten – doch wie sah sein Lohn aus? Er starb durch die Hand seines schärfsten Konkurrenten.

Und wie kam diese unnötige Tragödie zustande? Mr. Cartwright wird die Frage gestellt, ob seine Frau illegal eingewandert ist – so grob geht es in der Politik nun einmal zu. Eine Frage, die er, wie ich hinzufügen möchte, nicht beantworten wollte. Warum nicht? Weil er wusste, dass dieser Vorwurf der Wahrheit entsprach. Er hatte diese Wahrheit über zwanzig Jahre lang verschwiegen. Was tut Mr. Cartwright, nachdem er sich weigerte, diese Frage zu beantworten? Er versucht, die Schuld Ralph Elliot in die Schuhe zu schieben. Kaum ist die Sendung vorüber, beleidigt er ihn, nennt ihn Mistkerl und unterstellt ihm, der Drahtzieher hinter dieser Frage zu sein. Und dann sagt er doch tatsächlich: *Ich werde dir den Todesstoß versetzen.*« Ebden starrte die Geschworenen an und wiederholte die sechs Worte langsam: »*Ich werde dir den Todesstoß versetzen.* Verlassen Sie sich nicht auf meine Worte, um Mr. Cartwright zu verurteilen, denn Sie werden feststellen, dass es sich hier nicht um Gerüchte, Hörensagen oder Einbildung handelt, vielmehr wurde die gesamte Unterhaltung zwischen den beiden Rivalen durch das Fernsehen für die Nachwelt festgehalten. Mir ist klar, Euer Ehren, dass es ungewöhnlich ist, aber unter diesen Umständen möchte ich den Geschworenen schon zu diesem frühen Zeitpunkt die Aufzeichnung zeigen.« Ebden nickte in Richtung seines Tischs, und ein Assistent drückte auf einen Knopf.

In den folgenden zwölf Minuten starrte Nat auf den Bildschirm, der gegenüber der Geschworenenbank aufgestellt worden war. Er wurde auf schmerzliche Weise daran erinnert, wie wütend er gewesen war. Nachdem das Band abgeschaltet worden war, fuhr Ebden mit seinem Eröffnungsplädoyer fort.

»Dennoch liegt es in der Verantwortung des Staates nachzuweisen, was tatsächlich geschah, nachdem dieser wütende und rachsüchtige Mann aus dem Studio gestürmt ist.« Ebden senkte die Stimme. »Er fährt nach Hause und entdeckt, dass sein Sohn – sein einziges Kind – Selbstmord begangen hat. Wir können natürlich alle verstehen, welche Wirkung eine solche Tragödie auf einen Vater haben kann. Wie sich herausstellt, meine Damen und Herren Geschworenen, löst dieser tragische Todesfall eine Kette von Ereignissen aus, die letzten Endes in dem kaltblütigen Mord an Ralph Elliot mündeten. Cartwright erzählt seiner Frau, dass er vom Krankenhaus direkt zu ihr zurückkommen wird, aber das hat er nicht vor, denn er hat bereits einen Umweg eingeplant, der ihn zum Haus von Mr. und Mrs. Elliot führen wird. Und was könnte der Grund für einen Besuch um zwei Uhr nachts sein? Es kann nur einen Grund geben: Ralph Elliot aus dem Rennen für das Amt des Gouverneurs zu werfen. Bedauerlicherweise für seine Familie und unseren Staat hatte Mr. Cartwright mit seiner Mission Erfolg.

Er fährt um zwei Uhr nachts zum Haus der Elliots. Mr. Elliot, der in seinem Arbeitszimmer an seiner Dankesrede gearbeitet hat, öffnet selbst die Tür. Mr. Cartwright stürmt hinein und schlägt Mr. Elliot so heftig auf die Nase, dass dieser in den Flur taumelt, wo er sieht, wie sein Feind sich auf ihn werfen will. Mr. Elliot erholt sich noch rechtzeitig, um in sein Arbeitszimmer zu laufen und die Waffe zu holen, die er in einer Schublade seines Schreibtischs aufbewahrt. Er dreht sich in dem Augenblick um, als Cartwright sich auf ihn stürzt, ihm die Waffe aus der Hand tritt und somit dafür sorgt, dass Mr. Elliot keine Chance hat, sich zu verteidigen. Cartwright packt die Pistole, baut sich vor seinem Opfer auf und schießt ihm ohne zu zögern ins Herz. Dann schießt er ein zweites Mal, diesmal in die Decke, um den Eindruck zu erwecken, dass ein Kampf stattgefunden hat. Anschließend lässt Cartwright die Waffe fallen, läuft aus der offenen Haustür, springt in seinen Wagen und fährt rasch nach Hause. Was er nicht weiß: Es gibt eine Zeugin des gesamten Vorfalls – die Ehefrau des Opfers, Mrs. Rebecca Elliot. Als sie den ersten Schuss hört, rennt Mrs. Elliot aus dem Schlafzimmer im ersten Stock. Kurz darauf vernimmt sie den zweiten Schuss und sieht voller Entsetzen, wie Cartwright aus der Haustür stürmt. Und ebenso wie die Fernsehkamera jedes Detail des frühen Abends festgehalten hat, wird Mrs. Elliot Ihnen mit der gleichen Genauigkeit beschreiben, was später an diesem Abend geschah.«

Der Staatsanwalt richtete seine Aufmerksamkeit von den Geschworenen auf Fletcher. »In wenigen Augenblicken, wird sich der Verteidiger erheben und versuchen, Sie mit seinem berühmten Charme und seiner Redekunst zu Tränen zu rühren in dem Bemühen, die Geschehnisse irgendwie zu erklären. Aber er kann die Leiche eines unschuldigen Mannes nicht wegerklären, kaltblütig ermordet von seinem politischen Gegner. Er kann die im Fernsehen getätigte Aussage ›Ich werde dir den Todesstoß versetzen‹ nicht wegerklären. Er kann die Zeugin des Mordes, Mr. Elliots Witwe Rebecca, nicht wegerklären.«

Jetzt sah Staatsanwalt Ebden Nat an. »Ich kann gut verstehen, wenn Sie für diesen Mann ein gewisses Mitgefühl empfinden, doch wenn Sie erst alle Beweise gehört haben, werden Sie nicht länger an Mr. Cartwrights Schuld zweifeln, und dann haben Sie keine andere Wahl, als Ihre Pflicht gegenüber dem Staat zu erfüllen und ihn für schuldig zu befinden.«

Es herrschte eine unheimliche Stille im Gerichtssaal, als Richard Ebden seinen Platz wieder einnahm. Richter Kravats machte sich eine Notiz auf einem Schreibblock und sah dann zum Tisch der Verteidigung.

»Sie möchten doch sicher darauf antworten, Herr Anwalt, nicht wahr?«, fragte der Richter und versuchte erst gar nicht, die Ironie in seiner Stimme zu verbergen.

Fletcher erhob sich, sah dem Richter in die Augen und sagte: »Danke nein, Euer Ehren, ich habe nicht die Absicht, ein Eröffnungsplädoyer zu halten.«

Fletcher und Nat saßen schweigend mitten in dem Tumult, der daraufhin im Gerichtssaal ausbrach. Der Richter schlug mehrmals mit dem Hammer und versuchte, die Ordnung wiederherzustellen. Fletcher warf einen Blick zum Tisch der Anklage und zu Richard Ebden, der sich mit seinen Assistenten beriet. Der Richter versuchte, sein Lächeln zu unterdrücken, sobald er erkannt hatte, was für einen geschickten Schachzug der Verteidiger gemacht hatte – das Team der

Anklage war völlig aufgelöst. Er richtete seine Aufmerksamkeit wieder auf den Staatsanwalt.

»Mr. Ebden, in diesem Fall möchten Sie vielleicht Ihren ersten Zeugen aufrufen«, sagte er nüchtern.

Ebden erhob sich, nicht mehr ganz so zuversichtlich, da ihm jetzt klar war, was Fletcher plante. »Euer Ehren, unter diesen ungewöhnlichen Umständen beantrage ich eine Vertagung.«

»Einspruch, Euer Ehren«, rief Fletcher und stand rasch auf. »Der Staatsanwalt hatte mehrere Monate, um seinen Fall vorzubereiten. Sollen wir jetzt glauben, dass er nicht einmal mit einem einzigen Zeugen aufwarten kann?«

»Ist dem so, Mr. Ebden?«, fragte der Richter. »Sind Sie nicht in der Lage, Ihren ersten Zeugen aufzurufen?«

»Das ist korrekt. Euer Ehren. Unser erster Zeuge sollte Don Culver sein, der Polizeichef, und wir wollten ihn erst dann von seinen wichtigen Pflichten fortrufen, wenn es absolut notwendig ist.«

Schon war Fletcher wieder auf den Beinen. »Aber das ist absolut notwendig, Euer Ehren. Er ist der Polizeichef, und hier handelt es sich um einen Mordprozess. Daher verlange ich, dass die Klage abgewiesen wird, da es offenbar keine polizeilichen Beweise gibt, die dem Gericht vorgelegt werden können.«

»Netter Versuch, Mr. Davenport«, sagte der Richter, »aber da spiele ich nicht mit. Mr. Ebden, ich komme Ihrer Bitte um Vertagung nach. Das Gericht vertagt sich bis nach der Mittagspause, und sollte der Polizeichef bis dahin nicht hier sein können, werde ich seine Aussage für unzulässig erklären.« Ebden nickte, unfähig, seine Beschämung zu verbergen.

»Erheben Sie sich«, rief der Gerichtsdiener. Richter Kravats sah auf seine Uhr, dann verließ er den Gerichtssaal.

»Die erste Runde geht an uns«, meinte Tom, als das Team des Staatsanwalts aus dem Saal eilte.

»Möglich«, erwiderte Fletcher, »aber wir brauchen mehr als Pyrrhussiege, wenn wir die letzte Schlacht gewinnen wollen.«

Nat hasste es zu warten und saß schon lange vor dem Ende der Mittagspause wieder auf seinem Stuhl. Er sah zum Tisch der Anklage, wo Richard Ebden ebenfalls bereits Platz genommen hatte. Er würde den gleichen Fehler kein zweites Mal begehen. Aber ob Ebden schon klar war, warum Fletcher diesen riskanten Schritt gewagt hatte? Fletcher hatte Nat in der Pause erklärt, dass er den Fall nur gewinnen konnte, wenn er die Aussage von Rebecca Elliot untergrub, und daher konnte er es sich nicht leisten, dass sie sich auch nur für einen Moment entspannte. Nach der Verwarnung durch den Richter würde Ebden sie nun im Flur warten lassen, möglicherweise mehrere Tage lang, bevor sie schließlich in den Zeugenstand gerufen würde.

Nur wenige Augenblicke, bevor Richter Kravats zurückerwartet wurde, setzte sich Fletcher neben Nat. »Der Polizeichef tigert wütend im Flur auf und ab, und Mrs. Elliot sitzt allein in einer Ecke und kaut an ihren Nägeln. Ich beabsichtige, die Dame dort mehrere Tage schwitzen zu lassen.«

In diesem Moment rief der Gerichtsdiener: »Erheben Sie sich. Den Vorsitz führt Richter Kravats.«

»Guten Tag«, sagte der Richter, wandte sich an den Chefankläger und fügte hinzu: »Haben Sie jetzt einen Zeugen für uns, Mr. Ebden?«

»Ja, Euer Ehren. Die Anklage ruft Polizeichef Don Culver in den Zeugenstand.«

Nat sah zu, wie Don Culver seinen Eid ablegte und sich setzte. Irgendetwas stimmte nicht, aber er kam nicht gleich darauf, was es war. Dann bemerkte er, wie der Zeigefinger und der Mittelfinger von Culvers rechter Hand zuckten, und ihm wurde klar, dass er ihn zum ersten Mal ohne seine unvermeidliche Zigarre sah.

»Mr. Culver, wie lange arbeiten Sie schon bei der Polizei?«

»Seit sechsunddreißig Jahren.«

»Dann kann man also behaupten, dass Sie über sehr viel Erfahrung verfügen?«

»Ja, das ist wohl so«, bestätigte der Polizeichef.

»Hatten Sie jemals Kontakt zu dem Angeklagten?«

»Ja, mehrmals.«

»Er stiehlt meine Fragen«, flüsterte Fletcher Nat zu. »Ich weiß nur noch nicht, warum.«

»Hatten Sie sich bezüglich dieses Mannes eine Meinung gebildet?«

»Ja, allerdings. Er ist ein anständiger, gesetzestreuer Bürger, der bis zu dem Mord …«

»Einspruch, Euer Ehren«, rief Fletcher und erhob sich. »Die Geschworenen werden darüber befinden, wer Mr. Elliot ermordet hat, nicht der Polizeichef. Wir leben noch nicht in einem Polizeistaat.«

»Stattgegeben«, sagte der Richter.

»Tja, ich kann nur sagen, bevor all dies passiert ist, hätte ich für ihn gestimmt«, sagte der Polizeichef. Im Gerichtssaal wurde gelacht.

»Wenn ich mit dem Polizeichef fertig bin«, flüsterte Fletcher, »wird er ganz sicher nicht für mich stimmen.«

»Dann müssen Sie doch daran gezweifelt haben, dass so ein aufrechter Bürger zu einem Mord fähig ist.«

»Überhaupt nicht, Mr. Ebden«, widersprach der Polizeichef. »Mörder sind keine Nullachtfünfzehn-Kriminellen.«

»Möchten Sie uns erklären, was Sie damit meinen, Chief?«

»Aber klar«, sagte Culver. »Normalerweise ist Mord eine häusliche Sache, für gewöhnlich findet er im engen Familienkreis statt, und häufig wird er von jemandem verübt, der nicht nur noch nie ein Verbrechen begangen hat, sondern es wahrscheinlich auch nie mehr tun wird. Sobald diese Leute erst mal verhaftet sind, sind sie häufig pflegeleichter als ein Taschendieb.«

»Haben Sie den Eindruck, Mr. Cartwright fällt in diese Kategorie?«

»Einspruch«, rief Fletcher im Sitzen, »woher sollte der Polizeichef die Antwort auf diese Frage kennen?«

»Ich habe sechsunddreißig Jahre Erfahrung mit Mördern«, erwiderte Don Culver.

»Streichen Sie das aus dem Protokoll«, erklärte der Richter. »Erfahrung ist gut und schön, aber die Geschworenen dürfen ihr Urteil am Ende nur auf die Fakten dieses Falls gründen.«

»Dann lassen Sie mich eine Frage stellen, die mit den Fakten dieses Falls zu tun hat«, meinte der Staatsanwalt. »Wie kamen Sie zu diesem Fall, Chief Culver?«

»Ich bekam in den frühen Morgenstunden des 12. Februar zu Hause einen Anruf von Mrs. Elliot.«

»Sie hat Sie zu Hause angerufen? Ist sie denn eine Bekannte von Ihnen?«

»Nein, aber alle Kandidaten können direkt mit mir Kontakt aufnehmen. Häufig werden sie bedroht, real oder eingebildet, und es war ja kein Geheimnis, dass Mr. Elliot mehrere Morddrohungen erhalten hatte, seit er für das Amt des Gouverneurs kandidierte.«

»Wissen Sie noch, was genau Mrs. Elliot sagte, als sie bei Ihnen anrief?«

»Sie klang hysterisch und schrie. Ich weiß noch, dass ich den Hörer etwas vom Ohr weghalten musste. Es hat sogar meine Frau aufgeweckt.« Im Gerichtssaal wurde gelacht, und Culver wartete, bis wieder Ruhe einkehrte, bevor er hinzufügte: »Ich habe ihre genauen Worte auf einen Notizblock geschrieben, den ich immer neben dem Telefon liegen habe.« Er schlug einen Block auf.

Fletcher sprang auf. »Ist das zulässig?«, fragte er.

»Der Notizblock stand auf der Liste der Anklagebeweise, Euer Ehren«, schritt Ebden ein. »Ich bin sicher, dass Mr. Davenport sich dessen bewusst ist. Er hatte wochenlang Zeit, sich der Zulässigkeit dieses Beweises zu versichern, ganz zu schweigen von seiner Bedeutung.«

Der Richter nickte dem Polizeichef zu. »Fahren Sie fort«, sagte er, während Fletcher wieder Platz nahm.

»›Mein Ehemann ist in seinem Arbeitszimmer erschossen worden. Bitte kommen Sie so schnell wie möglich‹«, las der Polizeichef aus seinem Notizbuch vor.

»Was haben Sie darauf erwidert?«

»Ich bat sie, nichts anzurühren, und versicherte ihr, dass ich so schnell wie möglich bei ihr sein würde.«

»Wie spät war es da?«

»2.26 Uhr«, sagte der Polizeichef, nachdem er noch einmal einen prüfenden Blick auf seine Aufzeichnungen geworfen hatte.

»Und wann kamen Sie beim Haus der Elliots an?«

»Erst um 3.19 Uhr. Zuvor musste ich auf dem Revier anrufen und die erfahrensten Ermittler anfordern, die verfügbar waren. Dann zog ich mich an, und als ich endlich dort eintraf, waren bereits zwei Streifenbeamte vor Ort – aber die mussten sich ja auch nicht erst anziehen.« Wieder brach im Gerichtssaal Gelächter aus.

»Bitte beschreiben Sie den Geschworenen genau, was Sie bei Ihrer Ankunft sahen.«

»Die Haustür stand offen, und Mrs. Elliot saß im Flur, die Knie unter das Kinn gezogen. Ich teilte ihr mit, dass ich jetzt da sei, dann ging ich zu Detective Petrowski in Mr. Elliots Arbeitszimmer. Mr. Petrowski ist einer der angesehensten Detectives in meiner Truppe, er hat sehr viel Erfahrung in Mordfällen, und da er die Ermittlungen anscheinend schon aufgenommen hatte, überließ ich ihn seinem Job und kehrte zu Mrs. Elliot zurück.«

»Haben Sie sie befragt?«

»Ja«, erwiderte der Polizeichef.

»Hatte Detective Petrowski das nicht schon getan?«

»Doch, aber häufig ist es sinnvoll, zwei Aussagen zu bekommen, damit man sie später vergleichen und prüfen kann, ob sie in wesentlichen Punkten übereinstimmen.«

»Euer Ehren, diese Aussagen sind Hörensagen«, warf Fletcher ein.

»Und stimmten sie überein?«, fragte Ebden rasch.

»Ja, das taten sie.«

»Einspruch«, betonte Fletcher.

»Abgewiesen, Mr. Davenport. Wie bereits festgestellt wurde, hatten Sie mehrere Wochen Zugang zu diesen Unterlagen.«

»Danke, Euer Ehren«, sagte Ebden. »Bitte erzählen Sie dem Gericht, was Sie als Nächstes taten, Chief.«

»Ich schlug vor, dass wir uns ins Wohnzimmer setzen sollten, damit Mrs. Elliot es bequemer hatte. Dann bat ich sie, mir in aller Ruhe zu erzählen, was sich an diesem Abend ereignet hatte. Ich wollte sie nicht unter Druck setzen, da Zeugen häufig verstimmt reagieren, wenn man dieselben Fragen ein zweites oder drittes Mal stellt. Nachdem sie eine Tasse Kaffee getrunken hatte, erzählte mir Mrs. Elliot, dass sie schlafend im Bett gelegen hatte, als sie den ersten Schuss hörte. Sie schaltete das Licht ein, zog ihren Morgenmantel an und ging zur Treppe. In diesem Augenblick hörte sie den zweiten Schuss. Daraufhin sah sie, wie Mr. Cartwright aus dem Arbeitszimmer gerannt kam. Auf dem Weg zur Haustür drehte er sich um, aber in der Dunkelheit konnte er sie am Treppenkopf nicht gesehen haben, obwohl sie ihn sofort erkannte. Dann rannte sie nach unten ins Arbeitszimmer, wo sie ihren Ehemann in einer Blutlache fand. Sie rief mich sofort zu Hause an.«

»Haben Sie Mrs. Elliot noch weiter befragt?«

»Nein. Ich ließ eine Beamtin bei Mrs. Elliot, während ich ihre erste Aussage durchlas. Nach kurzer Beratung mit Detective Petrowski fuhr ich in Begleitung von zwei Streifenbeamten zu Mr. Cartwrights Haus und verhaftete den Angeklagten wegen Mordes an Ralph Elliot.«

»War er schon zu Bett gegangen?«

»Nein. Er trug noch die Kleidung, die er an diesem Abend im Fernsehen getragen hatte.«

»Keine weiteren Fragen, Euer Ehren.«

»Ihr Zeuge, Mr. Davenport.«

Mit einem Lächeln im Gesicht trat Fletcher auf den Zeugenstand zu. »Guten Tag, Chief. Ich werde Sie nicht lange aufhalten, da ich weiß, wie beschäftigt Sie sind, aber dennoch gibt es drei oder vier Fragen, die auf eine Antwort warten.« Der Polizeichef erwiderte Fletchers Lächeln nicht. »Erstens möchte ich wissen, wie viel Zeit zwischen dem Anruf von Mrs. Elliot und dem Zeitpunkt, als Sie Mr. Cartwright verhafteten, verging.«

Die Finger des Polizeichefs zuckten erneut, während er über diese Frage nachdachte. »Zwei Stunden, allerhöchstens zweieinhalb«, erwiderte er schließlich.

»Als Sie bei Mr. Cartwrights Haus ankamen, was trug er da?«

»Das habe ich dem Gericht bereits gesagt – er trug dieselben Sachen wie bei der Fernsehsendung.«

»Dann hat er die Tür also nicht im Pyjama und Morgenmantel geöffnet, als ob er gerade dem Bett entstiegen wäre?«

»Nein, hat er nicht«, antwortete der Polizeichef verdutzt.

»Finden Sie nicht, dass sich ein Mann, der um 2 Uhr nachts einen Mord begangen hat, ausziehen und ins Bett legen würde, damit er, wenn die Polizei plötzlich an seine Tür klopft, wenigstens den Eindruck vermitteln kann, geschlafen zu haben?«

Der Polizeichef runzelte die Stirn. »Er tröstete seine Frau.«

»Ich verstehe«, sagte Fletcher. »Der Mörder tröstete seine Frau. Chief, als Sie Mr. Cartwright verhafteten, hat er da eine Aussage gemacht?«

»Nein«, erwiderte der Polizeichef. »Er wollte zuerst mit seinem Anwalt sprechen.«

»Hat er in dieser Nacht überhaupt etwas gesagt, das Sie Ihrem zuverlässigen Notizbuch anvertrauten?«

»Ja.« Der Polizeichef schlug einige Seiten des Notizbuches zurück und las gewissenhaft einen Eintrag. »Ja«, wiederholte er lächelnd. »Cartwright sagte: ›Er war noch am Leben, als ich ihn verließ.‹«

»Er war noch *am Leben*, als ich ihn verließ«, wiederholte Fletcher. »Kaum die Worte eines Mannes, der die Tatsache zu verbergen versucht, dass er überhaupt dort war. Er zieht sich nicht aus, er geht nicht zu Bett, und er gibt offen zu, dass er noch vor Kurzem in Elliots Haus war.« Der Polizeichef sagte nichts. »Haben Sie seine Fingerabdrücke genommen, nachdem er Sie aufs Revier begleitet hatte?«

»Ja, natürlich.«

»Haben Sie noch andere Tests durchgeführt?«, fragte Fletcher.

»An was denken Sie da?«, wollte der Polizeichef wissen.

»Spielen Sie keine Spielchen mit mir«, warnte Fletcher, und seine Stimme zeigte eine leichte Gereiztheit. »Haben Sie noch andere Tests durchgeführt?«

»Ja«, räumte der Polizeichef ein. »Wir haben unter seinen Fingernägeln nachgesehen, ob es Schmauchspuren gab.«

»Und gab es Hinweise auf Schmauchspuren bei Mr. Cartwright?«, fragte Fletcher in einem etwas versöhnlicheren Tonfall.

Der Polizeichef zögerte. »Wir fanden keinerlei Schmauchspuren an seinen Händen oder unter seinen Fingernägeln.«

»Es gab keinerlei Schmauchspuren auf seinen Händen oder unter seinen Fingernägeln«, wiederholte Fletcher an die Geschworenen gewandt.

»Ja schon, aber er hatte auch zwei Stunden Zeit, um seine Hände zu waschen und sich die Nägel zu polieren.«

»Das hatte er in der Tat, Chief, und er hatte auch zwei Stunden Zeit, um sich auszuziehen, zu Bett zu gehen, alle Lichter im Haus auszumachen und sich einen etwas überzeugenderen Satz auszudenken als ›Er war noch am Leben, als ich ihn verließ‹.« Fletchers Blick blieb auf die Geschworenen gerichtet. Erneut schwieg der Polizeichef.

»Meine letzte Frage, Mr. Culver, nagt an mir, seit ich diesen Fall übernommen habe, besonders wenn ich an Ihre sechsunddreißig Jahre Erfahrung denke, davon vierzehn als Polizeichef.« Er wandte sich wieder an Culver. »Ist Ihnen je in den Sinn gekommen, dass jemand anderer das Verbrechen begangen haben könnte?«

»Es gab kein Anzeichen, dass außer Mr. Cartwright noch jemand das Haus betreten hat.«

»Aber es war bereits jemand im Haus.«

»Und es gab absolut keinen Hinweis darauf, dass Mrs. Elliot etwas damit zu tun haben könnte.«

»Absolut keinen Hinweis?«, wiederholte Fletcher. »Ich hoffe sehr, Chief, dass Sie trotz Ihres enormen Arbeitspensums die Zeit finden werden, meinem Kreuzverhör von Mrs. Elliot beizuwohnen, wenn die Geschworenen entscheiden, ob es wirklich absolut keinen Hinweis darauf gab, dass möglicherweise sie das Verbrechen begangen haben könnte.« Im Gerichtssaal brach ein Tumult aus, und alle redeten gleichzeitig.

Der Staatsanwalt sprang auf. »Einspruch, Euer Ehren«, rief er mit scharfer Stimme. »Nicht Mrs. Elliot steht hier unter Anklage.« Aber in dem Lärm war er nicht zu hören. Der Richter schlug heftig mit dem Hammer, während Fletcher langsam zu seinem Stuhl zurückging.

Als es dem Richter endlich gelungen war, wieder so etwas wie Ordnung herzustellen, sagte Fletcher nur: »Keine weiteren Fragen, Euer Ehren.«

»Haben Sie irgendwelche Beweise?«, flüsterte Nat seinem Anwalt zu.

»Nicht sehr viele«, räumte Fletcher ein, »aber in einem bin ich mir sicher: Falls Mrs. Elliot ihren Ehemann getötet hat, wird sie bis zu ihrem Auftritt im Zeugenstand kein Auge mehr zubekommen. Und was Ebden betrifft – der wird sich die nächsten Tage fragen, ob wir etwas herausgefunden haben, wovon er nichts weiß.« Fletcher lächelte dem Polizeichef zu, der aus dem Zeugenstand trat, erhielt aber nur einen kalten, ausdruckslosen Blick als Antwort.

Der Richter sah auf die beiden Anwälte herab. »Ich denke, für heute reicht es, meine Herren. Wir sehen uns morgen früh um zehn Uhr wieder, wenn Mr. Ebden seinen nächsten Zeugen aufruft.«

»Erheben Sie sich.«

47

»Guten Morgen«, sagte Richter Kravats. Er nahm an dem Richterpult Platz und strahlte auf die Anwesenden herab, als wäre er ein gütiger Prediger, der zu seinen Schäfchen sprach. »Mr. Ebden, rufen Sie Ihren nächsten Zeugen auf.«

»Danke, Euer Ehren. Ich rufe Detective Petrowski.«

Konzentriert musterte Fletcher den Detective, der die Ermittlungen leitete, als dieser zum Zeugenstand marschierte, die rechte Hand hob und den Eid sprach. Petrowski verfügte so gerade eben noch über die Mindestgröße, die die Polizei bei ihren Neueinstellungen forderte. Sein knapp sitzender Anzug deutete eher auf die Statur eines Ringers hin als auf jemanden mit Übergewicht. Sein Kiefer war kantig, die Augen schmal und die Mundwinkel leicht nach unten gezogen, was den Eindruck vermittelte, dass er nicht sehr oft lächelte. Einer von Fletchers Privatdetektiven hatte herausgefunden, dass Petrowski als Anwärter für den Posten des Polizeichefs galt, sobald Don Culver in den Ruhestand ging. Er genoss den Ruf, sich an die Regeln zu halten, hasste jedoch Papierkram und zog es vor, den Tatort aufzusuchen, statt hinter einem Schreibtisch im Revier zu sitzen.

»Guten Morgen, Captain«, begrüßte ihn der Staatsanwalt, nachdem sich der Zeuge gesetzt hatte. Petrowski nickte, lächelte jedoch immer noch nicht. »Fürs Protokoll: Würden Sie bitte Ihren Namen und Ihre Tätigkeit nennen.«

»Frank Petrowski, leitender Detective der Polizei von Hartford.«

»Wie lange sind Sie schon Detective?«

»Seit vierzehn Jahren.«

»Und wann wurden Sie zum leitenden Detective ernannt?«

»Vor drei Jahren.«

»Nachdem wir der Form Genüge getan haben, lassen Sie uns zur Nacht des Mordes übergehen. Das Polizeiprotokoll zeigt, dass Sie der erste Officer am Tatort waren.«

»Ja, das stimmt«, bestätigte Petrowski. »Ich war in dieser Nacht der leitende Detective, nachdem ich um 20 Uhr den Chief abgelöst hatte.«

»Und wo waren Sie um 2.30 Uhr, als der Chief sich meldete?«

»Ich saß in einem Streifenwagen. Wir wollten einen Einbruch in einem Lager an der Marsham Street untersuchen, als die Zentrale die Nachricht des Chiefs durchgab, ich solle sofort zum Haus von Ralph Elliot in West Hartford fahren, um in einem möglichen Mordfall zu ermitteln. Da ich nur wenige Minuten entfernt war, übernahm ich den Auftrag und schickte einen anderen Streifenwagen in die Marsham Street.«

»Und Sie fuhren direkt zum Haus der Elliots?«

»Ja. Unterwegs funkte ich das Hauptquartier an und sagte Bescheid, dass ich die Hilfe der Spurensicherung benötigte und den besten Fotografen, den sie um diese Zeit aus dem Bett klingeln konnten.«

»Was fanden Sie vor, als Sie zum Haus der Elliots kamen?«

»Zu meiner Überraschung sah ich, dass die Haustür offen stand. Mrs. Elliot kauerte auf dem Boden im Flur. Sie erzählte mir, sie hätte die Leiche ihres Mannes im Arbeitszimmer gefunden, und wies dabei aufs andere Ende des Flurs. Sie fügte noch hinzu, dass der Chief ihr eingeschärft hatte, nichts anzurühren, darum hätte sie die Haustür offen gelassen. Ich begab mich direkt in das Arbeitszimmer, und sobald ich mich vergewissert hatte, dass Mr. Elliot tot war, ging ich in den Flur zurück und nahm die Aussage seiner Frau auf. Die Kopien liegen dem Gericht vor.«

»Was haben Sie als Nächstes getan?«

»In ihrer Aussage hatte Mrs. Elliot erklärt, sie habe geschlafen, als sie zwei Schüsse aus dem Erdgeschoss hörte. Daher ging ich mit drei Beamten ins Arbeitszimmer und suchte nach den Kugeln.«

»Haben Sie sie gefunden?«

»Ja. Die Erste war leicht zu finden, denn sie hatte das Herz von Mr. Elliot durchschlagen und sich in die Holztäfelung hinter seinem Schreibtisch gebohrt. Für die zweite Kugel brauchten wir etwas länger, aber schließlich entdeckten wir sie in der Decke über Mr. Elliots Aktenschrank.«

»Könnten beide Kugeln von derselben Person abgefeuert worden sein?«

»Möglich«, meinte Petrowski. »Wenn der Mörder den Eindruck eines Kampfes vermitteln wollte. Oder das Opfer die Waffe gegen sich selbst gerichtet hat.«

»Ist das bei Mordfällen häufig der Fall?«

»Es kommt durchaus vor, dass ein Krimineller versucht, widersprüchliche Beweise zu hinterlassen.«

»Können Sie beweisen, dass beide Kugeln aus derselben Waffe stammen?«

»Die Ballistik hat das schon am folgenden Tag bestätigt.«

»Fanden Sie Fingerabdrücke auf der Waffe?«

»Ja«, sagte Petrowski. »Einen Handflächenabdruck auf

dem Griff der Waffe sowie einen Zeigefingerabdruck auf dem Abzug.«

»Konnten Sie diese Fingerabdrücke später einer Person zuordnen?«

»Allerdings.« Er schwieg kurz. »Beide Abdrücke stammten von Mr. Cartwright.«

Im Publikum hinter Fletchers Rücken redeten alle gleichzeitig los. Er versuchte, nicht mit der Wimper zu zucken, während er die Reaktion der Geschworenen auf diese Information beobachtete. Einen Augenblick später kritzelte er eine Notiz auf seinen Block. Der Richter schlug mehrmals mit dem Hammer und rief zur Ordnung, bevor Ebden fortfahren konnte.

»Konnten Sie anhand des Eintrittswinkels der Kugel in den Körper und der Brandmale auf dem Brustkasten feststellen, aus welcher Entfernung der Mörder sein Opfer erschossen hat?«

»Ja«, bestätigte Petrowski. »Die Gerichtsmedizin schätzt, dass sich der Angreifer einen bis eineinhalb Meter von seinem Opfer entfernt befand. Aus dem Eintrittswinkel der Kugel in den Körper konnte nachgewiesen werden, dass beide Männer zu diesem Zeitpunkt gestanden haben.«

»Einspruch, Euer Ehren«, rief Fletcher und erhob sich. »Wir müssen erst noch beweisen, dass ein Mann die Schüsse abgegeben hat.«

»Stattgegeben.«

»Nachdem Sie alle Beweise gesichert hatten«, fuhr Ebden fort, als wäre er nicht unterbrochen worden, »haben Sie da entschieden, Mr. Cartwright zu verhaften?«

»Nein. Mittlerweile war der Chief eingetroffen, und obwohl es mein Fall war, bat ich ihn, Mrs. Elliot noch einmal zu befragen, um sicherzugehen, dass ihre Geschichte sich in keinem Punkt geändert hatte.«

»Und hatte sie sich geändert?«

»Nein, alle wesentlichen Punkte stimmten überein.«

Fletcher unterstrich das Wort *wesentlich*, das sowohl Petrowski als auch der Polizeichef verwendet hatten. Gut einstudiert oder ein Zufall?, fragte er sich.

»Haben Sie in diesem Moment entschieden, den Angeklagten in Haft zu nehmen?«

»Ja, das geschah auf meine Empfehlung hin. Letztendlich war es aber die Entscheidung des Chiefs.«

»Gingen Sie nicht ein sehr großes Risiko ein, indem Sie einen Kandidaten für das Amt des Gouverneurs mitten im Wahlkampf verhaften ließen?«

»Ja, das stimmt. Ich habe dieses Problem mit dem Chief diskutiert. Wir müssen oft zu unserem Nachteil feststellen, dass die ersten vierundzwanzig Stunden die entscheidenden bei jeder Ermittlung sind. Wir hatten eine Leiche, zwei Kugeln und eine Zeugin des Verbrechens. Ich hielt es für eine grobe Pflichtverletzung meinerseits, wenn ich die Verhaftung nicht vorgenommen hätte, nur weil der Täter einflussreiche Freunde besaß.«

»Einspruch, Euer Ehren, der Zeuge äußert eine vorgefasste Meinung«, rief Fletcher.

»Stattgegeben«, erklärte der Richter. »Aus dem Protokoll streichen.« Er wandte sich an Petrowski und fügte hinzu: »Halten Sie sich bitte an die Fakten, Detective. Ihre Meinung interessiert mich nicht.«

Petrowski nickte.

Fletcher drehte sich zu Nat. »Diese letzte Aussage hört sich für mich an, als wäre sie im Büro des Staatsanwalts geschrieben worden.« Er sah auf seinen Notizblock und erklärte, dass die Begriffe ›grobe Pflichtverletzung‹, ›wesentliche Punkte‹ und ›Angreifer‹ wie auswendig gelernt geklungen hätten. »Petrowski wird nicht die Chance haben, einstudierte Antworten abzuspulen, wenn ich ihn ins Kreuzverhör nehme.«

»Danke, Captain«, sagte Ebden. »Ich habe keine weiteren Fragen an Detective Petrowski, Euer Ehren.«

»Möchten Sie den Zeugen befragen?«, wandte sich der Richter an Fletcher und bereitete sich innerlich auf ein weiteres taktisches Manöver vor.

»Allerdings, Euer Ehren.« Fletcher blieb sitzen und blätterte eine Seite seines Notizblockes um. »Detective Petrowski, Sie haben dem Gericht gesagt, dass sich die Fingerabdrücke meines Mandanten auf der Waffe befanden?«

»Nicht nur die Fingerabdrücke, auch ein Handflächenabdruck auf dem Griff, wie es im Bericht der Spurensicherung nachzulesen ist.«

»Haben Sie dem Gericht nicht auch gesagt, dass Kriminelle Ihrer Erfahrung nach häufig widersprüchliche Beweise hinterlassen, um die Polizei in die Irre zu führen?«

Petrowski nickte, antwortete jedoch nicht.

»Ja oder nein, Captain?«

»Ja«, sagte Petrowski.

»Würden Sie Mr. Cartwright als einen Narren bezeichnen?«

Petrowski zögerte und versuchte herauszufinden, wozu Fletcher ihn verleiten wollte. »Nein. Ich halte ihn für einen höchst intelligenten Mann.«

»Ist es ein Zeichen von hoher Intelligenz, wenn man seine Fingerabdrücke und einen Handflächenabdruck auf einer Mordwaffe hinterlässt?«, fragte Fletcher.

»Nein, aber Mr. Cartwright ist ja kein professioneller Verbrecher, und er denkt nicht wie ein Krimineller. Amateure geraten häufig in Panik und machen selbst einfachste Fehler.«

»Beispielsweise lassen sie die Waffe mit ihren Fingerabdrücken auf den Boden fallen und rennen aus dem Haus, ohne die Tür zu schließen?«

»Ja. Angesichts der Umstände überrascht mich das nicht.«

»Sie haben Mr. Cartwright mehrere Stunden lang verhört, Captain. Halten Sie ihn für einen Mann, der in Panik gerät und davonläuft?«

»Einspruch, Euer Ehren.« Ebden erhob sich. »Wie soll Detective Petrowski diese Fragen beantworten können?«

»Euer Ehren, Detective Petrowski war nur zu gern bereit, seine Meinung zu den Gewohnheiten von Amateur- und Profikriminellen von sich zu geben. Ich sehe daher nicht ein, warum er meine Frage nicht getrost beantworten sollte.«

»Abgelehnt, Herr Anwalt. Fahren Sie fort.«

Fletcher deutete eine Verbeugung vor dem Richter an, stand auf, ging zum Zeugenstand und blieb vor dem Detective stehen. »Gab es noch andere Fingerabdrücke auf der Waffe?«

»Ja«, bestätigte Petrowski, der sich von Fletchers Nähe offenbar nicht durcheinanderbringen ließ. »Es gab Teilabdrücke von Mr. Elliot, aber das ist nur zu verständlich, da er die Waffe ja aus dem Schreibtisch nahm, um sich zu verteidigen.«

»Aber seine Fingerabdrücke befanden sich auf der Waffe?«

»Ja.«

»Haben Sie überprüft, ob sich Schmauchspuren unter seinen Fingernägeln befanden?«

»Nein«, erwiderte Petrowski.

»Warum nicht?«, wollte Fletcher wissen.

»Weil man schon sehr lange Arme bräuchte, um sich selbst

aus einer Entfernung von eineinhalb Metern zu erschießen.« Das Publikum brach in Gelächter aus.

Fletcher wartete, bis wieder Ruhe eingekehrt war, dann sagte er: »Aber er könnte die erste Kugel abgegeben haben, die sich in die Decke bohrte?«

»Das könnte auch die zweite Kugel gewesen sein«, hielt Petrowski dagegen.

Fletcher wandte sich vom Zeugenstand ab und ging zu den Geschworenen. »Als Sie Mrs. Elliot befragten, was trug sie da?«

»Einen Morgenmantel – sie erklärte, sie habe zum Zeitpunkt des ersten Schusses geschlafen.«

»Ach ja, ich erinnere mich«, sagte Fletcher, dann ging er zum Tisch der Verteidigung. Er nahm ein Blatt Papier und las davon ab. »Als Mrs. Elliot den zweiten Schuss hörte, rannte sie aus dem Schlafzimmer zum Treppenkopf.« Petrowski nickte.

»Bitte beantworten Sie die Frage, Detective. Ja oder nein?«

»Ich kann mich nicht an die Frage erinnern.« Petrowski klang nervös.

»Als Mrs. Elliot den zweiten Schuss hörte, rannte sie aus dem Schlafzimmer zum Treppenkopf.«

»Ja, das hat sie uns erzählt.«

»Und dort blieb sie stehen und beobachtete, wie Mr. Cartwright zur Haustür hinauslief. Ist das korrekt?«, fragte Fletcher, drehte sich um und sah Petrowski direkt an.

»Ja.« Petrowski versuchte, ruhig zu bleiben.

»Detective, Sie haben dem Gericht gesagt, dass sich unter den Beamten, die Sie zur Unterstützung riefen, auch ein Polizeifotograf befand?«

»Ja. Bei Fällen wie diesem gehört das dazu. Alle Aufnahmen, die in dieser Nacht gemacht wurden, liegen als Beweismittel vor.«

»In der Tat«, sagte Fletcher, drehte sich zum Tisch um und schüttete einen großen Umschlag mit Fotos aus. Er wählte ein Foto aus und kehrte zum Zeugenstand zurück. »Ist das eine der Aufnahmen?«, fragte er.

Petrowski betrachtete sie gewissenhaft und besah sich den Stempel auf der Rückseite. »Ja, ist es.«

»Würden Sie sie den Geschworenen bitte beschreiben?«

»Es ist ein Foto von der Haustür der Elliots. Von der Auffahrt aus aufgenommen.«

»Warum wurde gerade dieses Foto als Beweismittel vorgelegt?«

»Weil es zeigt, dass die Haustür offen stand, nachdem der Mörder geflohen war. Es zeigt auch den langen Flur, der zum Arbeitszimmer von Mr. Elliot führt.«

»Ja, natürlich. Darauf hätte ich auch selbst kommen können«, sagte Fletcher. Er hielt inne. »Und die Gestalt, die im Flur kauert, ist das Mrs. Elliot?«

Der Detective sah sich das Foto noch einmal an. »Ja, das ist sie. Sie schien zu diesem Zeitpunkt gefasst, deshalb beschlossen wir, sie nicht zu stören.«

»Wie rücksichtsvoll«, meinte Fletcher. »Nur noch eine letzte Frage, Detective. Sie haben dem Staatsanwalt erzählt, dass Sie erst einen Krankenwagen riefen, nachdem Ihre Ermittlung abgeschlossen war?«

»Richtig. Sanitäter tauchen manchmal noch vor der Polizei an einem Tatort auf und sind berüchtigt dafür, dass sie Beweise durcheinanderbringen.«

»Tatsächlich?«, fragte Fletcher. »Aber das war hier nicht

der Fall, weil Sie ja der Erste waren, der nach dem Anruf von Mrs. Elliot beim Polizeichef am Tatort eintraf.«

»Ja, das stimmt.«

»Sehr löblich«, sagte Fletcher. »Haben Sie eine Ahnung, wie lange Sie brauchten, um zum Haus von Mrs. Elliot in West Hartford zu kommen?«

»Fünf, vielleicht sechs Minuten.«

»Für diese Leistung haben Sie sicher die Geschwindigkeitsbegrenzung überschritten.« Fletcher lächelte.

»Ich hatte die Sirene eingeschaltet, aber um zwei Uhr früh ist ohnehin wenig Verkehr.«

»Ich danke Ihnen für diese Erklärung«, sagte Fletcher. »Keine weiteren Fragen, Euer Ehren.«

»Was sollte das denn?«, murmelte Nat, als Fletcher an seinen Platz zurückgekehrt war.

»Freut mich, dass Sie nicht dahintergekommen sind«, sagte Fletcher. »Hoffen wir, dass das dem Staatsanwalt auch nicht gelungen ist.«

48

»Ich rufe Rebecca Elliot in den Zeugenstand.«

Als Rebecca den Gerichtssaal betrat, drehte jedermann den Kopf nach ihr um – außer Nat. Er starrte weiterhin strikt geradeaus. Langsam schritt sie durch den Mittelgang und legte dabei die Art von Auftritt hin, nach dem jede Schauspielerin in einem Drehbuch als Erstes Ausschau hält. Das Gericht war bis auf den letzten Platz besetzt, seit um acht Uhr morgens die Türen geöffnet worden waren. Die ersten drei Reihen im Publikum waren gesperrt, und nur die Anwesenheit uniformierter Beamter konnte verhindern, dass auch sie mit Beschlag belegt wurden.

Fletcher hatte sich umgedreht, als Don Culver, der Polizeichef, und Detective Petrowski ihre Plätze in der ersten Reihe eingenommen hatten, direkt hinter dem Tisch des Staatsanwalts. Eine Minute vor zehn waren nur noch dreizehn Plätze unbesetzt.

Nat sah zu Fletcher, der einen kleinen Stapel Notizblöcke vor sich liegen hatte. Er sah, dass der oberste Block leer war, und betete, dass wenigstens die drei anderen Blöcke beschrieben waren. Ein Polizist trat vor und führte Mrs. Elliot zum Zeugenstand. Nat blickte auf und sah Rebecca zum ersten Mal an. Sie trug Trauerkleidung – ein modisches, schwarzes Kostüm, maßgeschneidert und bis oben zugeknöpft, mit einem Rock, der mehrere Zentimeter unterhalb des Knies endete. Außer ihrem Ehe- und ihrem Verlobungsring trug sie nur eine einreihige Perlenkette. Fletcher sah auf ihr linkes Handgelenk und machte sich die erste Notiz auf dem obersten Block. Rebecca betrat den Zeugenstand, drehte sich zum Richter und lächelte ihn schüchtern an. Er nickte höflich. Dann sprach sie stockend den Eid. Schließlich setzte sie sich, wandte sich an die Geschworenen und bedachte auch sie mit einem schüchternen Lächeln. Fletcher fiel auf, wie mehrere Geschworene das Lächeln erwiderten. Rebecca strich sich die Haare aus dem Gesicht, und da wusste Fletcher, wo sie den Nachmittag zuvor verbracht hatte. Der Staatsanwalt hatte keinen Trick ausgelassen, und wenn er die Geschworenen in diesem Augenblick hätte bitten können, ihr Urteil zu fällen, dann hätten sie sowohl ihn als auch seinen Mandanten sofort auf den elektrischen Stuhl geschickt.

Der Richter nickte, und der Staatsanwalt erhob sich von seinem Platz. Mr. Ebden spielte bei dieser Farce ebenfalls mit. Er trug einen dunkelgrauen Anzug, ein weißes Hemd und eine nüchterne, blaue Krawatte – der angemessene Aufzug, um die Madonna zu befragen.

»Mrs. Elliot«, sagte er leise und trat vor den Zeugenstand. »Jeder in diesem Gerichtssaal ist sich bewusst, welche Qualen Sie durchleiden mussten. Nun müssen Sie sie erneut schmerzlich durchleben. Lassen Sie mich Ihnen versichern, dass ich die Absicht habe, Sie so schmerzlos wie möglich durch meine Fragen zu führen in der Hoffnung, dass Sie nicht länger als notwendig im Zeugenstand verbleiben müssen.«

»Insbesondere, da wir in den letzten fünf Monaten die Antwort auf jede einzelne Frage immer und immer wieder üben konnten«, murmelte Fletcher. Nat unterdrückte ein Grinsen.

»Lassen Sie mich als Erstes fragen, Mrs. Elliot, wie lange Sie mit Ihrem verstorbenen Ehemann verheiratet waren?«

»Morgen wäre unser siebzehnter Hochzeitstag gewesen.«

»Und wie wollten Sie diesen Anlass feiern?«

»Wir wollten im Salisbury Inn übernachten, wo wir die erste Nacht unserer Flitterwochen verbracht haben. Ich wusste ja, dass sich Ralph nur wenige Stunden von seinem Wahlkampf freinehmen konnte.«

»Typisch für die Hingabe von Mr. Elliot und seine gewissenhafte Einstellung gegenüber dem Dienst an der Allgemeinheit«, erklärte der Staatsanwalt und ging zu den Geschworenen. »Mrs. Elliot, ich muss Sie nun leider bitten, mir in die Nacht des tragischen und viel zu frühen Todes Ihres Mannes zu folgen.« Rebecca senkte leicht den Kopf. »Sie begleiteten Mr. Elliot nicht zu der Fernsehsendung, an der er am frühen Abend teilgenommen hatte. Gab es dafür einen besonderen Grund?«

»Ja«, sagte Rebecca und sah zu den Geschworenen. »Ralph zog es vor, dass ich zu Hause blieb und ihm am Bildschirm zusah. Dann konnte ich mir Notizen machen, über die wir später sprachen. Er war der Ansicht, wenn ich mich unter das Publikum im Studio mischte, könnte ich von den Umsitzenden beeinflusst werden, vor allem dann, wenn sie merkten, dass ich die Frau des Kandidaten war.«

»Das klingt wirklich sinnvoll«, sagte Ebden. Fletcher schrieb eine zweite Notiz auf den obersten Block.

»Erinnern Sie sich in Bezug auf diese Fernsehsendung an etwas Bestimmtes?«

»Ja.« Rebecca hielt inne und senkte den Kopf. »Mir wurde übel, als Mr. Cartwright meinem Mann mit den Worten drohte: ›Ich werde dir den Todesstoß versetzen‹.« Langsam hob sie den Kopf und sah die Geschworenen an. Fletcher machte sich eine weitere Notiz.

»Kehrte Ihr Mann nach der Fernsehdebatte nach West Hartford zurück?«

»Ja. Ich hatte ein leichtes Abendessen für ihn vorbereitet, das wir in der Küche zu uns nahmen. Manchmal vergisst er nämlich zu essen.« Sie hielt neuerlich inne. »Es tut mir leid. Manchmal vergaß er nämlich, in seinem hektischen Arbeitstag eine Pause einzulegen und etwas zu essen.«

»Erinnern Sie sich in Bezug auf dieses Abendessen an etwas Besonderes?«

»Ja. Ich ging meine Notizen mit ihm durch, da ich mich über einige Punkte, die in der Debatte aufgekommen waren, aufgeregt hatte.« Fletcher blätterte eine Seite um und machte sich noch eine Notiz. »Und beim Abendessen erfuhr ich dann auch, dass Mr. Cartwright ihn beschuldigt hatte, die letzte Frage inszeniert zu haben.«

»Wie haben Sie auf diesen Vorwurf reagiert?«

»Ich war entsetzt, wie jemand Ralph für fähig halten konnte, an einem solch hinterhältigen Manöver beteiligt zu sein. Gleichzeitig war ich davon überzeugt, dass sich die Öffentlichkeit nicht von Mr. Cartwrights falschen Anschuldigungen würde täuschen lassen und dass sein kindischer Ausbruch die Chancen meines Mannes für die Wahl am folgenden Tag nur noch erhöhen würde.«

»Und nach dem Abendessen gingen Sie beide zu Bett?«

»Nein. Ralph hatte nach einem Fernsehauftritt immer Probleme mit dem Einschlafen.« Sie blickte wieder zu den Geschworenen. »Er meinte, das Adrenalin würde noch stundenlang durch seinen Körper gepumpt. Außerdem wollte er seine Dankesrede überarbeiten. Also ging ich zu Bett, während er sich in sein Arbeitszimmer begab.« Fletcher kritzelte rasch noch etwas auf den Block.

»Wie spät war es da?«

»Kurz vor Mitternacht.«

»Sie schliefen also ein. Was war das Erste, woran Sie sich danach erinnern?«

»Ich wurde von einem Schuss geweckt. Ich war mir nicht sicher, ob er real war oder nur Teil eines Traums. Ich machte Licht und sah auf die Uhr auf meinem Nachttisch. Es war kurz nach zwei, und ich erinnere mich, wie überrascht ich war, dass Ralph noch nicht ins Bett gekommen war. Dann meinte ich Stimmen zu hören, also ging ich zur Tür und öffnete sie einen Spalt. In diesem Moment hörte ich, wie jemand Ralph anbrüllte. Ich war entsetzt, als mir klar wurde, dass es sich um Nat Cartwright handelte. Er schrie aus vollem Hals und drohte meinem Mann erneut, ihn zu töten. Ich schlich mich aus dem Schlafzimmer bis zum Treppenkopf, und da hörte ich den zweiten Schuss. Einen Augenblick später kam Mr. Cartwright aus dem Arbeitszimmer gerannt, lief durch den Flur, öffnete die Haustür und verschwand in die Nacht.«

»Sind Sie ihm gefolgt?«

»Nein. Ich war wie versteinert.«

Fletcher machte sich noch eine Notiz, während Rebecca fortfuhr. »Ich rannte nach unten, direkt in Ralphs Arbeitszimmer. Ich fürchtete das Schlimmste. Das Erste, was ich sah, war mein Mann, der am anderen Ende des Raumes in der Ecke lag. Blut rann aus seinem Mund. Ich griff sofort zum Telefon auf seinem Schreibtisch und rief Polizeichef Culver zu Hause an.«

Fletcher blätterte erneut um und schrieb hektisch.

»Ich fürchte, ich habe den Chief geweckt, aber er meinte

nur, er würde so schnell wie möglich vorbeikommen und ich solle nichts anrühren.«

»Was haben Sie als Nächstes getan?«

»Ich fror urplötzlich, und mir wurde übel. Ich dachte schon, ich würde in Ohnmacht fallen. Ich schwankte in den Flur und brach auf dem Boden zusammen. Als Nächstes erinnere ich mich, wie ich in der Ferne eine Polizeisirene hörte. Kurz darauf kam jemand durch die Haustür gelaufen. Der Polizist kniete sich neben mich und stellte sich als Detective Petrowski vor. Einer seiner Beamten machte mir eine Tasse Kaffee und bat mich, ihm zu schildern, was vorgefallen war. Ich erzählte ihm alles, woran ich mich erinnern konnte, aber ich fürchte, meine Worte waren nicht sehr zusammenhängend. Ich weiß noch, dass ich auf Ralphs Arbeitszimmer zeigte.«

»Können Sie sich erinnern, was dann geschah?«

»Ja. Ein paar Minuten später hörte ich eine weitere Sirene, und dann kam der Polizeichef herein. Mr. Culver verbrachte viel Zeit mit Detective Petrowski im Arbeitszimmer meines Mannes, dann kam er zurück und bat mich, meine Geschichte noch einmal zu erzählen. Anschließend blieb er nicht mehr lange, aber ich sah, dass er sich angeregt mit dem Detective unterhielt, bevor er ging. Erst am nächsten Morgen erfuhr ich, dass man Mr. Cartwright verhaftet und des Mordes an meinem Ehemann angeklagt hatte.« Rebecca brach in Tränen aus.

»Tränen auf Knopfdruck«, sagte Fletcher, während der Chefankläger ein Taschentuch aus seiner Jackentasche zog und es Mrs. Elliot reichte. »Ich frage mich, wie lange sie das wohl geprobt haben«, fügte Fletcher hinzu und sah zu den Geschworenen. Er bemerkte, dass eine Frau in der zweiten Reihe ebenfalls lautlos weinte.

»Es tut mir leid, dass ich Ihnen solche Qualen bereiten muss, Mrs. Elliot.« Ebden schwieg. »Soll ich das Gericht um eine Pause bitten, damit Sie sich wieder etwas fangen können?«

Fletcher hätte Einspruch erhoben, aber er wusste bereits, wie ihre Antwort lauten würde, weil sie sich so offensichtlich an ein bewährtes Drehbuch hielten.

»Nein, es geht schon«, sagte Rebecca. »Und ich möchte das Ganze auch hinter mich bringen.«

»Ja, natürlich, Mrs. Elliot.« Ebden sah zum Richter auf. »Ich habe keine weiteren Fragen an die Zeugin, Euer Ehren.«

»Danke, Mr. Ebden«, sagte der Richter. »Ihre Zeugin, Mr. Davenport.«

»Danke, Euer Ehren.« Fletcher zog eine Stoppuhr aus seiner Jackentasche und legte sie vor sich auf den Tisch. Er erhob sich langsam und spürte dabei die Blicke aller Anwesenden auf seinem Hinterkopf. Wie konnte er auch nur daran denken, diese hilflose Heilige ins Kreuzverhör zu nehmen? Er ging zum Zeugenstand und sagte eine Weile gar nichts. »Ich will versuchen, Sie nicht länger als nötig aufzuhalten, Mrs. Elliot. Wir wissen ja alle, welche Qualen Sie bereits durchlitten haben.« Fletcher sprach mit sanfter Stimme. »Aber ich muss Ihnen eine oder zwei Fragen stellen, denn meinem Mandanten droht die Todesstrafe, und das fast allein aufgrund Ihrer Zeugenaussage.«

»Ja, natürlich.« Rebecca versuchte, tapfer zu klingen, und wischte sich die letzte Träne aus den Augenwinkeln.

»Mrs. Elliot, Sie haben dem Gericht gesagt, Sie hätten eine überaus erfüllende Beziehung zu Ihrem Ehemann gehabt.«

»Ja, wir haben uns sehr geliebt.«

»Tatsächlich?« Fletcher hielt kurz inne. »Und der einzige Grund, warum Sie an diesem Abend nicht an der Fernsehdebatte teilnahmen, war der, dass Mr. Elliot Sie gebeten hatte, zu Hause zu bleiben und sich Notizen zu seinem Auftritt zu machen, damit Sie beide später am Abend darüber sprechen konnten?«

»Ja, das ist korrekt«, antwortete sie.

»Ich weiß das zu schätzen«, meinte Fletcher, »aber ich bin verwirrt, warum Sie Ihren Mann auch in den vorhergehenden Monaten zu keinem einzigen öffentlichen Auftritt begleitet haben.« Er schwieg kurz. »Weder am Abend noch am Tag.«

»Ich bin sicher, das habe ich doch einmal getan«, erwiderte Rebecca. »Aber Sie müssen auch bedenken, dass meine Hauptaufgabe darin bestand, den Haushalt zu führen. Ich musste Ralph das Leben so leicht wie möglich machen, wo er doch so viele Stunden wegen seines Wahlkampfs unterwegs war.«

»Haben Sie Ihre Notizen aufbewahrt?«

Sie zögerte. »Nein. Nachdem ich sie mit Ralph durchgegangen war, habe ich sie ihm gegeben.«

»Sie sagten dem Gericht, dass Sie sich gerade bei diesem Fernsehauftritt sehr aufgeregt haben.«

»Ja, das habe ich.«

»Darf ich fragen, worüber genau Sie sich aufgeregt haben, Mrs. Elliot?«

Rebecca zögerte erneut. »Das weiß ich nicht mehr.« Sie schwieg. »Es liegt ja auch schon einige Monate zurück.«

»Aber es war der einzige öffentliche Auftritt während des gesamten Wahlkampfes, an dem Sie Interesse gezeigt haben, Mrs. Elliot. Da müssen Sie sich doch an einen oder zwei

Punkte erinnern, über die Sie sich aufregten. Schließlich kandidierte Ihr Ehemann für das Amt des Gouverneurs und Sie damit sozusagen für das Amt der First Lady.«

»Ja, nein, ja – das Gesundheitswesen, glaube ich.«

»Dann müssen Sie noch einmal in sich gehen, Mrs. Elliot.« Fletcher kehrte zu seinem Tisch zurück und nahm einen seiner Notizblöcke zur Hand. »Ich habe das Fernsehduell mit mehr als nur flüchtigem Interesse verfolgt und war überrascht, dass das Thema Gesundheitswesen nicht zur Sprache gebracht wurde. Vielleicht möchten Sie über Ihre letzte Antwort noch einmal nachdenken, da ich mir genaue Notizen zu jedem Punkt gemacht habe, der an diesem Abend besprochen wurde.«

»Einspruch, Euer Ehren. Der Verteidiger ist hier nicht als Zeuge geladen.«

»Stattgegeben. Halten Sie sich an Ihre eigentliche Aufgabe, Herr Anwalt.«

»Aber über eine Sache haben Sie sich aufgeregt, nicht wahr, Mrs. Elliot?«, fuhr Fletcher fort. »Über den gemeinen Angriff auf Ihren Gatten, als Mr. Cartwright im Fernsehen sagte: ›Ich werde dir trotzdem den Todesstoß versetzen‹.«

»Ja, das war schrecklich, wo doch die ganze Welt zusah.«

»Aber die ganze Welt sah nicht zu, Mrs. Elliot, sonst hätte beispielsweise ich es gesehen. Es wurde aber erst gesagt, nachdem die Sendung bereits beendet war.«

»Dann muss mir mein Ehemann beim Abendessen davon erzählt haben.«

»Das glaube ich nicht, Mrs. Elliot. Ich glaube vielmehr, dass Sie die Sendung gar nicht gesehen haben. Wie Sie ja auch an keinem seiner öffentlichen Auftritte teilnahmen.«

»Doch, das habe ich.«

»Dann können Sie den Geschworenen vielleicht eine Veranstaltung anführen, an der Sie während des langen Wahlkampfes Ihres Mannes teilgenommen haben, Mrs. Elliot?«

»Wie soll ich mich an jede einzelne erinnern, wo Ralphs Wahlkampf doch schon vor über einem Jahr anfing?«

»Mir würde eine einzige Veranstaltung genügen«, sagte Fletcher und drehte sich zu den Geschworenen.

Rebecca brach wieder in Tränen aus, aber dieses Mal war das Timing nicht so gekonnt, und es gab auch niemanden, der ihr ein Taschentuch anbot.

»Lassen Sie uns nun den Satz ›Ich werde dir trotzdem den Todesstoß versetzen‹ näher beleuchten, der nach der Sendung am Abend vor einer Wahl ausgesprochen wurde.« Fletcher sah weiterhin die Geschworenen an. »Mr. Cartwright sagte keineswegs ›Ich werde dir den Todesstoß versetzen‹, was in der Tat ein erdrückendes Indiz gewesen wäre. In Wirklichkeit sagte er: ›Ich werde dir *trotzdem* den Todesstoß versetzen‹, und alle Anwesenden gingen davon aus, dass er sich auf die Wahl bezog, die am folgenden Tag stattfand.«

»Er hat meinen Mann ermordet«, rief Mrs. Elliot und erhob zum ersten Mal ihre Stimme.

»Es müssen noch ein paar Fragen beantwortet werden, bevor ich darauf zu sprechen komme, wer Ihren Mann getötet hat, Mrs. Elliot. Lassen Sie mich zunächst zu den Ereignissen jenes Abends zurückkehren. Nachdem Sie eine Fernsehsendung gesehen haben, an die Sie sich nicht erinnern können, und mit Ihrem Mann zu Abend gegessen haben, wobei Sie ausführlich über Punkte sprachen, an die Sie sich nicht erinnern können, gingen Sie zu Bett, während sich Ihr Mann in sein Arbeitszimmer begab, um an seiner Dankesrede zu arbeiten.«

»Ja, genau so ist es gewesen.« Rebecca starrte Fletcher trotzig an.

»Er lag doch in den Umfrageergebnissen deutlich zurück, warum sollte er da Zeit auf eine Dankesrede verschwenden, die er nie würde halten können?«

»Er war immer noch davon überzeugt, gewinnen zu können, besonders nach Mr. Cartwrights Ausbruch und …«

»Und?«, wiederholte Fletcher auffordernd, aber Rebecca blieb stumm. »Dann wussten Sie beide vielleicht etwas, was der Rest von uns nicht wusste«, sagte Fletcher. »Aber dazu komme ich gleich. Sie sagten, Sie seien gegen Mitternacht zu Bett gegangen?«

»Ja,« bestätigte Rebecca und klang nun sogar noch trotziger.

»Als Sie von einem Schuss geweckt wurden, sahen Sie auf der Uhr auf Ihrem Nachttisch nach, wie spät es war?«

»Ja. Es war kurz nach zwei.«

»Dann tragen Sie im Bett also keine Armbanduhr?«

»Nein. Ich schließe meinen gesamten Schmuck über Nacht in einen kleinen Safe, den Ralph im Schlafzimmer einbauen ließ. Es gab vor Kurzem ziemlich viele Einbrüche in unserer Gegend.«

»Wie vernünftig von ihm. Und Sie denken immer noch, dass der erste Schuss Sie geweckt hat?«

»Ja. Da bin ich mir sicher.«

»Wie viel Zeit ist zwischen dem ersten und dem zweiten Schuss verstrichen, Mrs. Elliot?« Rebecca antwortete nicht sofort. »Nehmen Sie sich Zeit, Mrs. Elliot. Ich möchte nicht, dass Sie einen Fehler machen und Ihre Aussage, wie so oft, später korrigiert werden muss.«

»Einspruch, Euer Ehren, meine Zeugin ist nicht …«

»Ja, ja, Mr. Ebden, stattgegeben. Die letzte Bemerkung wird aus dem Protokoll gestrichen.« Der Richter wandte sich an Fletcher und wiederholte: »Halten Sie sich an Ihre Aufgabe, Mr. Davenport.«

»Ich bitte um Entschuldigung und will es versuchen, Euer Ehren«, sagte Fletcher, aber sein Blick ruhte unverwandt auf den Geschworenen, um sicherzustellen, dass ihnen dieser Satz auch wirklich im Gedächtnis blieb. »Hatten Sie genug Zeit, um über Ihre Antwort gründlich nachzudenken, Mrs. Elliot?« Wieder wartete er einen Moment, bevor er wiederholte: »Wie viel Zeit ist zwischen dem ersten und dem zweiten Schuss verstrichen?«

»Drei, vielleicht vier Minuten«, sagte sie.

Fletcher lächelte den Chefankläger an, ging zu seinem Tisch, nahm die Stoppuhr zur Hand und steckte sie in seine Jackentasche. »Warum haben Sie nicht sofort die Polizei gerufen, als Sie den ersten Schuss hörten, Mrs. Elliot? Warum haben Sie drei oder vier Minuten auf den zweiten Schuss gewartet?«

»Anfangs war ich ja gar nicht so sicher, ob ich den Schuss wirklich gehört hatte. Vergessen Sie nicht, ich hatte bereits geschlafen.«

»Aber dann haben Sie die Schlafzimmertür geöffnet und hörten voller Entsetzen, wie Mr. Cartwright Ihren Ehemann anbrüllte und drohte, ihn zu töten. Da müssen Sie doch geglaubt haben, dass sich Ralph in beträchtlicher Gefahr befand. Warum haben Sie nicht sofort die Tür verschlossen und die Polizei vom Schlafzimmer aus angerufen?« Rebecca sah zu Richard Ebden. »Nein, Mrs. Elliot, Mr. Ebden kann Ihnen diesmal nicht helfen, weil er die Frage nicht vorausgesehen hat«, sagte Fletcher. »Aber um fair zu sein, ist das nicht sein Fehler, denn Sie haben ihm nur die halbe Geschichte erzählt.«

»Einspruch!« Ebden sprang auf die Füße.

»Stattgegeben«, sagte der Richter. »Mr. Davenport, beschränken Sie sich darauf, Mrs. Elliot zu befragen, und geben Sie hier keine Meinungsäußerungen zum Besten. Wir sind hier in einem Gericht, nicht im Sitzungssaal des Senats.«

»Ich entschuldige mich, Euer Ehren, aber in diesem Fall kenne ich die Antwort. Sehen Sie, der Grund, warum Mrs. Elliot die Polizei nicht sofort rief, war der, dass sie fürchtete, ihr Mann hätte den ersten Schuss abgegeben.«

»Einspruch!«, brüllte Ebden und sprang auf. Mehrere Zuschauer redeten laut durcheinander. Es dauerte eine Weile, bevor der Richter mit seinem Hammer die Ordnung wiederhergestellt hatte.

»Nein, nein«, widersprach Rebecca. »Aufgrund der Art und Weise, wie er Ralph anschrie, war ich sicher, dass Nat den ersten Schuss abgegeben hatte.«

»Dann frage ich Sie erneut, warum Sie die Polizei nicht sofort angerufen haben.« Fletcher drehte sich zu ihr um. »Warum haben Sie drei oder vier Minuten gewartet, bis Sie den zweiten Schuss hörten?«

»Es passierte alles so schnell, ich hatte einfach keine Zeit.«

»Was ist Ihr Lieblingsroman, Mrs. Elliot?«, fragte Fletcher leise.

»Einspruch, Euer Ehren. Inwiefern sollte das relevant sein?«

»Abgelehnt, Mr. Ebden. Ich habe das Gefühl, das werden wir gleich herausfinden.«

»Das werden Sie wirklich, Euer Ehren«, sagte Fletcher,

ohne den Blick von der Zeugin abzuwenden. »Mrs. Elliot, lassen Sie mich Ihnen versichern, dass es sich hier nicht um eine Falle handelt. Ich möchte nur, dass Sie dem Gericht den Titel Ihres Lieblingsbuches nennen.«

»Ich bin mir gar nicht sicher, ob ich ein Lieblingsbuch habe«, erwiderte sie. »Aber mein Lieblingsautor ist Hemingway.«

»Meiner auch.« Fletcher holte die Stoppuhr aus seiner Jackentasche. Er wandte sich an den Richter und fragte: »Euer Ehren, bekomme ich Ihre Erlaubnis, den Gerichtssaal kurz zu verlassen?«

»Zu welchem Zweck, Mr. Davenport?«

»Um zu beweisen, dass mein Mandant nicht den ersten Schuss abgab.«

Der Richter nickte. »Aber nur kurz, Mr. Davenport.«

Fletcher aktivierte die Stoppuhr, steckte sie wieder in seine Jackentasche, durchquerte den vollen Gerichtssaal und marschierte durch die Tür hinaus. »Euer Ehren«, rief Ebden und sprang auf, »ich muss Einspruch erheben. Mr. Davenport verwandelt diese Verhandlung in eine Zirkusnummer.«

»Falls dem so sein sollte, Mr. Ebden, werde ich Mr. Davenport bei seiner Rückkehr eine Rüge erteilen.«

»Aber Euer Ehren, ist dieses Verhalten fair gegenüber meiner Zeugin?«

»Ich denke schon, Mr. Ebden. Wie Mr. Davenport dem Gericht in Erinnerung rief, sieht sich sein Mandant allein aufgrund der Aussage Ihrer Hauptzeugin der Todesstrafe gegenüber.«

Der Chefankläger setzte sich wieder und beriet sich mit seinem Team, während im Publikum hinter ihm leises

Geschnatter einsetzte. Der Richter trommelte mit den Fingern und sah gelegentlich auf die Uhr an der Wand über dem Eingang.

Schließlich erhob sich Richard Ebden erneut, und der Richter stellte wieder Ruhe her. »Euer Ehren, ich beantrage, dass Mrs. Elliot aus dem Zeugenstand entlassen wird. Der Verteidiger ist nicht länger in der Lage, sein Kreuzverhör durchzuführen, da er den Gerichtssaal ohne Erklärung verlassen hat.«

»Ich werde Ihrer Bitte nachkommen, Mr. Ebden« – der Staatsanwalt strahlte erfreut auf –, »sollte Mr. Davenport nicht in weniger als vier Minuten zurückkommen.« Richter Kravats lächelte Chefankläger Ebden an. Er ging davon aus, dass sie beide die Bedeutung seiner Entscheidung erkannt hatten.

»Euer Ehren, ich muss …«, setzte der Staatsanwalt erneut an, wurde aber unterbrochen, als die Türen des Gerichtssaals aufflogen und Fletcher durch den Gang zum Zeugenstand stiefelte, wo er Mrs. Elliot eine Ausgabe von *Wem die Stunde schlägt* reichte. Dann wandte er sich an den Richter.

»Euer Ehren, würde das Gericht unparteiisch festhalten, wie lange ich abwesend war?«, bat er und reichte dem Richter die Stoppuhr.

Richter Kravats drückte den Stopper, sah auf die Uhr und sagte: »Drei Minuten und neunundvierzig Sekunden.«

Fletcher richtete seine Aufmerksamkeit wieder auf die Frau im Zeugenstand. »Mrs. Elliot, ich hatte genug Zeit, um das Gerichtsgebäude zu verlassen, in die öffentliche Bibliothek auf der anderen Straßenseite zu gehen, das Regal mit den Hemingway-Büchern zu suchen, mit meinem Bibliotheksausweis ein Buch auszuleihen und trotzdem noch elf Sekunden zu früh wieder im Gerichtssaal zu sein. Aber Sie hatten nicht genug Zeit, um quer durch Ihr Schlafzimmer zu gehen, den Notruf zu wählen und Hilfe anzufordern, als Sie glaubten, Ihr Ehemann befinde sich in tödlicher Gefahr. Sie taten es deshalb nicht, weil Sie wussten, dass Ihr Ehemann den ersten Schuss abgegeben hatte, und Sie fürchteten sich vor dem, was er möglicherweise getan hatte.«

»Selbst, wenn ich das geglaubt hätte«, erwiderte Rebecca, die allmählich ihre Fassung verlor, »kommt es doch nur auf die zweite Kugel an, diejenige, die Ralph tötete. Vielleicht haben Sie vergessen, dass die erste Kugel in der Decke steckte. Oder wollen Sie jetzt andeuten, dass mein Mann sich selbst getötet hat?«

»Keineswegs«, entgegnete Fletcher. »Warum erzählen Sie dem Gericht nicht, was Sie getan haben, als Sie den zweiten Schuss hörten?«

»Ich ging zum Treppenkopf und sah, wie Mr. Cartwright aus dem Haus rannte.«

»Aber er hat sie nicht gesehen?«

»Nein, er hat nur einen kurzen Blick in meine Richtung geworfen.«

»Das glaube ich nicht, Mrs. Elliot. Ich denke, Sie sahen ihn sehr genau, als er völlig ruhig im Flur an Ihnen vorbeiging.«

»Er kann nicht im Flur an mir vorbeigegangen sein, weil ich mich oben am Treppenkopf befand.«

»Ich stimme Ihnen zu, dass er Sie am Treppenkopf nicht gesehen haben kann«, sagte Fletcher, kehrte zu seinem Tisch zurück, wählte ein Foto aus und ging wieder zum Zeugenstand. Er reichte ihr das Foto. »Wie Sie auf diesem Foto erkennen können, Mrs. Elliot, kann niemand, der das Arbeitszimmer Ihres Mannes verlässt und durch den Flur zur Haustür hinausgeht, vom Treppenkopf aus gesehen werden.« Er legte eine Pause ein, damit die Geschworenen die Bedeutung seiner Worte begriffen. Erst dann fuhr er fort: »Nein, als Mr. Cartwright das Arbeitszimmer Ihres Mannes verließ, befanden Sie sich in Wirklichkeit gar nicht oben am Treppenkopf, Mrs. Elliot, sondern unten im Flur. Und wenn Sie möchten, bitte ich den Richter um eine Vertagung, damit die Geschworenen Ihr Haus aufsuchen und sich von der Richtigkeit meiner Aussage überzeugen können. Das würde ich wirklich gern tun.«

»Nun ja, möglicherweise war ich ein paar Stufen hinuntergegangen.«

»Sie waren nicht einmal *auf der* Treppe, Mrs. Elliot. Sie waren im Flur – und das nicht, wie Sie ebenfalls behauptet haben, in Ihrem Morgenmantel, sondern in einem blauen Kleid, das Sie zu einer Cocktailparty am frühen Abend getragen haben, weshalb Sie auch die Debatte im Fernsehen nicht sehen konnten!«

»Ich trug sehr wohl einen Morgenmantel, und es gibt auch ein Foto, das meine Aussage bekräftigt.«

»In der Tat, das gibt es.« Fletcher kehrte wieder zu seinem Tisch zurück und nahm ein anderes Foto zur Hand. »Ich nehme hiermit Bezug auf Beweisstück 122, Euer Ehren.«

Der Richter, das Team der Anklage und die Geschworenen gingen ihre Unterlagen durch, während Fletcher seine Kopie an Mrs. Elliot reichte.

»Na bitte«, sagte sie, »es ist genauso, wie ich sagte: Ich saß im Morgenmantel im Flur.«

»Ja, das taten Sie, Mrs. Elliot. Dieses Foto wurde vom Polizeifotografen geschossen. Ich habe es vergrößern lassen, damit wir die Details besser sehen können. Euer Ehren, ich lege diese Vergrößerung als Beweis vor.«

»Einspruch, Euer Ehren.« Ebden sprang von seinem Stuhl auf. »Wir hatten keine Gelegenheit, dieses Foto zu prüfen.«

»Es ist ein Beweis der Anklage, Mr. Ebden, und befindet sich seit Wochen in Ihrem Besitz«, rief ihm der Richter in Erinnerung. »Einspruch abgelehnt.«

»Bitte sehen Sie sich dieses Foto sorgfältig an«, bat Fletcher. Er entfernte sich ein paar Schritte von Mrs. Elliot und reichte dem Staatsanwalt einen Abzug der Vergrößerung. Ein Gerichtsdiener verteilte Abzüge an alle Geschworenen. Fletcher drehte sich wieder zu Rebecca. »Erzählen Sie dem Gericht, was Sie sehen.«

»Es ist ein Foto von mir, wie ich in meinem Morgenmantel im Flur sitze.«

»Stimmt genau, aber was tragen Sie an Ihrem linken Handgelenk und um Ihren Hals?«, fragte Fletcher und drehte sich dann zu den Geschworenen um, die ihre Abzüge ebenfalls aufmerksam betrachteten.

Alles Blut wich aus Rebeccas Gesicht.

»Ich glaube, es handelt sich um Ihre Armbanduhr und Ihre Perlenkette«, beantwortete Fletcher seine eigene Frage. »Erinnern Sie sich?« Er hielt kurz inne. »Um ebenjenen Schmuck, den Sie vor dem Zubettgehen in Ihrem Safe einschlossen, weil es unlängst mehrere Einbrüche in Ihrer Gegend gegeben hatte.« Fletcher wandte sich an Polizeichef Culver und Detective Petrowski, die in der ersten Reihe saßen. »Wie uns Detective Petrowski wissen ließ, sind es eben immer die kleinen Fehler, die den Amateur verraten.« Fletcher drehte sich wieder um und sah Rebecca an, bevor er hinzufügte: »Vielleicht haben Sie ja einfach vergessen,

Ihre Uhr und Ihre Kette abzunehmen, Mrs. Elliot, aber ich sage Ihnen, was Sie unmöglich vergessen konnten: Ihr Kleid.« Fletcher legte beide Hände auf das Geländer der Geschworenenbank, bevor er langsam und ausdruckslos verkündete: »Das Kleid haben Sie erst ausgezogen, nachdem Sie Ihren Ehemann getötet haben.«

Mehrere Leute sprangen auf, und der Richter musste mehrmals den Hammer niedersausen lassen, bevor es leise genug wurde, damit der Staatsanwalt mit lauter Stimme rufen konnte: »Einspruch. Wie kann das Tragen einer Armbanduhr beweisen, dass Mrs. Elliot ihren Ehemann ermordet hat?«

»Da gebe ich Ihnen recht, Mr. Ebden«, meinte der Richter und wandte sich an Fletcher. »Das ist ein ziemlicher Quantensprung, Herr Anwalt.«

»Ich führe den Staatsanwalt gern Schritt für Schritt zu meiner Lösung.« Der Richter nickte. »Als Mr. Cartwright vor dem Haus der Elliots ankam, hörte er einen Streit zwischen Mr. und Mrs. Elliot. Er klopfte an die Tür, und Mr. Elliot öffnete sie. Mrs. Elliot war nicht zu sehen. Ich will gern einräumen, dass sie zum Treppenkopf lief, damit sie hören konnte, was vor sich ging, ohne selbst gesehen zu werden, aber in dem Augenblick, als der erste Schuss fiel, kehrte sie in den Flur zurück und lauschte dem Streit zwischen ihrem Mann und meinem Mandanten. Drei oder vier Minuten später spazierte Mr. Cartwright völlig ruhig aus dem Arbeitszimmer und kam im Flur an Mrs. Elliot vorbei, bevor er die Haustür öffnete. Er sah zu Mrs. Elliot zurück und konnte aus diesem Grund der Polizei bei dem Verhör im weiteren Verlauf der Nacht auch mitteilen, dass sie ein tief ausgeschnittenes blaues Kleid und eine Perlenkette trug. Wenn sich die Geschworenen das Foto von Mrs. Elliot ansehen wollen: Sie trägt darauf dieselbe Perlenkette, die sie heute trägt, wenn ich nicht irre.« Rebecca berührte ihre Kette, während Fletcher fortfuhr. »Aber verlassen wir uns nicht nur auf das Wort meines Mandanten, sondern auf Ihre eigene Aussage, Mrs. Elliot.« Er blätterte in den Verhörprotokollen und las dann laut vor. »Ich rannte ins Arbeitszimmer, sah meinen Mann, der am anderen Ende des Raumes in der Ecke lag, und rief die Polizei.«

»Das stimmt. Ich habe Chief Culver zu Hause angerufen. Das hat er bereits bestätigt«, warf Rebecca ein.

»Warum haben Sie zuerst den Polizeichef angerufen?«

»Weil mein Ehemann ermordet worden war.«

»Aber Mrs. Elliot, laut Ihrer Aussage, die Sie Detective Petrowski nur wenige Augenblicke nach dem Tod Ihres Mannes gaben, haben Sie Ralph in der Ecke seines Arbeitszimmers liegen sehen. Blut strömte aus seinem Mund. Und dann haben Sie sofort den Polizeichef angerufen.«

»Ja, genau das habe ich getan«, rief Rebecca.

Erneut legte Fletcher eine kurze Pause ein, bevor er sich an die Geschworenen wandte. »Wenn ich meine Frau in einer Ecke liegen sehen würde und Blut würde aus ihrem Mund strömen, dann würde ich als Erstes nachsehen, ob sie noch lebt, und wenn ja, würde ich nicht die Polizei, sondern einen Krankenwagen rufen. Sie haben zu keiner Zeit einen Krankenwagen gerufen, Mrs. Elliot. Warum nicht? Weil Sie bereits wussten, dass Ihr Mann tot war.«

Wieder kam es im Publikum zu Tumulten, und die Reporter, die noch so altmodisch waren, sich in Kurzschrift Notizen zu machen, kämpften um jedes Wort.

»Mrs. Elliot«, fuhr Fletcher fort, sobald der Richter die

Ordnung wiederhergestellt hatte, »erlauben Sie mir, die Worte zu wiederholen, die Sie vor wenigen Minuten äußerten, als der Staatsanwalt Sie befragte.« Fletcher nahm einen der Blöcke von seinem Schreibtisch und las seine Notizen vor: »›Ich fror urplötzlich, und mir wurde übel. Ich dachte schon, ich würde in Ohnmacht fallen. Ich schwankte in den Flur und brach auf dem Boden zusammen‹.« Fletcher warf den Block auf den Tisch zurück, starrte Mrs. Elliot an und sagte: »Sie haben sich immer noch nicht die Mühe gemacht nachzusehen, ob Ihr Mann noch lebt. Das brauchten Sie auch nicht, weil Sie ja wussten, dass er tot war. Schließlich haben Sie ihn erschossen.«

»Warum waren dann keine Schmauchspuren auf meinem Morgenmantel?«, rief Rebecca über das Hämmern des Richters hinweg.

»Weil Sie Ihren Morgenmantel nicht trugen, als Sie Ihren Mann erschossen, Mrs. Elliot. Sie trugen noch das blaue Kleid, das Sie schon den ganzen Abend über anhatten. Erst nachdem Sie Ralph getötet hatten, liefen Sie nach oben, um Nachthemd und Morgenmantel anzuziehen. Dummerweise hatte Detective Petrowski die Sirene eingeschaltet und die Geschwindigkeitsbegrenzung überschritten, somit war er keine sechs Minuten später bei Ihnen. Daher mussten Sie wieder nach unten rennen, wobei Sie vergaßen, Ihre Uhr und Ihre Perlen abzulegen. Sie hatten nicht einmal genug Zeit, die Haustür zu schließen, was noch mehr gegen Sie spricht. Wenn Mr. Cartwright, wie Sie behaupten, Ihren Ehemann getötet hätte und dann aus dem Haus gelaufen wäre, dann hätten Sie doch als Erstes die Tür abgeschlossen, damit er nicht zurückkommen und Ihnen etwas antun konnte. Aber Detective Petrowski, diensteifrig wie er ist, kam ein wenig zu schnell für Sie und führt sogar seine Überraschung darüber an, dass die Haustür offen stand. Amateure brechen häufig in Panik aus und machen dann sogar die einfachsten Fehler«, wiederholte er fast flüsternd. »In Wahrheit rannten Sie ins Arbeitszimmer, kaum dass Mr. Cartwright im Flur an Ihnen vorbeigegangen war. Sie nahmen die Waffe an sich, und Ihnen wurde klar, dass dies die perfekte Gelegenheit war, Ihren Ehemann loszuwerden, den Sie seit Jahren verabscheuten. Der Schuss, den Mr. Cartwright hörte, als er vom Haus wegfuhr, war die Kugel, die Ihren Ehemann tötete, aber es war nicht Mr. Cartwright, der den Abzug betätigte, sondern Sie. Mr. Cartwright hatte Ihnen das perfekte Alibi und eine Lösung für all Ihre Probleme geliefert.« Fletcher schwieg und wandte sich von den Geschworenen ab. »Wenn Sie nur daran gedacht hätten, Ihre Armbanduhr und die Perlen abzulegen, bevor Sie wieder nach unten gingen, wenn Sie die Haustür geschlossen und dann einen Krankenwagen gerufen hätten, anstatt den Polizeichef, dann hätten Sie den perfekten Mord begangen, und meinem Mandanten würde jetzt die Todesstrafe blühen.«

»Ich habe ihn nicht getötet.«

»Wer dann? Mr. Cartwright kann es nämlich nicht gewesen sein, da er das Haus bereits geraume Zeit *vor* dem zweiten Schuss verlassen hatte. Ich bin sicher, Sie erinnern sich an seine Worte, als der Chief ihn verhaftete: ›Er war noch am Leben, als ich ihn verließ‹. Und übrigens hielt Mr. Cartwright es nicht für nötig, den Anzug zu wechseln, den er den ganzen Abend über getragen hatte.« Wieder drehte sich Fletcher zu den Geschworenen, doch die starrten jetzt alle Mrs. Elliot an.

Sie vergrub den Kopf in den Händen und flüsterte: »Ralph

sollte hier vor Gericht stehen. Er war für seinen Tod selbst verantwortlich.«

Sosehr Richter Kravats auch versuchte, wieder für Ordnung zu sorgen, dauerte es eine Weile, bis endlich Ruhe einkehrte. Fletcher wartete, bis es absolut still war, dann trug er seinen nächsten Gedankengang vor.

»Wie ist das möglich, Mrs. Elliot?«, fragte er. »Schließlich hat Detective Petrowski darauf hingewiesen, dass es ziemlich schwierig ist, sich selbst aus einer Entfernung von eineinhalb Metern zu erschießen.«

»Er hat mich dazu gebracht.«

Ebden sprang auf die Füße, während sich einige Leute im Publikum Rebeccas letzten Satz noch einmal wiederholten.

»Einspruch, Euer Ehren. Die Zeugin wird …«

»Abgelehnt«, erklärte Richter Kravats mit fester Stimme. »Setzen Sie sich, Mr. Ebden, und bleiben Sie gefälligst sitzen.« Der Richter wandte seine Aufmerksamkeit wieder der Zeugin zu. »Was meinen Sie mit ›Er hat mich dazu gebracht‹, Mrs. Elliot?«

Rebecca drehte sich zum Richter, der sie besorgt ansah. »Euer Ehren, Ralph wollte diese Wahl um jeden Preis gewinnen. Nachdem Nat ihm gesagt hatte, dass Luke Selbstmord begangen hatte, wusste Ralph, dass es keine Hoffnung mehr für ihn gab, noch Gouverneur zu werden. Er tigerte im Raum auf und ab und sagte immer wieder: ›Ich werde dir trotzdem den Todesstoß versetzen.‹ Dann schnippte er mit den Fingern und rief: ›Ich hab's – und du musst es tun.‹«

»Wie meinte er das?«, hakte der Richter nach.

»Anfangs verstand ich es selbst nicht, Euer Ehren, da brüllte er mich an. Er sagte: ›Wir haben keine Zeit, darüber zu streiten, sonst können wir es ihm nicht mehr in die

Schuhe schieben. Ich sage dir, was du tun wirst. Erst schießt du mir in die Schulter, und dann rufst du den Chief zu Hause an und erzählst ihm, dass du im Schlafzimmer warst, als du den ersten Schuss gehört hast. Du bist die Treppe runtergerannt, als du den zweiten Schuss hörtest, und da hast du gesehen, wie Cartwright aus der Haustür lief.‹«

»Warum haben Sie diesem unerhörten Vorschlag zugestimmt?«, wollte der Richter wissen.

»Das habe ich nicht«, widersprach Rebecca. »Ich sagte ihm, dass ich nichts damit zu tun haben will.«

»Und was hat er darauf erwidert?«, fragte der Richter.

»Dass er sich nicht selbst anschießen könne, weil ihm die Polizei dann auf die Schliche käme, aber wenn ich es täte, würden sie nie darauf kommen.«

»Das erklärt immer noch nicht, warum Sie sich damit einverstanden erklärten.«

»Das habe ich auch nicht«, wiederholte Rebecca leise. »Ich sagte ihm, ich wolle nichts damit zu tun haben, Nat habe mir nie etwas getan. Aber da nahm Ralph die Waffe und sagte: ›Wenn du es nicht durchziehst, gibt es nur eine Alternative: Ich muss dich erschießen.‹ Ich war entsetzt, aber er sagte nur: ›Ich erzähle allen, es wäre Nat Cartwright gewesen, der meine Frau erschossen hat, als sie versuchte, mich zu retten. Dann hat alle Welt sogar noch mehr Mitleid, weil ich die Rolle des trauernden Witwers spielen kann.‹ Anschließend lachte er und meinte noch: ›Glaub bloß nicht, ich würde es nicht tun.‹ Dann nahm er ein Taschentuch aus seiner Jackentasche und sagte: ›Wickle das um deine Hand, damit deine Fingerabdrücke nicht auf die Waffe kommen.‹« Rebecca schwieg einen Moment, bevor sie flüsterte: »Ich weiß noch, wie ich die Waffe nahm und auf Ralphs Schulter zielte, aber ich schloss die Augen, als ich abdrückte. Und als ich sie wieder öffnete, lag Ralph in der Ecke. Ich musste nicht erst nachsehen, um zu wissen, dass er tot war. Ich geriet in Panik, ließ die Waffe fallen, rannte nach oben und rief den Polizeichef zu Hause an, wie Ralph es von mir verlangt hatte. Dann zog ich mich um. Ich hatte gerade das Kleid ausgezogen, als ich die Sirene hörte. Ich sah durch die Vorhänge, wie der Streifenwagen die Auffahrt hochkam. Also rannte ich wieder nach unten, da fuhr er auch schon vors Haus, und ich hatte keine Zeit mehr, die Haustür zu schließen. Ich kauerte mich auf den Boden, und gleich darauf kam Detective Petrowski hereingerannt.« Sie senkte den Kopf, und dieses Mal waren ihre Tränen echt und nicht einstudiert. Das Getuschel im Publikum wurde immer lauter, denn alle diskutierten über Rebeccas Aussage.

Fletcher drehte sich zum Staatsanwalt um, der sich mit seinem Team beriet. Er machte keinen Versuch, sie zur Eile zu drängen, sondern kehrte an seinen Platz neben Nat zurück. Es dauerte eine Weile, bevor sich Ebden endlich erhob. »Euer Ehren.«

»Ja, Mr. Ebden?«, sagte der Richter.

»Der Staat zieht alle Anschuldigungen gegen den Angeklagten zurück.« Er schwieg einen Moment. »Eins möchte ich noch anmerken«, fügte er hinzu und wandte sich an Nat und Fletcher. »Nachdem ich Sie als Team erlebt habe, kann ich es kaum erwarten, was passiert, wenn Sie gegeneinander antreten werden.«

Spontan brach Applaus im Publikum aus, und der Lärm war so gewaltig, dass niemand hörte, wie der Richter den Angeklagten freisprach, die Geschworenen entließ und den Fall für abgeschlossen erklärte.

Nat beugte sich zu Fletcher und musste beinahe brüllen. »Ich danke Ihnen. Drei völlig unzureichende Worte, denn für den Rest meines Lebens stehe ich in Ihrer Schuld, ohne es Ihnen jemals wirklich zurückzahlen zu können. Aber dennoch: Ich danke Ihnen.«

Fletcher lächelte. »Mandanten fallen in zwei Kategorien«, sagte er. »Die einen, die hoffen, sie sehen den Anwalt nie wieder, und ab und zu gibt es welche, von denen man weiß, dass sie Freunde für den Rest ...«

Su Ling tauchte plötzlich neben ihrem Ehemann auf und umschlang ihn.

»Danke, Gott«, sagte sie.

»Danke, Herr Gouverneur, reicht völlig«, scherzte Fletcher. Nat und Su Ling lachten zum ersten Mal seit Wochen. Bevor Nat etwas erwidern konnte, trat Lucy durch die Absperrung und begrüßte ihren Vater mit den Worten: »Prima Arbeit, Dad. Ich bin sehr stolz auf dich.«

»Das nenne ich ein Lob aus berufenem Munde«, freute sich Fletcher. »Nat, das ist meine Tochter Lucy, die glücklicherweise noch nicht alt genug ist, um für Sie stimmen zu dürfen, denn wenn sie es wäre ...« Fletcher sah sich um. »Wo ist die Frau, die mich überhaupt erst in diese Bredouille gebracht hat?«

»Mom ist zu Hause«, meinte Lucy. »Schließlich hast du ihr gesagt, es würde noch mindestens eine Woche dauern, bevor Mr. Cartwright in den Zeugenstand müsste.«

»Stimmt«, sagte Fletcher.

»Richten Sie bitte Ihrer Frau meinen Dank aus«, bat Su Ling. »Wir werden niemals vergessen, dass es Annie war, die Sie überredet hat, meinen Mann zu vertreten. Vielleicht können wir uns bald einmal treffen und ...«

»Aber erst nach der Wahl«, sagte Fletcher entschieden. »Ich hoffe immer noch, dass wenigstens ein Mitglied meiner Familie für mich stimmt.« Er wandte sich an Nat. »Kennen Sie den wahren Grund, warum ich mich so für diesen Fall eingesetzt habe?«

»Sie konnten den Gedanken nicht ertragen, die nächsten Wochen mit Barbara Hunter zu verbringen«, spottete Nat.

»Etwas in der Art«, sagte er lächelnd.

Fletcher wollte an den Tisch der Anklage treten und dem Staatsanwalt und seinem Team die Hand schütteln, blieb aber wie angewurzelt stehen, als er Rebecca Elliot sah, die immer noch im Zeugenstand saß und darauf wartete, dass sich der Gerichtssaal leerte. Sie hatte den Kopf gesenkt und wirkte verloren und einsam.

»Ich weiß, es ist kaum vorstellbar«, sagte Fletcher. »Aber sie tut mir leid.«

»Das sollte sie auch«, meinte Nat, »denn eines ist sicher: Ralph Elliot hätte seine eigene Frau umgebracht, wenn er geglaubt hätte, dadurch die Wahl gewinnen zu können.«

Sechstes Buch

Offenbarung

49

Am Tag nach dem Prozess saß Fletcher in seinem Büro im Senat und las die Tageszeitung.

»Was für ein undankbarer Haufen«, sagte er und reichte den *Hartford Courant* an seine Tochter weiter.

»Du hättest ihn auf dem elektrischen Stuhl braten lassen sollen«, meinte Lucy und sah sich die neuesten Umfrageergebnisse an.

»Elegant und charmant formuliert, wie immer«, erwiderte Fletcher. »Da frage ich mich, ob all das Geld, das ich für deine Erziehung in Hotchkiss ausgegeben habe, gut angelegt war. Ganz zu schweigen davon, was mich Vassar kosten wird.«

»Möglicherweise werde ich gar nicht in Vassar studieren, Dad«, meinte Lucy etwas leiser.

»Wolltest du darüber mit mir reden?«

»Ja, Dad. Vassar hat mir zwar einen Studienplatz angeboten, aber den kann ich eventuell nicht annehmen.«

Fletcher war sich nicht immer sicher, wann Lucy sich einen Scherz erlaubte und wann es ernst gemeint war, aber da sie ihn gebeten hatte, ihn in seinem Büro sprechen zu dürfen und das Annie gegenüber nicht zu erwähnen, ging er davon aus, dass es ihr tatsächlich ernst damit war. »Wo liegt das Problem?« Er sah sie über den Schreibtisch hinweg ruhig an.

Lucy erwiderte seinen Blick nicht. Sie senkte den Kopf und sagte: »Ich bin schwanger.«

Fletcher entgegnete darauf nicht sofort etwas, da er die Beichte seiner Tochter erst verdauen musste. »Ist George der Vater?«, wollte er schließlich wissen.

»Ja.«

»Wirst du ihn heiraten?«

Lucy dachte eine Weile über die Frage nach, dann sagte sie: »Nein. Ich bete George zwar an, aber ich liebe ihn nicht.«

»Aber du warst bereit, mit ihm zu schlafen.«

»Das ist nicht fair«, erklärte Lucy. »Es war Samstagnacht nach der Präsidentschaftswahl, und wir hatten wohl beide etwas zu viel getrunken. Um ehrlich zu sein, es hat mich angekotzt, dass mich alle in meiner Klasse als Präsidentin der Jungfrauen verspotten. Und wenn ich meine Jungfräulichkeit schon verlieren musste, dann fiel mir niemand Netteres ein als George, vor allem, nachdem er zugegeben hat, ebenfalls noch Jungfrau zu sein. Am Ende war ich mir gar nicht sicher, wer da wen verführt hatte.«

»Was sagt George dazu? Schließlich ist es auch sein Kind, und er schien mir ein ziemlich ernsthafter, junger Mann zu sein, insbesondere was seine Gefühle für dich angeht.«

»Er weiß es noch nicht.«

»Du hast es ihm nicht gesagt?«, fragte Fletcher ungläubig.

»Nein.«

»Was ist mit deiner Mutter?«

»Nein«, wiederholte sie. »Der einzige Mensch, dem ich es erzählt habe, bist du.« Diesmal sah sie ihrem Vater in die Augen: »Seien wir ehrlich, Dad: Am Tag eurer Hochzeit war Mom wahrscheinlich noch Jungfrau.«

»Ich auch«, meinte Fletcher, »aber du musst es ihr trotzdem sagen, bevor es für alle Welt unübersehbar ist.«

»Nicht, wenn ich eine Abtreibung machen lasse.«

Fletcher schwieg eine Weile, dann sagte er: »Möchtest du das wirklich?«

»Ja, Dad, aber erzähl Mom nichts davon. Sie würde es nicht verstehen.«

»Ich bin nicht sicher, ob ich es verstehe«, meinte Fletcher.

»Dad … – trittst du für das Recht auf Selbstbestimmung aller Frauen ein, nur nicht bei deiner Tochter?«

»Der hält sich nicht lange«, meinte Nat und starrte auf die Schlagzeile des *Hartford Courant*.

»Wer hält sich nicht?« Su Ling goss ihm noch eine Tasse Kaffee ein.

»Mein Vorsprung von sieben Punkten in den Umfragen. In ein paar Wochen werden sich die Wähler nicht mal mehr daran erinnern, wer von uns beiden auf der Anklagebank saß.«

»Vermutlich wird *sie* sich immer erinnern«, sagte Su Ling leise. Sie sah ihrem Ehemann über die Schulter auf das Foto von Rebecca Elliot, wie sie die Treppe des Gerichtes hinunterschritt. »Warum hat sie ihn nur geheiratet?«, sagte Su Ling fast zu sich selbst.

»Ich bin nur dankbar, dass *ich* Rebecca nicht geheiratet habe«, meinte Nat. »Seien wir ehrlich: Hätte Elliot meinen Aufsatz nicht abgeschrieben und damit verhindert, dass ich in Yale studieren konnte, dann wären wir beide uns nie begegnet.« Nat nahm die Hand seiner Frau.

»Ich wünschte nur, ich hätte mehr Kinder bekommen können«, sagte Su Ling, immer noch mit gedämpfter Stimme. »Ich vermisse Luke so sehr.«

»Ich weiß«, tröstete Nat. »Aber ich werde es nie bedauern, diesen bestimmten Hügel hinaufgerannt zu sein, zu dieser bestimmten Uhrzeit, an diesem bestimmten Tag.«

»Und ich bin froh, dass ich den falschen Weg eingeschlagen habe«, sagte Su Ling. »Aber ich hätte gern mein eigenes Leben gegeben, wenn ich dadurch Luke hätte retten können.«

»Das denken vermutlich die meisten Eltern.« Nat sah seine Frau an. »Und dazu gehört auch deine Mutter, die alles für dich geopfert hat und es nicht verdient, dass man sie so grausam behandelt.«

»Mach dir um meine Mutter keine Sorgen«, erwiderte Su Ling, ihre gedrückte Stimmung abrupt abstreifend. »Ich habe sie gestern besucht. Ihr Laden war voller schmutziger alter Männer, die ihr noch schmutzigere Wäsche brachten und dabei insgeheim hofften, sie würde im oberen Stock einen Massagesalon führen.«

Nat brach in Gelächter aus. »Wenn man bedenkt, dass wir es all die Jahre geheim gehalten haben. Ich hätte nie gedacht, dass der Tag kommen würde, an dem ich darüber lachen kann.«

»Sie sagt, wenn du Gouverneur wirst, eröffnet sie eine Waschsalonkette im ganzen Bundesstaat. Ihr Werbeslogan wird lauten: ›Wir waschen Ihre schmutzige Wäsche in aller Öffentlichkeit.‹«

»Ich wusste immer schon, dass es einen höheren Grund gibt, warum ich Gouverneur werden muss.« Nat stand vom Tisch auf.

»Und wer genießt heute das Privileg deiner Gesellschaft?«, fragte Su Ling.

»Die braven Bürger von New Canaan«, erwiderte Nat.

»Wann kommst du heim?«

»Kurz nach Mitternacht, schätze ich.«

»Weck mich«, sagte sie.

»Hallo, Lucy.« Jimmy kam in das Büro ihres Vaters geschlendert. »Hat der große Mann Zeit für mich?«

»Ja, hat er.« Lucy erhob sich von ihrem Stuhl.

Jimmy sah ihr nach, als sie den Raum verließ. Bildete er sich das nur ein, oder hatte sie geweint? Fletcher schwieg, bis sie die Tür hinter sich geschlossen hatte. »Guten Morgen, Jimmy«, sagte er und schob die Zeitung mit dem Foto von Rebecca zur Seite, das ihm darauf entgegenstarrte.

»Glaubst du, dass man sie verhaftet?«, fragte Jimmy.

Fletcher betrachtete das Foto. »Ich glaube, sie haben keine andere Wahl. Aber wenn ich Geschworener wäre, würde ich sie freisprechen, denn ich fand ihre Geschichte absolut glaubwürdig.«

»Schon, aber du weißt ja auch, wozu Elliot fähig war. Geschworene wissen das nicht. Ich frage mich übrigens, ob du bei Alexander Dupont & Bell geblieben wärst, wenn Elliot nicht in die Kanzlei eingetreten wäre.«

»Eine dieser merkwürdigen Wendungen des Schicksals«, sagte Fletcher geistesabwesend, als dächte er an etwas anderes. »Was hast du für mich?«

»Wir werden den heutigen Tag in Madison verbringen.«

»Ist Madison einen ganzen Tag wert?«, fragte Fletcher. »Das ist doch eine republikanische Hochburg.«

»Aus genau diesem Grund will ich Madison abhaken, solange wir noch ein paar Wochen Zeit haben«, entgegnete Jimmy. »Obwohl die Stimmen dort komischerweise nie das Ergebnis der Wahl beeinflusst haben.«

»Eine Wählerstimme ist eine Wählerstimme«, meinte Fletcher.

»In diesem Fall nicht«, widersprach Jimmy, »denn während der Rest des Bundesstaates mittlerweile elektronisch wählt, bleibt Madison die einzige Ausnahme. Die Stadt gehört zu den letzten Wahlkreisen im ganzen Land, die es immer noch vorziehen, mit einem Bleistift ein Kreuz zu machen.«

»Dadurch werden die Stimmen ja nicht ungültig«, beharrte Fletcher.

»Stimmt, aber in der Vergangenheit haben sich diese Stimmen als irrelevant erwiesen, weil man in Madison mit der Auszählung erst am Morgen nach der Wahl beginnt, wenn das Gesamtergebnis längst verkündet worden ist. Es ist eine Farce, aber eine jener Traditionen, die die braven Bürger von Madison nicht auf dem Altar moderner Technologie opfern wollen.«

»Und du willst trotzdem, dass ich dort einen ganzen Tag verbringe?«

»Ja, denn wenn einer von euch beiden mit weniger als fünftausend Stimmen führt, wird Madison plötzlich die wichtigste Stadt im ganzen Staat.«

»Glaubst du wirklich, dass es so eng werden könnte, wo Bush die Umfragen immer noch haushoch anführt?«

»*Noch* ist hier das entscheidende Wort, denn Clinton knöpft ihm Tag für Tag etwas von dieser Führung ab. Wer weiß, wer am Ende im Weißen Haus sitzt – oder im Gouverneurssitz.«

Fletcher erwiderte nichts.

»Du scheinst heute Morgen mit deinen Gedanken nicht ganz bei der Sache zu sein«, meinte Jimmy. »Geht dir etwas durch den Kopf, was du mit mir besprechen möchtest?«

»Sieht so aus, als würde Nat ganz locker gewinnen«, verkündete Julia hinter der Tageszeitung.

»Wir haben noch mehrere Wochen vor uns, bevor der

erste Stimmzettel in die Wahlurnen geworfen wird«, rief Tom seiner Frau in Erinnerung.

»Falls Nat Gouverneur werden sollte, wirst du all die Aufregung bestimmt vermissen. Nach allem, was ihr beide durchgemacht habt, könnte es etwas ernüchternd sein, wieder zu Fairchild Russel zurückzukehren.«

»Ehrlich gesagt habe ich jegliches Interesse am Bankwesen schon an dem Tag verloren, als Russell's übernommen wurde.«

»Du stehst kurz davor, Vorstandsvorsitzender der größten Bank im ganzen Bundesstaat zu werden.«

»Nicht, wenn Nat die Wahl gewinnt«, sagte Tom.

Julia legte die Zeitung beiseite. »Ich weiß nicht, ob ich das jetzt verstehe.«

»Nat hat mich gebeten, ihm als Stabschef zur Seite zu stehen, falls er Gouverneur wird.«

»Und wer wird dann Vorstandsvorsitzender der Bank?«

»Du natürlich«, sagte Tom. »Jeder weiß doch, dass du für diesen Job am besten geeignet bist.«

»Fairchild Russell würde niemals eine Frau zur Vorstandsvorsitzenden erklären. Dazu sind wir viel zu konservativ.«

»Wir leben im letzten Jahrzehnt des 20. Jahrhunderts, Julia. Dank dir sind fast die Hälfte unserer Kunden Frauen. Und was den Vorstand betrifft, vom Personal ganz zu schweigen, so denken in meiner Abwesenheit ohnehin die meisten, dass du bereits Vorstandsvorsitzende bist.«

»Aber falls Nat verliert, wird er davon ausgehen, dass er Vorstandsvorsitzender von Fairchild Russell wird, mit dir als seinem Stellvertreter, und dann ist diese Frage nur noch rein akademisch.«

»Da wäre ich mir nicht so sicher«, entgegnete Tom. »Vergiss nicht, dass Jimmy Overman, Connecticuts dienstältester Senator, bereits angekündigt hat, sich nächstes Jahr nicht noch einmal zur Wahl zu stellen. Kein anderer als Nat kommt infrage, um ihn zu ersetzen. Wer von beiden auch Gouverneur wird, ich bin sicher, der andere wird als Senator nach Washington gehen.« Er schwieg. »Vermutlich ist es nur eine Frage der Zeit, bevor Nat und Fletcher als Präsidentschaftskandidaten gegeneinander antreten.«

»Glaubst du, ich könnte den Job übernehmen?«, fragte Julia leise.

»Nein«, sagte Tom. »Man muss in Amerika geboren sein, um Präsident zu werden.«

»Ich meine doch nicht die Präsidentschaft, du Idiot, sondern den Vorstandsvorsitz bei Fairchild Russell.«

»Das war mir schon an dem Tag klar, als wir uns das erste Mal begegnet sind«, erklärte Tom. »Ich fürchtete damals nur, ich könnte in deinen Augen nicht gut genug sein, um dein Ehemann zu werden.«

»Ach, was sind Männer doch schwer von Begriff«, sagte Julia. »Ich war mir schon sicher, dass ich dich heiraten würde, als wir bei Su Ling und Nat zum Abendessen eingeladen waren.«

Tom öffnete den Mund und schloss ihn wieder.

»Wie anders mein Leben doch verlaufen wäre, wenn die andere Julia Kirkbridge zu derselben Entscheidung gelangt wäre«, fügte sie hinzu.

»Und meines erst«, sagte Tom.

50

Fletcher sah auf die jubelnde Menge hinab und winkte den Menschen begeistert zu. An diesem Tag hatte er mehrere Reden in Madison gehalten – an Straßenecken, auf dem Marktplatz, vor einer Bibliothek –, doch sogar ihn überraschte der Empfang bei seinem letzten öffentlichen Auftritt an diesem Abend im Rathaus.

Treffen Sie den Sieger stand in knallroten und blauen Buchstaben auf einem riesigen Spruchband, das sich von einer Seite der Bühne zur anderen zog. Fletcher musste lächeln, als ihm der örtliche Parteivorsitzende erzählte, dass Paul Holbourn, der parteilose Bürgermeister von Madison, das Spruchband hatte anbringen lassen, nachdem Nat Anfang der Woche im Rathaus gesprochen hatte. Holbourn war seit vierzehn Jahren Bürgermeister von Madison und wurde nicht deshalb immer wieder gewählt, weil er das Geld der Steuerzahler verschwendete.

Als der örtliche Parteivorsitzende nach Fletchers Rede dessen Hand hochhielt und ins Mikrofon rief: »Meine Damen und Herren, ich präsentiere Ihnen den nächsten Gouverneur von Connecticut«, glaubte es Fletcher zum ersten Mal. Clinton lieferte sich in den nationalen Umfragen ein Kopf-an-Kopf-Rennen mit Bush, und Perots unabhängige Kandidatur raubte den Republikanern weitere Stimmen. Das wirkte sich auch positiv auf Fletcher aus. Er hoffte nur, vier

Wochen würden ausreichen, um seinen Rückstand von vier Punkten in den Umfragen aufzuholen.

Es dauerte eine weitere halbe Stunde, bevor der Saal sich geleert und Fletcher jede einzelne Hand geschüttelt hatte, die ihm entgegengestreckt wurde. Ein zufriedener Parteivorsitzender begleitete ihn zurück auf den Parkplatz.

»Haben Sie keinen Fahrer?«, fragte er und klang ein wenig überrascht.

»Lucy hat sich den Abend freigenommen, um sich *Mein Cousin Vinny* anzusehen, Annie nimmt an irgendeiner Wohltätigkeitsveranstaltung teil, und Jimmy sammelt Spenden. Da es weniger als fünfzig Meilen sind, dachte ich, das bringe ich gerade noch selbst zuwege«, erklärte Fletcher und setzte sich hinters Steuer.

Er ließ das Rathaus in Hochstimmung hinter sich und entspannte sich zum ersten Mal an diesem Tag. Doch er war nur wenige Hundert Meter gefahren, als seine Gedanken wie schon so oft an diesem Tag zu Lucy zurückkehrten. Er befand sich in einer echten Zwickmühle. Sollte er Annie sagen, dass ihre Tochter schwanger war?

Nat nahm an diesem Abend an einem privaten Abendessen mit vier lokalen Industriemagnaten teil. Gemeinsam waren diese vier in der Lage, die Kassen für den Wahlkampf beträchtlich aufzufüllen, weshalb er sich viel Zeit für sie nahm. Es würde kein Demokrat in den Gouverneurssitz einziehen, solange sie noch etwas zu sagen hatten.

Es war lange nach Mitternacht, als die vier Männer Nat zu seinem Wagen begleiteten, und während Tom über die kurvenreiche Auffahrt von Ed Chambers Anwesen fuhr, schaltete Nat die Spätnachrichten ein. Fletchers Rede vor den Bürgern von Madison war die vierte Meldung, und der Reporter vor Ort hob einige Punkte hervor, die Fletcher über Nachbarschaftswachen gesagt hatte, eine Idee, die Nat schon seit Monaten propagierte. Nat klagte über diesen plumpen Diebstahl geistigen Eigentums, bis Tom ihn daran erinnerte, dass sie einige von Fletchers Neuerungen zur Bildungsreform geklaut hatten.

Nat schaltete die Nachrichten aus, als der Wettermann vor Blitzeis auf den Straßen warnte. Innerhalb weniger Minuten war Nat eingeschlafen. Erst um zehn Uhr am nächsten Morgen hatten sie den nächsten offiziellen Termin, wenn sie am ersten von sieben Gottesdiensten teilnehmen würden. Der Tag sollte mit der Abendandacht in der St.-Joseph-Kathedrale enden.

Am Ende des Wahlkampfes würde es keine religiöse Zusammenkunft geben, bei der die Kandidaten nicht niedergekniet waren, ihre Schuhe ausgezogen oder ihre Köpfe bedeckt hatten, um zu beweisen, dass sie beide gottesfürchtige Bürger waren. Auch wenn nicht ihr eigener Gott geehrt wurde, hatten sie zumindest die Bereitschaft bewiesen, in Gegenwart des Höchsten zu stehen, zu sitzen oder zu knien.

Tom beschloss, die Ein-Uhr-Nachrichten nicht einzuschalten, da es keinen Sinn machte, Nat zu wecken, nur um einen Neuaufguss der Nachrichten von vor dreißig Minuten zu hören.

So verpassten die beiden die brandaktuelle Meldung.

Innerhalb weniger Minuten traf ein Krankenwagen ein, und als Erstes riefen die Sanitäter die Feuerwehr. Der Fahrer sei hinter dem Lenkrad eingeklemmt, meldeten sie, und ohne Hilfe eines Schneidbrenners lasse sich die Wagentür unmöglich öffnen. Sie müssten schnell arbeiten, wenn sie den Verletzten noch lebend aus dem Wrack bergen wollten.

Erst als die Polizei das Autokennzeichen auf dem Computer im Revier überprüfte, wurde ihnen klar, wer da hinter dem Steuer eingeklemmt war. Da sie nicht glaubten, dass der Senator etwas getrunken hatte, gingen sie davon aus, dass er am Steuer eingeschlafen sein musste. Es gab keine Bremsspuren auf der Straße, und es war kein anderes Fahrzeug an dem Unfall beteiligt.

Die Sanitäter funkten ins Krankenhaus, und als man dort die Identität des Opfers erfuhr, beschloss der diensthabende Arzt, Ben Renwick zu wecken. Angesichts seiner höheren Position ging Renwick davon aus, nur dann geweckt zu werden, wenn kein anderer Chirurg seines Kalibers zur Verfügung stand.

»Wie viele andere waren in dem Auto?«, war Dr. Renwicks erste Frage.

»Nur der Senator«, lautete die prompte Antwort.

»Warum zur Hölle fährt er zu dieser nachtschlafenden Zeit allein Auto?«, brummte Renwick. »Wie schwer ist er verletzt?«

»Mehrere Knochenbrüche, unter anderem drei gebrochene Rippen und der linke Knöchel«, berichtete der diensthabende Arzt. »Ich mache mir jedoch mehr Sorgen um den Blutverlust. Die Jungs von der Feuerwehr haben fast eine Stunde gebraucht, um ihn aus dem Wrack zu schneiden.«

»Okay, sorgen Sie dafür, dass mein Team einsatzbereit ist, wenn ich eintreffe. Ich rufe Mrs. Davenport an.« Er zögerte kurz. »Eigentlich sollte ich wohl beide Mrs. Davenports anrufen.«

Annie stand in dem beißend kalten Wind vor der Notaufnahme, als sie den Krankenwagen auf sich zukommen sah. Die Motorradpolizisten in dessen Begleitung machten sie sicher, dass es sich um ihren Mann handeln musste. Fletcher hatte zwar das Bewusstsein noch nicht wiedererlangt, aber sie erlaubten ihr, seine schlaffe Hand zu halten, während sie ihn in den Operationssaal rollten. Als Annie sah, in welchem Zustand sich Fletcher befand, glaubte sie nicht, dass ihn noch jemand retten konnte.

Warum hatte sie an der Wohltätigkeitsveranstaltung teilgenommen, wo sie doch in Madison an der Seite ihres Mannes hätte sein sollen? Wann immer sie Fletcher begleitete, fuhr sie ihn nach Hause. Warum hatte sie nur auf ihn gehört, als er ihr versicherte, er würde die Fahrt genießen – er habe dann Zeit, um nachzudenken, und außerdem sei es ja nur eine kurze Strecke. Nur fünf Meilen vor ihrem Haus war er von der Straße abgekommen.

Ruth Davenport traf wenige Augenblicke später im Krankenhaus ein. Nachdem sie mit dem Verwaltungsleiter gesprochen hatte, konnte Ruth Annie eines versichern: »Fletcher könnte in keinen besseren Händen als denen von Ben Renwick sein. Er ist einfach der Beste im Staat.« Sie sagte ihrer Schwiegertochter allerdings nicht, dass man Renwick nur aus dem Bett holte, wenn die Chancen, den Patienten am Leben zu halten, gering waren. Ben Renwick war der Mann fürs Grobe.

Als Nächste traf Martha Gates ein, und Ruth erzählte auch ihr, dass sich Fletcher drei Rippen sowie den linken Knöchel gebrochen und sich einen Milzriss zugezogen hatte, es sei jedoch der Blutverlust, der den Ärzten das größte Kopfzerbrechen bereitete.

»Ein so großes Krankenhaus wie das St. Patrick, verfügt doch bestimmt über eine Blutbank, um mit so einem Problem fertigzuwerden?«

»Normalerweise ja«, erwiderte Ruth, »aber Fletcher hat AB negativ, die seltenste aller Blutgruppen. Wir haben zwar immer einen kleinen Vorrat, aber als letzte Woche dieser Schulbus bei New London von der Route 95 abkam und der Busfahrer und sein Sohn AB negativ waren, bestand Fletcher als Erster darauf, unseren gesamten Vorrat sofort ins Krankenhaus von New London zu bringen. Wir hatten einfach noch keine Zeit, die Charge wieder aufzufüllen.«

Ein Scheinwerfer flammte auf und erhellte den Krankenhauseingang. »Die Geier sind eingetroffen«, sagte Ruth, als sie aus dem Fenster sah. Sie drehte sich zu ihrer Schwiegertochter um. »Annie, ich denke, du solltest mit ihnen reden. Das könnte unsere einzige Chance sein, noch rechtzeitig einen Blutspender zu finden.«

Als Su Ling am Sonntagmorgen aufstand, beschloss sie, Nat erst in letzter Sekunde zu wecken – schließlich hatte sie keine Ahnung, wie spät er ins Bett gekrochen war.

Sie setzte sich in die Küche, brühte frischen Kaffee auf und las die Sonntagszeitung. Fletchers Rede schien bei den Einwohnern von Madison auf Zuspruch gestoßen zu sein, und die neueste Umfrage zeigte, dass Fletcher einen Prozentpunkt aufgeholt hatte und Nat nur noch mit drei Prozentpunkten führte.

Su Ling nippte an ihrem Kaffee, dann legte sie die Zeitung beiseite. Zu jeder vollen Stunde schaltete sie immer den Fernseher ein, um den Wetterbericht zu sehen. Noch bevor der Ton zu hören war, sah sie schon Annie Davenport auf dem Bildschirm. Su Ling fragte sich, warum sie wohl vor dem St.-Patrick-Krankenhaus stand. Wollte Fletcher eine neue Gesundheitsinitiative starten? Sechzig Sekunden später wusste Su Ling, was los war, und rannte aus der Küche, die Treppe hinauf zu Nat, um ihm die neuesten Nachrichten mitzuteilen. Ein bemerkenswerter Zufall. Oder doch nicht? Als Wissenschaftlerin glaubte Su Ling nicht an Zufälle. Aber sie hatte keine Zeit, um jetzt darüber nachzudenken.

Verschlafen hörte Nat zu, wie seine Frau ihm Annie Davenports Worte wiederholte. Plötzlich war er hellwach, sprang aus dem Bett, zog die Kleider des Vortags an und machte sich nicht die Mühe, sich zu rasieren oder zu duschen. Kaum angezogen hastete er die Treppen hinunter. Die Schuhe zog er erst im Auto an. Su Ling saß bereits bei laufendem Motor hinterm Steuer.

Das Radio war noch auf den Sender eingestellt, der rund um die Uhr Nachrichten brachte. Nat hörte die aktuellen Meldungen, während er versuchte, sich die Schnürsenkel zu binden. Der Reporter vor Ort hätte nicht deutlicher sein können: Sollte Senator Davenport nicht binnen der nächsten Stunden vier Einheiten Blut der Blutgruppe AB negativ erhalten, fürchteten die Ärzte um sein Leben.

Su Ling brauchte nur zwölf Minuten, um das St. Patrick zu erreichen, indem sie einfach die Geschwindigkeitsbegrenzung ignorierte – nicht, dass zu dieser frühen Stunde an einem Sonntagmorgen viel Verkehr gewesen wäre. Nat rannte ins Krankenhaus, während Su Ling einen Parkplatz suchte.

Nat entdeckte Annie am Ende des Korridors und rief sofort ihren Namen. Sie drehte sich um und wirkte verblüfft, als sie ihn auf sich zulaufen sah. *Warum rennt er denn so?*, war ihr erster Gedanke.

»Ich bin gekommen, so schnell es ging«, rief Nat, immer noch im Laufen. Die drei Frauen starrten ihn an wie vom Licht eines Autoscheinwerfers hypnotisierte Hasen. »Ich habe dieselbe Blutgruppe wie Fletcher«, platzte Nat heraus, als er vor Annie stehen blieb.

»Sie haben AB negativ?«, wiederholte Annie ungläubig.

»Ja genau«, bestätigte Nat.

»Gott sei Dank«, seufzte Martha. Ruth verschwand sofort in der Intensivstation und kehrte einen Augenblick später mit Ben Renwick zurück.

»Mr. Cartwright«, sagte er und streckte die Hand aus. »Ich bin Dr. Renwick, und ich bin …«

»Ja, ich habe natürlich von Ihnen gehört.« Nat schüttelte ihm die Hand.

Der Chirurg deutete eine Verbeugung an. »Wir haben da jemanden, der Ihnen Blut abnehmen kann …«

»Dann los.« Nat zog sein Jackett aus.

»Zuerst müssen wir einige Tests durchführen, um zu sehen, ob Ihr Blut auch wirklich passt. Dann untersuchen wir es auf HIV und Hepatitis B.«

»Kein Problem«, sagte Nat.

»Ich fürchte, Mr. Cartwright, ich brauche mindestens drei Einheiten Ihres Blutes, wenn der Senator eine Überlebenschance haben soll. Dazu müssen Sie mehrere Einverständniserklärungen im Beisein eines Anwalts unterzeichnen.«

»Warum eines Anwalts?«, fragte Nat.

»Es besteht eine geringe Wahrscheinlichkeit, dass Sie schwere Nebenwirkungen erleiden könnten. Und Sie werden auf jeden Fall sehr geschwächt sein. Vielleicht müssen wir Sie sogar einige Tage im Krankenhaus behalten und Ihnen Flüssigkeit zuführen.«

»Schreckt Fletcher denn vor gar nichts zurück, um mich vom Wahlkampf abzuhalten?«

Zum ersten Mal an diesem Tag lächelten die drei Frauen. Renwick führte Nat rasch in sein Büro. Nat drehte sich noch einmal um, weil er Annie gut zureden wollte, aber die wurde bereits von Su Ling getröstet.

»Jetzt habe ich ein Problem mehr«, meinte Renwick, als er sich an seinen Schreibtisch setzte und einige Formblätter durchging.

»Ich unterschreibe alles«, wiederholte Nat.

»Das Formblatt, an das ich gerade denke, können Sie nicht unterschreiben«, meinte der Arzt.

»Warum nicht?«, wollte Nat wissen.

»Weil es ein Briefwahlstimmzettel ist. Ich bin mir nicht mehr sicher, für wen von Ihnen beiden ich stimmen soll.«

51

»Drei Einheiten Blut weniger scheinen Mr. Cartwright nicht weiter zu beeinträchtigen«, sagte die wachhabende Krankenschwester und legte Dr. Renwick die neuesten Kurvenblätter vor.

»Möglicherweise nicht«, erwiderte Renwick und ging die Blätter durch. »Aber für Senator Davenport machen sie einen Mordsunterschied. Sie haben ihm das Leben gerettet.«

»Stimmt«, bestätigte die Schwester. »Ich habe den Senator gewarnt, dass er trotz der anstehenden Wahl noch mindestens zwei Wochen bei uns bleiben muss.«

»Darauf würde ich nicht wetten«, meinte Renwick. »Ich gehe davon aus, dass sich Fletcher bis zum Ende dieser Woche selbst entlassen wird.«

»Da könnten Sie recht haben.« Die Schwester seufzte. »Aber was kann ich dagegen schon tun?«

»Nichts.« Renwick drehte die Akte auf seinem Schreibtisch um, damit sie die Namen Nathaniel und Peter Cartwright in der oberen rechten Ecke nicht lesen konnte. »Aber ich muss beide Männer so schnell wie möglich sprechen. Bitte vereinbaren Sie einen Termin.«

»Ja, Herr Doktor«, erwiderte die Schwester und machte sich auf ihrem Klemmbrett eine Notiz, dann verließ sie das Büro.

Sobald die Tür geschlossen war, drehte Ben Renwick die

Akte wieder um und las den Inhalt erneut. Er hatte in den letzten drei Tagen kaum an etwas anderes gedacht.

Bevor er später an diesem Abend sein Büro verließ, deponierte er die Akte in seinem Privatsafe. Auf ein paar Tage mehr oder weniger kam es nicht an. Was er mit den beiden Männern besprechen musste, war schließlich dreiundvierzig Jahre lang ein Geheimnis gewesen.

Nat wurde am Donnerstagabend aus St. Patrick entlassen, und vom Krankenhauspersonal glaubte niemand auch nur für einen Moment, dass Fletcher am Wochenende noch bei ihnen sein würde, obwohl seine Mutter ihn davon zu überzeugen versuchte, er solle sich schonen.

In der längsten Woche seines Lebens kämpfte Ben Renwick weiterhin mit seinem Wissen, ebenso wie es Dr. Greenwood dreiundvierzig Jahre vor ihm getan haben musste. Aber Renwick gelangte zu einer anderen Schlussfolgerung: Er fand, dass er keine andere Wahl hatte, als den beiden Männern die Wahrheit zu sagen.

Die beiden Wahlkampfgegner erklärten sich damit einverstanden, sich am Dienstag um sechs Uhr früh in Dr. Renwicks Büro einzufinden. Dies war der einzige Zeitpunkt vor dem Wahltag, an dem beide Kandidaten noch eine freie Stunde in ihren Terminkalendern hatten.

Nat traf als Erster ein, da er hoffte, noch rechtzeitig zu einer Besprechung um neun in Waterbury sein und unterwegs womöglich sogar noch ein paar Besuche an Pendlerbahnhöfen einschieben zu können.

Fletcher humpelte um 5.58 Uhr in Dr. Renwicks Büro und ärgerte sich, dass Nat es vor ihm geschafft hatte.

»Sobald ich den Gips abbekomme«, sagte er, »werde ich Ihnen in den Hintern treten.«

»Sie sollten nicht so mit Dr. Renwick reden, nach allem, was er für Sie getan hat«, meinte Nat grinsend.

»Warum nicht? Er hat mich mit Ihrem Blut aufgefüllt, jetzt bin ich nur noch zur Hälfte der Mann, der ich mal war.«

»Wieder falsch«, erwiderte Nat. »Sie sind zweimal der Mann, der Sie waren, aber immer noch zur Hälfte der Mann, der ich bin.«

Dr. Renwick trat hinter seinem Schreibtisch hervor und öffnete seinen Safe. Er zog eine Akte heraus und legte sie auf seinen Schreibtisch. »Ich habe mehrere Tage lang überlegt, wie ich Ihnen eine derartig heikle Information mitteilen soll.« Er klopfte mit dem rechten Zeigefinger auf die Akte. »Eine Information, über die ich nie gestolpert wäre, hätte der Senator nicht einen beinahe tödlichen Unfall erlitten und die Notwendigkeit bestanden, Ihre beiden Krankenakten zu prüfen.« Nat und Fletcher warfen sich einen Blick zu, sagten jedoch nichts. »Ich stand sogar vor dem moralischen Problem, ob ich es Ihnen einzeln oder gemeinsam erzählen sollte. Immerhin hierüber besteht jetzt Klarheit, zu welcher Entscheidung ich gelangt bin.« Die beiden Kandidaten sagten immer noch nichts. »Ich habe nur eine Bitte: Die Information, die ich Ihnen gleich eröffnen werde, muss ein Geheimnis bleiben, es sei denn Sie beide – und ich wiederhole: Sie *beide* – wären bereit, oder sogar fest entschlossen, damit an die Öffentlichkeit zu gehen.«

»Das ist kein Problem für mich«, sagte Fletcher und sah Nat an.

»Für mich auch nicht«, erklärte Nat. »Schließlich bin ich hier in Anwesenheit meines Anwalts.«

Der Arzt ignorierte Nats Versuch, einen Witz zu machen. »Selbst, wenn es den Ausgang der Wahl beeinflussen könnte?«, fügte er fragend hinzu. Beide Männer zögerten einen Augenblick, nickten dann jedoch erneut. »Lassen Sie mich klarstellen, dass das, was ich Ihnen jetzt eröffnen werde, keine Möglichkeit oder auch Wahrscheinlichkeit ist. Es ist ganz einfach eine Tatsache.« Der Arzt schlug die Akte auf und sah auf eine Geburts- und eine Sterbeurkunde.

»Senator Davenport, Mr. Cartwright«, fing er an, als spräche er mit zwei Menschen, denen er noch nie zuvor begegnet war. »Ich muss Sie davon in Kenntnis setzen, dass nach Prüfung und nochmaliger Gegenprüfung Ihrer beider DNA-Proben außer Frage steht, dass Sie wissenschaftlich erwiesenermaßen nicht nur Brüder sind« – er machte eine Pause, sein Blick kehrte zur Geburtsurkunde zurück –, »sondern sogar zweieiige Zwillinge.« Dr. Renwick verstummte und ließ die Bedeutung seiner Worte sacken.

Nat erinnerte sich an die Zeit, als er zum Wörterbuch laufen musste, um die Bedeutung eines Wortes nachzuschlagen. Fletcher brach das Schweigen als Erster. »Das bedeutet, wir sind nicht identisch.«

»Genau«, bestätigte Dr. Renwick. »Die Annahme, dass sich Zwillinge immer ähnlich sehen müssten, ist ein Mythos, den vor allem die Dichter der Romantik verbreitet haben.«

»Aber das erklärt doch nicht …«, fing Nat an.

»Sollten Sie Antworten auf Fragen suchen, die Sie jetzt haben«, sagte Dr. Renwick, »einschließlich der Frage, wer Ihre biologischen Eltern sind und wie Sie getrennt wurden, dann überlasse ich Ihnen nur zu gern diese Akte.«

Keiner der Männer reagierte sofort. Es dauerte eine Weile, bevor Fletcher sagte: »Ich muss den Inhalt nicht sehen.«

Nun war es an Dr. Renwick, sich überrascht zu zeigen.

»Es gibt nichts, was ich nicht über Nat Cartwright wüsste«, erläuterte Fletcher, »einschließlich der Einzelheiten des tragischen Todes seines Bruders.«

Nat nickte. »Meine Mutter hat immer noch ein Foto von uns beiden auf ihrem Nachttisch. Sie spricht oft von meinem Bruder Peter und was er als Erwachsener wohl gemacht haben würde.« Er schwieg und sah Fletcher an. »Sie wäre stolz auf den Mann, der das Leben seines Bruders rettete. Aber ich habe noch eine Frage« – er drehte sich wieder zu Dr. Renwick –, »ich muss wissen, ob Mrs. Davenport bewusst ist, dass Fletcher nicht ihr Sohn ist?«

»Nicht, dass ich wüsste«, erwiderte Renwick.

»Was macht Sie da so sicher?«, erkundigte sich Fletcher.

»Weil zu den vielen Dingen, die ich in dieser Akte fand, auch der Brief des Arztes gehört, der Sie beide zur Welt gebracht hat. Er hinterließ Anweisungen, ihn nur zu öffnen, sollte es bezüglich Ihrer Geburt zu Streitigkeiten kommen, der dem Ruf des Krankenhauses schaden könnte. Und in diesem Brief steht, dass neben Dr. Greenwood nur noch eine einzige andere Person die Wahrheit kannte.«

»Und wer war das?«, fragten Nat und Fletcher gleichzeitig.

Dr. Renwick schwieg, während er eine weitere Seite in der Akte umblätterte. »Eine Miss Heather Nichol, aber sie und Dr. Greenwood sind in der Zwischenzeit verstorben, daher lässt sich das nicht mehr bestätigen.«

»Sie war meine Kinderfrau«, sagte Fletcher und sah Nat an. »Sie hätte meiner Erinnerung nach alles getan, um meiner Mutter eine Freude zu machen. Ich würde es trotzdem vorziehen, wenn meine Eltern die Wahrheit niemals herausfinden.«

»Damit habe ich kein Problem«, meinte Nat.

»Meine Eltern sind jetzt beide fast achtzig«, sagte Fletcher. Warum also die Geister der Vergangenheit wecken?« Er schwieg eine Weile. »Obwohl ich zugeben muss, dass ich mich frage, wie unser Leben ausgesehen hätte, hätte ich in deiner Wiege gelegen und du in meiner«, sagte er und sah Nat an.

»Das werden wir nie erfahren«, erwiderte Nat. »Doch eins ist sicher.«

»Und das wäre?«, fragte Fletcher.

»Ich werde trotzdem der nächste Gouverneur von Connecticut sein.«

»Was macht dich da so sicher?«, fragte Fletcher.

»Ich war dir von Anfang an um eine Nasenlänge voraus, und das ist immer so geblieben. Schließlich bin ich sechs Minuten länger auf der Welt als du.«

»Ein winziger Nachteil, von dem ich mich schon nach einer Stunde völlig erholt hatte.«

»Kinder, Kinder!«, tadelte Ben Renwick. Beide Männer lachten, und der Arzt schloss die Akte. »Dann sind wir uns einig, dass jeglicher Beweis Ihrer Verwandtschaft vernichtet und nie wieder erwähnt werden solle?«

»Einverstanden«, sagte Fletcher ohne zu zögern.

»Und nie wieder erwähnt«, wiederholte Nat.

Beide Männer sahen zu, wie Dr. Renwick die Akte öffnete und eine Geburtsurkunde herauszog, die er in einen Reißwolf schob. Keiner sprach, während das Beweisstück verschwand. Der Geburtsurkunde folgte ein dreiseitiger Brief, datiert auf den 11. Mai 1949 und unterzeichnet von Dr. Greenwood. Danach kamen mehrere krankenhausinterne Dokumente und Memos, alle aus dem Jahr 1949. Dr. Renwick schob sie eines nach dem anderen in den Reißwolf, bis nur noch die leere Aktenhülle übrig war. Auf dieser standen die Namen *Nathaniel und Peter Cartwright.* Er zerriss sie in vier Teile, bevor er dieses allerletzte Beweisstück den wartenden Zähnen des Reißwolfs übergab.

Unsicher erhob sich Fletcher vom Stuhl und wollte seinem Bruder die Hand schütteln. »Ich sehe dich dann im Gouverneurssitz.«

»Auf jeden Fall.« Nat nahm ihn in die Arme. »Ich werde gleich als Erstes eine Rollstuhlrampe einbauen lassen, damit du mich regelmäßig besuchen kannst.«

»Tja, ich muss los«, sagte Fletcher und schüttelte Ben Renwick die Hand. »Ich habe eine Wahl zu gewinnen.« Er humpelte zur Tür und wollte sie vor Nat erreichen, aber sein Bruder war mit einem Satz vor ihm und öffnete sie ihm.

»Man hat mich so erzogen, dass ich Frauen, älteren Mitbürgern und Invaliden die Tür aufhalte«, erklärte Nat.

»Du kannst dieser Liste noch künftige Gouverneure hinzufügen«, erklärte Fletcher und humpelte davon.

»Hast du meinen Entwurf zur Invalidenrente gelesen?«, fragte Nat und holte ihn ein.

»Nein«, erwiderte Fletcher. »Ich beschäftige mich nie mit unpraktischen Ideen, die es niemals in die Gesetzbücher schaffen werden.«

»Weißt du, ich werde nur eines bedauern«, sagte Nat, sobald sie allein im Flur waren und von Dr. Renwick nicht mehr gehört werden konnten.

»Lass mich raten«, erwiderte Fletcher in Erwartung des nächsten frechen Spruchs.

»Ich denke, es wäre wirklich prima gewesen, mit dir als Bruder aufzuwachsen.«

52

Dr. Renwicks Vorhersage erwies sich als korrekt. Senator Davenport entließ sich am Wochenende selbst aus St. Patrick, und vierzehn Tage später hätte niemand geglaubt, dass er nur einen Monat zuvor an der Schwelle des Todes gestanden hatte.

Es waren nur noch wenige Tage bis zur Wahl. Clinton führte weiter die nationalen Umfragen an, und Perot warb weitere Anhänger von Bush ab. Sowohl Nat als auch Fletcher reisten in einem Tempo durch den Bundesstaat, das jeden Olympioniken beeindruckt hätte. Keiner wollte den anderen zu einem Rededuell herausfordern, doch als ein örtlicher Fernsehsender vorschlug, sie sollten einander bei drei Begegnungen gegenübertreten, akzeptierten beide ohne viel Federlesens.

Man war allgemein der Ansicht, dass Fletcher im ersten Duell besser abgeschnitten hatte, und die Umfragen bestätigten diesen Eindruck, denn er ging zum ersten Mal in Führung. Nat schränkte umgehend seine Reisen ein und verbrachte mehrere Stunden in einer Fernsehstudioattrappe, wo er sich von seinem Team coachen ließ. Das zahlte sich aus, denn selbst die Demokraten vor Ort mussten einräumen, dass er die zweite Runde für sich entschied. Auch in den Umfragen ging Nat wieder in Führung.

Vom letzten Rededuell hing so viel ab, dass beide Männer

überängstlich versuchten, ja keinen Fehler zu machen, und es endete in einer Pattsituation oder, wie Lucy es nannte, in einem Langweiler-Unentschieden. Keiner der Kandidaten war deshalb verstimmt, als sie erfuhren, dass ein konkurrierender Fernsehsender ein Footballspiel ausgestrahlt hatte, das zehn Mal so viele Zuschauer anlockte wie ihr Rededuell. Die Umfragen am folgenden Tag wiesen für beide Kandidaten sechsundvierzig Prozent aus, acht Prozent der Wähler waren noch unentschlossen.

»Was haben die in den letzten sechs Monaten gemacht?«, verlangte Fletcher zu wissen, als er von den acht Prozent las.

»Nicht jeder ist von Politik so fasziniert wie du«, meinte Annie an diesem Morgen beim Frühstück. Lucy nickte zustimmend.

Fletcher mietete einen Hubschrauber, und Nat charterte den kleinen Jet der Bank, damit sie in den letzten sieben Tagen durch den Bundesstaat fliegen konnten. Die Unentschiedenen machten inzwischen nur noch sechs Prozent aus, was den Rivalen je einen Punkt einbrachte. Am Ende der Woche fragten sich alle beide, ob es irgendwo noch ein Einkaufszentrum, eine Fabrik, einen Bahnhof, ein Rathaus, ein Krankenhaus oder auch nur eine Straßenecke gab, die sie noch nicht aufgesucht hatten, und alle beide akzeptierten, dass am Ende derjenige gewinnen würde, der am Wahltag über die am besten geölte Maschinerie verfügte. Das war niemandem klarer als Tom und Jimmy, aber ihnen fiel nichts ein, was sie nicht schon getan oder vorbereitet hätten, und man konnte nur mutmaßen, was in letzter Minute noch alles schieflaufen konnte.

Für Nat war der Wahltag eine verschwommene Erinnerung aus Flughäfen und Hauptstraßen, da er versuchte, jede

Stadt mit eigenem Flughafen zu besuchen, bevor um zwanzig Uhr die Wahllokale schlossen. Kaum war sein Jet gelandet, rannte er zum zweiten Fahrzeug in der wartenden Wagenkolonne, und mit siebzig Meilen pro Stunde ging es dann zur Stadtgrenze, wo er auf zehn Meilen pro Stunde verlangsamen ließ und allen zuwinkte, die auch nur das geringste Interesse zeigten.

Fletcher verbrachte den Wahlmorgen in Hartford, wo er versuchte, sich die Unterstützung seiner Stammwähler zu sichern, bevor er mit dem Hubschrauber in die Demokraten-Hochburgen mit der höchsten Bevölkerungsdichte flog. Beide Männer landeten kurz nach Schließung der Wahllokale auf Hartfords Brainard Airport.

Normalerweise sind Kandidaten unter diesen Umständen bemüht, jeglichen Kontakt mit dem Rivalen zu vermeiden, aber als sich die beiden Teams auf der Rollbahn entdeckten, stürmten die Kandidaten wie Ritter bei einem Turnier direkt aufeinander zu.

»Herr Senator«, rief Nat, »ich möchte Sie gleich morgen früh sprechen, da ich mehrere Veränderungen verlangen werde, bevor ich mich in der Lage sehe, Ihren Vorschlag zum Bildungsgesetz zu unterzeichnen.«

»Der Vorschlag wird morgen um diese Zeit bereits Gesetz sein«, erwiderte Fletcher. »Meine erste Amtshandlung als Gouverneur.«

Beide Männer wussten, dass ihre engsten Berater sich abseits hielten, um ihnen eine Unterhaltung unter vier Augen zu ermöglichen, und ihnen war klar, dass ihr Geplänkel keinen Sinn hatte, wenn es kein Publikum gab.

»Wie geht es Lucy?«, fragte Nat. »Ich hoffe, ihr Problem hat sich lösen können?«

»Woher weißt du das?«, fragte Fletcher.

»Jemand aus meinem Team hat vor zwei Wochen eine Information zugespielt bekommen. Ich habe klargestellt, dass falls er das Thema noch mal zur Sprache bringt, er nicht mehr zu meinem Team gehört.«

»Ich danke dir«, sagte Fletcher. »Ich habe es Annie immer noch nicht gesagt.« Er schwieg kurz. »Lucy hat ein paar Tage in New York bei Logan Fitzgerald verbracht und ist dann zurückgekommen, um mir beim Wahlkampf zu helfen.«

»Ich wünschte, ich hätte sie aufwachsen sehen, wie jeder andere Onkel auch. Ich hätte sehr gern eine Tochter gehabt.«

»Meistens würde sie mich gern gegen dich eintauschen«, meinte Fletcher. »Ich musste sogar ihr Taschengeld erhöhen, damit sie mich nicht ständig daran erinnert, wie großartig du bist.«

»Ich habe dir das nie gesagt«, erzählte Nat. »Aber nachdem du dich dem Geiselnehmer in Miss Hudsons Klasse in der Grundschule von Hartford gestellt hattest, hat sich Luke ein Foto von dir an die Wand seines Schlafzimmers gehängt und es nie abgenommen. Also grüß bitte meine Nichte von mir.«

»Das werde ich, aber lass dich warnen: Wenn du gewinnst, wird sie das College für ein Jahr aufschieben und sich als Praktikantin in deinem Büro bewerben. Und sie hat bereits durchblicken lassen, dass sie dafür nicht zur Verfügung steht, sollte ihr Vater Gouverneur werden.«

»Dann freue ich mich darauf, sie in meinem Team begrüßen zu dürfen«, sagte Nat. Einer ihrer Assistenten tauchte auf und deutete an, es würde allmählich Zeit, dass sie weiterfuhren.

Fletcher lächelte. »Wie willst du heute Abend vorgehen?«

»Wenn einer von uns bis Mitternacht klar in Führung liegt, wird der andere anrufen und seine Wahlniederlage eingestehen?«

»Soll mir recht sein«, erwiderte Fletcher. »Du kennst ja meine private Telefonnummer.«

»Ich erwarte deinen Anruf, Herr Senator«, sagte Nat.

Die beiden Kandidaten schüttelten sich auf dem Platz vor dem Flughafen die Hand, dann entfernten sich ihre Wagenkolonnen sich in unterschiedliche Richtungen.

Zwei Teams Staatspolizisten folgten den beiden Kandidaten nach Hause. Ihre Anweisungen waren klar: Wenn euer Mann gewinnt, beschützt ihr den neuen Gouverneur. Wenn er verliert, bekommt ihr das Wochenende frei.

Keine der beiden Gruppen kam in den Genuss eines freien Wochenendes.

53

Nat stieg in den Wagen und schaltete sofort das Radio ein. Die ersten Hochrechnungen zeigten deutlich, dass Bill Clinton im nächsten Januar ins Weiße Haus einziehen würde und Präsident Bush wahrscheinlich noch vor Mitternacht seine Niederlage eingestehen musste. Ein ganzes Leben im Dienst an der Öffentlichkeit, ein Jahr Wahlkampf, ein Tag Wahl und deine politische Karriere wird zu einer Fußnote in den Geschichtsbüchern. »Das nennt man dann Demokratie«, hörte man Präsident Bush später wehmütig sagen.

Andere Umfragen im ganzen Land ließen vermuten, dass nicht nur das Weiße Haus, sondern auch Senat und Kongress von den Demokraten kontrolliert würden. Dan Rather, der Nachrichtensprecher von CBS, meldete eine knappe Verteilung der Sitze. »In Connecticut hat sich der Kampf um das Amt des Gouverneurs in ein Kopf-an-Kopf-Rennen entwickelt, und die Hochrechnungen lassen unmöglich auf das Endergebnis schließen. Doch jetzt gebe ich weiter an unseren Korrespondenten in Little Rock, der vor dem Haus von Gouverneur Clinton steht.«

Nat schaltete das Radio aus, als die kleine Kolonne aus drei SUVs vor seinem Haus hielt. Er wurde von zwei Kamerateams, einem Radioreporter und mehreren Pressereportern empfangen – wie anders als in Arkansas, wo über hundert Fernsehkameras und zahllose Radio- und Zeitungsreporter auf die ersten Worte des künftigen Präsidenten warteten. Tom nahm ihn vor der Haustür in Empfang.

»Erzähl mir nichts«, sagte Nat, als er an den Medienvertretern vorbei ins Haus trat. »Die Hochrechnungen sind zu knapp. Wann können wir mit Ergebnissen rechnen, bei denen es um echte Wählerstimmen geht?«

»Wir erwarten die ersten Zahlen innerhalb der nächsten Stunde«, sagte Tom. »Wahrscheinlich Bristol, und die wählen für gewöhnlich die Demokraten.«

»Ja, aber wie viele von ihnen?«

Fletcher stand vor dem Fernsehgerät und sah zu, wie Clinton vom Balkon seines Hauses in Arkansas der Menge zuwinkte. Gleichzeitig versuchte er, dem Bericht von Jimmy zu lauschen. Als Fletcher dem Gouverneur von Arkansas auf einer Tagung der Demokraten in New York das erste Mal begegnet war, hatte er ihm nicht die geringste Chance eingeräumt. Wenn man sich überlegte, dass Bush erst ein Jahr zuvor, nach Amerikas Sieg im Golfkrieg, die höchsten Umfrageergebnisse aller Zeiten erzielt hatte.

»Clinton sollte zum Sieger erklärt werden«, meinte Fletcher, »denn Bush hat so oder so kräftig eins auf die Nuss bekommen.« Er starrte Bill und Hillary an, die sich umarmten, während ihre zwölfjährige Tochter gedankenverloren danebenstand. Er musste an Lucy und ihre Abtreibung denken, und ihm war klar, dass sie unweigerlich in die Schlagzeilen geraten wäre, hätte er sich um das Amt des Präsidenten beworben. Er fragte sich, wie Chelsea mit diesem Druck fertigwerden würde.

Lucy kam ins Zimmer gestürmt. »Mom und ich haben dir alle deine Lieblingsgerichte zubereitet, da du in den nächsten vier Jahren ja nur noch in öffentlicher Mission unterwegs sein wirst.« Er lächelte angesichts ihrer jugendlichen Ausgelassenheit. »Gebutterte Maiskolben, Spaghetti bolognese und, falls du noch vor Mitternacht zum Sieger erklärt wirst, Crème brûlée.«

»Aber nicht alles auf einmal«, bat Fletcher. Er wandte sich an Jimmy, der seit dem Augenblick, da er das Haus betreten hatte, fast ununterbrochen telefonierte. »Wann erwartest du das erste Ergebnis?«

»Jeden Augenblick«, erwiderte Jimmy. »Bristol ist stolz darauf, immer als Erstes das Ergebnis der Auszählung durchzugeben. Wenn wir uns Hoffnungen auf den Gesamtsieg machen wollen, müssen wir dort drei bis vier Prozent erreichen.

»Und wenn wir unter drei Prozent liegen?«

»Dann stecken wir in Schwierigkeiten«, meinte Jimmy.

Nat sah auf seine Armbanduhr. In Hartford war es kurz nach 21 Uhr, aber auf dem Bildschirm schritten Wähler in Kalifornien gerade zur Wahl. NEUESTE NACHRICHTEN stand quer über dem Bildschirm. Der Fernsehsender NBC erklärte als Erstes, dass Clinton der neue Präsident der Vereinigten Staaten sein würde. George Bush wurde von den Sendern bereits mit dem grausamen Beinamen »Der mit nur einer Amtszeit« bedacht.

Im Hintergrund klingelte ständig das Telefon, und Tom sondierte alle Anrufe. Wenn er das Gefühl hatte, Nat wolle persönlich mit dem Anrufer sprechen, reichte er den Hörer weiter, wenn nicht, sagte er: »Im Moment ist er leider beschäftigt, aber danke für Ihren Anruf. Ich werde es ihm ausrichten.«

»Ich hoffe, dort, wo ich beschäftigt bin, gibt es einen Fernseher«, scherzte Nat. »Sonst werde ich nie erfahren, ob ich annehmen oder meine Niederlage einräumen muss.« Nat wandte seine Aufmerksamkeit wieder dem Bildschirm zu. Noch immer wurden die Worte »zu knapp für eine Hochrechnung« für jede Ecke des Bundesstaats eingeblendet.

Als Nat den Namen Bristol hörte, schob er sein Steak beiseite. »Und jetzt schalten wir zu unserem Korrespondenten vor Ort für die neuesten Entwicklungen«, verkündete ein Sprecher.

»Dan, wir erwarten hier jeden Moment ein Ergebnis, und das ist dann der erste echte Hinweis. Ja, so knapp geht es bei diesem Rennen um den Posten des Gouverneurs zu. Wenn die Demokraten mit … einen Augenblick, das Ergebnis wird soeben durchgegeben … die Demokraten haben Bristol für sich entschieden.« Lucy sprang aus dem Sessel, Fletcher nicht, da er auf weitere Einzelheiten im Laufband am unteren Ende des Bildschirms wartete. »Fletcher Davenport 8604 Stimmen, Nat Cartwright 8379 Stimmen«, verkündete der Reporter.

»Drei Prozent. Wer ist als Nächstes dran?«

»Wahrscheinlich Waterbury«, sagte Tom, »wo wir uns eigentlich ganz gut schlagen sollten …«

»Waterbury ging mit etwas über 5000 Stimmen an die Republikaner. Somit liegt Nat Cartwright in Führung.«

Beide Kandidaten verbrachten den Rest des Abends damit aufzuspringen, sich wieder hinzusetzen, nur um erneut aufzuspringen. Die jeweilige Führung änderte sich in den nächsten zwei Stunden insgesamt sechzehn Mal. Am Schluss gingen den Kommentatoren die Übertreibungen aus. Mitunter fand ein Reporter vor Ort zwischen den sich überschlagenden Meldungen die Zeit, schnell die Information einzuschieben, dass Präsident Bush Gouverneur Clinton in Arkansas angerufen und dem neu gewählten Präsidenten gratuliert habe. Wird damit eine neue Kennedy-Ära eingeläutet?, fragten sich die politischen Beobachter ...

»Doch jetzt zurück zur Gouverneurswahl nach Connecticut, und hier kommt etwas für die Statistikfreunde. Im Moment führen die Demokraten vor den Republikanern mit 1 170 141 zu 1 168 872 Stimmen. Damit liegt Senator Davenport mit 1269 Stimmen vorn. Da dies weniger ist als ein Prozent, wird eine automatische Neuauszählung erforderlich. Und wenn das immer noch nicht reicht«, fuhr der Kommentator fort, »stehen wir einer zusätzlichen Komplikation gegenüber, denn in Madison pflegt man seine uralte Tradition, wonach die Stimmen erst um zehn Uhr am nächsten Morgen ausgezählt werden.«

Paul Holbourn, der Bürgermeister von Madison, tauchte als Nächstes auf dem Bildschirm auf. Der über siebzigjährige Politiker lud jeden ein, die malerische Stadt am Meer zu besuchen, in der entschieden würde, wer der nächste Gouverneur des Staates wurde.

»Zu welchem Ergebnis kommst du?«, fragte Nat, während Tom weiter Zahlen in seinen Taschenrechner eintippte.

»Fletcher führt im Augenblick mit 1269 Stimmen. Bei der letzten Wahl haben die Republikaner in Madison mit 1312 Stimmen geführt.«

»Dann sind wir doch die Favoriten?«, meinte Nat.

»Ich wünschte, es wäre so einfach«, erwiderte Tom. »Wir müssen noch eine weitere Hürde nehmen.«

»Und die wäre?«

»Der gegenwärtige Gouverneur des Staates ist in Madison geboren und aufgewachsen, daher müssen wir dort mit einer beträchtlichen Anzahl persönlich gefärbter Stimmabgaben rechnen.«

»Ich hätte doch noch mal nach Madison fahren sollen«, meinte Nat.

»Du warst zwei Mal dort, einmal mehr als Fletcher.«

»Ich sollte ihn anrufen und ihm mitteilen, dass ich meine Niederlage nicht einräume«, sagte Nat.

Tom nickte zustimmend. Nat ging zum Telefon. Er musste die Privatnummer des Senators nicht erst nachschlagen, denn er hatte sie während seiner Verhandlung jeden Abend gewählt.

»Hallo«, meldete sich eine Stimme, »Residenz des Gouverneurs.«

»Noch nicht, meine Liebe«, erklärte Nat mit fester Stimme.

»Hallo, Mr. Cartwright«, sagte Lucy. »Hatten Sie gehofft, mit dem Gouverneur sprechen zu können?«

»Nein, ich wollte mit deinem Vater sprechen.«

»Wollen Sie Ihre Niederlage einräumen?«

»Nein, das überlasse ich ihm morgen persönlich, wenn ich dir, falls du dich benimmst, einen Job anbiete.«

Fletcher nahm Lucy den Hörer ab. »Tut mir leid, Nat«, sagte er. »Vermutlich rufst du an, um zu sagen, dass alles offen ist, bis wir uns morgen um zwölf Uhr mittags treffen?«

»Ja, und da du es erwähnst: Ich werde die Rolle von Gary Cooper übernehmen«, sagte Nat.

»Dann sehe ich dich auf der Hauptstraße, Sheriff.«

»Sei dankbar, dass du dich nicht Ralph Elliot stellen musst!«

»Warum?«, fragte Fletcher.

»Weil er in diesem Augenblick in Madison wäre und die Wahlurnen mit zusätzlichen Stimmen auffüllen würde.«

»Das hätte auch keinen Unterschied mehr gemacht«, meinte Fletcher.

»Warum nicht?«, fragte Nat.

»Wenn Elliot mein Gegner gewesen wäre, hätte ich längst mit überwältigender Mehrheit gewonnen.«

Siebtes Buch

Numeri

54

Nat brauchte ungefähr eine Stunde für die Fahrt nach Madison, und als er die Randbezirke der Stadt erreichte, hatte es den Anschein, als wäre dieses kleine Nest zum Austragungsort für das siebte Spiel der World Series erkoren worden.

Der Highway wimmelte nur so von Autos, die mit rot-weiß-blauen Emblemen geschmückt waren. Esel und Elefanten, die Maskottchen der beiden Parteien, starrten blicklos aus zahllosen Rückfenstern. Als er die Abfahrt nach Madison nahm, Einwohnerzahl 12 372, verließ mit ihm die Hälfte der Fahrzeuge den Highway wie Stahlnägel, die von einem Magneten angezogen wurden.

»Wenn man alle abzieht, die zu jung zum Wählen sind, sollte die Zahl um die fünftausend liegen«, spekulierte Nat.

»Nicht unbedingt«, erwiderte Tom. »Vermutlich werden es eher mehr sein. Vergiss nicht, dass Madison der Ort ist, an den Rentner kommen, um ihre Eltern zu besuchen, also wird es hier nicht gerade viele Jugendklubs und Discos geben.«

»Das müsste doch ein Vorteil für uns sein«, sagte Nat.

»Ich hab das Vorhersagen aufgegeben«, seufzte Tom.

Als Nats kleine Wagenkolonne in der Stadtmitte anlangte, wurde sie von Müttern überholt, die Kinderwagen vor sich herschoben. Als sie auf die Main Street einbogen, wurden sie ständig von Fußgängern aufgehalten, die über die Straße liefen. Als Nats Wagen sogar von einem Rollstuhlfahrer überholt wurde, beschloss er, jetzt besser auszusteigen und zu Fuß weiterzugehen. Das verlangsamte sein Fortkommen jedoch noch mehr, denn kaum wurde er erkannt, wollten ihm die Leute die Hand schütteln, und einige fragten, ob es ihm etwas ausmachte, mit seiner Frau für ein Foto zu posieren.

»Freut mich, dass du die Kampagne zu deiner Wiederwahl bereits begonnen hast«, zog Tom ihn auf.

»Lass uns erst mal gewählt werden«, meinte Nat, als sie das Rathaus erreichten. Er stieg die Stufen hoch, schüttelte weiterhin Hände, als wäre es der Tag vor der Wahl und nicht der Tag danach.

»Wie schön, Sie wiederzusehen, Nat«, sagte der Bürgermeister, als ob sie alte Freunde wären, obwohl sie sich erst einmal begegnet waren.

»Gleichfalls, Mr. Holbourn.« Nat ergriff die ausgestreckte Hand des Bürgermeisters. »Ich gratuliere zu Ihrer Wiederwahl – ohne Gegenstimme, wie man mir sagte.«

»Danke«, sagte der Bürgermeister. »Fletcher ist vor ein paar Minuten eingetroffen und wartet in meinem Büro.« Auf dem Weg in das Gebäude fuhr Holbourn fort: »Ich wollte Ihnen beiden nur kurz erklären, wie das hier in Madison so läuft.«

Eine ganze Horde Stadträte und Journalisten folgte der kleinen Gruppe durch den Flur zum Büro des Bürgermeisters, wo Nat und Su Ling auf Fletcher und Annie sowie rund dreißig weitere Personen stießen, die sich im Recht wähnten, an dieser exklusiven Zusammenkunft teilzunehmen.

»Nat, möchten Sie Kaffee, bevor wir loslegen?«, fragte der Bürgermeister.

»Nein danke, Sir.«

»Dann fange ich jetzt an«, erklärte der Bürgermeister und richtete seine Aufmerksamkeit auf die Ansammlung von Menschen, die sich in sein Büro gezwängt hatten.

»Meine Damen und Herren.« Er schwieg kurz. »Sehr geehrter Herr künftiger Gouverneur« – er versuchte, beide Kandidaten gleichzeitig anzusehen –, »die Auszählung beginnt um zehn Uhr vormittags, wie es seit über einem Jahrhundert in Madison Brauch ist. Ich sehe keinen Grund, warum wir das hinauszögern sollten, nur weil das Interesse an unseren Gepflogenheiten dieses Mal etwas größer ist als sonst.« Fletcher amüsierte diese Untertreibung, und er zweifelte nicht daran, dass der Bürgermeister jede einzelne Sekunde seiner fünfzehn Minuten Ruhm auszukosten gedachte.

»Unsere Stadt«, fuhr der Bürgermeister fort, »hat 10 942 registrierte Wähler, die auf elf Stadtbezirke verteilt sind. Die einundzwanzig Wahlurnen wurden – wie es bislang immer der Fall war – wenige Minuten nach Schließung der Wahllokale eingesammelt und dem sicheren Gewahrsam unseres Polizeichefs übergeben, der sie über Nacht in Haft behielt.« Einige Leute lachten höflich über den kleinen Scherz, woraufhin Holbourn lächelte und prompt den Faden verlor. Er schien zu zögern, bis sein Stellvertreter sich vorbeugte und ihm »Wahlurnen« ins Ohr flüsterte.

»Ja, natürlich, ja. Die Wahlurnen wurden heute Morgen um neun Uhr ins Rathaus gebracht. Ich bat meinen Stellvertreter zu überprüfen, ob die Siegel unverletzt waren. Er bestätigte, dass alle Siegel intakt sind. Um zehn Uhr werde ich diese Siegel aufbrechen, dann werden die Stimmzettel aus den Urnen entfernt und in der Mitte des Rathaussaals auf den Zähltisch gelegt. Beim ersten Durchlauf wird nur festgestellt, wie viele Menschen ihre Stimme abgegeben haben. Sobald die Zahl feststeht, werden die Stimmzettel in drei Stapel aufgeteilt. Die republikanischen Stimmen, die demokratischen Stimmen und jene Stimmen, die man als strittig bezeichnen könnte. Obwohl ich hinzufügen möchte, dass es nur selten strittige Stimmzettel in Madison gibt, weil es für viele von uns sehr wohl die letzte Gelegenheit sein könnte, eine Stimme abzugeben.« Ein paar Leute lachten nervös, obwohl Nat nicht daran zweifelte, dass Holbourn es todernst meinte.

»Meine letzte Aufgabe als Wahlleiter besteht dann darin, das Ergebnis zu verkünden, was wiederum entscheiden wird, wer der nächste Gouverneur unseres wunderbaren Staates wird. Ich hoffe, dies gegen Mittag tun zu können.« Nicht, wenn wir in diesem Tempo weitermachen, dachte Fletcher. »Gibt es irgendwelche Fragen, bevor ich Sie in den Rathaussaal führe?«

»Wie viele Stimmenzähler stehen Ihnen zur Verfügung?«, wollte Jimmy wissen.

Wieder flüsterte der Stellvertreter dem Bürgermeister etwas ins Ohr. »Zwanzig – und alle sind Angestellte der Stadtverwaltung«, sagte der Bürgermeister daraufhin.

»Und wie viele Beobachter lassen Sie zu?«, fragte Tom.

»Ich werde zehn Vertreter jeder Partei zulassen«, erklärte der Bürgermeister. »Sie dürfen einen Schritt hinter jedem Stimmenzähler stehen, jedoch zu keiner Zeit das Wort an ihn richten. Wenn sie eine Frage haben, müssen Sie sich an meinen Stellvertreter wenden. Bleibt sie ungelöst, wird er sie an mich weiterleiten.«

»Und wer ist der Schlichter für die strittigen Stimmzettel?«, fragte Tom.

»Sie werden feststellen, dass es in Madison nur selten

strittige Stimmzettel gibt. Denn für viele von uns könnte es die letzte Chance sein, ihre Stimme abzugeben«, wiederholte der Bürgermeister, weil er vergessen hatte, dass er diesen Spruch bereits gebracht hatte. Diesmal lachte niemand, und der Bürgermeister hatte auch Toms Frage nicht beantwortet. Tom beschloss jedoch, ihn kein zweites Mal danach zu fragen. »Nun, wenn es keine Fragen mehr gibt, dann begleite ich Sie jetzt in unseren historischen Rathaussaal, der 1867 erbaut wurde und auf den wir alle mächtig stolz sind«, verkündete der Bürgermeister.

Der Rathaussaal fasste nur etwa tausend Menschen, aber die Bevölkerung von Madison ging ja abends ohnehin nicht viel aus. Doch bei dieser Gelegenheit glich er, noch bevor der Bürgermeister, seine Stadträte, Fletcher, Nat und ihre jeweiligen Teams ihn betraten, eher einem japanischen Bahnhof zur Hauptverkehrszeit als dem Rathaussaal eines verschlafenen Küstenorts in Connecticut. Nat hoffte, dass der Feuerwehrkommandant nicht anwesend war, denn bestimmt gab es keine einzige Sicherheitsbestimmung, die hier nicht gebrochen wurde.

Der Bürgermeister eilte zur Bühne und ließ die beiden Kandidaten zurück, die sich fragten, ob er es jemals schaffen würde. Schließlich tauchte die untersetzte, grauhaarige Gestalt auf der Bühne auf und stellte sich vor ein niedrig eingestelltes Mikrofon. »Meine Damen und Herren, in meiner Eigenschaft als Wahlleiter für den Distrikt Madison habe ich den beiden Kandidaten bereits erklärt, wie ich bei der Auszählung vorzugehen gedenke, und das will ich nun noch einmal erläutern …«

Fletcher sah sich um und merkte schnell, dass nur wenige Leute im Saal dem Bürgermeister zuhörten. Die meisten waren damit beschäftigt, sich einen Platz zu sichern, der so nah wie möglich an dem abgesperrten Bereich lag, in dem die Auszählung stattfinden würde.

Als der Bürgermeister seine Ausführungen beendet hatte, bemühte er sich tapfer, in die Saalmitte zurückzukehren, was ihm sicher niemals gelungen wäre, wenn die Auszählung auch ohne seine Erlaubnis hätte anfangen dürfen.

Als er endlich an den Auszählungstisch gelangte, reichte ihm der Verwaltungschef eine Schere. Holbourn schnitt die Siegel der einundzwanzig Kästen auf, als nähme er eine Eröffnungszeremonie vor. Danach leerten die Stimmenzähler die Kästen, indem sie die Stimmzettel auf den überlangen Tisch kippten. Anschließend prüfte der Bürgermeister sorgfältig das Innere der Wahlurnen – zuerst drehte er jeden einzelnen Kasten um, dann schüttelte er ihn wie ein Zauberkünstler, der beweisen will, dass sich nichts mehr darin befindet. Beide Kandidaten wurden aufgefordert, die Urnen selbst noch einmal zu überprüfen.

Tom und Jimmy hielten ihren Blick auf die Mitte des Tischs gerichtet, während die Wahlhelfer die Stimmzettel unter den Stimmenzählern aufteilten, wie ein Croupier auf einem Roulettetisch die Chips verteilt. Sie zählten jeweils zehn Stimmzettel ab und bündelten dann jeweils einhundert Stimmzettel mit einem Gummiband. Diese einfache Übung dauerte fast eine Stunde, und mittlerweile waren dem Bürgermeister die Informationsbrocken ausgegangen, die er denen, die ihm noch zuhörten, über Madison erzählen konnte. Zu guter Letzt wurden die Bündel vom Verwaltungschef gezählt, der bestätigte, dass es neunundfünfzig waren, wobei sich in einem davon weniger als einhundert Stimmzettel befanden.

Früher war der Bürgermeister an dieser Stelle immer auf die Bühne zurückgekehrt, aber der Verwaltungschef hielt es für einfacher, wenn man das Mikrofon zu ihm brachte. Paul Holbourn war mit dieser Neuerung einverstanden, und es wäre auch eine durchaus weise Entscheidung gewesen, hätte das Kabel bis zur Absperrung gereicht. Immerhin musste der Bürgermeister nun aber doch eine beträchtlich kürzere Wegstrecke zurücklegen, bevor er sein Ergebnis verkünden konnte. Er blies ins Mikrofon und produzierte dabei ein Geräusch wie ein Zug, der in einen Tunnel fährt, weil er hoffte, sich dadurch Gehör zu verschaffen.

»Meine Damen und Herren«, fing er an und sah auf das Blatt, das der Verwaltungschef ihm in die Hand gedrückt hatte. »5934 gute Bürger von Madison haben an dieser Wahl teilgenommen. Man hat mir gesagt, das seien 54 Prozent der Wählerschaft, ein Prozent mehr als die durchschnittliche Wahlbeteiligung in diesem Bundesstaat.«

»Dieser zusätzliche Prozentpunkt könnte zu unserem Vorteil sein«, flüsterte Tom in Nats Ohr.

»Zusätzliche Punkte gehen normalerweise an die Demokraten«, rief ihm Nat in Erinnerung.

»Nicht, wenn die Wähler im Schnitt dreiundsechzig Jahre alt sind«, widersprach Tom.

»Unsere nächste Aufgabe besteht nun darin, die Stimmen der beiden Parteien zu trennen, bevor wir mit der Auszählung beginnen können«, fuhr der Bürgermeister fort. Sobald auch diese Aufgabe erledigt war, begann die eigentliche Auszählung. Zehnerstapel wuchsen zu Hunderterstapeln an, welche wie Soldaten auf einem Exerzierplatz in ordentlichen Reihen aufgestellt wurden.

Nat wäre gern ein wenig herumgelaufen, um sich die

Auszählung genau ansehen zu können, aber es war dermaßen voll, dass er sich mit den regelmäßigen Berichten zufriedengeben musste, die ihm seine Repräsentanten von der Front zukommen ließen. Tom beschloss, sich durch die Menschenmassen zu kämpfen, und fand heraus, dass es zwar so aussah, als läge Nat in Führung, er aber nicht sicher sein konnte, ob es ausreichte, die 118 Stimmen aufzuholen, mit denen Fletcher nach der nächtlichen Auszählung in Führung lag.

Es dauerte eine weitere Stunde, bevor die Auszählung abgeschlossen war. Der Bürgermeister forderte beide Kandidaten auf, sich zu ihm in den abgesperrten Bereich in der Mitte des Saals zu begeben. Dort erklärte er ihnen, dass sechzehn Stimmzettel von seinen Wahlhelfern zurückgewiesen worden waren und er wolle sie beide zurate ziehen, bevor er entscheiden würde, welche davon für gültig erklärt werden sollten.

Niemand konnte dem Bürgermeister vorwerfen, nicht an transparente Politik zu glauben, denn alle sechzehn Stimmzettel lagen für jedermann sichtbar mitten auf dem Tisch. Auf acht Stimmzetteln schien überhaupt nichts angekreuzt zu sein, und beide Kandidaten waren sich einig, dass sie für ungültig erklärt werden sollten. »Cartwright hätte auf den elektrischen Stuhl geschickt gehört« und »Kein Anwalt taugt für ein öffentliches Amt« wurden ebenfalls rasch aussortiert. Bei den verbleibenden sechs Stimmzetteln waren andere Zeichen als ein Kreuz neben die Namen der Kandidaten gemalt, aber da sie zu gleichen Teilen an beide Parteien gingen, schlug der Bürgermeister vor, sie für gültig zu erklären. Sowohl Jimmy als auch Tom prüften die sechs Stimmzettel und beugten sich der Logik des Bürgermeisters.

Da dieser kleine Abstecher keinem der beiden Kandidaten einen Vorteil verschafft hatte, gab der Bürgermeister grünes Licht für die endgültige Auszählung.

Irgendwann reichte der Verwaltungschef dem Bürgermeister ein Blatt, auf dem zwei Zahlen standen. Holbourn musste nicht erst um Ruhe bitten, da jedermann das Ergebnis hören wollte. Der Bürgermeister verkündete schlicht, dass die Republikaner mit 3019 zu 2905 Stimmen gewonnen hatten. Dann schüttelte er beiden Kandidaten die Hand und hatte offenbar das Gefühl, seine Aufgabe erfüllt zu haben, während alle anderen versuchten, die Bedeutung dieser Zahlen auszurechnen.

Kurz darauf sprangen die Anhänger von Fletcher auf, nachdem ihnen klar geworden war, dass sie zwar die Wahl in Madison mit 114 Stimmen verloren, den Staat jedoch mit vier Stimmen Vorsprung gewonnen hatten. Der Bürgermeister befand sich bereits auf dem Rückweg in sein Büro und freute sich auf sein wohlverdientes Mittagessen, als Tom ihn einholte und ihm die wahre Bedeutung dieses lokalen Ergebnisses erklärte. Er fügte hinzu, dass er im Namen seines Kandidaten eine erneute Auszählung verlange. Gemächlich kehrte der Bürgermeister in den Saal zurück, wo er von dem Ruf *»Neuzählung, Neuzählung, Neuzählung«* begrüßt wurde. Ohne seine Stadträte zu konsultieren, verkündete er, dass er das ohnehin beabsichtigt hatte.

Mehrere Stimmenzähler, die schon ihre Sachen gepackt hatten und gehen wollten, kehrten hastig an ihre Plätze zurück. Fletcher hörte aufmerksam zu, während Jimmy ihm etwas ins Ohr flüsterte. Er dachte einige Augenblicke über den Vorschlag nach und erwiderte dann mit fester Stimme: »Nein.«

Jimmy hatte seinen Kandidaten darauf hingewiesen, dass der Bürgermeister nicht die Machtbefugnis besaß, eine Neuzählung anzuordnen, da Fletcher die Wahl in Madison verloren hatte und nur der unterlegene Kandidat eine Neuzählung verlangen durfte. Am nächsten Morgen schrieb die *Washington Post* in ihrem Leitartikel, dass der Bürgermeister seine Machtbefugnis auch an anderer Front überschritten habe, da Nat seinen Rivalen mit mehr als einem Prozent geschlagen hatte und eine Neuzählung daher unnötig war. Allerdings räumte der Kommentator ein, dass die Ablehnung der Bitte in einem Aufruhr hätte enden können, ganz zu schweigen von den endlosen juristischen Auseinandersetzungen, die jedoch mit der Art und Weise, wie die beiden Kandidaten ihren Wahlkampf geführt hatten, nicht im Einklang gestanden hätten.

Erneut wurden die Stapel gezählt und nochmals gezählt, geprüft und gegengeprüft. Man entdeckte, dass sich in drei Stapeln 101 Stimmzettel befanden, in einem anderen nur 98. Der Verwaltungschef bestätigte das Ergebnis erst, als er sicher war, dass sich die Taschenrechner und die Handauszählungen in Übereinstimmung befanden. Dann reichte er dem Bürgermeister wieder ein Blatt Papier mit zwei neuen Zahlen, die er verkünden konnte.

Der Bürgermeister verlas das korrigierte Ergebnis von 3021 Stimmen für Cartwright und 2903 Stimmen für Davenport, was die Führung der Demokraten auf zwei Stimmen verkürzte.

Tom verlangte sofort eine weitere Auszählung, obwohl er wusste, dass er kein Recht dazu hatte. Er vermutete, dass der Bürgermeister seine Bitte nur schlecht ablehnen konnte, da Fletchers Mehrheit geschrumpft war. Er drückte die Daumen, während der Verwaltungschef dem Bürgermeister etwas zuflüsterte. Was immer er ihm geraten haben mochte, der Bürgermeister nickte nur und kämpfte sich dann ans Mikrofon vor.

»Ich werde noch eine weitere Zählung gestatten«, verkündete er. »Sollten jedoch die Demokraten zum dritten Mal eine Mehrheit finden, wie gering auch immer, werde ich Fletcher Davenport zum neuen Gouverneur von Connecticut erklären.« Das wurde von Fletchers Anhängern mit Jubelrufen quittiert. Nat nickte zustimmend. Erneut setzte sich die Auszählungsmaschinerie in Gang.

Vierzig Minuten später wurden alle Stapel für korrekt befunden, doch als die Schlacht schon beendet schien, fiel jemandem auf, dass einer von Nats Beobachtern eine Hand in die Luft streckte. Der Bürgermeister ging langsam auf ihn zu, sein Verwaltungschef nur einen Schritt hinter ihm. Holbourn fragte, was los sei. Der Beobachter wies auf einen Hunderterstapel auf der Davenport-Seite des Tisches und behauptete, dass einer der Stimmzettel Cartwright gutgeschrieben werden müsse.

»Tja, es gibt nur eine Möglichkeit, das herauszufinden«, sagte der Bürgermeister, nahm die Stimmzettel zur Hand, und die Menge rief unisono dazu: »Eins, zwei, drei …«

Nat war das peinlich, und er flüsterte Su Ling zu: »Hoffentlich hat der Mann recht.«

»Siebenundzwanzig, achtundzwanzig …« Fletcher sagte nichts, als Jimmy sich dem Chor anschloss.

»Neununddreißig, vierzig, einundvierzig …« Und plötzlich ging ein Raunen durch die Menge. Der Beobachter behielt tatsächlich recht, denn der zweiundvierzigste Stimmzettel trug ein Kreuz neben dem Namen Cartwright. Der Bürgermeister, sein Verwaltungschef, Tom und Jimmy prüften allesamt den fraglichen Stimmzettel und kamen überein, dass man einen Fehler gemacht habe und das Gesamtergebnis daher ein Gleichstand war. Tom war überrascht von Nats erster Reaktion.

»Ich frage mich, wie Dr. Renwick gestimmt hat.«

»Ich denke, er hat sich der Stimme enthalten«, flüsterte Tom.

Der Bürgermeister wirkte erschöpft und kam mit seinem Verwaltungschef überein, dass man eine Pause einlegen sollte, um den Stimmenzählern und allen anderen Helfern eine Stunde Erholung zu gönnen, bevor um vierzehn Uhr die nächste Zählung stattfand. Der Bürgermeister lud Fletcher und Nat ein, ihm beim Mittagessen Gesellschaft zu leisten, aber beide Kandidaten lehnten höflich ab, da sie nicht die Absicht hatten, den Rathaussaal zu verlassen oder sich auch nur mehr als ein paar Schritte von dem Tisch zu entfernen, auf dem sich die Stimmzettel stapelten.

»Was passiert, wenn es beim Gleichstand bleibt?«, hörte Nat den Bürgermeister fragen, als er und der Verwaltungschef zum Ausgang eilten. Da er die Antwort nicht mehr mitbekam, stellte er Tom dieselbe Frage. Sein Stabschef hatte den Kopf bereits tief im *Wahlhandbuch des Staates Connecticut* vergraben.

Su Ling schlich sich aus dem Sitzungssaal und schlenderte, nur wenige Schritte hinter der Gruppe um den Bürgermeister, gemächlich den Flur entlang. Vor einer Eichentür, auf der in goldenen Buchstaben BIBLIOTHEK stand, blieb sie stehen. Zu ihrer Freude war die Tür unverschlossen. Rasch trat sie ein. Su Ling setzte sich hinter eins der großen Bücherregale, lehnte sich zurück und versuchte, zum ersten Mal an diesem Tag sich zu entspannen.

»Sie also auch«, sagte eine Stimme.

Su Ling sah auf und entdeckte Annie in der gegenüberliegenden Ecke. Sie lächelte. »Ich hatte die Wahl – entweder noch eine Stunde in diesem Sitzungssaal oder …«

»… oder Mittagessen mit dem Bürgermeister.«

Sie mussten beide lachen.

»Ich wünschte nur, es wäre schon gestern Abend entschieden worden«, sagte Su Ling. »Jetzt wird sich einer von beiden den Rest seines Lebens fragen, ob er noch ein weiteres Einkaufszentrum hätte besuchen sollen …«

»Ich glaube, es gab kein weiteres Einkaufszentrum mehr«, meinte Annie.

»Oder eine Schule, ein Krankenhaus, eine Fabrik oder einen Bahnhof. Egal was.«

»Sie hätten sich darauf einigen sollen, dass jeder sechs Monate Gouverneur sein darf und die Wähler anschließend über die nächsten vier Jahre entscheiden sollten.«

»Ich glaube, das hätte auch nichts gebracht.«

»Vielleicht haben die Wähler ein Problem, weil sich beide so ähnlich sind, dass man sich unmöglich zwischen ihnen entscheiden kann.« Annie sah Su Ling wachsam an.

»Vielleicht liegt es daran, wie sehr sie sich ähneln.« Su Ling erwiderte ihren Blick.

»Stimmt. Meine Mutter sagt oft, wie ähnlich sie sich sehen, wenn sie im Fernsehen auftreten. Und dann der Zufall, dass sie auch noch dieselbe Blutgruppe haben.«

»Als Mathematikerin glaube ich nicht an derart viele Zufälle«, sagte Su Ling.

»Interessant, dass Sie das sagen«, meinte Annie.

»Wenn die beiden beschlossen haben, nicht darüber zu sprechen, nicht einmal mit uns, müssen sie dafür einen sehr guten Grund haben.«

»Dann denken Sie also auch, dass wir schweigen sollten.«

Su Ling nickte. »Vor allem nach dem, was meine Mutter durchmachen musste …«

»Und was meine Schwiegermutter zweifellos durchmachen würde«, ergänzte Annie. Su Ling lächelte und erhob sich. Sie sah ihre Schwägerin an. »Wir wollen nur hoffen, dass sie nie für das Amt des Präsidenten kandidieren, sonst wird die Wahrheit unweigerlich ans Licht kommen.«

Annie nickte zustimmend.

Als der Bürgermeister die Mitte des Saales erreichte, erteilte er sofort den Befehl, dass eine erneute Auszählung stattfinden solle. Der zufriedene Ausdruck auf seinem Gesicht war nicht die Folge guten Essens und noch besseren Weines; vielmehr hatte Holbourn das Mittagessen ausfallen lassen, um in Washington anzurufen und sich den Rat des Justizministers einzuholen, wie sie im Falle eines Gleichstands vorgehen sollten. Die Stimmenzähler arbeiteten wie immer gewissenhaft und sorgfältig, und einundvierzig Minuten später kamen sie zu dem exakt gleichen Ergebnis: Stimmengleichheit.

Der Bürgermeister las noch einmal das Fax des Justizministers und befahl zum Erstaunen aller eine erneute Zählung, die vierunddreißig Minuten später den Gleichstand bestätigte.

Sobald der Verwaltungschef seinem gewählten Volksvertreter dieses Ergebnis mitgeteilt hatte, bat der Bürgermeister die beiden Kandidaten, sich ihm anzuschließen, und kämpfte sich dann auf die Bühne vor. Fletcher zuckte mit den Schultern, als er Nats Blick auf sich spürte. Die Umstehenden waren so begierig herauszufinden, wie die Angelegenheit denn nun ausgehen würde, dass sie rasch zur Seite traten, um den drei Männern den Weg frei zu machen, als ob Moses seinen Stab über die Wasser von Madison gehalten hätte.

Der Bürgermeister stieg mit den beiden Kandidaten auf die Bühne und blieb in der Bühnenmitte stehen, mit Fletcher zur Linken und Nat zur Rechten. Holbourn sprach zu einem Publikum, das sich trotz der Verzögerungen zahlenmäßig nicht verringert hatte.

»Meine Damen und Herren, in der Mittagspause habe ich die Gelegenheit genutzt und mit dem Justizministerium in Washington telefoniert, um mir dort Rat einzuholen, wie wir im Falle eines Gleichstands vorgehen sollten.« Diese Aussage führte zu einer Stille, die nicht mehr geherrscht hatte, seit die Türen um neun Uhr an diesem Morgen geöffnet worden waren. »Hierzu habe ich ein Fax erhalten, unterzeichnet vom Justizminister, das die nun gesetzlich vorgeschriebene Vorgehensweise bestätigt«, fuhr der Bürgermeister fort. Jemand hustete, und in der Stille, die sich über die Versammlung gesenkt hatte, klang das, als würde der Vesuv ausbrechen.

Der Bürgermeister schwieg einen Moment, dann hielt er das Fax des Justizministers vor sich. »Wenn bei der Wahl zum Gouverneur ein Kandidat die Auszählung drei Mal nacheinander gewinnt, soll dieser Kandidat zum Gewinner erklärt werden, ungeachtet wie groß oder klein seine Mehrheit ist. Sollte die Wahl jedoch zum dritten Mal stimmengleich enden, dann soll die Wahl« – er schwieg, und dieses Mal hustete niemand – »durch das Werfen einer Münze entschieden werden.«

Die Spannung löste sich, und alle redeten gleichzeitig, während sie die Bedeutung dieser Worte zu erfassen versuchten. Es dauerte eine Weile, bevor der Bürgermeister fortfahren konnte.

Er wartete erneut auf absolute Stille, bevor er einen Silberdollar aus seiner Westentasche fischte. Er legte die Münze auf seinen nach oben gedrehten Daumen, dann warf er den beiden Bewerbern einen Blick zu, als wollte er ihre Zustimmung einholen. Beide nickten.

Einer von ihnen rief »Kopf«, aber er nahm ja immer Kopf.

Der Bürgermeister verbeugte sich leicht, bevor er die Münze hoch in die Luft warf. Alle Blicke folgten ihrem Aufstieg und ihrem noch schnelleren Fall, bevor sie schließlich auf der Bühne aufkam, noch einmal aufsprang und dann zu Füßen des Bürgermeisters liegen blieb. Die drei Männer starrten auf den fünfunddreißigsten Präsidenten, der ihren Blick entschlossen erwiderte.

Der Bürgermeister hob die Münze auf und drehte sich zu den beiden Kandidaten um. Er lächelte den Mann an, der nun zu seiner Rechten stand, und sagte: »Gestatten Sie mir, Ihnen als Erster zu gratulieren, Herr Gouverneur.«